SHADOWRUN

NIGEL FINDLEY

DER EINZELGÄNGER

Fünfzehnter Band
des
SHADOWRUN™-ZYKLUS

Deutsche Erstausgabe

WILHELM HEYNE VERLAG
MÜNCHEN

HEYNE SCIENCE FICTION & FANTASY
Band 06/5305

Titel der Originalausgabe
LONE WOLF
Übersetzung aus dem Amerikanischen von
Christian Jentzsch
Das Umschlagbild malte Romas Kukalis
Die Innenillustrationen zeichnete Joel Biske

Redaktion: Rainer Michael Rahn

Printed in Germany 1995
Umschlaggestaltung: Atelier Ingrid Schütz, München
Technische Betreuung: M. Spinola
Satz: Schaber Satz- und Datentechnik, Wels
Druck und Bindung: Elsnerdruck, Berlin

ISBN-453-08561-2

Für Fred,
meinen liebsten
(noch) unveröffentlichten
Autor

Wer unter Wölfen lebt,
muß mit ihnen heulen.

Russisches Sprichwort

ERSTES BUCH

1

Wieder so eine verdammte Razzia. Und typischerweise zum schlechtestmöglichen Zeitpunkt. Wir befinden uns in einem der Lagerhäuser der Cutters – dem kleinen am Arsch der Welt, östlich des Meridiansees – und laden Kisten mit tschechischen Sturmgewehren für den Abtransport nach Süden auf einen GMC Bulldog. Eigentlich dürfte ich den endgültigen Bestimmungsort der Gewehre nicht kennen, aber ich bin immer sehr darauf bedacht, in Erfahrung zu bringen, was ich eigentlich nicht wissen darf. Nennen wir es Hang zum Überleben. Jedenfalls ist diese Ladung für ein paar Hitzköpfe in der Sioux Nation bestimmt, die offenbar irgendwelchen unbedeutenden Zoff mit der dortigen Regierung haben, der sich ihrer Meinung nach nur mit Hochgeschwindigkeitsmunition beilegen läßt. Eben die Art von Drek, die für die Cutters normal ist. Und, wie ich es sehe, auch immer schon war, sogar in ihren Anfängen vor achtzig Jahren oder so, als sie noch eine kleine regionale Gang in Los Angeles waren. Die Cutters stecken nicht sonderlich tief im Waffengeschäft (wenn man eine Armee ausrüsten will, wendet man sich an die Mafia, die Yakuza oder irgendeine freundlich gesonnene Regierung), aber sie legen Wert auf Qualität. Nehmen wir zum Beispiel die Sturmgewehre in der Kiste, mit der ich mich gerade abschleppe: VZ 88Vs der Spitzenqualität, die in Brünn oder sonstwo von einem Lastwagen gefallen sind und irgendwie in der 144. Avenue Südost gelandet sind. Natürlich sind die Cutters auch in hundert anderen Geschäftszweigen tätig – angefangen von Drogen und Chips über Entführung und Erpressung bis hin zu (man glaubt es kaum) Auftragsarbeiten im Sicherheitsbereich für diesen oder jenen Konzern. Und das ist natürlich auch der

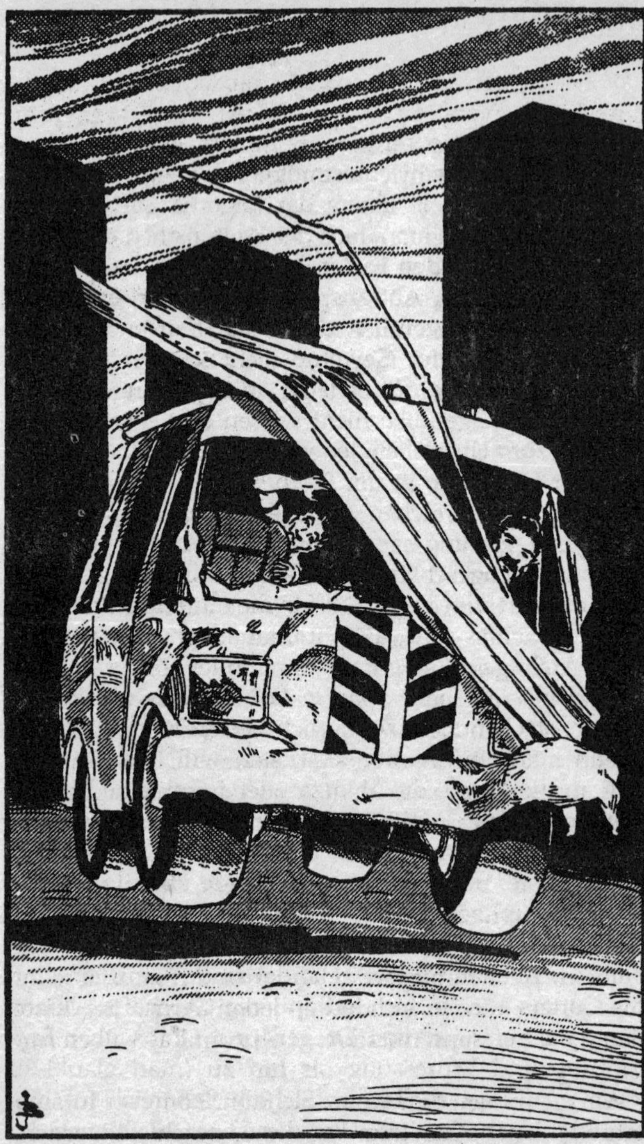

Grund dafür, warum ich bin, wo ich bin, und tue, was ich tue.

Wobei es sich im Augenblick darum handelt, mich mit achtzig und mehr Kilogramm schweren Waffen in einer Holzkiste herumzuschlagen, die offenbar extra dafür geschaffen wurde, mir stilettgroße Splitter durch den Stoff der Arbeitshandschuhe direkt in meine Finger und Handflächen zu treiben. Dem Burschen, der das andere Ende der Kiste hält – Fraser, ein unterernährter Ork mit abgefressen aussehenden Dreadlocks –, scheint das alles nichts auszumachen, was hauptsächlich darauf zurückzuführen ist, daß er unter Strom steht. Sein Hirn ist ständig mit einem Signal aus einem SimSinn-Deck gekoppelt, das jedoch auf geringstmögliche Stärke eingestellt ist. Das reicht zwar nicht, um ihn vollständig von der Realität abzuschneiden, aber es ist mehr als genug, um ihn die Welt, die reale Welt, durch eine rosa Brille sehen zu lassen. Drek, nach allem, was ich weiß, würden dieselben Splitter, die mich zum Wahnsinn treiben, ein Gefühl in seinen Händen hervorrufen, als habe er gerade Honey Brightons üppige Möpse zu fassen gekriegt.

Mit uns beiden schleppen noch vier weitere Burschen Kisten: Piers und Lucas sowie Paco und En. (Paco beneide ich nun wirklich nicht, weil er mit En mithalten muß, der schon zum Frühstück Methamphetamine einwirft.) Außer Fraser sind alle Menschen, was bedeutet, daß wir den Einschränkungen menschlicher Muskeln unterworfen sind (was nicht für En gilt, der das entweder nicht weiß oder dem es völlig egal ist). Warum haben uns die großen Bosse nicht ein paar Trolle zur Unterstützung mitgegeben? Der große Trog, den jeder Box nennt, könnte sich unter jeden Arm eine Kiste klemmen und dann trotzdem noch zum Lastwagen *rennen.*

Wir sechs vom Schwitz- und Stöhnkommando sind natürlich nicht allein zum Lagerhaus geschickt worden.

Wir werden durch drei Beobachter plus Katrina, unsere Fahrerin, ergänzt. Sie lehnt am Kühler des Bulldog, starrt ins Nichts und sieht viel zu mager für den Vorbau aus, der ihr Kevlar-T-Shirt ausfüllt. Ein echter Heuler, diese Katrina.

Natürlich starrt sie nicht ins Nichts. Ein Glasfaserkabel von der Dicke eines ihrer fettigen Haare verbindet ihre Datenbuchse mit der Kom-Einheit des Lastwagens, wo ein paar Verstärker die Signale der Überwachungskameras des Lagerhauses hereinholen. Als wir von Ranger und den anderen den Auftrag bekamen, die Waffen zu holen, gab man uns die Beobachter und unsere Augen mit, und das war's. Aber sobald ich den Lastwagen von innen sah und mir klar wurde, was die Elektronik des Bulldog zu leisten imstande war, kam ich mir verteufelt schlau vor, als ich Katrina dazu einteilte, auf unsere jämmerlichen Ärsche achtzugeben. Tolle Idee.

Nur schade, daß sie nicht funktioniert hat.

Gerade ist alles noch cool, und im nächsten Augenblick ertönt plötzlich Gewehrfeuer von draußen, und Katrina geht zu Boden, als sei sie von einer Axt erschlagen worden.

Panik bricht aus. Ich lasse mein Ende der Kiste fallen – ohne dabei auch nur einen Gedanken an Fraser am anderen Ende zu verschwenden – und renne zu Katrina. Nichts Persönliches, aber zu wissen, was sie umgehauen hat, kann in den nächsten Minuten viel ausmachen.

Sie liegt völlig reglos da und ist vielleicht tot, immerhin aber äußerlich unversehrt. Keine Einschußlöcher, keine fehlenden Körperteile, kein Blut. Entweder hat jemand eine häßliche Überraschung durch die Schaltkreise und direkt in ihre Datenbuchse gejagt, oder ein Magier ist am Werk. Wenn es ein Magier ist, sind wir erledigt, weil wir nicht mit Magie kontern können. Falls es etwas Technologisches ist, handelt es sich wahrscheinlich um einen ›Kitzler‹, der genug Strom durch die Überwachungssysteme gejagt hat, um Katrinas Filter – und vielleicht Katrina selbst – kurzzuschließen.

Und dann rennen alle durcheinander wie bei einem verdammten Feueralarm der Elfen. Fraser hüpft auf einem Bein herum und brüllt sich die Seele aus dem Leib, während alle anderen ihre Waffen ziehen und sich nach Deckung umsehen.

Ich selbst ducke mich nur neben Katrina und sperre die Augen auf. Wenn man nicht weiß, von welcher Seite die Gefahr droht, und man wie eine aufgescheuchte Ratte herumrennt, ist die Wahrscheinlichkeit, daß man direkt vor den Gewehrläufen der anderen Seite landet, mindestens ebenso groß wie die, seinen Arsch zu retten. Außerdem will ich mal sehen, ob ich dahinterkomme, wer über uns herfällt.

Kandidaten dafür gibt es massenhaft. Weder die Mafia noch die Yakuza würde sich die Mühe machen, die Cutters zu behelligen, aber wir liegen ständig mit einigen der Seoulpa-Ringe im Clinch. Die Cutters sind zäher als die anderen hiesigen Gangs – vielleicht mit Ausnahme der Ancients –, was manche abschreckt, bei anderen jedoch hin und wieder das Bedürfnis weckt, sich den fettesten Brocken in der Gegend vorzunehmen. Also stehen etwa ein Dutzend interessierte Parteien zur Auswahl.

Mehr Gewehrfeuer auf der Rückseite des Lagerhauses, und die anderen Jungs des Schwitz- und Stöhnkommandos suchen sich plötzlich eine neue Deckung. Ich halte mich damit gar nicht erst auf: Der Bulldog gibt mir aus einigen Richtungen Deckung, und wenn es hart auf hart geht, kann ich mich immer noch darunter oder darin verstecken.

Ein weiterer Feuerstoß, wieder aus einer anderen Richtung und von einem Schrei begleitet. Es hat jemanden erwischt, und der Richtung des Schreis nach zu urteilen, nehme ich an, es ist einer unserer Beobachter.

Fast so heftig fluchend wie Fraser, ziehe ich meine MP. Das federleichte Ansprechen der Verdrahtung in meinem Hirn verrät mir, daß die Elektronik meiner im Nacken eingesetzten Talentsoft Informationen entnimmt. Meine Handflächen kribbeln, und einige normalerweise unbenutzte Bereiche meines Hirns werden aktiv, als sich die Schaltkreise der MP mit der Tech in meinem Schädel kurzschließen. Anstatt nur eine Kanone in der Hand zu halten, habe ich jetzt das Gefühl, als sei die Waffe ein lebendiger Bestandteil meiner selbst. Als wäre mein Arm endlich wieder vollständig oder so. Daten überfluten meinen Verstand, als die Smartgun-Verbindung und meine Talentsoft mit ihrem digitalen Händeschütteln anfangen. Heckler & Koch 227-S, Schockpolster aktiv, Wirkung des Schalldämpfers bei nominell einhundert Prozent – als spielte das eine Rolle –, achtundzwanzig Schuß im Magazin, einer im Lauf.

Und genau da liegt das Problem. Ich habe ein Reservemagazin, und das war's. Das gleiche gilt für Fraser und die anderen Jungens: Alles in allem verfügen wir vielleicht über hundertfünfzig Schuß. Drek, es war auch nicht vorgesehen, daß wir in einen Kampf verwickelt werden. Dafür sind schließlich die Messerklauen draußen da. Im Grunde sind wir für die ein oder zwei Tücken, mit denen wir unserer Ansicht nach rechnen mußten, sogar überreichlich bewaffnet. Nun, das hat sich jetzt geändert, und zwar gründlich. Noch einmal das Stakkato-Hämmern einer Salve, und wieder ein Schrei – der diesmal noch eine Weile anhält, bevor er schließlich abrupt abbricht. Klingt ganz so, als würden unsere harten Burschen Dresche beziehen. Ich sehe mich nach meinem ›Kommando‹ um, denn genau das ist plötzlich aus diesen traurigen Gestalten geworden. Alle lauern sie geduckt in der Dunkelheit, die Waffen gezogen, während die roten Punkte der Ziellaser überallhin huschen, sogar über sie selbst. Es wird immer besser.

He, Augenblick mal, sagen Sie jetzt vielleicht. Was ist mit all diesen qualitativ so hochwertigen tschechischen Sturmgewehren? Tja, vielleicht stimmt es ja, daß jedem von uns drei oder vier dieser Dinger zur Verfügung stehen, aber die dazugehörige Munition haben wir nicht. Die Muni, die die andere Hälfte der Sendung für die Sioux ausmachen sollte, ist woanders gelagert. (Und fragen Sie mich nicht, warum. Vermutlich handelt es sich um eine völlig überzogene Ausweitung des Prinzips ›Sicherheit durch getrennte Lagerung‹.) Sofern wir diese Knarren nicht als Keulen benutzen wollen, sind all diese Kisten mit Sturmgewehren ein Haufen Drek für uns.

Rechts von mir jagt Piers einen langen Feuerstoß in die Schatten unter dem Dach am anderen Ende des Lagerhauses. Die Kugeln schlagen Funken und prallen von all dem Metall dort oben ab, und einen Augenblick lang glaube ich, er hat Gespenster gesehen. Doch plötzlich hören wir einen Aufschrei, und dann fällt eine dunkle Gestalt von dem Laufsteg dort oben und kracht in einen Kistenstapel darunter. Lucas – der wie üblich ein paar Augenblicke zu spät reagiert – mäht den Fleck nieder, an dem sich die Gestalt schon längst nicht mehr befindet.

Also versuchen sie, aufs Dach zu kommen, wer ›sie‹ auch sein mögen. Als ich die ersten Schüsse hörte, dachte ich noch, es sei eine andere Gang. Als Katrina zu Boden ging, änderte sich meine Einschätzung, und ich ging von einer wirklich erstklassigen Gang aus, möglicherweise den Ancients oder einer Truppe der Seoulpa. Jetzt bin ich mir dessen nicht mehr so sicher. Wer sie auch sind, ihre Taktik ist gut, und sie legen mehr Disziplin an den Tag als die typische Gang. Die Sache bereitet mir langsam Kopfschmerzen.

Plötzlich überfällt mich Panik. Ich kann alle Jungs sehen, alle fünf. Das bedeutet, sie befinden sich alle auf derselben Seite des Bulldog wie ich. Was wiederum bedeutet …

Geduckt, mit dem Kopf ungefähr auf Kniehöhe, tauche ich um die Vorderseite des Lastwagens. Jemand sieht die Bewegung. In einer dunklen Ecke blitzt Mündungsfeuer auf, und in die Karosserie des Lasters schlagen Kugeln. Ich reagiere mit einem kontrollierten Feuerstoß, aber das ist eher der Versuch, sie zu veranlassen, die Köpfe herunterzunehmen, als die Hoffnung, irgend etwas zu treffen. In der Zwischenzeit versorgt mich die Tech in meinem Kopf mit Daten über voraussichtliche Trefferzonen, verbrauchte Munition und Abnutzung des Schalldämpfers. Dann zucke ich rasch wieder zurück, als der Bulldog einer drastischeren Wertminderung unterzogen wird.

Drek, es sieht eindeutig nicht sehr gut aus. Und dann sieht es plötzlich noch schlechter aus, als Fraser seitwärts taumelt und mit weggerissener Kehle zu Boden geht. Lucas springt wie von der Tarantel gestochen auf und schießt in die Richtung, aus der die Grüße gekommen sind. Ich höre ein schmerzerfülltes Grunzen aus den Schatten. Es klingt nicht so, als sei jemand ein für allemal ausgeschaltet worden, aber vielleicht ist der betreffende ein wenig aufgehalten worden.

Ich krieche zum Heck des Lastwagens, um mich in dieser Richtung umzusehen. Mehr als Schatten überall zwischen Kisten und Containern und Haufen mit Krimskrams kann ich nicht erkennen. Natürlich gibt es auch ein paar Lampen, die an Gittern und Laufstegen unter dem Dach hängen, aber nicht viele, nicht genug. Zum hundertstenmal wünsche ich mir, ich hätte damals den großen Rundumschlag gemacht und mir Cyberaugen einsetzen lassen, als mich der Chirurg sowieso unter dem Messer hatte, um mir die Verdrahtung für die Talentsoft einzusetzen. Infrarot oder auch nur Lichtverstärker wären im Moment die Rettung. Wäre es nicht ein echter Heuler, wenn ich jetzt wegen meiner Empfindlichkeit in bezug auf Augenoperationen den Löffel abgeben müßte?

Mündungsblitze aus der Dunkelheit, und dann liege ich im Staub und fresse Dreck. Der Bulldog wird wieder kosmetisch verändert, während ich mich unter ihn wälze. Ich gebe einen weiteren ungezielten Feuerstoß in die Dunkelheit ab. Eine Gestalt bewegt sich, und zum erstenmal kann ich erkennen, mit wem wir es zu tun haben.

Blauer Kampfpanzer mit gelben Verzierungen, Helm mit einseitig verspiegeltem Makroplast-Gesichtsvisier, mattschwarze Schockhandschuhe. Betäubungsstab am Gürtel, Schultergurt mit Ersatzmagazinen und eine H&K Maschinenpistole in den Pfoten. Ein Angehöriger eines Taktischen Einsatzkommandos von Lone Star. O Junge, das ist echt Sahne.

Kugeln zersplittern die Frachtkiste direkt neben dem Elite-Cop, dann prallen die Kugeln auf seine Brust. Der Panzer hält die kleinkalibrigen Kugeln auf, aber ein Querschläger trifft durch puren Zufall den Verschluß des Helmvisiers. Der Makroplastschild schwingt nach oben, und einen Moment lang kann ich das Gesicht des Burschen sehen. Dann ist kein Gesicht mehr da, nur ein blutroter Brei. Er geht zu Boden, und ich jage drei weitere Kugeln über seine Leiche hinweg. »Ich hab einen erwischt!« rufe ich für den Fall, daß einer der Jungs zuhört. Dann krieche ich auf der anderen Seite wieder unter dem Lastwagen hervor.

Lone Star. Einfach super. Was ist mit dem Informationsfluß zwischen den Abteilungen los, kann mir das jemand sagen? Ein paar Stellen bei Lone Star wissen, daß sie sich nicht in bestimmte Unternehmungen der Cutters einzumischen haben, und auch warum nicht. Aber warum sind Officer Friendly – möge er in Frieden ruhen – und seine kleinen Freunde nicht informiert worden? Wahrscheinlich wegen irgendeiner mörderischen Rivalität zwischen der für das organisierte Verbrechen zuständigen Abteilung und einem anderen kleinen Imperium innerhalb des Konzerns. Diese Art von Drek ist innerhalb der Cutters an der Tagesordnung, warum sollte es beim Star anders sein?

Jetzt erbebt der Bulldog unter der Wucht einer anderen Art von Getöse – einem dröhnenden Knall anstelle des jaulenden Knatterns des MP-Feuers. Ich weiß genug über Ausrüstung und Taktik Lone Stars, um zu erkennen, worum es sich handelt. Wenn wir es mit einem typischen Taktischen Einsatzkommando zu tun haben, ist dort draußen ein Bursche mit einer Mossberg CMDT Sturmschrotflinte. Falls es ein Doppelkommando ist, laufen dort draußen zwei dieser Schönheiten herum.

Zeit zu verschwinden. Sofort. Der Schuß mit der Schrotflinte kam von der rechten Seite des Lasters, der Beifahrerseite. Also tauche ich an der Fahrerseite unter dem Wagen auf. Von oben regnet es Kugeln, die den Boden vor mir aufwühlen. Es ist wirklich erstaunlich schwierig, ein tiefergelegenes Ziel zu treffen. Ich erwidere das Feuer in die ungefähre Richtung der Mündungsblitze. Kaum Chancen, tatsächlich etwas zu treffen, was mich nicht weiter stört, aber es gibt nichts Schlimmeres für die Konzentration eines Schützen als eine Kugel, die an seinem Ohr vorbeipfeift. Als es Katrina erwischt hat, ist sie gegen die Fahrertür gefallen und hat sie zugeschlagen. Die Tür zum Laderaum steht aber noch offen – wobei eine Kiste mit Sturmgewehren direkt auf der Kante steht –, also hechte ich auf diesem Weg in den Bulldog.

Die Schrotflinte hat ein Loch in die rechte Seite des Lasters geblasen, durch das ich meinen Kopf stecken könnte, und einzelne Schrotkörner haben fingerdicke Löcher in die andere Seite gestanzt. Ein Hagel von MP-Geschossen prallt von der Karosserie ab, während ich über drei Kisten nutzloser Artillerie in die Fahrerkabine springe. Eine weitere Salve überzieht die Windschutzscheibe mit einem Netz aus Sprüngen und läßt sie milchig werden, da ich Katrinas Glasfaserkabel aus den

Kontrollen reiße und damit die konventionellen Bedienelemente betriebsbereit mache.

»Springt auf!« schreie ich, indem ich den Anlasser betätige und hoffe, daß die Jungs mich über den Lärm des Gewehrfeuers hinweg noch hören können.

Der Motor springt sofort an, den Göttern sei Dank. Jetzt wäre auch nicht der richtige Zeitpunkt, um den Automobilclub anzurufen. Ich stelle den Schalthebel des automatischen Getriebes auf Fahrt, während ich mit dem linken Fuß auf die Bremse latsche und mit dem rechten das Gaspedal durchtrete. Die Hardware beschwert sich, und das gewaltige Drehmoment des turboaufgeladenen Motors reißt den Laster ein paar Grad nach links. Weitere Kugeln prallen von der Panzerung ab. Ich ducke mich hinter das Lenkrad und knipse eine Reihe von Schaltern für die Scheinwerfer an. Massenhaft große Scheinwerfer, die quer über den Bulldog verteilt sind. Gott weiß, wie viele Millionen Kerzenstärken oder Lumenmeter oder wie das Maß für Leuchtkraft auch heißen mag; jedenfalls genug, um ein Gelände von der Größe eines Fußballfelds taghell zu erleuchten. Jeder, der auch nur in die ungefähre Richtung des Lasters schaut, muß innerhalb dieses ansonsten trübe erhellten Lagerhauskomplexes augenblicklich geblendet sein. Nageln Sie mich jetzt nicht darauf fest, aber ich glaube, die Beleuchtung haut genug Photonen raus, um selbst die Blitzkompensatoren in den besten Cyberaugen zu überlasten.

Überall in der Umgebung des Lagerhauses eröffnen jetzt Waffen das Feuer, ein ununterbrochener, reflexhafter Feuerstoß, aber keine einzige Kugel streift den Laster auch nur. Der Versuch, in die Scheinwerfer zu schießen, muß eine wahre Tortur sein, aber ich würde sagen, die Mühe scheint keinen Furz wert zu sein.

Ich kann riechen, wie etwas zu schmoren beginnt – es ist keine so gute Idee, sehr lange mit durchdrehenden Rädern auf der Stelle zu stehen, auch wenn der Motor nicht turbogeladen ist –, aber ich muß den Jungs noch ein paar Sekunden Zeit geben. Zwar tränen mir von den blendenden Reflexionen der verdammten Scheinwerfer des Bulldog die Augen, aber ich kann trotzdem Bewegung inmitten der Frachtkisten ausmachen. In einem der Außenspiegel sehe ich, wie der kleine Piers aufspringt und zum Laster rennt. Dann knallt es dreimal hintereinander, und er geht eigentlich nicht zu Boden, sondern wird förmlich in Stücke gerissen, als ihn eine dreischüssige Salve aus der Schrotflinte trifft.

En und Paco sind ebenfalls unterwegs. Lucas sehe ich überhaupt nicht, und mir bleibt gewiß nicht die Zeit, einen Suchtrupp nach ihm auszuschicken. Paco hat den Kopf eingezogen und rennt auf die offene Tür des Bulldog zu, was das Zeug hält. Das Scheinwerferlicht muß ihn blenden, aber ich kann nichts dagegen tun. Kugelsalven beharken den Betonboden in seiner näheren und weiteren Umgebung, aber ich glaube nicht, daß auch nur eine einzige Kugel trifft.

En hat auch schon die halbe Strecke zum Laster zurückgelegt, aber die Drogen in seinem Körper scheinen noch nie etwas vom Selbsterhaltungstrieb gehört zu haben. Er tritt auf die Bremse, wirbelt herum und leert seine MP mit einem einzigen langen Feuerstoß – Gott weiß, worauf. Die Antwort läßt nicht lange auf sich warten. Sein Kopf ruckt in den Nacken, etwas spritzt aus seinem Hinterkopf, und das ist Ens Ende.

Ich höre Paco auf die Ladefläche des Lasters knallen und dann tiefer hinein krabbeln. »Fahr los, Larson!« krächzt er.

Ich fahre los. Ich weiß, daß ich Verbündete zurücklasse – Katrina lebt noch, glaube ich, und wer weiß, was mit Lucas ist – aber mir bleibt keine andere Wahl. Ich nehme den Fuß von der Bremse, und wir schießen vorwärts. Ich hoffe, daß es sich bei dem, was soeben hinten aus unserem Laster gefallen ist, um die Kiste mit Gewehren und nicht um Paco handelt, aber ich bin zu sehr damit beschäftigt, mit dem Lenkrad zu kämpfen, da der Laster wild hin und her schlingert und ich fast die Kontrolle über ihn verliere. Ich lenke den Bulldog, so gut es geht, durch eine der Gassen zwischen hohen Kistenstapeln, erwische aber die Einfahrt nicht richtig und werde fast durch das Seitenfenster geschleudert, als wir irgend etwas streifen. Von allen Seiten hämmern Kugeln gegen die Karosserie, aber viel kommt nicht durch. Dann bockt der Laster, als habe ihn ein Achtunddreißigtonner in den Hintern getreten, und die rechte hintere Ecke des Laderaums ist ganz einfach *verschwunden*. Die CMDT hat wieder zugeschlagen. Ich weiß nicht, ob es ein Glückstreffer war, oder ob es der Wichser mit dem Dreksding auf die Reifen abgesehen hat. Falls ja, sind wir in großen Schwierigkeiten. Der Bulldog hat pannensichere Reifen, aber reißwolfsicher sind sie nicht.

Mauer voraus! Ich jage die Karre mit quietschenden Reifen und gefährlich schleudernd durch eine enge Rechtskurve, und wir fahren parallel zur Längsseite des Lagerhauses weiter. Nicht die Richtung, in die ich will. An der nächsten Kistengasse biege ich wieder rechts ab.

Und dort steht mir ein Mitglied des Einsatzkommandos direkt im Weg. Einen Moment lang steht der Bursche wie erstarrt da und sieht aus, als lasse er sich auf eine Kraftprobe mit einem Engel des Herrn ein, dann wirft er sich zur Seite. Ich glaube, ich rasiere ihm im Vorbeifahren den Stiefelabsatz ab. Ich zeige ihm den Finger, obwohl ich weiß, daß er die Geste nicht sehen kann. (Und wahrscheinlich in den nächsten paar Minuten außer einem grellen Flackern überhaupt nichts mehr sehen kann.) Eine enge Linkskurve, und wir befinden uns auf der breiten Mittelgasse, die quer durch das Lagerhaus führt. Das große Rolltor ist direkt vor uns – selbstverständlich geschlossen –, also trete ich das Gaspedal wieder bis zum Boden durch und mache mich auf den Aufprall gefaßt. Ich höre Paco aufkreischen, als er sieht, was kommt, und ich kann seine Empfindungen absolut nachvollziehen. Das Tor ragt vor uns auf und reflektiert viel zuviel von unserem eigenen Scheinwerferlicht direkt in mein Gesicht.

Wir donnern mit knapp sechzig Stundenkilometern gegen das Tor und sind einen Augenblick später hindurch. Das einzige, was mich auf meinem Sitz hält, ist mein Würgegriff um das Lenkrad. Irgend etwas zischt an meinem linken Handgelenk vorbei, und es fühlt sich an, als hätte jemand meinen Daumen in Brand gesteckt, aber da sind genug andere Dinge, die mir mehr Sorgen bereiten. Zum Beispiel meine Ladung. Paco und ein paar Gewehrkisten rutschen mit einem Affenzahn nach vorne, und plötzlich bekomme ich in der Fahrerkabine Gesellschaft. Ein Teil des Rolltors klebt noch auf dem Kühler des Bulldog, so daß ich nicht richtig sehen kann, und wir liegen immer noch unter Beschuß. Wir prallen von irgendwas ab – so, wie diese Nacht abläuft, ist es wahrscheinlich ein verdammter Citymaster oder vielleicht ein Panzer –, aber durch den Aufprall werden zumindest die Überreste des Rolltors weggefegt, die mir die Sicht versperrt haben. (Die Windschutzscheibe auch, aber man kann nicht alles haben.)

Jetzt kann ich erkennen, wo ich mich befinde, und es gefällt mir gar nicht. Der Parkplatz des Lagerhauses ist voller Lone Star-Streifenwagen, und auf allen blinken die netten Blaulichter. Der Anzahl der Fahrzeuge nach zu urteilen, haben wir es mindestens mit zwei Einsatzkommandos zu tun. (Was gleichbedeutend mit mindestens zwei Schrotflinten ist. Bin ich froh, daß ich das nicht schon eher wußte.) Gestalten huschen überall herum, als wir auf die 144. Avenue schießen, und ein paar Streifenwagen machen sich an die Verfolgung.

Zeit für einen Anruf. Ich taste nach dem Funkgerät, aber Paco lenkt mich mit einem »Scheißwas?« oder einer ähnlich prägnanten Bemerkung ab. Durch seinen unerwarteten Besuch in der Fahrerkabine ist er ohnehin schon benebelt und kriegt nicht mehr viel mit, also lege ich ihn erst mal endgültig auf Eis. Dann mache ich meinen Anruf. Ich vermute, meiner Ausdrucksweise am Funkgerät mangelt es ein wenig an Professionalität, aber – um den schlafenden Paco zu zitieren – Scheißwas?

Es dauert eine Weile, aber schließlich dringt die Botschaft zu den richtigen Stellen durch. Die Blaulichter und Sirenen hinter uns drehen ab, und wir sind allein auf den Straßen von Kent.

Wird, verdammt noch mal, auch Zeit.

2

Ranger, der Kriegsboss der Cutters, ist nicht zufrieden, aber das ist er selten. Er behauptet von sich, ein Cutter in der dritten Generation zu sein, was ihn zu einer echten Rarität macht, einem Gangmitglied nämlich, dessen Vater und Großvater beide lange genug lebten, um Kinder zu haben. Vielleicht lügt er ja auch, wenn er den Mund aufmacht, und hat nur das richtige Geld auf die richtige Seite der Gleichung gezogen. Er sitzt in seinem ›Büro‹, einem spärlich möblierten Zimmer im Obergeschoß des Unterschlupfs der Cutter in Ravenna auf der Sechsunddreißigsten Avenue Nordost, einen Block vom Golgathafriedhof entfernt. Er hat seine Doc Marten-Treter auf den Tisch gelegt und erfreut Paco und mich mit dem Bösen Blick, den er uns unter seinen buschigen, zusammengewachsenen Augenbrauen zuwirft.

»Drei Kisten«, mault er. »Drei verdammte Kisten von einem Dutzend, mehr bringt ihr nicht mit. *Und* ihr habt acht Soldaten verloren, *und* das Lagerhaus ist aufgeflogen. Gute Arbeit für eine Nacht, Larson.«

»Sie können nichts von dem Drek im Lagerhaus zu uns zurückverfolgen«, stelle ich mit einiger Berechtigung fest. Die Cutters haben wie alle Gangs der ersten Garnitur schon vor langer Zeit die Wunder von Fassaden, Strohmännern und Dachgesellschaften kennen- und schätzengelernt.

»Scheiß auf das Zurückverfolgen«, faucht er. Er haut mit der Faust auf den Tisch, und das halbe Kilo Armbänder und Armreifen scheppert wie ein Haufen Altmetall. »Der Star wird mißtrauisch sein und den Laden überwachen, richtig?« Ich nicke. Er hat recht, genau das wird der Star tun. »Also hast du Drekhead unser Lagerhaus hochgehen lassen«, endet er.

Manchmal scheint die Tech in meinem Kopf zu wissen, daß ich durchdrehe, bevor ich es tatsächlich tue. Dies ist eine dieser Situationen. Ich spüre die Verdrahtung, spüre, wie das Interface nach den Schaltkreisen meiner H&K tastet (die natürlich ganz woanders ist). Und mir wird klar, daß die Drähte Ranger liebend gern umlegen würden, und das gilt auch für mich.

Aber ich schlucke die jähe Wut herunter. Aus dem Augenwinkel sehe ich Paco nervös von einem Fuß auf den anderen treten. Er ist nicht durchgedreht, er ist verlegen oder verängstigt, und das scheint meiner Wut neue Nahrung zu verleihen.

Irgendwie gelingt es mir jedoch, sie unter Kontrolle zu halten. »Was sollten wir denn machen?« frage ich so cool wie möglich. »Wir sind nicht beschattet worden. Wir haben die Beobachter aufgestellt, und Katrina hat sich in das Überwachungssystem eingestöpselt. Nichts deutete auf Ärger hin.« Ich zucke die Achseln. »Und dann haben wir's plötzlich mit *zwei* von Lone Stars Taktischen Einsatzkommandos zu tun. Wir acht gegen... wie viele?... zwanzig von denen?« Laut Lone Stars Einsatzplänen sogar vierundzwanzig, aber es wäre nicht sehr klug, mit meinem Wissen zu protzen. »Sie haben Körperpanzer und schwere Waffen, und wir haben verdammte Erbsenpistolen.« Meine Wut steigt wieder, also schlucke ich sie noch mal herunter. »Wie ich es sehe, hatten wir verdammtes Glück, daß wir überhaupt da rausgekommen sind, und dann sogar noch mit drei Kisten und dem Bulldog.«

Ranger sieht weg. Er weiß, ich habe recht, aber er muß jemandem die Schuld geben. Wenn meine Truppe und ich es nicht verpfuscht haben, dann wird es so aussehen, als sei es sein Fehler gewesen, weil er nicht genug Leute geschickt oder keine ausreichenden Sicherheitsvorkehrungen getroffen hat. Er weiß, ich werde nicht klein beigeben und mich zum Sündenbock machen lassen, und dafür haßt er mich. Tja, ein Jammer und echt zum heulen. »Kannst du mir vielleicht auch sagen, wie, zum Teufel, wir jetzt die Waffenbestellung erledigen sollen?« nörgelt er.

»Wir erledigen sie eben nicht«, antworte ich schlicht. »Sag den…« – fast sage ich ›Sioux‹, was mich in beträchtliche Schwierigkeiten bringen würde – »… Klienten, schade, tut uns echt leid. Oder sag ihnen einfach, sie sollen erst mal abwarten, während wir uns um 'ne andere Connection kümmern.« Ich zucke wieder die Achseln. »Und außerdem braucht das doch sowieso nicht unsere Sorge zu sein, oder?« frage ich. »Sollen sich doch die Jungs in der Geschäftsentwicklung mit dem Verlust rumschlagen. Schließlich ist es deren Unternehmen.«

Rangers Miene verfinstert sich wieder, und mir wird klar, daß der Sioux-Deal tatsächlich *sein* Unternehmen ist und ihn dieser Fehlschlag einiges kosten dürfte – Geld oder Reputation oder vielleicht sogar beides. Was sehr interessant ist. Die Cutters sind diversifiziert. Es gibt eine … nun, nennen wir es ›Unterabteilung‹ – da einige Mitglieder ohnehin ihren Spaß daran haben, so zu tun, als sei die Gang ein Konzern –, die geschäftliche Deals wie den mit den tschechischen Gewehren regelt. Der Kriegsboss und seine Soldaten sorgen für die Sicherheit, aber was tatsächlich stattfindet, ist so eine Art gegenseitiges Ausleihen von Ressourcen. Normalerweise würde Ranger der Verlust der Gewehre und des Lagerhauses einen feuchten Drek interessieren; und den Verlust von Fraser, En und den übrigen würde er als normalen Verschleiß innerhalb der Personalabteilung abschreiben.

Warum interessiert es ihn also mehr als einen feuchten Drek? Sollten die Hitzköpfe bei den Sioux die Sturmgewehre noch für etwas anderes benutzen außer für ein wenig fröhlichen Antiregierungsterror? Für etwas, das für Ranger in seiner Eigenschaft als Kriegsboss der Cutters wichtig ist? Ich könnte raten, aber raten ist nicht mein Job; *wissen* schon eher. Wissen – und dieses Wissen an die richtigen Leute weitergeben.

Ranger blickt immer noch finster und steht verdammt kurz davor, vor Wut mit den Zähnen zu knirschen, und meine Drähte wollen ihn immer noch umlegen. Also sage ich zu ihm: »Hör mal, Chummer, wenn du dich dadurch besser fühlst, daß ich sage, tut mir leid, tja, was soll's, tut mir leid. Mea maxima culpa und der ganze Drek. Aber vergiß nicht, ich hab drei Gewehrkisten, den Bulldog und zwei unverletzte Soldaten« – ich zeige auf Paco und mich – »aus einer unhaltbaren Stellung gerettet. Wenn du glaubst, irgend jemand anders hätte sich gegen zwei Taktische Einsatzkommandos besser geschlagen, dann sag es mir.«

Wiederum sage ich die Wahrheit, und wiederum will Ranger sie schlicht und ergreifend nicht hören. Aber er kann mich nicht festnageln, und das macht ihn noch wütender. Klar, ich könnte katzbuckeln und ihm die Füße küssen, aber was hätte ich davon? Ranger haßt mich sowieso – das weiß ich schon lange –, also würde mir die Arschkriecherei bei ihm überhaupt nichts einbringen, aber sie würde mich Pacos Respekt kosten. So habe ich Ranger eine Haaresbreite weiter in die Richtung gedrängt, das Problem Rick Larson endgültig zu erledigen, und gleichzeitig erreicht, daß Paco seinen Chummern erzählen wird, wie sich Rick Larson vor dem Kriegsboss behauptet und ihn dazu gebracht hat, es zu schlucken. Und damit erkaufe ich mir eine Menge Gesicht bei den Soldaten. Scheint mir ein guter Deal zu sein.

»Sonst noch was?« frage ich mit einer Stimme, deren Tonfall irgendwo in der Grauzone zwischen Selbstvertrauen und Unverschämtheit schwebt.

»Geht mir aus den Augen«, bellt Ranger, und ich nehme an, es ist nichts mehr.

Draußen auf dem Flur habe ich das Gefühl, daß Paco etwas sagen will. Ich bleibe stehen und drehe mich zu ihm um. Er ist noch ein junger Bursche. Dünn, knapp zwei Meter groß, kohlschwarze Haare. Wenn er seine harte Miene aufsetzt, könnte er Mitte Zwanzig sein, aber ich weiß zufällig, daß er erst siebzehn ist. Trotzdem ist er ein zäher Hund. Nach allem, was ich gehört habe, ist er in den Slums von Ost-Los Angeles aufgewachsen, hat sich dort früh den Latino-Gangs angeschlossen und sich mit elf Jahren seine drei Punkte verdient, die auf den Sattel zwischen Daumen und Zeigefinger der linken Hand eintätowiert sind. Ein Jahr später wechselte er dann zu den Cutters Süd Zentral. Vor zwei Jahren ist er dann hierher nach Seattle gekommen. Niemand weiß, warum, und Paco will nicht darüber reden, aber Paco hat sich seitdem bei den Cutters etabliert. Er ist jetzt seit fünf Jahren bei ihnen und somit ein Veteran. Noch weitere zehn Jahre, und er ist Kriegsboss ... wenn er so lange lebt.

Doch hier und jetzt will er erst mal etwas sagen. »Ja?« frage ich.

Er will mir nicht in die Augen sehen. »Ich wollte mich nur bedanken, 'mano«, murmelt er. »Weil du gewartet hast.«

Ich winke ab. »Geschenkt«, sage ich. Seine Dankbarkeit macht mich verlegen – er mag ein Dutzend Leute umgelegt haben, wie sein Ruf von ihm behauptet, aber in vielerlei Hinsicht ist er noch ein Kind. Wir gehen schweigend die paar Schritte zur Treppe nach unten. Dann sage ich im Konversationston: »Ranger stellt sich ja ziemlich an wegen dieser Gewehre. Als stünde dabei einiges für ihn auf dem Spiel.«

Paco springt sofort darauf an. Er grinst wie ein Schakal. »Wär' ganz nett zu wissen, warum, was, 'mano?« sagt er leise. »Ist immer gut, wenn man 'n As im Ärmel hat.«

Ich zucke die Achseln, aber innerlich lächle ich. Heller Bursche. Hat sofort geblickt, worum es geht. Er glaubt, ich legte es darauf an, Ranger auszutricksen, und suche nach einem Hebel. Soll er. Außerdem glaubt er, in meiner Schuld zu stehen, und überlegt sich vielleicht, daß er sich bei mir revanchieren kann, indem er herausfindet, was bei dem Sioux-Deal für Ranger rumgekommen wäre. Also ein Deal, bei dem beide Seiten gewinnen: Er befreit sich von einer Schuld mir gegenüber, und ich erfahre, was ich wissen will, ohne persönlich den Hals dafür zu riskieren. Ich wünschte, so liefe es immer.

Ich sehe auf die Uhr und bin nicht überrascht, wie spät es bereits ist. Kurz nach 0400. Ich bin total erledigt und habe einen Geschmack im Mund, als sei etwas darin gestorben. Wonach ich mich im Moment am meisten sehne, ist ein Bett – sogar ein leeres –, aber vorher bleibt noch etwas zu erledigen, muß noch eine unausgesprochene Abmachung mit Paco besiegelt werden. Ich klopfe ihm auf die Schulter. »Zeit für 'n Bier.«

»Kannst du laut sagen«, grinst er.

3

Ich war bisher noch nie bei einem offiziellen Kriegsrat der Cutters, und Ranger ist total genervt, mich bei diesem zu sehen. Nominell bin ich einer seiner Leute, ein kleiner Lieutenant, dessen einzige Aufgabe darin bestehen sollte, den Verbindungsmann zwischen den Straßenmonstern in den Reihen der Cutters und ihm und den anderen oberen Chargen der Bande zu spielen. Doch in letzter Zeit habe ich ein wenig... Schwarzarbeit geleistet, so könnte man es vielleicht nennen, indem ich mit anderen Bonzen in der Hierarchie zusammengearbeitet und mich generell so unentbehrlich wie möglich gemacht habe. Dabei habe ich ganz langsam mit dem sozialen Anpassungsdrek begonnen, der mir immer schon leichtgefallen ist, auch vor meiner intensiven Ausbildung. Die eigentliche Idee besteht darin, immer dann, wenn man jemand Wichtigen trifft, dieser Person genau das zu vermitteln, was sie sehen oder hören will. Wenn der Knabe Leute mag, die zeigen, was sie draufhaben, kehre ich den Draufgänger und Macho raus. Wenn ihm Leute gefallen, die erst denken und dann handeln, überrasche ich ihn mit einem ausgeklügelten Plan, wie man bei gewissen Unternehmungen Konfrontationen mit Lone Star vermeiden kann. Etcetera etcetera drekcetera. Danach braucht man nur noch ein paar Handlangerarbeiten für sie zu erledigen, wenn sie darauf angewiesen sind – der Job darf nicht zu groß und nicht zu klein sein –, bis sie mir vertrauen und sich schließlich auf mich wie auf eine Art inoffiziellen Berater stützen. So habe ich mich zu einem von Rangers Lieutenants hochgearbeitet. Nachdem ich dort angelangt und meine Stellung zumindest halbwegs gesichert war, hatte ich alle Möglichkeiten, meinen Wirkungsbereich auszudehnen.

So kommt es, daß ich hier im ›Besprechungsraum‹ der Cutters bin. Ranger würde vermutlich lieber sein linkes Ei hergeben, als mich hier zu sehen, aber der Kriegsboss hat nicht den Schneid, Vladimir und der Hirschschamanin Frühlingsblüte zu widersprechen – zwei Führungskräfte der Cutters, die meine Anwesenheit ausdrücklich erbeten haben.

Der Besprechungsraum befindet sich im Keller des größten Unterschlupfs der Cutter – demjenigen auf der 164. Straße Süd direkt unter der Einflugschneise für die Transpazifik-Suborbitalflüge. Das Zimmer ist düster und muffig und hat keine Belüftung, um mit dem Rauch von Frühlingsblütes Super King-Size Ultra-Js mit Menthol fertigzuwerden – die sie in Ketten raucht, um ›die Geister zu spüren‹. Ganz bestimmt. So wie ich mich nur vom Einatmen ihres Qualms fühle, ist es ein Wunder, daß hier unten überhaupt noch jemand eine vernünftige Entscheidung treffen kann.

Kernstück des Raumes ist ein Konferenztisch im Konzernstil – ein echtes HiTech-Modell, in dessen Mahagoniplatte an jedem Platz Bildschirme und Buchsen für Datenkabel eingelassen sind. Außerdem ist er mit 3-D-Vorrichtungen und genug Rechenpower bestückt, um einen Ultra-VAX vor Neid erblassen zu lassen. Keine Ahnung, wie die Cutters an dieses Baby gekommen sind – die Tech alleine muß eine knappe Million kosten, von dem Mahagoni ganz zu schweigen. (Ganz recht. Echtes Holz, kein Makroplastfurnier.)

Alle, die bei den Seattler Cutters was zu sagen haben, sitzen am Tisch. Blake, der Oberboss, an der Stirnseite mit Vladimir zu seiner Rechten, Frühlingsblüte, die sich das Hirn ausräuchert, zu seiner Linken und Ranger, der ganz allgemein genervt aussieht, ihm gegenüber. Auf den übrigen Stühlen sitzen Musen, der Buchhalter, Fahd aus der Abteilung Geschäftsentwicklung, ein richtig schwerer Junge namens Cain (meiner Einschätzung nach ein Talent von außerhalb, vielleicht ein unter Vertrag stehender Shadowrunner oder ähnlicher Drek) sowie ein paar andere, die ich nicht kenne. An den Wänden stehen die kleineren Lichter, die zwar Grund für ihre Anwesenheit, jedoch keinen Anspruch auf einen Platz am Tisch haben. Dazu gehören zum Beispiel ich selbst und Blakes persönliche Prätorianergarde – darunter auch Box der Troll, der wie ein Alptraum aus der unzensierten Ausgabe von Grimms Märchen aussieht – und noch ein paar andere Handlanger.

Jedenfalls hat im Augenblick Vladimir das Wort. Er trägt wahrhaftig einen Anzug und sieht eher aus wie ein europäischer Banker als ein Gangmitglied. Wegen seiner ruhigen, vernünftigen Stimme und seiner ewig gelassenen, sanften Art könnte man ihn sogar für einen Waschlappen halten. Doch der gute alte Vladimir hat mehr Blut an seinen Händen kleben als jeder andere an diesem Tisch – möglicherweise mit Ausnahme von Blake – und ist immer bereit, noch mehr hinzuzufügen. Aber selbstverständlich nur, wenn es geschäftlich sinnvoll ist.

»Ich stimme nicht mit dem Kriegsboss überein«, sagt er gerade mit gelassener Stimme. »Zum gegenwärtigen Zeitpunkt können wir durch einen Krieg mit den Ancients mit Sicherheit nichts gewinnen, von den potentiellen Risiken ganz zu schweigen. Ein Krieg wäre für beide Seiten kostspielig und könnte… hmmm, genug Substanz verzehren, um eine oder mehrere der Seoulpa-Ringe zu einem Versuch zu ermutigen, die Situation auszunutzen.« Er zuckt die Achseln und wischt ein unsichtbares Staubkorn von seiner Manschette. »Jedenfalls haben die Ancients nichts getan, was zum gegenwärtigen Zeitpunkt eine Kriegserklärung rechtfertigen würde.«

Fahd, der wie ein tollwütiges Wiesel aussieht, mischt sich ein: »Sie haben einen von unseren verdammten Umschlagplätzen ausgehoben, reicht das nicht? Wir haben fünftausend BTL-Chips mit einem Straßenverkaufswert von zweieinhalb Millionen verloren.« Musen nickt zustimmend, macht ansonsten aber einen unschlüssigen Eindruck. Er ist mit den Zahlen einverstanden, nicht aber mit Fahds Schlußfolgerungen.

Vladimir zuckt erneut die Achseln. »Zugestanden«, sagt er bedächtig. »Aber alle Informationen weisen darauf hin, daß den Ancients nicht bewußt war, daß es sich um einen unserer Umschlagplätze handelte, und sie sich wahrscheinlich ein anderes Ziel vorgenommen hätten, wäre es ihnen bewußt gewesen. Richtig?« Dabei sieht er mich an.

»Das stimmt«, sage ich den Leuten am Tisch. Vladimir glaubt, ich hätte massenhaft Kontakte auf der Straße und in den Schatten, und er vertraut meinen Informationen und den daraus resultierenden Beurteilungen in vielen Fragen. (Das würde sich ziemlich schnell ändern, wenn er herausfände, daß die meisten meiner Kontakte für den Star arbeiten, aber ich will verdammt sein, wenn ich ihn das herausfinden *lasse*.)

»Schwachsinn«, faucht Ranger, bereit, Gift und Galle zu spucken, und die Fronten sind gezogen. Ranger und Fahd sind für Krieg, Vladimir und Musen sind dagegen. Frühlingsblüte spürt die Geister offenbar so sehr, daß ihre Augen blicklos sind, so daß sie eine unbekannte Größe darstellt. Was Cain anbelangt, dessen kalte Augen herumzucken, so sieht er aus, als lehne er sich einfach nur zurück, genieße die Vorstellung und erwäge höchstens noch, ein paar Nebenwetten auf den Ausgang abzuschließen. Box will nur jemandem den Kopf abreißen, aber das will Box immer. Die anderen halten sich raus – schlau von ihnen –, und Oberboss Blake zeigt noch weniger Regung als die Mahagoni-Tischplatte.

Und ich? Den Blicken nach zu urteilen, die Ranger und Fahd mir zuwerfen, muß ich mich durch die Bestätigung von Vladimirs Lagebeurteilung unverrückbar in dessen Lager begeben haben. Einfach entzückend.

Vladimir fixiert Ranger über den Tisch hinweg, und man kann beinahe spüren, wie die Raumtemperatur plötzlich um ein Dutzend Grad sinkt. Er hält seinen langen, durchdringenden Blick zehn Sekunden oder noch länger aufrecht, dann verziehen sich seine Lippen zu einem schwachen und ach so herablassenden Lächeln. »Wenn du das sagst«, bemerkt er gelassen, und Ranger wird erst rot und dann weiß, als habe man ihn gerade beschuldigt, es mit Teufelsratten zu treiben. Der gute Vladimir kümmert sich nicht darum, sondern fährt gleich fort: »Um es noch mal zu wiederholen: Ich glaube, ein direkter, offener Krieg mit den Ancients wäre unseren Interessen höchst abträglich.« Er betrachtet die Leute am Tisch, als wolle er ihnen Stellungnahmen entlocken. Derzeit scheint niemand eine abgeben zu wollen – abgesehen natürlich von Ranger, dessen Augen alles sagen.

Vladimir nickt, als habe er damit seine Auffassung durchgesetzt. »Aber«, fährt er fort, »wir haben Geld verloren. Ich würde vorschlagen, an die Führung der Ancients heranzutreten, und zwar mit einer umfassenden Aufstellung unserer Verluste.« Er richtet seinen kühlen Blick auf Musen. »Zweikommafünf Millionen Nuyen. Ist das richtig?«

Musen nickt, wobei sein vorstehender Adamsapfel auf und ab hüpft, als versuche er gerade einen Tennisball zu verschlucken. »Hinzu kommen Gebäudeschäden in Höhe von fünfhunderteinundzwanzigtausend, außerdem eine Entschädigung für die Terminierung von vier Personaleinheiten.« Damit meint er tote Cutters. »Insgesamt beläuft sich die Summe« – einen Moment lang verdrehen sich seine Augen, als er auf seine Headware zugreift – »auf drei Millionen einhundertzweitausend Nuyen. Mal vorsichtig geschätzt.« Ich frage mich, wie sich die vier ›terminierten Personaleinheiten‹ fühlen würden, wenn sie wüßten, daß Musen den Wert ihres Lebens auf etwas über zweiundzwanzig K Nuyen pro Person beziffert.

»Dann also dreikommaeins Millionen.« Vladimir akzeptiert die Korrektur mit äußerstem Gleichmut. »Ein Krieg wäre wesentlich teurer, und darum würde ich nachgeben. Ein Krieg wäre für beide, für Cutters *und* Ancients, wesentlich teurer. Ja, ich denke, ein Krieg käme beide Seiten wesentlich teurer zu stehen, wenn man die verlorenen Einkünfte und Werte und die Beeinträchtigung unserer Fähigkeit in Betracht zieht, während der Wiederaufbauphase aus neuen Geschäftsgelegenheiten Kapital zu schlagen.« Er lächelt – jedenfalls glaube ich, daß er das tut –, wobei seine Lippen einen dünnen geraden Strich bilden. »Ich glaube, die Führung der Ancients wird Vernunft walten lassen.«

»Was ist mit unserem Ruf?« knirscht Ranger. »Was werden die anderen Gangs von uns denken, wenn sie sehen, daß uns die Ancients einen harten Schlag verpassen und wir nicht zurückschlagen?« Er grinst Vladimir höhnisch an, der lediglich eine Augenbraue hebt, und ich verspüre den plötzlichen Drang, mich hinter Box zu verstecken. Doch Ranger schnauzt einfach weiter. »Was werden die Seoulpa-Ringe von uns denken, wenn sie sehen, wie uns Schaden zugefügt wird und wir uns dann zieren und nichts anderes tun, als den Müslifressern 'ne verdammte *Rechnung* zu präsentieren? Und was werden sie dann *tun*?«

»Sie werden nichts tun«, erwidert Vladimir, dessen zivilisierte Stimme in beängstigendem Kontrast zu seinem mörderischen Blick steht, »gar nichts. Das einzige, was sie sehen werden, ist, daß wir immer noch auf gutem Fuß mit den Ancients stehen und uns nicht durch einen idiotischen Krieg ablenken und schwächen lassen. Sie werden sehen, daß wir stark sind und bereit, jeden Schritt, den sie gegen uns unternehmen, zu kontern. Wenn wir den Ancients andererseits den Krieg erklären, werden sie sehen, daß wir genau die Ressourcen in die Schlacht werfen, die sie bisher davon abgehalten haben, gegen uns aktiv zu werden.«

Absolut logisch, aber für Ranger ist Logik zu oft das, was für einen Stier ein rotes Tuch ist. Der Kriegsboss ist aufgesprungen und holt gerade tief Luft, um etwas zu sagen, das ihn in bezug auf Vladimir in echte Schwierigkeiten bringen wird. Na los doch, Ranger, sage ich.

Doch Blake unterbricht ihn. Nicht dadurch, daß er ihm sagt, er solle die Klappe halten, nicht einmal dadurch, daß er die Hand hebt und auf diese Weise um Ruhe bittet. Nein, er hebt lediglich den Zeigefinger der rechten Hand, die flach auf dem Tisch liegt. Der Finger bewegt sich vielleicht einen Zentimeter, aber das reicht, um Ranger abrupt verstummen zu lassen. Das ist Macht. Und außerdem ist das Blake.

Er wartet schweigend, während Ranger herunterschluckt, was er gerade sagen wollte, und sich wieder hinsetzt. Dann mustert er der Reihe nach die Leute am Tisch. Einen Moment lang erinnert Blake mich an Sims, die ich über Löwen in der Wildnis gesehen habe, bevor sie alle ausgestorben waren. Er hat das gleiche Flair von Lässigkeit und latenter Gewalttätigkeit wie eine Raubkatze, deren Blick über die Savanne streift. Oder so ähnlich. Es hilft, daß er groß ist – fast zwei Meter und gebaut wie ein Catcher –, aber das ist nicht alles. Ich habe noch nie gesehen, daß er sich schnell bewegt hat, und wäre sein breites, hübsches Gesicht – das noch ein paar Schattierungen dunkler als der Mahagonitisch ist – noch etwas unbewegter, würde ihn wahrscheinlich jeder Quacksalber auf der Stelle für tot erklären. Er hat einfach etwas an sich, das Macht ausstrahlt, schlicht und ergreifend. Ich habe schon Leute gesehen, die den Dicken raushängen ließen, Leute, die wie der Tod auf zwei Beinen waren, wenn sie mit Blake in einen Raum gingen, und die sich dann plötzlich auf den Rücken wälzen und wie ein Wolf heulen wollten, der sich dem Anführer des Rudels unterwirft. Ja, das ist Blake.

Fast in Zeitlupe betrachtet er die Gesichter der Leute am Tisch, wobei sein Blick von einem zum anderen wandert. Wenn er jemanden fixiert, schrumpft der betreffende sichtbar. Nicht Frühlingsblüte, weil sie es wahrscheinlich gar nicht wahrnimmt, und auch nicht Vladimir. Aber alle anderen, was Ranger so sicher wie nur was einschließt.

Dann richtet Blake seinen Laserblick auf mich, und wiederum will ich mich hinter Box verstecken. »Du bist Larson, richtig?« fragt er mit einer Stimme wie Samt und Mitternacht.

Ich muß einen Augenblick darüber nachdenken und nicke dann.

»Und du bestätigst, was Vladimir gesagt hat? Daß die Ancients nicht wußten, daß der Umschlagplatz uns gehört?«

»Das hört man jedenfalls auf der Straße«, antworte ich, und meine Stimme hört sich an wie die eines Kindes. »Ich habe einen Haufen Quellen angebohrt, und alle sagen das gleiche«, plappere ich weiter. Er nickt bestätigend, und ich halte schleunigst die Klappe.

Blake sieht Vladimir an, der unmerklich eine Augenbraue hebt. Dann ruht Blakes Blick wieder auf mir. »Ich würde gern deine Meinung hören, Larson«, sagt er. »Sollen wir den Ancients den Krieg erklären oder nicht?«

Und plötzlich ruhen aller Augen auf mir, manche überrascht, manche neugierig, zwei, deren Pupillen unterschiedlich geweitet sind, und manche mit Blicken, die töten könnten. Ich versuche einen klaren Gedanken zu fassen, aber das einzige, was mir ständig durch den Kopf geht, ist Pacos Bemerkung aus der vergangenen Nacht – *Scheißwas?* –, und irgendwie kommt mir die unangemessen vor. »Nun, ich…«, stammele ich und halte dann inne.

Doch Blake sieht mich immer noch an, also schüttele ich innerlich mit dem Kopf. Rick Larson, null Defekte. »Kein Krieg«, krächze ich.

»Ranger ist anderer Ansicht«, stellt Blake fest.

»Ranger hat unrecht«, sage ich.

Keine sehr diplomatische Bemerkung, nehme ich an. Ranger ist bereits aufgesprungen, und seine Wangen sind so gerötet, daß er aussieht, als seien ihm sämtliche Äderchen im Gesicht geplatzt, und ich bin plötzlich der Sündenbock, an dem er all die Wut auslassen kann, die er zu feige ist, gegen Vladimir oder Blake zu richten. »Was, zum Teufel, verstehst du schon davon, du rotznäsiger Punk?«

Die Verdrahtung ist heute eine andere – ich habe einen Escrima-Chip anstelle desjenigen für meine H&K Smartgun eingeworfen –, aber sie will Ranger dennoch umlegen. Und das ist meine Entschuldigung für die Antwort, die ich ihm vor den Latz knalle: »Mehr als du, Drekhead.« Meine Hand gleitet in meine Jackentasche. Bei Versammlungen werden keine Schußwaffen getragen – eine Regel, die auch für Leibwächter wie Box gilt (nicht, daß er eine brauchte); die Elektronik, die ich gar nicht tragen dürfte, verrät mir, daß in den Türrahmen des Versammlungsraums Hardware eingebaut ist, die eingeschmuggelte Holdouts entdeckt.

Aber null Problemo. Chemoschnüffler und Metalldetektoren reagieren nicht auf meinen ›Klick-Stock‹, einen Teleskopstab, wie ihn die japanischen Cops benutzen. Er besteht aus modifiziertem Hartplast, das die Dichte von Eisen und somit einige Schlagkraft hat, jedoch völlig nichtmagnetisch ist. Eingefahren ist der Stock ein etwa zwölf Zentimeter langer Zylinder mit dem richtigen Durchmesser, um ihn bequem packen zu können. Ein Ruck mit dem Handgelenk, und er fährt mit einem Dreifachklick auf eine Länge von dreißig Zentimetern aus, wobei auch die Spitze noch genügend Masse hat, um Knochen brechen zu können.

Rangers Miene verfinstert sich noch mehr. Er knurrt etwas, das verdächtig nach Scheißwas? klingt, und wirft sich dann vorwärts. Seine rechte Hand verschwindet hinter seinem Rücken und taucht mit einer Kompositklinge wieder auf, seinem ganz persönlichen nichtmetallischen Holdout-Äquivalent.

Ich greife auf die Talentsoft zurück, und die brutale Einfachheit des Escrima erfüllt mich. Escrima stammt von den Philippinen, und ich würde es nicht als Kampfsportart bezeichnen, weil es nichts Sportliches an sich hat. Es gibt keine Manieren, keine offiziellen Regeln oder Wettkämpfe. Es ist ungefähr so brutal und pragmatisch wie die militärische Art der Selbstverteidigung, die auf der Akademie gelehrt wird, für meine Erfordernisse jedoch besser geeignet, weil es grundsätzlich davon ausgeht, daß der Gegner bewaffnet ist. Mit Ausnahme des balinesischen ›Schmetterlingsmessers‹ ist die einzige Waffe, deren Gebrauch Escrima lehrt, ein kurzer Stock oder Stab – die Art ›Gelegenheitswaffe‹, die man praktisch überall findet –, der zufällig ungefähr dieselbe Größe wie mein Klick-Stock hat. Welch ein Zufall.

Als Ranger losprescht, ziehe ich meinen Klick-Stock. Ein Ruck meines Handgelenks, klick-klick-klick, und ich bin kampfbereit. Ich will irgendwas Cooles knurren, irgendwas wie: »Also gut, Bubi, mal sehen, was du draufhast«, aber mir bleibt nicht mal annähernd genug Zeit.

Er kommt geduckt auf mich zu und setzt zu einem geraden, direkt auf meinen Bauch gezielten Stoß an, eines der Manöver mit einem Messer, die am schwierigsten abzuwehren sind. Ich springe einen halben Meter rückwärts, fange sein Handgelenk in der Klammer, die von meiner linken Hand und dem Klick-Stock in meiner rechten gebildet wird, und lenke den Stoß links an mir vorbei. (*Knapp* vorbei: Ich spüre, wie die Klinge an meinem Hemd zupft.) Dann führe ich einen raschen Rückhandschlag mit dem Stock gegen seinen Kopf. Das scharfe Knacken, als der Stock Rangers Stirn trifft, hallt durch den Raum, und Blut spritzt aus seiner Kopfhaut. Einen Augenblick lang ist er erstarrt, die Augen sind blicklos und weit aufgerissen. Es wäre so leicht, die Spitze des Stocks in seine Kehle zu rammen, ihm das Zungenbein und den Kehlkopf zu zerschmettern und dann einfach abzuwarten und zuzusehen, wie er stirbt. Leicht und auf lange Sicht wahrscheinlich auch ein kluger Zug.

Aber im Augenblick wahrscheinlich *politisch* nicht der geschickteste Zug. Jemanden bei einer Versammlung zu töten, wird irgendwie nicht gern gesehen und ist kaum der beste Weg, sich Freunde zu machen und Leute zu beeinflussen. Anstatt in die Kehle ramme ich ihm den Stock in den Solar Plexus, aber nicht annähernd so hart, wie ich eigentlich will. Er sagt uff, setzt sich abrupt auf den Hintern – wobei er seinen Stuhl um mindestens einen Meter verfehlt, ach, wie bedauerlich – und hört ganz einfach auf, den Vorgängen weiterhin Aufmerksamkeit zu schenken.

Aus dem Augenwinkel sehe ich etwas wie eine lederbedeckte Wand seitlich auf mich zukommen. »Alles cool«, sage ich rasch zu Box, indem ich mich von Ranger entferne. So cool wie möglich stoße ich die Stockspitze gegen die Stahlbetonwand des Besprechungsraums, um die Muffen zu lockern, dann schiebe ich ihn zusammen und lasse ihn zurück in die Tasche gleiten. Mit leicht erhobenen und sichtlich leeren Händen wende ich mich an Blake. »Was sagten Sie gerade?« frage ich.

Einen Augenblick lang verziehen sich die Lippen des großen Mannes zu etwas, das ein Lächeln sein könnte. Sein Laserblick ist unverwandt auf mein Gesicht gerichtet. Er hat mit so etwas gerechnet, wird mir plötzlich klar. Er hat den ganzen Vorfall als eine Art Prüfung inszeniert. Aber als Prüfung für wen? Für mich oder für Ranger? Wenn für mich – habe ich bestanden oder bin ich durchgefallen? Durchgefallen, weil ich Ranger aufgestachelt habe, oder bestanden, weil ich ihn besiegt habe? Wer weiß?

»Ich sagte, du hast gegen den Krieg gestimmt«, sagt Blake so kühl, als sei nicht das geringste vorgefallen. »Warum?«

»Zu teuer«, antworte ich wie aus der Pistole geschossen. »Zu hohe Kosten, zu wenig Gewinn.«

»Was ist mit der Reputation?« faucht Fahd.

Hier könnte ich politisch argumentieren, aber irgend etwas – vielleicht der Ausdruck in Blakes Augen – verrät mir, daß ich damit nicht durchkommen werde. Vielleicht ist es an der Zeit, ein Risiko einzugehen. Wenn ich gewinne, habe ich Zugang zum inneren Kreis, was meinen Wert exponentiell steigern würde. »Was soll damit sein?« schieße ich zurück. »Wenn es nach euch geht, stehen wir bald in dem Ruf, dämlich zu sein, weil wir uns in einen kostspieligen Krieg gestürzt haben, den wir hätten vermeiden können.« Fahds Wieselgesicht wird weiß, und ich weiß, daß ich mir noch einen Feind gemacht habe. Ereignisreicher Tag. Ich erwäge kurz, an dieser Stelle aufzuhören, aber Scheißwas? »Wenn ihr unbedingt eurem Ego schmeicheln wollt«, sage ich direkt zu Fahd, »dann nehmt euch jemanden zur Brust, bei dem ihr euch keine blutige Nase holen könnt. Macht einen Handel mit den Ancients, wie Vladimir vorschlägt, aber vermöbelt die Eighty-Eights.« Das ist eine der hiesigen, den chinesischen Verhältnissen nachempfundenen Triaden. »Die werden in letzter Zeit sowieso zu dreist.«

Und an dieser Stelle brennen sich Blakes Laseraugen wieder in meinen Schädel, und ich habe ein Gefühl, als zähle er meine Zahnfüllungen oder durchforste meinen Verstand. Einen Augenblick lang habe ich eine

Scheißangst, daß er vielleicht ein Schamane oder Magier ist, der tatsächlich meine Gedanken lesen kann. Doch ich verwerfe diese Idee sofort wieder. Wenn Blake das könnte, hätte er es bereits getan, und ich würde mittlerweile längst an einer Neun-Millimeter-Migräne leiden.

Die Stille dehnt sich unerträglich, und ich verspüre den irrationalen Drang loszuplappern, nur um die Zeit schneller verstreichen zu lassen. Doch bevor ich die Beherrschung verliere, nickt Blake zögernd. »Die Eighty-Eights«, sinniert er, »ja. Ein warnendes Beispiel für andere, hmm?« Er lächelt Vladimir zu, der ebenfalls nickt. »Du hast freie Hand, hinsichtlich einer Entschädigung an die Führung der Ancients heranzutreten«, sagt Blake zu seinem Ratgeber. »Schließlich ist es dein Baby.«

Dann wendet sich der Anführer an Fahd, und das Wiesel scheint unter seinem spekulativen Blick zu schrumpfen. Wiederum dehnt sich die Stille unerträglich, dann tippt Blake mit dem Zeigefinger auf die Tischplatte – für ihn eine überwältigende Zurschaustellung von Emotion. »Es wird keine Vergeltungsmaßnahmen gegen die Ancients geben«, sagt er entschlossen. »Keine. Ich mache dich persönlich dafür verantwortlich, *ihm* das zu sagen.« Er deutet auf den immer noch bewußtlosen Ranger. »Aber ich will, daß ein paar Überfälle auf die Eighty-Eights stattfinden. Schlagt mit aller Härte zu, tut ihnen weh. Und sorgt dafür, daß man auf der Straße erfährt, wer dafür verantwortlich ist. Sag ihm auch das.«

Der Bandenboss hält inne, und diesmal gibt es keinen Zweifel: Er lächelt schwach. »Und sag ihm, ich meine, er sollte Larson als bedeutenden Aktivposten einsetzen«, fügt er hinzu.

Der Art nach zu urteilen, wie Fahd mich ansieht, kann ich mir ganz gut vorstellen, wie er Ranger diese Botschaft präsentieren wird. Ich behalte meine ausdruckslose Miene bei, als ich einen flüchtigen Blick auf Blake werfe. Die Frage, die ich mir zuvor gestellt habe, gewinnt plötzlich sehr an Bedeutung. Wen von uns beiden versucht er zu testen? Weil so, wie sich die Dinge entwickeln, einer von uns beiden die ganze Sache nicht lebend überstehen wird.

Und genau das scheint Blake vorzuschweben.

4

Das Treffen soll in der Kaffeebohne stattfinden, einem der piekfeinen Kissaten – Kaffeehäuser im japanischen Stil –, die in letzter Zeit in Seattles Innenstadt aus dem Boden sprießen. Mitten im Konzernsektor, schräg gegenüber dem Yamatetsu-HQ, Ecke Fünfte und Pike gelegen, ist die Kaffeebohne wahrscheinlich das einträglichste und renommierteste. Die Einrichtung hat genau den richtigen Grad von Schrägheit, eine Art Retrospektive der Zukunftsbetrachtung – wie jemand im Jahre 1954 vorausgesagt hat, daß 2054 aussieht, oder irgend so ein Drek. Haufenweise Spiegel, haufenweise HiTech, die sich als auf HiTech getrimmte LowTech maskiert, wenn Sie wissen, was ich meine. Die Hintergrundmusik, wenn man sie so nennen kann, besteht aus wahllos erzeugten synthetischen Tönen, die angeblich von einer Art Algorithmus überwacht werden, welcher nur Kombinationen auswählt, die angenehm für das (meta)menschliche Ohr sind. Ganz bestimmt. Wenigstens ist der Kaffee gut – echter Kaffee, kein Soykaf –, aber andererseits sollte er das für fünfzehn und mehr Nuyen die Tasse auch sein. Zudem kostet Nachschenken extra.

Die Treffen finden immer an einem anderen Ort statt, und ich weiß nie, wer mein Kontakt sein wird. Es gibt keinen festen Rhythmus für die Treffen, weil ein fester Rhythmus berechenbar wäre. Manchmal vergehen zwei, drei Wochen, ohne daß ich mit jemandem Rücksprache halte. Wahrscheinlich nennen sie es deshalb nicht nur Undercover, sondern Deepcover. Der Star benutzt ein Dutzend verschiedene Kanäle, um mir Nachrichten zukommen zu lassen – und umgekehrt –, aber die besten sind zugleich die simpelsten. Bei den Cutters gelte ich als Techno-Freak. Andere Soldaten verbringen ihre Zeit damit, sich das Hirn rösten, sich flachlegen oder sich in Kämpfe verwickeln zu lassen. Ich auch – die Erfordernisse meiner Tarnung, nicht weil es mir Spaß machen würde, ha! –, aber ich lasse keinen Tag verstreichen, ohne mich zumindest ein paar Minuten in die UCAS Online einzuschalten, dem riesigen öffentlichen BTX-System in der Matrix. (Ich bin ein Nullhead – keine Datenbuchse, nur meine Chipbuchsen –, also benutze ich einen billigen Palmtop.) UOL wartet mit einer ganzen Wagenladung cooler Eigenschaften auf, aber der entscheidende Punkt ist das riesige schwarze Brett. Ein Haufen Leute auf dem Kontinent – manchmal sogar in Europa – schalten sich ein, um sich mit speziellen Interessengruppen oder Privatpersonen über alles und jeden zu unterhalten. Bei so einem hohen Aufkommen von Nachrichtenverkehr ist es leicht, eine codierte Botschaft in den Datenstrom einzuschleusen. Nichts Kompliziertes – das ist gar nicht nötig – und nichts, was auch nur entfernte Ähnlichkeit mit einem Code hat. Man muß wirklich wissen, wonach man sucht, wenn einem die Botschaften auffallen sollen, die wir austauschen. (Drek, manchmal übersehe selbst ich sie. Auf die Art habe ich nicht wenige Treffen platzen lassen, aber manchmal ist das der Preis, den man zahlen muß.) Die Botschaft, die mir mitgeteilt hat, daß ich mich heute in der Kaffeebohne sehen lassen soll, las sich wie eine typische neo-anarchistische Phrasendrescherei gegen die Monopolisierung der Nachrichtenmedien – schlechte Argumente, schlechte Rechtschreibung und total überholt.

So kommt es also, daß ich kurz vor der Zeit, wenn die Juniorpinkel aus den Wolkenkratzern strömen, um beim Mittagessen ihre Spesenkonten zu plündern, in den Laden schlendere. Ich gehöre nicht in die Kaffeebohne. Jeder Kopf, der sich zu mir umdreht, jedes Lippenpaar, das sich zu einem spöttischen Grinsen verzieht, jede Stimme, die vorübergehend innehält, verrät mir das. Ich stamme offenbar aus irgendwelchen Slums, und das macht mich gefährlich und verdächtig. Ich trage weder Zoé noch Mortimer of London, Gucci oder Bally, weder Satin noch Kunstseide. Mein Outfit tendiert mehr zu Skulz, Doc Marten, Kunstleder und Kevlar. Selbstverständlich sagt mir das niemand ins Gesicht. Beim gegenwärtigen politischen Klima gelten Kleidervorschriften als ›elitär‹ (außer natürlich auf dem Firmengelände eines Megakonzerns, wo alles geht und man sich ebensogut gegen das Gesetz der Schwerkraft verwahren könnte.) Solange ich keine Waffen, illegale Rüstung oder unerwünschte Cyberware trage – zumindest nichts, was der Techdrek in der Tür aufspüren kann –, kann mir niemand sagen, ich gehörte nicht hierher. Das kann natürlich die Penner in dem Laden nicht davon abhalten, mir genau das zu vermitteln, ohne es mir offen ins Gesicht zu sagen. Andere Gangmitglieder in der Gegend könnten sich fragen, warum ich mir das überhaupt antue, aber ich habe mir sorgfältig den Ruf aufgebaut, oft in Pinkelläden rumzuhängen, und zwar nur um des Spaßes willen, die Leute vor den Kopf zu stoßen.

Ich spaziere hinein, spiele mit dem Knaben hinter der großen Espresso-Maschine das alte Spiel *Wer starrt Wen nieder*, und schlendere in den rückwärtigen Teil des Ladens. Ich sehe meinen Kontakt sofort. Sie sitzt an der Bar, und zwar auf einem dieser Neo-Retro-Barstühle, die von einem frustrierten Proktologen entworfen worden sein müssen. Sie war ein Chummer von mir (und für ein Wochenende im Mayflower Plaza Hotel, an das ich mich immer gern erinnere, vielen Dank, auch mehr als das), als wir beide noch in Milwaukee wohnten und gemeinsam auf die dortige Lone Star-Akademie gingen, und dann später wieder, als ich mich mit der Straße vertraut machte und lernte, dort zurechtzukommen. Nachdem wir in den Westen versetzt wurden, machte sie sich einen Namen im Datenmanagement der

Abteilung Organisiertes Verbrechen bei Lone Star. Sie heißt Catherine Ashburton, läßt sich gerne Cat nennen und ist umwerfend, war es immer und wird es immer sein. Zierlich ist, glaube ich, die treffende Bezeichnung: Sie ist kaum größer als einen Meter fünfzig, wiegt knapp fünfzig Kilo, und der Großteil davon entfällt auf ihre Möpse. Glattes, kurzes kupferrotes Haar, die Farbe, bei der man meint, in Smaragdgrün müsse sie heiß aussehen. Doch statt dessen trägt sie immer Preiselbeerrot und gewisse Pinktöne und sieht aus, als sei sie gerade der Titelsequenz eines Mode-Trids entsprungen. Ihre Augen haben heute einen tiefvioletten Farbton.

Cat ist genauso gekleidet wie eine aus den Scharen grellbunter Sekretärinnen, die in der Mittagszeit und nach der Arbeit um die Wolkenkratzer herumflitzen und versuchen, die Barracuda-Manager abzuwehren/anzuziehen. Eine Jungfrau aus dem Eise, unnahbar, es sei denn, man hat einen Monatsverdienst von acht K aufwärts. Dann scheinen sie plötzlich nur noch aus Gekicher und Lächeln und unausgesprochenen Einladungen zu bestehen. Andererseits besteht meine einzige Möglichkeit, acht K im Monat zu verdienen, darin, meine Familie in die Sklaverei zu verkaufen und dann den Haupttreffer in der Lotterie zu landen. Sie sieht mich auf sich zu schlendern und erstarrt.

Also schwinge ich mich natürlich auf den Barstuhl direkt neben ihr und mustere sie vom kupferfarbenen Kopf bis zu den Stilettoabsätzen an ihren Füßen. »Einen doppelten Espresso«, schnauze ich den Mann hinter der Bar an, ohne den Blick von der appetitlichen Braut neben mir abzuwenden. Cat spielt ihre Rolle perfekt. Alles an ihr zeigt ihren innerlichen Aufruhr – sie fürchtet sich vor dem Straßenmonster neben sich, hat jedoch mindestens ebensoviel Angst, daß mich eine falsche Bewegung oder Reaktion provozieren könnte. Einen Moment lang begegnen sich unsere Blicke, und ich sehe ein Aufblitzen kühler Belustigung. Es macht ihr Spaß, aus dem Büro heraus und aufs Schlachtfeld zu kommen. Und wer weiß? Vielleicht hat sie ja ganz tief drinnen auch nichts dagegen einzuwenden, mich wiederzusehen.

Mein Espresso kommt. Der Barista hinter der Maschine arbeitet mit Höchstgeschwindigkeit und führt meine Bestellung schnell aus, damit ich möglichst schnell wieder gehe. Ich stürze die kleine Tasse bitteren Kaffees hinunter und schiebe sie dem Barmann zu. »Noch einen«, sage ich zu ihm.

Ich betrachte Cat noch einmal von oben bis unten, wobei ich ein raubtierhaftes Straßengrinsen aufsetze, während ich mich auf den Austausch vorbereite. Diese Treffen haben zwei Funktionen. Zum einen liefere ich meinen Bericht darüber ab, was seit dem letzten Meeting bei den Cutters abgelaufen ist, und zum anderen nehme ich neue Anweisungen von meinen Vorgesetzten entgegen. Anweisungen? Tatsächlich beschränken sie sich in der Regel auf etwas wie: »Halten Sie sich bedeckt und berichten sie weiter.« Vielleicht ist es in diesem Zeitalter der Spitzentechnologie und der hohen Erwartungen ein wenig überraschend, daß diese Dinge über ein persönliches Treffen abgewickelt werden, aber es ist einleuchtend, wenn man darüber nachdenkt.

Zunächst einmal bin ich, wie ich schon sagte, ein Nullhead, ein Nichtdecker. (Wenn ich Tech, Ausbildung und Neigung besäße zu decken, wäre alles anders.) Damit sind meine Handlungsmöglichkeiten in der Matrix beschränkt. Nur weil mich ein paar Soldaten der Cutters für einen Techno-Freak halten, heißt das noch lange nicht, daß ich tatsächlich einer bin. Es ist nur so, daß ich im Vergleich zu ihrem Computer-Analphabetentum geradezu brillant wirke. Tatsächlich ist jedoch das Einschalten in die UOL und das Einschleusen umstrittener Botschaften so ungefähr das einzige, was ich in dieser Beziehung kann. Die Cutters haben selbstverständlich ihre eigenen Decker – ein paar arbeiten für

Musen, den Buchhalter, ein oder zwei in Fahds Geschäftsentwicklungsimperium und weitere ein oder zwei direkt für Blake. Ich kann es nicht beweisen, aber ich habe den starken Verdacht, daß ein paar von ihnen manchmal überwachen, was ich tue, wenn ich mich in die UOL einschalte. Was nicht überraschend wäre. Blake wäre ein Dummkopf, wenn er einen Kommunikationskanal wie diesen nicht überwachen ließe.

Also wäre es nicht besonders klug, den Austausch von Berichten und Befehlen über das Netz abzuwickeln. Tatsächliche Treffen klingen gefährlich – und manchmal sind sie das auch –, aber nicht, wenn man es richtig anstellt. Erste Regel: Mit wem ich mich auch treffe – heute ist es Cat –, ich rede mit ihnen nicht über das, was läuft. Sie sind nicht meine Leitung, sondern nur mein Briefträger.

Auf dem Weg zur Kaffeebohne habe ich meinen Bericht im Kopf auf einen Chip ›diktiert‹, der in einer meiner Buchsen steckt. Bevor ich in das Kissaten ging, habe ich den Chip herausgenommen und in einem kleinen zylindrischen Behälter verstaut, der nicht größer als ein Zahnstocher ist. Meine Befehle befinden sich auf einem ähnlichen Chip, der irgendwo an Cat versteckt ist. Wir brauchen sie nur auszutauschen.

Ist das nicht gefährlich? Tja, nun, sicher, aber ein gewisses Risiko muß man schon eingehen. Außerdem habe ich ein paar Schutzmaßnahmen getroffen. Zunächst einmal sind die Chips mit meinem Bericht und auch der mit den Befehlen für mich als ›Schüsse‹ getarnt, jene illegalen SimSinn-Entsprechungen, die man wie Datensoft einwerfen kann, einem aber ein halbstündiges Hoch vermitteln, bevor sie sich löschen. Jemand müßte schon ganz genau wissen, wonach er sucht, um zu erkennen, daß meine Chips etwas anderes als SimSinn-Dateien enthalten. Dann müßte dieser Jemand die Sicherheitscodierung knacken und einen sahnemäßigen kleinen Virus umgehen, der bei der geringsten Provokation alle Daten löscht. Wenn ich meine Befehle entgegennehme, werfe ich den Chip ein und kopiere die Daten direkt in meine Headware, wobei der Chip gleichzeitig gelöscht wird. Nein, nicht nur gelöscht: mit Einsen überschrieben, dann mit Nullen und dann noch einmal mit Einsen. Die Leuchten in der Forschungsabteilung des Star haben mir versichert, daß es danach völlig unmöglich ist, aus dem Chip auch nur eine Spur von Daten herauszuholen. (Ich nehme an, jemand könnte die Daten unter Benutzung von SQUIDs direkt aus meinem Headware-Speicher holen, aber das ist ein echter HiTech-Vorgang, und wie hoch ist die Wahrscheinlichkeit, daß ich ruhig danebensitzen und zusehen würde? Null.)

Das ist also meine Tarnung, und es ist eine verdammt gute. Schön, ich bin derjenige, der sie sich ausgedacht hat, aber es ist trotzdem die objektive Meinung eines der besten Undercover-Agenten, den der Star hat. Wenn mich die Cutters je bei einem dieser Treffen erwischen sollten, besteht meine Tarnung darin, daß ich dem Affen auf meinem Rücken Zucker gebe – eine geheime Schuß-Sucht. Und warum kaufe ich meine Chips nicht über das Cutters-eigene Verteilernetz? Weil ich die Bosse nicht wissen lassen will, daß ich eine Schwäche habe, Chummer. Das verstehst du doch, oder? Es ist eine gute Erklärung, die auf einem der großen Prinzipien der (meta)menschlichen Psychologie beruht. Versuch die Leute nicht davon zu überzeugen, daß du unschuldig bist. Es ist viel leichter, sie glauben zu machen, daß du eines geringfügigeren Vergehens schuldig bist. (Außerdem gibt es den Soldaten, die mich erwischen, noch einen zusätzlichen Anreiz, mich in Ruhe zu lassen. Sie wissen etwas, das ich nicht an die große Glocke hängen will, und es ist einfach (meta)menschlich, sich darüber zu freuen, etwas gegen einen anderen in der Hand zu haben.)

Mein zweiter Espresso kommt, und ich stürze auch

diesen hinunter. Diesmal werfe ich die leere Tasse dem Barista zu. Er fängt sie, scheint aber nicht zu wissen, was er damit anfangen soll. Ich rücke näher an Cat heran, lege ihr den Arm um die Schulter und betatsche ihre Möpse. Sie versteift sich und schüttelt mich ab, aber mittlerweile befindet sich der Chip-Zylinder mit meinem Bericht längst in ihrem Ausschnitt. Sie ist eine bessere Schauspielerin, als ich erwartet habe. Das Gesicht, das sie mir zuwendet, ist weiß, und ihre Lippen sind vor Wut aufeinandergepreßt. Doch in ihren unmöglich violetten Augen erkenne ich immer noch den Anflug von Belustigung und vielleicht sogar noch etwas mehr als Belustigung. Wer weiß, vielleicht erinnert sie sich ja auch noch an das Wochenende im Mayflower? Es hat schon Seltsameres gegeben.

Jetzt streichle ich ihren Oberschenkel, und sie packt meine Hand mit überraschend festem Griff und schiebt sie weg. Ich spüre, wie mir etwas Winziges, Hartes in die Hand geschoben wird, und ich lasse es rasch verschwinden. Der Austausch ist vollzogen, und die Schau, die wir abgezogen haben, hat garantiert dafür gesorgt, daß alle Gäste der Kaffeebohne verlegen weggesehen haben.

»Du bist 'n verdammter Eisblock, hab ich recht, du Schnalle?« fauche ich. »Du hast ja keine Ahnung, was dir entgeht.«

»Lieber würde ich's mit 'ner Teufelsratte tun«, zischt sie zurück. Netter Spruch.

»Ließe sich vielleicht arrangieren«, sage ich zu ihr, was ihr die Andeutung eines Zwinkerns entlockt. Interessant. Ich würde die Angelegenheit gern weiterverfolgen, aber jetzt und hier ist weder die rechte Zeit noch der rechte Ort. Was verdammt schade ist.

Ich stehe auf und schlendere davon. Ich sehe, wie sich der Barmann bemüht, den Schneid aufzubringen, mir zu sagen, daß ich ihm Geld schulde, also sage ich zu ihm, »Sie übernimmt die Rechnung«, und bin auch schon auf der Straße. Einer von Lone Stars Streifencops fährt langsam auf seinem Motorrad vorbei und mustert mich von oben bis unten. Ich grinse ihn an und halte meine Jacke auseinander, um ihm zu zeigen, daß ich unbewaffnet bin. Er schneidet eine Grimasse und fährt weiter.

Und, welche Überraschung, es regnet nicht, und ich sehe sogar einen Flecken blauen Himmels von der Größe meines Daumennagels. Alles in allem entwickelt sich der Tag gar nicht so schlecht.

5

Bis ich mein Motorrad aus dem Parkhaus des Washington Athletic Clubs geholt habe und zu meiner Bude in der Sechzigsten Straße Nordost in Ravenna – bequemerweise nur ein paar Blocks vom Unterschlupf der Cutters entfernt – gefahren bin, habe ich den Chip, den Cat mir gegeben hat, längst eingeworfen, den Inhalt kopiert und ihn durchgesehen. Hat nicht lange gedauert. Wie vorauszusehen, lauten meine Befehle: »Halten Sie sich bedeckt und berichten Sie weiter.« (Bin ich Hellseher oder was?) Es gibt nichts Bestimmtes, auf das ich achten soll, und falls der Star irgendwas darüber weiß, daß sich etwas Komisches zusammenbraut, hält man es nicht für nötig, mich davor zu warnen. Ich starte mental die Utility, die den Chip dreifach überschreibt und dann löscht, und werfe ihn aus meiner Chipbuchse aus. Ich mache mir nicht die Mühe, den Chipy-Zylinder zu benutzen, sondern lasse ihn einfach beim Fahren auf die Straße fallen.

Im Gegensatz dazu sollte mein Bericht – der zwischen Cats Möpsen zu liegen gekommen ist, der glückliche – all denjenigen, die dazu befugt sind, ihn zu lesen, schwer zu denken geben. Der Bericht enthält zunächst eine Zusammenfassung des geplatzten Sturmgewehr-Deals mit den Sioux. (Paco hat ein paar Hintergrundinformationen dazu ausgegraben und ist ziemlich genervt, daß nichts dahintersteckt, was ich gegen Ranger verwenden könnte. Es hat sich herausgestellt, daß der Kriegsboss Musen Geld und Ressourcen geliehen hat, um den Deal zu schaukeln. Warum wollte oder konnte der Buchhalter nicht sein eigenes Geld in die Sache investieren? Tja, dahinter steckt eine interessante Geschichte, aber eine, die weder mich noch meine Vorgesetzten sonderlich interessiert.) Dann folgt das Neueste hinsichtlich der Entscheidung der Cutters, Schadenersatz von den Ancients zu verlangen. Wenn der Star bei den Ancients einen Mann in einer mit meiner bei den Cutters vergleichbaren Position hat, können meine Vorgesetzten diese Situation nach Belieben ausnutzen und in jede noch so häßliche Richtung steuern, die ihnen vorschweben mag. Dann warne ich vor den bevorstehenden Überfällen auf die Eighty-Eights, und für sie gilt das gleiche wie für die Ancients, falls der Star dort einen Undercover-Agenten eingeschleust hat.

Schließlich kommt der lustige Teil, im wesentlichen zwei Megabyte Geschwafel über Bürokratien und mangelhafte Kommunikation und wie dadurch die besten Pläne und Strategien zum Teufel gehen können. Natürlich alles ›zum Wohl der Truppe‹, doch in erster Linie motiviert durch mein Verschnupftsein darüber, von meinen ›Waffenbrüdern‹ bei den Taktischen Einsatzkommandos beinahe gegeekt worden zu sein. Außerordentlich verständlich, kann ich mir vorstellen.

Und das ist auch schon alles, was sich über den Grad der Kommunikation sagen läßt, der zwischen mir und meinen Vorgesetzten herrscht. Manchmal fühle ich mich wie eine entsicherte Waffe, die einfach vergessen worden ist. Der Star hat keine Kosten und Mühen gescheut, meine Tarnidentität samt lückenlosem Hintergrund aufzubauen, als ich von Milwaukee nach Seattle versetzt worden bin. (Klar, ich habe auch schon früher als verdeckter Ermittler gearbeitet – oft –, und ich bin verdammt gut darin, aber ich habe noch nie *so* verdeckt und mit derart langfristigen Zielen gearbeitet. Drek, in die Führungsspitze einer bedeutenden Gang einzudringen. Ich mache mir immer noch in die Hose, wenn ich nur daran denke.)

Ich weiß immer noch nicht, wie sie es geschafft haben, meine Geschichte so wasserdicht und undurchdringlich zu machen. Ich weiß nur, daß ich in den ersten Monaten schrecklich Schiß hatte, daß irgendein unterbezahlter, überarbeiteter, schlecht motivierter, verkaterter Bürohengst bei Lone Star irgend etwas Wichtiges übersehen hatte, das zu meinem vorzeitigen Ableben führen würde – ich mußte immer daran denken, daß ich vom Computersystem des Stars in Milwaukee einmal drei Zahlungsaufforderungen für Falschparken bekommen habe … über eine Gesamtsumme von 0,00. Aber die Sache läuft jetzt seit fast achtzehn Monaten, und meine Tarnung kommt mir, wenn überhaupt etwas, dann höchstens noch wasserdichter vor als zu Beginn, aber manchmal wache ich immer noch schweißgebadet auf und warte auf die Katastrophe.

Nach all den Anstrengungen – denen des Star und meinen – bin ich also an Ort und Stelle und liefere meine Berichte, aber meine Vorgesetzten scheinen sie manchmal nicht sonderlich zu beachten. Ich kann mich nur an zwei Gelegenheiten erinnern, wo man mir befohlen hat, auf etwas Bestimmtes zu achten, und das scheint mir nicht die effektivste Art und Weise zu sein, mich einzusetzen. Natürlich war es bei den beiden Gelegenheiten, von denen ich rede, fast so weit, daß mir der Drek die Beine heruntergelaufen ist, während ich herauszufinden versuchte, was der Star wissen wollte. Theoretisch gesehen sollten sie mir mehr Unterweisung angedeihen lassen. Aber praktisch und persönlich gesehen bin ich viel zufriedener so, weil es viel wahrscheinlicher ist, daß ich überlebe und meine Rente kassieren kann.

Und überhaupt, zum Teufel damit. Das alles gerade jetzt durchzukauen, ist wahrscheinlich nur eine Methode, um mich von der Tatsache abzulenken, daß sich der blaue Himmel, den ich in der Innenstadt gesehen habe, als ebenso dauerhaft wie das Versprechen eines Politikers erwiesen und es wieder zu regnen angefangen hat. Bis ich in Ravenna angekommen bin und einen guten Parkplatz für meinen Hobel gefunden habe, bin ich naß bis auf die verdammte Haut. Meine Bude befindet sich in einem Gebäude namens Wenonah, einem niedrigen Wohnhaus, das etwa doppelt so alt ist wie ich. Es hatte irgendwann mal einen Anstrich, glaube ich, aber das Lösungsmittel, das sie hier in Seattle Regen nennen, hat sich liebevoll seiner angenommen. Das Haus ist nur noch nackter Beton, fleckig und zerfressen und mit Taubendrek beschmiert. (Frage: Jetzt, wo so viele andere Spezies für immer vom Antlitz dieser Welt verschwinden, wie, zum Teufel, schaffen es da diese fliegenden Ratten, die die Leute Tauben nennen, zu überleben? Ende der Exkursion.) Ich spaziere die Stufen zur Haustür hinauf und stoße sie auf.

Das Wenonah war mal ein ›Sicherheitshaus‹, und die diesbezügliche Mitteilung ist immer noch an die Wand genagelt, und zwar direkt über den Resten der Gegensprechanlage. Natürlich ist die Gegensprechanlage bereits vor vielen Monaten ausgeschlachtet und sämtliche elektronische Hardware entfernt und vermutlich verkauft worden. Was völlig egal ist, weil auch eine funktionierende Gegensprechanlage keinen Furz wert wäre. Ungefähr zur gleichen Zeit, als sich die Gegensprechanlage verabschiedete, hat jemand eine Schrotflinte genommen und damit den Schließmechanismus der Haustür weggepustet. Die für die Hausverwaltung zuständige Gesellschaft verspricht immer noch, daß sie ihn Jetzt Sehr Bald ersetzen wird.

Ich hüpfe die Treppe hinauf, wobei ich abergläubischerweise einen großen Bogen um den Fleck mache, wo einer meiner ehemaligen Nachbarn nach einer kleinen Meinungsverschiedenheit mit seiner Freundin verblutet ist. Als ich durch den dunklen, schmalen Flur nach hinten gehe, höre ich Musik aus meiner Bude dröhnen, bevor ich nah genug bin, um zu sehen, daß die Tür einen Spalt offensteht. Die H&K liegt in meiner Hand, und ich stelle die Verbindung zur Software her, während ich lautlos wie ein Geist weitergehe, bereit für meinen großen Auftritt und das Erteilen einer dreischüssigen Lektion über die Unverletzlichkeit des Privateigentums.

Doch dann höre ich der Musik tatsächlich zu, anstatt sie einfach nur wahrzunehmen, und ich weiß, wer in meiner Bude ist. Bei dem Song – und ich benutze diese Bezeichnung im weitesten Sinne – handelt es sich um ›Scrag 'em All‹ von Darwin's Bastards, einer der unverblümteren Bands der Trog-Rock-Szene. Wenn man nicht weiß, daß dieser Drek Musik sein soll, kann man ›Scrag 'em All‹ sehr leicht mit Straßenbaulärm verwechseln.

Ich lege den Sicherungsflügel der H&K wieder um, stecke sie aber nicht ins Halfter zurück. Ich darf nicht zu freundlich wirken. Dann gehe ich zur Tür, verpasse ihr einen sanften Stoß mit dem Fuß und trete beiseite. Nur für alle Fälle. Ich rechne eigentlich nicht mit Ärger, aber jetzt ist bestimmt nicht der richtige Zeitpunkt, schlechte Angewohnheiten zu entwickeln.

Als die Tür aufschwingt, sind Darwin's Bastards das einzig Offensive, das mir entgegenkommt. Jetzt hämmern sie sich durch eine Trog-Rock-Coverversion von ›Stairway to Heaven‹. Schauerliches Zeug. In mancherlei Hinsicht wäre ein Feuerstoß aus einer MP tröstlicher gewesen. Aber ich lasse mir nichts anmerken, als ich meine Bude betrete.

Das erste, was mir auffällt, ist der Drek, der überall herumliegt – auf dem Boden, auf dem spärlichen Mobiliar und in den Ecken gestapelt. Die Bude sieht aus, als habe sie jemand gründlich gefilzt oder vielleicht auch mitten darin eine Handgranate gezündet. Im wesentlichen also genau so, wie ich sie verlassen habe.

Jemand räkelt sich auf meinem einzigen Sessel – ehemals Abstellplatz für einen Wäschestapel, der achtlos auf den Boden geworfen worden ist. Bart ist sein Name – Big Bad Bart für seine Freunde – ›dieser Trog-Bastard‹ für alle anderen (die überwältigende Mehrheit). Er ist ein großer, aufgedunsener Ork, der knapp über zwei Meter groß ist und hundertfünfunddreißig Kilo wiegt. Er hat einen großen Schwabbelbauch, der aussieht, als sitze er auf seinem Schoß, und Hängebacken, die groß und schwer genug sind, um einen gegen seinen Kehlkopf gerichteten Schlag aufzuhalten. Klar, Bart ist ein Fettkloß, und es wäre leicht, ihn deswegen als ungefährlich abzutun. Aber ich habe gesehen, wie er sich bewegt, und er ist stärker und schneller zu Fuß, als es rein äußerlich den Anschein hat.

Er lächelt mir aus dem Sessel zu, und ich bin froh, daß ich nichts gegessen habe. Bart ist einer derjenigen Orks, die Zahnfäule als etwas Ehrenvolles zu betrachten scheinen. Seine vorstehenden Eckzähne sind gelblich verfärbt und abgebrochen, und der Rest seiner Zähne ist schwarz. Sein Atem könnte eine Teufelsratte auf fünf Schritt Entfernung umwerfen.

Und da wir gerade bei Barts ekelhaften persönlichen Angewohnheiten sind, lassen Sie uns kurz über Darwin's Bastards reden. Ich bin in bezug auf musikalische Vorlieben aufgeschlossen und vorurteilsfrei. Obwohl ich wahrscheinlich lieber einem anlaufenden Düsentriebwerk lauschen würde, als mir ein ganzes Album von DB oder Trollgate anzuhören – wenn Bart sich diesen widerlichen Schwachsinn anhören will, von mir aus. Mein Eindruck ist aber, daß er diese Musik gerne auf die ganze Welt loslassen würde. Er hat immer sein Sony ChipMan-Deck am Gürtel hängen, aber anstatt sich diese sogenannte Musik über Kopfhörer, Datenbuchse oder Rig anzuhören, schränkt er die Verwendungsmöglichkeiten des Decks ein, indem er es an zwei Bose MicroVox-Lautsprecher anschließt, die in die starren Schulterpolster seiner Jacke eingebaut sind. Da er die Lautstärke gewöhnlich auf Gehirnschmelze stellt, entpuppt sich jeder Versuch, sich mit dem Knaben zu unterhalten, als Übung im Lippenlesen.

Big Bad Bart und ich haben nicht unbedingt das beste Verhältnis. Noch nie gehabt, und die jüngsten Entwicklungen scheinen sich verschworen zu haben, dafür zu sorgen, daß sich daran auch nie etwas ändern wird. Das fette Schwein ist offenbar die ganze Hierarchie der Cutters herauf arschgekrochen, bis er schließlich einer von Rangers vertrautesten Lieutenants wurde. Als ich im Sprawl auftauchte und mein gefälschter Hintergrund mich als jemanden auswies, der in der Gang-Szene echt im Kommen war, kam Bart zu dem Schluß, ich sei eine Gefahr für ihn und seine Aufstiegsmöglichkeiten. Andererseits hat er noch nie etwas gegen mich unternommen. Als seine Meinung schließlich feststand, hatte ich mich schon bei so vielen von den großen Bossen eingeschmeichelt, daß es ein zu großes Risiko gewesen wäre, mich umzulegen. Dafür kriecht er Ranger seitdem noch tiefer in den Arsch.

Das sind alte Geschichten. Und jetzt? Falls Bart irgendwann einmal besorgt war, ich könnte es darauf anlegen, Rangers Protégé zu werden, scheint ihn das mittlerweile nicht mehr zu stören. Verstehen Sie mich nicht falsch, Ranger würde niemals zugeben, daß ich ihm beim Kriegsrat kräftig in den Arsch getreten habe. Aber diese Sorte Drek macht in einer Gang schneller die Runde als Klatsch in einem Bridgeclub für Rentner.

Außerdem dürfte sich herumgesprochen haben, daß ich im Moment Boss Blakes blondhaariger Goldjunge bin, und das schützt mich – wahrscheinlich – vor Schikanen und direkten Vergeltungsaktionen. Das heißt, sofern sie sich nicht als etwas anderes tarnen lassen.

Also fauche ich Bart an: »Was, zum Henker, willst du hier?« Meine H&K ist gerade beim fröhlichen Händeschütteln mit der Talentsoft in meinem Schädel. Die Tech beruhigt mich ungemein, indem sie mich darüber aufklärt, wie schnell ich die Kanone anlegen und abdrücken kann, wenn ich muß, und eine Schätzung darüber abliefert, wieviel von Bart in die Polster meines Sessels gepustet würde.

Bart lächelt, und ich kann mir lebhaft die Woge von

Mundgeruch vorstellen, die sich mir jetzt durch den Raum langsam entgegenwälzt. »Kriegsrat«, sagt er – oder jedenfalls glaube ich, daß er das sagt.

»Ach ja?« frage ich. »Was willst du dann hier, Priyatel?« Das ist das russische Wort für ›Freund‹, aber ich weiß, daß mein Tonfall dem Wort eine ganz andere Bedeutung verleiht. »Noch nie was von 'nem verdammten Telefon gehört?«

Er zuckt die Achseln, und seine Hängebacken schwabbeln. Darwin's Bastards grölen irgendwas darüber, ein Stein zu sein und sich nicht rumschubsen zu lassen, und die Begleitung klingt, als würde ein Wagen von einer Autokanone zusammengeschossen. Meine Elektronik setzt mich davon in Kenntnis, jawohl, ich könnte ihm den ChipMan vom Gürtel schießen – wahrscheinlich – ohne mehr zu tun, als das Fett, das er Taille nennt, ein wenig anzukratzen. Verlockende Idee, aber vielleicht spare ich es mir doch lieber für einen späteren Zeitpunkt auf. »Ranger wollte, daß ich die Einladung persönlich überbringe«, sagt er. Er sieht auf die Uhr an einem seiner Wurstfinger. »Du wirst zu spät kommen.« Und dann grinst er, als sei das sowieso der Sinn und Zweck dieser ganzen Übung.

»Was sitzt du dann noch auf dem Arsch?« will ich von ihm wissen. »Laß uns gehen.«

6

Wir fahren die paar Blocks vom Wenonah zum Unterschlupf der Cutters am Friedhof. Barts Hobel – eine Gaz-Niki White Eagle Jahrgang '52 – ist fast zehn Jahre jünger als meine Harley Scorpion, aber sein Besitzer pflegt sie offenbar nicht besser als sich selbst. Der aufgedunsene Ork fährt hinter mir her, wobei sich das scheppernde Dröhnen des schlecht eingestellten Motors der Eagle perfekt in den Schlagzeug-Part von DBs ›Bloody Day Coming‹ einpaßt. Wir parken die Motorräder am Hintereingang und betreten das Haus.

Der ›Kriegsrat‹ findet im Keller statt, und er hat bereits begonnen, als wir eintreffen. Etwa ein Dutzend Soldaten hat sich versammelt – wie Paco sind alle jung und zäh. Mit den meisten von ihnen habe ich schon gearbeitet, und mit den meisten komme ich ganz gut aus. Als sich ein paar Fäuste zum Gruß erheben, reagiere ich darauf mit einem coolen Grinsen. Ranger – der überraschenderweise nicht die Einweisung macht – sitzt ganz vorne, und der Blick, den er mir zuwirft, könnte Farbe abblättern lassen. Alle Stühle sind besetzt, also lehne ich mich gegen die Rückwand des Raumes. Bart folgt mir und, Wunder über Wunder, schaltet die Geräuschuntermalung aus.

Eine zähe kleine Schnalle namens Kirsten macht die Einweisung. Sie benutzt dazu einen tragbaren Projektor mit angeschlossenem Subnotebook, der den Bildschirm auf die gegenüberliegende Wand wirft. Im Augenblick zeigt er eine Karte des Hyundai-Piers, einen Abschnitt der Docks in der Umgebung von Pier 42, wo im letzten November dieses irre Feuergefecht stattgefunden hat, an dem mehrere Konzerne beteiligt waren. Der Fadenkreuz-Cursor ruht auf einem der ›provisorischen‹ Lagerhäuser gegenüber den Piers auf der anderen Seite des Marginal Way direkt unter dem Alaskan Way-Viadukt. (Sie waren ›provisorisch‹, als die Stadt sie baute, um eine vorübergehende Kapazitätslücke zu füllen, so etwa im Jahre 2034, aber die Stadt hat sie nie durch bessere Gebäude ersetzt.) Ich kenne die Gegend, über die sie sich ausläßt. Sie liegt direkt im Schatten des Kingdome, einem Depot und manchmal auch Treffpunkt der Triade, die sich Eighty-Eights nennt.

Kirsten faselt über Kräfteverteilung, Primär- und Sekundärziele, aber ich schalte einfach ab. Dieses ganze militärische Geschwafel läuft auf eine einzige Feststellung hinaus: Stattet den Eighty-Eights einen Besuch ab und mischt sie auf. Ganz einfach. Ganz egal, was der Kriegsboss oder sein Stellvertreter – in diesem Fall Kirsten – zu sagen hat, der Anführer des Überfalls hat völlig freie Hand in bezug auf den Einsatz seiner Kräfte und die Wahl seiner Ziele. So gerne die Cutters auch einen anderen Eindruck erwecken wollen, die Gang ist keine Armee und hat nicht mal annähernd den Grad von Kommandogewalt und Kontrolle einer professionellen Einheit wie dem Star.

Damit habe ich Zeit und Muße, mir über dringendere Probleme Gedanken zu machen. Da wäre zum einen das Problem, am Leben zu bleiben, ein Punkt, der mir sehr am Herzen liegt.

Ranger sähe mich am liebsten tot. Das ist offensichtlich und – nachdem ich ihn beim letzten Kriegsrat fertiggemacht habe – unabänderlich. Doch Ranger muß ebenso wie Bart auf die Tatsache Rücksicht nehmen, daß Blake offenbar ein Auge auf mich geworfen hat, aus welchen Gründen auch immer. Mich ohne einen verdammt guten Grund umzulegen, könnte sich als ihrer Gesundheit sehr abträglich erweisen. Oder so ähnlich.

Klar, Ranger könnte problemlos jemanden damit beauftragen, mich zu geeken. Ein aufstrebender junger Wilder aus den Reihen der Cutters könnte es zum Beispiel tun, um Arschkriechpunkte beim Kriegsboss zu sammeln, und Talente von außerhalb sind auf einem derart übersättigten Markt wie Seattle auch nicht so teuer. Doch wie dünn die Verbindung zwischen Ranger und einem Auftragsmord auch wäre, es bestünde immer die Möglichkeit, daß die Sache auf ihn zurückfiele und die Welt herausbekäme, daß er mich hat umlegen lassen. Ein Weg, der mit einem eindeutigen Risiko behaftet wäre.

Aber es gibt einen viel einfacheren, viel sichereren Weg, den er beschreiten könnte und der sich bis auf jenes frühe Beispiel für Science Fiction, die Bibel, zurückdatieren läßt. Ich weiß nicht mehr, welche biblische Gestalt es warum getan hat, aber eine von ihnen schickte einen Feind in den Krieg, stellte ihn in die vorderste Front und sorgte auf diese Weise für seinen Tod. (In der Bibel steht nicht, ob der Bursche, der den Plan ausgeheckt hat, auch dafür gesorgt hat, daß jemandem in der zweiten Linie der Speer ausrutschte, aber so hätte ich es jedenfalls gemacht, wenn es mein Plan gewesen wäre.)

Und so ist es alles in allem keine Überraschung, als ich Kirsten sagen höre. »Larson, du führst Team A. Bart, du bekommst Team B.«

Ich werfe einen raschen Blick auf Big Bad Bart, und er fixiert mich mit einem Grinsen, bei dem jeder Zahnarzt schreiend weglaufen würde. Er weiß, was ich denke, und ich weiß, daß er es weiß, und er weiß, daß ich es weiß. Plötzlich spüre ich ein Kribbeln auf dem Rücken, direkt zwischen den Schulterblättern, und die Bedeutung ist unverkennbar. Soweit es Ranger und Bart betrifft, ist eine Zielscheibe auf meinen Rücken gepinselt.

Es ist wieder Nacht, und so sicher, wie es in der Hölle heiß ist, rollen wir im nächsten Bulldog durch die Straßen Seattles zur nächsten Schießerei im nächsten

Lagerhaus. Wer einmal gesagt hat: »Das Leben ist eine endlose Aneinanderreihung von Mühsal und Plage«, hat nicht die geringste Ahnung. Das Leben ist eine endlose Aneinanderreihung ein und derselben Mühsal und Plage.

Der Bulldog ist bis unter das Dach mit den ›schweren Jungs‹ aus Team A und Team B vollgepackt. Macht zusammen zehn Bandenmitglieder, darunter auch Bart, der Platz für zwei braucht. Alle tragen ein Maximum an Panzerung und sind bis an die Zähne mit einem Sortiment verschiedenster Artillerie bewaffnet und dabei in einen für acht Personen konzipierten fensterlosen Kasten gezwängt. Ein paar von den jüngeren Bandenmitgliedern führen eine markig-coole Unterhaltung, um einander, sich selbst und jedem, den es interessiert, zu beweisen, daß sie kalt wie Eis und glatt wie Seide sind. Aber die erfahreneren Soldaten wissen Bescheid. Wir können die Anspannung riechen, eine Art unterschwelliger Angst, die man nie wirklich vergißt. Einige Mitglieder von Team A überprüfen noch einmal ihre Waffen. Paco, mein Lieutenant bei diesem Unternehmen, spielt mit einer der Granaten in den Schlaufen seines Schultergurtes herum – eine nervöse Angewohnheit, die nicht unbedingt dazu beiträgt, daß ich mich besser fühle. Bart scheint zu schlafen.

Der kleine Empfänger in meinem Ohr blubbert mich mit Hohlheiten voll. Beide Teams haben zwei Motorrad-Scouts vorgeschickt, um das Ziel zu beobachten, und die Anführer der Teams – Bart und ich – stehen in ständigem Kontakt mit den Scouts. Ich weiß nicht, was mit Barts Leuten ist, aber meine scheinen zu glauben, daß sie ihren Job nur dann richtig erledigen, wenn sie mich ständig – und in allen Einzelheiten – über das beständige Nichts auf dem laufenden halten, das gegenüber von Pier 42 stattfindet. Es ist echt verlockend, sie einfach abzuschalten – wäre ich nicht verdammt sicher, daß sie mir, kaum daß ich es tue, etwas ins Ohr plappern, das ich wirklich wissen sollte und dann verpasse.

Ich sehe mir meine Leute noch mal an. Außer Paco habe ich Jaz, ein klassisches Beispiel für eine Messerklaue der Cutters (groß und nicht übermäßig hell). Außerdem Marla, die behauptet, eine Schlangenschamanin zu sein, deren bevorzugter Fetisch jedoch Neun-Millimeter-Munition zu sein scheint. Dann ist da noch der muskelbepackte Ork, den alle nur Doink nennen. Ich habe noch nie mit Doink zusammengearbeitet, aber ich weiß, daß die anderen ausgeglichen und verläßlich sind. Hinzu kommt, daß sie mich persönlich mögen – zumindest glaube ich das –, wodurch ich mich etwas besser fühle. Nicht, weil ich in Gegenwart von Leuten, die mich nicht mögen, unsicher bin, sondern eher deshalb, weil es dadurch unwahrscheinlicher wird, daß sie eine Rolle in Rangers Plan spielen, mich abzuservieren – hoffe ich.

Und Team B? Die kenne ich auch: Sydney mit ihrem heißgeliebten Granatwerfer. Fortunato und Jack ›der Hammer‹, zwei der jüngeren Gangmitglieder. Und Zig der Zwerg, der seine Remington Roomsweeper wie ein Baby im Arm hält. Mit einigen von ihnen habe ich schon zusammengearbeitet und mit den anderen manche Flasche geköpft und nett gelabert. Wie bei den Mitgliedern meines eigenen Teams gehe ich davon aus, daß sie wahrscheinlich nicht in einen etwaigen Plan eingeweiht sind, mich von hinten umzulegen.

Andererseits ist das auch gar nicht nötig, weil Big Bad Bart dabei ist. Der Ork, der sich in eine Ecke des Bulldog gequetscht hat und schnarcht, als wolle er sich den fetten Schädel von den Schultern sägen, ist mit einer Enfield AS7 Sturmschrotflinte bewaffnet – ein großes, brutales Dreksding von einer Waffe, die in seinen Händen nicht größer als eine Erbsenpistole aussieht. Die Mossberg CMDT – die von den Taktischen Einsatzkommandos des Star vor einigen Nächten benutzt wurde, um den kleinen Piers auszuradieren und an meinem Bulldog ein paar kosmetische Veränderungen vorzunehmen – ist tödlicher, aber nicht viel. Wenn Bart auf mich schießt, werde ich zu sehr damit beschäftigt sein, in Stücke gerissen zu werden, um einen Unterschied zu bemerken. Das Gebot der Stunde lautet also, jede Situation zu vermeiden, in der er auf mich schießen kann.

Bart und ich haben – mit unseren Lieutenants Paco und Sydney – unsere Taktik besprochen, bevor wir die Teams in den Bulldog geladen haben. Oder vielleicht ist Taktik nicht der richtige Ausdruck für einen Schlachtplan, der darauf hinausläuft, ›durch den Zaun zu fahren, auszuschwärmen und den Laden so richtig hochgehen zu lassen‹. Meiner (begrenzten) Erfahrung mit den Eighty-Eights nach brauchen wir in dem provisorischen Lagerhaus nicht mit sonderlich viel Sicherheit zu rechnen, und die Berichte der Scouts bestätigen diese Auffassung. (Es sei denn – und das ist ein häßlicher Gedanke –, Ranger hat Einzelheiten über den Überfall durchsickern lassen, und jetzt warten sie auf uns mit allem, was sie haben. In diesem Fall würde ich mit Sicherheit draufgehen, aber Ranger würde außerdem neun weitere Soldaten verlieren, darunter auch Bart. Nein, das käme ihn ganz einfach zu teuer zu stehen.) Die Losung lautet, schnell rein und schnell wieder raus – maximale Wucht, maximale Schockwirkung, minimales persönliches Risiko. Und das ist auch der Grund, warum alle mit einem halben Dutzend Handgranaten bestückt sind. Wenn wir es richtig anstellen, sind wir wieder im Bulldog und auf der Straße, bevor die Explosionen verhallt sind – und bevor die Eighty-Eights, die sich zufällig dort aufhalten, überhaupt wissen, was los ist.

Eine neue Stimme in meinem Empfänger – die Fahrerin. »Wir sind jetzt Ecke King und Marginal.« Ich tippe einmal gegen den Ohrhörer und schicke ihr ein Summen der Bestätigung. Aus dem Augenwinkel sehe ich

Bart das gleiche tun. Seine Augen sind immer noch geschlossen, aber er ist jetzt eindeutig wach.

Weniger als eine Minute. Ich spüre, wie der Bulldog beschleunigt. »Durchladen und fertigmachen«, sage ich zu meinen Leuten – wahrscheinlich unnötigerweise, aber ich sage das immer gerne. Das Innere des Bulldog hallt vom metallischen Klicken und Klacken wider. Ich ziehe meine H&K aus dem Schulterhalfter und erneuere die Bekanntschaft zwischen Elektronik und Waffe.

»Punkt eins«, sagt die Fahrerin, und jetzt höre ich ihre Stimme sowohl in meinem Ohrhörer als auch über das Interkom des Bulldog. »Haltet euch fest, Leute.«

Ich wappne mich gegen den Anprall, während der Bulldog hart nach links schleudert und weiter beschleunigt. Ein Ruck und ein Krachen von Metall gegen die Panzerplatten der Karosserie, und wir sind durch das Tor. Ich werde fast aus dem Sitz geschleudert, als die Fahrerin in die Eisen geht und wir mit quietschenden Reifen zum Stehen kommen. »Los!« rufe ich. Die beiden Seitentüren des Bulldog fliegen auf, und wir springen hinaus – Team A auf der linken Seite, Team B auf der rechten.

Das Lagerhaus liegt direkt vor mir, etwa zwanzig Meter entfernt. Die beiden Fenster, die ich sehen kann, sind dunkel, und das einzige Licht fällt durch die Milchglasscheibe über der Tür, die zum Büro führen muß. Vor dem Büro ist ein brandneuer Westwind 2000 Targa geparkt. (Sieht so aus, als würden zumindest ein paar Mitglieder der Eighty-Eights mehr Geld verdienen als die Cutters.) Der Wert des Westwind sinkt beträchtlich, als Sydney eine Granate in ihn hineinjagt – eine freundliche Aufforderung an alle, die sich im Lagerhaus befinden, doch bitte zum Spielen rauszukommen, vermute ich mal. Ich wende mich von den Flammen ab und winke Team A um die linke Lagerhausseite herum. Paco übernimmt die Spitze. Die anderen folgen ihm, während ich den Abschluß der kleinen Prozession bilde.

Gerade als wir um die Ecke biegen, fliegt eine Tür auf und drei bewaffnete Gestalten rennen nach draußen. Paco und Jaz eröffnen das Feuer mit ihren MPs, und die drei verschwinden in einer Wolke aus Blut und Gewebe. Es ist vorbei, bevor die drei Eighty-Eights auch nur einen einzigen Schuß abgeben können und Doink überhaupt merkt, daß ein Kampf stattfindet. Auf der Vorderseite des Lagerhauses wird ebenfalls geschossen, und mir wird klar, daß die Triade offenbar auch ein paar Leute durch die Vordertür geschickt hat. Soweit es mich betrifft, wird es an dieser Stelle heikel. Sobald die Kugeln fliegen, braucht Bart sich nur noch zurückzulehnen und in aller Ruhe auf die beste Gelegenheit zu warten, mich abzuknallen. Wiederum spüre ich ein starkes Kribbeln zwischen den Schulterblättern.

Die drei verblichenen Eighty-Eights haben es versäumt, die Tür hinter sich zu schließen, also betritt Paco das Lagerhaus mit einer Hechtrolle, und ich höre seine MP drinnen loshämmern. Jaz und die anderen folgen ihm, und wieder beißen mich die Hunde.

Dieses Lagerhaus ist wesentlich kleiner als das der Cutters am Meridiansee und nicht annähernd so klaustrophobisch – es gibt keine riesigen Kistenstapel, die das Lagerhaus in ein Labyrinth aus Wänden und Gängen verwandeln. Dennoch gibt es überall haufenweise Deckung, und die Handvoll kleiner Lämpchen sorgt für Lichtverhältnisse, die denjenigen auf einer vom Mondlicht beschienenen Straße gleichen. Man kann keine Farben erkennen und kaum Einzelheiten, aber es reicht, um Bewegung auszumachen.

Wie die dort drüben. Ich wirbele nach links und reiße die H&K hoch. Doch bevor ich mein Ziel anvisieren kann, wird die rennende Gestalt – vermutlich ein weiterer Eighty-Eight – von jemand anderem niedergemäht. Von rechts – aus der Richtung des Büros, das sich Team B vorgenommen hat – höre ich das unverkennbare Stakkatohämmern einer Uzi III auf Vollautomatik. Offensichtlich ein Feind – von uns hat keiner eine Uzi dabei. Dann hallt der ganze verdammte Laden plötzlich vom brutalen Ba-Ba-Bam! von Barts Auto-Schrotflinte wider, und die Uzi verstummt.

Das Donnern der verdammten Schrotflinte spült zu viele unangenehme Erinnerungen an meinen letzten Besuch in einem Lagerhaus an die Oberfläche, und vor meinem geistigen Auge sehe ich, wie der kleine Piers von der Mossberg zerlegt wird. Ganz tief in meinem Herzen (oder vielleicht auch einen halben Meter tiefer in meinen Eiern) weiß ich, daß der gute alte Bart eine dieser dreischüssigen Salven für mich reserviert hat. Daß er mich umpusten wird, vorzugsweise von hinten, so daß ich keine Chance habe zu reagieren – und dann behaupten wird, daß das Licht trügerisch war oder ich durch sein Schußfeld gelaufen bin oder irgendeinen anderen Drek. Übersetzung: Hoppla, mehr Glück in der nächsten Reinkarnation. Von meinem Standpunkt aus nicht besonders befriedigend.

Der Witz ist also, irgendwo in Deckung zu gehen, wo ich jeden Ärger auf mich zukommen sehe und etwas dagegen tun kann. Ich sehe mich um, schaue nach oben... Ah, perfekt.

An der Wand neben mir ist eine Leiter befestigt, die (vermutlich) zu den Laufstegen unter der Decke führt. Etwa zehn Meter über dem Boden und direkt neben der Leiter ist ein verrosteter Beleuchtungskörper an der Wand befestigt. Wie bei den anderen Lampen im Lagerhaus reicht auch hier das Licht nicht aus, um den Boden einigermaßen vernünftig zu beleuchten.

Aber die Lampe ist hell genug, um jemanden zu blenden, der direkt hineinsieht. Und nur darauf kommt es an.

Schnell, bevor ich Zeit habe, die Sache zu durchdenken und mir in die Hose zu machen, husche ich zur

Leiter und klettere hinauf. Im ersten Moment fühle ich mich scheußlich exponiert, aber das ist nur irrationale Angst, die daraus spricht. Dann bin ich zehn Meter über dem Boden, direkt neben der Lampe. Ich kann ihre Hitze auf meiner nackten Haut spüren. Ich fühle mich exponierter denn je, aber ich weiß, daß das einfach nicht der Fall ist. Jeder, der in meine Richtung schaut, wird nur das Licht sehen. Ich drehe mich um, halte mich mit der linken Hand an einer Leitersprosse fest und warte mit der H&K in der rechten.

Plötzlich erkenne ich, daß man von hier aus einen unglaublich guten Überblick hat. Zwar geben niedrige Kistenstapel und ähnlicher Drek überall Deckung, aber ich kann über die meisten Hindernisse hinwegsehen. In den ersten Sekunden mache ich zwei Eighty-Eights aus, die sich vor den marodierenden Cutters verstecken. Ich könnte sie beide umlegen, wenn ich wollte, aber ich will nicht. Das würde nur die Aufmerksamkeit auf mich lenken, und das will ich auf gar keinen Fall. Außerdem kann ich ein paar Mitglieder von Team A – nämlich Paco und Doink – sehen, die das Lagerhaus systematisch durchkämmen.

Und da ist auch Bart. Er kommt aus dem Bürobereich und tastet sich langsam an der Wand entlang. Seine Schrotflinte hängt an der speziellen Gurthalterung und ist schußbereit, das Schockpolster fest gegen die Hüfte gepreßt. Selbst in der Gurthalterung ist die AS7 groß und klobig genug, um die meisten Leute unbeholfen und schwerfällig wirken zu lassen. Nicht so Bart: Er ist auch so groß und klobig und stark genug, um die Kanone herumzuschwenken, als sei sie federleicht. Das muß ich ebenso wie die Tatsache berücksichtigen, daß er wahrscheinlich stark genug ist, um dem Rückschlag mehrerer Schüsse standzuhalten. Nach allem, was ich weiß, könnte er an der Kanone so herumgebastelt haben, daß sie für Auto-Feuer geeignet ist. Kein sehr angenehmer Gedanke. Ich verliere ihn für einen Augenblick hinter einem abnorm hohen Kistenstapel aus den Augen, und mein Magen verkrampft sich in jäher Furcht. Vielleicht weiß er, wo ich bin, und schleicht sich an, um einen sauberen Treffer zu landen… Doch dann taucht der große Lauf der Schrotflinte wieder auf, gefolgt von Bart persönlich, und ich atme auf.

Ein Teil von mir will ihn jetzt gleich erledigen. Die Elektronik verrät mir, daß ich eine Salve direkt ins Ziel setzen kann, daß ich alle fünf Schüsse im Umkreis von einem Zentimeter um sein häßliches Ohr setzen kann, bevor er überhaupt weiß, was los ist. Doch dann stellen sich die Jahre meiner verdammten Ausbildung als Cop quer: tödliche Gewalt nur als Reaktion auf direkte Bedrohung und der ganze Quatsch. Wer weiß? Vielleicht irre ich mich, und Bart will mich gar nicht umlegen. Ihn zu geeken, bevor ich mir dessen sicher bin, wäre jedenfalls vorsätzlicher Mord. Unter mir dreht sich der aufgedunsene Ork langsam und richtet die Schrotflinte auf irgendwas. Ich folge seiner beabsichtigten Schußlinie.

Es ist Paco. Das junge Bandenmitglied geht gerade an einer Kiste vorbei, die laut Aufschrift Maschinenteile enthält. Ich sehe, wie sich sein Kopf leicht bewegt, und weiß, daß er Bart mit seiner peripheren Sicht entdeckt hat. Außerdem weiß ich, daß er den Ork als ›befreundet‹ einstuft und beschlossen hat, ihn zu ignorieren. Barts Schrotflinte folgt Paco, und ich weiß, was geschehen wird. Der Ork hat nicht nur das ›Mandat‹, mich umzulegen, sondern darüber hinaus auch noch jeden, der mir treu ergeben ist.

»Paco, in Deckung!« rufe ich, und keine Millisekunde zu früh. Er reagiert, als sei er bis zur Halskrause verchippt, und wirft sich vorwärts und in die Deckung einiger Makroplast-Transportbehälter.

Die Schrotflinte donnert, und der Dreifachschuß pulverisiert die Kiste, vor der Paco einen Augenblick zuvor noch gestanden hat. Paco könnten noch ein paar Schrotkörner aus dem äußersten Streubereich erwischt haben, und er ist mit Sicherheit von den Überresten der Kiste getroffen worden, aber es ist recht wahrscheinlich, daß er es überlebt hat. Was natürlich nicht Barts Verdienst ist.

Ich lege mit meiner H&K an, und der rote Laserzielpunkt fällt auf die Schläfe des Orks. »Du bist raus«, sage ich.

Doch bevor ich abdrücken kann, wirbelt er herum und reißt die AS7 hoch. Schneller, als er sich je bewegt hat, schneller, als irgend jemand das Recht hat, sich zu bewegen. Er drückt ab, und die Schrotflinte donnert erneut.

Zu früh, einen Augenblick zu früh. Das Licht neben mir, die Metallverkleidung und ein gutes Stück der Wand explodieren in einem Hagel von Splittern. Metallfetzen peitschen über mein nacktes Gesicht und die gleichfalls nackten Hände. Instinktiv reiße ich die rechte Hand – meine Waffenhand – vor das Gesicht, um meine Augen zu schützen. Dann muß ich die H&K erneut auf mein Ziel ausrichten.

Diesmal habe ich jedoch genug Zeit, um nichts mehr anbrennen zu lassen. Bart mußte das Schockpolster der Schrotflinte von der Hüfte nehmen, als er zu mir herumgewirbelt ist, um auf mich zu schießen, also hat das Schockpolster auch nicht den Rückschlag absorbiert. Er ist zwar stark, aber nicht stark genug, um eine auf Halbautomatik gestellte AS7 davon abzuhalten, hierhin und dorthin zu rucken. Und so stark er auch sein mag, es reicht nicht, um die Schrotflinte wieder auf mich auszurichten, bevor ihm ein Feuerstoß von fünf Neun-Millimeter-Kugeln den Schädel zerschmettert.

»Zum Teufel mit allem«, murmele ich, als ich die Leiter herunterklettere und versuche, das plötzliche Zittern in meinen Händen und den Knoten in meinem Magen zu kontrollieren.

7

Wenn ich bedenke, wie schwer mir die Frage im Magen gelegen hat, was ich hinsichtlich Ranger unternehmen soll. Elementar, mein lieber Watson, und der ganze Drek. Ich brauchte keinen Finger zu rühren.

Nachdem Big Bad Barts Hirn in alle Richtungen verspritzt war, ließ ich die Teams A und B die restlichen Eighty-Eights geeken und sich mit ihren Granaten austoben, während sich Paco und ich zu einer raschen Beratung nach draußen verzogen. Ich mußte mich verdammt zusammenreißen, um meine Reaktion auf Barts Tod zu unterdrücken – das Zittern, die Übelkeit, das Gefühl absoluten, verdammten *Unrechts* –, die jedesmal auftritt, wenn ich jemanden umbringen muß. (Jedesmal? Tja, um die Wahrheit zu sagen, Priyatel, war das nur zweimal der Fall – einschließlich Bart.) Jedenfalls war ich davon überzeugt, daß ich vor Paco mein Gesicht verlieren würde, falls ich mir etwas anmerken ließe, und das wäre zu diesem Zeitpunkt äußerst kontraproduktiv gewesen. Also verdrängte ich alles und schob es in den alten emotionalen Jutesack, wo meine Alpträume nach Rohmaterial Ausschau halten.

Wie vorauszusehen, war Paco nicht gerade begeistert, als er erfuhr, daß Ranger sowohl ihn als auch mich zum Abschuß freigegeben hatte, und ich brauchte nicht mal anzudeuten, daß die Zeit des Kriegsbosses vorbei war. Doch Paco war auch so clever zu erkennen, daß zu Ranger zu gehen und ihm eine Kugel durch den Kopf zu jagen, zwar möglicherweise die befriedigendste Art war, die Angelegenheit aus der Welt zu schaffen, aber nicht unbedingt die beste. Ich brauchte nur darauf hinzuweisen, daß Ranger grundsätzlich mit seiner BMW Blitzen überallhin fuhr und er leider sehr nachlässig zu sein schien, was die Wartung seines Motorrads betraf. Ein satanisches Grinsen breitete sich auf Pacos Miene aus, und er sagte: »Das Schwein ist so gut wie tot. Verlaß dich drauf.«

Die Sache regelte sich blitzsauber am nächsten Tag. Die kleine Bombe, die Paco mit der Zündung der Blitzen kurzschloß, war groß genug, um das unmittelbare Problem zu lösen, doch gleichzeitig auch so klein, daß sich der die Explosion begleitende Schaden in Grenzen hielt. Die Explosion erschütterte den Unterschlupf in Ravenna und ließ ein paar Fensterscheiben zu Bruch gehen, und sowohl Paco als auch ich selbst waren dort und rannten mit den anderen schockierten Gangmitgliedern nach draußen, um den für diesen heimtückischen Anschlag Verantwortlichen Rache zu schwören, wer dies auch sein mochte.

Und damit war plötzlich ein Platz in der Hierarchie der Cutters frei. Schließlich braucht eine Gang einen Kriegsboss. In Seattle auf jeden Fall und ganz besonders im Jahre 2054. Blake mußte einen Ersatz für Ranger finden, und zwar rasch. Nein, nicht rasch, sondern *sofort*. In einer idealen Welt hätte ich den Zuschlag bekommen und wäre aus den Reihen der Soldaten in den Rat der Mächtigen berufen worden. Ja, ja. Mir fallen viele Worte ein, mit denen sich die Welt beschreiben läßt, und ›ideal‹ gehört nicht dazu.

Statt dessen holte sich Blake einen Lieutenant vom Boss der Atlantaer ›Zweigstelle‹ der Cutters, und vierundzwanzig Stunden nach Rangers letztem Ausritt saß ein neuer Arsch auf Rangers Sessel. Sein Spitzname war Bubba – echt, ohne Scheiß. Tatsächlich, *Bubba* – ein Redneck aus Georgia, der zufällig auch noch ein Ork war. (Wenn man bedenkt, welche Einstellung viele Jungs aus dem Süden zu den Metarassen haben, ist es fast ein Wunder, daß Bubba sich noch nicht selbst gelyncht hat. Oder ist das zu zynisch?) Zu meiner Verblüffung stellte ich fest, daß ich den Neuankömmling nach den ersten Gesprächen nicht nur mochte sondern auch respektierte. Wenngleich er durch seinen Akzent so klang, als bewege sich sein IQ im Bereich der Zimmertemperatur – und wir reden hier über *Celsius*grade –, erwies er sich als cleverer Bursche, aggressiv, aber durchaus gewillt, Leuten zuzuhören, die besser als er wußten, was in Seattle ablief. Kurzum, er gefiel mir.

Obwohl ich also nicht Nachfolger des Kriegsbosses geworden bin, müssen doch größere Umstrukturierungen in der Hierarchie der Cutters vorgenommen werden, als ich angenommen habe. Jedenfalls ziehe ich diese Schlußfolgerung, als ich ein paar Tage nach der Explosion zu einer Besprechung mit Bigboss Blake gerufen werde.

Blake befindet sich in seinem Privatquartier im obersten Stockwerk des Seattler Unterschlupfs in der 164. Straße Süd. Box der Troll steht vor der Tür Wache, den asymmetrischen Kopf eingezogen, der jedoch immer noch gegen die Decke stößt. Er fragt mich nicht, was ich hier will, und schenkt sich auch den ›Freund-oder-Feind‹-Quatsch, sondern greift lediglich hinter sich und öffnet die Tür, als er mich durch den Flur kommen sieht. Ich schlendere an ihm vorbei, wobei ich ihm einen spöttischen Gruß zuwerfe, und dann befinde ich mich in einer von Blakes Privatwohnungen.

Ich weiß nicht, was ich erwartet habe – oder ob ich überhaupt etwas Bestimmtes erwartet habe –, aber ich bin trotzdem überrascht. Die Bude sieht hell und luftig aus – sie ist in Ocker und Weiß gehalten. Ich schätze, man könnte das Dekor als ›pseudoafrikanisch‹ bezeichnen. Auf dem Boden liegt eine seltsame Art von Webteppich, an einer Wand hängt ein Hirschfell – oder vielleicht ist es sogar ein Antilopenfell – und an einer anderen eine Sammlung brutal aussehender kurzer Wurfspeere, wahrscheinlich Assegai. Es klingt seltsam, ich weiß, aber nichts davon wirkt übertrieben oder künstlich. Da nur ganz wenige Leute hierherkommen, kann die Einrichtung eigentlich nicht den Zweck haben, andere zu beeindrucken. Ich nehme an, Blake gefällt es ganz einfach so. Ich stelle fest, daß ich mir bereits Gedanken über seine Herkunft mache. Er ist noch nie die afroamerikanische Schiene gefahren. Er ist schwarz, na und wenn schon? Seit der Goblinisierung hat die Hautfarbe nicht mehr den Stellenwert wie früher. Stammt all dieser Drek aus einem einzigen afrikanischen Land, oder ist es eine Art pan-afrikanischer Mischmasch? Keinen blassen Schimmer, Chummer.

Jedenfalls ist Blake auch da. Er sitzt in einem großen ockerfarbenen Armsessel. Auf dem Boden neben ihm sitzt mit verschränkten Beinen eine unglaublich gutaussehende Frau – schwarz wie die Nacht, die Augen so groß und sanft, daß man direkt hineinfallen und darin ertrinken könnte. Ich beachte sie jedoch kaum, weil sich meine ganze Aufmerksamkeit auf Blake richtet, der sich bisher weder bewegt noch ein Wort gesagt hat. (Und jeder, der mich kennt, weiß, was das bedeutet. Ich und eine Frau nicht beachten? Erzähl mir nichts, Chummer ...)

Blake trägt also dieses träge Grinsen zur Schau, und es erinnert mich an einen satten Löwen. Ein zufriedener Mann. Ich kann mir den Grund dafür denken, obwohl ich mich möglicherweise irre.

Blake hebt den Blick und sieht mich an. Er sagt nichts, rührt sich nicht, aber die Frau neben ihm versteht ihn auch so. Die Bewegung, mit der sie sich erhebt, ist fließend und geschmeidig. Sie berührt seine Wange mit einer Fingerspitze, dann schwebt sie durch die Tür hinter Blake, die wahrscheinlich ins Schlafzimmer führt. Als sie die Tür hinter sich schließt, wirkt der Raum plötzlich dunkler, als sei eine seiner Lichtquellen verschwunden.

»Larson.« Blake spricht den Namen langsam aus, leise. Ich verspüre ein Kribbeln im Nacken. »Ich habe viel Gutes über dich gehört, Larson«, fährt er einen Augenblick später fort. »Du hast Fürsprecher, Leute, die dir vertrauen. Weißt du das?«

Ich denke mir, daß ich am besten ganz cool bleibe, also zucke ich nur die Achseln. Ich bin plötzlich unheimlich nervös, weil er etwas über Ranger sagen könnte, und ich bin noch viel nervöser, daß er mein Unbehagen spüren könnte und dann wahrscheinlich den Grund dafür wissen will.

Doch wenn er einen Verdacht hat – oder *mehr* als einen Verdacht –, scheint er kein Interesse daran zu haben, ihn zu äußern... jedenfalls nicht jetzt. »Ich will dich in meinem Stab haben, Larson«, sagt er nach einer kleinen Pause. »Betrachte dich als ›persönlichen Berater‹.« Er kichert, und es klingt, als schnurre eine große Katze. »Oder auch als Leibwächter, wenn dir das besser gefällt. Interessiert?«

Interessiert? Interessiert, ein Mitglied der Prätorianergarde des Bosses der Seattle Cutters zu werden? Interessiert, an jeder verdammten Besprechung der Bosse teilzunehmen? Interessiert, immer – gut, fast immer – zu wissen, wo Blake sich gerade aufhält und was er vorhat? Jesus Christus, also da muß ich erst mal in Ruhe darüber nachdenken...

Ich zucke wieder die Achseln, und ich glaube, es ist mir noch nie so schwergefallen, äußerlich gleichmütig zu bleiben und mir nichts anmerken zu lassen. »Ja«, sage ich so gelassen wie möglich. »Ja, ich bin interessiert.«

Er nickt, und in seinen Augen erkenne ich ein seltsames Funkeln. Er weiß etwas oder glaubt etwas zu wissen. Über mich? Was weiß er oder vermutet er? Daß ich Bart umgepustet habe und bei Rangers Ableben die Hand im Spiel hatte? Oder etwas anderes? Je mehr Zeit ich mit Blake und den anderen Bossen verbringe, desto größer ist das Risiko, daß jemand herausfindet, wer und was ich bin. Aber wenn ich ganz auf Nummer Sicher gehe, erfahre ich nie etwas Wissenswertes. Wie finde ich einen vernünftigen Mittelweg?

Ich werde langsam zu alt für diesen verdeckten Undercoverdrek.

Wenn Blake weiß oder vermutet, daß ich für den Star arbeite, und er mich nur in eine Falle locken will, hat er es nicht besonders eilig, sie zuschnappen zu lassen. Die ganze nächste Woche lang folge ich dem großen Boss wie ein kleiner Handlanger, wobei ich den einen oder anderen kleineren Auftrag für ihn erledige, doch meistens nur neben oder hinter ihm herumstehe und cool auszusehen versuche. Wie sich herausstellt, ist Box der Troll der Befehlshaber von Blakes Prätorianergarde. Außerdem stellt sich heraus, daß ich Box die ganze Zeit lang gewaltig unterschätzt habe. Sicher, er redet, als hätte er ein paar Steine verschluckt, die ihm im Hals steckengeblieben sind. Wie jeder, der einem Flüchtling aus einer Alptraumfabrik ähnelt, steht er in puncto Glaubwürdigkeit auf verlorenem Posten. Aber ich bekenne ganz offen und freimütig, daß Box nicht der nichtssagende Idiot ist, für den ihn alle halten, und daß sein unförmiger Schädel eine erstaunliche Menge von Trivialitäten enthält – zum Beispiel alles, was Sie niemals über die Weltliga der Combatbiker wissen wollten (und zu schlau waren zu fragen), sowie alle vergangenen und gegenwärtigen soziopathischen Mörder ... äh, Spieler, genau, so lautet die Bezeichnung, die in dieser Liga aktiv sind. Außerdem mag er archaische ›Folk‹-Musik aus den Sechzigern des letzten Jahrhunderts. Nach Big Bad Bart kann ich ihm das jedoch verzeihen. Und schließlich behauptet er noch, daß er mal Blockflöte spielen konnte, bevor er sich in einen Troll verwandelte und seine Finger zu groß wurden. Unter anderen Umständen könnte ich ihn sogar mögen, aber so, wie die Dinge liegen, kann ich mir das einfach nicht leisten. Was wahrscheinlich das ist, was ich an diesen verdeckten Ermittlungen am meisten hasse.

In dieser ersten Woche erlebte ich Blake bei inoffiziellen Vier-Augen-Gesprächen und auch bei förmlicheren Anlässen wie dem Kriegsrat in Aktion, bei dem ich Ranger die Wunder des Escrima näherbrachte. Ich lernte eine Menge. Zunächst einmal ist nichts, was Blake tut, zufällig – *nichts*. Alles ist geplant, jedes mögliche Ergebnis, jede mögliche Kombination und Permutation in seinem großen Schädel zuvor durchgespielt. Ich habe gesehen, wie er eine ›zufällige‹ Begegnung mit Bubba auf dem Flur des Unterschlupfs gesteuert hat, indem er zunächst über ganz belanglose Dinge mit ihm redete, bis Bubba seine anfängliche Vorsicht aufgab, und dann ›ganz spontan‹ den Punkt in das Gespräch einfließen ließ, um den es die ganze Zeit bei diesem Spiel ging, und dann seine Reaktion beobachtete.

Es ist eine gute Technik, das will ich Blake gerne zugestehen. Wenn man jemanden ganz offiziell nach seiner Meinung fragt, reagiert er so, als zwinge man ihn – öffentlich und unwiderruflich – Stellung zu beziehen. Das Ergebnis? Er windet sich, macht Ausflüchte, läßt sich mindestens eine Hintertür offen und versucht möglichst wenig zu sagen. Wenn man ihn aber dazu bringen kann, seine Meinung in einem ›inoffiziellen‹ Gespräch zu äußern, wird man etwas hören, das der Wahrheit – seiner tatsächlichen Meinung – so nah kommt, wie man ihr ohne magische Gedankensondierungen oder Folter nur kommen kann.

Blake ist ein Meister dieser und auch anderer Techniken. Er ist ein verdammt guter Anführer. Er hört sich alles an, was die Leute in seiner Umgebung zu sagen haben – und zwar nicht nur mit ihren Stimmen –, und destilliert daraus eine Art Weltbild. Nichts scheint ihn zu überraschen, und er scheint immer schon im voraus zu wissen, was die Leute – mich selbst eingeschlossen – sagen werden, bevor sie es tatsächlich sagen. Er ängstigt mich zu Tode. Und was es noch schlimmer macht, ist die Tatsache, daß ich ihn dafür nicht einmal hassen kann.

Also denke ich, daß ich in einer Woche mehr darüber erfahren habe, wie die Cutters funktionieren – *richtig* funktionieren, ganz tief unten an der Basis –, als in den vergangenen achtzehn Monaten zusammen. Zuvor habe ich gesehen, wie Beschlüsse ausgeführt werden. Jetzt sehe ich, wie diese Beschlüsse zustande kommen. Hätte ich vorher gewußt, daß die Brüder derart kompetent sind, hätte ich den Auftrag sehr wahrscheinlich abgelehnt. Es gibt keine offensichtlichen Gefahren für mein Leben und meine Gesundheit, aber ganz tief in meinen Eingeweiden spüre ich, daß ich jetzt in viel größerer Gefahr schwebe als in den ganzen vergangenen achtzehn Monaten.

Aber genug gejammert. Ich sammelte härtere Fakten über die Cutters als je zuvor – genau die politikbezogenen Interna, deretwegen mich der Star vermutlich auf die Gang angesetzt hat. Das Problem war nur, daß es viel schwieriger war, Gelegenheiten zu finden, meine Berichte abzuliefern. Als Blakes ›persönlicher Berater‹ und Handlanger tat ich in der Regel sieben oder acht Stunden am Tag Dienst und hielt mich die übrige Zeit auf Abruf bereit. Dadurch war es verdammt schwierig, Treffen zu arrangieren, wo ich meine Berichte abliefern konnte.

Drek, es war schon schwierig, mich in das UOL einzuschalten und das schwarze Brett zu überprüfen. Wer weiß, wie viele potentielle Treffen ich versäumte, nur weil ich nichts von ihnen wußte? Aber ich nahm an, daß sich das mit der Zeit ändern würde. Die Dinge würden sich beruhigen, wenn ich mich eingearbeitet und einen regelmäßigeren Arbeitsplan hatte. Im Moment konnte ich meine Vorgesetzten beim Star nur wissen lassen, daß ich noch lebte und atmete – indem ich ganz einfach harmlose Botschaften in verschiedene

BTX-Systeme einschleuste, deren eigentliche Botschaft nicht der Text, sondern die Tatsache war, daß ich mich überhaupt meldete. In der Zwischenzeit faßte ich alle Fakten, die ich sammelte, für einen riesigen Bericht zusammen, den ich hoffentlich irgendwann würde abliefern können.

Und der Hammer in diesem Bericht wird die Tatsache sein, daß die Cutters mit irgendeinem in Tir beheimateten Konzern ins Bett steigen.

Gut, die Verbindung zu einem Konzern ist gar nicht so ein Hammer. Jeder weiß – oder vermutet zumindest –, daß die Cutters die Drekarbeit für eine ganze Reihe in Seattle angesiedelter Konzerne erledigen. Meines Wissens hat die Gang kleinere Kontrakte mit verschiedenen Konzernen abgeschlossen, darunter Kleinvieh wie Designer Genes, aber auch ein halbes Dutzend Megakonzerne aus der allerersten Reihe wie Ares Macrotechnology. Und das sind nur diejenigen, von denen ich weiß.

Das Interessante an diesem neuen Kontrakt ist die Tatsache, daß der Konzern nicht in Seattle angesiedelt ist – tatsächlich sogar nicht einmal in den Vereinigten Kanadischen und Amerikanischen Staaten. Auf der Straße herrscht die Ansicht vor, daß die Tir-Elfen in Seattle geschäftlich nicht besonders aktiv sind und wenn, dann nur über Mittelsmänner, so daß sich die vornehmen Elfen nicht die blütenweißen Hände schmutzig machen. Jetzt höre ich jedoch etwas anderes. Wenn die Gerüchte stimmen, gibt es einen bedeutenden, in Tir angesiedelten Konzern, der nicht nur geschäftlich im Plex aktiv werden will, sondern auch ein Interesse daran hat, seine Fühler nach der schattigen Seite der Straße auszustrecken. Ob sich der Star dafür interessieren würde? Was für eine Frage.

Ich weiß nicht, warum sich der Tir-Konzern die Cutters ausgesucht und wie er mit Blake Kontakt aufgenommen hat. Man kann nämlich nicht einfach das

Branchenverzeichnis aufschlagen und unter ›Cutters, Verwaltungsbüros‹, nachsehen. (Ich weiß, wie *ich* es täte, aber ich verfüge über das nötige Hintergrundwissen und Quellen, die einem Konzern von außerhalb nicht offenstehen... glaube ich.) Jedenfalls ist das letzten Endes auch bedeutungslos. Sie haben den Kontakt hergestellt und bereits einleitende Verhandlungen geführt.

Und jetzt ist das erste offizielle Treffen zwischen Blake und Vertretern dieses geheimnisvollen Konzerns angesetzt worden.

Das Treffen soll im Besprechungsraum im Unterschlupf in der Nähe des Flughafens stattfinden – dort, wo ich Ranger in den Hintern getreten habe –, und Blake ergreift alle nur denkbaren Vorsichtsmaßnahmen. Nach allem, was ich höre, sollen nur Blake und seine Berater – Vladimir und Frühlingsblüte – sowie die Repräsentanten des Tir-Konzerns daran teilnehmen. Der Besprechungsraum wird besser versiegelt sein als der Arsch einer Teufelsratte, und zusätzlich wird draußen eine ganze Armee weltlicher und magischer Feuerkraft aufgefahren. Der Raum selbst wird durch ein großes Medizin-Zelt geschützt – für dessen Errichtung Frühlingsblüte persönlich verantwortlich zeichnet, die zum erstenmal, seitdem wir uns kennen, nicht vollkommen stoned ist. Das bedeutet, niemand kann auf astralem Weg lauschen oder einen Fetisch eines der Konzern-Repräsentanten mit einem unerfreulichen Zauber belegen (oder auch hinein- oder herauskommen, indem er auf eine andere Ebene ausweicht). Blake und seine Berater verzichten auf ihre Prätorianergarde, aber die Konzernleute werden wissen, daß sie den Besprechungsraum nicht lebend verlassen werden, sollten sie irgend etwas Unüberlegtes tun (zum Beispiel, jemanden umzulegen).

(Ein rascher Exkurs. Wenn Blake einigermaßen Verstand hat – was der Fall ist –, wird er trotzdem ein wenig nervös hinsichtlich der Sicherheit sein. Sind die

Konzern-Repräsentanten die, die zu sein sie vorgeben? Oder ist alles nur Schwindel? Drek, wenn ich ein rivalisierender Gang-Anführer wäre und Blake aus dem Weg räumen wollte, wäre dies eine erstklassige Methode. Mir fällt ein ganzer Haufen Möglichkeiten ein. Gut, die Sicherheitsvorkehrungen der Cutters sind so angelegt, daß die Konzernleute gegeekt werden, wenn sie Blake erledigen. Aber das passiert nur, wenn Blake sofort umgelegt wird. Wie wäre es mit einem langsam wirkenden Gift oder Bioagens? Drei Tage später, nachdem die ›Konzernleute‹ lange verschwunden sind, zucken Blake, Vladimir und Frühlingsblüte einmal und sterben. Oder vielleicht ist so eine gerissene Vorgehensweise gar nicht nötig. Einer der Repräsentanten könnte ein Kamikaze sein, eine lebende Bombe. Oder ... nun, Sie wissen, was ich meine. Ich kann nur annehmen, daß Blake seine Hausaufgaben in bezug auf Überprüfungen und den ganzen Drek gemacht hat. Und natürlich hoffen, daß es sich im Falle einer Bombe nur um eine kleine handelt. Ende des Exkurses.)

Mein Platz bei diesem Unsinn ist im Flur vor der großen Tür des Besprechungsraums. Box steht neben mir und trägt seine beste Lederkluft. Wir sind beide bis an die Zähne bewaffnet, aber das ist nur Schau. Unsere Befehle lauten, uns unter keinen Umständen zu rühren, es sei denn, Blake persönlich befiehlt es uns. Und das gilt auch für den Fall, daß es sich um Selbstverteidigung handelt. (Dieser Befehl wird eher mißachtet denn befolgt werden, darauf können Sie Ihren Arsch verwetten.) Ich weiß, daß überall im Unterschlupf Soldaten auf Posten stehen, so daß die Konzernleute durch ein Spalier bewaffneter und gemeingefährlich aussehender Gangmitglieder gehen müssen – ein subtiler Hinweis, daß sie sich besser an die Regeln halten. Blake und Frühlingsblüte warten bereits im Besprechungsraum, während Vladimir die Ehre hat, die Gäste zu begrüßen (und den Kopf als erster in die Schlinge zu stecken, falls sie einzig und allein die Absicht haben sollten, Wirbel zu veranstalten).

Und jetzt höre ich Schritte die Treppe herunterkommen. Ich sehe, daß Box sich zu so großer Höhe aufrichtet, wie es ihm die Decke erlaubt, und ich tue es ihm nach. Wir sehen vier Personen: Vladimir und drei andere. Ich starre sie nicht an – das verbietet die Höflichkeit –, beobachte sie aber aus dem Augenwinkel, so gut ich kann. Vladimir unterhält sich leise mit einem hochgewachsenen schlanken Elf in einem Anzug nach Konzernart, der wahrscheinlich genauso teuer wie mein Motorrad war. Ein hübscher Bursche, dieser Elf – jung (natürlich), doch mit einer ernsten Ausstrahlung, als habe er schon eine Menge im Leben gesehen. Eindeutig ein Konzernvertreter.

Zu seiner Linken und einen halben Schritt hinter ihm geht ein Mensch, von dem ich annehme, daß er der Assistent oder Berater des Elfs ist. Durchschnittlich groß, durchschnittlich schwer. Ich kann sein Gesicht nicht sehen – es wird von Vladimir und dem Elf verdeckt, die beide größer als der Mensch sind. Und dann wird meine Aufmerksamkeit von dem dritten Konzernrepräsentanten in Beschlag genommen.

Natürlich habe ich auch schon früher Elfenfrauen gesehen. Wer nicht? Aber noch nie eine wie diese. Sie ist groß – wahrscheinlich über zwei Meter ohne Schuhe (Mann, welch ein Gedanke ...) –, ungefähr so groß wie ich. Aber sie sieht viel größer aus, und das nicht nur wegen der silbernen Absätze an ihren Schuhen. Sie ist gertenschlank und geschmeidig und bewegt sich wie Quecksilber – flüssig und mühelos. Längliches, blasses Gesicht mit Augen, die strahlen wie Gold. Ihr Haar ist fein und glatt und so hell, daß es fast weiß sein könnte, und reicht ihr im Nacken bis zum Hintern. Sie trägt eine Jacke von ernstem, geschäftsmäßigem Schnitt – schwarzer Samt über einer Bluse aus jadegrüner Kunstseide. Ihr Rock ist ebenfalls aus Kunstseide, wadenlang, doch an der Seite bis fast zur Hüfte geschlitzt.

Zum Teufel mit der Höflichkeit, es gibt Zeiten, da muß man einfach starren. Ich tue es, sie bemerkt es, und es gefällt ihr. Ich registriere einen abwägenden Blick aus dem Winkel eines dieser goldenen Augen und den Anflug von etwas, bei dem es sich um ein Lächeln handeln könnte, und plötzlich will ich heulend im Kreis herumlaufen oder irgend etwas anderes Dämliches tun. (Nein, ganz ehrlich, was ich wirklich gern täte, ist, dem Grad von Bewegungsfreiheit auf den Grund zu gehen, den der geschlitzte Rock gestattet.) Ich beobachte ihr Hinterteil, bis die Gruppe im Besprechungsraum verschwindet und sich die Tür hinter ihr schließt. Dann grinse ich Box vielsagend an.

Der große Troll schüttelt traurig den Kopf, da er offenbar einen weiteren Aspekt in der Tragik der Goblinisierung erkennt. Ich fühle mit ihm: Die Elfe ist auch für mich unerreichbar.

Es ist eine lange Unterredung, und ich habe massenhaft Zeit zum Nachdenken, was in erster Linie gleichbedeutend mit dem Versuch ist, die Elfe ins rechte Licht zu rücken. Die große Frage ist, da ich nicht hören kann, was Blake und die Konzernleute bereden: Was kann ich dem Star Wissenswertes mitteilen?

Die Antwort lautet, eine möglichst genaue Beschreibung der drei. Offensichtlich sind wörtliche Beschreibungen nicht so gut wie Holos oder Videos – und warum, frage ich mich mal wieder, hat der Star eigentlich meine Headware nicht so verbessert, daß ich richtige Bilder in einen Datenspeicher kopieren kann? –, aber sie sind immer noch besser als gar nichts. Wenn die drei Konzernleute immer zusammenarbeiten, reichen auch unvollständige Beschreibungen von ihnen aus, um sie zu identifizieren.

Also schön, ich habe eine ziemlich gute Vorstellung

von der Frau, eine sehr gute sogar. Aber keine ganz so gute von dem Elf, der sich mit Vladimir unterhalten hat, und praktisch gar keine von dem menschlichen Assistenten (falls er das wirklich ist). Also besteht meine Aufgabe darin, meinen Eindruck von den beiden zuletzt genannten zu vertiefen, wenn die Besprechung zu Ende ist.

Und endlich – *endlich*, dem Schutzgott der Blasenkontrolle sei Dank – ist sie vorbei. Die Magnetschlösser surren und klicken, die Tür öffnet sich, und die Delegation kommt heraus. Zuerst Frühlingsblüte und Vladimir, dicht gefolgt von der Elfe. Für einen Moment haben wir Blickkontakt, aber – erst die Arbeit, dann das Vergnügen, zum Teufel – ich sehe rasch weg und konzentriere meine Aufmerksamkeit auf den Elf, der den Besprechungsraum neben Blake verläßt.

Diesmal betrachte ich ihn genauer. Er ist ein oder zwei Zentimeter größer als die Frau und genauso schlank, doch während sie nur aus Anmut und Geschmeidigkeit zu bestehen scheint, sieht er aus, als versteckten sich außerdem auch noch stahlharte Muskeln unter seinem Anzug. Adlernase, dunkle Augen, olivfarbene Haut. Schwarzes, oben kurzgeschnittenes Haar, das an den Seiten und im Nacken schulterlang ist – ein typischer konservativer Konzernhaarschnitt. Kein Schmuck und keine besonderen Kennzeichen, die mir auffallen. Nicht viel, aber mehr kann ich nicht tun.

Den Abschluß bildet der menschliche Assistent/Irgendwas. Er ist nicht so groß wie die anderen und wiegt achtzig bis fünfundachtzig Kilo. Mittelgroß, durchschnittlicher Körperbau, im wesentlichen das, was ich schon beim erstenmal registriert habe. Er trägt einen konservativ geschnittenen Geschäftsanzug in einem gedämpften Dunkelbraun mit schwarzen Accessoires und Schnörkeln. Dunkles, überall kurzgeschnittenes Haar. Dunkler olivfarbener Teint, dunkle Augen…

Jene Augen begegnen meinen, und mich trifft ein

Blitz des Wiedererkennens wie eine Nadel im Rückgrat. Ich habe ihn schon einmal gesehen – keine Ahnung, wo, keine Ahnung, wann. Ich weiß nicht, wer, zum Teufel, er ist, aber ich weiß, ich habe ihn schon gesehen – entweder persönlich auf einem Holo, im Trid oder sonstwo.

Und ich will verdammt sein, wenn er mich nicht ebenfalls erkennt! Ich kann es sehen, ich kann es spüren – und ich wette meinen letzten Nuyen, daß er weiß, daß das Erkennen auf Gegenseitigkeit beruht.

Seine Augen weiten sich ein wenig, und seine Miene wird vollkommen ausdruckslos. Ich bin ganz sicher, daß meine Reaktion genauso ausfällt. Es ist so, als begegnete man jemandem auf der Straße, von dem man genau weiß, daß man ihn kennt, sich aber ums Verrecken nicht an seinen Namen oder daran erinnern kann, woher man ihn kennt, oder ob er wichtig – oder unwichtig – ist. Anstatt sich also zum Affen zu machen, läßt man den Blick ganz einfach weiterschweifen, als habe man ihn überhaupt nicht gesehen. So ähnlich ist es, aber es ist schlimmer, weil wir beide ganz genau wissen, *daß* wir einander gesehen haben.

Was, zum Teufel, soll ich jetzt tun? Der Reaktion des anderen Burschen nach zu urteilen, befindet er sich in genau der gleichen Situation. Ich kenne ihn, kann ich seine Gedanken förmlich hören, ich bin ihm schon begegnet – aber wo? Und wer *ist* der Kerl überhaupt?

Wir setzen beide die ausdruckslose Miene auf und versuchen einander vorzumachen, daß wir nichts gesehen haben. Und das tun wir so lange, bis er die Treppe hinaufgegangen und außer Sicht ist.

8

Okay, ich will ganz ehrlich sein: Ich habe 'ne Scheißangst.

Nennen Sie es ichbezogene Hellsichtigkeit, nennen Sie es die notwendige Paranoia des verdeckten Ermittlers, nennen Sie es, wie Sie wollen. Ich weiß nur, daß es ein Gefühl der Enge in der Brust ist, ein brennendes, wäßriges Gefühl in den Eingeweiden.

Theoretisch weiß niemand in Seattle, wer und was ich wirklich bin. Das ist zumindest die Absicht. Und das ist auch der Grund, warum mich der Star aus Milwaukee geholt hat. Abgesehen von meinen direkten Vorgesetzten und verschiedenen Kontaktpersonen innerhalb des Star – und ihren Liebhabern, Vertrauten und allen sonstigen Personen, bei denen sie sich verplappern –, kennt mich jeder in Seattle nur als Rick Larson, Gangmitglied der Extraklasse, Soldat der Cutters und Mitglied von Blakes Prätorianergarde.

Jeder Versuch von offizieller Stelle, Hintergrundmaterial über mich auszugraben, würde nach Milwaukee führen, wo das dortige Büro des Star eine wasserdichte Tarnung für mich aufgebaut hat. Falls die Suche inoffiziell erfolgt – über die Milwaukee-Gangszene zum Beispiel –, stößt man auf dieselbe Geschichte, weil Rick Larson dort ebenfalls tätig war. Also sind die einzigen Personen, die mein Gesicht in Seattle kennen, meine Vorgesetzten bei Lone Star und Leute, die mir in meiner Cutter-Identität begegnet sind. Hübsch und logisch und beruhigend, richtig?

Tja nun, das ist die Theorie, und wir wissen alle, was mit den Theorien passiert ist, der Mensch würde nie fliegen und eine Kettenreaktion könnte nie stattfinden. Bedenkt man zusätzlich noch die Tatsache, daß ich mit einem Suborbitalflugzeug der neuesten Generation von

Milwaukee nach Seattle geflogen bin, das vermittels linearer Induktionsschienen gestartet wird, die ihre Elektrizität aus einem verdammten Atomreaktor beziehen, werden Sie meinen Widerwillen verstehen, mich auf Theorien zu verlassen. Meine Tarnung ist nur so lange wasserdicht und kugelsicher, wie eine ganz bestimmte Grundvoraussetzung zutrifft: daß niemand (außer mir natürlich) jemals von Milwaukee nach Seattle zieht.

Zugegeben, Seattle ist nicht das Paradies auf Erden, aber waren Sie mal in letzter Zeit in Milwaukee? Laut Handelskammer ›Eine großartige Stadt an einem großen See‹, aber in Wirklichkeit ist es nur ein großartiger Platz, um sich auf einer großen Giftmüllkippe den Tod zu holen. Aber Leute ziehen nun mal um. Drek, nehmen Sie nur Cat Ashburton, den kurvenreichen Rotschopf, mit dem ich mich im Kissaten getroffen habe. Sie ist ebenfalls von Milwaukee nach Seattle versetzt worden. Sicher, sie gehört zu Lone Star und ist daher ungefährlich, aber ihre Versetzung ist völlig unabhängig von meiner erfolgt, und das macht sie – zumindest in bezug auf meine Katastrophentheorie – zu einem von vielen Konzernlohnsklaven. Und wenn ein Konzernlohnsklave zur Westküste versetzt werden kann, warum dann nicht auch ein anderer? Und warum nicht einer, der mich kannte, während ich auf der Akademie war und bevor ich meine Tätigkeit als verdeckter Ermittler aufnahm?

Lassen wir meine hyperaktive Phantasie mal einen Augenblick daran knacken und nehmen wir einfach den schlimmstmöglichen Fall an: Vielleicht hat mich der Assistent des Elfs – der Bursche, dessentwegen ich so aus dem Häuschen bin – gekannt, als wir beide noch junge Punks in Milwaukee waren. Vielleicht sind wir zusammen zur Schule gegangen oder haben uns beim Bier in irgendeiner Studentenkneipe kennengelernt. Im besoffenen Kopf habe ich ihm dann erzählt, daß ich mir überlege, mich dem Star anzuschließen.

Nein, noch schlimmer. Ich habe ihn kennengelernt, als ich auf der Akademie war – wahrscheinlich ebenfalls bei einem Liter Bier –, als ich fest entschlossen war, dem Star beizutreten und die Welt zu verändern. Danach trennen sich unsere beruflichen Wege. Ich werde verdeckter Ermittler, er taucht in die Konzernwelt ein und landet bei einem in Tir angesiedelten Konzern, für den er fragwürdige Deals mit Gangs abschließt. Was wird er sich wohl denken, wenn er den guten alten Ricky sieht, den Schwachkopf, der immer so gerne Cop werden wollte und jedem seinen Decodierring vom Lone Star Fan Club gezeigt hat und plötzlich so aussieht, als sei er ein hochrangiger Soldat der verdammten Cutters? Was wird er sich wohl denken? Richtig, *genau das* wird er sich denken. Und damit wird er verdammt recht haben und ich recht bald verdammt tot sein. Ach, ist Symmetrie nicht wunderbar?

Tja, das ist also der schlimmstmögliche Fall. Und der bestmögliche? Wir sind uns gestern auf der Straße begegnet und aus irgendeinem Grund sind die Gesichter haftengeblieben. Oder vielleicht war er einer von den Pinkeln in der Kaffeebohne, als ich meine Nummer mit Cat abgezogen habe. In diesem Fall bin ich sicher. Wenn er mein Gesicht schließlich unterbringen kann, wird seine Reaktion darauf eher lauten: »Hey, wie klein doch die Welt ist«, als: »Ein Verräter! Laßt die Hunde los!«

Und der wahrscheinlichste Fall? Liegt irgendwo dazwischen. Vielleicht kennen wir einander tatsächlich aus Milwaukee, sind uns aber erst begegnet, als meine Tarnung zumindest schon in Ansätzen existierte. In welchem Fall mein Risiko minimal, wenn nicht gar gleich Null ist.

Was mache ich jetzt also? ›Den Burschen umlegen‹, fällt mir als erstes ein, aber das birgt eigene Risiken und Konsequenzen. Nein, offenbar ist es das Vernünftigste, mir erst mal das Hirn zu zermartern, wer der Kerl war, ist oder was auch immer. Wenn ich ihm zuvorkomme und eher als er weiß, woher wir einander kennen, dann weiß ich, wohin der Zug fährt. Bis mir in dieser Hinsicht die Erleuchtung kommt, bleibt mir jedoch nichts anderes übrig, als mir Schauergeschichten auszumalen und mir vor Angst fast in die Hose zu machen.

Und das gelingt mir auch ausgezeichnet.

Ein paar Tage später arbeite ich immer noch daran, und langsam wird die Sache zu einem echten Schmerz im Arsch. Ich kann das Gesicht dieses Burschen immer noch nicht unterbringen, wie sehr ich mich auch abmühe. Ich habe all die kleinen psychologischen Kniffe angewandt, all das geistige Judo, das einem angeblich hilft, sich zu erinnern. Versuch's mal chronologisch (Bist du ihm 2049 begegnet? Nicht? Wie steht es dann mit 2050?). Oder geographisch (Erinnere dich an die Gesichter all derjenigen, die in Milos Bar in Milwaukee herumgehangen haben. Nichts? Versuch's mit der Universität von Wisconsin, dem Haus der Studentenvereinigung ...). Oder wie wäre es assoziativ? (Wen hast du je getroffen, der enge Beziehungen zu Elfen hatte?) All das führt nur zu Kopfschmerzen, Schlafstörungen und beunruhigenden Alpträumen, wenn es mir dann doch gelingt einzuschlafen. Nicht sehr produktiv, Chummer. Absolut nicht produktiv.

Also habe ich es wie ein guter kleiner Maulwurf, der ich ja auch bin, mit einer anderen Quelle versucht. Unter Einsatz aller Schliche, Lügen und Machenschaften, die man sich vorstellen kann, habe ich meine Fühler innerhalb der Cutters ausgestreckt, um herauszufinden, ob irgend jemand irgend etwas über meinen mysteriösen Mr. X weiß. Nichts zu machen, Chummer.

Ja, sicher, ich bekam einen Namen, aber der lautet auf Mr. Nemo. Ich glaube nicht, daß der Bursche, der mir dieses Juwel von einer Information zugesteckt hat, je herausfinden wird, warum ich aussah, als hätte ich auf eine Zitrone gebissen, als er mir den Namen nannte. Abgesehen von einem Namen wie ›P. S. Eudonym‹ kann ich mir keinen vorstellen, der so offensichtlich ein Alias ist wie ›Nemo‹. (Liest denn niemand mehr die Klassiker? ›Nemo‹ bedeutet ›niemand‹ auf Latein. Unser Gast hat sich als Mr. Niemand vorgestellt.) Also ist der Name in diesem Fall buchstäblich Schall und Rauch.

Nun, wir wollen fair bleiben, da war noch etwas anderes, aber das hat nur noch mehr Fragen aufgeworfen. Nach allem, was ein paar Soldaten gehört haben wollen – und die Götter wissen, wie und wo sie es gehört haben –, gehörte Mr. Nemo nicht zum gleichen Konzern wie die Elfen. Mehr konnten sie mir nicht sagen. Kein Hinweis, ob das bedeutet, daß er für einen anderen in Tir angesiedelten Konzern oder für einen Konzern sonstwo auf der Welt arbeitet... oder ob er überhaupt ständiger Mitarbeiter eines Konzerns ist. Drek, mit einem Pseudonym wie Nemo könnte er genausogut ein Shadowrunner sein. (Teufel, nein, er ist kein Runner. Das weiß ich, und ich weiß nicht, *woher* ich das weiß, und das beunruhigt mich noch mehr. Was für ein Alptraum.)

Jedenfalls habe ich meinen Bericht fertig und auf Chip diktiert, darunter auch alles, was ich über die Elfen-Delegation weiß, annehme und mutmaße. Ich habe Beschreibungen von allen dreien, doch zum x-tenmal in den letzten paar Tagen wünsche ich mir, ich könnte einigermaßen zeichnen oder jemand hätte daran gedacht, mich mit anderen Talentsofts als gewalttätigen auszustatten.

Schön, mein Bericht ist also fertig, aber wie und wann liefere ich ihn ab? Blake läßt mich als Helfer/Handlanger/Leibwächter arbeiten, bis die Schwarte kracht. Ich habe ihm den Rücken freigehalten, Kurier und was weiß ich für ihn gespielt, sitze aber ansonsten im wesentlichen herum und warte darauf, daß er sich überlegt, was ich als nächstes erledigen soll. Seit zwei Tagen war ich nicht mehr in meiner Bude, sondern habe auf Sofas, Matratzen und Böden in dem einen oder anderen Unterschlupf der Cutters gepennt. Ich hatte eine und nur eine Gelegenheit, mich mit meinem Taschencomputer ins UOL einzuklinken. Natürlich habe ich sie genutzt, um die harmlose Botschaft aufzugeben, die »Ich brauche sofort ein Treffen. Meldet euch, habt ihr verstanden?« oder irgend so einen Drek bedeutet. Aber ich bin noch nicht dazu gekommen, nach einer Antwort zu suchen.

Das heißt, bis vor einer kleinen Weile. Vor etwa einer Stunde um kurz vor 0130 und mitten im schlimmsten nächtlichen Wolkenbruch, den Seattle in diesem Jahr erlebt hat, ist Blake aus seinem Privatquartier gekommen, während ich an der Wand lehnte und vor mich hin döste. Ich nehme an, ich muß seine Anwesenheit gespürt haben – vielleicht habe ich auch nur die Tür gehört. Jedenfalls bin ich aufgesprungen, als hätte ich Federn unter den Füßen, und rechnete schon mit einem Anschiß, weil ich während der Arbeit eingeschlafen war.

Jeder andere Boss hätte mir vermutlich wegen Vernachlässigung meiner Pflichten den Kopf abgerissen. Doch Blake tut niemals, was jeder andere Boss tun würde. Anstatt mich anzuschnauzen, kicherte er nur leise. »Nimm dir vierundzwanzig Stunden frei«, sagte er zu mir. Dann fügte er nach einem Blick auf seine Armbanduhr hinzu: »Oder mach zweiundzwanzigeinhalb daraus. Melde dich morgen um Mitternacht wieder. Verstanden?«

Also erwiderte ich: »Verstanden« und ging nach unten zu meinem Motorrad.

Ich wollte schlafen. Ich sehnte mich danach zu schlafen. Aber ich mußte mich zuerst ins UOL einschalten, um festzustellen, ob in den nächsten zwanzig Stunden ein Treffen improvisiert werden konnte. Natürlich konnte ich das nicht im Unterschlupf der Cutters erledigen. Blake wußte, daß ich völlig erledigt war, und was tut jemand, der völlig erledigt ist, wenn er frei bekommt? Er schaltet sich jedenfalls nicht in ein BTX-System ein, soviel ist sicher. Blake würde zu Ohren kommen, daß ich es aus irgendeinem Grund im Moment für wichtiger hielt, mit Gott und der Welt in Verbindung zu treten, als zu schlafen, und er würde sich fragen, warum. Derartige Fragen hätten mir gerade noch gefehlt. Also hieß es, ab zum Motorrad, den Motor anlassen – natürlich erst, nachdem ich nach etwaigen Überraschungen gesucht hatte. Nicht, daß ich mit Ärger rechnete, aber nachdem ich gesehen habe, wie ein paar Kulis Rangers Überreste von den Hauswänden abwuschen, neige ich doch dazu, etwas vorsichtiger zu sein. Dann fuhr ich zum Wenonah.

Als ich auf die 60. Straße Nordost biege, haben Regen und Wind meinen Kopf bis zu einem gewissen Grad geklärt – und es reicht gerade, um mir deutlich vor Augen zu führen, wie mies ich mich fühle. Ich parke den Hobel in der Hintergasse und kette ihn am Gasometer des Hauses fest. Dann schließe ich die metallene Hintertür des Hauses auf, verschließe sie wieder hinter mir und gehe die schmale Treppe zum ersten Stock hinauf. Der Flur – ebenso schmal wie die Treppe – ist leer. Die Tür zu meiner Bude befindet sich am anderen Ende, auf der Vorderseite des Hauses – ich habe sie mir extra wegen des freien Blicks über die Straße und auf die Haustür ausgesucht. Aus Gewohnheit überprüfe ich die Markierungen, die ich immer an der Tür anbringe. Niemand hat sie geöffnet, seitdem ich sie vor ein paar Tagen verschlossen habe. Nicht, daß ich damit gerechnet habe – Barts ungebetener Besuch vor einer Woche war die Ausnahme, nicht die Regel. Ich schließe die Tür auf und gehe durch das kleine Wohnzimmer mit der Kochnische rechts. Ich habe Hunger, doch bei genauerem Nachdenken komme ich zu dem Schluß, daß ich doch dringender schlafen als essen will. Jedenfalls weiß ich genau, daß der Kühlschrank bis auf eine Flasche Wodka und ein paar Becher Joghurt, der sich mittlerweile wahrscheinlich längst in eine neue Lebensform verwandelt hat, sowieso leer ist.

Ich gehe nach links in mein Schlafzimmer und ziehe mir im Gehen meine durchnäßte Jacke aus. Ich werfe sie in Richtung Sessel – verfehle ihn, aber was soll's – und sinke auf mein Bett.

Mein tragbares Telekom steht dort, wo ich es zurückgelassen habe, nämlich auf dem Nachtschränkchen, und ist in die LTG-Buchse in der Wand eingestöpselt. Ich schalte es ein und drücke die Tastenkombination, mit der ich mich in das UCAS Online-System einschalten kann. Während das Gerät die Verbindung herstellt und einen kurzen Händedruck mit den UOL-Mainframes wechselt – irgendwo in Virginia, glaube ich, obwohl das natürlich keine Rolle spielt –, ziehe ich mir die Stiefel aus und kralle die Zehen in den fadenscheinigen Teppich. Ich lege meine H&K mit ihren zwei Reservemagazinen auf den Fußboden neben dem Bett, so daß sie sich in bequemer Reichweite befindet. (Noch einmal: Nicht, daß ich mit Ärger rechne, aber es gibt ein paar Gewohnheiten, die man sich weder abgewöhnen will noch kann.) Das Telekom summt und verkündet, daß es bereit ist.

Auf der Fahrt hierher habe ich mein unverdächtiges »Meldet euch, und zwar schnell« in den Chip in meiner Chipbuchse diktiert. Jetzt werfe ich den Chip aus und schiebe ihn in das dafür vorgesehene Laufwerk im Telekom. Ich rufe das Verzeichnis des Chips auf und vergewissere mich zweimal, daß die Datei, die ich in den Speicher des Telekoms und von dort in das BTX-System kopiere, auch die richtige ist – die unverdächtige Botschaft und nicht der Bericht für den Star, mit dem ich mir eine Kugel in den Kopf einhandeln würde. Dann vergewissere ich mich noch mal. Ich weiß, ich bin müde, und ich weiß, daß müde Leute Fehler machen. Ein einziger falscher Tastendruck, und die falsche Datei wird durch die Datenkanäle des LTG und der Matrix gejagt. Ja, es ist die richtige Datei. Ich bestätige die Datenübertragung.

Ein oder zwei Sekunden später ist meine Botschaft im UOL-Mainframe gespeichert und wartet nur noch darauf, daß sie vom Kontrollpersonal des Star entdeckt und ihre Bedeutung erkannt wird. Ich weiß, ich sollte meinerseits nachsehen, ob eine Botschaft auf mich wartet, aber im Moment bin ich einfach zu erschlagen. Mein Verstand fühlt sich an, als krabbelten Spinnen hindurch, und meine Augen brennen, als seien sie sandbestrahlt worden. Ich unterbreche die Verbindung.

Das Kopfkissen auf meinem Bett lockt, und sein Sirenengesang ist so stark, daß ich nicht einmal mehr das Telekom ausschalte. Ich schwinge die Beine aufs Bett – es ist kalt in den nassen Jeans, aber ich kann sie jetzt nicht mehr ausziehen – und lasse mich zurücksinken. Die willkommene Schwärze des Schlafs hüllt mich bereits ein, bevor mein Kopf auf dem Kissen liegt.

Wie spät ist es, verdammt noch mal?

Meine Schlafzimmeruhr ist so eingestellt, daß sie eine digitale Zeitanzeige auf die Decke über meinem Bett projiziert. Ich öffne mühsam meine klebrigen Augenlider und schaue nach oben. Ich sehe, daß es 0332 ist, was bedeutet, ich habe weniger als zwei Stunden geschlafen. Warum bin ich aufgewacht?

Dann höre ich das Geräusch wieder, das bis zu meinem schlafenden Verstand durchgedrungen ist und sich mit meinen wirren Träumen vermischt hat: Das beharrliche Klingeln des Telekoms. Drek! Wer, zum Teufel, ruft mich um halb vier Uhr morgens an? Hat denn keiner mehr Respekt vor den Toten?

Der Star kann es nicht sein. Dort würde man mich

nicht anrufen, niemals. (Und um in diesem Fall ganz sicher zu gehen, habe ich dafür gesorgt, daß man dort nicht einmal meine Nummer kennt.) Blake hat die Nummer, das gleiche gilt für ein paar höhere Chargen bei den Cutters. Sie könnten mich anrufen, aber warum? Ich habe die nächsten zwanzig Stunden frei, und Blake hat nichts von Bereitschaft erwähnt. Durchaus möglich, daß irgendein Notfall eingetreten ist und er alle Prätorianer braucht, aber von mir aus kann er zum Teufel gehen. Ich beantworte den Anruf nicht. »Verpiß dich«, grunze ich dem Telekom zu. Gehorsam hält es die Klappe. Ich drehe mich um und schließe wieder die Augen.

Dann klopft es an der verdammten Tür. Meine Augen öffnen sich wieder und werfen einen Blick auf die Zeitanzeige. Dort steht 0333, also bin ich noch nicht wieder eingeschlafen.

Und an dieser Stelle meldet sich mein Instinkt, die kleinen Warnglocken in meinem Schädel, meinem Bauch und noch einen halben Meter tiefer. Ich kann förmlich hören, wie sich mein ganzer Körper verkrampft. Irgendwas stimmt hier nicht...

Der Instinkt ist wichtig für jemanden, der undercover arbeitet. Wichtig? Drek, er ist der Unterschied zwischen Leben und Tod. Angeblich bin ich einer der besten verdeckten Ermittler des Star – zumindest erzählen mir das meine Vorgesetzten immer, wenn sie mein Ego hätscheln wollen –, was nichts anderes bedeutet, als daß meine Instinkte zu den besten gehören, die im Rennen sind. Ich weiß nur, daß ich mich voll und ganz auf diese seltsamen Eingebungen verlasse. Und jetzt sagen mir diese Instinkte gerade, daß irgendwas abgeht, und zwar nichts Gutes.

Ein Anruf, dann, eine Minute später, ein Klopfen an der Tür. Zufall? Vielleicht. Aber vielleicht war der Anruf ja auch ein Versuch herauszufinden, ob ich zu Hause bin oder nicht. Als ich mich rücksichtsloserweise dazu entschloß, den Anruf nicht zu beantworten, habe ich den Anrufer damit gezwungen, sich anderer Methoden zu bedienen. Zum Beispiel der, an die verdammte Tür zu klopfen.

Ich schwinge die Beine – eiskalt und steif – vom Bett und greife nach meinem tragbaren Telekom. Das Wenonah – ›Sicherheitsgebäude‹ hin oder her – hatte niemals Sicherheit für Privatwohnungen: keine Kameras, keine Sensoren, nicht einmal ein Spion in der verdammten Wohnungstür. Aus offensichtlichen Gründen habe ich diesen Zustand kurz nach meinem Einzug geändert. Im Türrahmen über der Tür ist eine winzige Videokamera mit Mikrofon und Verstärkeranlage eingebaut, die ihre Daten auf einer Frequenz weiterleitet, die mein Telekom empfangen kann. Ich drücke die entsprechenden Tasten des Telekoms, wobei ich den Geistern – oder meiner Faulheit oder wem auch immer – danke, daß ich das Ding nicht abgeschaltet habe. Der Bildschirm erhellt sich, und ich kann das sehen, was die winzige versteckte Videokamera sieht.

Vier Gestalten im Flur vor meiner Tür – zwei Männer, zwei Frauen –, und alle tragen eine Kluft, die verdächtig nach gepanzertem Leder aussieht. Keine der Gestalten hat eine Waffe gezogen, aber die Art, wie sie dastehen, hat etwas an sich, das den Lautstärkeregler meiner inneren Alarmsirene noch ein Dutzend Teilstriche in Richtung Anschlag dreht. Sie sind angespannt, sie sind bereit – wofür? Ich kann es mir schon denken. Drek!

Eine der Gestalten – ich halte sie für die Anführerin – steht direkt vor der Tür, und sie hebt gerade die Hand, um noch einmal zu klopfen. Das Weitwinkelobjektiv der Videokamera macht es mir im Verbund mit dem Blickwinkel unmöglich, jemanden zu erkennen.

Die Schnalle klopft schon wieder. Ich springe auf und ziehe den Stecker des Telekoms aus der Buchse. Ich schnappe mir meine H&K und lasse sie ein kurzes Gespräch mit der Elektronik in meinem Schädel führen. Mit der linken Hand hebe ich das Telekom auf und balanciere es wie ein Kellner ein Tablett. Ich schleiche wie ein Geist aus dem Schlafzimmer und ins Wohnzimmer, die Augen auf den Bildschirm gerichtet.

Die Frau auf dem Bild tritt zurück und schüttelt den Kopf. Drei der Gestalten – die Anführerin und die beiden Männer – greifen in ihre Jacken und ziehen Waffen. Meine Instinkte jaulen jetzt mit ohrenbetäubender Lautstärke, aber ich brauche sie nicht mehr. Mein bewußter Verstand weiß, was Sache ist: ein Hit. Versucht eine andere Gang, eine Schlüsselperson der Cutters auszuschalten? Wer, zum Teufel, weiß das schon, und im Moment ist das auch völlig egal. Identitäten können warten.

Auf dem Telekomschirm wendet sich die Anführerin jetzt an die zweite Frau, die keine Waffe gezogen hat. Mit einer geschmeidigen Bewegung hockt sich die zweite Frau im Lotussitz auf den Boden und schließt die Augen.

Schamanin? Magierin? Spielt keine Rolle – es ist Magie, eine andere Erklärung gibt es nicht. Sie macht sich bereit, auf astralem Weg in meine Wohnung einzudringen, um sich dort umzusehen. Wenn sie mich hier findet, ist der Drek wirklich am dampfen.

Die Verzerrung der Linse macht es sehr schwierig, den Standort jeder einzelnen der vier Gestalten relativ zur Tür einigermaßen genau festzulegen, aber wenigstens ist der Flur schmal. Ich reiße die H&K hoch und gebe ihr und der Elektronik einen Sekundenbruchteil Zeit, die Schußlinien zu berechnen.

Beinahe zu lange. Die Magierin reißt die Augen auf, und ich weiß, daß sie mich ›gesehen‹ hat. (Zum Henker, dieser magische Drek ist echt beängstigend.) Sie öffnet den Mund, um etwas zu sagen.

Und ich ziehe durch, richte einen langen, hämmernden Feuerstoß auf die Tür. Auf dem Telekomschirm kann ich erkennen, daß die Anführerin das meiste abbekommt und mehrfach in Brust und Hals getroffen wird. Einen Augenblick später geht sie, Blut spuckend, zu Boden. Ich richte die Waffe auch auf die anderen – was schwerer ist, als es sich anhört, wenn man nicht sieht, worauf man schießt – als versuchte man zu schreiben, während man in einen Spiegel sieht. Einer der Burschen hat seine MP angelegt, und ich gehe instinktiv in die Hocke, während sein Feuerstoß die bereits tote oder fast tote Anführerin endgültig erledigt, dann liegt auch er am Boden. Den zweiten Mann hat es ebenfalls erwischt – obwohl er nicht tot ist, noch nicht. Immerhin fehlt ihm ein Großteil seines Gesichts. Ich gebe einen weiteren, tiefer gezielten Feuerstoß ab und sehe, wie der Kopf der Magierin unter meinem Beschuß bis zur Unkenntlichkeit deformiert wird. Ich lasse das Telekom fallen, schleiche immer noch geduckt vor – Haben sie Rückendeckung? Wenn ja, weiß ich es gleich. – und trete das auf, was noch von der Tür übrig ist.

Der Flur ist ein Schlachthaus und stinkt nach Blut und Drek. Mein Magen verkrampft sich und droht, zu rebellieren; mein Herz fühlt sich an, als hätte es sich in einen Eisklumpen verwandelt. Ich will, daß mir übel ist, ich will schreien, aber ich darf es nicht zulassen. Ich reiße mich zusammen und schalte die Gefühle ab. Lasse den Verstand alles regeln, aber schließe das Herz von der Party aus. Vorerst. Ich kann mir eine nervöse Reaktion später leisten. Jetzt sehe ich mich erst mal eiskalt und seelenlos um.

Die vier sind erledigt – wenn der zweite Mann doch noch nicht tot ist, gibt es nichts, was irgend jemand noch für ihn tun kann. Ich höre Schreie und beunruhigte Rufe aus den umliegenden Wohnungen, aber niemand unternimmt etwas Hirnverbranntes wie zum Beispiel, die Wohnungstür zu öffnen. Den Göttern sei Dank für die kleinen Freuden, aber ich weiß, mehr ist es auch nicht. In meiner näheren Umgebung hämmern gerade ein Dutzend oder noch mehr Finger die Nummer 911 in die Tasten ihres Telekoms und rufen meinen Verein.

Drek, und dabei mochte ich das Wenonah eigentlich ganz gerne.

Die Zeit ist mein Feind, das weiß ich. Lone Star fährt in der Ravenna-Gegend nicht regelmäßig Streife, aber es *gibt* Streifen. Vielleicht ist der nächste Streifenwagen nur ein paar Blocks entfernt. Schlimmer, das Killerkommando kann draußen Rückendeckung haben, und wenn ja, hat diese die Schüsse zweifellos mitbekommen und stürmt wahrscheinlich gerade die Treppe zum ersten Stock hinauf. Und wenn das noch nicht reicht, irgendwann wird jemand – möglicherweise mit einer unangenehmen Überraschung im Anschlag – seine Wohnungstür öffnen, um nachzusehen, was, zum Henker, eigentlich los ist. Ich muß machen, daß ich wegkomme – sofort.

Wieder im Schlafzimmer, setze ich mich aufs Bett und ziehe mir die Stiefel an. Schnappe mir meine Lederjacke, die auf dem Boden liegt …

Drek, fast hätte ich meine Brieftasche mit den Kredstäben vergessen, darunter auch ein ganz besonderer, der, wenn ich den richtigen Code eingebe, Zugang zu der Notreserve hat, die der Star für mich eingerichtet hat. (Was von entscheidender Bedeutung ist. Meine persönlichen Konten sind praktisch so gut wie leer, wie es meiner Tarnung entspricht.) Ins Wohnzimmer, dann durch das Schlachthaus draußen. Ich bewege mich rasch, aber geschmeidig. Niemals rennen, wenn man es nicht vermeiden kann. Man stolpert nicht so leicht und kriegt auch eher mit, was um einen herum vorgeht. An den ersten drei Leichen vorbei und über die Magierin mit den Kopfschüssen hinweg …

Dann bleibe ich wie angewurzelt stehen. Dem Kopf der Magierin fehlt zwar die Schädeldecke, aber ihr Gesicht ist noch einigermaßen kenntlich. Ich erkenne es, und dieses Erkennen dreht ein Messer der Furcht in meinen Eingeweiden herum.

Es ist Marla, die Schlangenschamanin, die in meinem Team war, als wir das Depot der Eighty-Eights überfallen haben. Ganz tief drinnen weiß ich bereits, was mich erwartet, als ich mir ansehe, was von den anderen Gesichtern noch übrig ist. Ich erkenne sie alle, jedes einzelne.

Es sind Cutters.

9

Der Motor meiner Harley Scorpion heult mir die Ohren voll, während sich die Leuchtanzeige des Tachos immer weiter nach oben reckt. Wind und Regen peitschen mir ins Gesicht, und aus meinem klatschnassen Haar laufen mir kalte Rinnsale den Rücken herunter. Es ist kalt, aber die Kälte ist nichts im Vergleich zu dem eisigen Gefühl, daß sich in meinem Rückgrat ausbreitet. Ich umklammere den Lenker so fest, daß meine Unterarme schmerzen. Nur so kann ich das Zittern in meinen Händen unterdrücken.

Die Scorpion jault durch die Nacht nach Süden auf den Highway 5, und dort erreicht das schwere Motorrad rasch seine Höchstgeschwindigkeit von hundertsechzig. Nicht, daß ich an einen bestimmten Ort fahre – oder weiß, wohin ich fahre –, es ist nur so, daß ich nachdenken muß, und ich kann besser denken, wenn ich unterwegs bin, vorzugsweise mit einem leistungsstarken Motorrad. Es war schon immer so, auch als ich noch ein Kind war und noch in Lake Geneva wohnte, bevor meine Familie die fünfzig Kilometer nach Norden in die Stadt zog. Ich wollte ein Cross-Motorrad, doch meine Eltern wollten davon nichts wissen. Statt dessen kauften sie mir einen Bombardier WaveRunner aus fünfter Hand, einen düsengetriebenen Wasserschlitten, der wie eine Kreuzung zwischen einem Schneemobil und einem Kleinboot aussah.

Zuerst verzog ich das Gesicht, aber nachdem ich mit der Kiste auf dem See war und Gas gab, fühlte ich mich wie zu Hause. Meine Eltern zogen den ›Wasserhobel‹ einem Motorrad mit der Begründung vor, daß Wasser weicher als Asphalt sei, falls ich eine Bauchlandung machte. Offensichtlich war ihnen nicht klar, daß bei den Geschwindigkeiten, die ein WaveRunner bei Vollgas er-

reicht, Wasser ungefähr noch so weich wie Beton ist. Ich bewies das eines Tages bei einem spontanen Rennen mit einem Nachbarn, der ebenfalls einen WaveRunner hatte, als ich über das Kielwasser eines Wasserski-Boots fuhr, abhob, bei der Landung ins Wasser geschleudert wurde und mir an drei Stellen das Bein brach – und noch dazu den Kiel des Wasserhobels. Meine Eltern ließen mich zusammenflicken, aber sie verboten mir kategorisch, etwas anderes zu tun, als den WaveRunner auf dem Schrottplatz zu verkaufen.

Ich schüttle die Erinnerungen mit einem gemurmelten Fluch ab. Drek, aber es ist verlockend, vor sich hin zu träumen, wenn die Gegenwart ein einziger großer Verriß ist. Gut, daß ich die schwere Scorpion nicht über ein Kontrollrig fahre. Nach allem, was ich gehört habe, schweift in diesem Fall auch das Motorrad ab, wenn die Gedanken abschweifen. Unangenehm.

Also, keine Realitätsflucht mehr. Ein Team der Cutters ist geschickt worden, nicht um mich zu greifen, sondern um mich zu erledigen. Hätten sie mich nur greifen wollen, hätten sie sich ganz anderer Taktiken bedient. Ein Killer-Kommando, das aus Cutters besteht, deutet auf mehrere Möglichkeiten hin, von denen keine angenehm ist.

Erstens. Das Kommando bestand zwar aus Mitgliedern der Cutters, handelte aber nicht in ihrem Auftrag, wenn das überhaupt einen Sinn ergibt. Sie könnten ihren Auftrag von irgendwo anders bezogen haben. Vielleicht von einer anderen Gang – möglicherweise den Eighty-Eights –, die sie bezahlt oder sonstwie überredet hat, mich zu geeken. Wahrscheinlichkeit? Minimal. Bei einem einzigen Mitglied der Cutters wäre das noch möglich. Aber ein Team aus vier Leuten? Nie im Leben.

Zweitens. Das Kommando ist zwar von einem Mitglied der Cutters beauftragt worden, aber es handelt sich nicht um eine offizielle Aktion der Gang. Vielleicht findet eine Auseinandersetzung zwischen einzelnen Fraktionen innerhalb der Cutters statt, und der Anführer einer Fraktion hat seine Soldaten geschickt, um ein Mitglied einer rivalisierenden Fraktion auszuschalten. (Daraus würde selbstverständlich folgen, daß die Fraktion, welche das Team geschickt hat, gegen Blake vorgeht, weil ich einer von Blakes Lieblingen bin.) Oder vielleicht ist es gar keine so große Sache. Vielleicht will jemand nur eine Rechnung begleichen. Wenn Bart und/oder Ranger noch unter den Lebenden weilten, bekäme diese Möglichkeit den großen Goldstern. Aber so? Soweit ich weiß, war Bart Rangers einziger treuer Gefolgsmann, und Bart selbst hatte überhaupt keine Anhänger. Gut, ein paar Leute waren ziemlich genervt, als Blake Bubba zum neuen Kriegsboss machte, aber diese Leute hätten nichts davon, mich umlegen zu lassen. Schlußfolgerung: Wahrscheinlichkeit minimal.

Drittens – und jetzt kommt's, Leute: Meine Tarnung ist aufgeflogen. *Ich* bin aufgeflogen. Blake und die anderen haben herausgefunden, daß ich ein in Lone Stars Diensten stehender Maulwurf bin, und beschlossen, mich abzuservieren. Vor ein paar Wochen hätte ich diese Möglichkeit noch als unwahrscheinlich betrachtet. Jetzt? Nach der Begegnung mit dem mysteriösen Mr. Nemo ist die Wahrscheinlichkeit sprunghaft gestiegen. Andererseits war ich vor kaum mehr als zwei Stunden noch im Unterschlupf der Cutters und habe vor Blakes Tür ein Nickerchen gemacht. Hätte er es da schon gewußt, hätte er nur die Tür zu öffnen, eine Pistole auf mich zu richten und abzudrücken brauchen, während ich schlief. Oder Box und den Rest der Prätorianer zu rufen brauchen, um mich fertigzumachen, wenn er es langsam und unangenehm für mich machen wollte. Mich zu schnappen, wäre vielleicht nicht ganz einfach für sie gewesen, aber sie wären dazu in der Lage gewesen, keine Frage.

Ich stelle es mir folgendermaßen vor: Irgendwann

zwischen 0130 und 0230 erhält Blake von irgendeiner zuverlässigen Quelle die Nachricht, daß ich ein Maulwurf bin. Er pfeift nach Bubba – oder läßt den Kriegsboss vielleicht ganz außen vor und stellt eigenhändig ein Team von Soldaten zusammen. Sie erhalten ihren Auftrag und machen sich auf den Weg zu mir, wo sie um 0332 eintreffen. Dieser Ablauf der Ereignisse ist zwar zeitlich ziemlich eng, aber ganz eindeutig möglich.

Okay, es ist möglich: Jetzt suchen wir mal nach Löchern. Das ist leicht. Warum es überhaupt auf die harte Tour versuchen? Blake wußte, daß ich in weniger als vierundzwanzig Stunden zurückkommen würde, um meine Pflichten wiederaufzunehmen. Warum also nicht einfach warten, bis ich herein- und direkt ins Kreuzfeuer oder ins Fadenkreuz eines Heckenschützen spaziere? Warum sich die Mühe machen und mir einen Besuch abstatten? (Es sei denn, er hatte Grund zu vermuten, ich hätte gar nicht die Absicht, je zurückzukommen, und sei tatsächlich dabei, mich aus dem Staub zu machen. Aber lassen wir diese Möglichkeit erst mal beiseite. Immer schön eins nach dem anderen.)

Außerdem – und hier könnte sich auch mein Ego melden –, warum nur vier schicken? Warum keine Rückendeckung? Entweder hat Blake meine Fähigkeiten echt unterschätzt – aha, das Ego – oder das Unternehmen sollte im Eilverfahren abgewickelt werden. (Warum dann die Eile?) Vielleicht hatte der für das Unternehmen Verantwortliche aber auch keinen Zugang zu allen Ressourcen der Cutters.

Mittlerweile bin ich nur noch ein paar Kilometer von der Südgrenze zum Salish-Shidhe-Council entfernt, was gleichbedeutend ist mit Licht, Grenzstreifen und viel mehr Aufmerksamkeit und Aktivität, als ich mir momentan anzutun bereit bin. Also bremse ich ab und fahre durch die nächste Lücke in der Betonleitplanke des Mittelstreifens auf die gegenüberliegende Fahrbahn des Highways. Dann gebe ich Vollgas und düse wieder nach Norden. Da ich nicht weiß, wohin, zum Teufel, ich fahren soll, ist eine Richtung so gut wie die andere.

So sehr ich es hasse, darüber nachzudenken, ich muß zugeben, daß der wahrscheinlichste Grund dafür, daß jemand mich umzulegen versucht, der ist, daß meine Tarnung aufgeflogen ist. Rasch lasse ich mir noch mal alle meine Aktivitäten der letzten Tage und Wochen durch den Kopf gehen. Ich habe nichts anderes getan und gesagt wie schon tausendmal zuvor. Wenn dadurch meine Tarnung also bisher nicht aufgeflogen ist, warum dann ausgerechnet jetzt? Die einzig logische Vermutung ist die, daß Mr. Nemo schließlich eingefallen ist, wer ich bin und wo er mich gesehen hat, er schließlich ein paar schmerzhaft akkurate Schlußfolgerungen gezogen und Blake dann die ganze Geschichte auf einem Silbertablett serviert hat.

Verdammtes Arschloch, Drekschwein, verfluchtes!

Schon gut, schon gut, reg dich ab, bleib cool. Von entscheidender Bedeutung ist die Frage, was ich jetzt, in diesem Augenblick, tun soll.

Offiziell, laut Vorschriften und all dem Drek, müßte ich mich umgehend bei meinen Vorgesetzten beim Star melden. Wenn ich muß, könnte ich auch ein Telekom benutzen, aber ich müßte sie wissen lassen, daß ich aufgeflogen bin. Dann holen sie mich rein oder geben mir die Adresse eines Unterschlupfs – eines Unterschlupfs des Star diesmal –, wo ich untertauchen kann, bis wir alle einigermaßen sicher sind, daß niemand mehr hinter mir her ist, oder bis ich einen sicheren Weg aus der Stadt heraus ausgetüftelt habe. (Zurück nach Milwaukee? Wer weiß?) Das müßte ich offiziell tun, und es wäre auch das Klügste.

Aber damit ist auch das Eingeständnis verbunden, daß ich versagt habe, daß ich es verrissen habe. Zum Teufel mit der Tatsache, daß mich – offenbar – ein Gesicht aus der Vergangenheit eingeholt hat. Zum Teufel mit der Tatsache, daß ich es nicht hätte verhindern können, daß es nur eine Frage der Zeit war, bis so etwas passieren mußte. Niemand wird mir Vorwürfe machen, niemand wird mich maßregeln, es wird keinen offiziellen Tadel in meiner Akte noch inoffizielle Nackenhiebe geben. Meine Vorgesetzten werden fluchen und mit den Zähnen knirschen und mit der Faust auf den Tisch hauen, weil das Unternehmen zu einem vorzeitigen Ende gekommen ist, aber sie und ich wissen, daß ich schuldlos bin. Bei dieser Sache bin ich Teflon, und der Drek gleitet einfach von mir ab. Der Witz ist nur …

Drek, *ich* werde mir Vorwürfe machen. Ich hasse es, wenn etwas schiefgeht. Ich hasse es zu verlieren. Das macht mich zu einem unerträglichen Hurensohn, wenn es um Squashspielen oder Trainingskämpfe geht, aber es macht mich auch zu einem verdammt guten Cop. Ich tue alles, was nötig ist, um zu gewinnen, und ich setze grundsätzlich Himmel und Hölle in Bewegung, bevor ich eine Niederlage eingestehe.

Übersetzung? Zum Teufel mit den Vorschriften, bis ich alle anderen Möglichkeiten ausgeschöpft habe.

Ich kann Sie förmlich fragen hören: Was für Möglichkeiten, hm, Omae? Das weiß ich auch noch nicht und werde es auch erst wissen, nachdem ich die Situation etwas genauer unter die Lupe genommen habe. Ich habe mir zwar zusammengereimt, daß ich bei den Cutters wahrscheinlich aufgeflogen bin, aber es wäre dumm, bei einem guten Unternehmen die Notbremse zu ziehen, bevor ich wirklich sicher bin.

Aber wie kann ich es herausfinden? Blake anrufen? Ja, klar. »Hey, Blakey, habt ihr Jungs schon rausgefunden, daß ich als Undercover-Agent für Lone Star arbeite? Nicht? Sahne. Cool, Alter. Dann bis morgen.« Peng. Ja, ganz bestimmt.

Andererseits ist ein Anruf vielleicht gar keine schlechte Idee, wenn ich es mir genauer überlege. Nicht bei Blake, auf keinen Fall. Aber wie wäre es mit Paco?

Der Junge ist mir echt was schuldig – jedenfalls glaubt er das, was auf das gleiche hinausläuft. Ich habe in den letzten Tagen zweimal seinen Arsch gerettet. Sein Ehrgefühl, dieses normalerweise völlig bescheuerte Macho-Gehabe der Latinos, wird ihn das nicht vergessen lassen. Bei Paco habe ich also Kredit – zumindest so viel, daß er mit mir reden wird –, und ich beherrsche das ›Lavieren‹ (Lone Star-Ausdruck für ›Lügen wie gedruckt‹) so gut, daß ich ihn wahrscheinlich dazu bringen kann, sich das ganze Märchen anzuhören, daß ich ihm auftischen werde.

Hinzu kommt, ich weiß, daß er ein eigenes Mobiltelefon hat, und ich habe seine Nummer.

Natürlich habe ich mein Mobiltelefon nicht bei mir. Was auch verdammt gut so ist, weil in jedes Mobiltelefon ein Detektor eingebaut ist. Woher sonst, glauben Sie, weiß das Funknetz, welche Transmitter die Anrufe weiterleiten sollen, hm? Jedesmal, wenn das Telefon einen neuen Transmitter anspricht, weiß das System auf ein paar Quadratkilometer genau, wo man sich gerade aufhält. Außerdem habe ich gehört, daß sich dieser Spielraum durch ein paar Software-Verbesserungen im Transmittersystem noch viel weiter einengen läßt. (Sicher, das ist echt hochkalibrige Technomantie, über die wir hier reden, nämlich ins Transmitternetz einzubrechen. Der Star kann es – Drek, er tut es regelmäßig –, aber ich glaube nicht, daß die Cutters über die Mittel dazu verfügen, obwohl ich nicht bereit bin, mein Leben darauf zu verwetten.) Also befindet sich mein Mobiltelefon noch in meiner Bude im Wenonah, aber nur, weil ich in meiner Eile vergessen habe, es mitzunehmen.

Ich werfe einen Blick auf das nächste grüne Highway-Schild. Ich bin direkt vor der nächsten Ausfahrt – Zweiundsiebzigste Straße Süd in Tacoma – und fahre viel zu schnell. Dann rausche ich nach Osten durch das Billigwohnviertel von Tacoma – das immer noch um

Klassen besser ist als das verdammte Ravenna, das kann ich Ihnen sagen – und halte nach einer Telefonzelle Ausschau.

Bei Paco klingelt es und klingelt es, und mir bleibt nichts weiter zu tun, als »Mach schon, mach schon, mach schon« vor mich hinzumurmeln wie irgendein verdammtes Mantra. Die Telefonzelle ist undicht, aber zumindest sind alle Teile des Telefons noch dort, wo sie auch sein sollten, ein weiterer Unterschied zwischen Ravenna und diesem Teil von Tacoma. Um meine grassierende Paranoia zu beschwichtigen, habe ich ein Kaugummi auf die Linse der Videokamera geklebt. (Ja, ja, ich weiß: Paco hat ein tragbares Mobiltelefon ohne Bildschirm, also was soll der Aufwand? Das will ich Ihnen sagen: Ich weiß nicht, was mit dem Videosignal des Telefons passiert, wenn eine Einheit ohne Bildschirm angerufen wird. Vielleicht löst es sich einfach in nichts auf, nur ein weiterer Datenstrom, der in den Mülleimer wandert. Aber vielleicht, nur vielleicht, bleibt es irgendwo im System und ist für jemanden zugänglich, der sich mit einem Bildschirmtelefon in den Anruf einschaltet. Und vielleicht gibt es irgendwas auf dem Videobild, wodurch dieser Jemand meinen Aufenthaltsort schneller herausfindet, als er den Anruf zurückverfolgen kann. Ja, ich weiß, ich bin ein paranoider Schwachkopf, und ich gebe es mit Freuden zu. Aber ich bin ein lebendiger paranoider Schwachkopf, und so soll es auch bleiben.)

Es klingelt ein dutzendmal, fünfzehnmal, und ich will gerade die Verbindung unterbrechen, als es klickt und ich Pacos schlaftrunkene Stimme höre. (Ach ja, es ist noch vor 0400 morgens.) »Scheißwas'n los?«

»Paco«, sage ich durch das Stück Stoff, das ich von meinem Hemd abgerissen habe. (Das reicht nicht, um ein Stimmenerkennungssystem zum Narren zu halten, aber es ist besser als gar nichts.) »Paco, spring auf!« Das habe ich ihm und den anderen in dem Lagerhaus zugerufen, als ich den Bulldog anließ, um vor dem Lone Star-Einsatzkommando zu flüchten. Ich hoffe, er erinnert sich noch daran und schaltet.

Er springt darauf an wie ein Bluthund. »Fahr los, 'mano«, erwidert er schon mit klarerer Stimme. »Gib mir zwei Minuten, okay? Ruf zurück.« Ein Klicken, und er ist nicht mehr in der Leitung. Sucht nach einem ruhigen Plätzchen zum Telefonieren, wenn mich mein Glück nicht im Stich läßt. Sucht Blake oder Box, wenn doch. Ich starre auf meine Armbanduhr und spüre, wie mir der Regen aus meinen Haaren in den Nacken tröpfelt.

Exakt hundertzwanzig Sekunden später wähle ich die Nummer noch einmal. Er meldet sich beim ersten Klingeln. »Du bist heiß, 'mano«, sagt er ohne Vorrede. »Brandheiß, novaheiß. Was, zum Teufel, hast du getan? Blakes Braut gebumst?«

Ich spüre wieder ein Frösteln im Rücken, und es ist nicht der Regen. »Was sagen sie denn, was ich getan haben soll, Paco?«

»Gar nichts, Chummer. Sie sagen nur, du bist den Bach runter.« Den Bach runter: Cutters-Sprache für das, was der Star ›untragbar‹ oder ›nicht mehr zu retten‹ nennen würde. Übersetzung: Zum Abschuß freigegeben, vogelfrei, vielleicht ist sogar ein Kopfgeld ausgesetzt.

»Warum?«

»Keine Ahnung«, sagt er. »Keiner will irgendwas sagen. Nur, daß du erledigt bist.« Er zögert. »Was hast du denn getan?«

»Wenn ich das wüßte, Priyatel«, sage ich, wobei ich jedes Gramm Aufrichtigkeit in meine Stimme einfließen lasse, das ich vortäuschen kann. »Ich weiß nur, daß gerade ein Killer-Kommando – darunter auch unser alter Chummer Marla – versucht hat, mich zu Hause abzuservieren. Hat mich total umgehauen, das kann ich dir sagen.« Paco kichert ein wenig. »Besonders deshalb, weil ich nichts getan habe, wofür ich gegeekt werden müßte.« Ich zögere. »Hör mal, Paco…«, beginne ich.

Und wie zuvor ist er hellwach und springt auf die Idee an, bevor ich sie überhaupt formulieren kann. »Du glaubst, da will dich jemand reinlegen?«

»Könnte gut sein. Ich bin zu vielen Leuten auf die Zehen getreten; vielleicht sind auch Bart oder Ranger zum Schluß nervös geworden, haben irgendwo eine Zeitbombe hinterlegt und waren dann nicht mehr da, um den regelmäßigen Anruf zu tätigen, damit sie nicht hochgeht.«

»Ja, das haut hin«, sagt er langsam. »Soll ich meine Fühler ausstrecken?«

»Aber echt vorsichtig«, bestätige ich. »Wenn ich tatsächlich so novaheiß bin, will ich nicht, daß du dich verbrennst.«

Darüber lacht er. »Ich kann schon auf mich aufpassen, 'mano.« Er hält kurz inne. »Ruf mich unter dieser Nummer wieder an, und zwar um… sagen wir null fünf dreißig.«

»Reicht das?«

»Müßte eigentlich. Und nimm bis dahin den Kopf aus der Schußlinie.«

»Worauf du dich verlassen kannst«, antworte ich, aber er hat bereits eingehängt.

Ich verlasse die Telefonzelle, schwinge mich wieder auf meinen Hobel, lasse den Motor an und fahre langsam los. Ja, sieht so aus, als sei ich echt aufgeflogen. Vielleicht wird es doch Zeit für den Anruf beim Star…

Aber der kann auch noch bis nach 0530 warten. Aufgeflogen ist normalerweise das gleiche wie angebumst, es geht nicht halb oder ein wenig. Aber vielleicht ist die überzeugende Lüge, die ich Paco aufgetischt habe – ich sei das Opfer einer Post-mortem-Verleumdungskampagne von Ranger und/oder Bart –, gar keine Lüge. Ich würde vielleicht das gleiche tun, wenn ich glaubte, ein

Rivale in der Gang wolle mich geeken. Ein Griff nach einem Strohhalm, ich weiß, aber manchmal gibt es auch auf die unwahrscheinlichsten Quoten Geld.

Hätte ich es nicht besser gewußt, hätte ich geschworen, meine Uhr sei stehengeblieben. Die eineinhalb Stunden zwischen 0400 und 0530 scheinen sich ein Leben lang hinzuziehen, und nur der rosarote Streifen des nahen Morgengrauens im Osten bestätigt, daß die Zeit nicht stehengeblieben ist. Kopf und Körper erinnern mich mit unmißverständlichen Worten daran, daß ich kaum zwei Stunden geschlafen habe, bevor sich der Flur des Wenonah in einen Schießstand verwandelt hat, aber darauf kann ich jetzt keine Rücksicht nehmen. Der Soykaf, den ich mir aus einem Automat gezogen habe und jetzt schlürfe, ist so heiß, daß ich mir den Mund daran verbrenne, und schmeckt, als enthalte er genug Chemikalien, um mir mit fünfunddreißig eine hübsche Auswahl verschiedener Krebsarten zu bescheren, aber Schmerzen und Ekel sind das einzige, was mich im Moment aufrecht hält.

Nach dem Telefongespräch mit Paco mußte ich irgendeine Möglichkeit finden, neunzig Minuten totzuschlagen, ohne mich dabei selbst ins Jenseits zu befördern. Wenn ich zuvor paranoid war, dann bin ich es jetzt erst recht. Seattle ist ein verdammt großer Sprawl, aber die Cutters haben sich – in der einen oder anderen Form – über die ganze Stadt ausgebreitet. Die Wahrscheinlichkeit, jemandem über den Weg zu laufen, der mich kennt oder gar nach mir sucht, ist gering, aber nichtsdestoweniger vorhanden, wohin ich mich innerhalb des Sprawl auch wende. Also fahre ich nur ziellos herum und lande schließlich in der Nähe von Pier 42, wo wir das Lagerhaus der Eighty-Eights haben hochgehen lassen. So sicher wie sonst irgendwo und sicherer als die meisten Orte, nehme ich an. Die Eighty-Eights könnten natürlich mit noch mehr Ärger rechnen und in voller Stärke unterwegs sein. Natürlich könnte ich von ihnen massakriert werden, aber auf jeden Fall ist dies ein Ort, an dem sich so schnell kein Mitglied der Cutters blicken lassen wird. Jedenfalls gibt es eine Telefonzelle in der Nähe des Tors von Pier 42, eine überdachte Bushaltestelle – in der es jetzt, wo ich die Lampen mit dem Griff meiner H&K zerschlagen habe, gemütlich und dunkel ist – mit einem (überraschenderweise) unbeschädigten Soykaf-Automat und einem stillgelegten mobilen Büro, hinter dem ich meinen Hobel abstellen kann. Ich kaue noch etwas Kaugummi für die Kameralinse und stelle fest, daß mich das noch nervöser macht, als ich ohnehin schon bin.

Schließlich piepst das Wecksignal, das ich an meiner Uhr eingestellt habe, und es wird Zeit, Paco anzurufen.

Wie beim letztenmal hebt Paco beim ersten Klingeln ab. »Larson?« sagt er, und all meine inneren Warnsirenen heulen Sturm. Paco hat mich in der ganzen Zeit, die wir uns kennen, nur einmal Larson genannt, und das war in dem Lagerhaus am Meridiansee, als er glaubte, er würde sich ein paar Kugeln einfangen.

»Ja, ich bin's«, sage ich zögernd, während sich meine Gedanken überschlagen. »Hast du irgendwas für mich?«

»Ich hab was Gutes«, antwortet er. »Falscher Alarm, 'mano. Total falscher Alarm. Die Kanonen sind alle wieder zurückgerufen worden.« Seine Stimme klingt gelassen, kühl – neutral und präzise. Und darin liegt eine Botschaft. Ich kann nur hoffen, daß ich sie richtig verstehe.

»Tatsächlich? Was war denn überhaupt los?«

»Was ich dir schon beim letztenmal gesagt hab, 'mano. Bart hat 'n Haufen Lügen vergraben, und als es ihn erwischt hat, war niemand mehr da, um den Daumen draufzuhalten.«

Noch eine Warnung: Nicht Paco hatte das gesagt, sondern ich. »Ja?« Ich lasse einen Anflug von Hoffnung durchklingen.

»Ja, Larson«, wiederholt er. »Blake und Vladimir haben sich den Drek genauer angesehen und festgestellt, daß alles ein lausiger Schwindel ist.« Er kichert, aber es ist ein Kichern, in dem keine Spur von Humor liegt. »Ich schätze, Box oder jemand anders ist vorgeprescht und hat die Kanonen losgeschickt.«

Und dann folgt noch eine Warnung. Paco verwendet die Formulierung ›den Bach runter‹. Meiner Ansicht nach kommt es aber einer offiziellen Proklamation des Gang-Bosses nah, wenn dieser Ausdruck benutzt wird. Wenn Box oder jemand anders einfach nur überreagiert und die Prätorianer ausgesandt hätte, würde Paco diese Worte nicht benutzen.

»Blake will, daß du wieder zurückkommst, Larson«, fährt Paco drängend fort. »Komm nach Hause, 'mano. Die Bosse glauben, Bart könnte noch andere Päckchen verschickt haben – an den Star, vielleicht sogar an die Nachrichtenschnüffler, Omae. Blake glaubt, wir können sie vielleicht noch abfangen, aber er will, daß du das übernimmst. Hast du mich verstanden?«

Ich habe ihn verstanden. Ich antworte mit schleppender Stimme, als sei ich fix und fertig – im Moment keine große schauspielerische Leistung: »Verstanden, Paco. Danke, Priyatel. Ich ...« Ich huste. »Ich bin verwundet, Chummer. Es hat mich erwischt, als ich das Killer-Kommando flachgelegt hab, und es geht mir verdammt drekkig.«

»Dann komm nach Hause«, sagt er drängend. »Komm nach Hause, und die Cutters kümmern sich um dich.«

Ich habe Mühe, mir ein lautes Lachen zu verkneifen. Botschaft erhalten, Paco, mein Freund. Danke, besten Dank. »Ich komme«, lüge ich überzeugend. Dann lege ich auf, schwinge mich auf meinen Hobel und bin wieder auf der verdammten Straße.

10

Ich bin aufgeflogen, total und absolut aufgeflogen, daran gibt es jetzt keinen Zweifel mehr. Was Paco gesagt hat – und vor allem, was er nicht gesagt hat –, verrät mir das laut und deutlich. Als er seine Fühler ausgestreckt hat, muß Blake oder einer von den anderen Bossen sich gedacht haben, er habe mit mir geredet und würde es bald wieder tun. Paco war bei diesem letzten Telefonat nicht allein. Andere haben mitgehört, um sich zu vergewissern, daß er mich ans Messer liefern und mich nicht warnen würde. Aber er hat mich gewarnt, und zwar auf eine Art und Weise, die Blake und die anderen nicht durchschauen können. Und er hat es getan, obwohl alles darauf hindeuten muß, daß ich ein verdammter Lone Star-Maulwurf bin. Trotzdem hat er mir einen Tip gegeben. Trotzdem hat er mir das Leben gerettet. Muß auf ein Gefühl der Loyalität zurückzuführen sein, alles andere ergibt keinen Sinn.

Also komme ich nicht mehr darum herum. Es wird Zeit für den Anruf.

Tatsächlich sogar für mehrere. Die Telefon-Drohnen in der Bürokratie des Star stellen einfach keine Anrufe von einem Straßendrek wie mir zu den Leuten durch, mit denen ich Verbindung aufnehmen muß. Und aus offensichtlichen Gründen können eben diese Telefon-Drohnen auch nicht wissen, daß ich ein Undercover-Agent bin. In den alten Zeiten hätte ich vermutlich eine Telefonnummer bekommen, die mich direkt mit dem Büro einer meiner Vorgesetzten verbinden würde, aber heutzutage ist solch eine Direktverbindung ein viel zu hohes Risiko – ein Datenpfad für außenstehende Decker, den sie benutzen können, um in das private Computer- und Telekomsystem eines Konzernangestellten einzudringen. Nein, heutzutage laufen alle Anrufe über Relaissysteme mit Wetware-Komponenten. Und diese Wetware-Komponenten – die Telefon-Drohnen – können Rick Larson nicht von einem beliebigen Gossenpunk im Sprawl unterscheiden. Für den Notfall gibt es daher andere Verfahren.

Ich beobachte meine Umgebung. Es ist 0545, und die Docks erwachen langsam zum Leben. Ich kann hier nicht viel länger bleiben, aber ich denke, für einen Anruf reicht es noch. Ich lasse den Kaugummi, wo er ist – auf der Kameralinse –, und tippe die erste von mehreren Nummern ein, die ich auswendig weiß.

»Lone Star Hauptvermittlung«, meldet sich eine synthetisierte Stimme. »Wenn Sie die fünfstellige Durchwahlnummer der Dienststelle kennen, die Sie erreichen wollen, wählen Sie sie bitte jetzt. Sollten Sie die Durchwahl nicht kennen...« Ich unterbreche das Geplapper, indem ich fünf Nullen eintippe.

Einen Augenblick lang herrscht Schweigen, dann meldet sich eine andere – ebenfalls synthetisierte – Stimme. »Sie sind mit dem automatischen Anrufbeantworter Lone Stars verbunden«, plärrt sie. »Die regulären Bürostunden sind montags bis freitags von null neunhundert bis siebzehnhundert. Bitte rufen Sie zurück.« Es klickt einmal, und es klingt so, als sei die Verbindung unterbrochen worden, aber ich weiß es besser. Ich tippe noch einmal fünf Nullen ein. Als ich fertig bin, klingelt das Telefon einmal, dann herrscht Stille. Keine Ansage weist darauf hin, aber ich weiß, daß jetzt irgendwo in den Tiefen des Star-HQs ein Aufzeichnungsgerät läuft.

»Ich bin's«, sage ich einfach und in der Zuversicht, daß der Computer am anderen Ende aufgrund meines Stimmenmusters erkennt, wer ›ich‹ ist. »Ich bin aufgeflogen. Ruft zwo-drei-zwölfhundert an.« Dann hänge ich ein.

Ich eile zu meinem Motorrad, steige auf und fahre los. Ich habe viereinviertel Stunden Zeit bis zu meinem nächsten Anruf. (Das bedeutet die Nummer, die ich am Ende angegeben habe. Ja, es klang so, als hätte ich dem Star eine LTG-Nummer mitgeteilt. In Wirklichkeit habe ich ihnen gesagt, wann sie mit meinem nächsten Anruf rechnen können. Die ersten beiden Ziffern der ›Telefonnummer‹ waren bedeutungslos. Die Information ist in den letzten vier Zahlen versteckt: die Zeit meines beabsichtigten Anrufs plus zweihundert. Begriffen? Wenn jemand diese Leitung abgehört hat, ist dieser jemand jetzt damit beschäftigt, der LTG-Nummer 23-1200 nachzugehen. Ich frage mich, ob der Besitzer dieser Nummer in Kürze Besuch von den Cutters bekommt...)

Okay, okay, warum spaziere ich nicht einfach zum Lone Star-HQ, melde mich beim Empfang und warte in einem netten, sicheren Büro, während die Nachricht an die richtigen Stellen weitergeleitet wird – nämlich zu den wenigen Leuten in dem Gebäude, die tatsächlich über mich Bescheid wissen –, bis jemand kommt und mich abholt? Dafür gibt es gleich mehrere Gründe. Erstens: Auch wenn ich bei den Cutters aufgeflogen bin, ist die Zeit meiner Nützlichkeit in der Gegend von Seattle vielleicht noch nicht vorbei. Ich könnte irgendwo anders als Undercover-Agent arbeiten, einen anderen Auftrag bekommen. Das wäre nicht mehr möglich, wenn ich ganz offen ins Lone Star-HQ marschierte: Ein Haufen Gruppen, die ein Interesse an den Vorgängen im Star haben – und umgekehrt –, halten das pyramidenförmige Gebäude an der Ecke Zweite und Union unter Beobachtung. Diese Gruppen registrieren gewohnheitsmäßig jeden, der offenbar eine Verbindung zum Star hat, und wenn sich mein Besuch in der Unterwelt herumspräche, wäre mein nächster Auftrag als verdeckter Ermittler auch mein letzter. Peng.

Es gibt aber noch einen anderen verdammt guten Grund: Selbsterhaltung. Die Tatsache, daß Blake mir ein Killer-Kommando auf den Hals gehetzt hat, anstatt einfach abzuwarten, bis ich zum Unterschlupf zurückkomme, kann nur bedeuten, daß er gedacht hat, ich komme nicht zurück. Er muß geglaubt haben, ich sei bereits auf dem Weg zum Star. Es wäre das einfachste von der Welt, ein paar Leute in der Nähe des Star-HQs zu postieren – Heckenschützen mit magischer Rückendeckung, zum Beispiel – und mir eine Kugel oder einen Zauberspruch zu verpassen, sobald ich auftauche. Blake würde diese Möglichkeit nicht übersehen, da können Sie Gift drauf nehmen.

Wenn also das Hauptquartier ausscheidet, warum versuche ich es dann nicht mit einer anderen Lone Star-Niederlassung, einem der ›Reviere‹ irgendwo im Sprawl? Die Cutters können nicht überall Killer-Kommandos postiert haben. Nun, auch dafür gibt es einen guten Grund, Chummer, und der hängt mit meiner Tarnung zusammen. Eine Tarnung ist keinen feuchten Drek wert, wenn jemand anders als die direkten Vorgesetzten *weiß*, daß es eine Tarnung ist. Das bedeutet wiederum, daß mich die Streifencops und Straßenmonster bei Lone Star – wenn sie mich überhaupt kennen – alle für einen gefährlichen Verbrecher halten, der nach Seattle geflohen ist, um der großen Hatz in Milwaukee zu entgehen. Angeblich bin ich nämlich ein verdammter Cop-Killer, Omae! Ein Teil meiner Tarnung besteht darin, daß ich in Milwaukee einen Streifenwagen mit Lone Star-Beamten weggeputzt habe – zuerst habe ich drei Granaten hineingejagt und dann die beiden Überlebenden niedergemäht, als sie versuchten, aus dem brennenden Wrack herauszuklettern. Diese Art Hintergrund schafft Glaubwürdigkeit und Reputation im Gangland und erklärt auch, warum ich nicht mehr in Milwaukee bin, obwohl ich dort so eine große Nummer war. Die Kehrseite der Medaille ist natürlich, daß sie mich bei den Cops nicht gerade beliebt macht.

Wenn ich in einem dieser ›Reviere‹ aufkreuzen und den Brüdern dort sagen würde, sie sollen diese und jene Nummer im HQ anrufen und sagen, Larson sei hier, täten sie das nicht, ohne zuvor meine Identität zu prüfen. Sie würden mich durch den Computer jagen, und bingo! Ein Cop-Killer! Gesucht wegen verschiedener Straftaten, bewaffnet, gilt als äußerst gefährlich, etcetera etcetera drekcetera.

Was würden die Brüder dort also unternehmen? Würden sie die Nummer anrufen, die ich ihnen genannt hätte? Einen Drek würden sie. Sie würden mich erst mal einbuchten, bis ich nach Milwaukee überführt und den dortigen Behörden übergeben werden könnte. Und das nur, wenn ich sehr viel Glück hätte. Viel wahrscheinlicher ist, daß sich die Straßenmonster von Lone Star Seattle ihres Rufes auf dem ganzen Kontinent als würdig erweisen und dafür sorgen würden, daß ich ›auf der Flucht erschossen‹ werde. Ich erzähle Ihnen keine Märchen; so handhaben sie derartige Fälle tatsächlich. Gut, wenn ich ein Abzeichen oder einen Ausweis oder einen Decodierring von Lone Star oder irgendwas hätte, sähe es anders aus. Aber als verdeckter Ermittler schleppt man solchen Drek nicht mit sich herum. Ich habe nichts, um mich auszuweisen, außer einigen Informationen, über die eine kleine Straßenratte nicht verfügen würde. Aber wenn das funktionieren soll, muß mir erst mal jemand zuhören, bevor er versucht, mich auszuknipsen.

Nein, danke. Ich gehe lieber auf Nummer Sicher, wenn es Ihnen nichts ausmacht.

In der Zwischenzeit muß ich über vier Stunden totschlagen, und mein Körper schreit nach Schlaf. Mit einem derart benebelten Verstand wie dem meinen ist es unvermeidlich, irgendwann Fehler zu machen, also muß ich mich ausruhen. Sofort. Aber wo? Das Wenonah scheidet aus, und in irgendeiner Absteige aufzukreuzen, könnte zuviel unerwünschte Aufmerksamkeit erregen. (Wie schwierig wäre es wohl für Blake, allen zwielichtigen Absteigen im Sprawl – schließlich gibt es so viele gar nicht – die Nachricht zukommen zu lassen, die und die Nummer anzurufen, wenn ein Bursche aufkreuzt, auf den meine Beschreibung paßt? Fünfhundert Nuyen sind dabei für dich drin, Chummer!) Glücklicherweise habe ich mindestens einen Kontakt, von dem die Cutters nichts wissen, und es sollte möglich sein, mich dort ein paar Stunden aufs Ohr zu legen. Ich finde noch ein Telefon – immer noch unter dem Alaskan Way-Viadukt, aber näher an der Madison – und rufe meinen Kontakt an.

Das Telefon klingelt nur einmal, bevor am anderen Ende abgenommen wird, was mich überrascht. Der Bursche, den ich anrufe, steht zwar gerne früh auf, das weiß ich, aber nicht so früh. »Ja?« sagt er mit seiner klaren, präzisen Stimme. Keine Spur von Verschlafenheit, nicht die geringste. Wieder heulen Alarmsirenen auf.

»Ich bin's«, sage ich und halte den Atem an. Wenn wirklich der Drek am dampfen ist, wird er es mich mit seinen nächsten Worten wissen lassen.

»Guten Morgen, Richard«, sagt er, und ich atme wieder.

Er heißt Nicholas Finnigan – ich glaube nicht, daß je irgend jemand den Mut aufbringen wird, ihn Nick zu nennen –, und er ist ein hochtrabender alter Furz von über fünfzig, fett und beinahe kahl, der sich durchs Leben schlägt, als könne ihn nichts erschüttern. (Das eine Mal, als ihn doch etwas erschüttert hat, war ich da, um sein Fett aus dem Feuer zu ziehen, sonst wäre es auch das letzte Mal gewesen.) Er ist Schriftsteller – ein echter, nicht so ein Wissensingenieur, ein Dinosaurier, der mit Lineartext, mit Worten in einer Reihe, anstatt mit Hypertext arbeitet. Spionagekrimis, um Himmels willen. Ich persönlich hätte nie gedacht, daß es dafür einen Markt gibt, aber er verdient besser als gut – er besitzt ein Haus, echt, ein richtiges Haus, am Snohomishfluß und einen Steinwurf von der Salish-Shidhe-Grenze entfernt.

Ich habe Nicholas vor sechs Monaten ganz in der Nähe des Telefons kennengelernt, von dem aus ich ihn jetzt anrufe – vielleicht hat die Erinnerung daran meine Wahl unbewußt beeinflußt. Jemand hatte sich mit dem Wunsch an die Cutters gewandt, ein paar Gremlin-Luftabwehrraketen zu kaufen, aber die Führung der Gang hatte Grund zu der Annahme, daß an dem vereinbarten Treffen etwas faul war. Ich führte das Team an, dessen Aufgabe es war, den Burschen zu schnappen, der zum Treffen kam, und ihn dann irgendwohin zu bringen und aus ihm herauszuholen, was tatsächlich ablief. (Ich nehme an, Blake hatte den Verdacht, daß der ganze Deal ein Lone Star-Komplott war.)

Jedenfalls wird das Treffen angesetzt, und der Bursche, den ich mir schnappen soll, ist dieser pummelige alte Kauz in einer verdammten Tweedjacke und einer *Brille* auf der Nase, um Himmels willen. Nicholas Finnigan. Mir war sofort klar, daß es sich nicht um ein Komplott handelte, der Deal aber auch nicht astrein war. Ich hatte meine Leute in der Gegend verteilt, und sie zogen den Ring zu, sobald Finnigan auftauchte. Offenbar spürte er, daß irgendwas faul war, da er nervös und auf dem Sprung war. Wenn er in Panik geriet und loslief, war klar, daß ihn einer meiner Leute umlegen würde.

Also verließ ich mein Versteck, rannte ins Freie und lenkte meine Leute ab, indem ich in die Dunkelheit auf einen Haufen Nichts schoß und ein paar unschuldige Müllcontainer demolierte. Während meine Leute aus der ganzen Gegend ein Sieb machten, scheuchte ich Finnigan nach Hause. Während ich das tat, gab er mir – ich kann es immer noch nicht glauben – seine verdammte Visitenkarte. Jedenfalls, als er in Sicherheit war, ging ich zurück und kümmerte mich persönlich um die Aufräumarbeiten. Die Geschichte, die ich Blake und Konsorten anschließend auftischte, war die, daß das Treffen tatsächlich nicht astrein gewesen sei, die

Rückendeckung der anderen Seite ihre Absichten aber zu früh zu erkennen gegeben habe und der Kontaktmann im anschließenden Feuergefecht entkommen sei. Wie schade. Blake kaufte mir die Geschichte ab, und damit war die Sache erledigt.

Ein paar Tage später rief ich aus reiner Neugier die Nummer auf der Visitenkarte an. Und so habe ich Nicholas Finnigan kennengelernt. (Als ich all das meinen Vorgesetzten beim Star meldete, bekam ich natürlich einen Anschiß. Aber zum Teufel mit ihnen.)

»Morgen, Nicholas«, sage ich. Ich grinse und muß einfach hinzufügen: »Immer noch mit Recherchen zum Waffenkauf beschäftigt?«

Er kichert warm. »Ich glaube, die Lektion, die du mir zu diesem Thema erteilt hast, zeigt immer noch Nachwirkungen«, sagt er. »›Schreib über Dinge, von denen du etwas verstehst‹, ist ja schön und gut, aber ich bin zu der Einsicht gelangt, daß in einigen Bereichen aus zweiter Hand erworbenes Verständnis völlig ausreicht.«

Ich schüttle den Kopf. Finnigan redet immer so, und man muß ihm bis zum Ende seines geschraubten Geredes folgen, wenn man wissen will, wovon, zum Teufel, er redet. Aber er ist ein netter Bursche. Unter anderen Umständen würde ich ihn gerne als Freund bezeichnen und nicht nur als Kontakt. »Freut mich zu hören«, sage ich. »Sorg dafür, daß es so bleibt, und halt dich aus allem Ärger raus.«

Eine kleine Pause tritt ein, und die Alarmsirenen heulen wieder los. »Vielleicht solltest du deinen Rat selbst etwas mehr beherzigen, Richard«, sagt er zögernd.

»Und mich aus allem Ärger raushalten?«

»Ja. Es sieht so aus, als könntest du ein paar Nachhilfestunden in dieser Hinsicht brauchen.«

»Was ist denn los?« frage ich, aber ein kalter Knoten in meinem Magen verrät mir, daß ich es bereits weiß.

Wie, zum Teufel, sind Blake und die Cutters nur auf Nicholas gekommen?

Doch seine nächsten Worte gehen in eine ganz andere Richtung. »Was weißt du über die Lightbringer Services Corporation?« fragt er mich.

»Wie?«

»Lightbringer Services Corporation«, wiederholt er. »Ich habe hier eine Geschäftskarte direkt vor mir liegen.«

Ich schüttle den Kopf. »Der Name sagt mir nichts. Hört sich aber nach Tir an.«

»LTG-Nummer und Matrix-Adresse sind von hier, aber der Name erinnert an das Land der Verheißung, da stimme ich dir zu. Und der ziemlich ernsthafte junge Mann, der mir diese Karte gegeben hat, war ein Elf.«

»Welcher ›ernsthafte junge Mann‹?« will ich wissen.

»Der heute morgen zu mir gekommen ist und sich nach dir erkundigt hat, Richard.« Seine Stimme klingt beiläufig, aber ich höre heraus, daß er um die Ernsthaftigkeit der Lage weiß. »Er und seine zwei Freunde, die im Wagen geblieben sind. Er schien sehr erpicht darauf zu sein zu erfahren, was ich über dich weiß.« Er schnaubt. »Ich glaube, er war ziemlich enttäuscht, als er feststellte, daß das so gut wie nichts ist.«

»Hat er dir geglaubt?« Die Worte rutschen mir heraus, bevor ich weiß, was ich sage.

Einen Augenblick Stille am anderen Ende, dann sagt Nicholas zögernd: »Hmm, ich verstehe. Ich glaube schon. Ansonsten würden wir diese kleine Unterhaltung jetzt nicht führen, das meinst du doch, oder?«

Ich entspanne mich ein wenig. Nicholas weiß faktisch tatsächlich einen Drek über mich, aber ich habe keine Ahnung, was er sich zusammengereimt hat. Ich habe ihm nie etwas erzählt, nicht mal meine offizielle Tarngeschichte, und er hat nie gefragt. »Was wollte der Elf sonst noch?«

»Er sagte, es könnte sein, daß du dir eine Menge

Ärger eingehandelt hast, Richard, Ärger, der möglicherweise fatal sein könnte. Gut, er hat es nicht ausdrücklich und mit so vielen Worten gesagt«, fügt er rasch hinzu, »aber diesen Schluß sollte ich wohl ziehen. Er ließ durchblicken, daß er und seine Freunde auf der Seite der Engel stehen, und falls du Kontakt mit mir aufnimmst, sollte ich sie umgehend informieren. Daher auch die Geschäftskarte. Natürlich gab ich mich angemessen besorgt.« Er kichert trocken. »Er muß wirklich geglaubt haben, er hätte mich eingewickelt.«

»Häh?« Daraufhin blinzle ich verwirrt. *Ich* weiß, daß es ein faules Ei ist. Woher weiß er es?

Nicholas lacht wieder. »O gewiß, sein Text war gut, und er hat ihn auch sehr überzeugend vorgetragen, aber ich habe ihn schon zu oft gelesen. Um Himmels willen, ich habe ihn selbst *geschrieben*. Unser Elfenfreund hat einfach das getan, was man ›einen Versuchsballon steigen lassen‹ nennt. Jeder, der irgendeines meiner Bücher gelesen hat – oder auch einen der Klassiker des Genres wie Ludlum –, würde alles nur zu gut verstehen. Wenn ich das alles geplant hätte, würde ich mein Haus mit genügend Leuten überwachen lassen, um dich umlegen oder ausschalten zu können, falls du mich besuchen kämst. Natürlich würde ich auch mein Telefon abhören lassen. Ich nehme an, du rufst aus einer öffentlichen Telefonzelle an?«

Ich blinzle wieder. »Ja.«

»Dann würde ich vorschlagen, daß wir dieses Gespräch schnell beenden«, fährt er in demselben intellektuellen, distanzierten Tonfall fort. »Anrufe lassen sich so leicht zurückverfolgen.«

Er hat recht, und ich spüre, wie meine Paranoia noch einen Zahn zulegt. Aber es gibt noch einige Dinge, die ich wissen muß. Normalerweise würde ich ganz gezielte Fragen stellen, aber mir wird plötzlich klar, daß das bei Nicholas wahrscheinlich gar nicht nötig ist. »Wie siehst du die Sache?« frage ich.

»Unser Freund – Pietr Taleniekov lautet der Name auf seiner Karte, obwohl sein Akzent reinster Sprawl ist – ist Konzern durch und durch«, stellt Finnigan fest, als zitiere er aus der Heiligen Schrift. »Ich wäre nicht überrascht, wenn sich herausstellte, daß tatsächlich eine Lightbringer Services Corporation existiert und diese einen Pietr Taleniekov auf ihrer Lohnliste hat. Des weiteren würde mich nicht überraschen, wenn sich der Elf, der mit mir geredet hat, Namen und Konzernidentität nur ausgeborgt hätte.

Dennoch«, fährt er entschlossen fort, »stammt er aus der Konzernwelt, und zwar mit allem, was das impliziert – man könnte ihn einen ›Pinkel‹ nennen. Er und seine Hintermänner wollen dich aus irgendeinem Grund umbringen oder zumindest fassen, ich weiß nicht, was, und sie verfügen über ausgedehnte Hilfsmittel und Informationsquellen, sonst hätten sie mich nie gefunden. Meine Schlußfolgerung lautet daher, daß du wirklich in großen Schwierigkeiten steckst, Richard, aber ich würde weiter schlußfolgern, daß ich als Hilfsquelle ›kompromittiert‹ worden bin. Es tut mir aufrichtig leid.«

Die kalte Faust, die mein Herz umkrampft, packt fester zu. »Und jetzt bist du noch einmal kompromittiert worden«, sage ich zu ihm, und meine Stimme ist kaum mehr als ein Flüstern. »Du hast recht, sie haben wahrscheinlich dein Telefon angezapft. Sie wissen, daß du mich gewarnt hast.«

»Sehr wahr«, sagt er ungerührt, »und meine einzige Zuversicht, daß diese zwielichtigen Kräfte nichts gegen mich unternehmen, beruht auf der Tatsache, daß sie ihrem Wesen nach zur Konzernwelt gehören. Wie wir alle wissen, unternehmen Konzerne nichts, bei dem für sie nichts herausspringt.« Er kichert wieder. »Um einen netten Spruch zu zitieren, den ich irgendwo gelesen habe: ›Für Rache kann man sich nichts kaufen.‹ Ich wünschte, ich hätte das geschrieben.«

»Das wirst du noch«, sage ich, indem ich einen Blick auf meine Uhr werfe – ich bin jetzt drei Minuten und ein paar zerquetschte auf Sendung. Wenn Finnigans Leitung angezapft ist, wird es Zeit, die Kurve zu kratzen, bevor die Truppen anrauschen. »Halt den Kopf unten, Chummer.«

»Du deinen auch, mein Freund.« Er hält inne. »Erzähl mir später mehr darüber, wenn du kannst. Könnte ein unterhaltsames Buch werden.«

»Worauf du dich verlassen kannst«, sage ich und hänge ein. Wenn es ein Später gibt.

Unter den Brücken der Überführungen des Highway 5 ist immer noch Platz für einen weiteren Penner, sind immer noch zwei Quadratmeter für jemanden frei, den das Glück verlassen hat. Keiner der Stammgäste redet mit Neuankömmlingen, sie machen einem einfach Platz – die meisten jedenfalls. Einigen muß man erst die Zähne zeigen, bevor sie einen in Ruhe lassen – aber man kann das Gefühl der Verwandtschaft spüren, das schwache, entfernte Gefühl der Bruderschaft, das fast Kameraderie sein könnte, wäre es nicht so erbärmlich und zum Verzweifeln. Nach meinem Anruf bei Finnigan wußte ich, daß ich mich bei ihm nicht hinhauen konnte, ebenso wie ich wußte, daß ich mich in keiner Absteige im Sprawl blicken lassen durfte. Ich wußte außerdem, daß ich irgendwo schlafen mußte, und zwar sofort, wenn ich mir mit dem nächsten Anruf auf meiner Liste einen Gefallen tun wollte. Der einzige Ort, der mir einfiel, wo ich zumindest einigermaßen geschützt sein würde, ohne mir über Lone Star-Streifen oder neugierige Nachtwächter Gedanken machen zu müssen, war die Pennerstadt unter dem Highway. Ganz unten ist immer noch Platz.

Und dort liege ich jetzt auf dem verdammten kalten Boden, in meine Lederjacke gewickelt, aber nicht in der Lage einzuschlafen. Mir schwirrt einfach zuviel Drek im Kopf herum. Pietr Tal-sowieso, Elf-Pinkel bei der Lightbringer Services Corporation... wer's glaubt. Wer ist er, und was will er von mir? Finnigan hält den Elf für den Vertreter eines Konzerns, wenngleich wahrscheinlich nicht des Konzerns, für den er tätig zu sein behauptet, und ich gebe ihm recht. Ich glaube nicht, daß ein, sagen wir mal, Cutters-Mitglied einen Pinkel gut genug verkörpern könnte, um den alten Schriftsteller zum Narren zu halten. Für welchen Konzern aber dann?

Wenn ich einmal raten darf, würde ich sagen, für den Konzern, mit dem Blake vor einer Woche die Verhandlungen geführt hat, und zwar mit eben jener Delegation, zu deren Mitgliedern auch Mr. Nemo gehörte, der mich erkannt hat. Bis hierher ergibt noch alles einen Sinn.

Aber wie, zum Teufel, hat dieser Konzern Nicholas Finnigan aufgespürt? Ich habe Finnigan niemandem von den Cutters gegenüber je erwähnt (aus offensichtlichen Gründen, wenn man bedenkt, wie wir uns kennengelernt haben). Natürlich habe ich einen Bericht für den Star angefertigt, in dem ich den gescheiterten Waffenkauf beschrieb, und in diesem Bericht ist Finnigan namentlich erwähnt worden. (Ich mußte es tun: Ich mußte erklären, warum sich der Star keine Gedanken über eine Gang zu machen braucht, die Gremlins kauft, weil es sich nämlich nicht um eine Gang handelte, sondern um einen schwachsinnigen Schriftsteller, der bei seinen Recherchen hinsichtlich des Ablaufs von Waffenkäufen ein wenig über das Ziel hinausgeschossen war.) Aber all meine Berichte werden – natürlich – ganz tief unter Verschluß gehalten, verschlüsselt und mit einer Geheimhaltungsstufe und all dem Drek versehen.

Damit irgendein Konzern Finnigans Namen als Person, an die ich mich möglicherweise um Hilfe wende, aus meiner Akte herausfischen könnte – Drek, dazu müßte dieser Konzern seine Finger verdammt tief im

Star vergraben haben. Äußerst gründliche Infiltration – Decker, die ihre gierigen elektronischen Klauen in die schwärzesten Dateien in der Lone Star-Pyramide schlagen. Und dieser Gedanke ängstigt mich zu Tode, das kann ich Ihnen sagen.

Ich muß es meinen Vorgesetzten beim Star mitteilen. Ich muß ihnen alles sagen, angefangen von dem mysteriösen Konzernkontakt der Cutters bis hin zu der Möglichkeit, daß ihre eigene Datenfestung geknackt worden ist. (Ich weiß nicht, wie dieser mysteriöse Konzern heißt, aber ich muß ihm irgendeinen Namen geben. Das Etikett ist irrelevant – wie wäre es mit IrrelKonzern?) Und ich muß die Möglichkeit in Betracht ziehen – wie unwahrscheinlich sie auch sein mag –, daß dieser Konzern einen Maulwurf im Star hat, bei dem es sich möglicherweise sogar um einen meiner Vorgesetzten handeln könnte. Ich seufze und starre auf die Unterseite der Highway-Abfahrt, keine zehn Meter über mir. Wenn das die Art Drek ist, über die Finnigan schreibt, bin ich froh, daß ich noch keines seiner Bücher gelesen habe. Ich verschränke die Hände unter meinem Kopf zu einem behelfsmäßigen Kopfkissen, schließe die Augen und warte auf den Tagesanbruch.

Irgend etwas plärrt mich an, und ich schieße kerzengerade in die Höhe, wobei ich instinktiv nach meiner H&K greife. Dann versuche ich mein Herz wieder herunterzuschlucken und empfehle der Elektronik, sich wieder schlafen zu legen. Das Geräusch war der Wecker an meiner Armbanduhr, was bedeutet, daß es 0945 ist. Außerdem bedeutet es, daß ich tatsächlich ein wenig Schlaf bekommen habe, obwohl meine schmerzenden Gelenke und der Nebel in meinem Kopf eher das Gegenteil bezeugen. Ich mache eine Bestandsaufnahme von mir – Ausrüstung und Körperteile –, um mich zu vergewissern, daß sich nicht irgendein unternehmungslustiger Penner mit irgendwas aus dem

Staub gemacht hat, während ich weg war. Ich komme zu dem Schluß, daß noch alles da ist, trotte zu meinem Motorrad, sitze auf, und dann sind wir wieder unterwegs.

Es regnet nicht mehr so stark wie gestern, was bedeutet, daß mehr Leute auf der Straße sind. Ob das ein Segen oder ein Fluch ist, weiß ich noch nicht. Unter Menschen kann man sich gut verstecken, aber das funktioniert in beiden Richtungen. Für einen Jäger ist es schwieriger, mich inmitten einer Menschenmenge auszumachen, aber umgekehrt ist es auch schwieriger für mich, einen potentiellen Attentäter zu entdecken, bevor er mir eine Kugel durch den Kopf jagen kann. Da ich es ohnehin nicht ändern kann, schlage ich mir alle Gedanken daran aus dem Kopf.

Wieder eine verdammte Telefonzelle, diesmal auf der Union ein Stück oberhalb des Highway 5 am Rande der ›Pill Hill‹-Region. Ich versuche mir Augen im Hinterkopf wachsen zu lassen, während ich eine weitere LTG-Nummer eintippe und warte. Nach den ersten wohlklingenden Tönen von Lone Stars automatischem Anrufbeantworter wähle ich eine fünfstellige Durchwahl und lausche einer synthetisierten Stimme, die zu mir sagt: »Die von Ihnen gewählte Durchwahlnummer ist nicht belegt.« Ja, ja. Ein Klicken, aber die Leitung wird nicht unterbrochen, und ich gebe meine fünf Nullen ein.

Zuerst begrüßt mich ein Schweigen, das stundenlang anzuhalten scheint, dann erhellt sich der Videoschirm, und ich sehe ein Gesicht, das ich kenne. Schulterlanges schwarzes Haar, cremefarbene Haut, die Augen fast so dunkel wie das Haar – ein Gesicht, das man hinreißend nennen könnte, wenn es je auch nur den geringsten Anflug eines menschlichen Gefühls erkennen ließe. Sarah Layton, Topmanagerin der Abteilung Organisiertes Verbrechen und eine meiner Vorgesetzten.

Ich bin ein wenig überrascht. Layton ist tatsächlich

die Person, die ich mit meiner Kontaktsequenz erreichen soll, aber nicht so schnell. Normalerweise enthält die Sequenz ein weiteres Relais. Sie hätte das Verfahren nicht ohne guten Grund geändert. Aber was soll's, ich habe jetzt andere Dinge im Kopf.

»Was ist los?« fragt sie, wobei es ihr gelingt, eine gehörige Portion kühle Mißbilligung in die drei Worte einfließen zu lassen.

Ich antworte ihr nicht direkt, sondern sage lediglich: »Machen Sie sich zum Empfang bereit.« Ich lege meinen Datenchip in den Dateneingabeschlitz des Telefons ein und weise es an, den Inhalt zu übertragen. Während die Daten durch die Matrix fegen, suche ich unter den Leuten, die an mir vorbeigehen, nach einem Gesicht, daß für mich und mein Tun etwas zuviel Interesse aufbringt. Augenblicke später summt das Telefon, und ich weiß, mein Bericht ist übertragen und gespeichert.

»Sehen Sie das durch«, sage ich zu Layton, bevor sie irgendeine Bemerkung machen kann. »Zeigen Sie es den anderen, sie sollen es ebenfalls durchsehen. Ich will eine Telekonferenz, und zwar mit allen von Ihnen.« Ich sehe wieder auf die Uhr. »Sagen wir um elf Uhr dreißig. Das sollte reichen. Auf dieser Leitung.« Ich lege auf und bin aus der Telefonzelle heraus, bevor sie auch nur den Mund aufmachen und darüber maulen kann.

11

Das ist wirklich nicht die Art von Unterhaltung, wie man sie gerne in einer verdammten Telefonzelle mitten auf der Straße führt. Aber es gibt Zeiten, wo man einfach keine andere Wahl hat.

Ja, genau, *eine andere* Telefonzelle, diesmal ohne Kaugummi auf der Kameralinse. Bei diesem Anruf will ich sehen und gesehen werden.

Der Bildschirm des Telefons ist viergeteilt. Drei der Fenster zeigen Gesichter, das vierte ist leer für den Fall, daß wir uns Daten oder andere Dinge zeigen wollen. Ich kenne alle drei Gesichter, und wenn irgend jemand auftauchen sollte, den ich nicht kenne, verschwinde ich so schnell aus der Zelle, daß ich ein Vakuum zurücklasse.

In der oberen linken Ecke ist Sarah Layton. Der Bursche rechts neben ihr ist etwa in ihrem Alter – Ende vierzig, würde ich sagen –, aber nicht annähernd so gut erhalten: schütteres, grau werdendes Haar und Tränensäcke unter den Augen wie eine alte Bulldogge. Das ist Vince McMartin. Unter Sarah ist der ›Weiße Blitz‹, ein gewisser Marcus Drummond. Er ist ein Jahrzehnt jünger als die beiden anderen und ein echter Heuler von einem Konzernkrieger, der die Leiter schnell genug hinaufklettert, um den Messern zu entgehen, die ständig auf seinen Rücken gerichtet sind. Er ist dünn und blaß und hat Augen, denen nichts, aber auch gar nichts entgeht. Seine Haare sind stoppelkurz geschnitten und schlohweiß. (Einen Moment lang erinnern sie mich an die Elfengöttin, die bei der Tir-Delegation war, und ich sehe mir Drummonds Ohren genauer an. Nichts, keine Spitzen.)

»Ich weiß, eine Telekonferenz ist unüblich«, sage ich als Antwort auf Drummonds letzte Bemerkung, »aber sie ist absolut erforderlich.«

Sarah Layton mischt sich ein. Ihre Stimme ist wie ein Skalpell. »In Ihrem Bericht steht nichts, was dies rechtfertigen würde.«

»Nicht alles steht in meinem Bericht«, kontere ich. »Ich hatte keine Zeit, ihn auf den neuesten Stand zu bringen.«

»Und?« Das kommt von der Bulldogge McMartin.

»Der Star ist unterwandert«, sage ich schlicht, um maximale Wirkung zu erzielen. »Ihre Datenintegrität ist nicht mehr gewährleistet.«

Die drei wechseln Blicke, und an der Art, wie sich ihre Augen bewegen, erkenne ich, daß sich Layton und Drummond im selben Raum aufhalten, während sie mit McMartin per Telefon konferieren. Ihre Gesichter und Augen verraten nichts von einem Schock, aber alle drei sind abgebrühte Profis, deren unerschütterlichen Fassaden man ihre Gefühle nicht ansieht.

»Wie kommen Sie darauf?« will Layton wissen.

Also erzähle ich es ihnen. Die Delegation des Tir-Konzerns habe ich bereits in meinem Bericht beschrieben, aber jetzt füge ich Nicholas Finnigans geheimnisvolle Besucher aus meinem ›IrrelKonzern‹ hinzu. Ich muß nicht erst auf die Bedeutung der Tatsache hinweisen, daß IrrelKonzern (oder wer auch immer) von Finnigan weiß und vermutet hat, ich könne mich an ihn um Hilfe wenden – ich kann es den sehr steten und aufmerksamen Blicken von sechs Augen entnehmen.

Als ich fertig bin, herrscht für einen Augenblick Schweigen, dann will McMartin wissen: »Sind Sie sicher, daß Sie es sonst niemandem erzählt haben?« Aus den Blicken, die ihm die beiden anderen zuwerfen, geht eindeutig hervor, daß sie selbst diese Bestätigung als überflüssig betrachten. Profis – absolute Profis.

Aber ich beruhige ihn dennoch, was diesen Punkt anbelangt. »Wie ich schon sagte, niemandem. Nur Ihnen, und zwar in einem meiner regelmäßigen Berichte. Der Star ist unterwandert.«

»Ja«, sagt Layton zögernd.

Und die Erkenntnis trifft mich wie eine Kugel. »Sie wissen es bereits«, platzt es aus mir heraus.

Ich kann förmlich hören, wie die Stahljalousien hinter drei Augenpaaren herunterrasseln. Die Gesichter werden ausdruckslos wie die von Robotern.

Sie wissen es. Was ich ihnen erzähle, ist Schnee von gestern. Bestenfalls bestätigt es etwas, von dem sie gehofft haben, daß es nicht zutrifft... oder beweist, daß die Unterwanderung, von der sie bereits wissen, weitreichender ist, als sie anfänglich befürchtet haben. Drek. Ich will alle Einzelheiten, aber ich bin nicht so dumm, danach zu fragen. Diese drei verraten immer nur das, was ihr Gegenüber wissen muß, und ich muß nicht, sonst wüßte ich es bereits.

Also klammere ich diesen Punkt erst mal aus und komme zum eigentlichen Grund meines Anrufs. »Ich will wieder ins Licht.« (Vor hundert Jahren hätte ich wahrscheinlich gesagt, »aus der Kälte«.)

Diesmal findet kein Blickwechsel statt, es besteht keine Notwendigkeit. Ein hirntoter Hund hätte sich das aus dem Drek in meinem Bericht zusammenreimen können. Der Weiße Blitz nickt zögernd, und ich erkenne, daß er der Sprecher für diesen Teil der Unterhaltung ist. »Das ist... verständlich«, räumt er ein. »Verständlich, aber im Augenblick unmöglich.«

»Warum?« frage ich. Nicht cool, nicht profihaft, aber, verdammt noch mal, ich will es wissen.

Seine Miene wird noch ausdrucksloser, falls das überhaupt möglich ist. »Sie wissen, daß ich darüber nicht mit Ihnen reden kann«, sagt er.

Zum Teufel mit diesem Drek! Das will ich sagen, aber ich halte mich zurück. Tatsächlich sage ich: »Ich kann das kaum akzeptieren«, und zwar in einem coolen, stahlharten Tonfall, der sogar mir selbst Angst einjagt.

Doch Drummond läßt das völlig kalt. »Zur Kenntnis genommen«, sagt er mit einem schroffen Nicken.

»Doch Tatsachen sind nun mal Tatsachen. Wir können uns nicht die Blöße geben, auf... gewisse Ereignisse... in irgendeiner Form zu reagieren.«

Das reicht für mich als Hinweis, um in Gedanken die Lücken auszufüllen. Der Star hat irgendwelche Schwierigkeiten, große Schwierigkeiten, und diese drei wissen davon. Vielleicht beschränken sich diese Schwierigkeiten auf die Unterwanderung, von der ich geglaubt habe, ich hätte sie erst darauf hingewiesen. Aber vielleicht ist diese Unterwanderung ja auch nur die Spitze eines riesigen Eisbergs (nette Vorstellung). Wie auch immer, die leitenden Pinkel des Konzerns – darunter Layton, Drummond und McMartin, aber gewiß nicht nur sie – tun alles, was sie können, um den Deckel draufzuhalten. Sie dürfen nicht auch nur im geringsten zu erkennen geben, daß etwas nicht in Ordnung ist.

Wem gegenüber dürfen sie das nicht zu erkennen geben? Einem Haufen Leuten, Chummer – es gibt einen Haufen Leute, die aus ganz unterschiedlichen Gründen daran interessiert sind, Sprünge im Panzer zu finden, der Lone Star umgibt. Das fängt bei den Cutters an – und allen anderen Gangs der Stadt. Das gleiche gilt für die Yakuza, die Mafia, die Seoulpa-Ringe, die Triaden, die Tongs...

Und das gilt auch für die Megakonzerne. Die meisten Konzerne betrachten Lone Star als Feind oder Rivalen. Wenn sie in illegalen Drek verwickelt sind, wären sie hocherfreut, eine Schwäche oder andere Art von Hebel gegen die Cops zu finden, die ihnen im Nacken sitzen. Und selbst wenn manche Konzerne nicht in illegalen Drek verwickelt sind, stehen diese – auf die eine oder andere Art – mit dem Unternehmenskonglomerat im Wettbewerb, das den Namen Lone Star Security Corporation trägt (dabei fällt einem sofort Knight Errant ein).

Dann überlegen Sie sich die politischen Verzweigungen. Der Star hat einen Vertrag mit der Verwaltung des Seattler Metroplex, die Polizeidienste in der Stadt auszuüben, neh? Wie würde die Verwaltung – zum Beispiel in Gestalt der verschrobenen Gouverneurin Marilyn Schultz – auf Informationen reagieren, daß der Star in seiner Datensicherheit oder sonstwo irgendein großes verdammtes Loch hat? Es geht ums Geschäft, Omae. Ich weiß nicht, was die Plexverwaltung dem Star jedes Jahr für seine Dienste bezahlt; aber wenn besagte Verwaltung die Möglichkeit hat, diese Summe zu drücken, weil sie weiß, daß der Star in Schwierigkeiten steckt, wird sie es so sicher wie nur irgendwas auch tun.

Außerdem ist Gouverneurin Schultz eine Politikerin, und Politiker haben Feinde. Was würden Schultz' Rivalen wohl dafür geben, wenn sie herausfänden – und beweisen könnten –, daß die gute Marilyn die Polizeiarbeit im gesamten Metroplex in die Hände eines Konzerns gelegt hat, der von Grund auf unterwandert ist? Genau, Omae, so ziemlich alles. Und wie würde Schultz darauf wohl reagieren? Indem sie hart durchgreift, um zu zeigen, daß sie Mumm hat, indem sie den Vertrag mit dem Star neu aushandelt oder ihn ein für allemal auflöst.

Ja, ja, ich glaube, ich verstehe, warum Drummond und der Rest der Pinkel-Brigade versuchen, den Mülleimer ganz fest geschlossen zu halten. Aber dieses Verständnis trägt im Moment in keiner Weise dazu bei, daß ich mich besser fühle.

»Das sehe ich ein«, sage ich zu Drummond, »aber das heißt noch lange nicht, daß Sie mich nicht reinbringen können. Drek, meine Tarnung ist geplatzt, das ist doch Grund genug, oder nicht. Es muß keine Verbindung – nicht die geringste – zu der Unterwanderung oder irgendwelchem anderen Drek geben. Ich hänge hier draußen völlig in der Luft.«

Einen Augenblick lang sehe ich etwas in den stahlharten Augen des Weißen Blitzes, das fast Mitgefühl und Verständnis sein könnte. Dann ist es verschwunden. »Zur Kenntnis genommen«, sagt er wieder, »aber trotzdem nicht akzeptabel. Aus Gründen, über die ich auf einer ungesicherten Leitung nicht reden werde. Denken Sie es durch, Larson. Sie werden es verstehen.«

Ich nicke zögernd. Ich glaube, ich verstehe tatsächlich, und dieses Verstehen macht den kalten Schauer, der mir über das Rückgrat kriecht, noch kälter.

Ich bin zu einer eindeutigen Schlußfolgerung gekommen, nicht wahr? Daß Mr. Nemo mich erkannt hat und meine Tarnung geplatzt ist und die Cutters meine Eier als Briefbeschwerer haben wollen. Diese Schlußfolgerung ergibt zumindest einen Sinn. Und wenn sie stimmt, hat der Weiße Blitz keinen Grund, mich nicht hereinzuholen.

Aber man kann die Sache auch aus einem ganz anderen Blickwinkel betrachten. Meine Tarnung ist geplatzt, ja, aber nicht, weil Mr. Nemo mich erkannt hat. Schön, wir sind einander schon begegnet, aber das war, als er in der Schlange vor dem Club Penumbra stand und ich das letztemal gerade rausgeschmissen wurde, oder bei einer vergleichbaren Gelegenheit. Er hat Blake nicht gesagt, daß ich für den Star arbeite, weil er es gar nicht wußte.

Wer könnte mich also, abgesehen von jemandem, der mich wiedererkennt und weiß, daß ich für den Star arbeite, auffliegen lassen? Natürlich jemand, der mit seinen geisterhaften elektronischen Fingern durch die Akten der Datenbanken Lone Stars blättert. Absolut logisch... glaube ich. Aber übersehe ich dabei nicht etwas?

Drek, darüber mache ich mir später Gedanken. Gedanken über all die kleinen paranoiden Drehungen und Wendungen und Intrigen, wenn ich nicht mehr auf der Straße bin und nach Leuten Ausschau halte, die mich geeken wollen. Tatsache ist, der Star wird mich nicht hereinholen, nicht jetzt, und mit dieser Tatsache muß ich mich abfinden.

»Zur Kenntnis genommen«, speie ich Drummond förmlich ins Gesicht. Seine Gründe nachvollziehen zu können, bedeutet nicht, daß die Tatsache mir gefallen muß. »Wann?«

Wiederum wechseln die drei Pinkel einen Blick, und diesmal antwortet mir Layton. »In sechsunddreißig Stunden, höchstens. Wahrscheinlich eher in vierundzwanzig.«

»Bis dahin ist die Situation stabil?« will ich wissen.

Vielleicht ist es ein Lächeln, das ihre Lippen den Bruchteil eines Millimeters zucken läßt, vielleicht war es auch nur ein winziger Fehler in der Datenübertragung. »Stabil genug«, sagt sie entschieden. Okay, sie haben also etwas am laufen, um der Unterwanderung Herr zu werden. Haltet euch ran und macht Dampf, das ist meine Meinung dazu.

»Halten Sie Verbindung«, sagt Drummond (als würde ich sie sonst abbrechen). »Melden Sie sich alle sechs Stunden plus minus fünf Minuten.«

Ich werfe einen Blick auf meine Uhr – 1134 – und trage 1730 als Zeitpunkt für den nächsten Anruf in meinen geistigen Terminkalender ein. »Verstanden«, sage ich zu ihnen. »Auf dieser Leitung?«

Wieder ein rascher Blickwechsel, dann gibt mir McMartin LTG-Nummer und Sicherheitscode für eine andere Leitung. »Diese Leitung hat absoluten Vorrang«, sagt er. »Ihr Anruf erreicht uns, egal wo wir uns gerade befinden oder was wir gerade tun.«

»Ist gespeichert«, sage ich. »Bis später.« Und ich unterbreche die Verbindung.

Sechs Stunden von 1130 bis 1730. Nur ein Augenblick, Priyatel, stimmt's? Einfach zurücklehnen und ein paar Soykafs trinken. In eine Bar gehen und ein paar Drinks kippen. Vielleicht zur Massage gehen. Und im Nu ist der Nachmittag vorbei.

Außer, wenn man weiß, daß die Cutter jeden verdammten Mann auf der Straße haben und nach einem suchen, ganz zu schweigen von einem unbekannten Konzern mit Zugriff auf die Datenbanken des Star. Das verändert die Situation drastisch. Bei jeder verdammten Bewegung, die man macht, stellt sich die Frage: Wissen die Cutters, daß ich dazu neige, in einer bestimmten Art von Laden herumzuhängen? Erwähnt meine Personalakte, daß ich Kontakte zu diesem oder jenem Schieber habe? Wenn die Antwort »ja« lautet, vergiß es. Jemand könnte dort sein und nur darauf warten, mir das Gehirn wegzupusten. Alles in allem zieht sich der Nachmittag dadurch ganz schön in die Länge, Omae.

Es endet damit, daß ich den größten Teil des frühen Nachmittags damit verbringe, den Highway 5 herauf- und herunterzufahren, weil die Chancen, daß ich dort von jemandem entdeckt werde, ziemlich dünn sind. Ich habe reichlich Zeit zum Nachdenken, aber meine Gedanken bewegen sich nicht von der Stelle und scheinen irgendwie im Kreis herumzuirren. Zum Beispiel werde ich aus irgendeinem Grund das Gefühl nicht los, daß Mr. Nemo – eigentlich diese ganze Geschichte mit der Tir-Konzern-Delegation – ein wichtiges Teil des Puzzles ist. Keine Ahnung, warum, aber meine Eingeweide sagen mir ständig, daß es einfach so sein muß. Wenn ich mehr darüber herausfinden kann, was da genau abläuft – welcher Konzern es ist, warum er an den Cutters interessiert ist, um welchen Deal es geht, diese Art Drek –, verstehe ich vielleicht besser, was eigentlich los ist. Zumindest habe ich dieses Gefühl, und ich habe vor langer Zeit gelernt, meinen Gefühlen zu trauen.

Aber wie, zum Teufel, soll ich das herausfinden? Ich bin kein Technomancer – ich bin eher auf den wirklichen Straßen des Sprawl zu Hause als auf den virtuellen Pfaden der Matrix. Ja, sicher, ich kann mit einem Computer umgehen, wer kann das nicht? Aber mich in UCAS Online einzuschalten, ein Telekom anzuweisen, einen Anruf zu tätigen oder einen Taschencomputer oder ein Telefon mit Datenausgang zu benutzen, um Karten für die Seahawks zu kaufen, ist etwas ganz anderes, als hochgeheimen Drek über Konzernaktivitäten auszugraben, das können Sie mir glauben. Dazu bedarf es eines ganz besonderen Talents. Da ich das nicht besitze, muß ich es entweder anheuern oder mir sonstwie aneignen.

Sehen Sie sich das nächstemal, wenn Sie im Netz sind, die Geschäftseintragungen unter ›Datenbeschaffer‹ an, dann werden sie eine ganze Wagenladung von Leuten finden, die behaupten, dieses Talent zu besitzen. Rufen Sie einen dieser Burschen an, sagen Sie ihm, was Sie wollen, überweisen Sie die Creds und warten Sie einfach ab, bis er liefert, null Problemo. Klappt auch prima, wenn niemand das, wonach man gräbt, geheimhalten will – zum Beispiel die derzeitige Bevölkerungsdichte von Seattle, den Teepreis in China oder so etwas. Beauftragen Sie einen kompetenten Datenbeschaffer und lassen Sie ihn schnüffeln.

Lustiger wird es, wenn die Daten, die Sie suchen, mehr im Schatten angesiedelt sind. Offensichtlich ist diese Art von Drek schwerer zu finden und bedarf zunächst einmal eines talentierteren Datenschnüfflers. (Zum Beispiel würde sich derselbe Bursche, der Ihnen alle Daten über die Zukunft des Tees in China beschafft, möglicherweise das Gehirn bei dem Versuch grillen, Hintergrundinformationen über MCTs wichtigste Execs auszugraben.) Und Sie müssen sich Gedanken über Zuverlässigkeit und Motive des beauftragten Datenschnüfflers machen. Ich weiß definitiv, daß Lone Star ›persönliche Vereinbarungen‹ mit einer nicht näher bestimmten Anzahl von Datenschnüfflern dort draußen getroffen hat, und jeder andere Konzern, der den Namen mit Recht trägt, muß das gleiche tun.

Was beinhalten diese persönlichen Vereinbarungen? Das ist wahrscheinlich von Fall zu Fall verschieden.

Manche Datenschnüffler liefern ganz einfach falsche Antworten, wenn jemand Fragen über den Konzern stellt, der sie an der Angel hat. Andere halten den Fragesteller einfach hin, während sie den Konzern davon in Kenntnis setzen, daß jemand neugierige Fragen stellt. Ich kann nicht glauben, daß jeder registrierte Datenschnüffler mit jedem Konzern eine Vereinbarung getroffen hat, und vielleicht gibt es sogar ein oder zwei, die an niemandes Angel hängen, aber jemanden zu finden, der Ihnen offene und ehrliche Antworten gibt und nicht an den Konzern verkauft, an dem Sie interessiert sind, wird zu einem echten Glücksspiel.

Deshalb sind persönliche Beziehungen bei diesen Deals auch so wichtig. Wenn Sie hinter ›schwarzen‹ Daten her sind, gehen Sie nicht einfach die Eintragungen im Branchenbuch durch und suchen aufs Geratewohl einen Namen heraus. Sie gehen zu einem Decker oder Datenschnüffler oder zu irgend jemandem, den Sie kennen und dem Sie vertrauen – zu jemandem, zu dem Sie eine Beziehung haben, eine Beziehung, die sich mit der Zeit entwickelt hat. Wenn Sie keine Beziehung zu einem Decker haben, gehen Sie zu einem Schieber, dem Sie vertrauen. Ein Netz wichtiger und persönlicher Bekannter, Omae, darauf läuft alles hinaus.

Ich habe solch ein Netz, und zwar ein gutes: ein paar Schieber, einen Decker, sogar einen Schattendoktor. Oder besser gesagt, ich *hatte* eines. Manche von diesen Personen habe ich durch die Cutters kennengelernt, die anderen durch den Star. Und das bedeutet, daß mindestens einer der beiden Vereine, die mich schnappen wollen – die Cutters und mein IrrelKonzern – über jede einzelne Bescheid wissen. Ich bekomme vielleicht Antworten auf die Fragen, die ich stelle, aber die Frage bleibt: Zahlt jemand den Leuten, die mir die Antworten geben, einen Haufen Kohle, damit sie mich belügen? Die Schlußfolgerung ist simpel, auch wenn sie mir nicht gefällt: Ich habe kein Netz, dem ich vertrauen kann. Zum Teufel mit diesem Paranoia-Drek, er ist gesundheitsschädlich.

Doch je länger ich auf dem Highway 5 herumgondele, desto mehr packt mich die Idee, die Tir-Connection zu verfolgen. Die Zeit scheint noch langsamer als vorher zu verstreichen. Wenn mir die Zeitspanne von 1300 bis 1330 schon wie ein paar (subjektive) Stunden vorgekommen ist, dann scheint mir 1730 noch ein ganzes Leben entfernt zu sein. Ich kann mich einfach nicht der Überzeugung erwehren, daß ich irgendwas unternehmen muß.

Also gehe ich alles noch einmal und noch einmal und *noch* einmal durch. Auf wen kann ich mich stützen? Gibt es jemanden, den ich übersehe, jemanden, der nicht in den Computern des Star gespeichert und auch den Cutters nicht bekannt ist, dem ich trauen kann und der bereit ist, mir einen Gefallen zu tun?

Es könnte auch jemand sein, der in den Computern gespeichert ist, jedoch den Mumm hat, die Tatsache zu verheimlichen, daß er mir hilft. Jemand wie Cat Ashburton. Ja, sie könnte das im Schlaf.

Ich weiß, daß ich grinse, weil mir die kalte Luft auf meinen Vorderzähnen den Eindruck vermittelt, sie müßten jeden Augenblick abbrechen. Ja, das ist es. Cat Ashburton hat die Fähigkeiten, Zugang zur erforderlichen Ausrüstung und den Mumm, diese Art von Nachforschungen im geheimen zu betreiben. Die Frage ist nur, wird sie es tun? Wie es immer so schön heißt, es gibt nur einen Weg, das herauszufinden.

Ich nehme die nächste Abfahrt, die ins Zentrum von Süd-Tacoma führt, und halte wieder mal nach einer verdammten öffentlichen Telefonzelle Ausschau.

12

Ich muß mich langsam mal auf etwas anderes als einen Motorradsattel setzen, und darum beschließe ich, das Risiko einzugehen und das Telefon in diesem schmierigen Nudelschuppen an der Ecke Vierundsechzigste Süd und Fünfte zu benutzen. Die Mittagsgäste – hauptsächlich ernstlich verchromte Bauarbeiter, deren Cybermuskeln sich grotesk wölben und die ihre Zeit auf den Stahlträgern der rasch in die Höhe schießenden Wolkenkratzer verbringen – sind auf dem Weg nach draußen, und ich muß mich an ihnen vorbeiquetschen, um hineinzugelangen. (Nicht vorbei*drängen;* der typische Bauarbeiter könnte mich mit einem Finger in den Boden rammen.) Das Telefon befindet sich im hinteren Teil in einer kleinen Nische mit Transplas-Front, einer Tür und einem Stuhl.

Der Laden stinkt nach ranzigem Fritierfett. Als mir der Gestank in die Nase steigt, beginnt mein Magen zu zucken und sich zu verkrampfen, und ich könnte plötzlich einen der Tische verspeisen. Wie lange ist es her, daß ich zum letztenmal gegessen habe? An die vierundzwanzig Stunden, schätze ich. Wenn man bedenkt, wie schnell unter Streß Energie abgebaut wird, zehrt mein Körper wahrscheinlich schon am Muskelgewebe.

Ein Kellner – ein kleiner Chinese in einem Overall, der einmal weiß gewesen sein muß – nähert sich zögernd. »Ja?«

Ich werfe einen Blick auf die Speisekarte an der Wand. »Yakisoba und Gyoza«, sage ich im Vorbeigehen zu ihm. »Nein, besser zwei Gyoza. Dorthin.« Und ich zeige auf die Telefonzelle. Er nickt eilig und huscht davon.

Das Telefon ist noch ganz, wie ich zu meiner Freude feststelle. Ich lasse mich auf den Stuhl sinken und schließe die Tür hinter mir. Es gibt eine Polarisierungskontrolle für die elektroempfindlichen Kristalle im Transplas, und ich stelle sie auf Einweg. Ich kann hinaussehen – wenn auch nicht besonders gut, weil die Kalibrierung längst nicht mehr stimmt –, aber (theoretisch) niemand hinein. (Irgendwo habe ich gelesen, daß die Kristalle keine Wirkung auf Infrarot haben, aber wenn mir jemand mit derartig umfangreicher Tech so nah kommt, daß das etwas ausmacht, bin ich sowieso tot.) Ich hole tief Luft, um mich zu beruhigen, um meinen Puls zu verlangsamen, der mir in den Ohren dröhnt, und sehe wieder auf die Uhr.

Wo wird sich Cat Ashburton an einem Dienstag-, nein, Mittwochnachmittag um 1346 aufhalten? Sie ist im Managementinformationssystem tätig, und beim Star ist das eine Jeden-Tag-Rund-um-die-Uhr-Abteilung. Die Bosse haben eine Arbeitszeit wie die Banker – von 1000 bis 1630 mit mindestens einer Stunde Mittagspause –, aber das mittlere Management, zu dem auch Cat gehört, muß schwer ran und Schichtdienst leisten. Mit anderen Worten, ich weiß nicht, ob sie im Büro ist oder nicht.

Ich bereite mich gerade auf den Kampf mit der Vermittlung des Star vor – die Teil irgendeiner Verschwörung ist, alle wichtigen Anrufe falsch zu verbinden, dessen bin ich fast sicher –, als ich doch beschließe, es zuerst bei ihr zu Hause zu versuchen. Die Chancen sind geringer, aber es ist einfach weniger Aufwand, wenn ich einen Treffer lande. Ich wähle die 114 für die Auskunft, und als eine synthetisierte Stimme beginnt, mir die Ohren vollzujammern, gebe ich den Code für die ›Sonderfunktionen‹ ein, der allen Angestellten Lone Stars (und dem größten Teil der Schattengemeinde Seattles) bekannt ist. Im Sonderfunktionsmodus berücksichtigt die Suchroutine der Auskunftsprozedur mehr und nützlichere Dateien als nur den Name-LTG-Nummer-Adresse-Drek, den man unter 114 normalerweise abfragen kann. Ich gebe meine Suchpräferenz ein – im Klartext, »Such mir die Nummer für eine gewisse Ashburton, Catherine, heraus, Alter zwischen fünfundzwanzig und fünfunddreißig, Angestellte bei Lone Star, und zwar presto« – und drücke die XQT-Taste. Eine Sekunde später zeigt der Schirm ›1 Teilnehmer‹ an und fordert einen zweiten Code an, bei dem es sich um einen Berechtigungscode handelt, der der armen Maschine versichert, daß sie mir das Verlangte ruhig geben kann. Ich hämmere auf die Tasten und sehe, wie Cats Nummer angezeigt wird. LTG 5206 (15-2534) – das ist in Tacoma, Menlo Park, um genau zu sein. Cat muß es gutgehen. In diesem Teil der Stadt zu wohnen, ist nicht billig.

Es klopft an die Transplas-Tür. Ich stehe im Moment derart unter Strom, daß ich meine H&K ziehe und fast einen Feuerstoß abgebe, bevor ich sehe, daß es sich um den Kellner mit meinem Essen handelt. Er zuckt nicht zusammen, wird nicht ohnmächtig oder greift nach seiner eigenen Waffe, was darauf schließen läßt, daß die Einweg-Polarisierung funktioniert. Die H&K verschwindet wieder im Halfter. Ich öffne die Tür und nehme dem Kellner das Tablett mit dem dampfenden Essen aus den Händen. Er öffnet den Mund – wahrscheinlich, um eine Bezahlung zu verlangen –, aber ich knalle die Tür zu, bevor er ein Wort sagen kann. Durch das Einweg-Transplas sehe ich, wie er unschlüssig von einem Fuß auf den anderen tritt und sich offenbar fragt, ob er noch mal klopfen soll. Dann kommt er offenbar zu dem Schluß, daß Vorsicht besser ist und so weiter, und entfernt sich schlurfend.

Ich gönne mir eine Minute, um ein paar Bissen Gyoza und Nudeln – heiß genug, um sich die Zunge daran zu verbrennen, aber wen stört's, es ist (synthetisierte) Nahrung – in mich hineinzustopfen, dann weise ich das Telefon an, Cats Nummer zu wählen. Auf dem Bildschirm sind die normalen Farbmuster zu sehen, die angeblich von Seelenklempnern ausgetüftelt worden sind, um die Leute zu beruhigen, damit sie das Telefon nicht demolieren, während sie auf das Zustandekommen der Verbindung warten. Dann blinkt in der Statuszeile am unteren Schirmrand VERBINDUNG HERGESTELLT auf. Der Schirm wird frei, und da ist Cat – kupferfarbenes Haar, das wie poliert aussieht, große runde Augen, ein höfliches, wenn auch zurückhaltendes Lächeln. »Sie sind verbunden mit …«

Den Rest höre ich mir nicht mehr an. Drek, eine Aufzeichnung. Ich will gerade die Verbindung unterbrechen …

Als sich das Bild plötzlich verändert. Das perfekte Hochglanzbild von Cat weicht einem abgedunkelten Raum. Ein Kopf gleitet ins Bild, zu nah an der Kameralinse und ein wenig unscharf. Dasselbe kupferfarbene Haar, aber jetzt sieht es wie ein Vogelnest aus. Dieselben Augen, aber schlaftrunken und halb geschlossen. »Mmm«, macht Cat. Ihre Stimme klingt kratzig. »Wer's 'n da?«

»Ich bin's, Cat«, sage ich, nachdem ich mich noch einmal davon überzeugt habe, daß die Kamera meines Telefons funktioniert.

Ihre Augen öffnen sich ein wenig weiter, vielleicht sogar so weit, daß sie etwas sehen kann. »Mmm«, wiederholt sie. Dann: »Rick, bist du das?« Ich nicke. Sie rückt ein wenig weiter von der Kamera weg, und ich sehe ein wenig mehr von ihr, noch dazu schärfer. Ich nehme an, sie sieht mein Grinsen, weil sie nach unten sieht und murmelt: »Drek!« Dann sehe ich einen blaßhäutigen Arm nach dem Telefon greifen. Der Schirm füllt sich wieder mit Farbmustern, und ich kichere vor mich hin. Manche Dinge ändern sich nie, und dazu gehört auch, daß Cat Ashburton nackt schläft.

Kaum eine Minute später wird der Bildschirm wieder klar. Cat trägt einen flauschigen weißen Bademantel, und ihr Haar sieht nicht mehr ganz wie das Medusenhaupt aus. Ihre vollen Lippen sind zu einem verlegenen Lächeln gekräuselt, aber ihre Augen warnen mich, es nicht zu weit zu treiben.

Von mir aus geht das in Ordnung. Ich bin sowieso nicht in der Stimmung für Spielchen. »Spätschicht?« frage ich.

»Mmm, Mitternacht bis Mittag«, sagt sie. Was bedeutet, daß sie noch keine zwei Stunden geschlafen hat. Wahrscheinlich eher eine. Das muß ich berücksichtigen. Sie ist vielleicht nicht ganz so schnell von Begriff wie sonst.

»Zwölfstundenschicht?«

Sie nickt. »Ist ganz neu, irgendwelche Leute sind der Ansicht, dadurch erhöhe sich die Arbeitseffektivität.« Ihr Tonfall verrät mir alles, was ich über ihre Ansicht zu diesem Thema wissen muß.

»Hart.«

Sie kichert, tief und kehlig. Ich kann mich an dieses Kichern noch erinnern und höre es von Zeit zu Zeit noch in meinen Träumen. »Hart? Der reinste Schlauch, Chummer.« Sie hält inne, und ich sehe, daß ihr Blick ein wenig klarer wird. »Was gibt's denn, Omae?« fragt sie mit einer Spur Besorgnis. »Das ist doch bestimmt kein Höflichkeitsanruf. Oder sollte es besser nicht sein ...«

Ich lächle, aber sie sieht so müde aus, wie ich mich fühle. »Kein Höflichkeitsanruf«, bestätige ich. »Ich sitze ziemlich tief im Drek.«

Cat fährt sich mit der Hand durch die Haare, eine Geste, an die ich mich ebenso deutlich erinnere wie an das Kichern. »Erzähl.«

»Ich bin aufgeflogen«, gestehe ich ihr. »Voll und ganz, Priyatel, endgültig.«

»Hat dich eine Zufallsbekanntschaft erkannt?«

Ich bin froh, daß das ihre erste Vermutung ist, und nicht etwa, daß ich es verpfuscht habe. »Vielleicht, aber mir kommen langsam Zweifel an dieser Theorie.«

»Erzähl mir mehr.«

Und das tue ich. Von Anfang an und in allen blutigen Einzelheiten. Drek, ich weiß, Drummond würde mir die Eier abreißen, wenn er es wüßte, aber Drummond soll von mir aus Drek fressen. Schließlich ist es mein Arsch, der hier draußen im Wind hängt, nicht seiner. Jedenfalls gehört Cat zum Star. Und unsere gemeinsame Vergangenheit ist wahrscheinlich nicht im Seattler Lone Star-Computer gespeichert – wenn überhaupt irgendwo, dann in Milwaukee. (Hört sich das so an, als versuchte ich etwas rational zu erklären? Volltreffer, Omae.)

Cat ist eine gute Zuhörerin, aber das hindert sie nicht daran, eine Zwischenfrage zu stellen, wenn sie etwas nicht richtig verstanden hat, oder zwischendurch Kommentare abzugeben, die mich zwingen, ins Detail zu gehen oder die Dinge aus einer neuen Perspektive zu betrachten. Während ich vor mich hin plappere, schiebe ich mir außerdem abwechselnd Gyoza und Yakisoba rein. Als ich am Ende der Geschichte angelangt bin, sehe ich den chinesischen Kellner vor der Zelle wieder seine Von-einem-Bein-aufs-andere-Nummer abziehen. Also sage ich zu Cat: »Augenblick mal«, schalte den Schirm aus, öffne die Tür und drücke ihm das Tablett in die Hand. »Noch eine Portion Gyoza«, sage ich zu ihm, um ihn mir einerseits vom Hals zu schaffen, und weil ich immer noch Hunger habe. Als er davoneilt, hole ich Cat auf den Schirm zurück.

Kurz darauf habe ich meine Geschichte erzählt, und Cat schweigt zunächst. Ich weiß, daß sie die Puzzleteile hin und her schiebt und versucht, verschiedene Bilder zu formen. Daran ist Cat ziemlich gut, schon immer gewesen. Schließlich schüttelt sie den Kopf. Mit einem schiefen Grinsen fragt sie: »Wie kommt es, daß du jedesmal, wenn du in den Drek trittst, immer gleich bis zum Hals darin versinkst?«

Ich zucke die Achseln. »Talent, nehme ich an.«

»Aha.« Sie hält wieder inne. »Du gehst davon aus,

daß es zwischen dem Tir-Konzern und der Unterwanderung des Star eine Verbindung gibt?«

Wiederum zucke ich die Achseln. »Ja, natürlich...« Und dann unterbreche ich mich, weil ich sehe, was sie denkt. Ich habe automatisch angenommen, daß es eine Verbindung gibt. Eine unbestätigte, ungeprüfte Annahme, die wohl auf der Tatsache beruht, daß Nemo und ich einander erkannt haben und meine Tarnung relativ kurz nach dem Besuch der Delegation geplatzt ist. Doch wenn ich genauer darüber nachdenke, komme ich zu dem Schluß, daß überhaupt keine Verbindung existieren muß. Verdammt, dieser Drek ist für ein schlichtes Gemüt wie mich viel zu verworren.

Ich lächle verlegen. »Keine Ahnung, Cat«, sage ich. »Ich weiß es nicht mehr.«

Sie erwidert das Lächeln. »Schon gut. Ich spiele nur mit ein paar Ideen herum.« Ihre Miene wird wieder todernst. »Was soll ich tun, Omae? Du rufst doch nicht nur an, um ein paar Ideen mit mir auszutauschen.«

»Du hast's erfaßt«, sage ich. »Ich brauche einen novaheißen Datenschnüffler, dem ich vertrauen kann, daß er mich nicht verkauft oder hintergeht.«

»Die Tir-Connection?«

»Genau. Was sagt die Matrix? Welche Tir-Konzerne versuchen ihr Engagement im Sprawl zu vertiefen? Welche stehen in dem Ruf, sich mit Gangs und dem organisierten Verbrechen einzulassen? Und welche Geschäfte haben sie am laufen?«

Cat kichert. »Du verlangst nicht viel, was, Omae? Aber warum läßt du die Sache nicht einfach laufen?« fragt sie in ganz anderem Tonfall. »Du wirst bald hereingeholt, und dann kannst du den ganzen Drek offiziell bearbeiten. Warum jetzt die Eile?«

Tja, das ist eine verdammt gute Frage. Ich kann nur die Achseln zucken. »Weil ich so ein Gefühl habe, Cat«, sage ich zögernd. »Mehr kann ich dir auch nicht sagen. Irgendwas sagt mir, daß es wichtig ist, und überhaupt...«

»Und überhaupt«, beendet sie den Satz für mich, »ist es dein Fall. Stimmt's?«

»Vermutlich.« Ich schaue weg. Vernünftig betrachtet, ist es völlig sinnlos, jetzt mit der Wühlarbeit anzufangen. Wenn ich wieder im Licht bin, kann ich die Suche nach der Verbindung mit allem betreiben, was der Star hat, und verschwende keine Zeit und Mühe, die ich besser dazu verwenden sollte, mein Überleben zu sichern.

Aber die Sache einfach laufen zu lassen, widerspricht jeder verdammten Faser meiner Persönlichkeit. Ich habe immer zu der Sorte gehört, die jeden Stein umdrehen und mit einem Stock in dem Gekrabbel darunter herumstochern muß.

Nein. Das ist auch nicht die ganze Wahrheit. Ich brauche irgendwas – irgendein Juwel von Information, eine Spur, eine Antwort –, das ich mitbringen kann, wenn Layton und Konsorten mich ins Licht holen. Irgendwas, das ich ihnen mit blasiertem Grinsen überreichen kann, irgendwas, von dem sie noch nichts wissen. Irgendwas, um zu beweisen, daß ich kein dämlicher Anfänger bin, der nicht mal seine Tarnung aufrechterhalten kann.

An dieser Stelle unterbreche ich diesen Gedankengang. Cats Augen sind auf mich gerichtet, und ich habe das unangenehme Gefühl, daß sie sehen kann, wie mein Verstand funktioniert. Also setze ich eine starre, emotionslose Miene auf und begegne ganz direkt ihrem Blick. »Schaffst du das, Cat? Ich weiß, daß es gegen die Bestimmungen verstößt, die Datenbanken des Star für Privatdrek wie diesen zu benutzen ...«

Eine Pause, in der sie darüber nachdenkt, dann breitet sich ein warmes Lächeln auf ihrem Gesicht aus. »Ich schaffe es«, bestätigt sie, »und wir wissen beide, was du tatsächlich von den Bestimmungen hältst. Hast du irgendeinen Zeitrahmen? Und sag mir jetzt nicht, ›so schnell wie möglich‹, weil ich dann sofort auflege.«

Ich antworte nicht sofort, da ich abzuschätzen versuche, wie lange sie dafür brauchen könnte. Schließlich zucke ich die Achseln. »Was soll ich dir sagen, Cat? Bald, Priyatel.«

Sie nickt. »Ich habe zwei Tage frei, also kann ich mich dahinterklemmen, sobald ich ausgeschlafen habe. Je nachdem, was los ist, kann ich dir bis ... Mitternacht, würde ich sagen, einen ersten Vorbericht geben.«

»Das ist früher, als ich erwartet habe«, gebe ich zu.

Sie tut das mit einem Lächeln ab. »Ich nehme an, es gibt keine Nummer, unter der ich dich erreichen kann«, sagt sie trocken.

»Richtig geraten«, bestätige ich. »Ich rufe dich an.«

»Ich bin vielleicht nicht zu Hause«, erinnert sie mich. »Ich habe noch ein Leben, Omae.« Sie denkt einen Augenblick nach, dann sagt sie: »Ich speichere alles, was ich finde, sofort ab, und zwar auf meinem Telekom unter der Datei ›Besondere Gefälligkeiten‹. Wie wäre es damit?« Ich nicke. »Ich verschlüssle es«, fährt sie fort. »Nenn mir ein Paßwort, eines, an das du dich erinnerst.«

Perfekt. Ich unterdrücke ein Grinsen. »Eines, das ich nie vergessen werde«, sage ich ernsthaft, dann benutze ich die Tastatur des Telefons, um das Wort ›Mayflower‹ einzugeben. Cat errötet schwach, eine Tatsache, die ich mir für die Zukunft merke. Man kann nie wissen, oder?

13

Mitternacht im Sprawl. Wissen Sie, wo Ihre Kinder sind?

Eine ganze Reihe von ihnen scheinen im Denny Park und seiner direkten Umgebung herumzuhängen, Mr. und Mrs. Seattle, direkt im Schatten der Space Needle. In dem Versuch, dem zu entkommen, was wir lächerlicherweise Realität nennen, grillen sie sich das Hirn mit Chemie oder Elektronik und sind auf die eine oder andere Weise bedröhnt. Jemand hat mir mal erzählt, der Denny Park sei vor ein paar Jahren mit dem Ziel aufpoliert worden, eine Art freundlicher Familienpark zu werden, ein Ort, den man nachmittags mit den Kindern und abends mit seiner Braut aufsuchen kann. Sieht nicht so aus, als wäre dieses Ziel auch nur in Ansätzen erreicht worden.

Jedenfalls ist mir das im Moment völlig egal. Zum erstenmal seit langem fühle ich mich gut.

Warum? Ich komme ins Licht, darum. Layton und ihre kleinen Freunde haben alles für mich geregelt. Wurde auch Zeit. Ich kam mir langsam wie der verdammte Fliegende Holländer oder der ewig Wandernde Jude vor, der hoffnungslos die Welt durchstreift und nach einem sicheren Hafen oder Zufluchtsort oder irgendwas Ausschau hält.

Wie vereinbart, rief ich um 1730 an und durfte mir einen Haufen leeres Gewäsch anhören. Wir arbeiten noch daran, können's nicht ändern, halten Sie noch aus, bla bla bla… ach ja, und rufen Sie später wieder an. Also rufe ich später wieder an – aus der, wie es aussieht, einzigen funktionstüchtigen öffentlichen Telefonzelle auf dem Denny Way – und rechne mit dem gleichen Theater.

Überraschung, Überraschung, Überraschung. »Wir

können Sie jetzt reinholen«, sagte Layton zu mir, kaum daß sie in der Leitung war. »Warten Sie noch, gleich kommen die Einzelheiten.«

Ich wartete, und die Einzelheiten kamen. Nicht, daß sie einen Sinn ergaben, zumindest nicht von meinem Standpunkt aus. Ich hatte damit gerechnet, eine Adresse zu bekommen, wo ich mich eine Weile verstecken konnte – ein Unterschlupf, der nicht in Lone Stars Datenbanken verzeichnet war –, bis andere Arrangements getroffen werden konnten. Die Tatsache, daß Layton und Konsorten etwas Komplizierteres ausgetüftelt haben, läßt darauf schließen, daß hinter dieser Unterwanderung noch mehr steckt, als ich bisher angenommen habe. Was für einen Schlamassel hat der Star bloß am Hals? Na, was soll's, nicht mein Bier. Ich komme ins Licht, und nur das zählt im Moment.

Nicht sofort, aber das ist nicht weiter überraschend. Wie bei so vielem, was mit Lone Star zu tun hat, heißt es auch hier ›abwarten und Tee trinken‹. Ich muß jedoch nicht allzu lange warten, und nur das zählt: drei Stunden oder so. Wenn die Sonne wieder aufgeht, dürfte ich wieder im Licht sein und vielleicht sogar etwas Schlaf bekommen. (Was für eine Vorstellung!)

In der Zwischenzeit hat Cat gesagt, ich solle sie gegen Mitternacht anrufen, und es ist kurz davor. Also tippe ich ihre Nummer in die Tastatur desselben Telefons, von dem aus ich Layton angerufen habe, und warte darauf, daß die Verbindung zustande kommt. Es ist nicht besonders schlau, zwei Anrufe aus derselben Zelle zu tätigen, aber egal. Wiederum meldet sich Cats Anrufbeantworter, aber diesmal schaltet sie sich nicht live ein. Null Problemo. Ich fordere Zugang zur Datei Besondere Gefälligkeiten. Als das System ein Paßwort verlangt, tippe ich ›Mayflower‹ ein, und ich bin drin.

Wahrscheinlich hätte ich mir die Mühe sparen können. Sieht nach 'nem Haufen Drek darin aus. Nur eine Namensliste ohne Anmerkungen. Crystalite, Griffin,

Telestrian, Marguax und Starbright. Keiner der Namen sagt mir irgendwas. Worum, zum Teufel, handelt es sich? Konzerne? Einzelpersonen? Leute, über die Cat bereits Drek ausgegraben hat, oder Hinweise, denen sie noch nachgehen will? Keine Ahnung, und ich kann es auch nicht ändern. Ich nehme an, auf lange Sicht spielt es sowieso keine große Rolle.

Zum hundertstenmal frage ich mich, warum Layton und Konsorten sich entschlossen haben, mich auf diesem Weg ins Licht zu holen. Ich weiß, sie müssen einen guten Grund haben, und wenn ich dahinterkomme, was das für ein Grund ist, könnte mir das mehr darüber verraten, in welcher Art Drek der Star zu sitzen scheint. Zumindest stelle ich mir das vor. Ich weiß, Drummond würde mir sagen, für mich bestünde in diesem Punkt keine ›Wissensnotwendigkeit‹, aber manchmal reicht ›Wissenwollen‹ als Triebkraft. Ich gehe alles noch mal durch und versuche mir einen Reim darauf zu machen.

Ungewöhnlich an dieser Aktion ist die Anzahl der beteiligten Personen. Layton zufolge soll ich das Südende der Montlake-Brücke – den Brückenbogen, der den Lake Washington-Kanal zwischen U-Dub und Montlake-Bezirk überquert – im Auge behalten, und zwar zwischen 0255 und 0305. Ein Wagen mit einem Fahrer wird kommen, der unter Benutzung ›allgemein akzeptierter Polizeiarbeitsprinzipien‹ (eine hochgestochene Art, ›derselbe Drek wie immer‹ zu sagen) Kontakt aufnehmen wird. Ich steige ein, und wir schwirren ab.

Layton sagte außerdem, unterwegs würde es mindestens einen Fahrzeugwechsel geben. Das hat mich aus mehreren Gründen überrascht: Erstens, weil sie es überhaupt für notwendig erachtet hat, es zu erwähnen, und zweitens, daß sie mir sogar gesagt hat, es stünde uns nicht zu, nach den Gründen zu fragen drekcetera.

Warum das Abholmanöver und warum der Fahrzeugwechsel? Es ergibt keinen Sinn, es sei denn, ich bin heißer – *viel* heißer –, als ich glaube, oder die Unterwanderung des Star ist tiefgreifender, als ich mir vorstellen kann. Drek, das ist schauerlich. Der Star ist immer die eine Konstante in meinem (beruflichen) Leben gewesen, die Einrichtung, der ich vertrauen und auf die ich mich verlassen konnte, wenn ich undercover gearbeitet habe. Es verunsichert mich, daß das, was ich für eine stabile Felsformation gehalten habe, in Wirklichkeit nur Gelee sein könnte ...

Ich schnaube und schiebe diese Gedanken in die ›Grübeleien für später‹-Datei. Es ist 0251, und der Regen hat aufgehört, aber von Osten weht ein scharfer Wind über den Lake Washington und die Union Bay herein, und ich friere mich noch zu Tode. Wenigstens hat Layton einen guten Platz ausgesucht. Es gibt ein Dutzend guter Stellen, von denen ich das Südende der Mountlake-Brücke sehen kann, ohne selbst gesehen zu werden. (Zu oft suchen die Schreibtischhengste Plätze aus, die eine und nur eine Stelle zu bieten haben, wo man sich aufhalten kann. Wenn das Treffen in die Hose geht, verwandelt sich diese Stelle in eine Todesfalle.)

Ich befinde mich bereits an der besten Stelle, einer kleinen Bude vor einem Restaurant, wo tagsüber vermutlich die Parkplatzwächter herumhängen. Ohne mich übermäßig zu exponieren, kann ich nach Norden die halbe Brücke, nach Süden bis zur Überführung über den Highway 520 und nach Osten und Westen einen ganzen Block der East Shelby Street überblicken. Das einzige, was gegen meinen ›Ausguck‹ einzuwenden ist, ist die Tatsache, daß die verdammte Bude nicht beheizt ist. Wo ich mich auch hinhocke, immer weht mir ein eisiger Luftzug über den Nacken.

Es ist Punkt 0300 – genau in der Mitte der angegebenen Zeitspanne –, als ich von Süden her Scheinwerfer über die Brücke kommen sehe. Es ist ein einzelner Wagen, der sehr langsam fährt, nicht viel schneller als Schrittempo. Als er das Ende der Brücke erreicht, erlöschen die Scheinwerfer, so daß nur noch das Standlicht brennt. In dem kalten Blauweiß der Straßenlaternen sehe ich die klobige und unverkennbare Gestalt eines Leyland-Zil Tsarina an der Ecke Montlake Boulevard und Shelby an den Randstein fahren. Die Scheinwerfer blitzen noch einmal auf, dann erlöschen alle Lichter. Ich höre das Jaulen, als die Multitreibstoffturbine heruntergefahren wird, dann ein hydraulisches Zischen, als sich das vordere und das hintere Verdeck öffnen.

Der L-Z Tsarina ist ein verrückter Wagen, was man von einer englisch-russischen Koproduktion auch erwarten kann, aber ich muß zugeben, er ist eine gute Wahl für diese Art von Unternehmen. Er ist ein Zweisitzer – ein reinrassiger, nicht zwei plus zwei, auch nicht zwei plus Gepäck. Im Innenraum ist Platz für zwei, und nur zwei Personen: Der Beifahrer sitzt vorne, der Fahrer ein wenig höher und seitlich nach hinten versetzt (die gleiche Sitzkonfiguration wie in einem Kampfhubschrauber, hat mir ein Chummer mal gesagt). Der Witz ist, wenn beide Verdecke geöffnet sind, gibt es keine Möglichkeit für jemanden, sich in dem Wagen zu verstecken. Folglich braucht man sich keine Gedanken zu machen, ob sich jemand auf dem Beifahrersitz duckt und außer Sicht wartet. Die Straßenbeleuchtung enthüllt die dunkle Gestalt einer Person in dem Wagen, eine kleine Gestalt auf dem Fahrersitz. Ich glaube nicht, daß es sich um eine Falle handelt, beschließe aber trotzdem, noch eine oder zwei Minuten zu warten und zu beobachten, weil es einfach nicht cool wäre, die Sache mit Übereifer anzugehen. Dann leuchtet die Leselampe auf der Fahrerseite auf, und ich sehe, wer es ist.

Ich erhebe mich, wobei ich das schmerzhafte Knacken in meinen kalten, steifen Kniegelenken ignoriere, und schlendere über die Straße zu dem wartenden Wagen.

Cat Ashburton lächelt mich aus dem engen Innenraum des Tsarina an. »Willst du in meine Richtung, Seemann?« fragt sie.

Ich schüttle kichernd den Kopf, schwinge mich auf den Beifahrersitz und versuche eine bequeme Stellung für meine langen Beine zu finden. Die Verdecke schließen sich, die Turbine kommt wieder auf Touren – im Wagen ist davon nicht mehr als ein unterschwelliges Surren zu hören –, und wir fahren los.

Der Nachteil des Tsarina besteht darin, daß man sich nicht von Angesicht zu Angesicht unterhalten kann. Ich sitze in Fahrtrichtung, blicke über die kurze, geschwungene Haube nach vorne und habe einfach nicht genug Platz, mich umzudrehen. Andererseits hat Cat einen erstklassigen Ausblick auf meinen Hinterkopf und die beginnende kahle Stelle darauf. Dennoch, man muß zufrieden sein mit dem, was man hat. Zumindest ist es in dem Wagen warm und gemütlich.

»Was machst du denn hier?« frage ich sie. »Bist du mein offizieller Fahrer?«

Ich höre sie kichern und wünschte, ich könnte ihr Gesicht sehen. »Das bin ich, Omae«, bestätigt sie. »Drummond hat es mir gesagt. Ich schätze, er wollte jemanden, den du kennst, zu dem du aber keine nachweisbaren Verbindungen unterhältst, oder so.«

»Mag sein.« In meinem Kopf klingelt eine Alarmglocke, aber ich weiß nicht, warum.

Ohne es zu wollen, lenkt Cat mich von diesem Gedanken ab, bevor ich ihn weiterverfolgen kann. »Hast du Mayflower überprüft?« fragt sie.

»Ja, hat mir aber nicht viel genützt. Crystalite, Griffin und der Rest – wer, zum Teufel, sind die?«

»*Was* sind die«, korrigiert sie. »Nämlich große, in Tir niedergelassene Konzerne, die in Seattle keine offiziellen Unternehmungen am laufen haben.«

»Wie soll mir das weiterhelfen?« will ich wissen.

»Das Schlüsselwort ist ›offiziell‹.«

»Und?«

Cat seufzt, runzelt wahrscheinlich die Stirn über meine Begriffsstutzigkeit. »Wenn ein Konzern offiziell nicht präsent ist«, sagt sie langsam und deutlich, als rede sie mit einem neugeborenen Ork, »fragt man sich doch, warum Sicherheit von ihnen präsent ist, oder nicht, Omae? Wenn man nichts zu bewachen hat, was will man dann mit Wachen, neh?«

Ich bin zu müde, um klar zu denken – das ist meine Version, und ich bleibe dabei. »Ja, denk mal an«, murmele ich. »Und all diese Konzerne haben Sicherheit im Plex?«

»Das besagen jedenfalls die Unterlagen, die der Star über sie hat.«

»Warum?«

Sie kichert wieder. »Das ist die große Frage, nicht wahr?« Sie hält inne. »Die Antwort auf diese Frage läßt sich nicht in einer einzigen Datenbank finden. Wenn es überhaupt eine Antwort gibt, läßt sie sich nur finden, wenn man eine Wagenladung verschiedener Daten in einer Wagenladung verschiedener Dateien miteinander vergleicht.«

Ich seufze. »Also eine Sackgasse, was? Tja, trotzdem vielen Dank, Cat, du hast was bei mir gut.«

»Und ob ich bei dir was guthabe«, wirft sie ein, »aber ich habe nicht gesagt, daß es unmöglich ist. Nur schwierig.«

»Ach?« Ein leises Hoffnungsgefühl regt sich in mir. Auch wenn es keine Möglichkeit gibt, Layton, McMartin und Drummond im Augenblick meiner Ankunft auf dem Gelände des Stars das Juwel zu überreichen, wäre es immer noch ein Teilsieg, wenn ich ihnen etwas Wichtiges präsentieren könnte, bevor sie selbst darauf stoßen.

»Ja, ›ach‹«, sagt sie, »und ich habe wirklich was bei

dir gut. Wegen dir habe ich kaum Schlaf bekommen.«

»Früher hat dich das nicht sonderlich gestört«, sage ich unschuldig, dann: »Aua, Drek«, als sie mir eine Kopfnuß verpaßt. Ich komme zu dem Schluß, daß ich L-Z Tsarinas doch hasse.

»Warum denkst du zur Abwechslung nicht mal *damit*?« sagt sie, indem sie ihre Worte mit einer weiteren Kopfnuß unterstreicht. Doch in ihrer Stimme liegt ein Unterton, der mir verrät, daß sie nicht so genervt ist, wie sie mich glauben machen will. »Jedenfalls, was ich gerade sagen wollte... Ich habe ein paar Smartframes und Demons gestartet und ausgesandt, die Dreksarbeit zu erledigen und die Vergleiche zu übernehmen. Genau damit sind sie im Moment beschäftigt.«

»Hä? Von allein?«

Sie lacht laut auf. »Du bist nicht auf dem laufenden, Chummer. Man muß nicht mehr eigenhändig nach Daten suchen. Man schreibt einfach eine Prozedur, die das für einen erledigt.«

Ich schüttle den Kopf. Manchmal glaube ich, im Finsteren Zeitalter so um 1995 wäre ich besser aufgehoben. »Und was tun sie, wenn sie gefunden haben, wonach sie suchen? Nach Hause telefonieren?«

Das soll ein Witz sein, aber sie sagt nur: »Du hast's erfaßt. Sie sind darauf programmiert, alle Erkenntnisse in Besondere Gefälligkeiten und die nackten Fakten in ein paar anderen Dateien abzuspeichern, so daß wir sie später vergleichen können. Zufrieden?«

»Sehr zufrieden.«

Wir schweigen, und in diesem ersten Augenblick der Stille höre ich den Warnglocken, die seit ein paar Minuten in meinem Schädel klingeln, zum erstenmal richtig zu. Cat sagte, Drummond habe sie damit beauftragt, mich abzuholen, weil in unseren Personalakten keine Verbindung zwischen uns erwähnt ist. Aber wenn keine Verbindung erwähnt wird, woher wußte er dann davon?

Drek, Drek, Drek… Ich öffne den Mund, um es ihr zu sagen, aber es ist zu spät, viel zu spät.

In diesem Augenblick sehe ich einen Lichtblitz links oben auf dem Dach eines niedrigen Hauses. Gelbrotes Licht wie Feuer. Als nächstes weiß ich nur noch, daß Feuer auf uns herabregnet, ein ultraschneller Komet, dessen Bild sich in mein Blickfeld brennt.

Übergang.

Es ist wie in einem schlecht geschnittenen Trideo. Gerade sitze ich noch gemütlich auf dem Beifahrersitz des Tsarina, und im nächsten Augenblick liege ich in grotesker Haltung auf etwas Hartem, Kantigem, Kopf unten, Hintern oben. Mein Gesicht ist eiskalt, mein Rücken glühendheiß. In meinen Ohren rauscht und klingelt es, aber das fürchterliche Gekreisch in meinem Kopf ist zu überwältigend, als daß ich daraus schlau werden könnte. Als ich die Augen zu öffnen versuche, spüre ich zwar, daß sich die Lider bewegen, aber ich bin dennoch blind. Ich will mich bewegen, aber mein Körper achtet nicht auf die Signale, die mein Verstand aussendet. Ich komme mir vor wie in einem verdammten Alptraum, was mich plötzlich in Panik versetzt. Oder vielleicht ist es auch das turboaufgeladene Nervenflattern der Furcht. Meine Beine und mein Rücken zucken, und ich wälze mich auf die rechte Seite. Etwas Spitzes und Hartes sticht in meine linke Arschbacke.

Es ist der Schmerz – präzise, kristallin, genau lokalisiert –, der meinen Kopf zu klären scheint. Ich liege auf der Straße, und zwar mitten auf irgendwelchem Schrott. Meine Augen sind offen, aber ich kann nichts sehen, weil etwas Warmes und Klebriges darin ist – Blut, was sonst? Ein Autounfall… Dann fällt mir der flammende Komet wieder ein.

Und ich wälze mich herum – wie verrückt, immer wieder nach rechts. Weg aus der Richtung, aus der der

Komet gekommen ist, herunter von dem Schrott und auf den kalten, nassen Asphalt. Zum Teufel mit den Schmerzen, zum Teufel damit, daß mir irgend etwas tief im Hinterteil sitzt, zum Teufel damit, daß sich mein Rücken anfühlt, als stünde er in Flammen. Wenn ich nicht schnell reagiere – jetzt –, bin ich tot. Mich immer noch herumwälzend, reibe ich mir mit der linken Hand die Augen in dem Versuch, das Blut wegzuwischen, während meine rechte die H&K zieht.

Ich kann wieder sehen, wälze mich jedoch so schnell herum, daß ich aus nichts von dem, was ich sehe, schlau werde. Nachthimmel, Flammen, nasser Asphalt, Flammen, wieder Nachthimmel. Das Klingeln in meinem Kopf läßt nach, und jetzt kann ich auch das Prasseln der Flammen hören. Und das Schreien einer Frau – gellend, ohne Unterbrechung, markerschütternd ...

Dann ein anderes Geräusch, eines, das ich kenne, ein Dreifachknall. Ba-ba-bam, und mein Gesicht und meine Hände werden von Asphaltsplittern malträtiert. Ich wälze mich wieder herum, und diesmal bekomme ich meine Hände und ein Knie unter mich. Dann schnelle ich mich mit einer gewaltigen Anstrengung all meiner Hauptmuskeln auf die Beine. Mir ist schwindlig, und fast lege ich mich wieder hin, schaffe es aber doch, das Gleichgewicht zu halten – knapp. Einen Augenblick später stolpere ich beinahe über einen Bordstein, aber ich setze die Bewegung in einen Stolperschritt um und schlage einen Haken nach rechts. Wieder das Ba-ba-bam, und ein Müllcontainer neben mir verwandelt sich in Granatsplitter. Noch ein Stolperschritt, ein Haken nach links, und ich riskiere einen raschen Blick über die Schulter.

Mitten auf der Straße steht der Tsarina in Flammen, das Heck ist verdreht und aufgerissen und hat sich in eine schreckliche Art von Skulptur verwandelt. Aus der Fahrgastzelle schlagen fröhlich die Flammen. Die Schreie haben aufgehört, und ich weiß, das ist ein

Segen. Der vordere Teil des Wagens, der Teil vor dem Beifahrersitz, liegt ein paar Meter vom Rest des Wracks entfernt – durch einen absonderlichen Zufall hat er nicht Feuer gefangen. Offenbar ist der Tsarina von der Explosionswucht der Rakete an der Vorderachse in zwei Teile gespalten worden.

Auf dem Dach eines niedrigen Hauses an der Straße mache ich Bewegung aus – eine Einzelperson, nehme ich an. Zwei weitere Gestalten sind auf der Straße und bewegen sich vorsichtig auf Cat und den Wagen zu, der sich in ein Krematorium verwandelt hat. Die Elektronik übernimmt, und ich jage ein paar Feuerstöße in ihre Richtung. Nur, um sie zu beschäftigen, nicht in der Erwartung, Schaden anzurichten. Ich weiß, daß sie gepanzert sind, genauso wie ich weiß, wer und was sie sind.

All das hat einen Sekundenbruchteil gedauert und war ein verdammt guter Job. Die Mossberg auf der anderen Straßenseite wummert wieder, und diesmal fegt die Ladung so dicht an mir vorbei, daß ich sie spüren kann.

In mir tobt eine rasende Wut, ein schreckliches Brennen, das ich so noch nie zuvor empfunden habe. Die Wut fühlt sich an, als sei sie losgelöst von mir, eigenständig, als habe sie ihre eigenen Bedürfnisse und eine eigene Persönlichkeit. So, wie sich die Elektronik manchmal anfühlt, aber noch stärker. Die Wut will nichts anderes, als auf die Straße rennen und meine H&K in die Gestalten – in die Mörder – leeren, bevor ich selbst niedergemäht werde. Dasselbe gilt für die Elektronik.

Aber ich kann es nicht tun, ich kann nicht sterben. Noch nicht. Ich habe noch Dinge zu erledigen, sage ich mir, und die Wut in mir versteht das. Ich muß das *Warum* herausfinden, und ich muß das *Wer* bestätigen (obwohl ich denke, daß ich davon eine verdammt gute Vorstellung habe), und dann muß ich ein paar nicht ganz so höfliche Besuche machen. Wenn das erledigt ist, kann mich von mir aus jeder, der scharf darauf ist, niedermähen.

Ich mache eine Körpertäuschung nach rechts, dann werfe ich mich mit jedem Joule Energie, das noch in mir steckt, nach links. Die Mossberg zerlegt einen Laternenpfahl ein gutes halbes Dutzend Meter neben mir, nur daß sich jetzt die MPs auch zur Party gesellen. Zu spät. Ich bin schon in einer Gasse untergetaucht, weg von der gut beleuchteten Straße und wieder in der Dunkelheit und in den Schatten, die ich so gut kenne. Sollen doch die Cops von Lone Stars Taktischem Einsatzkommando aufräumen. Die Abrechnung kommt noch früh genug.

Aber nicht jetzt.

Ich renne weiter durch die Nacht.

ZWEITES BUCH

14

Wahnsinn. Verdammter Wahnsinn! Ich liege auf einem quietschenden, unbequemen Bett in Zimmer 2LR in einer der dreckigsten Absteigen, der ich je zu begegnen das Pech hatte. Auf dem Teppich sind Kotzflecken und auf der Matratze Blutflecken, und wenn die Heizung anspringt, verrät mir der Gestank, daß sich einer der früheren Bewohner nicht die Mühe gemacht hat, den kurzen Weg über den Flur zum Klo zu gehen. Dennoch ist das Zimmer für mich das, was einem Zuhause noch am nächsten kommt. Ich brauchte Schlaf, und ich brauchte das Gefühl der Sicherheit – falsch oder nicht – eines Daches über dem Kopf und von Wänden, die Wind und Regen abhalten. Wenn es schon nicht sicher war, in einer Absteige unterzukriechen, als nur die Cutters hinter mir her waren, ist es jetzt noch viel gefährlicher. Doch anderenfalls hätte ich nur durch die Straßen wandern können, bis ich so müde geworden wäre, daß ich idiotische Fehler gemacht und nicht mehr die nötige geistige Frische besessen hätte, um sie zu kompensieren. Einen Tag oder so in einer Absteige zu verbringen, schien mir die vernünftigere Alternative zu sein.

Viel Schlaf habe ich sowieso nicht bekommen. Es war kurz nach 0430, bis ich endlich einen Wagen aufgebrochen hatte – mein Motorrad steht immer noch hinter einem Restaurant in Montlake, vorausgesetzt, niemand hat es bisher geschafft, Schloß und Sicherheitssystem zu knacken – und zum Tarislar-Bezirk in Puyallup fuhr. Ein Hauptargument für diesen Drekhaufen von einem Vorort war die Tatsache, daß er so weit weg von der Innenstadt ist, wie man kommen kann, ohne in das Salish-Shidhe-Territorium einzudringen, aber das war noch nicht alles, was mir vorschwebte, als ich nach

Süden fuhr. Die Cutters sind zwar überall, aber in Tarislar sind sie nur minimal vertreten. Hinzu kommt, daß Lone Star in dieser elfischen Wohngegend kaum Streife fährt, so daß es sich im Moment um einen der sichersten Orte handelt, wo ich mich verkriechen kann.

Tarislar ist ein Loch, lassen Sie sich von niemandem etwas anderes erzählen. Das Gebiet zwischen Kregersee und Hartssee war mal eine echt geschniegelte Wohngegend, habe ich gehört. Irgendwann um die Jahrhundertwende verwandelte sich die zuvor ländliche Gegend in eine ›Schlafzimmergemeinde‹, und die Apartmentblocks schossen wie Pilze aus dem Boden. Dann sackten die Immobilienpreise natürlich ein wenig ab, als der Mount Rainier ausbrach und Giftschlamm und anderen Drek auf die Gegend spie, die jetzt Höllenküche genannt wird. Die Preise sackten noch weiter, als sich die vorherrschenden Winde drehten und den Gestank der Küche – mit allen damit verbundenen Giften – nach Tarislar brachten. Die Leute zogen gerade noch rechtzeitig aus, um Platz für den Zustrom der Elfen zu machen, die nach der Nacht des Zorns nach Südosten drängten.

Das ist heute also Tarislar, eine ›vorübergehende‹ Zuflucht für Elfen, die nie in der Lage waren, von hier wegzuziehen, eine Gegend verfallener, von Pennern bewohnter Häuser und Baracken, die auf Parks und Golfplätzen gebaut wurden. Entzückend.

Dennoch war es, wie ich schon sagte, genau das, was ich suchte. Ich weiß nicht, warum, aber in den Reihen der Cutters gibt es kaum Elfen. Es könnte Rassismus sein, aber wahrscheinlich hat es mehr mit der Vorherrschaft der Elfen-Gangs in Tarislar zu tun. Nichtelfische Gangs können dagegen kaum anstinken. Lone Star ist ebenfalls eine in erster Linie menschliche Organisation, und das könnte sehr gut einer der Gründe für die geringe Polizeipräsenz in der Gegend sein – die sogar noch geringer ist als im übrigen Puyallup. Andererseits falle ich in Tarislar genauso stark auf wie eine heile Fensterscheibe, und jeder wird den *Celénit* – den ›unterentwickelten Affenmensch‹ – auf der Straße bemerken. Doch zumindest spricht sehr viel dagegen, daß sie irgend jemandem von meiner Anwesenheit berichten, der ein Interesse daran hat, es zu erfahren.

Also weiter im Text. Es war ungefähr 0430, als ich nach Tarislar kam, und knapp eine Stunde später, als ich endlich eine Absteige gefunden hatte, die mich aufnehmen wollte. Ich hatte keine große Auswahl, was der einzige Grund dafür ist, daß ich in diesem rattenverseuchten Flohzirkus gelandet bin, der sich Die Verheißung nennt. (Verheißung von Bettwanzen oder vielleicht einem netten Hautausschlag?) Ich lag also gegen 0540 endlich im Bett, um für zwölf Stunden segensreichen, ungestörten Schlaf zu finden...

Der sich kategorisch zu kommen weigerte. Ja, klar, ab und zu bin ich eingedöst – jeweils für fünf oder zehn Minuten, bevor mich der Alptraum wieder weckte. Jedesmal derselbe verdammte Alptraum, eine Wiederholung des Hinterhalts auf dem Montlake Boulevard. Die Rakete trifft den Wagen, die Cops vom Taktischen Einsatzkommando sind auf dem Dach und auf der Straße. Cats Schreie, als sie bei lebendigem Leib verbrennt. Manchmal bricht der Wagen beim Einschlag der Rakete auseinander, und ich werde herausgeschleudert. Manchmal auch nicht, so daß ich im Wagen eingesperrt bin, während die Flammen um mich hochschlagen, mir Cats Schreie in den Ohren dröhnen und ich das zufriedene Grinsen der Cops sehen kann, die näher herankommen, um sich den Spaß anzusehen...

Ich schüttle den Kopf, energisch. Sich auch nur an diese Alpträume zu erinnern, ist unerträglich. Ich sehe auf die Uhr – 1300 Uhr oder kurz davor, was bedeutet, ich habe sieben Stunden etwas getan, das man kaum als schlafen bezeichnen kann. Es bedeutet außerdem, daß der elfische Punk, der die Tür zur Lobby öffnete, als ich anklopfte, und mir viel zuviel für ein Zimmer berechnete, sieben Stunden Zeit gehabt hat, um den *Celén* in Zimmer 2LR an jeden zu verpfeifen, der Interesse hat anklingen lassen. Die Tatsache, daß ich noch lebe und allein bin – wenn man mal von den vielbeinigen Krabbeltieren absieht – läßt darauf schließen, daß ich fürs erste sicher bin.

Ich richte mich auf und rutsche nach oben, so daß ich mich an die Wand lehnen kann. Mein Blick fällt auf meine schwarze Jacke, die über der Lehne des einzigen Stuhls in dem Zimmer hängt. Der Rücken der Jacke ist versengt, das Kunstleder an manchen Stellen durch die extreme Hitze brüchig und verbrannt. Ich kann es mir nur so erklären, daß sich der Feuerball der explodierenden Rakete im Innern des Wagens ausgebreitet hat, dann von Cats etwas erhobenem Sitz nach unten abgelenkt worden ist und mich nur im Rücken getroffen hat. Ähnliches gilt für die Druckwelle, nur daß die sich wahrscheinlich unter Cats Sitz ausgetobt und genug Energie erzeugt hat, um den Schalenrumpf an seiner schwächsten Stelle, den vorderen Radkästen, zu sprengen. Dann ist es also reines Glück, daß ich noch lebe. Glück, das mich bevorzugt und Cat verlassen hat.

Die Wut krampft und windet sich in mir wie ein Lebewesen aus weißglühendem Metall, aber ich habe sie jetzt besser unter Kontrolle. Sie wird mich nicht verlassen – ich will gar nicht, daß sie mich verläßt, bevor ich sie nicht besänftigt habe –, aber im Augenblick ist sie mehr wie ein nützliches Werkzeug. Etwas, das ich kontrollieren kann, dessen Energie ich kanalisieren und konzentrieren kann, anstatt mich von ihr kontrollieren zu lassen. Das hoffe ich zumindest. Es ist eine Erweiterung von etwas, das man uns auf der Akademie beigebracht hat: Werde wütend, wenn du mußt, aber *benutze* die Wut. Ich glaube nicht, daß meinen Ausbildern dabei so etwas wie das jetzt vorgeschwebt hat, aber das Resultat ist das gleiche.

Der Star. Der Gedanke an die Akademie reißt den... nun, nennen Sie es das geistige Äquivalent von Schorf auf einer frischen Wunde ab. Meine Augen brennen, und meine Kehle verengt sich, als drücke mir jemand die Kehle zu.

Der Star hat mich verraten, es gibt keine andere Interpretationsmöglichkeit. Sie haben mich für ›untragbar‹ erklärt. Wie die Cutters hat Lone Star beschlossen, daß Richard Larson ›nicht mehr zu retten‹ und sofort zu eliminieren ist. Und wie die Cutters hat auch der Star sein Äquivalent eines Killer-Kommandos losgeschickt, um mich abzuservieren. Der größte Unterschied zur Gang ist der, daß Lone Stars Versuch viel mehr zusätzlichen Schaden angerichtet hat.

Warum, zum Teufel? *Warum?* Die Fragen gleichen denen, mit denen ich mir mein verdammtes Hirn zermartert habe, nachdem Marla & Co. mich im Wenonah umzulegen versuchten. Warum hat der Star meinen Tod beschlossen? Und warum mußte es ein Hinterhalt sein? Drek, sie hätten mich reinholen und dann vergiften können, wenn ihnen der Sinn danach gestanden hätte.

Nein, Augenblick mal, ich übersehe da was, oder nicht? Ich rede von ›ihnen‹ und ›dem Star‹, als sei das eine festumrissene, bekannte Größe. Aber ist er das wirklich? Zum Teufel, ich glaube schon. Ich glaube, es sind Layton, Drummond und McMartin, diese verdammte unheilige Dreieinigkeit, die mich am Wickel hatten, mich davon abhielten, ins Licht zu kommen, und dann die Bedingungen für das Treffen festlegten. Cat hat sogar gesagt, daß es Drummond war, der ihr den Auftrag gab, mich abzuholen. Macht es das nicht offensichtlich? Beweist das nicht Drummonds Mittäterschaft?

Es ist so verlockend, einfach ›ja‹ zu sagen und meinem Haß eine nette, wohldefinierte Zielscheibe zu verpassen. Aber es muß nicht notwendigerweise richtig sein. Schließlich haben wir es mit jemandem – oder einem Personenkreis – zu tun, der die Datenbanken des Star unterwandert hat, sie weit genug unterwandert hat, um hinter meine Verbindung zu Nicholas Finnigan zu kommen. Durch diese Art von Unterwanderung hat dieser Jemand mehr Macht und Kontrolle über die Unternehmungen des Star, als ich mir vorstellen will.

Versuchen wir's mal mit folgendem Szenario: Drummond und Konsorten wollen ein Treffen arrangieren. Sie denken sich, daß ich ziemlich nervös sein werde – eine korrekte Vermutung –, insbesondere, nachdem sie mich einen Tag haben zappeln lassen, und beschließen, jemanden zu schicken, den ich kenne und dem ich vertraue. Drummond weiß, daß die Seattler Datenbanken nicht mehr sicher sind, also verschafft er sich Zugang zu den Milwaukee-Dateien, um jemanden zu finden, den ich kenne, und stößt auf Cat. Unglücklicherweise hat IrrelKonzern oder wer auch immer den Star viel tiefer unterwandert, als dieser glaubt, und fängt die Datenanforderung ab – oder vielleicht hat IrrelKonzern seine Fühler auch schon längst nach Milwaukee ausgestreckt, es spielt keine Rolle.

Jetzt schickt Drummond Cat los. Der Befehl wird ganz sicher irgendwo gespeichert, aber ebenso sicher werde ich darin nicht erwähnt. IrrelKonzern ist aber nicht auf den Kopf gefallen: Man weiß dort, daß Cat mich kennt, und kann sich denken, welchen Auftrag sie tatsächlich hat. Jetzt erteilt man über das Computernetz einem Taktischen Einsatzkommando den Befehl, am Montlake Boulevard in der Nähe von Roanoke Stellung zu beziehen und den Tsarina außer Gefecht zu setzen, der irgendwann nach 0255 an dieser Stelle in südlicher Richtung vorbeifahren wird. Die Begründung dafür lautet wahrscheinlich ›magische Terroristen, die als extrem gefährlich gelten und zu eliminieren sind, bevor sie ihren ersten Zauber wirken können‹. Mit anderen Worten: Hinterhalt.

Trotz des ganzen Dreks, den man auf raubkopierten Trids sehen kann, ist es nicht Lone Stars übliche Verfahrensweise, ›zuerst zu schießen und dann die Überreste zu verhören‹, und Hinterhalte sind kein x-beliebiger Auftrag. Der Anführer des Taktischen Einsatzkommandos würde den Befehl mit Sicherheit über verschiedene Kanäle überprüft haben. Unglücklicherweise sind diese ›verschiedenen Kanäle‹ alle elektronischer Natur und computergesteuert, und IrrelKonzern könnte die richtigen Bestätigungen und Autorisierungen geliefert und dem Anführer glaubhaft versichert haben, daß das Unternehmen koscher ist. Und schon marschieren die bewaffneten und gepanzerten Cops los, um ihren Teil zur Rettung Seattles beizutragen.

Bumm! Auf Nimmerwiedersehen Tsarina, Rick Larson und Cat Ashburton. Am nächsten Morgen wird der Drek natürlich am dampfen sein, wenn sich herausstellt, daß die Befehle zwar als von Drummonds Büro kommend gespeichert sind, in Wirklichkeit aber gar nicht von Drummond stammen. Riesiges Chaos, aber an dieser Stelle bin ich längst Hundefutter – Auftrag erfolgreich erledigt.

Drek, es paßt zusammen. Es *könnte* so abgelaufen sein. Mit weit genug reichender Computerunterwanderung hätte IrrelKonzern einen Abholauftrag in einen Hinterhalt verwandeln können. Es müssen nicht Drummond, Layton, McMartin und die anderen Pinkel gewesen sein. Drek, und das gerade, als ich zu wissen glaubte, wer die Schuldigen sind.

Ich schüttle wiederum den Kopf. Ich kann all diese paranoiden Optionen und Alternativen und Möglichkeiten und Wahrscheinlichkeiten durchgehen, bis mir die Nase blutet, aber ohne harte Fakten wird das zu nichts führen. Ich muß etwas – *irgendwas* – darüber erfahren, was tatsächlich abläuft. Aber wie soll ich das angehen?

Ich habe immer noch diese Hummel hinsichtlich der

Verbindung zwischen den Cutters und dem Tir-Konzern im Hintern. Vielleicht hat sie überhaupt nichts damit zu tun, aber im Moment ist sie das einzige, was ich verfolgen kann. Alles andere kommt mir viel zu groß vor, zu überwältigend. (Zum Beispiel die Frage, wie ich Druck auf den Star ausüben soll.) Es ist genau so, wie mir vor Jahren jemand gesagt hat, als ich noch auf der Universität war: »Wenn du nicht weißt, was du als nächstes tun sollst, tu, was du kannst.« Ein guter Rat, nehme ich an. Mit einem tiefempfundenen Seufzer schwinge ich die Beine auf den Boden und bereite mich darauf vor, dem Tag die Stirn zu bieten.

Ich fühle mich nackt und exponiert und unglaublich verwundbar auf den Straßen von Tarislar. Es liegt nicht nur an der Art, wie die Elfen mich mit unverhohlener Feindseligkeit ansehen oder einfach so tun, als würde ich, verdammt noch mal, gar nicht existieren – obwohl das dazu beiträgt. Nein, es liegt an der Erkenntnis, daß ich keinen fahrbaren Untersatz habe, um mich zu verziehen, falls mich der Ärger überrollt. Mein Motorrad ist verschwunden, und in einem gestohlenen Wagen herumzudüsen, ist ein zu großes Risiko.

Bei Tag sieht Tarislar noch schlimmer aus als bei Nacht, falls das überhaupt möglich ist. Man kann zwar nicht die Feuer in den Blechfässern auf den leeren Plätzen zwischen den Ruinen eingestürzter Häuser brennen sehen, aber dafür sieht man die Bretterbuden und behelfsmäßigen Baracken auf Flächen, die einmal gepflegter Rasen waren. Ein Gefühl der Verzweiflung hängt in der Luft wie ein übler Geruch. Nicht der schwelende, leicht entflammbare Zorn, den man in einem von Orks dominierten Slum spüren kann, sondern eine Art matte Resignation. Die Atmosphäre macht mich traurig.

Nach zehn oder fünfzehn Minuten des Herumlaufens durch den kalten grauen Nieselregen finde ich die öffentliche Telefonzelle, nach der ich suche. Die Angeln sind zu eingerostet, um die Tür noch schließen zu können, aber wenigstens schützt mich die Zelle vor dem Regen. Ich hocke mich auf den Metallrahmen und wähle Cats LTG-Nummer.

Drek, ich hätte wissen müssen, daß es mich mitnehmen würde, Cat auf ihrem Anrufbeantworter zu sehen. Aber ich habe nicht daran gedacht. Als ihr Gesicht auf dem Bildschirm Gestalt annimmt – große Augen, kupferfarbenes Haar, sinnliche Lippen –, fühle ich mich, als hätte mir jemand ein eiskaltes Stilett in die Rippen gebohrt. Meine Augen brennen, mein Blickfeld verschwimmt, und ich muß mich anstrengen, um Luft in die Lungen zu bekommen. Ein paar Augenblicke glaube ich, es nicht ertragen zu können. Ich will nur aufspringen und wegrennen. Doch dann packt mich wieder die Wut und krampft und windet sich in meinem Bauch. Jemand wird dafür büßen, o ja, jemand *wird* dafür büßen – und dann weiß ich, daß ich es ertragen kann. Meine Gefühle verblassen, und ich fühle mich kalt und hart und kaum noch menschlich, als Cats Botschaft endet. Mit Fingern, die sich nicht wie meine anfühlen, tippe ich den Zugangscode zur Datei Besondere Gefälligkeiten ein. Meine Hände zittern so sehr, daß ich das Mayflower-Paßwort kaum eingeben kann, aber irgendwie schaffe ich es.

Cats kleine Smartframes oder wie, zum Teufel, sie die Dinger genannt hat, waren emsige kleine Wühler. Aus den fünf Namen – Crystalite, Griffin und die übrigen – sind Kapitelüberschriften geworden, zu denen Textabschnitte und Blöcke numerischer Daten gehören. Anstatt nach einer Liste sieht die Datei jetzt wie ein Geschäftsbericht aus. Ich überfliege die Datei rasch, aber das einzige, was mir auffällt, ist die Tatsache, daß ein Eintrag – der für Telestrian Industries Corporation – viel größer als der der anderen ist, zwei- oder dreimal so groß. Unter Benutzung der Tastatur des Telefons markiere ich diesen Abschnitt der Datei und merke ihn mir damit als Gegenstand zukünftiger Aufmerksamkeit vor.

Dann schiebe ich einen leeren Datenchip in den Datenschlitz des Telefons und gebe den Befehl ein, die Datei zu kopieren. Ein oder zwei Sekunden später summt das Gerät, und ich entnehme den Chip, unterbreche die Verbindung und marschiere wieder hinaus in den Regen.

Einen Moment lang erwäge ich, mir einen guten Beobachtungsposten zu suchen, mich dort zu verkriechen und das Telefon zu beobachten. Vielleicht erfahre ich etwas Wichtiges. Schließlich muß IrrelKonzern, oder wer sonst für den Anschlag verantwortlich ist, wissen, daß ich überlebt habe. Wenn ich sie wäre, glaube ich nicht, daß ich vergessen würde, Cats Telekom mit einem Spürer zu versehen. (Aber in diesem Fall hätte ich vermutlich alle Dateien darauf gelöscht, falls das aus der Ferne möglich ist. Wiederum habe ich das Gefühl, als würde ich etwas übersehen.)

Andererseits weiß ich so wenig darüber, was eigentlich los ist, daß es mir wahrscheinlich nicht viel nützen würde, ein Team zu entdecken, das auf meinen Anruf reagiert – indem es zum Beispiel an der Zelle vorbeifährt. Mehr Hintergrundinformationen, das ist es, was ich brauche. Ich mache mich auf den Rückweg zur Verheißung.

15

In einer Flohkiste wie der Verheißung abzusteigen, hat einige Vorteile. Zum Beispiel braucht man sich keine Sorgen zu machen, daß der Zimmerservice hereinschneit und einen beim Nachdenken stört.

Ich sitze in einem unbequemen Halblotus auf dem Bett, einen brandneuen, brandheißen Taschensekretär auf dem Schoß. (›Brandheiß‹ bezieht sich dabei auf seine Herkunft und ganz gewiß nicht auf seine Leistung.) Meine Headware ist nicht dafür konzipiert, über eine Textdatei wie dem Drek zu brüten, den ich von Cats Telekom kopiert habe, und meinen kleinen Palmtop scheine ich irgendwo unterwegs verlegt zu haben. Ziemlich gedankenlos. Ich sollte auf meine Spielzeuge echt besser aufpassen. Jedenfalls brauchte ich offensichtlich etwas, womit ich den Job erledigen konnte, und ebenso offensichtlich würde ich in den Tiefen des Tarislar-Ghettos keinen Radio Shack- oder Fuchi-Händler finden.

Glücklicherweise gibt es in Ghettos und dergleichen andere Händler, und eine Kredzahlung an einen verbissenen Elf, der mir vom Empfangsportier meiner Absteige empfohlen worden war – natürlich erst nach einer weiteren Kredzahlung –, brachte mir einen ›fast neuen‹ Yamaha PDA-5 ein, der irgendwo im Sprawl ›vom Laster gefallen‹ war. Der Preis war hoch – zwei K, fast soviel, wie ich für einen neuen mit Bedienungsanleitung und Garantie und dergleichen Drek bezahlt hätte –, aber ich brauchte ihn eben, und der Elfen-Hehler wußte das. Wir machten den Deal, und ich trabte wieder ›nach Hause‹, um mich an die Arbeit zu machen.

Mittlerweile gehe ich die Datei, die Cats Smartframes über die fünf Namen zusammengestellt hat, zum drittenmal durch in der Hoffnung, daß es an irgendeiner Stelle bei mir klingelt. Bis jetzt Fehlanzeige. Bei den fünf Namen handelt es sich um Konzerne – Crystalite Environmental Research Corporation, Griffin Technologies Incorporated, Telestrian Industries Corporation, Margaux Enterprises und Starbright Advanced Synergetics (ein verdammt guter Name für einen Müslifresser-Konzern) –, alle mehr oder weniger bedeutende Spieler in der Tir-Liga und in einigen Fällen auch woanders in der Welt. Cat hat mir selbst gesagt, daß keiner dieser Konzerne offiziell Geschäfte in Seattle und ganz allgemein in den UCAS betreibt. Telestrian Industries Corporation – allgemein unter dem Kürzel TIC bekannt – ist bei weitem der größte Konzern. Ein großes, aggressives Konglomerat, dessen Finger in hundert verschiedenen Torten stecken. Jährliche Umsätze im Multimilliarden-Nuyen-Bereich. Die Hauptniederlassung befindet sich in einer verdammten Arcologie irgendwo in Portland. Beschäftigt sich mit allem von der Gentechnik bis zur Software-Entwicklung, darunter auch ein paar echt abgefahrene Seitenlinien, die parallel gefahren werden.

Im Gegensatz dazu sind die anderen eher mittelmäßig. Nicht klein – immer noch im Milliarden-Nuyen-Bereich –, aber viel weniger diversifiziert als TIC. Cats Smartframes bestätigen, daß alle so etwas wie ›besondere Sicherheitstruppen‹ – sprich ›Leute für verdeckte Unternehmungen‹ – haben, und es gibt Hinweise, daß sie das eine oder andere Mal die eine oder andere Aktivität im Sprawl an den Tag gelegt haben.

Und, Drek, warum auch nicht? Seattle ist ein bedeutender Markt mit einer mehr als doppelt so hohen Bevölkerungsdichte wie Portlands Innenstadt. In Seattle sind mehr Megakonzerne präsent als sonstwo in Tir, und daher gibt es hier auch mehr Geschäftsmöglichkeiten für einen ehrgeizigen, aggressiven Konzern, der den restriktiven Gesetzen hinsichtlich der ›Geschäftspraktiken‹ ausweichen will, die vom elfischen Prinzenrat durchgesetzt worden sind. Warum sollte ein Konzern aus Tir sich *nicht* nordwärts in den Sprawl ausbreiten wollen?

Doch warum sollten alle diese fünf Konzerne ›besondere Sicherheitstruppen‹ in den Sprawl schicken, anstatt offen zu agieren? Dafür kann ich gleich mehrere Gründe aus dem Handgelenk schütteln. Erstens, um gesetzliche Beschränkungen ihrer Aktivitäten außerhalb Tirs zu vermeiden. (Ich kenne die Geschäftsgesetze in Tir nicht im Detail, aber ich habe gehört, daß sie ziemlich drakonisch sein sollen.) Zweitens, weil sie ihre Konkurrenten daheim nicht wissen lassen wollen, daß sie sich zum Beispiel Aztechnology mit einem Angebot für ein größeres gemeinsames Projekt nähern. Drittens, weil das, was sie vorhaben, gegen die Gesetze der UCAS und des Seattler Metroplex verstößt. Und viertens, nach allem, was ich von der Geschäftswelt weiß, haben Konzerne manchmal eine Menge für diesen Mantel-und-Degen-Drek übrig, und zwar ganz einfach deshalb, weil es die Bosse cool finden. Von diesen Gründen scheint nur der dritte die Möglichkeit zu beinhalten, einen Deal mit den Cutters abzuschließen.

Drek, das Puzzle wird immer umfangreicher, aber alle Teile sind weiß, und nichts gibt mir einen Hinweis darauf, wie sie zusammenpassen könnten. Wie halten die Spionage-Gegenspionage-Freaks, die täglich mit derartigen Problemen zu tun haben, das nur aus? Ich würde es einen oder zwei Tage schaffen – höchstens eine Woche –, bevor mir das Hirn aus den Ohren herausquellen würde …

Augenblick mal, was, zum Teufel, ist das?

Während ich im Geiste all die weißen Puzzle-Teile herumgeschoben habe, waren meine Finger mit dem Mini-Trackball des Taschensekretärs beschäftigt, so daß die Textdatei über den Bildschirm gewandert ist. Ich habe den Schirm zwar angesehen, aber eigentlich nicht hingesehen. Dann ist mir plötzlich etwas aufgefallen. Keine Ahnung, was. Die fragliche Stelle ist vorbeigescrollt, bevor ich reagieren konnte. Ich weiß nicht, was ich gesehen habe. Nicht bewußt – mein Bewußtsein war in dem Augenblick offensichtlich nicht mit meinen Augen gekoppelt –, aber es ist ebenso offensichtlich, daß das, was meine Augen registriert haben, eine Bedeutung für mein Unterbewußtsein hatte. Eine Bedeutung, die immerhin groß genug war, um einen inneren Alarm auszulösen, der mich fast von dem verdammten Bett geworfen hätte.

Ich versuche mich wieder zu fangen und zwinge meine Finger, mit dem Zittern aufzuhören. Vorsichtig – ganz vorsichtig – lege ich den Daumen auf den Trackball und arbeite mich langsam durch den Text. Ich bin am Anfang des TIC-Eintrags und ziemlich sicher, daß ich den Text rückwärts durchgegangen bin, als es geschah, also scrolle ich langsam vorwärts. Ich versuche nicht, jedes Wort zu lesen – das würde meinen Verstand mit Sicherheit betäuben –, aber ich sorge dafür, daß meine Augen jede Zeile überfliegen. Wenn mein Unterbewußtsein einmal aufgesprungen ist und gerufen hat: »Hier, du dämlicher Hund«, tut es das vielleicht wieder. Wo ist die Stelle … wo ist sie nur …?

Da. Ich blockiere den Trackball, so daß ich ihn nicht ungewollt bewegen kann, und hole tief Luft.

Ich habe euch, ihr Wichser. Die erste Spur – ach so winzig, aber vielleicht ach so wichtig –, das erstemal, daß ihr nicht alle losen Enden verknüpft habt. (Warum nicht? Wart ihr zu sehr in Eile? Oder ist das nur eine falsche Fährte, die ihr mir gelegt habt? Nein, Kommando zurück, ich kann mir keine Zweifel erlauben, nicht jetzt.) Ich beuge mich tiefer über den Schirm und lese den Text vor und hinter den Worten, die mir aufgefallen sind.

Ich befinde mich mitten in einer langen Liste kleinerer Gesellschaften, mit denen TIC gemeinsame Unternehmungen betreibt, Gesellschaften in ganz Nordamerika und in der ganzen Welt. Alle sind klein, so klein, daß mir alle unbekannt sind ... alle außer einer.

Lightbringer Services Corporation. Eine kleine Telekomgesellschaft mit Hauptsitz in Honolulu im Königreich Hawaii. Zweigstellen in Tokio, Macao, Singapur, Palembang, Quezon City, Sydney, Quito, Mexico City ... und Seattle.

Lightbringer. Dieser Elf – Pietr Tal-sowieso –, der Nicholas Finnigan aufgesucht hat, sagte, er sei bei Lightbringer. Damals dachten wir beide, das sei eine Tarnung. Eine logische Annahme, wenn man bedenkt, daß wir beide noch nie etwas von Lightbringer gehört hatten, und es gab keinen Hinweis auf eine Verbindung zwischen diesem Konzern und den anderen Vorgängen. Und jetzt? Jetzt gibt es eine, Priyatel, und zwar eine dicke, fette.

Oder nicht? Wieder habe ich das Gefühl, als hätte mir jemand einen Kübel Eiswasser über die Seele geschüttet. Genau wie bei dem Versuch, Drummond und Konsorten die Schuld für den Anschlag in Montlake zu geben, ist die Sache auch in diesem Fall nicht ganz so einfach. Ich weiß nicht, ob TIC der Konzern aus Tir ist, der sich an die Cutters herangemacht hat. Ich weiß nicht, ob dieser Pietr Tal-Drek tatsächlich für Lightbringer arbeitet. Drek, vielleicht hat sich der Elf, der Finnigan besucht hat, nur zufällig Lightbringer als Tarnmantel ausgesucht, und vielleicht liegt Lightbringer auch nur zufällig mit TIC im Bett, und vielleicht ist TIC auch nur zufällig einer von vielen Tir-Konzernen, die ein Interesse daran haben, in Seattle geschäftlich aktiv zu werden. Bedeutet die Lightbringer-TIC-Verbindung dann wenigstens, daß Telestrian Industries Corporation tatsächlich mein sogenannter ›IrrelKonzern‹ ist? Nein, zum Teufel. Es könnte reiner Zufall oder sogar Teil einer echt schlau eingefädelten Desinformationskampagne sein, die mich nur auf die falsche Fährte locken soll für den Fall, daß ich Finnigans Besucher unter die Lupe nehme.

Zum Teufel mit diesem paranoiden Mist, mein Verstand ist dafür einfach nicht geeignet! Gebt mir eine Gang – oder, noch besser, eine Truppe verdammter Ork-Pfadfinder oder so einen Drek –, die ich infiltrieren kann, und ich bin der glücklichste kleine Cop auf der ganzen Welt. Überlaßt den vielschichtigen paranoiden Schwachsinn den Neurotikern, die so verdreht sind, daß sie sich an einer Ecke treffen, das ist meine Meinung dazu.

Und, hey, ist das nicht ein Gedanke?

Ich widme mich wieder dem Taschensekretär und speichere die Textdatei sorgfältig ab. Dann sehe ich mir das Hilfssystem der kleinen Einheit an. Es gibt da einen kleinen Trick, den mir ein Chummer vor einem Jahr oder so gezeigt hat und der mir in dieser Situation wirklich helfen könnte. Natürlich nur, wenn der Sekretär das hat, was ich brauche. Ich wünschte, ich hätte tausend Nuyen extra bezahlt und die verdammte Bedienungsanleitung bekommen ...

Dieses öffentliche Telefon hat auch schon bessere Tage gesehen. Jeder freie Fleck ist mit Graffiti besprüht, die meisten davon in Englisch oder Cityslang, manche aber auch in dieser verdrehten Pseudosprache, die die Elfen Sperethiel nennen – einige davon sind sogar wirklich lustig (»Hilf der Polizei: Schlag dich selbst zusammen«). Das Metallgehäuse des Telefons ist verbeult, und die Beulen stammen unverkennbar von kleinkalibrigen Kugeln. (Ich nehme an, die beruhigenden, aggressionsabbauenden Farbmuster, die immer auf dem Schirm erscheinen, wenn eine Verbindung hergestellt wird, haben in diesem Fall ihre Wirkung verfehlt.) Die Elektronik scheint jedoch noch zu funktionieren – abgesehen von der Videokamera, die ich selbst unbrauchbar gemacht habe.

Es dauert eine Ewigkeit, bis die Verbindung zustande kommt. Was weiter keine Überraschung ist, echt nicht. Das Telefon ruft die Mobileinheit in meinem Taschensekretär an, der auf dem verwanzten Bett in Zimmer 2LR in der Verheißung liegt. Der Sekretär hält die Verbindung aufrecht und benutzt einen parallelen Kanal, um einen weiteren Anruf zu tätigen – das war das Leistungsmerkmal, nachdem ich so lange in den Hilfe-Dateien gesucht habe, Multiphontauglichkeit –, und zwar bei einer Nummer, die ich vor dem Verlassen der Absteige einprogrammiert habe. Wenn der Empfänger dieses zweiten Anrufs den Hörer abnimmt, koppelt der Sekretär die beiden Leitungen. Simpel (ja, klar).

Und der Empfänger hebt ab. »Ja?«

Ich höre einen Mischmasch aus Klicken, Summen und elektronischen Echos. Einen Moment lang befürchte ich, zuviel von dem Taschensekretär verlangt zu haben und daß er emsig dabei ist, sich kurzzuschließen und mein Bett in Brand zu setzen. Doch dann stabilisiert sich die Leitung. Nur audio, was bedeutet, mein Anruf könnte von einer Mobileinheit empfangen worden sein. »Ja?« wiederholt die präzise Stimme am anderen Ende der Leitung.

»Ich bin's, Nicholas«, sage ich, und wie beim letztenmal warte ich darauf, daß er mir sagt, was Sache ist.

»Richard«, erwidert Finnigan, und ich höre die aufrichtige Freude in seiner Stimme. Ich entspanne mich – er würde weder meinen Namen benutzen noch so freudig klingen, wenn er in Schwierigkeiten steckte. »Nichts liegt mir ferner, als einen Bekannten davon abzuhalten, am Telefon ein Schwätzchen mit mir zu halten, aber bist du wirklich sicher, daß das klug ist?«

Ich muß grinsen. Als ich den alten Furz kennenlernte, dachte ich, diese geschraubte Art zu reden sei nur Schau. Nach kurzer Zeit wurde mir dann aber klar, daß er immer so redet und wahrscheinlich auch so denkt. »Klug genug.«

»Anrufe kann man zurückverfolgen«, sagt er zweifelnd.

»Von mir aus, das kümmert mich nicht«, stelle ich fest. Wenn der Drek wirklich zu dampfen anfängt, können IrrelKonzern, die Cutters oder der Star den Taschensekretär gerne haben, und sie sind auch herzlich eingeladen, sich Flöhe oder Wanzen oder sonstwas in der Verheißung einzufangen.

Ich kann Finnigans Achselzucken beinahe hören. »Wie du meinst«, räumt er ein, aber seine Stimme klingt immer noch zweifelnd. Er seufzt. »Also gut. Welchem Umstand verdanke ich das Vergnügen dieses Anrufs?«

»Zunächst mal Lightbringer Services Corporation«, antworte ich.

»Ach?« Jetzt ist der Zweifel einer gewissen Neugier gewichen, und ich weiß, daß ich ihn am Haken habe. »Deinem Tonfall entnehme ich, daß du bereits weißt, daß Lightbringer tatsächlich existiert und keine Fassade ist?«

»Du hast's erfaßt. Der Laden ist echt. Und er liegt mit Telestrian Industries Corporation im Bett.«

»Tatsächlich?« fragt er mit mäßigem Interesse. »Nun, ich muß zugeben, daß ich darin wenig Bemerkenswertes erkennen kann. Viele Gesellschaften liegen, wie du es ausdrückst, ›mit Telestrian im Bett‹. TIC ist mit Abstand das aggressivste Konglomerat in Tir Tairngire, und seine Ambitionen gehen weit über die Grenzen des Elfen-Territoriums hinaus.«

»Dann weißt du über TIC Bescheid?«

»Ein wenig«, gibt Finnigan zu. »Aber vielleicht nicht genug, um deine Neugier zu befriedigen, weil ich mal annehme, daß deine Frage darauf abzielt.« Er hält inne, und ich weiß, was er jetzt fragen wird.

Also fahre ich dazwischen. »Ich kann dir nicht sagen, warum ich die Verbindung mit TIC für wichtig halte, Nicholas. Du wirst den Grund sicher verstehen.«

Finnigan schweigt einen Augenblick, dann: »Ich verstehe«, sagt er zögernd, »ja, ich glaube, ich verstehe tatsächlich. Es ist nicht einfach die Tatsache, daß Lightbringer in einer Gemeinschaftsunternehmung mit TIC steckt – weil ich davon ausgehe, daß Lightbringer ähnliche Vereinbarungen mit einer ganzen Reihe anderer Organisationen getroffen hat. Es muß etwas anderes sein, das deine Neugier geweckt hat. Ich frage mich, was?«

»Laß es lieber, Nicholas«, warne ich ihn ruhig.

»Hmm. *›Seltsam und immer seltsamer!‹* sagte Alice. Irgendwann mußt du mir wirklich die ganze Geschichte erzählen.« Er hält inne. »Ich nehme an, du willst etwas ganz Bestimmtes von mir, Richard. Stimmt das nicht?«

Jetzt ist die Reihe an mir zu überlegen. »Ich brauche jemanden, der sich bei TIC umsieht«, sage ich schließlich. »Und zwar gründlich, Nicholas. Der jeden verdammten Stein umdreht und richtig im Drek herumstochert.«

Finnigan begnügt sich zunächst mit einem weiteren »Hmm«. Dann: »Offensichtlich weißt du bereits einiges über den Konzern«, denkt er laut. »Sonst wärst du zum Beispiel nicht über die Verbindung zu Lightbringer informiert.«

Ich zucke die Achseln, obwohl ich weiß, daß er mich nicht sehen kann. »Ein Chummer hat ein paar Smartframes für mich darauf angesetzt.«

»Also eine einleitende Suchaktion«, sagt er zögernd. »Autonome Datensuchkonstrukte« – er nennt die Dinge nur selten so, wie wir anderen es tun – »sind für extremere Dinge ungeeignet.« Er denkt einen Augenblick nach, dann fährt er fort. »Der, äh, *Kollege*, der die Konstrukte programmiert hat, ist unabkömmlich?«

Schmerz und Wut verknoten sich in meinem Magen. »Ja«, sage ich, und meine Stimme klingt kalt und emotionslos – fast unmenschlich – in meinen Ohren.

Am anderen Ende tritt ein längeres Schweigen ein.

Schließlich sagt Finnigan: »Tja, nun…« Eine weitere Pause, jedoch nicht annähernd so lang wie die erste. »Ich glaube, ich kann dir in dieser Hinsicht helfen«, sagt er zögernd.

»Du?« Das überrascht mich. »Du schreibst Romane.«

Er kichert trocken, und mir wird klar, daß das, was ich gerade gesagt habe, jeden anderen verärgert hätte. Finnigan ist aber nicht jeder andere, den Göttern sei Dank. »Ja, ich schreibe Romane. Aber um eine fiktive Realität zu erschaffen, muß man die eigentliche Realität *verstehen*. Man muß die Gesetze kennen, wenn man sie brechen will.« Er denkt einen Augenblick lang nach, und ich kann beinahe sehen, wie er an seiner Oberlippe zupft, wie er es immer tut, wenn er über etwas nachdenkt. »Ja«, sagt er schließlich – entschlossen, als sei er nicht bereit, sich von irgend jemandem in seine Entscheidung dreinreden zu lassen. »Ich habe den Zugang und die Fähigkeiten – und, wie es scheint, auch die Motivation –, um das für dich zu regeln. Es ist schon lange her, seit ich zum letztenmal gründliche Nachforschungen in den Konzerngefilden unternommen habe, und es wird höchste Zeit, daß ich mich wieder daran versuche.« Eine weitere Pause. »Es könnte eine Weile dauern. Ich nehme an, ich kann dich nicht anrufen.«

Ich lächle grimmig und würdige diese Frage keiner Antwort. »Wie lange?« frage ich statt dessen.

»Das kommt darauf an«, sagt er mit einem weiteren Kichern. »Ich mache mich sofort an die Arbeit, aber je nachdem, wie tief die Sachen vergraben sind, könnte es schon eine Zeitlang dauern. Wahrscheinlich ein paar Tage, vielleicht länger.«

Mir kommt ein unangenehmer Gedanke. »Du hast doch wohl nicht etwa vor, direkt in das TIC-System zu decken, oder?«

Diesmal schallt ein herzhaftes Lachen aus dem Telefonlautsprecher. »Nicht mal, wenn mein Leben davon abhinge. Oder auch deines. Damit würde ich nichts weiter erreichen, als mir sämtliche Sicherheitstruppen auf den Hals zu hetzen, die TIC in Seattle unterhält. Nein, nur sekundäre Quellen, das versichere ich dir. Die damit verbundene Mühe und das erforderliche Fachwissen mag hoch sein, aber dafür ist die Gefahr relativ gering. Übrigens, hast du je von Shadowland gehört?«

Ich schüttle den Kopf. »Nein. Was ist das, ein Club?«

»Könnte man sagen«, sinniert Finnigan. »Kein Nachtclub, aber ein Club im traditionelleren Wortsinn mit einer äußerst, äh, dünnen Mitgliederschaft.«

»Ein Poli?«

»Nein. Shadowland ist der Name, den manche Leute einem ausgedehnten elektronischen BTX-System gegeben haben.«

»Wie UOL?« frage ich. »Nie gehört.«

»Das Gegenteil hätte mich auch überrascht«, sagt er trocken, dann korrigiert er sich, »oder vielleicht doch nicht.« Er hält inne, um seine Gedanken zu ordnen, dann fährt er fort. »Wie ich schon sagte, Shadowland ist ein BTX-System ohne feste geographische Lage. Die Knoten und Anschlüsse, aus denen das Netz besteht, sind ständig in Bewegung wie illegale Würfeltische. Sie bleiben kaum einmal länger als eine Woche an einem Ort. LTG-Nummern und Kommunikationsprotokolle werden ebenfalls ständig geändert.«

»Warum so viel Sicherheit? Wer ist hinter ihnen her?«

»Die Megakonzerne«, antwortet Finnigan sofort. »Regierungen. Gesetzeshüter. Im wesentlichen jeder.«

Und plötzlich weiß ich, wovon er redet. »Shadowrunner«, sage ich mürrisch.

Finnigan kichert wieder, und mir wird klar, daß ihm meine Reaktionen einen weiteren Hinweis für das verdammte Puzzlespiel geliefert hat, das er spielt: raten, wer/was Larson ist. »Manchmal sind sie ganz nützlich«, stellt er fest.

Ich schnaube. Zu viele Leute – insbesondere in

Seattle, habe ich festgestellt – scheinen Shadowrunner auf ein Podest zu heben und sie als ›Helden des kleinen Mannes‹ oder einen ähnlichen Drek zu betrachten. Vielleicht auch Finnigan. Wer weiß? Ich halte sie jedenfalls für Abschaum – für käuflichen Straßendrek, der nicht heroischer ist als die Informanten und Spitzel und Ratten, mit denen ich mich in Milwaukee viel zu lange abgeben mußte. Für ein paar Nuyen würden sie ihre Mutter verkaufen, und der einzige Grund, warum sie mit ihrem Vater nicht das gleiche machen würden, ist der, daß sie im allgemeinen nicht wissen, wer ihr Vater ist.

»Ich gebe dir die Kontaktdaten trotzdem, Richard«, drängt Finnigan. »Sie könnten ganz nützlich sein.« Auf dem Datenschirm des Telefons erscheinen eine LTG-Nummer, eine Rufnummer und eine komplizierte Zeichenkette, bei der es sich um ein Zugangsprotokoll handeln muß. Aus reinem Instinkt speichere ich die Daten. »Ich glaube, sie sind auf dem neusten Stand«, versichert mir der alte Kauz.

»Woher willst du das wissen?« frage ich, plötzlich neugierig geworden.

»Geschichten kommen von überall her, Richard, die meisten vielleicht sogar von Shadowland.« Er seufzt. »Unglücklicherweise kann ich die besten nicht ausschlachten.«

16

Als ich mein Gespräch mit Finnigan beendet habe, geht die Sonne unter – oder würde es tun, wenn man sie durch die Wolkendecke sehen könnte. Im Augenblick bedeutet Sonnenuntergang nicht mehr als den Übergang von einem nassen, dunklen Grau zu einem nassen dunkleren Grau. Ein paar Straßenlaternen erhellen sich, und in den Blechtonnen, an die ich mich noch von letzter Nacht erinnern kann, fangen die Feuer wieder an zu flackern und zu rauchen.

Bei diesem Gedanken spüre ich wieder die Kraft meiner Wut. Bei allem, was mir heilig ist, ich werde herausfinden, wer Cat umgelegt und dasselbe mit mir versucht hat und wer mich bei den Cutters verpfiffen hat. Ich werde sie finden und eine Menge Zeit und Kreativität darauf verwenden, sie dafür büßen zu lassen.

Die Schwierigkeit liegt darin, wie ich das anstellen soll. Im Moment verfüge ich über keinerlei Hilfsquellen – es sei denn, man zählt Nicholas Finnigan dazu, aber das tue ich nicht, nicht wirklich. Ein paar Spuren, aber nichts Solides, nichts, was sich nicht auf mehrere Arten interpretieren ließe, die einander alle ausschließen. Meine finanziellen Mittel beschränken sich auf die paar Tausend Nuyen auf meinen privaten Kredstäben. Selbstverständlich wage ich es nicht, den Notgroschen anzutasten, den der Star für mich eingerichtet hat, jedenfalls nicht, solange ich nicht will, daß bei jeder Transaktion eine kleine Fahne mit der Aufschrift »Geekt mich!« geschwenkt wird. Nein, Augenblick, ich vergaß, daß ich den verdammten Taschensekretär gekauft habe. Damit belaufen sich meine finanziellen Mittel noch auf … ein- oder zweihundert Nuyen. Drek! Das reicht nicht mal, um aus dem Sprawl herauszukommen.

Was mir, wie ich zugeben muß, langsam wie eine verdammt gute Idee vorkommt. Zumindest die Vorstellung, für eine befristete Zeit unterzutauchen. Es gibt einen Unterschied zwischen einer sang- und klanglosen Flucht und einem strategischen Rückzug, um sich neu zu formieren und die nächste Schlacht zu planen. Seattle mag ein Megaplex mit über drei Millionen Einwohnern sein, ist aber eine Kleinstadt, wenn man sich verstecken will. Mein Leben wäre sehr viel einfacher, wenn ich die gute alte Fliege machen und ein paar Wochen abwarten könnte – vielleicht im Sioux-Gebiet oder weiter südlich –, bis sich der Staub gelegt hat, um dann wieder zurückzukommen. Bewaffnet mit Informationen und Geldmitteln und vielleicht ein oder zwei fetten Kanonen. Je mehr ich darüber nachdenke, desto besser klingt es in meinen Ohren.

Und das bringt mich wieder auf die Geldmittel. Ich *brauche* welche, Priyatel, und mehr gibt es dazu nicht zu sagen. Vielleicht würde ich es mit zweihundert Nuyen ins Salish-Shidhe-Territorium oder zu einer anderen Native Nation schaffen, die nicht so enge Verbindungen mit Seattle unterhält. Aber einmal dort angekommen, hätte ich null Geldmittel. Und man braucht Geld, um Geld zu machen, sogar in der Erwachten Welt des Jahres 2054 – vielleicht sogar *ganz besonders* im Jahre 2054. Fragen Sie mal die Elfen von Tarislar.

Das ist also der Grund, warum ich an diesem kalten und regnerischen frühen Abend zur Verheißung zurückgehe. Dieser verdammte Taschensekretär. Die Helden im Trid – und wahrscheinlich auch in Finnigans Büchern – scheinen sich nie Gedanken um Kohle zu machen, wenn sie sich von ihrem Konzern oder ihrer Regierung oder was auch immer lossagen. Sie scheinen sich immer ihre Kanonen und Granaten, ihre Muni und Kinkerlitzchen kaufen zu können – ganz zu schweigen von den Drinks für die Bräute und einem Zimmer im heißesten Hotel der Stadt –, ohne sich je

Gedanken machen zu müssen, woher die nächsten Nuyen kommen sollen. Ich muß dagegen wieder zu meiner Absteige schleichen, um den Taschensekretär zu holen, damit ich ihn wieder verscherbeln kann – für die Hälfte dessen, was ich vor ein paar Stunden dafür bezahlt habe, darauf können Sie Ihren Arsch verwetten.

Damit gehe ich natürlich ein Risiko ein, und letzten Endes hätte ich mir auch den kleinen Stunt mit der Relais-Schaltung sparen können. Wenn jemand Finnigans Nummer überwacht hat, ist dieser Jemand wahrscheinlich längst auf dem Weg nach Tarislar und zur Verheißung, und genau dorthin bin ich ebenfalls unterwegs. Zweifellos würden die Dinge einen ganz anderen Verlauf nehmen, wenn ich eine von Finnigans Romanfiguren wäre.

Das einzig Gute ist, daß jedes Team, das nach mir sucht, damit rechnen wird, daß ich mich in der Absteige aufhalte, weil sich das Telefon dort befindet. Man wird kaum auf der Straße nach mir Ausschau halten, was bedeutet, ich sollte sie erkennen, bevor sie mich erkennen. Je nachdem, wer mich besuchen kommt, weiß ich dann etwas, das ich zuvor noch nicht wußte, vielleicht sogar etwas Wichtiges. (Das rede ich mir jedenfalls ein, um meiner Angst zu begegnen, je näher ich der Absteige komme.)

Ich nähere mich vorsichtig und benutze alle Tricks, die ich mir im Laufe der Jahre angeeignet habe. Zum Beispiel komme ich nicht aus östlicher Richtung die Straße entlanggeschlendert, auf der sich Die Verheißung befindet, o nein. Statt dessen gehe ich einen Block weiter und nähere mich über die nächste Querstraße von Norden. An der Kreuzung angelangt, gehe ich einfach geradeaus weiter, als hätte ich ein ganz bestimmtes Ziel, während ich die Vorderseite des niedrigen Gebäudes eindringlich, aber verstohlen mustere.

Kein Wagen vor dem Haus. So weit, so gut. Auf dem

Bürgersteig hängen keine verdächtigen Gestalten herum. Noch besser.

Jetzt kehre ich um und biege in die Straße ein, in der Die Verheißung liegt. Natürlich wiederum sehr vorsichtig gehe ich auf die andere Straßenseite. Es ist dunkel, und es brennt vielleicht jede zehnte Straßenlaterne, so daß es massenhaft Schatten gibt, insbesondere in Höhe der freien Plätze und verfallenen Häuser. Ich bin unterwegs und mitten in dem Spiel, von dem ich am meisten verstehe. Ich bin ein Geist in der Nacht.

Ich bin jetzt fast gegenüber der Verheißung angelangt, als ich ihn sehe. Auf dem Bürgersteig sitzt ein abgerissener Gossenpunk, der sich mit dem Rücken an die Stahlbetonwand der Absteige gelehnt hat. Er sieht aus, als hätte man ihn rückwärts durch eine Hecke gezerrt, während er eine Schnapsbrennerei leerzutrinken versuchte. Ich habe ihn bei meinem ersten Kontrollgang über die Querstraße nicht gesehen, weil Die Verheißung eine etwas vorgezogene Eingangstür hat, die von etwas eingerahmt wird, das einmal eine Art Säulengang gewesen ist. Er trägt Kleidung, die vor langer Zeit ganz anständig gewesen sein muß, der die Jahre des Dreks und des Mißbrauchs aber offenbar ziemlich zugesetzt haben. Sein Gesicht paßt zu seiner Kleidung.

Das Merkwürdige an Elfen ist, daß sie sich irgendwie von allen anderen Metatypen zu unterscheiden scheinen. Das hat nichts mit einem offensichtlichen Merkmal wie ihren ach so kostbaren spitzen Ohren zu tun. Nein, es ist etwas Profunderes als das, eine Atmosphäre oder Aura, die sie mit sich herumtragen. Wenn ein Ork oder ein Mensch in der Gosse liegt, wirkt er einfach nur verkommen. Doch wenn es einer dieser seltenen heruntergekommenen Elfen ist, meint man, Zeuge einer großartigen und edlen Tragödie zu sein.

Aber Schluß mit der verdammten Soziologie. Es wird Zeit, nach Hause zu gehen.

In gewisser Hinsicht habe ich Glück – die Straßenlaterne direkt vor der Absteige und die beiden direkt gegenüber auf meiner Straßenseite sind kaputt. Die Lampen in der Eingangshalle der Absteige werfen einen Lichtkreis nach draußen – was der Grund dafür sein könnte, warum sich der heruntergekommene Elf ausgerechnet diese Stelle zum Schlafen ausgesucht hat –, aber die Straße selbst und der Bürgersteig vor mir liegen im Dunkeln. Ich kann erkennen, daß die Plexiglastüren der Eingangshalle geschlossen sind, was bedeutet, daß jeder, der von drinnen die Straße beobachtet, vom Hellen ins Dunkle sehen muß. Selbst mit Cyberaugen wird ein etwaiger Beobachter kaum mehr sehen können als sein eigenes Spiegelbild in der Plexiglastür.

Ich hole tief Luft und mache mich daran, die Straße zu überqueren. Natürlich nicht direkt vor der Verheißung. So verrückt bin ich nicht. Nein, ich bin ein Stück weitergegangen, wobei ich wieder so tue, als sei mein Ziel weit von der schäbigen Absteige entfernt.

Der heruntergekommene Elf rührt sich. Sein Kopf kommt langsam hoch, als sei er gerade aus einem tiefen Rausch erwacht. Er dreht langsam den Kopf, und in seinen Augen glitzert das Licht aus der Eingangshalle.

Man sieht es an den Augen, immer an den Augen, wenn ein Profi studiert, was in seiner Umgebung vorgeht. Es ist nicht die Stetigkeit des Blicks, sondern eher der Eindruck, als seien die Augen das Ende eines hochentwickelten und aufgabenorientierten Analysegeräts. Wenn Sie es einmal gesehen haben, werden Sie wissen, was ich meine. Sie werden es nie mit etwas anderem verwechseln, und Sie werden es nie vergessen.

Ich betrete den Bürgersteig auf der Straßenseite der Verheißung und wende mich nach rechts und von der Absteige ab. Ich will rennen, ich will Haken nach rechts und links schlagen, um mich zu einem schwerer zu treffenden Ziel zu machen, falls bereits ein Laserzielpunkt auf meinen Rücken gerichtet ist. Doch statt dessen behalte ich meinen stetigen Schritt bei. Als ich die nächste Kreuzung erreiche – eine verdammte Ewigkeit später, in der ich jeden Augenblick damit rechne, von einer Kugel getroffen zu werden –, biege ich nach links ab. Kaum bin ich um die Ecke, als ich mich flach gegen die Hausmauer drücke und dem Zittern in meinen Händen freien Lauf lasse.

Ich habe das erste Mitglied des Teams gefunden, das auf der Lauer liegt.

Ein Elf. Hat das irgendwas zu bedeuten? Taucht die Tir-Connection vielleicht wieder auf? Oder handelt es sich nur um eine gut durchdachte Teamauswahl? Schließlich sind wir hier in Tarislar …

Okay, ich weiß etwas. Ich weiß, daß jemand Finnigans Leitung abgehört, den Anruf zu dem Taschensekretär in der Absteige zurückverfolgt und dann ein Team von Leuten losgeschickt hat. (Greifen oder geeken? Wie lauten ihre Befehle? Sollen sie mich lebendig fangen oder abservieren? Nach den beiden vorangegangenen Anschlägen auf mein Leben neige ich zu der Annahme, daß sie mich tot sehen wollen.) Das Kommando hat schnell reagiert, was entweder auf weitreichende Mittel oder einfach darauf hinweist, daß zufällig ein Team in der Nähe war. Es ist kaum fünf Minuten her, daß ich mein Gespräch mit Finnigan beendet habe, und ich glaube nicht, daß der Anruf viel länger gedauert hat als drei. Alles in allem etwa acht Minuten. Rechnen wir eine, höchstens zwei Minuten ab, um den Anruf bis zu einem bestimmten Gebäude zurückzuverfolgen. Vielleicht eine weitere Minute, um das mobile Team zu verständigen. Damit bleiben dem Team fünf bis sechs Minuten, um sich in Bewegung zu setzen und Die Verheißung zu erreichen. Eng, sehr eng, aber wahrscheinlich nicht genug Zeit, um herauszufinden, daß ich mich im Augenblick nicht in Zimmer 2LR aufhalte.

Aber was hat es zu bedeuten, daß sie einen Beobachter vor der Absteige postiert haben? Insbesondere da kein Wagen auf der Straße parkt und nichts auf Unruhe innerhalb des Gebäudes hindeutet. Keiner der anderen Anschläge auf mein Leben läßt sich als subtil bezeichnen: zuerst ein Killer-Kommando der Cutters und dann eine aus dem Hinterhalt abgefeuerte Rakete. Die entsprechende Reaktion wäre jetzt, das Zimmer auszumachen, in dem ich wohne, und dann Granaten durch das Fenster zu jagen. Aber das tun sie nicht. Und was sagt mir das?

Nicht viel, abgesehen davon vielleicht – und nur vielleicht –, daß sie diesmal den Auftrag haben, mich zu greifen anstatt zu geeken. Aber es ist wohl besser, wenn ich mich nicht darauf verlasse.

Ohne mich wirklich bewußt dazu zu entschließen, schlage ich einen Bogen zur Rückseite der Absteige. Zimmer 2LR geht nach hinten raus und befindet sich auf der linken Seite, wenn man die Treppe heraufkommt. Wenn drinnen irgendwelche Aktivitäten stattfinden, kann ich vielleicht durch das Fenster sehen oder hören, was vorgeht, insbesondere dann, wenn Schußwaffen oder Sprengstoff eingesetzt werden. Ich biege in die schmale, dreckige Gasse hinter der Verheißung ein.

Es ist dunkel, aber nicht stockdunkel. Der Himmel über Seattle scheint immer in einem kränklichen, fahlen Licht zu leuchten. Klar, es sind nur die Wolken und der Drek in der Luft, die die Innenstadtlichter reflektieren, aber manchmal sieht es so aus, als leuchte der Himmel aus sich heraus, als sei er radioaktiv oder so. Die Dunkelheit reicht, um mir Deckung zu geben, aber es gibt noch genug Licht, um mich davon abzuhalten, gegen Müllcontainer zu stoßen oder über Ratten zu stolpern. Natürlich haben diese Verhältnisse auch ihre Schattenseiten. Deckung für mich bedeutet auch Deckung für andere, und während ich mich auf meine normalen Augen verlassen muß, kann ich davon ausgehen, daß die Gegner über Cyberverstärkungen verfügen, welche die Nacht zum Tage machen.

Die Verheißung ist noch einen halben Block entfernt. Die anderen Häuser auf beiden Seiten der Gasse ähneln der Absteige, sie sind niedrig – höchstens drei Stockwerke hoch – und ziemlich heruntergekommen. Anders als einige der anderen verfallenen Häuser, an denen ich vorbeigekommen bin, sind diese mehr oder weniger intakt und wahrscheinlich voller Penner. Die ursprünglichen Bestimmungen der Häuser sind wegen des fortgeschrittenen Verfalls nicht mehr zu erkennen, sieht man einmal von einem Gebäude gegenüber der Verheißung und etwas weiter zum Ende des Blocks hin ab. Auf den Überresten eines Schildes über der Hintertür steht: Fi nes Que t. Ein paar Sekunden lang versuche ich mir einen Reim darauf zu machen, dann trifft mich die Erkenntnis: Fitness Quest ist das einzige, was paßt.

Dann schüttle ich den Kopf. Drek, was das Unterbewußtsein nicht alles anstellt, um das Bewußtsein von etwas abzulenken, das es eigentlich nicht tun will – es geht sogar so weit, das verdammte Neue Glücksrad mit Häuserschildern zu spielen. Schluß mit dem Quatsch. Ich schleiche mich an Fi nes Que t vorbei und tiefer in den Schatten der Gasse und weg von der teilweise erleuchteten Straße hinter mir.

Abgesehen von dem trüben Licht über der Hintertür der Absteige ist alles dunkel. In Zimmer 2LR brennt kein Licht …

Auch alle anderen Fenster sind dunkel. Bevor der Gedanke richtig ins Bewußtsein dringen kann, habe ich mich bereits flach gegen die Mauer des Gebäudes gegenüber von Fi nes Que t gepreßt. Ich werfe einen Blick auf die Uhr. Noch nicht ganz 2045. Ich weiß, Die Verheißung ist fast vollständig belegt. Wie wahrscheinlich ist es, daß alle Gäste in die Stadt oder vor neun Uhr ins Bett gegangen sind? Nicht sehr. Irgendwo müßte doch ein Licht brennen, oder nicht?

Mir wird kalt. Wer meine Gegner auch sind, sie

haben das ganze verdammte Haus gesichert – und seit meinem Anruf bei Finnigan sind immer noch nicht mehr als zwölf Minuten vergangen – höchstens fünfzehn. Drek, das ist schnell. Der Star könnte es mit einigen Taktischen Einsatzkommandos schaffen, und das gleiche gilt für jede Konzernsicherheit, die ihren Namen zu Recht trägt. Aber leise? So leise, daß die einzigen Hinweise ein Beobachter vor dem Haus und die unbeleuchteten Fenster sind? Keine Chance, Priyatel.

Wer, zum Teufel, *sind* diese Burschen?

Eine Bewegung. Ich drücke mich noch fester an die Mauer, und die Elektronik läßt mich die H&K ziehen, bevor ich es bewußt registriere.

Plötzlich sehe ich eine Gestalt in den kleinen Lichtkreis vor der Hintertür der Verheißung treten. Groß, dünn – ein Elf? Keine offensichtlichen Waffen, die Hände in den Taschen eines langen, dunklen Dusters. Natürlich gepanzert.

Ich beobachte ihn, um festzustellen, was er weiter unternimmt, aber der Kerl bleibt einfach direkt im Licht stehen.

Und sieht in meine Richtung. Als wüßte er, daß ich da bin.

Schnell wie der Blitz ducke ich mich hinter einem ehemaligen Barkühlschrank. Ehemalig deshalb, weil unternehmungslustige Seelen den Kompressor, die Tür und noch ein paar andere Kleinigkeiten gestohlen haben. Der Kühlschrank ist eine lausige Deckung – alles mit einer halbwegs normalen Durchschlagskraft wird ihn durchlöchern wie nichts –, aber mehr habe ich im Augenblick nicht. Ich hocke mich hin und warte darauf, daß der Drek zu dampfen anfängt.

Nichts durchschlägt den Kühlschrank oder meinen Körper. Ich bewege mich, strecke den Kopf für einen Augenblick auf Kniehöhe heraus. Dann ziehe ich ihn zurück und lasse mir durch den Kopf gehen, was ich in diesem Augenblick gesehen habe.

Die Gestalt steht immer noch da, hat sich offenbar keinen Millimeter vom Fleck gerührt. Keine irgendwie geartete Bewaffnung. Er steht einfach nur im Licht, als sei die Gasse eine Bühne und das trübe Licht über der Hintertür ein Scheinwerfer. Als wolle er gesehen werden. Als wolle er, daß ich ihn beobachte. Und auch weiterhin beobachte ...

Mein Kopf ruckt so schnell herum, daß ich mir den Halsmuskel zerre. Die Elektronik sorgt dafür, daß die H&K meiner neuen Blickrichtung folgt.

Und ich sehe zwei Gestalten in der Gasseneinmündung. Groß, schlank – wiederum kann ich nicht mit Sicherheit sagen, daß es Elfen sind, aber es wäre eine verdammt gute Wette. Sie tasten sich langsam vor. Vor dem Hintergrund der Straßenbeleuchtung kann ich nicht genau erkennen, ob sie Waffen gezogen haben, aber auch das wäre eine gute Wette. Ihre Art, sich zu bewegen – langsam, zielstrebig, sechs oder sieben Meter voneinander entfernt, so daß sie nicht gleichzeitig von einer Salve getroffen werden können –, hat etwas an sich, das geradezu nach Profi schreit. Profis aus welchem Stall? Nicht von den Cutters – ihren Bewegungen fehlt das Machohafte, Schwankende. Vom Star? Lightbringer? TIC? Oder jemand anders – Irrel-Konzern, vielleicht?

Die Elektronik will sie beide umnieten, die ganze Gegend in Schutt und Asche legen. Das Magazin durchjagen, ein neues einlegen, und den ganzen Vorgang wiederholen. Aber das wäre dumm, selbstmörderisch. Wenn sie Profis sind, muß ich davon ausgehen, daß sie gepanzert sind. Sie sind zu weit weg, und es ist zu dunkel für einen sicheren, sauberen Kopfschuß, der einzig sicheren Möglichkeit, sie auszuschalten. Und selbst wenn ich ihre Rüstung durchschlagen könnte, würde einer von ihnen das Feuer erwidern und in Deckung gehen, während ich den anderen geeke. Ganz zu schweigen davon, daß Mr.

Scheinwerfer hinter mir mit Sicherheit das gleiche tun würde.

Nein, das Duell am O.K. Corral ist hier nicht die richtige Vorgehensweise. Ich ducke mich tiefer und wäge meine Möglichkeiten ab.

Was nicht lange dauert, weil ich nicht viele habe. Hinter mir ist eine Mauer mit einer Tür darin – einer massiven Feuertür aus irgendeinem Metall –, die verschlossen sein könnte oder auch nicht. Die Tür ist ein ganzes Stück rechts von mir, und um zu ihr zu gelangen, müßte ich in Richtung der beiden Profis vorrücken, die langsam durch die Gasse gehen, und mich dann ein paar Sekunden lang zeigen, während ich die Tür öffne. Nicht lange, nur ein oder zwei Augenblicke, aber das ist mehr als genug, um ein paar hundert Gramm stahlummanteltes Blei in Empfang zu nehmen. Und das natürlich nur, wenn die Tür nicht verschlossen ist... Nein, danke, ich passe.

Etwa ein Dutzend Meter links von mir ist ein schmaler Durchgang, der Die Verheißung mit dem Nebengebäude verbindet. Wenn ich dort hineinlaufe, lande ich wieder auf der Hauptstraße – und direkt im Schußfeld des Beobachters vor der Eingangshalle der Absteige. Falls ich es überhaupt so weit schaffe. Zwischen mir und diesem Durchgang befindet sich nicht das kleinste Fleckchen Deckung, und ich müßte direkt auf Mr. Scheinwerfer zulaufen, um dorthin zu gelangen. Was Sie auch im Trid zu sehen bekommen, den Kanonen der Schurken entgegen anstatt quer durch ihr Schußfeld zu laufen, ist keine taktisch empfehlenswerte Möglichkeit. Passe.

Fast direkt gegenüber von mir auf der anderen Seite der Gasse befindet sich noch einer von diesen schmalen Durchgängen, der zwischen Fi nes Que t und dem Haus daneben verläuft. Dieser Durchgang ist wahrscheinlich meine beste Wette, obwohl er weit davon entfernt ist, eine gute zu sein. Um es zu schaffen, muß ich die Deckung des Kühlschranks aufgeben, quer über die Gasse laufen – schnell, es gibt keine Deckung, und ich bin in der Schußlinie von allen dreien – und in Bewegung bleiben. Wenn ich die Straße erreiche – einen Block südlich der Verheißung, so daß ich nicht mehr mit Beobachtern rechnen muß –, kann ich entscheiden, was ich als nächstes tue. Der Vorteil dieser Möglichkeit liegt darin, daß ich mich schnell und im rechten Winkel zu allen drei Schußlinien bewege. Das bedeutet, der Schütze muß dem Ziel mit dem Lauf der Waffe folgen, der schwierigste Schuß auch für jemanden, der stark vercybert ist. (Lassen Sie sich auch in diesem Punkt nichts vom Trid vormachen.)

Ich könnte meine Chancen verbessern, wenn ich eine Möglichkeit hätte, diese Kerle ein paar Augenblicke abzulenken, aber ich weiß nicht, wie, zum Teufel. Klar, wenn dies Trideo wäre, würde ich ganz in meiner Nähe etwas finden, das sich in eine Ablenkung verwandeln ließe. Einen Stein in einer Blechbüchse, zum Beispiel, oder einen Soykaffilter, den ich in eine verdammte Handgranate verwandeln könnte. Oder ich könnte irgendwas rufen, wie: »Seht mal! Der Halleysche Komet!« Und in der daraufhin entstehenden Verwirrung zu dem verdammten Durchgang schlendern.

Null! Dies ist die Wirklichkeit, Priyatel. Keine Steine, keine Blechbüchsen, nicht mal ein Soykaffilter.

Also springe ich auf, bevor ich es mir ausreden kann, den Kopf weit vorgestreckt, und schieße vor wie ein Sprinter aus den Blöcken. Mit weit nach vorn verlagertem Schwerpunkt, jederzeit bereit, mit dem dreckigen Asphalt Bekanntschaft zu machen, wenn meine Beine nicht mehr mitkommen oder ich mich irgendwie verheddere. Mein Blickfeld ist eingeengt, so daß ich nur das dunkle Rechteck des Durchgangs vor mir sehen kann. Ich gebe alles, alles, was ich habe, jedes Fünkchen Energie in meinem Körper. Rechne damit, jeden Augenblick von drei Salven aus automatischen Gewehren aus den Stiefeln gehauen zu werden.

Keine Schüsse, und ich habe die Gasse überquert und tauche in den schmalen Durchgang zwischen den Häusern. Keine überraschten Schreie oder Alarmrufe hinter mir, nur das Geräusch schneller Schritte. (Profis, wie ich schon sagte. Profis müssen nicht rufen: »Da läuft er!«)

Ich werde für einen Moment langsamer, da ich damit rechne, den Durchgang voller Drek und vielleicht Penner vorzufinden. Doch wunderbarerweise ist er leer, eine freie Rennbahn für mich, die zum Licht einer anderen Straße führt. Ich gebe wieder Gas.

Und trete einen Augenblick später auf die Bremse. Ich sehe jemanden, eine Gestalt, die in die Einmündung des Durchgangs tritt, eine weitere große, schlanke Gestalt, deren Umrisse sich vor dem Hintergrund der Straßenbeleuchtung abzeichnen. Direkt vor mir.

Ich bin tot.

Ich komme zum Stehen. Die H&K ruckt hoch, aber ich schieße nicht. Die gleiche Situation wie in der Gasse. Vielleicht gelingt es mir, den Kerl vor mir umzunieten, aber es ist eher unwahrscheinlich. Und mich damit aufzuhalten, gibt den anderen dreien nur Gelegenheit, zu mir aufzuschließen. Ich sitze in der Falle. Es sei denn…

Eine solide Mauer zur Linken. Fenster, aber vier Meter über dem Boden. Zur Rechten…

Eine Tür. Massiv, Metall. Keine Klinke. Ich werfe mich mit meinem ganzen Gewicht dagegen, spüre, wie etwas in meiner Schulter nachgibt. Wie durch ein Wunder fliegt die Tür auf, und ich fliege Hals über Kopf ins Fi nes Que t. Während ich mit dem Betonboden Bekanntschaft mache, schlägt die Tür gegen die Wand und schwingt zurück, bis sie fast wieder geschlossen ist.

Ich befinde mich in einem schmalen Flur, der so finster ist wie das Herz eines Orks. Draußen warten bewaffnete Profis auf mich, von denen ein oder zwei jeden Moment hereinplatzen dürften. Meine Situation ist nur unwesentlich besser als noch vor ein paar Augenblicken, es sei denn, ich kann irgendwas tun, um meine Chancen zu verbessern. Das muß jedoch warten, bis ich weiter von der Tür weg bin.

Ich springe auf und haste durch den Flur. Es ist so dunkel, daß ich sowieso nicht das geringste vor mir sehen kann, also schaue ich mich um. Die Statuslämpchen der H&K leuchten in der Dunkelheit wie kleine rote Glühwürmchen. Der erste, der durch diese Tür kommt, frißt zweiunddreißig Schuß Neun-Millimeter-Munition.

Und wahrscheinlich haben sich die Profis draußen gedacht, daß genau das passieren würde, weil sich die Tür nicht öffnet und keine Silhouetten in der Tür erscheinen.

Da stoße ich auf das Ende des Flurs, indem ich dagegen laufe. Noch eine Tür. Ich wende meine Aufmerksamkeit so lange von der Tür hinter mir ab, bis ich die Klinke von dieser gefunden habe, dann öffne ich sie und schleiche geduckt und in Kampfhaltung hindurch.

Noch ein verdammter Flur, der zur Abwechslung in Querrichtung verläuft. Zumindest schließe ich das aus den Echos. Meine Gedärme fühlen sich an, als seien sie mit Eiswasser gefüllt, und meine Haut kribbelt so stark, daß es sich anfühlt, als trage ich ein Unterhemd aus Klettverschlüssen. Ich kann immer noch nichts sehen, aber für jemanden mit Infrarotsicht bin ich eine große leuchtende Zielscheibe. Ich gebe mir alle Mühe, aber ich kann mich beim besten Willen nicht erinnern, ob Elfen diese Fähigkeit besitzen. Falls ja, kann ich ohnehin nicht viel dagegen tun.

In welche Richtung? Einen Moment lang spielt mein Orientierungssinn verrückt und kreiselt wie eine Kompaßnadel am Nordpol. Dann pendelt er sich wieder ein.

Die Tür, durch die ich gekommen bin, befindet sich näher zur Vorderfront des Hauses als zur Gasse, und die war rechts von mir. Das bedeutet, die Straße ist jetzt links von mir, und dorthin will ich.

Doch dann höre ich ein Geräusch von links. Ein Klicken – eine Tür vermute ich, hoffe ich, und nicht der Lademechanismus einer MP oder Pistole – und das leise Scharren vorsichtiger Schritte. Wiederum wird mir die Entscheidung abgenommen. Ich wende mich nach rechts, indem ich die Dunkelheit vor mir mit dem Lauf meiner H&K und der linken Hand sondiere und mich gleichzeitig so schnell und lautlos wie möglich bewege.

Die Finger meiner linken Hand berühren etwas – noch eine verdammte Tür, jedenfalls fühlt es sich so an. Ja, da ist die Klinke. Ich habe ein ganz mieses Gefühl, was meine Lage betrifft, aber jetzt ist nicht der rechte Zeitpunkt, es zu analysieren.

Ich bin hin und her gerissen. Ich hasse Türen in diesen Situationen. Ich haßte sie schon auf der Akademie, als wir im Häuserkampf ausgebildet wurden. Jetzt hasse ich sie noch mehr. Sie unterdrücken Geräusche, sie unterdrücken Licht. Nach allem, was ich weiß, wartet auf der anderen Seite der Tür eine ganze Kompanie schußbereiter Elfen nur darauf, daß ich sie öffne.

Wieder ein Geräusch hinter mir, weiter in Richtung Vorderfront des Hauses. Noch ein Klicken, und diesmal hört es sich tatsächlich so an, als würde eine Waffe durchgeladen. Ich schaue mich um. Nichts, nur Schwärze – kein Licht, kein Ziel, keine Wahl. Mit der linken Hand packe ich die Klinke, drücke sie herunter und versetze der Tür einen Stoß. Gleichzeitig ducke ich mich so tief wie möglich – die Augen zu Schlitzen zusammengekniffen, so daß ich (theoretisch) nicht geblendet werde, falls auf der anderen Seite der Tür Licht brennt.

Mehr Dunkelheit. Aber kein weiterer Flur. Es fühlt sich wie ein Raum an, möglicherweise ein großer. Ich will nicht, aber ich schleiche mich hinein, immer noch tief geduckt. Dabei schließe ich die Tür hinter mir mit der linken Hand so leise, wie ich kann. Mein Blick und der Lauf meiner H&K irren in der Dunkelheit hin und her, der eine so nutzlos wie die andere ohne Licht. Ich reiße die Augen so weit wie möglich auf.

Und dann *wird* es Licht. Ein lautloses Aufflammen, so jäh und so hell, daß es mir vorkommt, als würden mir Fingernägel in die Augen gerammt. Ich höre mich aufkeuchen, als ich zurückzucke. Beide Hände kommen unwillkürlich hoch, bevor ich sie aufhalten kann, und ich stoße mir das Magazin der H&K gegen die Stirn. Die Schmerzen in meinen Augen sind so stark, daß ich wimmern möchte. Ich sinke zurück gegen die Tür und gleite langsam zu Boden. Ich kann nichts tun, nicht das geringste. Nur auf die Kugel warten, die die Schmerzen in meinen Augen auslöscht. Selbst mit geschlossenen Augen und darübergelegten Händen ist das Licht so hell, daß ich es noch sehen kann.

Dann wird das Licht trüber. Es erlischt nicht völlig, doch verglichen mit der blendenden Grelle zuvor kommt es mir fast so vor. Meine Augen fühlen sich immer noch so an, als würden sie mit Nadeln gestochen, und sie tränen unentwegt. Versuchsweise nehme ich die Hände herunter und öffne die Augen einen Spalt weit.

Der Helligkeitsgrad ist sehr niedrig und wahrscheinlich niedriger als in einem normalen Büro, aber wegen der großen blauen Kreise, die vor meinen Augen tanzen, kann ich immer noch nichts sehen. Ich schließe die Augen wieder und reibe sie mit der linken Hand. Die Elektronik will unbedingt losballern – blind um sich schießen, damit die Party endlich anfängt –, aber ich beherrsche mich.

Ich öffne wieder die Augen, und diesmal kann ich etwas mehr erkennen. Alles ist noch verschwommen, und die Schmerzen sind noch genauso schlimm wie zuvor. Aber ich kann erkennen, daß ich recht hatte: Ich befinde mich in einem großen Raum, wahrscheinlich einer ehemaligen Turnhalle, die jetzt jedoch nicht mehr als nackte Betonwände aufweist.

Abgesehen von der Merkwürdigkeit in der Mitte des Raumes. Ein Tisch. Ein einfacher, schreibtischgroßer Makroplasttisch. Und dahinter sitzt eine nach Konzern aussehende Frau. Lange blonde Haare, die hinter den spitzen Ohren zusammengebunden sind, streng geschnittener Anzug. Instinktiv richtet die Elektronik die H&K auf sie, aber ich schieße nicht. Sie sitzt ganz ruhig da und beobachtet mich, die leeren Hände vor sich auf die Tischplatte gepreßt. Keine Waffen, keine Leibwächter. Nur wir drei – sie, ich und die H&K. Mumm, Priyatel. Diese Lady hat verdammt viel Mumm.

Ich komme mir wie ein dämlicher Idiot vor, als ich meine Kanone senke und den Sicherungshebel umlege. Dann stehe ich langsam auf.

Und da meldet sich meine Gastgeberin endlich zu Wort. »Mr. Larson«, sagt sie mit einer Stimme wie Seide. »Ich denke, es ist höchste Zeit für eine kleine Unterhaltung.«

17

Ich sehe mich langsam um, versuche cool zu bleiben und gebe mir alle Mühe, mich zu fassen. Das ist nicht leicht – zu viele Schocks in zu kurzer Zeit. Der Beobachter vor der Verheißung, die drei Männer in der Gasse, die Hatz durch das dunkle Gebäude. Und jetzt das. Mir schwirrt der Kopf, als hätte ich bei einem Escrima-Sparringskampf einen Schlag auf den Schädel bekommen.

Also konzentriere ich mich auf meine Umgebung, auf die Wirklichkeit, bis sich alles wieder beruhigt und zur Normalität zurückkehrt. Der Tisch und die Frau befinden sich direkt in der Mitte des Raumes. Es gibt nur eine Tür – diejenige hinter mir – und keine Fenster. Das Licht kommt von einem halben Dutzend zusammenklappbarer, über den Raum verteilter Beleuchtungskörper mit großen Birnen und Reflektoren, die alle auf die Tür und auf mich gerichtet sind. Kein Wunder, daß ich sofort völlig geblendet war – es ist, als stünde ich im Brennpunkt von sechs Scheinwerfern. Die Helligkeit der Glühbirnen ist jetzt reduziert, ausreichend, um deutlich zu sehen, aber noch erträglich für meine traumatisierten Augen.

Mein Blick richtet sich wieder auf die Frau. Ihre Hände liegen flach auf dem Tisch, reglos. Keine offensichtlichen Waffen. Sie ist mit an Sicherheit grenzender Wahrscheinlichkeit nicht waffenlos, aber die Elektronik versichert mir, daß ich sie abknallen könnte, lange bevor sie irgendwas gezogen hat. Andererseits hat sie die Intensität der Beleuchtung ohne offensichtliche Kontrollen reguliert. Es muß sich um verborgene Tech handeln, die wahrscheinlich eine Funk- oder Mobiltelefonverbindung beinhaltet. Entweder das oder Magie. Wie hätten sie und ihre Schlägertruppe draußen sonst diese Schau abziehen können?

Ja, genau – und ich gebe es nicht gern zu –, eine Schau. Ich bin manipuliert und dirigiert worden wie eine verdammte Marionette. Jeder Zug und Gegenzug, jede Möglichkeit, alles im voraus geplant. Diese Frau – oder ihr Auftraggeber – wußte, daß ich kam, und hat zu verdammt genau geraten, wie ich auf verschiedene Reize reagieren würde. Die ganze Sache ist mit der Absicht inszeniert worden, mich in diesen Raum zu bugsieren und dieser Elfenschnalle hinter dem Tisch von Angesicht zu Angesicht zu begegnen. Ich hasse es, berechenbar zu sein.

Trotzdem, jetzt bin ich hier. Meine Gedärme fühlen sich immer noch wie Wasser an, und ich habe den Eindruck, als seien auf meinen Kopf große Zielscheiben gemalt mit einem Kreuz zwischen den Augen und einem weiteren am Hinterkopf. Doch wenn mich diese Elfenschnalle hier tot sehen wollte, hätte sie das leicht zu Beginn des Tanzes arrangieren können, ohne sich dieser ganzen Mühe zu unterziehen.

Also trete ich ein paar Schritte vor, die H&K immer noch in der rechten Hand. Der Lauf ist jedoch auf den Boden gerichtet. Ich versuche die letzten Fünkchen meines Selbstvertrauens in meine Bewegungen und meine Miene einfließen zu lassen, während ich näher trete. Ich beobachte ihre Augen. Grün, kalt und hart wie vulkanisches Glas. Ihr Gesicht ist vollkommen ausdruckslos, und ihre Körpersprache verrät mir noch weniger. Ich bleibe etwa drei Meter vor dem Tisch stehen und sage: »Und?«

Sie antwortet nicht sofort, sondern betrachtet mich nur von oben bis unten. Ich versuche ihr Alter zu schätzen, aber sie könnte zwischen zwanzig und zweihundert sein.

Schließlich sagt sie: »Wir sollten gleich zu Anfang ein paar Dinge klarstellen, Mr. Larson.« Ihre Stimme ist glatt, distanziert. »Sie haben eine Waffe, ich nicht. Aber meine Leute sind draußen, und ich versichere

Ihnen, daß sie bewaffnet sind. Wenn Sie mich töten, töten sie Sie. Wenn Sie mich verletzen, töten sie Sie. Wenn Sie irgend etwas anderes tun, als mir zuzuhören, töten sie Sie. Haben Sie verstanden?«

Ich würdige ihren kleinen Vortrag keiner Antwort – schließlich handelt es sich nicht um die verdammte Relativitätstheorie oder irgendwas. Ich warte einfach ab.

»Schön«, sagt sie, nachdem sie mich weitere zehn Sekunden lang gemustert hat, »ich könnte jetzt sagen, daß ich den Charakter dieses Treffens bedauere, was auch der Wahrheit entspräche, aber Sie würden mir nicht glauben. Belassen wir es einfach bei der Feststellung, daß es nötig ist.«

»Für wen?« frage ich.

»Für uns beide, und auch das entspricht der Wahrheit.« Sie hält wiederum inne. Als sie weiterredet, klingt ihre Stimme ruhiger, nachdenklicher. »Sie befinden sich in einer interessanten Lage, Mr. Larson. Ohne eigenes Verschulden sind Sie in etwas hineingeraten, das größer ist als alles, worauf Ihre Erfahrung und Ausbildung Sie vorbereitet haben.«

»Echt?« sage ich sarkastisch. »Erzählen Sie mir noch mehr, was ich noch nicht weiß.«

Zum erstenmal lächelt sie (fast), ein unmerkliches Verziehen der Lippen. »Tatsächlich«, sagt sie trocken, »ist das der ganze Sinn und Zweck dieser Veranstaltung, Mr. Larson.«

»Ja, klar«, höhne ich. »Für welche Firma arbeiten Sie überhaupt, Lady? Lightbringer? Oder Telestrian Industries Corporation? Oder vielleicht sogar Lone Star? Welche ist es?«

Ihr Lächeln verblaßt. »Wenn Sie mich damit beeindrucken wollen, wieviel Sie wissen, geben Sie sich keine Mühe«, schnappt sie, und ihre Seidenstimme ist jetzt mit Stahl unterlegt. »Wenn Sie diese Geschichte heil überstehen wollen, halten Sie den Mund und hören Sie zu. Wenn Sie nicht zuhören wollen, steht es Ihnen frei zu gehen – sofort, niemand wird Sie aufhalten –, und in diesem Fall wird es mir ein Vergnügen sein, ein paar Nebenwetten darauf zu plazieren, wer sie zuerst erwischt.« Sie fixiert mich mit einem Blick wie aus Zwillingslasern. »Werden Sie mir zuhören, oder kann ich das hier als Verschwendung von Zeit und Mühe abschreiben?«

Ich zucke die Achseln. »Meine Zeit ist im Moment ziemlich billig. Ich bin ganz Ohr.«

Sie nickt. »Ich bin autorisiert, Ihnen zu bestätigen, daß es eine Verbindung zwischen einem Konzernexec namens Timothy Telestrian und der Cutters-Gang gibt.«

»Welche Art von Verbindung?«

»Ich bin *nicht* autorisiert, Ihnen das zu verraten«, sagt sie kategorisch. »Aber ich kann Ihnen nur empfehlen herauszufinden, um was für eine Verbindung es sich handelt und warum sie wichtig ist. Und dann zu tun, was Sie für richtig halten.«

»Dann wissen Sie es also nicht«, sage ich ebenso kategorisch.

»Wir wissen es.«

»Warum, zum Teufel, sollte ich mir dann die Mühe machen?« Ich mache meiner Frustration Luft, und ich kann den harschen Unterton in meiner Stimme hören. »Zum Teufel mit Ihnen und dem Hobel, auf dem Sie hereingeritten sind, Lady«, speie ich ihr ins Gesicht, dann wende ich mich ab.

»Dann sind Sie tot, Larson.« Sie sagt es ganz ruhig, ohne Emotion – und daher ist die Wirkung um so größer.

Aber ich kann sie jetzt nicht merken lassen, wie sehr sie mich ins Mark getroffen hat. Langsam drehe ich mich wieder um und verziehe die Lippen zu einem Grinsen. »Also fangen jetzt die Drohungen an?«

»Nennen Sie es ein Versprechen«, kontert sie.

»Was Sie wollen. Es bleibt sich gleich – ich spiele Ihr Spiel, sonst servieren Sie mich ab, richtig?«

»Falsch!« Und ihre Stimme ist wie ein Peitschenknall. Konzernführung oder vielleicht militärischer Hintergrund – jemand, der es gewohnt ist, Befehle zu geben, die umgehend befolgt werden.

»Ach?« Ich setze mein provozierendstes Grinsen auf.

»Wir werden Sie nicht töten«, stellt sie gelassen fest. »Diese Aktion wäre nicht einmal die Kosten für die verbrauchte Munition wert. Es gibt genug andere, die sich um den Job reißen. Die Cutters. Lone Star. Timothy Telestrians Leute. Eine dieser Parteien wird sie erwischen. Bald.«

»Ach ja? Warum erzählen Sie mir dann überhaupt von diesem Telestrian-Dreksack?«

Wie sehr ich mich auch bemühe, sie aus dem Gleichgewicht zu bringen, die Elfenschnalle läßt sich einfach nicht erschüttern. »Unwichtig«, sagt sie schneidend. »Sie brauchen nur zu wissen, daß Ihre einzige Hoffnung, am Leben zu bleiben, darin besteht, die Verbindung zwischen Timothy Telestrian und den Cutters zu verfolgen und ihr auf den Grund zu gehen. Jede andere Strategie wird Sie nur das Leben kosten. Glauben Sie mir, Larson. Ich habe keinen Grund, Sie deswegen anzulügen.«

Darauf brauche ich nicht zu antworten, mein Gesicht sagt alles.

Hinter mir ertönt ein Klicken. Ich wirble herum, ducke mich und reiße die H&K hoch.

Die Tür öffnet sich und enthüllt zwei Gestalten. Groß – Elfen? –, doch plump wegen der schweren Rüstung, die sie tragen. Beide haben Maschinenpistolen auf meinen Kopf gerichtet. Ich erstarre, dann senke ich die H&K langsam und öffne die Hand, so daß die Kanone nur noch an meinem Zeigefinger hängt und die Mündung zu Boden zeigt. Ich komme zu dem Schluß, daß das Gespräch damit wohl beendet ist.

Die beiden bewaffneten Schläger kommen durch die Tür; der eine geht nach links und der andere nach rechts, um mich in die Mitte zu nehmen. Sie sind gut – darauf bedacht, sich nicht gegenseitig in die Schußlinie zu geraten. Und ich trete mir im stillen in den Hintern. Für ein paar Sekunden, als sich die Tür öffnete, hätten sie nicht schießen können, ohne das sehr reale Risiko einzugehen, die Schnalle zu erledigen. Natürlich immer vorausgesetzt, daß sie keine magischen Schutzvorrichtungen aktiviert hat. Wenn ich es recht bedenke, glaube ich, daß meine Instinkte wieder einmal richtig reagiert haben.

»Meine Mitarbeiter werden Sie hinausbegleiten, Mr. Larson«, sagt sie hinter mir gelassen. »Bitte zwingen Sie sie nicht zu Handlungen, die Sie bereuen würden.«

Ich will ihr eine höchst unwahrscheinliche Spekulation über ihre Vorfahren und deren sexuelle Vorlieben entgegenschleudern, doch die Mündungen der Maschinenpistolen überzeugen mich davon, daß es besser ist, den Mund zu halten. Einer der beiden gepanzerten Burschen gestikuliert mit der Waffe, und ich gehe zur Tür.

»Nur, damit Sie nicht denken, ich hätte Ihre Zeit völlig verschwendet«, sagt die Elfenkuh plötzlich, »sage ich Ihnen noch zwei Dinge gratis.«

Unsere kleine Reisegesellschaft – die beiden bewaffneten Schläger und ich – bleibt stehen. Ich drehe mich um. »So?«

»Erstens. Es war eine Fraktion innerhalb Lone Stars, die ihre Tarnung bei den Cutters hat platzen lassen. Diese Fraktion hat dem Anführer der Gang – Blake ist, glaube ich, sein Name – mitgeteilt, daß Sie ein Undercover-Agent sind und zuviel über gewisse Pläne wissen, die Blake nicht an die große Glocke hängen will.« Sie grinst trocken. »Man hat ihm übrigens gesagt, Sie wüßten viel mehr, als dies tatsächlich der Fall ist. Außerdem hat man den Anschein der Dringlichkeit erweckt, indem man ihm gesagt hat, Lone Star würde sie innerhalb der nächsten zwölf Stunden zum Zwecke eines vollständigen Berichts hereinholen. Haben Sie verstanden?«

Ich nicke langsam. Ich habe verstanden, und was sie sagt, klingt mit Sicherheit logisch. Was natürlich nicht heißt, daß ich ihr auch nur ein verdammtes Wort glaube. »Und zweitens?« frage ich.

»Zweitens«, sagt sie schneidend. »Nicholas Finnigan hat vorgeschlagen, den Schattenuntergrund zu kontaktieren. Ich unterstütze diesen Vorschlag. Es könnte für Sie ganz einfach der beste Weg sein, um am Leben zu bleiben. Die wahrscheinlich beste Person, der Sie sich nähern können, hört auf den Namen Argent. Sie können ihn über ein blindes Relais kontaktieren – LTG-Nummer zwölf null-sechs null-drei null-vier null-neun. Muß ich das wiederholen?«

»Nein.«

»Dann war's das«, stellt sie fest. »Wir werden uns nicht wieder treffen oder miteinander reden.«

Darauf würde ich nicht wetten, Schwester, würde ich gerne sagen, aber ich tue es nicht. Einer der Härtetypen gestikuliert wieder mit der Maschinenpistole. So ruhig wie möglich verstaue ich meine H&K im Halfter und kehre der Elfenschnalle den Rücken. Dann gehe ich durch die Tür und höre, wie mir die beiden Schläger folgen.

Das Licht im Flur brennt, so daß ich diesmal sehen kann, wohin ich gehe. Ich latsche langsam vorwärts, wobei ich versuche, die Muskeln in meinem Rücken nicht allzusehr verkrampfen zu lassen, da ich mir vorstelle, wie die Laserzielpunkte der MPs langsam über meinen Rücken kriechen. Ich sage mir ständig, daß sie mich jetzt nicht umlegen werden, nicht nachdem sich die Elfenschnalle so große Mühe gegeben hat, mir eine

Botschaft zu übermitteln, aber es ist niemals einfach, zwei Waffen den Rücken zuzudrehen. Wir passieren die Tür, durch die ich hereingekommen bin, und gehen weiter den Flur entlang, bis dieser schließlich vor einer weiteren Tür endet. Sie schwingt auf, als wir uns nähern, und ich sehe eine weitere Gestalt, die nicht gepanzert ist. Hinter ihr sehe ich die Straßenlaternen.

Ich marschiere an ihr vorbei und versuche mein Bestes, möglichst cool zu bleiben, aber ich vermassle es und fahre zusammen, als die Gestalt plötzlich etwas aus der Tasche zieht. Dann sehe ich, was es ist.

Es ist der Taschensekretär, den ich auf dem Bett in meinem Zimmer zurückgelassen habe. Ich nehme ihn und muß mich beherrschen, nicht herumzuwirbeln und loszurennen. Ich höre, wie sich die Tür hinter mir schließt, und ich stehe allein vor der Front von Fi nes Que t.

Drek, sind diese Burschen cool!

Ich habe mich lange genug zusammengerissen, um mich ein paar Blocks vom Fi nes Que t zu entfernen, wieder einen Wagen zu klauen und Tarislar auf dem schnellsten Weg zu verlassen. Jetzt sitze ich hinter dem Steuer eines heißen Ford Americar, der auf dem Parkplatz eines Stuffer Shacks im Zentrum von Sumner abgestellt war – wahrscheinlich ein Oxymoron –, und jetzt kriege ich das Zittern, und zwar massiv. Ich habe in den letzten paar Tagen einfach zu viele Schocks erlebt. Den endgültigen K. o. hat mir die glatte und eisige Art versetzt, wie die Elfenschnalle und ihre Spießgesellen mich herumkommandiert haben und mich so ungefähr bei jedem verdammten Schritt wissen ließen, daß sie mir das Gehirn hätten wegpusten können, ohne daß ich in der Lage gewesen wäre, auch nur einen verdammten Schuß abzugeben. Und alles so gelassen, so profihaft, so verdammt weltmännisch bis hin zur absoluten Krönung, als sie mir den Schrotthaufen von einem Taschensekretär gaben. Wenn das der Professionalismus ist, den man von Konzernsicherheit zu erwarten hat, halte ich mich lieber an die verdammten Gangs. Wie die Lady schon sagte – oder zumindest durchklingen ließ: Ich habe mich in der Liga geirrt.

Ich wische mir mit der Hand über die Stirn und streiche mir das Haar aus den Augen. Als ich die Hand herunternehme, ist sie naß. Nicht vom Regen. Ich sitze schon so lange in dem Wagen, daß der längst getrocknet ist. Es ist Schweiß, Priyatel, verdammter kalter Schweiß.

Es liegt nicht nur daran, daß sie mit mir Schlitten gefahren sind wie mit einem Anfänger, obwohl das eine verdammt große Rolle spielt, das kann ich Ihnen sagen. Eine Menge hängt mit dem zusammen, was die Elfenschnalle gesagt hat und was sie wußte. Sie wußte von Finnigan, sie wußte von Blake. Sie hat mir eine ziemlich üble Geschichte aufgetischt – zum Beispiel, daß es der verdammte Star war, der meine Tarnung hat platzen lassen. Aber wer beim Star? Drummond und Konsorten? Wenn ja, habe ich mit meinem Verdacht hinsichtlich des Anschlags und Cats Tod richtig gelegen. Dann wäre es die unheilige Dreieinigkeit Drummond, McMartin und Layton gewesen, die Cat gegeekt hat.

Doch ist das überhaupt möglich? Vielleicht weiß die Elfenschnalle nichts von der Unterwanderung und unterscheidet nicht zwischen offiziellen Befehlen/Unternehmen des Star und Drek, der von den Burschen ausgeht, die das System geknackt haben. Oder vielleicht hat sie auch nur gelogen, um mich besser manipulieren zu können. Nach allem, was ich weiß, wäre es auch möglich, daß sie mich bei den Cutters verpfiffen hat. Und, was das betrifft, könnte es genausogut sie sein, die ihre Krallen tief in das Computersystem des Star geschlagen hat.

Nein, das ergibt keinen Sinn. Warum mich erst verpfeifen und fast beseitigen lassen und sich dann die Mühe dieses Treffens im Fi nes Que t machen? Es sei denn, die Umstände hätten sich mittlerweile geändert, und ich hätte plötzlich eine viel größere Bedeutung gewonnen ...

Drek! Ich schüttle den Kopf und wische mir erneut das Gesicht ab. Ich bin einfach nicht geschaffen für diesen Drek. Zu viele Möglichkeiten, zu viele Optionen, zu viele Verwicklungen für mein armes kleines Hirn. Ich muß die Dinge so stark wie möglich vereinfachen. Entweder die Elfenschnalle hat die Wahrheit gesagt oder gelogen. Binäre Lösungen, so einfach, wie es nur geht. Wenn sie mir einen Haufen Drek erzählt hat, wußte sie, wie sie ihn mir präsentieren muß, damit ich ihn schlucke, was verdammt akkurate Informationen und einen ebenso verdammt guten Nachrichtendienst voraussetzt. Also muß ich davon ausgehen, daß sie die Wahrheit gesagt hat, bis etwas geschieht, was auf das Gegenteil hindeutet, aber ich werde es nicht darauf ankommen lassen und mich zu sehr auf diese Annahme verlassen.

Okay, das ist schon besser. Also dann, akzeptieren wir als Arbeitshypothese die Existenz einer Verbindung zwischen einem Burschen namens Timothy Telestrian – vermutlich der Häuptling von TIC – und den Cutters. Da ich keinen Hinweis habe, der mich mit größerer Wahrscheinlichkeit weiterbringen wird, warum sollte ich nicht diesem einen folgen?

Dann stellt sich die noch größere Frage des Wie?

Nun, es scheint so, als hätte jeder, mit dem ich kürzlich ein paar Worte gewechselt habe, eine Meinung dazu. Zum zweitenmal in einer halben Stunde hat mir jemand vorgeschlagen, mit dem Schatten-Abschaum in Kontakt zu treten. Zuerst Finnigan, dann die Elfenschnalle.

Plötzlich packt mich die Nervosität: Ich bin schon viel zu lange am selben Ort. Also starte ich den Americar und fahre los.

Es war einer dieser ganz speziellen Tage, und es sieht ganz so aus, als sei er noch nicht vorbei.

18

Tja, wir wußten alle, daß ich es schließlich tun würde, nicht wahr?

Die Sonne geht auf, ein düsteres Leuchten im Osten über den Barrens, und ich fahre auf dem Highway 5 langsam in nördlicher Richtung. Mein gestohlener Americar ist mit einem einigermaßen hochentwickelten Autopiloten ausgerüstet, der zu der Art gehört, die angeblich so gut mit dem Verkehrsleitsystem harmoniert, daß er einem einprogrammierten Kurs folgen kann, ohne dabei die halbe Stadt in Schutt und Asche zu legen. Jetzt ist ein ebenso guter Zeitpunkt für einen Probelauf wie jeder andere. Während ich die Augen auf die Straße gerichtet und zumindest eine Hand in Griffnähe des Lenkrads halte, versuche ich gleichzeitig, die Tech zu überwachen und unter Benutzung des Taschensekretärs, der mir vor ein paar Stunden so rücksichtsvoll zurückgegeben wurde, einen Anruf zu tätigen.

Mit einem Mobiltelefon aus einem fahrenden Wagen anzurufen, ist der beste Weg zu verhindern, daß irgend jemand meine Position ausmacht. Gut, jemand, der in das Telefonsystem deckt, kann möglicherweise herausfinden, daß ich auf dem Highway 5 in nördlicher Richtung fahre und mich gerade in der Nähe dieser oder jener Ausfahrt befinde. Aber jetzt, wo der Berufsverkehr einsetzt, nehme ich an, daß das Auflösungsvermögen der Aufspürprozeduren nicht ausreicht, um einen Wagen aus der Menge herauszupicken. (Drek, ich wünschte, daran hätte ich letzte Nacht gedacht…)

Das ist ein Grund. Der andere ist der, daß ich die öffentlichen Telefonzellen gründlich satt habe.

Und wen rufe ich an? Wie ich schon sagte, Priyatel, wir wußten alle, daß ich es schließlich tun würde. Ich meine, die LTG-Nummer anrufen, die die Elfe mir letzte Nacht genannt hat. Die Nummer, die zu dem blinden Relais führt, über das ich Verbindung zu dem Shadowrunner aufnehmen kann, der sich Argent nennt.

Daran habe ich die ganze Nacht gekaut, an dem Rat, den mir sowohl Finnigan – ein Freund – als auch die Elfenschnalle – eindeutig kein Freund, aber vielleicht auch kein Feind – gegeben hat. Bei näherem Hinsehen ist die Idee durchaus logisch. Shadowrunner verfügen über Hilfsmittel, die mir nicht zu Gebote stehen – nicht mehr, nun, da ich vom Star abgeschnitten bin. Sie haben Handlungsfreiheit und sind an keine etablierte Organisation gebunden – Lone Star, die Cutters oder Telestrian Industries Corporation. Sie sind es gewohnt, sich durch die Nischen und Winkel der Gesellschaft zu lavieren, dem Licht fernzubleiben und all denen einen Schritt voraus zu bleiben, die ihnen ans Leder wollen. Das klingt wie eine Beschreibung meiner augenblicklichen Situation. Aber …

Aber Shadowrunner sind die Bösen, das stört mich daran. Und niemand, der eine Polizeiausbildung hinter sich hat, kann sich dieses Gedankens erwehren. Für einen Cop lassen sich alle Leute in drei simple Kategorien einteilen: Cops, Zivilisten und Abschaum. Eine einfache Einteilung, für die es keine Ausnahme gibt. Sicher, die ›Zivilisten‹-Einteilung ist immer im Fluß. Wenn ein Kadett die Akademie verläßt, motiviert, eifrig, naiv und grün, wie er ist, neigt er dazu, Zivilisten ganz weit oben einzuordnen, als fast so bewundernswert und seiner Aufmerksamkeit würdig wie Cops. Diese Phase dauert jedoch nicht sehr lange, und sehr rasch sacken Zivilisten auf der Skala ab, bis sie nur noch ein paar Stufen über dem Abschaum rangieren. Manche Cops – die richtig abgebrühten und zynischen – machen diesen Unterschied überhaupt nicht mehr. Wenn du kein Cop bist, bist du Drek, und mehr gibt es dazu nicht zu sagen.

Und es gibt nie einen Zweifel, in welche Kategorie Shadowrunner fallen. Abschaum, alle miteinander. Tatsächlich stehen sie sogar für das, was ich an der Abschaum-Kategorie am meisten hasse – Amoral. Nicht *Un*moral – damit kann ich leben. Drek, wer hat in seinem Leben noch keine unmoralische Phase durchgemacht?

Nein, es ist die *a*moralische Schiene, mit der ich nicht klarkomme. Der Amoralische steigt einfach aus der (meta)menschlichen Gesellschaft aus und weigert sich kategorisch, nach irgendwelchen Regeln zu spielen. Läßt alle Gesetze, Gepflogenheiten und Konventionen links liegen. Weigert sich zu akzeptieren, daß es Wichtigeres gibt als individuelle Wünsche, Bedürfnisse und Impulse. Weigert sich zu akzeptieren, daß einige Konventionen – manche Gesetze, manche sozialen Gepflogenheiten und manches andere – wertvoll und wichtig für die Entwicklung und die Verbesserung der Gesellschaft als Ganzes sind. Klar, es gibt ein paar Gesetze, mit denen ich nicht einverstanden bin, sogar einige, die ich selbst nicht befolge und deren Einhaltung ich auch nie durchsetzen würde. Aber Gesetze im allgemeinen sind wichtig. Davon war ich schon immer überzeugt und werde es auch immer sein. Es ist die Überzeugung, die mich zur Lone Star Akademie geführt hat.

Hinzu kommt, Shadowrunner teilen diese Überzeugung nicht, daß sie in meinen Augen Abschaum sind. Ende der Geschichte.

Und doch fahre ich hier über den Highway 5 und versuche einen ans Telefon zu bekommen. Es ist schon eine verdammt verdrehte Welt, Priyatel, das kann ich Ihnen sagen.

Der Taschensekretär trillert auf dem Sitz neben mir und sagt mir, daß er ans mobile Telekomnetz angeschlossen ist und jetzt die LTG-Nummer 1206 (03-0409) wählt, das blinde Relais. (Ich bin nicht sicher, was, zum Teufel, das eigentlich ist, aber wahrscheinlich hat es

Ähnlichkeit mit dem Schwindel, den ich mit dem Taschensekretär und dem öffentlichen Telefon abgezogen habe, als ich Finnigan anrief – wenngleich viel raffinierter.) Wie um das zu bestätigen, wird der Klingelton des Taschensekretärs dreimal durch Klicken und schwache elektronische Piepser unterbrochen – mit Sicherheit Überstellungen auf andere Leitungen. Schließlich kommt ein etwas lauterer Klick als die anderen, dann herrscht Stille, sieht man einmal von den Geisterstimmen der Gespräche auf anderen, parallel laufenden Leitungen ab. Falsch verbunden? Drek, das ist mal wieder typisch. Wahrscheinlich stand ein Klicken für eine Benachrichtigung an die Elfenschnalle, daß ich die falsche Nummer angerufen habe, so daß sie anfangen kann, sich über mich schlappzulachen.

Ich strecke wütend die Hand aus, um das Telefon abzustellen, doch mein Finger erstarrt Millimeter über der Ende-Taste. Ich höre einen weiteren Klingelton, der jedoch eine halbe Oktave höher ist als der übliche Klingelton des mobilen Telekomnetzes. Ein privates Telefonsystem? Die ›Shadowrunner-Vermittlung‹? Wer, zum Teufel, weiß?

Mit einem fast musikalischen Klicken wird die letzte Verbindung hergestellt, und eine Stimme sagt: »Ja?« Männlich, gut moduliert, nicht schroff. Auch nicht besonders einladend. Nicht, daß ich damit gerechnet hätte.

Ich schalte das Mikrofon des Telefons ein. »Ich will mit Argent sprechen«, sage ich kategorisch.

»Ach?« In der Stimme liegt jetzt ein Anflug von Belustigung. »Tatsächlich?«

Ich nehme an, es gibt eine Art Erkennungscode – Paßwort und Antwort – Mantel-und-Degen-Drek –, den ich nicht kenne, und das nervt mich noch mehr, als ich es ohnehin schon bin. »Ja«, knurre ich. »Bist du Argent?«

»Wer will das wissen?«

»Ich«, schnauze ich zurück. »Die Tatsache, daß ich diese Nummer kenne, hat doch sicher was zu bedeuten, oder nicht?«

»Nicht so viel, wie du zu glauben scheinst, Chummer«, antwortet die Stimme sofort.

Ich lasse das durchgehen. »Bist du Argent?« will ich erneut wissen.

Ein Augenblick Pause, dann sagt er: »Ich kann ihm eine Nachricht übermitteln. Willst du, daß er zurückruft, oder was?«

»Sag mir, wann er zurückkommt, dann rufe ich wieder an.«

Ich höre ein tiefes, kehliges Lachen. »Du machst das wohl nicht sehr oft, was, Omae? Vielen Dank für die amüsante Unterhaltung...«

»Nicht auflegen!« schnappe ich, während sich meine Gedanken überschlagen. Ich riskiere schon mit diesem Anruf genug. Diesem Burschen die Nummer zu geben, kann die Gefahr noch vergrößern. »Okay, okay«, sage ich schließlich. »Sag Argent, er soll mich zurückrufen.« Ich nenne ihm die Nummer des Taschensekretärs. »Und zwar schnell, Priyatel. Verstanden?«

»Und wer, zum Teufel, bist du?«

»Jemand, der mit Argent sprechen will, mehr brauchst du nicht zu wissen.«

Wieder ein Lachen, aber diesmal ohne einen Funken Humor. »Einen Drek brauche ich nicht zu wissen. Eine Menge Leute wollen mit Argent sprechen. Aber es gibt nicht viele, mit denen Argent reden will, wenn du verstehst, was ich meine.«

Ich beiße die Zähne zusammen. »Ich sorge dafür, daß es sich für ihn lohnt«, knirsche ich.

»Nenn mir einen Namen, Freund.« Die Stimme am anderen Ende der Leitung ist kalt und hart. Einen Moment lang erinnert mich ihr Tonfall an den Blakes. Der Kerl ist auch ein harter Bursche, genau wie der Gangboss.

»Warum?«

»Kein Name, keine Botschaft. Überlaß Argent herauszufinden, ob es sich für ihn lohnt.«

Die Wut ist wieder in meinen Eingeweiden und windet sich wie eine kalte Metallschlange. Ich will schreien, ich will töten. Keins von beiden zu tun, ist wahrscheinlich das Schwierigste, was ich je versucht habe, aber ich schaffe es. »Du willst einen Namen«, flüstere ich fast.

»Stimmt genau, Chummer. Und einen echten, okay? Du weißt, daß Argent ihn überprüfen wird.«

Ja, ich weiß es. Nun, was, zum Teufel, habe ich zu verlieren? Jeder, der meine Leitung angezapft hat, weiß bereits, wer ich bin. Und wenn es möglich ist, ein bestimmtes Mobiltelefon im morgendlichen Berufsverkehr Seattles genau zu lokalisieren, dann sind es nicht Argent und seine Runnerfreunde, die mir die größten Sorgen bereiten. »Du willst einen Namen?« speie ich in die Leitung. »Sag ihm, Rick Larson hätte angerufen, und sag ihm, ich warte.« Und damit hämmere ich so heftig auf die Ende-Taste, daß ich fast das Kompositgehäuse des Sekretärs eindrücke.

Schön, was, zum Teufel, hat mir das gebracht, möchte ich mal wissen. Argent, dieser Dreksack von einem Shadowrunner, wird mich nicht zurückrufen. Warum sollte er? Es gibt nichts für ihn zu holen, und Shadowrunner tun nichts – *gar nichts* –, was sich nicht auszahlt. Genau das ist die Bedeutung von »Shadowrunner«: amoralischer, soziopathischer Söldner. Ich habe mich lediglich noch weiter exponiert – indem ich einen Anruf geführt habe, der sich zurückverfolgen läßt, und dann auch noch meine verdammte Telefonnummer verraten habe! Drek, wenn ich mich nicht endlich zusammenreiße, habe ich es überhaupt nicht verdient zu überleben...

Eigentlich sollte ich den verdammten Taschensekretär loswerden. Ich werfe einen Blick nach draußen.

Und jetzt ist wahrscheinlich der günstigste Zeitpunkt. Ich bin mitten auf der Schwebebrücke Evergreen Point und fahre nach Osten in Richtung Bellevue. Ich brauche nur das Fenster zu öffnen und ihn in den Lake Washington zu werfen, und dann viel Spaß bei dem Versuch, ihn aufzuspüren.

Das Lenkrad ruhig in der linken Hand, betätige ich den Fensterheber für die Beifahrertür. Ich habe den Autopilot abgeschaltet, da ich eine Beschäftigung brauchte, um mich davon abzuhalten, mir zu lange und zu heftig selbst in den Arsch zu treten. Ich nehme den Sekretär, um ihn aus dem Wagen zu werfen.

In diesem Augenblick klingelt das verdammte Ding, was mich so sehr erschreckt, daß ich beinahe gegen die Leitplanke fahre. Ich drücke auf den Knopf am Armaturenbrett, um den Autopilot wieder einzuschalten, dann starre ich den Sekretär an. Will ich jetzt überhaupt noch ans Telefon gehen?

Wage ich es, *nicht* ranzugehen? Ich drücke auf die Sprechtaste. »Was?«

»Du hast Mumm, Larson. Das muß dir der Neid lassen.« Es ist dieselbe Stimme wie zuvor, jedoch mit einem merkwürdigen Unterton ironischer Belustigung unterlegt.

»Du bist Argent, stimmt's?«

Am anderen Ende herrscht einen Augenblick lang Schweigen. Dann: »Ich bin Argent«, bestätigt die Stimme. »Und du bist Richard Norman Larson, Angestellter bei Lone Star mit der Nummer 714-80-795, sehr gut ausgebildet und erfahrener Undercover-Spezialist, ursprünglich in Milwaukee Mitglied der Abteilung Organisiertes Verbrechen, dann 2052 für unbestimmte Zeit nach Seattle überstellt.« Eine weitere Pause, dann fährt Argent fort: »Wie ich schon sagte, Chummer, du hast echt Mumm.« (Ist da eine Spur Bewunderung in seiner Stimme?) »Kein bißchen Grips, aber echt Mumm. War mir ein Vergnügen, mit dir zu reden, Omae.«

Ich stelle mir lebhaft vor, wie Argent den Finger ausstreckt, um die Verbindung zu unterbrechen. »Warte!« schnappe ich.

»Warum?« Jetzt hat Argents Stimme wieder den belustigten Unterton. »Damit du meinen Aufenthaltsort feststellen kannst? Gib dir keine Mühe.«

»Nein.« Meine Gedanken überschlagen sich wieder. Ich übersehe etwas, und zwar etwas Wichtiges. Mein Unterbewußtsein hat alle Alarmknöpfe gedrückt. Außerdem rät es mir, den Kontakt mit Argent nicht zu verlieren. Ich brauche nur etwas Zeit, um mir zu überlegen, was ich ihm sagen soll. Zeit...

Ich sehe auf die Uhr. Zeit! Wie lange ist es her, seit ich das blinde Relais angerufen habe, seit ich die Botschaft für Argent hinterlassen habe? Kaum zehn Minuten. Mir kommt ein schrecklicher Verdacht. Zehn Minuten... »Du bist ein schneller Arbeiter, Argent«, sage ich, wobei ich versuche, locker zu klingen. »Du hast – wie lange? – gebraucht, um meine Personalakte aus Milwaukee zu beschaffen? Zehn Minuten? Schnelle Arbeit, Priyatel... Oder vielleicht brauchtest du Milwaukee gar nicht zu überprüfen. Vielleicht hast du deine Krallen ja auch ganz tief in die Seattler Datenfestung geschlagen, hm?«

Argent schnaubt. »Du bist ein paranoider Arsch, Larson«, sagt er gelassen. »Ich brauchte gar nicht tief zu buddeln. Der Schutz, den Lone Star Seattle seinen Personalakten angedeihen läßt, ist einen Drek wert.«

»Häh?« Selbst für mich hört sich meine Stimme an, als hätte mir gerade jemand in den Magen getreten. Etwas Kaltes verkrampft sich unter meinem Herzen wie eine Faust. »Was hast du gerade gesagt, Argent?«

Er ist überrascht und – ehrlich, Sherlock – mißtrauisch. »Was meinst du?«

»Du sagst, du hättest gerade die normalen Personalakten von Lone Star Seattle geknackt, und, peng, da war ich?«

»Ja, das ist genau das, was ich…« Die Stimme des Runners verliert sich, und ich weiß, er ist über dieselbe Anomalie gestolpert wie ich. Ein paar Sekunden herrscht Schweigen, dann meldet er sich wieder. »Was für ein halbgares Spiel willst du hier spielen, Larson?«

»Spiel? Ja, klar. ›Fang den Hut‹, und ich bin das Hütchen.«

»Was, zum Teufel, willst du damit sagen?«

»Ich brauche es gar nicht mehr zu sagen, oder?« fauche ich zurück. »Ich bin dieser brandheiße Undercover-Spezialist aus Milwaukee, richtig? Ausgebildet und erfahren, wie meine Personalakte besagt. Und diese Personalakte findest du bei den normalen Angestelltenakten mitten zwischen den Sekretärinnen und Schreibdrohnen? Ja, bestimmt. Komm schon, Argent, denk doch mal nach. Wie viele andere Undercover-Agenten hast du in den Akten gefunden, hm? Sag mir das. Oder nein, bei näherer Überlegung werde ich es dir sagen. Exakt null, stimmt's?«

Wiederum Schweigen, und ich weiß, daß ich recht habe. »Wenn das irgendeine Doppeltarnung ist, wirst du damit kein Glück haben, Larson«, knurrt Argent, aber der Ärger ist jetzt zumindest teilweise vorgetäuscht, das kann ich hören.

»Ja, klar, brillante Tarnung«, höhne ich. »Vielleicht komme ich dadurch näher an dich ran, aber in der Zwischenzeit machen die Cutters Hamburger aus mir. In meiner Akte stand doch bestimmt, daß ich im Moment bei den Cutters ermittle, richtig? Glaubst du, die Cutters könnten vielleicht, nur vielleicht, ab und an mal einen Blick auf die Personalakten der normalen Angestellten Lone Stars werfen, hm?«

»Also…«

»Also bin ich, verdammt noch mal, nicht mehr zu retten«, schneide ich ihm schroff das Wort ab. »Verdammt noch mal untragbar. Du weißt, wovon ich rede?«

»Ich habe diese Ausdrücke schon gehört«, sagt er trocken. »Beweise es.«

»Du willst einen Beweis? Du bist doch so gut mit einem verdammten Computer. Überprüf mal den Raketenangriff auf ein Privatfahrzeug, der vor ungefähr dreißig Stunden in Montlake stattgefunden hat. Ein Todesopfer, eine gewisse Catherine Ashburton – du findest sie in den Lone Star-Akten, wenn du tief genug gräbst.«

»Ist sie auch eine Undercover-Agentin?« will Argent wissen.

»Sie war Datenanalytikerin«, antworte ich.

»Was hat sie damit zu tun ...?«

Wiederum falle ich ihm ins Wort. Die Wut fühlt sich wie ein großer Fremdkörper in mir an, der auf meine Lunge drückt und mir die Kehle zusammenpreßt, so daß ich die Worte kaum herausbekomme. »Ich war in dem verdammten Wagen.« Meine Stimme ist kalt wie der Tod. »Reines Glück, daß ich nicht auch ins Gras gebissen habe.« Ich versuche mich zu beherrschen – dieses Arschloch von einem Shadowrunner braucht es nicht zu wissen –, aber ich kann nicht. »Sie ist verbrannt. Cat Ashburton ist lebendig verbrannt. Der Anschlag wurde von einem Taktischen Einsatzkommando von Lone Star verübt. Sie waren hinter mir her. Prüf das nach.«

Ein langes, lastendes Schweigen tritt ein – zehn Sekunden, vielleicht länger –, dann meldet Argent sich wieder. Die Feindseligkeit in seiner Stimme ist kühlem Professionalismus gewichen. »Ich prüfe es, Larson«, sagt er. »Und was willst du von mir?«

»Ein Treffen.« Die Worte sind mir schon herausgerutscht, bevor ich weiß, was ich sagen werde. Doch als ich sie ausspreche, weiß ich, daß es die Wahrheit ist.

»Wenn das eine Falle ist ...«

»Keine Falle«, brülle ich fast. »Du kannst dir Ort und Zeit aussuchen. Bring Freunde mit, sichere die ganze

Gegend, das ist mir alles völlig egal. Ich komme alleine. Wenn dir nicht gefällt, wie sich die Sache entwickelt – wenn dir nicht gefällt, wie ich mich anziehe –, leg mich um. Ich brauche die Ruhe und den verdammten Frieden!«

Er antwortet nicht sofort. Dann kichert er leise. »Du hast dein Treffen, Lone Star. Ich nenne dir jetzt die Einzelheiten.«

Warum, zum Teufel, habe ich mich darauf eingelassen? Ja, klar, mein Verstand weiß, daß es der einzig logische nächste Schritt ist – ohne Hilfe bin ich gestrandet. Aber es ist auch nicht mein Verstand, der meine Eingeweide so stark zusammenkrampft, daß ich kotzen könnte. Angst? Wer hätte keine, wenn eine unbekannte Situation mit jemandem auf ihn wartet, der ihn und seinesgleichen immer als Feind betrachtet hat? Das andere Gefühl ist Abscheu, dieser ganze Drek mit ›Wer hätte gedacht, daß ich je so tief sinken würde‹. Schon allein bei dem bloßen Gedanken, mich mit Shadowrunnern einzulassen, komme ich mir irgendwie besudelt vor.

Ich verdränge diese Gedanken ganz tief in mein Unterbewußtsein. Dieses Treffen wird kitzlig genug, auch ohne daß Argent mir ansieht, daß ich ihn und alle anderen Runner verachte.

Eines muß ich ihm aber lassen. Er sucht gute Treffpunkte aus. (Natürlich hat er am Telefon keine Einzelheiten genannt. Das wäre kaum mehr als eine Einladung für IrrelKonzern und alle anderen in der Leitung gewesen, ihre Aufwartung zu machen. Ich bekam die Daten durch einen Anruf aus einer weiteren verdammten Telefonzelle bei einem weiteren blinden Relais.) Als Argent einem Treffen zustimmte, ging ich davon aus, daß er bis zum Abend warten und einen Treffpunkt in der Nähe der Docks aussuchen würde. Für mich hätte das bedeutet, den Rest des Tages irgendwo und irgendwie totschlagen zu müssen.

Doch statt dessen überraschte er mich. Ein Treffen am frühen Nachmittag an einem Ort, von dem ich bisher nur gerüchteweise gehört habe – das Loch in der Wand, eine Kneipe draußen in Renton in der Nähe der Kreuzung Maple Valley Road und Jones Road. Auf der Straße heißt es, das Loch sei ein Treffpunkt für Shadowrunner – hauptsächlich für Ausgebrannte und Möchtegerns, aber ein paar von der ›A-Liste‹ sollen sich dort ab und zu ebenfalls sehen lassen. (Aber wenn das der Fall ist, fragen Sie sich jetzt, warum, zum Teufel, hat Lone Star den Laden dann noch nicht dichtgemacht? Weil das Geschwätz auf der Straße kein Beweis ist, Chummer. Offenbar ist das Loch einer der miesesten Läden, um die einen großen Bogen zu machen man sich wirklich bemühen würde, aber die Besitzerin – laut Straßengeschwätz eine gewisse Jean Trudel – sorgt dafür, daß sich der Laden so gerade noch innerhalb der vom Gesundheitsamt gezogenen Grenzen bewegt. Und ansonsten? Tja, Drek, sagen wir, der Star ist hinter irgendeiner Schattenschnalle her, und sie taucht im Loch unter. Die Jungs in Blau kommen reingeschneit … und alles und jeder schwört, daß die Schnalle seit Monaten nicht mehr hier war. In der Zwischenzeit ist sie längst zur Hintertür raus oder versteckt sich im Keller. Klar, man könnte den Laden überwachen lassen, aber das bedeutet, man muß Leute von anderer Arbeit abziehen. Also bleiben das Loch und andere vergleichbare Läden in der ganzen Stadt im Geschäft. So ist das Leben in der großen Stadt, Priyatel.)

Daher schlendere ich also an einem grauen, regnerischen Nachmittag mit dem Gefühl in das Loch in der Wand, daß ich im Moment lieber an jedem beliebigen anderen Ort im Universum wäre.

Der Name des Ladens paßt hundertprozentig, das kann ich Ihnen sagen. Eine kleine Kneipe, die auf die Maple Valley Road hinausgeht. Eingangstür aus mit Holzimitat verkleidetem Metall, darin ein einziges kleines Fensterchen, das so verschmiert ist, daß es sich auch um Transplast handeln könnte. Ich stehe ein paar Augenblicke im Eingang und halte die Tür einen Spaltbreit hinter mir geöffnet, während ich warte, bis sich meine Augen an die Dunkelheit angepaßt haben. Die Luft ist zum Schneiden, voller Qualm – Tabak und andere, exotischere Substanzen – und stinkt nach schalem Bier, altem Schweiß und Angst. Erstklassiger Laden, tolles Ambiente. Warum, zum Teufel, bin ich hier?

»Komm rein, wenn du reinkommen willst«, knurrt eine Stimme aus den Schatten, »oder verzieh dich wieder, aber mach die verdammte Tür zu.«

Gehorsam gehe ich einen Schritt vor und lasse die Tür hinter mir zufallen.

Es dauert noch ein paar Sekunden, bis ich etwas sehen kann, dann nehme ich den Laden genauer unter die Lupe. Das Loch ist ein Schlauch, kaum breiter als sechs Meter, aber fast dreimal so lang. Rechts von der Tür ist eine Bar, ein verschrammtes Ding aus Makroplast mit unbequem aussehenden Hockern davor. Links in der Ecke stehen die Überreste einer Laser-Jukebox – sie wäre fast eine Antiquität, wenn ihr elektronisches Innenleben nicht heraushinge. An der linken Wand stehen ein halbes Dutzend runder Tische, die mit Frotteedecken bespannt sind, um verschüttetes Bier und andere Flüssigkeiten aufzusaugen. Zwei davon sind besetzt, einer von der ungeschlachten Gestalt eines Trolls, der zweite von einem Zwergenpaar. Alle drei Gäste mustern mich mit einer Art bösem Blick und beobachten mich, wahrscheinlich um festzustellen, ob ich wieder verschwinde. Also grinse ich ihnen höhnisch zu, schlendere zur Bar und setze mich auf einen Hocker.

Die Bedienung steht ein Stück weiter hinter der Bar und verschmiert die Makroplastoberfläche der Theke mit einem schmuddeligen Lappen. Sie ist eine Orkfrau und hat, wie es scheint, schon bessere Dekaden gesehen. Ihre linke Wange ist stark vernarbt, und im trüben

Licht des Bierreklame-Holo hat ihr linkes Auge einen unnatürlichen Glanz. Ein billiger Ersatz, nehme ich an. Sie grinst höhnisch, indem sie ihre gelblichen Hauer entblößt, und macht keine Anstalten, zu mir zu kommen.

Ich zucke die Achseln. Von mir aus. Ich beherrsche das coole Spiel auch. Ich warte, und schließlich legt sie den Lappen weg und stampft zu mir. »Na und?« schnauzt sie.

»Ein Bier«, antworte ich. »Und sag unserem gemeinsamen Freund, daß Wolf da ist.« Das ist das Codewort, von dem Argent mir gesagt hat, daß ich es benutzen soll. Innerlich winde ich mich ein wenig – nach allem, was ich weiß, könnte es auch bedeuten: »Da bin ich, ihr könnt mich jetzt umlegen«, aber ich lasse mir nichts anmerken.

Die Orkfrau reagiert überhaupt nicht, bis sie mein Bier gezapft, das Glas vor mir abgestellt und den Kredstab, den ich ihr gebe, in die Kasse geschoben hat. Dann deutet sie mit einem Ruck ihres Kopfes auf den hinteren Teil der Kneipe. »Im Hinterzimmer«, grunzt sie. »Er wartet schon auf dich.«

Ich bedanke mich nickend, nehme meinen Kredstab und mein Bier und schlendere in den tieferen Schatten im rückwärtigen Teil der Kneipe. In der hinteren Wand sind drei unbezeichnete Türen. Zwei davon kann ich am Geruch als Klotüren identifizieren. Ich nippe einmal an dem Bier – ein stechender Geschmack nach Chemikalien auf meiner Zunge – und öffne die mittlere.

Ein kurzer Flur, eine geschlossene Tür rechts und eine teilweise geöffnete direkt vor mir. Ich trete vor und stoße die Tür ganz auf.

Ich schaue in ein kleines, überfülltes Büro – ein paar Stühle, ein Schreibtisch mit einem archaischen Telekom und einem tragbaren Trideo. Licht fällt aus einer einzelnen Neonröhre in der für drei Röhren vorgesehenen Halterung an der Decke.

Aber ich mustere das Büro selbst nur flüchtig. Meine Aufmerksamkeit gilt der Gestalt, die hinter dem Schreibtisch sitzt. Argent. Er muß es sein.

Ich hatte keine vorgefaßte Meinung über diesen Burschen, aber offenbar habe ich welche über Shadowrunner im allgemeinen. Ein Wiesel, das habe ich erwartet – einen verschlagenen, verstohlenen Drekhaufen, der mehr einer Ratte als einem Menschen ähnelt. Schmutzig und ungekämmt, kein Charisma oder das, was man sich als Persönlichkeit vorstellt, die Art Kerl, der man keine Sekunde lang den Rücken zudreht, aus Angst, er könne ein Messer hineinjagen. Vielleicht ist das eine Vorstellung, die mir das Trideo vermittelt hat und dann durch meine eigenen Vorurteile verändert und gefiltert wurde, bis sie sich so tief in mich eingebrannt hat, daß ich nicht einmal wußte, daß es sie gab, bis sie über den Haufen geworfen würde.

Und über den Haufen geworfen wird sie. Argent ist ein großer Mann, kein Wiesel. Ich schätze ihn auf über zwei Meter Größe und fünfundneunzig Kilo Gewicht, wobei das einzige Fett an seinem Körper von dem Hamburger stammt, den er zu Mittag gegessen hat. Breite Schultern, vorgewölbte Brust. Auf eine harte, granitene Art hübsch. Kurzgeschnittenes dunkles Haar mit grauen Stellen. Gelassener Gesichtsausdruck, stetig blickende, kalte graue Augen, die im Licht stechend glitzern. Seine Hände liegen flach auf dem Tisch und sind leer, vermutlich um mich zu beruhigen, aber sie haben genau die gegenteilige Wirkung.

Argents Hände sind beides Cyberglieder – eckige Metalldinger, die brutal und absolut tödlich aussehen und mattschwarz lackiert sind. Grausig. Ich versuche mir nichts anmerken zu lassen, aber ich weiß, daß es mir nicht gelingt.

Der Runner bemerkt meine Reaktion, soviel ist sicher. Man kann darauf wetten, daß ihm nicht viel entgeht, aber er nickt mir lediglich zu und sagt: »Schließ die Tür und setz dich, Wolf.«

Ich schließe die Tür, aber ich setze mich nicht. Ich fühle mich unwohl, und wenn ich mich unwohl fühle, muß ich auf und ab gehen können. »Wolf«, wiederhole ich. »Was soll eigentlich dieser Wolf-Drek?«

Seine Lippen verziehen sich zu einem trockenen Lächeln. »Du brauchst einen Straßennamen«, sagt er gelassen. »Benutze nie deinen richtigen Namen, wenn du es vermeiden kannst.«

»Und warum Wolf?«

»Hast du nie Bücher gelesen?« fragt er ruhig. »Jack London? Wolf Larson...« Er schüttelt den Kopf. »Vergiß es.« Er verschränkt die Finger, und Metall klickt auf Metall. Ich erschauere. »Du hast dein Treffen, Wolf«, fährt er gelassen fort. »Und wie soll es jetzt weitergehen?«

»Hast du die Geschichte mit dem Raketenangriff nachgeprüft, die ich dir erzählt habe?« frage ich.

»Ein Mitarbeiter hat für mich nachgeforscht«, sagt er, und ich weiß, er meint einen Decker.

»Und?«

Der Runner macht eine längere Pause, in der er mich mit seinen kalten Augen stetig fixiert. »Interessant«, sagt er schließlich. »Erzähl mir noch mal, was du mir am Telefon erzählt hast.«

»Warum, zum Teufel, willst du es noch mal hören? Ein Taktisches Einsatzkommando Lone Stars hat auf den Dächern Stellung bezogen und eine Rakete auf den Wagen abgeschossen. Ich bin herausgeschleudert worden, die Fahrerin ist verbrannt. Sonst noch was, Drekhead?«

Wiederum antwortet er nicht sofort, sondern mustert mich nur mit jenen ein wenig unnatürlichen Augen. Dann schüttelt er den Kopf. »Das reicht«, stellt er gelassen fest.

Ich versuche krampfhaft, mich zu beruhigen – mit

minimalem Erfolg. Werde ich je in der Lage sein, über den Anschlag zu reden, ohne dabei Cats Schreie zu hören? »Was hat dein Decker also herausgefunden?« will ich von ihm wissen.

»Es gibt eine Nachrichtensperre und Hinweise auf Vertuschungen. In der offiziellen Stellungnahme heißt es, Terroristen hätten den Wagen für einen Sprengstofftransport benutzt, und die Bombe sei zu früh hochgegangen. Das hat der Star den Medien erzählt ... und ihnen dann gesagt, sie könnten es nicht senden.« Er zuckt die Achseln. »Die übliche Verfahrensweise, wie du sicherlich weißt. Unter der Oberfläche sehen die Dinge jedoch ganz anders aus. Es geht ein Haufen Drek ab – personelle Verschiebungen, erhöhte Sicherheit hinsichtlich der Kommunikationskanäle, solche Dinge. Kurz, das, was man erwarten würde, wenn der Star seine Beteiligung vertuschen will.«

Ich nicke langsam. Ja, genau das, was man erwarten würde, wenn er die Tatsache vertuschen will, daß er die Kontrolle über seine Kommunikationskanäle verloren hat ...

»Du glaubst, Lone Star hat dich für untragbar erklärt?« will Argent wissen.

Ich bin immer noch nicht sicher, ob ich die Möglichkeit abschreiben soll, daß jemand außerhalb der Organisation alles über die unterwanderte Datenfestung des Star dirigiert, doch das braucht Argent nicht zu wissen, noch nicht. Also bejahe ich seine Frage.

Er lächelt humorlos. »Dann bist du tot, Chummer«, stellt er fest. »Es ist nur eine Frage der Zeit.«

Daraufhin hebe ich die Augenbrauen. »Ach? Und warum?«

»Der Konzern hat eine Gewebeprobe von dir auf Lager, Omae«, sagt er geduldig. »Normale Verfahrensweise bei Lone Star, gehört zum Rekrutierungsvorgang, ist es nicht so?«

»Woher weißt du das?«

Der Shadowrunner zuckt die Achseln. »Ich habe es von einem Johnson gehört – tatsächlich sogar einem Freund –, der selbst einmal beim Star war. Jedenfalls werden sie irgendwann diese Probe hervorholen, dann einen Magier oder Schamanen anheuern und dir ein kleines rituelles Geschenk machen, egal, wo du dich gerade versteckst. Ende der Geschichte, Wolf. Daran kann auch ich nichts ändern.«

Ich kichere leise. Argent weiß mehr über die Verfahrensweisen des Star, als mir lieb ist, aber wenigstens irrt er sich in diesem Punkt. »Keine Gewebeprobe, Argent«, sage ich zu ihm.

»Bist du eingebrochen und hast sie vernichtet?« fragt er.

»Der Star hat sie vernichtet«, korrigiere ich ihn. »Normale Verfahrensweise bei Undercover-Agenten, aber ich nehme an, das weißt du nicht.« Ich zucke die Achseln. »Irgendwelcher Drek darüber, daß ein Außenstehender einen Hautfetzen oder irgendwas von dem Ermittler in die Finger kriegt und dann magisch feststellen kann, ob in den Lone Star-Tresoren eine entsprechende Probe deponiert ist. Ergibt zwar nicht viel Sinn in meinen Augen, aber das ist nun mal die normale Verfahrensweise. Also, keine Gewebeprobe.«

»Glaubst du«, sagt er leise.

Das läßt mich einen Moment lang innehalten. »Glaube ich«, muß ich einräumen. »Aber mir bleibt gar nichts anderes übrig, als von dieser Annahme auszugehen.«

Er akzeptiert die Feststellung mit einem Nicken. »Deine Entscheidung«, sagt er gleichmütig. Er spreizt seine Metallhände. »Jetzt hast du dein Treffen, und die Zeit läuft, Wolf. Was soll ich tun?«

Ich hole tief Luft. Darüber habe ich in den letzten Stunden gründlich nachgedacht, und ich glaube, ich habe jetzt eine einigermaßen klare Vorstellung. »Nachforschungen anstellen«, sage ich zu ihm. »Ich brauche einen Decker, der den Hintergrund eines Tir-Konzerns ausforscht.«

Argent lächelt. »Das ist alles?«

»Es ist ein Anfang.«

»Du riskierst eine ganze Menge, um zu mir zu kommen, und dann willst du nur ein paar Datenbanken durchsuchen lassen, Omae«, sagt er leise. »Es gibt ein paar Runner da draußen, die einen Star-Ermittler – oder auch einen Ex-Star-Ermittler – schon aus Prinzip geeken würden.«

»Und das würdest du nicht?« sage ich sarkastisch.

»Ich habe es noch nicht getan«, stellt er gelassen fest, »und ich war noch nie besonders scharf auf solche Sachen. Du mußt deinen Job tun und ich meinen. Wenn wir uns nicht gegenseitig in die Quere kommen, dürften wir keine Probleme miteinander haben.«

»Deinen Job?« höhne ich. »Dir dein Nest polstern, indem du andere Leute abziehst?« Die Worte sind heraus, bevor ich mir dessen noch richtig bewußt bin.

Der verchromte Shadowrunner mustert mich mit nachdenklicher Miene. Ich rechne mit einer Art Rechtfertigung oder einer zornigen Erwiderung. Statt dessen sagt er nur ganz ruhig: »Du kennst mich nicht.«

Und das soll, verdammt noch mal, auch so bleiben, aber diesmal schaffe ich es, die Klappe zu halten.

Argent betrachtet seine Hände, und ich kann die Intensität seiner Gedankengänge fast hören. Nach vielleicht einer halben Minute hebt er den Blick wieder und sieht mich an. »Datenbeschaffung«, grübelt er. »Warum?«

»Meine Sache.«

»Eigentlich nicht«, antwortet er sofort. »Du willst sie auch zu meiner machen. Warum sollte ich mich darauf einlassen?«

»Ich bezahle dich.«

»Wie?« Er lächelt grimmig. »Wenn du wirklich untragbar bist, hat der Star dein Notfallkonto eingefroren und vielleicht sogar deine Privatkonten ebenfalls.«

»Ich bezahle dich, wenn alles geregelt ist«, knurre ich.

Sein Lächeln wird breiter, doch nicht weniger ironisch, als er den Kopf schüttelt. »Meine Leute arbeiten nicht für Versprechungen.«

Verdammter, drekfressender Söldner. Wie konnte ich von einem verdammten Shadowrunner etwas anderes erwarten? Ich schlucke meinen Zorn herunter. Er könnte mich immer noch geeken, wenn ich ihn zu sehr reize. »Dann gibt es zwischen uns wohl nichts mehr zu besprechen«, sage ich kalt.

»Wahrscheinlich nicht.« Ich wende mich ab, aber seine Stimme hält mich zurück. »Es sei denn …«

»Es sei denn was?«

»Es sei denn, du machst endlich den Mund auf, Wolf«, sagt er mit einem echt harten, frostigen Unterton in der Stimme. »Sag mir, worum es eigentlich geht, und nenn mir einen verdammten Grund, warum ich mich darauf einlassen sollte. Begriffen, Omae?«

Ich starre ihn nur an.

»Komm schon, leg endlich los«, sagt er ungeduldig. »Warum fängst du nicht einfach ganz von vorne an?«

19

Gut, was soll's, genau das mache ich. Ich fange ganz von vorne an, von dem Augenblick, als ich diesen Burschen sah, der sich Nemo genannt hat, und höre mit dem Vorschlag der Elfenschnalle auf, den Shadowrunner zu kontaktieren.

Argent nickt zögernd. »Ich habe mich schon gefragt, woher du die Nummer hast«, sagt er leise. Dann verziehen sich seine Lippen zu einem schwachen Lächeln. »Diese Elfe hat dich ganz schön herumgeschubst, was?«

Ich beiße die Zähne zusammen. »Ja«, knirsche ich. »Das hat sie.«

Sein Grinsen verliert sich. »Nichts gegen dich, Wolf«, sagt er. »Ich bewundere nur die Vorgehensweise eines Profis, weißt du?«

Ich nicke schroff. Drek, ich wünschte, er würde das lassen – sich wie ein anständiges menschliches Wesen zu verhalten, meine ich, und Anteil an meinen Gefühlen zu nehmen. Das hat er nämlich getan, als ich ihm in allen Einzelheiten den Anschlag Lone Stars und Cats Tod geschildert habe, und jetzt tut er es wieder. Dazu hat er, verdammt noch mal, nicht das Recht.

Aber ich verdränge meine Gefühle. Jetzt ist keine Zeit für sie. »Alles begriffen?« frage ich ihn barsch.

Er runzelt die Stirn angesichts meines Tonfalls, sagt jedoch nur: »Fürs erste reicht es.« Er lehnt sich zurück, und der Stuhl quietscht. »Schön, was wissen wir also?«

»Drek!«

»Nicht ganz. Wir wissen, daß es irgendeine Verbindung zwischen einem Konzern in Tir und den Seattler Cutters gibt. Das war schon klar, bevor der Drek zu dampfen anfing, also glaube ich, daß wir diese Tatsache so akzeptieren können, wie sie sich darstellt.« Ich nicke widerwillig. »Wir wissen außerdem, daß dich der Star für untragbar erklärt hat.«

Daraufhin schüttle ich den Kopf. »Nicht notwendigerweise«, korrigiere ich ihn. »Wenn jemand die Datenfestung des Star unterwandert hat – Telestrian Industries zum Beispiel –, könnte dieser Jemand den Anschlag befohlen und meine Personalakte in eine weniger sichere Datenbank kopiert haben.«

Argent schüttelt den Kopf.

»Warum nicht, zum Teufel?«

Er seufzt schwach und verschränkt die Hände hinter dem Kopf. »Das mit dem Anschlag könnte ich noch akzeptieren«, sagt er, »weil es zu der umfassenden Vertuschung paßt, obwohl ein Beweis für diese Theorie fehlt. Aber die Sache mit deiner Personalakte?« Er schüttelt wieder den Kopf. »Ich kann mir vorstellen, daß irgend jemand sie in die Datenbank für die normalen Angestellten kopiert. Aber warum hat sie der Star nicht längst gelöscht? Und warum haben sie keine Möglichkeit gefunden, dich reinzuholen? Nein«, fährt er nachdenklich fort, »vielleicht hat dich der Star nicht von Anfang an für untragbar erklärt – vielleicht war das Telestrian oder jemand anders. Aber der Star hat auch nichts getan, um den Schaden wiedergutzumachen, oder?« Er wartet nicht auf eine Antwort – was er auch nicht muß, er kann sie mir wahrscheinlich am Gesicht ablesen. »Ich kann mir das alles nur so erklären, daß deine Vorgesetzten zu dem Schluß gekommen sind, es ist wahrscheinlich insgesamt das beste, wenn du einen endgültigen Abgang machst.«

Ich spüre die kalte Hand der Angst nach mir greifen. »Warum?«

Der Shadowrunner zuckt die Achseln. »Vielleicht, weil du weißt, daß sie unterwandert sind?« sinniert er. »Das ist eine Möglichkeit. Hast du daran gedacht, wie sehr es dem Lone Star-Konzern schadet, wenn bekannt würde, daß er unterwandert ist?«

Ich muß nicken. Ja, ich habe daran gedacht. Und es würde ihm ganz extrem schaden.

»Also hat der Star vielleicht nicht das ursprüngliche Todesurteil verkündet«, fährt er fort, »aber für mich sieht es so aus, als hätte er beschlossen, es bestehen zu lassen.«

Drek. Es widerstrebt mir, aber ich muß es zugeben: »Ja, da ist was dran.«

»Es könnte auch noch andere Gründe geben. Das sollten wir nicht aus den Augen verlieren.«

»Wir?«

Er grinst trocken. »Ich meinte natürlich, ›du‹.«

»Natürlich.« Ich setze mich auf den Stuhl vor dem Schreibtisch. »Und, o großer und mächtiger Shadowrunner?« frage ich sarkastisch. »Wie lautet das Urteil?«

Argent fixiert mich mit zusammengekniffenen Lippen, vielleicht eine halbe Minute lang. Zuerst glaube ich, er wird mich auflaufen lassen – Drek, genau das will ich doch, so, wie ich ihn reize, oder? Aber er tut es nicht. Schließlich zuckt er kaum merklich die Achseln. »So oder so«, sagt er gelassen, »stimmt irgendwas mit Lone Star nicht. Entweder ist der Konzern ernstlich unterwandert worden oder ...« Seine Stimme verliert sich.

»Oder was?«

»Oder ...« Er zuckt wieder die Achseln. »Oder es geht irgendwas vor, das wir ganz einfach nicht verstehen. So oder so ist der Konzern mehr oder weniger außer Kontrolle, und diese Vorstellung will mir absolut nicht gefallen.«

»Ach?« Das überrascht mich zutiefst.

Der Shadowrunner setzt wieder ein ironisches Grinsen auf. »Woher hast du nur deine Vorstellungen von Runnern, Wolf?« fragt er leise.

Darauf habe ich keine Antwort, außer einem verlegenen Achselzucken.

»Es ist nicht so, daß Lone Star der Feind ist oder so«,

fährt er fort – leise, nachdenklich, als rede er mit sich selbst und nicht mit mir. »Lone Star ist wie jeder andere Konzern. Manchmal arbeite ich gegen ihn, meistens habe ich nichts mit ihm zu tun, und manchmal arbeite ich *für* ihn.«

Ich versuche meine Reaktion darauf zu unterdrücken, doch Argents Grinsen verrät mir, daß es mir nicht gelungen ist.

»Du hast wohl nicht gewußt, daß Lone Star manchmal Shadowrunner anwirbt, was?« fragt er mich. »Aber es stimmt. Vielleicht nicht so oft wie andere Konzerne. Aber es gibt Zeiten, in denen Bedarf an inoffiziellen Mitarbeitern besteht.« Sein Lächeln ist plötzlich wie weggewischt. »Und manchmal auch nach entbehrlichen.«

»Schwachsinn«, entgegne ich.

»Ich habe keinen Grund, dich deswegen zu belügen, Chummer«, fährt er fort, als hätte ich ihn nicht unterbrochen. »Ich habe bisher ungefähr ein halbes Dutzend Lone Star-Kontrakte vermittelt und zwei selbst übernommen. Und ich habe keinen Grund zu glauben, daß ich der einzige Schieber im Plex bin, mit dem der Konzern Geschäfte macht.« Er zögert. »Das ist überhaupt ein Gedanke«, sagt er einen Augenblick später. »Wenn Lone Star beschlossen hat, dich abzuservieren, besteht die Möglichkeit, daß sie nicht ihre eigenen Leute einsetzen.« Er hebt eine mattschwarze Hand, um meinem Einwand zuvorzukommen, und fährt fort: »Ich weiß, daß sie den ersten Anschlag verübt haben, aber so, wie ich das sehe, war das ein eiliger Job. Jetzt hatten sie Zeit, sich alles durch den Kopf gehen zu lassen, und wenn sie immer noch hinter dir her sind, werden sie wahrscheinlich Leute einsetzen wollen, die keine offizielle Verbindung zu Lone Star haben.« Er deutet mit einem Metalldaumen auf seine Brust. »Wie mich und meine Kollegen. Ich sollte ein paar Fühler ausstrecken«, sinniert er, »und sehen, ob sie Leute anwerben.«

»Damit du den Kontrakt selbst übernehmen kannst?«

»Hör endlich mit dem Blödsinn auf, ja?« sagt er matt. »Es ist nur eine Möglichkeit herauszufinden, wie ernst es ihnen damit ist, dich umzulegen.«

Ich nicke zögernd. Ich reize ihn immer wieder und weiß nicht mal, warum. Es ist idiotisch, es ist kontraproduktiv – er ist die einzige Hilfe, die ich im Augenblick habe –, aber ich weiß, ich werde es wieder tun. »Du sagtest gerade ...?« bringe ich ihn zum Thema zurück.

»Ich sagte gerade, ich habe keinen Grund, Lone Star zu hassen. Manche Leute haben Grund, die Messer zu wetzen, aber die echten Profis – die echten Shadowrunner – können es sich nicht leisten, solch einen Groll zu hegen.« Er kichert leise. »Klingt das söldnermäßig, Wolf?« fragt er. »Wie zum Beispiel: ›Ich kann Lone Star nicht böse sein, weil sie mir sonst kein Geld mehr geben.‹ Aber es steckt mehr dahinter.«

»Was?« Ich stelle fest, daß es mich gegen meinen Willen interessiert.

»Lone Star ist ... ›der Deckel auf der Mülltonne‹.« Er lächelt wieder, diesmal jedoch ein wenig befangen. »Besser kann ich es nicht formulieren. Lone Star hält alles unter Kontrolle. Jedes Geschäft erfordert eine stabile, berechenbare Umgebung, in der es betrieben werden kann ...«

»Also reduziert sich alles aufs Geschäft.«

Er wirft mir einen komplizierten Blick zu. »Ich muß hier auch leben, Wolf. Würdest du noch im Plex bleiben wollen, wenn Lone Star die Kontrolle verlöre?«

Ich schüttle langsam den Kopf. »Und ist das Grund genug, um mir zu helfen?«

»Im Augenblick schon.« Er richtet sich auf. Die Nachdenklichkeit ist gewichen, und er ist wieder ganz Geschäftsmann. Der vollendete Shadowrunner. »Ich werde Peg, meine Deckerin, auf Timothy Telestrian ansetzen«, sagt er, »aber das könnte eine Weile dauern. In die Datenbanken eines Tir-Konzerns zu decken, ist kein leichtes Unterfangen. Mindestens zwölf Stunden, würde ich sagen.« Ich hebe eine Augenbraue. Diese Peg muß ja novaheiß sein. Ich hätte eher mit ein paar Tagen gerechnet. »Hast du einen sicheren Schlafplatz?«

Ich denke einen Augenblick darüber nach. »Keinen, an dem ich mich besonders sicher fühlen würde«, gebe ich zu.

Argent nickt. »Ich rede mit Jean. Sie hat eine Bude oben, die du wahrscheinlich benutzen kannst.«

Echt Sahne. Eine Bude über einer Bar, die von Schattenabschaum besucht wird. Dort werde ich mich verdammt sicher fühlen. Ganz bestimmt.

»Wolf.« Die Stimme ist leise und ganz nah.

Ich tauche aus dem Abgrund des Tiefschlafs auf – desorientiert wie nur was, aber zu sehr damit beschäftigt, mich herumzuwälzen und nach meiner H&K neben dem Bett zu greifen, um mir deswegen Gedanken zu machen. Elektronik und Smartgun synchronisieren sich, bevor ich die Augen geöffnet habe. Dann öffnen sich meine Augen, und ich sehe, wer gesprochen hat.

Drek, Drek, Drek … Meine Waffenhand fällt herunter, und ich lasse mich wieder auf das Bett sinken. Mein Herz hämmert wie verrückt, und ich habe das Gefühl, gerade noch einem idiotischen Unfall entgangen zu sein. »Du Arsch«, keuche ich.

Argent der Shadowrunner sitzt gemütlich auf einem Sessel an der gegenüberliegenden Wand der Zimmer-mit-Klo-Bude über dem Loch in der Wand. Ich hatte alle Fenster geschlossen, von denen sowieso keines groß genug ist, daß sich mehr als eine Ratte hindurchquetschen könnte. Was bedeutet, Argent muß durch die einzige Tür gekommen sein und dabei irgendwie den Holzstuhl entfernt haben, den ich unter die Türklinke gestemmt habe. Und das alles, ohne mich zu wecken.

»Du hast einen tiefen Schlaf«, stellt der verchromte Runner fest.

»Eigentlich nicht«, kontere ich, wobei ich immer noch an die Decke starre und versuche, meinen Herzschlag zu beruhigen, bevor ich einen Anfall bekomme. »Du verdammtes Arschloch. Ich hätte dich wegpusten können.«

Argent grinst wie ein verdammter Bandit. »Eigentlich nicht«, sagt er mit einer Stimme, die er für eine Imitation meiner eigenen zu halten scheint.

Ich hebe die H&K wieder, und diesmal achte ich darauf, was mir die Elektronik über den Status der Waffe zu sagen hat. Mit einem matten Seufzer lasse ich die Waffe zu Boden sinken und halte Argent die Hand hin. Er wirft mir etwas zu. Ich fange es und drehe und wende es träge in der Hand herum. Das Magazin von meiner H&K. Er hat nicht nur meine – zugegebenermaßen rudimentären – Vorsichtsmaßnahmen überwunden und ist in das Zimmer eingedrungen, sondern hat mir auch noch die Munition aus der verdammten Waffe gestohlen, und das alles, ohne mich zu wecken. Ich schüttle den Kopf. Ich werde langsam zu alt für diesen Drek.

Ich wälze mich herum und fixiere ihn mit, wie ich hoffe, stählernem Blick. »Also schön«, sage ich mit kalter, harter Stimme. »Alles klar. Du hättest mich umlegen können. Die Botschaft ist angekommen.«

Sein Lächeln verblaßt ein wenig. »Aber ich habe es nicht getan«, stellt er fest. »Und *das* ist die Botschaft.«

»Wenn du versuchst, mich zu beruhigen, laß dir was anderes einfallen«, knurre ich. Was ich nicht sage, ist die Tatsache, daß er seine Botschaft tatsächlich klar und deutlich übermittelt hat. Wenn er mich tot oder gefangen oder was auch immer sehen wollte, wäre ich jetzt nicht wach – oder wenn doch, dann nicht hier.

Ohne hinzusehen, ramme ich das Magazin in den Kolben der H&K und lasse mir von der Elektronik bestätigen, daß alles Sahne ist. Dann sehe ich mich in dem schäbigen Zimmer um. Nach dem Licht zu urteilen, das durch die winzigen Fenster fällt, ist es Mittag. Um das zu bestätigen, nehme ich meine Uhr vom Nachtschrank. Es ist 1235, was bedeutet, daß ich fast zwanzig Stunden lang geschlafen habe. Ich reibe mir die verklebten Augen, während ich mich aufraffe und mich auf die Bettkante setze.

Argent beobachtet mich abschätzend. »Fühlst du dich besser?« fragt er.

Ich mache eine rasche geistige Bestandsaufnahme und fahre das Äquivalent einer Selbstdiagnose. Mein Verstand ist nicht annähernd so zerschlagen wie gestern, aber mein Körper braucht noch mehr Ruhe, um die Anstrengungen der letzten Tage endgültig zu verarbeiten. Bruchstücke eines Traums – eines echten Alptraums – gehen mir durch den Kopf. Ich bin gestorben und zur Hölle gefahren, aber die Hölle war nicht die stereotype Flammen- und Foltergrube. Sie war ein verdammter Parkplatz – ein planetengroßer Parkplatz –, wo jeder in seinem Wagen wohnte und darauf wartete, daß ... nun, ich weiß nicht, worauf sie – wir – warteten, und ich glaube, ich will es auch gar nicht wissen. Ich erinnere mich nur, daß Cat in dem Wagen neben mir wohnte und ziemlich überzeugt davon war, daß ich sie umgelegt hatte.

Spinnerei. Mit einem Schnauben schüttle ich den Kopf und verdränge die Erinnerungen. Ich fixiere Argent mit einem harten Blick. »Hast du mir irgendwas zu sagen?« frage ich ihn. »Oder ist das nur ein Höflichkeitsbesuch?«

»Ich hab was«, sagt er zögernd. »Peg war ziemlich emsig. Aber ich glaube, du wirst mir helfen müssen, daraus schlau zu werden.«

»Ich kann's ja versuchen.« Während ich mich vom Bett erhebe, steht Argent ebenfalls auf, und wir gehen beide zu dem großen Schreibtisch, der den Raum dominiert.

Im Gegensatz zu dem Zimmer ist das hochentwickelte Telekom auf dem Schreibtisch in tadellosem Zustand. Die Tech ist von diesem Jahr und der letzte Schrei. Argent setzt sich davor und schaltet das Gerät ein, während ich einen weiteren Stuhl heranziehe, mich seitlich hinter Argent setze und die Unterarme auf die Lehne seines Stuhls lege.

Argent legt einen Chip in das Laufwerk des Telekoms ein und hämmert eine Reihe von Anweisungen in die Tasten. Ich sehe ihm interessiert zu. Er hat zwei Cyberarme und modifizierte Augen – und, wer weiß, vielleicht verdrahtete Reflexe und andere Spielereien –, aber keine Datenbuchse. Warum wohl, frage ich mich. Interessanter Widerspruch.

»Peg hat etwas länger gebraucht, als sie dachte«, erklärt Argent fast entschuldigend. »Sie ist in San Francisco, und der Tir hat die Datenleitungen zum Freistaat Kalifornien besonders stark gesichert. Das ist verständlich, wenn man die Situation bedenkt, aber trotzdem ärgerlich. Sie mußte es über Seattle versuchen.« Er grinst trocken. »Nicht, daß die Sicherheit auf diesen Leitungen viel geringer ist, aber bei diesen Dingen hilft jede Kleinigkeit.«

Ich nicke wortlos. Ich schätze, es sollte mich nicht überraschen, daß Argents Decker sich nicht im Sprawl aufhält – ein Decker kann überall arbeiten, sofern ihm Datenleitungen zur Verfügung stehen –, aber das tut es trotzdem. Ich war der Ansicht, Argent – und jeder andere Shadowrunner – würde nur Leuten trauen, über die er eine gewisse physische Kontrolle hat. Vielleicht hat er diese Peg irgendwie in der Hand und kann ihr deshalb ›blind‹ vertrauen. Darüber muß ich noch mal nachdenken, wenn ich mehr Zeit habe.

Der Telekomschirm füllt sich mit Text – so ungefähr jedes zweite Wort ist gekennzeichnet, was auf eine Hypermediaverbindung zu anderen Dateien hinweist. Ich schüttle den Kopf. Verdammt schnelle Arbeit. Diese

Peg muß echt was drauf haben. Ich versuche erst gar nicht zu lesen, was auf dem Schirm steht. Argent rast durch den Text und springt von einer Stelle zur anderen. Ich beschließe ganz einfach zu warten, bis er fertig ist.

Nachdem er sich die Datei vielleicht eine Minute lang angesehen hat, dreht sich der verchromte Runner zu mir um. »Das ist alles, was Peg über Timothy Telestrian ausgegraben hat.« Er zuckt die Achseln. »Eine Menge Hintergrunddrek, mehr, als du wahrscheinlich brauchst.«

»Gib mir eine Zusammenfassung«, schlage ich vor.

Einen Moment lang hat es den Anschein, als wolle er sich weigern, dann zuckt er die Achseln. »Timothy Telestrian«, sagt er. »Elfischer Metatyp, Alter dreißig Jahre.« Ein digitalisiertes Bild – kein Holo, sondern zweidimensional, so gut ist das Telekom nicht – erscheint auf dem Schirm. Schmales Gesicht, glattes blondes Haar, so fein wie das eines Babys, kühle blaue Augen, arroganter Gesichtsausdruck. Typisch Elf. Ich nicke, und Argent fährt fort. »Der Sohn von James Telestrian III, ebenfalls elfischer Metatyp ...«

»Augenblick mal«, unterbreche ich ihn. »Das paßt nicht zusammen. Elfen werden geboren, richtig? Sie goblinisieren nicht. Und das Erwachen war 2011. Das heißt also ...«

Er grinst. »Das heißt, James Telestrian war dreizehn, als er Vater wurde?« Er kichert. »Ja, das ist mir auch aufgefallen, aber ich habe tiefer gegraben. James Telestrian war ein ›Spikebaby‹und ist vor dem Erwachen geboren. Selten, aber es kam vor. James ist fünfundfünfzig, laut Pegs Nachforschungen Jahrgang 1999. Das heißt, er ist wahrscheinlich der älteste Elf auf der ganzen Welt.«

Ich seufze. »Schon gut, schon gut. Vergiß, daß ich es erwähnt habe.«

Argent nickt, aber sein drekkiges Grinsen verblaßt

nicht. »James Telestrian III hat Telestrian Industries Corporation gegründet, eines der größten und aggressivsten Konglomerate in Tir. Er ist Präsident und Geschäftsführer. Timothy ist sein einziger Sohn ...«

»Was wahrscheinlich bedeutet, Timothy ist Vizepräsident von dem ganzen Laden«, sage ich.

»Habe ich auch gedacht«, sagt Argent achselzuckend. »Aber so läuft das nicht. Überraschend wenig Vetternwirtschaft bei TIC.«

Ich runzle die Stirn. »Ach?«

»Was nicht heißen soll, daß Timothy ganz auf sich allein gestellt ist«, fährt Argent fort. »Er ist Teil des TIC-Imperiums – so könnte man es wohl nennen –, nur nicht ganz oben. Chummer Timothy ist Präsident von BioLogic Technologies, einer Tochter von TIC, aber keiner besonders großen oder erfolgreichen.«

»Und das ist keine Vetternwirtschaft?«

»Nicht, wenn man es mit dem ganzen Kuchen vergleicht«, sagt Argent kategorisch. »BioLogic ist ein kleiner Fisch.«

Ich zucke die Achseln und bedeute ihm fortzufahren.

»Peg glaubt nicht, daß sich James und Timothy jemals nahegestanden haben, aber vor ungefähr einem Jahr oder etwas früher haben sie sich noch weiter voneinander entfernt. Der oberste Pinkel einer größeren TIC-Tochter namens« – er wirft einen Blick auf den Schirm – »Novalis Optical Technologies hat die Pferde gewechselt und sich einem Konkurrenten angeschlossen, so daß eine Spitzenposition frei war. Scheint so, als sei Timothy der Ansicht gewesen, der Job stehe ihm zu.«

»Aber Daddy hat ihn überrascht?«

»Massiv«, bestätigt Argent. »Vielleicht könnte man das Vetternwirtschaft nennen, weil der Posten von einem Familienmitglied besetzt wurde. Aber die Braut, die er sich ausgesucht hat, ist wirklich vielversprechend, außerordentlich fähig und hat echte Erfolge aufzuweisen. Eine gewisse Lynne Telestrian, Timothys Cousine.«

»Und Timothy war mit Daddys Wahl nicht einverstanden?«

Argent kichert. »Man könnte sagen, er hat sich kritisch in bezug auf James' geschäftlichen Weitblick geäußert. Und zwar sehr laut und in aller Öffentlichkeit. Was James natürlich wenig Anlaß gab, seine Meinung zu ändern.« Er lehnt sich zurück und lächelt. »Also bekam Lynne den Posten und die Aktienoptionen und das Gehalt und Timothy nichts. Und dann hat er ihnen den Krieg erklärt.«

Das läßt mich auffahren. »Was?«

»Wahrscheinlich nicht so, wie du denkst«, fügt der Runner rasch hinzu. »Keine gegeekten Pinkel oder gesprengten Fabriken. Nein, er hat einen Konzernkrieg angefangen – Aktienmanipulationen, Industriespionage und einen der häßlichsten Grabenkriege um Einfluß und Vollmachten, den du je gesehen hast.

Scheint so, als sei Timothy kein so großer Versager gewesen, wie Daddy sich das gedacht hat«, fährt Argent fort, der sich anscheinend langsam für die Rolle des Geschichtenerzählers zu erwärmen scheint. »Sobald der Drek zu dampfen anfing, versuchte James, Timothy als Präsident von BioLogic zu feuern.«

»Versuchte?« mische ich mich ein. »James ist doch der Oberbonze von dem ganzen verdammten Telestrian-Imperium, oder nicht?«

Argent nickt. »Stimmt, aber die verschiedenen Tochtergesellschaften genießen einen gewissen Grad von Autonomie. So hat er den Laden aufgebaut. Sie stehen unter TICs Schirmherrschaft, aber sie haben ihren eigenen Vorstand, eigene Aktionäre und so weiter. James ging zum Vorstand von BioLogic und sagte ihm, sie sollten Timothy feuern. Daraufhin sagte der Vorstand zu James, er solle sich zum Teufel scheren.«

Ich nicke langsam. »Timothy muß den Vorstand von BioLogic in der Tasche haben.«

»Auf jeden Fall. Es scheint so, als sei James an dieser Stelle etwas nervös geworden und hätte die... politische Zuverlässigkeit, könnte man es wohl nennen... von anderen Ablegern seines Imperiums überprüft...«

»Nur um festzustellen, daß Timothy dort ebenfalls den Fuß in der Tür hatte«, beende ich den Satz für ihn.

»Bingo. Nicht weit genug, um Timothy die totale Kontrolle zu geben, doch immerhin so weit, daß Daddy selbst nicht mehr die vollständige Kontrolle besaß. Er war daraufhin wohl etwas genervt.«

»Kein Wunder.« Ich denke einen Augenblick nach und nicke dann. »Okay, also ein Kampf um Macht und Einfluß zwischen Vater und Sohn. Wo steht Cousine Lynne?«

»Voll und ganz auf James' Seite. Tatsächlich ist sie seine rechte Hand und, wenn man so will, sein Kriegshäuptling. James hat entweder Besseres zu tun oder hält Lynne für fähiger als sich selbst, diese Art Drek zu handhaben. Sie ist sein Erzengel Michael, der Timothys Raubzügen Einhalt gebietet.«

»Was für Raubzüge?«

Argent zuckt wieder die Achseln. »Kämpfe um Einfluß und Vollmachten, wie ich schon sagte. Einschüchterung von Aktionären, Unterbieten von Kontrakten...« Er deutet mit einem metallenen Finger auf eine bestimmte Textstelle auf dem Schirm. »Ja, da ist es. Als einer der ältesten Elfen überhaupt hat James Telestrian einen megamäßigen Ruf in Tir, den er ausgeschlachtet hat, um die Situation der Geschäftswelt in Tir zumindest teilweise einzufrieren. Das bedeutet, wenn Timothy seinen Marktanteil vergrößern will – und glaub mir, das will er –, muß er das außerhalb von Tir tun.« Er sieht mich erwartungsvoll an.

Ich nicke. Ja, es ergibt einen Sinn, nicht wahr? »Und da in der Liebe und im Krieg alles erlaubt ist, hatte er keine Skrupel, sich mit den Cutters einzulassen, wenn es ihm in den Kram paßte.« Dann kommt mir ein anderer Gedanke. »Hast du ein Bild von Lynne?«

Er blinzelt, dann tippt er ein Kommando ein. Ein Bild erscheint in einem Fenster. Lange, hinter den Ohren zusammengebundene blonde Haare. Kalte grüne Augen. Distanzierter, fast arroganter Gesichtsausdruck. »Freut mich, deine Bekanntschaft zu machen, Lynne Telestrian«, sage ich ruhig. »Zum zweitenmal.«

»Die Elfenschnalle?«

»Das ist sie.« Ich halte inne. »Es sei denn, jemand hat sie magisch verkörpert …« Dann schüttle ich mit einem verächtlichen Schnauben den Kopf. »Nee, das wäre einfach zu kompliziert, zu paranoid.«

Argent mustert das Bild auf dem Schirm. »Lynne Telestrian. Interessant.« Jetzt schaut er wieder in meine Richtung. »Und was sagt uns das?« fragt er.

Ich antworte nicht sofort. Es sagt mir ein paar Dinge, aber ich weiß nicht, warum, zum Teufel, ich das einem verdammten Shadowrunner mitteilen sollte. Dann schüttle ich den Gedanken ab. Er hat mich fair behandelt – bis jetzt, füge ich hinzu –, und es gibt keinen Grund – wiederum bis jetzt –, warum ich nicht auch fair zu ihm sein sollte. Sein Blick ruht stetig auf meinem Gesicht, und nicht zum erstenmal habe ich das Gefühl, daß er eine viel zu gute Vorstellung von dem hat, was mir im Kopf herumgeht. Ich breche den Augenkontakt ab und mustere angestrengt das Bild der Elfe. »Es sagt uns, daß wir der Timothy-Telestrian-Connection mehr Vertrauen schenken können«, sinniere ich. »Was hätte Lynne davon, uns auf eine Verbindung zwischen Timothy und Seattle anzusetzen, die nicht existiert?«

Argent nickt zustimmend. »Sonst noch was?«

»Vielleicht.« Wie hat Argent sie noch genannt? »Wenn sie James Telestrians Erzengel Michael ist, bedeutet das, daß die Seattle-Connection wichtig ist – und zwar für beide Seiten –, ansonsten würde sie nicht ihre

Zeit damit verschwenden, mich herumzuschubsen.« Ich zucke die Achseln. »Das ist alles.«

»Da ist noch etwas«, sagt der Shadowrunner leise. »*Du* bist wichtig, Wolf.«

Mein Kopf ruckt so schnell herum, daß ich mir fast den Hals verrenke. »Häh? Schwachsinn.« Das Wort rutscht mir heraus, bevor mir klar wird, daß es gar nicht so schwachsinnig ist.

»Es ist die gleiche Logik«, sagt Argent mit Nachdruck und bestätigt damit noch einmal, was mir soeben selbst aufgefallen ist. »Du mußt wichtig sein, sonst hätte sie ihre Zeit nicht damit verschwendet, dich herumzuschubsen. Sie würde dich ignorieren oder geeken. Aber sie hat nichts von beidem getan.«

»Ja«, stimme ich widerwillig zu. »Na schön. Aber warum?«

»Ich würde sagen, du solltest einiges Gehirnschmalz investieren, das herauszufinden«, sagt der Runner. »Sie muß davon ausgehen, daß du irgendwas weißt – oder etwas tun kannst –, das Timothy die Tour vermasseln könnte, die er hier im Plex laufen hat. Irgendwelche Ideen?«

Welche Gefahr könnte ich für einen ehrgeizigen Elf-Pinkel darstellen? Es sei denn, Timothy würde im Kreuzfeuer stehen, wenn der Star und die Cutters mich zu geeken versuchen, kann ich nicht erkennen, wie ich für diesen verdammten Timothy Telestrian von Bedeutung sein kann. »Im Augenblick nicht«, sage ich zaghaft.

Argent kichert. »Dann denk mal nach, Omae. Wenn dir kein Grund einfällt, dann wenigstens um deinetwillen.«

»Was du nicht sagst, Sherlock.« Ich reibe mir die Augen. Blöde Sache, sich direkt nach dem Aufwachen damit auseinandersetzen zu müssen, wie man in die internen Machtkämpfe eines Elfen-Konzerns paßt. »Hat Peg irgendwas über Mr. Nemo ausgegraben?«

»Nichts unter diesem Namen«, sagt Argent, indem er das Gesicht verzieht. »Was nicht weiter überraschend war. Und deine Beschreibung war nicht gerade Gold wert.«

»Es gab auch nichts zu beschreiben«, schnauze ich zurück, da ich mich plötzlich angegriffen fühle. »Braun und braun, olivfarbener Teint, mittelgroß, mittelschwer, keine besonderen Kennzeichen, Alter zwischen achtundzwanzig und vierzig. Nicht viel, woran man sich hochziehen kann, wenn du verstehst, was ich meine.« Übersetzung: Ich würde gern sehen, ob du 'ne bessere Beschreibung liefern könntest, Heißsporn...

Einen Augenblick lang verengen sich Argents modifizierte Augen und nehmen einen frostigen Glanz an. Ich weiß, er hat die letzte Botschaft ganz genau verstanden, und ich glaube, diesmal bin ich zu weit gegangen. Aber die Spannung hält nur einen Augenblick an, dann entspannt sich Argent wieder und nickt. »Nichts für ungut, Wolf.«

»Ist schon in Ordnung«, lüge ich zurück, und der Ehre ist genüge getan. Zum Teufel mit diesem Macho-Drek. Er stört einfach zu oft. »Echt schade.«

»Shoganai«, sagt der Runner. »Japanisch für ›Drek, wir können's nicht ändern‹.«

Ich schweige eine Weile, dann sage ich: »Weißt du, manchmal kann auch die Tatsache ein besonderes Kennzeichen sein, daß es keine besonderen Kennzeichen gibt. Zum Beispiel scheiden wir beide aus. Ich bin zu groß, du...« Ich beende den Satz nicht.

Argent grinst raubtierhaft, und es klickt metallisch, als er die Fäuste ballt. »Schon verstanden.«

»Nehmen wir also mal an, Nemo arbeitet irgendwo im TIC-Imperium«, fahre ich fort. Der Runner nickt bestätigend. »Zu Personalakten gehören immer auch Fotos. Könnte Peg Fotos von allen besorgen, die männlich und völlig nichtssagend sind und keine besonderen

Kennzeichen haben? Es ist zwar ein Schuß ins Blaue, aber vielleicht finde ich ihn.«

Argent ist nicht überzeugt. »Weißt du, wie groß das TIC-Imperium ist, Omae?«

»Dann grenzen wir's auf Timothys Revier ein«, sage ich ungehalten.

»Vielleicht.«

»Weißt du was Besseres?«

Schließlich schüttelt der Shadowrunner den Kopf. »Nein«, gesteht er ein. Aber er gibt sich noch nicht geschlagen. »Glaubst du, Nemo ist die Mühe wert?«

»Keine Ahnung, könnte aber gut sein. Wir haben einander erkannt, weißt du noch?«

»Ich weiß auch noch, daß du keine Ahnung hast, woher du ihn kennst.«

Ich schlucke meine Ungeduld hinunter. »Ich weiß nicht, ob es wichtig ist. Ich weiß nur, es könnte wichtig sein. Hast du 'ne bessere Idee?«

Argent sagt kein Wort, aber seinem steten Blick entgeht die Botschaft nicht: Ja, schaff deine traurige Visage hier raus und kriech wieder den Konzernen für die dicke Kohle in den Arsch wie ein guter kleiner Shadowrunner.

Wir sitzen vielleicht fünfzehn Sekunden lang so da und starren einander nieder, und langsam will die Elektronik Argent echt ans Leder. Doch es ist der Shadowrunner, der zuerst den Blick abwendet und kaum merklich nickt. »Okay, es ist möglicherweise eine Spur«, sagt er leise. »Ich leite es an Peg weiter.«

Und mir wird klar, daß ich gerade einen Streit mit einem Shadowrunner zu meinen Gunsten entschieden habe.

20

Bleibt nur noch die Frage, was, zum Teufel, ich als nächstes unternehmen soll. Ich bin ein Nullhead, also kann ich bei der Datenbeschaffung nicht helfen. Und da die Cutters, der Star und vielleicht sogar Timothy Telestrian das Todesurteil über mich gefällt haben, ist jeder Versuch, rauszugehen und mich auf der Straße umzutun, eine offene Einladung, mich zu geeken. Und wohin sollte ich überhaupt gehen, auf welchen Straßen sollte ich mich umtun? Ich komme mir so sinnlos vor wie ein Paar Titten an einem verdammten Bullen, und das gefällt mir nicht.

Kaum ist Argent gegangen, um Peg die Deckerin noch mal auf Nemo anzusetzen, fühle ich mich wie ein Tiger im Käfig. Ich muß etwas tun – irgendwas. Ich gehe die Treppe hinunter, die zu einem der Hinterzimmer des Lochs in der Wand führt, und sehe mich nach etwas um, das meinen Geist beschäftigt und mir die Zeit vertreibt. Ich sehe mich immer noch in dem Büro danach um, wo ich mich mit Argent getroffen habe, als ich höre, wie sich die Tür hinter mir öffnet.

Ich ziehe die H&K und wirble geduckt herum …

Und sehe die mürrische alte Kuh von einer Orkfrau im Fadenkreuz, die gestern hinter der Bar gestanden hat. Laut Argent ist sie die Besitzerin dieses Ladens und heißt Jean Trudel.

Wenn es Trudel nervt, in die Mündung einer Knarre zu starren, ist sie zu abgebrüht, um es zu zeigen. Sie funkelt mich nur mit ihren ungleichen Augen an und schnaubt. Ich weiß nicht, ob dieser Laut Verachtung oder Belustigung oder beides ausdrücken soll, und will es eigentlich auch gar nicht wissen.

Ich versuche mir meinen Ärger nicht anmerken zu lassen und mache eine ziemliche Schau daraus, die

Waffe zu sichern, sie ins Halfter zurückzuschieben und mich zu erheben. »Du hast mich erschreckt«, sage ich.

Sie stößt einen widerlich asthmatischen Laut aus, den ich versuchsweise als Lachen identifiziere. »Großer Mann mit seiner kleinen Kanone«, gluckst sie. »Einsamer Wolf, was?«

Ich brauche mir diesen Drek nicht anzuhören. Ich gehe direkt an ihr vorbei zur Tür, ohne ihr auch nur einen Blick zu gönnen. Ich bin fast aus dem Büro heraus, als sie sagt: »Willst du 'n Wagen?«

Das läßt mich innehalten, was sie auch gewußt hat. Ich drehe mich langsam um. Sie lächelt und gewährt mir dabei einen besseren Blick auf ihre gelblichen, angeschlagenen Hauer, als mir im Moment lieb ist.

»Argent sagte, du würdest 'n Wagen wollen«, sagt sie, und mein harter Blick läßt sie ebenso kalt wie zuvor die H&K. Zähe alte Schachtel – entweder das oder sie ist zu dämlich, um zu wissen, wann es clever ist, Angst zu haben.

»Hat er?«

»Überrascht mich, daß du so verdammt lange gebraucht hast.«

Ich beschließe, ihr das durchgehen zu lassen und mitzuspielen. »Wo?« frage ich.

Sie hat eine Hand tief in einer Tasche ihres ausgebeulten Overalls vergraben, und jetzt zieht sie sie heraus. Ich muß mich gegen die Elektronik wehren, um nicht meine Waffe zu ziehen, und betrachte statt dessen ihre Hand. An ihrem fleckigen und vernarbten Zeigefinger hängt ein Schlüsselring mit einem elektronischen Codeschlüssel. »Steht draußen vor der Tür«, sagt sie.

Im Vorbeigehen schnappe ich mir den Schlüssel. Sie kichert, und bei dem Geräusch dreht sich mir der Magen um. »Er ist rot«, sagt sie hilfsbereit zu meinem Rücken.

»Damit er zu deinen verdammten Augen paßt«, murmle ich in mich hinein. Ihr Gehör ist offensichtlich besser, als es von Rechts wegen sein dürfte, denn sie lacht bellend. Zum Teufel mit ihr. Und zum Teufel auch mit Argent, weil er gewußt hat, daß ich mich würde umtun wollen, und weil er Trudel eingeweiht hat. Würde ihnen beiden recht geschehen, wenn ich ihren Wagen nähme, über die Grenze nach Norden düste – der Norden hat mir schon immer gefallen – und die Karre in, sagen wir, Vancouver verkaufte, um zu meinem Startkapital zu kommen. Sollen sich doch Lone Star, Timothy Telestrian, Cousine Lynne, die Cutters und die Shadowrunner von Seattle gegenseitig in den Arsch treten, bis sie bluten. Netter Tagtraum, aber jeder weiß, ich werde ihn nicht in die Tat umsetzen.

Die Trudel-Hexe hat die Wahrheit gesagt: Der Wagen ist rot und steht vor dem Haus. Direkt vor dem Haus auf einem Taxi-Standplatz. Entweder kann jemand meine Handlungen viel besser vorhersagen, als mir lieb ist – alles spricht für Argent –, oder ich werde überwacht, elektronisch, magisch, in Fleisch und Blut – oder alles zusammen. Ich kann nicht gerade behaupten, daß mir eine dieser Möglichkeiten gefällt. Der Wagen reicht jedoch, damit ich mich ein wenig besser fühle. Es ist ein Eurocar Westwind 2000, das 2054er Modell. Ein Cabriolet, was bedeutet, er hat den Turbomotor und das Sportfahrwerk. Knapp 150 K Nuyen wert – und irgendwie habe ich das Gefühl, daß Argent die verdammte Karre nicht geklaut, sondern gekauft hat. Wieder einmal muß ich feststellen, daß ich mit meiner Vorstellung von Shadowrunnern nicht auf dem laufenden zu sein scheine.

Ich drücke auf den Codeschlüssel und höre, wie sich die Türen öffnen und der Motor – glatt wie Seide und wie Musik in meinen Ohren – sofort anspringt. Ich gleite auf den Fahrersitz, der tief auf der Straße liegt und geformt ist wie der Pilotensitz in einem Kampfflugzeug, und lasse die Hände über das Armaturenbrett gleiten. Ich tippe auf das Gaspedal und sehe, wie die orangefarbenen Zeiger der Analoginstrumente augenblicklich reagieren. Ja, obwohl ich noch nicht einmal weiß, wohin ich fahre, bekomme ich den Eindruck, daß ich die Fahrt selbst genießen werde. Ich schließe die Tür – ein sanftes Klicken, nicht das Scheppern, das man bei einem typischen Americar zu hören bekommt –, lege den ersten Gang ein und fahre los.

Der Westwind verfügt über eine erstklassige Soundanlage, und die mache ich mir zunutze, während ich auf der 405 nach Norden und durch Bellevue fahre. Zuerst suche ich die Sender nach Musik ab, die heiß genug ist, um mir die Spinnweben aus dem Gehirn zu pusten. Classic Mercurial vielleicht, oder die neuste Scheibe von Marli Bremerton and the Shadows. Alles, nur nicht Darwins Bastards. Ich finde auch gute Musik, aber sie wird schnell langweilig, und ich spüre, wie sich das Bedürfnis nach aktuellen Informationen in mir regt.

Ich bin immer ein Nachrichten-Junkie gewesen, eine Neigung, die unterdrückt, aber nicht ausgerottet worden ist, als ich mit der Undercoverarbeit begann. Wie lange ist es her, seit ich mich zum letztenmal informiert habe, was außerhalb der winzigen Sphäre meines eigenen Lebens läuft? Zu lange – mindestens drei Tage. Ich gehe wieder sämtliche Sender durch in der Hoffnung, dabei auf Nachrichten zu stoßen, und dann bin ich im siebenten Himmel, als ich plötzlich NewsNet – natürlich nur audio – aus Atlanta empfange. Der Autopilot des Westwind ist so gut, daß man den Eindruck hat, der Wagen will selbst fahren, also lasse ich ihm seinen Willen und konzentriere mich auf Ted Turners geistige Erben.

Nichts weltbewegend Neues, jedenfalls nicht zuerst. In den NAN-Staaten machen sich die Salish-Shidhe und Tsimshian immer noch in gemeinsamen Ratsversammlungen gegenseitig die Hölle heiß und drohen einander mit Krieg wegen irgendeines neuen Rohstoffverteilungsplans. Pueblo kann Ute im Moment nicht leiden, während die Sioux – der alte Feind – jedermanns liebstes Kind zu sein scheint. In Europa funkt es wieder zwischen Serben und Kroaten, und alle hassen nach wie vor die Israelis. Drei Universitäten richten Feiern zum hundertsten Jahrestag der Veröffentlichung des ersten Buchs irgendeiner Trilogie von einem Kerl namens Tolkien aus, und eine Neo-Anarchistengruppe aus Atlanta will wegen der Aktivitäten von jemandem namens McCarthy, ebenfalls aus dem letzten Jahrhundert, einen ›Tag der Scham‹ ausrufen. (Haltet euch doch bitte an die Gegenwart!) Börsen- und Geschäftsnachrichten laufen darauf hinaus, daß es die Megakonzerne den Verbrauchern immer noch gründlich besorgen. Keine namentliche Erwähnung von TIC, BioLogic, Lightbringer oder Novalis Optical Technologies, aber das ist keine große Überraschung.

Die Regionalnachrichten – von irgendeiner im Sprawl ansässigen NN-Tochter, nehme ich an – erschüttern mich, da sie mir deutlich vor Augen führen, wie weit ich hinter dem Mond bin. NewsNet genießt einen besseren Ruf, sich an die Fakten zu halten, als jede konkurrierende Organisation einschließlich der Katholischen Kirche. Laut dieser Meldung ist in den Slums des Seattler Metroplex eine häßliche Virusinfektion ausgebrochen. Sicher, das ist NN, aber auch dieser Sender ist um Einschaltquoten bemüht, also muß man Abstriche in der Größenordnung des Faktors zehn machen. Wenn an dem, was der Sprecher sagt, etwas dran ist, haben wir es hier mit etwas zu tun, das ein wenig beunruhigender ist als die letzte Epidemie der Hongkong-Grippe. Ich reduziere die Geschwindigkeit und drehe das Radio lauter.

»Der Sprecher des Gesundheitsamtes der Stadt, Dr. Ken Blatherman, beschreibt die Mini-Epidemie als neue Spezies eines Retrovirus, das in Grenzen infektiös sei und von einem unbekannten Vektor übertragen werde«, verkündet der Sprecher, ohne über die hochgestochenen Worte zu stolpern. (Das *ist* NN...) »Die Tatsache, daß die Virusinfektion bis jetzt auf die Unterschicht der Stadt begrenzt zu sein scheint, deute eher darauf hin, daß die Bedingungen, denen die Nichtseßhaften und Arbeitslosen« – Übersetzung: Penner – »ausgesetzt seien, das Ausbrechen der Krankheit förderten, als darauf, daß sich der Infektionsherd irgendwo auf den Straßen von Seattle befinde, stellt Dr. Blatherman fest. Dr. Blatherman widerspricht energisch allen Berichten unverantwortlicher Medienquellen« – Übersetzung: NNs Konkurrenten –, »daß es bisher nur in der Gang-Subkultur des Metroplex zu Todesfällen gekommen sei. Außerdem – und mit noch größerer Vehemenz – stellt er fest, daß diese Epidemie in keiner irgendwie gearteten Art und Weise Ähnlichkeiten mit dem Virusindizierten Toxischen Allergiesyndrom aufweise. Es handele sich nicht, wie unverantwortlicherweise von anderen berichtet wurde, um den Ausbruch einer mythischen Abart von VITAS 4.

In anderen Regionalnachrichten...«

Ich drücke auf den Sendersuchlauf, und die Stimme des Nachrichtensprechers weicht dem Fließbandgedröhn irgendeines neoindustriellen Hits. Ich bin, weiß Gott, keiner von diesen Drekheads, die eine mythisch verklärte Vorstellung von den ›guten alten Zeiten‹ haben, von irgendeinem Goldenen Zeitalter, als alles Sahne war und jeder jeden geliebt hat, aber manchmal werde ich das Gefühl nicht los, daß seit einiger Zeit echt schlimme Sachen abgehen. Vielleicht liegt es nur an meinem Lone Star-Hintergrund, aber immer, wenn jemand offiziell und vehement den Wahrheitsgehalt eines Gerüchts bestreitet, fange ich an, Vorsichtsmaßnahmen zu ergreifen. VITAS 4? Einfach wunderbar. Wie vielen Leuten hat VITAS 3 vor über vierzig Jahren den Garaus gemacht? Über einem Prozent der Weltbevölkerung. Um die fünfzig Millionen Tote – wenn mir nicht irgendwo ein Komma verrutscht ist.

Andererseits ist diese vermeintliche VITAS 4-Seuche genau das, was Seattle braucht. Ein Super-Virus, das nur Gangmitglieder befällt und vielleicht auch noch Shadowrunner, wenn wir schon dabei sind. Einigen meiner alten Kollegen beim Star würde das außerordentlich gefallen, und ich würde bestimmt keine Träne deswegen vergießen.

Ach, das ist doch sowieso nur hysterischer Drek. Wie viele Ausbrüche von ›VITAS 4‹ haben die Nachrichtenmedien den Leuten im letzten Jahrzehnt gemeldet? Drei oder vier, an die ich mich noch erinnern kann, und keiner von ihnen erwies sich als das große apokalyptische Pandämonium. Eine Sache war ziemlich unangenehm – diese neue Abart von Meningitis, der 2045 ein Dutzend Schulkinder in Chicago zum Opfer fielen –, aber die übrigen waren Blindgänger wie nuevomycinresistente Abarten von Herpes und Syphilis. Null Problemo, solange man grundlegende Vorsichtsmaßnahmen walten ließ. Es ist nur logisch: Man muß die Krankheitserreger nur mit genügend Antibiotika und Wundermitteln bombardieren, um zähere und widerstandsfähigere Erreger zu züchten. Funktionieren so nicht überhaupt Evolution und natürliche Auslese?

Vergiß es. Ich habe die Seuche nicht, niemand, den ich kenne, hat die Seuche, und es wäre sowieso egal. Ich gurke immer noch über Haupt- und Nebenstraßen des Sprawl, ohne die geringste Ahnung zu haben, was ich als nächstes tun soll, eine Tatsache, an der die Nachrichten über ein Killervirus, das zufällig alle hiesigen Banden befällt, nicht das geringste ändern.

Ich nehme die nächste Ausfahrt von der 405 und wechsle auf die 520. Auf der Schwebebrücke drücke ich auf die Tube, und der Westwind rauscht mit der Freude eines Raubtiers über den Lake Washington. Ich biege rechts nach Montlake ab und jage auf die Montlake Bridge. Der Wagen klebt praktisch auf der Straße und nimmt sogar die Ausfahrt mit dem Doppelten der erlaubten Höchstgeschwindigkeit. Ich halte die Augen starr geradeaus und versuche die Gegend irgendwie auszublenden. Es klappt jedoch nicht, und ich weiß, ich werde den Anschlag heute nacht in meinen Alpträumen noch einmal durchleben. Auf den Universitätscampus und an dem freitragenden Alptraum des neuen Stadions vorbei, durch University Village und nach Ravenna. An dieser Stelle drossele ich das Tempo und denke darüber nach, ob mir tatsächlich etwas eingefallen ist, oder ob ich alles abblase und wieder zu meinem Versteck in Renton zurückfahre.

Die Idee ist noch völlig verschwommen, nicht konkret genug, um sich den Namen ›Plan‹ zu verdienen. Wissen Sie, es war der Bericht über die Superseuche, der mich an die Cutters denken ließ. Die Gang ist der Aspekt, dem ich in letzter Zeit wenig Beachtung geschenkt habe. Statt dessen habe ich mir den Kopf über die Handlungsweise des Star zerbrochen, während Argent und Peg wahrscheinlich den Drek über Timothy Telestrian ausgegraben haben. Aber wir scheinen die Cutters, das andere Ende der Tir-Seattle-Connection, völlig vergessen zu haben. (›Vergessen‹ ist vielleicht nicht das richtige Wort. Es ist ziemlich schwer, Leute zu vergessen, die einen umlegen wollen, aber vielleicht könnte ich etwas wie ›nicht die angemessene Aufmerksamkeit gewidmet‹ sagen.) Aber die Connection existiert. Nemo und die Elfendelegation, von der ich annehme, daß sie Abgesandte von Timothy Telestrian waren, haben sich mit Blake getroffen, und es ist nur logisch, diesen Aspekt weiterzuverfolgen. Aber wie?

Und das ist die Frage. Die Cutters haben versucht, mich zu geeken, und es gibt nicht den geringsten Grund zu glauben, daß sie ihre Meinung diesbezüglich geändert haben. Das bedeutet, ich kann nicht einfach in eines ihrer Hauptquartiere marschieren und fragen: »Hey, Chummers, was läuft denn so?« Zumindest dann nicht, wenn ich mir nicht heißes Blei einfangen will.

Aber vielleicht erfahre ich etwas Wichtiges, wenn ich die Aktivitäten in der Umgebung eines ihrer Hauptquartiere beobachte. Weiß der Teufel, was das sein könnte. Wenn ich die Antwort auf diese Frage wüßte, wäre mir die Idee wahrscheinlich gar nicht erst gekommen. Wer weiß? Vielleicht sehe ich Nemo oder ein anderes Mitglied der Delegation – und kann ihm folgen, ihn schnappen und verhören. Nicht gerade wahrscheinlich, aber doch immerhin möglich.

Klar, es ist ein Risiko, den Cutters so dicht auf den Pelz zu rücken, aber ich denke mir, daß es ein kalkuliertes ist. Selbst wenn die Gang noch nach mir sucht und mich umlegen will, ist der letzte Ort, an dem sie mit mir rechnen würde, die Straße direkt vor einem Unterschlupf. Außerdem gibt der Westwind eine ausgezeichnete Tarnung ab. Die Fenster des Wagens sind dunkel getönt. Ich kann wunderbar hinaussehen, aber es ist praktisch unmöglich hineinzusehen. Und schließlich wird niemand, der Rick Larson, das Gangmitglied, kennt, erwarten, daß er in einem Wunderwerk der Automobiltechnologie Marke Eurocar Westwind 2000 im Wert von hundertfünfzig K Nuyen vorfährt. Jedenfalls versuche ich mir das mit durchwachsenem Erfolg einzureden.

Schön, wenn ich es tue, dann los. Ich fahre auf der Fünfundfünfzigsten Straße Nordost nach Osten und biege dann nach rechts auf die Sechsunddreißigste Avenue Nordost. Der Unterschlupf befindet sich mitten im Block auf der Ostseite der Straße. Ich beschließe, einmal vorbeizufahren, um mir das Haus anzusehen, und dann zu entscheiden, wie ich weiter verfahre. Ich schalte den Autopilot des Westwind ein, so daß ich mich voll und ganz auf die Beobachtung des Hauses konzentrieren kann und nicht darauf achten muß, keine parkenden Wagen zu rammen. Ich stelle den Tempomat auf fünfundvierzig Stundenkilometer ein – langsam genug, um einen einigermaßen ausgedehnten Blick zu werfen, aber nicht so langsam, daß ich unerwünschte Aufmerksamkeit errege –, und auf geht's.

Aber irgendwas stimmt nicht, das sehe ich sofort. Der Unterschlupf ist genau das – ein sicheres Schlupfloch, wo sich die Gangmitglieder aufhalten können, wo sie schlafen können, wenn sie müssen, diese Art Drek. Er wird nicht sicher bleiben, wenn dort eine Menge Aktivitäten stattfinden, darunter so offensichtliche Gang-Beschäftigungen wie Messerstechereien und ähnlicher Drek. Daher ist jeder Unterschlupf der Cutters ein mehr oder weniger ruhiger Ort – unauffällig, wenig bemerkenswert.

Aber es gibt einen Unterschied zwischen ruhig oder unaufdringlich und absolut tot – und genauso sieht das Haus aus, als ich daran vorbeifahre. Die Vordertür steht offen – diese Tür bleibt nie geöffnet –, und weder drinnen noch draußen gibt es auch nur das geringste Anzeichen von Aktivität. Ja, klar, alle könnten unterwegs oder bei einem größeren Gangrat im Keller sein. Aber dabei würden sie die Vordertür schließen. Und das erklärt nicht mein unerschütterliches Gefühl, daß der Laden so tot ist wie der Kalvarienfriedhof einen Block entfernt. (Vielleicht noch toter, wenn man den Gerüchten über Ghule auf dem Friedhof Glauben schenken will.)

Bevor ich mir Gedanken über die Weisheit meiner Handlungsweise machen kann, habe ich den Autopilot des Westwind abgestellt und fahre an den Randstein. Ich öffne die Tür und steige aus, wobei ich die Hand unter die Jacke stecke und den Griff meiner H&K umklammere, damit Tech und Kanone sich miteinander bekanntmachen können. Immer noch rührt sich in und um den Unterschlupf nicht das geringste. Ich überquere die Straße und bleibe in der Deckung eines heruntergekommenen Lieferwagens stehen, der auf Klötzen aufgebockt ist. (Das hier ist schließlich Ravenna ...) Und ich starre das Haus an, bis ich das Gefühl habe, auf meinen Augen wüchsen Facetten.

Nichts, Priyatel, nicht das geringste.

Also, was jetzt? Irgendwas geht bei den Cutters vor, irgendwas Wichtiges. Glaube ich. Aber bin ich von meiner Schlußfolgerung so überzeugt, daß ich meinen Arsch darauf verwette? Denk darüber nach: Selbst wenn Blake keine Killerkommandos mehr ausgeschickt hat, bin ich bei den Cutters als Maulwurf des Star bekannt. Sollte ich zufällig jemandem vor die Mündung seiner Kanone latschen, wird mich dieser Jemand mit Sicherheit wegpusten. In einen Unterschlupf der Cutters zu marschieren, heißt, den Ärger geradezu herauszufordern, richtig?

Aber jetzt ist es zu spät, umzukehren und auf Nummer Sicher zu gehen. Wer weiß, vielleicht finde ich sogar einen Hinweis auf die Telestrian-Cutters-Connection, über die ich auf dem Weg nach Ravenna noch vor mich hin geplappert habe. Neugier mag die Katze das Leben kosten und vielleicht auch den Wolf, aber im Moment kann ich sie einfach nicht abschalten wie eine verdammte Lampe.

Okay, ich habe jetzt lange genug rumgestanden und beobachtet. Wenn ich mich überhaupt noch mal in Bewegung setze, ist jetzt der Moment gekommen. Mit Rücksicht auf Nachbarn oder Fußgänger, die wahrscheinlich mehr als erfreut wären, die Cops anzurufen und die Anwesenheit eines Bewaffneten in ihrer Straße zu melden, lasse ich die H&K im Halfter, während ich die Vordertreppe hinauf und durch die offene Tür schlendere.

Kaum bin ich im Flur, ist die H&K in meiner Hand und aus dem Schlendern eine geduckte Kampfhaltung geworden. Mit dem Rücken an der Wand halte ich den Atem an und lausche. Wiederum nichts – kein Wasserrauschen, kein gedämpfter Trideolärm, keine Schritte. Nichts. Das Haus ist verlassen, dieses Gefühl überkommt mich wieder und stärker als zuvor. Es ist ein kaltes, unheimliches Gefühl. Während ich die H&K gleichmäßig hin und her schwenke, dringe ich tiefer in das Haus ein. Im hinteren Teil des Hauses befindet sich eine Art Gesellschaftszimmer, das auf den chipgroßen Hof hinausgeht, in dem normalerweise die Gangmitglieder herumhängen, Trideo glotzen und ganz allgemein die Sau rauslassen. Normalerweise sieht das Zimmer aus, als sei eine Bombe darin explodiert. Überall liegen Pizzaschachteln, Bierdosen und ähnlicher Drek herum. Außerdem gibt es ein Telefon, und die Wand daneben ist mit Notizen, LTG-Nummern und ähnlichem Kram vollgekritzelt. Wenn ich mir einen raschen Überblick darüber verschaffen will, was wann passiert ist, könnte mir der herumliegende Müll möglicherweise Aufschluß darüber bieten.

Ich gehe an der Treppe vorbei, dann an der Küche – in die ich einen kurzen Blick werfe und nichts finde. Ich greife nach der Klinke der Gesellschaftsraumtür …

Und bleibe wie angewurzelt stehen. Ich kann jetzt etwas hören. Atmen – ein stetiges, blubberndes, asthmatisches Geräusch, das mich an Jean Trudels Lachen erinnert. Wie das Schnarchgeräusch von jemandem – einem alten Mann, vielleicht –, aber doch nicht ganz so.

Ich begutachte die Lage. Die Tür zum Gesellschaftszimmer ist nur angelehnt, was bedeutet, ich muß mich nicht mit Türklinken herumschlagen. Sie öffnet sich von mir weg in das Zimmer – perfekte Voraussetzungen, um die Tür aufzutreten, hineinzutauchen und alles niederzumähen, was sich bewegt.

Was im richtigen Leben selten die beste Taktik in einer heiklen Situation ist, wie oft man es auch schon im Trid gesehen haben mag. Das Schnarchen – oder was es sonst ist – ist stetig und tief. Außerdem kann ich nach dem Ausatmen und vor dem Einatmen noch einen pfeifenden Laut hören – eigentlich mehr ein blubberndes Klicken –, und plötzlich kommt mir von irgendwoher der Gedanke, daß genau das der Punkt ist, wo der Atemvorgang irgendwann enden wird. Ausatmen, klick… und nichts mehr, nie wieder. Ich schiebe den Gedanken vehement beiseite und öffne die Tür ganz langsam mit der linken Hand. Die H&K ist schußbereit, und die Elektronik summt und wartet nur darauf, alles umzulegen, was mich bedroht.

In dem Raum ist nichts Bedrohliches, jedenfalls nichts unmittelbar Bedrohliches. Überall liegt Drek herum – Chipetuis, leere Fast Food-Schalen, Bierdosen, das Übliche –, insbesondere auf den beiden niedrigen Tischen und der Handvoll Stühle. Überall, außer auf der großen Couch unter dem Fenster und gegenüber vom Trid.

Und zwar deshalb, weil eine Gestalt auf der Couch liegt, von der die Schnarchgeräusche ausgehen. Doch jetzt, bei geöffneter Tür, klingt es weniger nach Schnarchen, sondern eher so, als versuche jemand durch einen mit Haferschleim gefüllten Schnorchel zu atmen. Mehr als nur beunruhigend. Allein vom Zuhören fühle ich mich klaustrophobisch und dem Ersticken nahe.

Die Gestalt sieht klein aus – kein Kind, sondern ein schmächtiger erwachsener Mann, schätze ich – und ist so dick in Mäntel, fleckige Handtücher und die Fenstervorhänge des Gesellschaftszimmers gehüllt, daß ich nicht sagen kann, wer oder welchen Geschlechts sie ist. Das wichtigste ist im Augenblick, daß sich niemand sonst in dem Raum aufhält, also schleiche ich auf Katzenpfoten vorwärts. Die H&K ist auf die Stirn der Gestalt gerichtet, nur für alle Fälle, aber doch mehr aus Gewohnheit als aufgrund der Tatsache, daß ich mir Sorgen darüber mache, hier auf Schwierigkeiten zu stoßen.

Die Atmung verändert sich nicht – nicht im geringsten –, als ich mich der Gestalt nähere. Ein unangenehmer Geruch sticht mir in die Nase – biologisch, so ähnlich wie verwestes Fleisch, aber doch nicht ganz so. Und plötzlich rasten ein paar Ideen mit einem fast hörbaren Klicken ein, und das Bild, das sie zeichnen, will mir nicht gefallen. Nicht im geringsten. Mit dem Blitzkompensator der H&K schiebe ich den Vorhang vom Kopf der Gestalt herunter, so daß ich ihr Gesicht sehen kann.

Es ist Paco, und er sieht aus wie Drek. Seine Haut ist nicht weiß, sondern eher schwach bläulich, abgesehen von den beiden großen dunklen Ringen unter den Augen. Ich könnte mich fast zu der Ansicht durchringen, daß die Ringe von irgend jemand stammen, der Paco zwei Veilchen verpaßt hat, aber die Wahrheit ist, die Ringe sind nicht auf äußerliche Gewalteinwirkung zurückzuführen. Seine Lippen sind rissig und hier und da so tief gesprungen, daß rosafarbenes Fleisch durchscheint. Gelbweißer Schleim läuft ihm aus der Nase, und jetzt weiß ich auch, warum seine Atmung so unterwassermäßig klingt – seine Lungen müssen voll von diesem Drek sein. Er bewegt sich und hustet, und sein Atem auf meinem Gesicht stinkt entsetzlich nach verwestem Fleisch. »Drek!« murmle ich, indem ich zurückweiche und den Drang unterdrücke, auf der Stelle zu kotzen.

Seine aufgedunsenen Augen blinzeln, dann öffnen sie sich langsam. Sie sind so blutunterlaufen, daß ich kaum Weiß sehen kann. Einen Moment lang rollen sie wild und blind, dann richten sie sich auf mein Gesicht. »Larson.« Pacos Stimme klingt entsetzlich gequält, blubbernd wie bei einem Mann, der in einem Sumpf ertrinkt. »Larson, bist du das?«

O Heilige Maria, Mutter Gottes. Ich trete näher – wenn dieser Drek durch den Atem übertragen wird, bin ich bereits infiziert. »Ich bin es, Paco«, sage ich leise.

»Ich bin krank, 'mano«, sagt er. »Hab' mich noch nie so drekkig gefühlt. Hilf mir, ja?«

Ich nicke – ich traue mich nicht zu sprechen. »Ich helfe dir«, sage ich zu ihm, obwohl ich nicht die leiseste Ahnung habe, wie ich das anstellen soll.

»Hilf mir«, sagt er wieder, als hätte er mich nicht verstanden. »Ich hab' die Seuche, 'mano. Ich glaub', ich sterbe.«

21

Ich konnte Ärzte noch nie leiden, und die Orte, an denen Ärzte herumhängen, noch weniger. Sicher, ich habe Chummer, Kollegen, Delinquenten und Fremde in mehr Unfallstationen geschleppt, als ich zählen kann, aber ich habe es immer gehaßt. Ich nehme an, weil irgendein irrationaler Teil von mir eine Scheißangst davor hat, ich könnte mir das holen, was der andere hat – auch wenn er nicht krank, sondern angeschossen oder sonstwie verletzt ist. Zum Teufel mit der Logik. Ich kann mir hundertmal sagen, daß Schußwunden nicht ansteckend sind, aber ich will trotzdem immer so schnell wie möglich ins Freie.

Also können Sie sich ja vorstellen, wie ich mich fühle, wenn der andere Bursche tatsächlich krank ist. Unendlich viel schlechter, Priyatel. Und als wäre das nicht schon schlimm genug, hänge ich hier auch noch in einem Schatten-Krankenhaus rum, und dieser verdammte Argent kommt nicht…

Ich kann nichts weiter tun, als auf und ab zu gehen, und meine Stiefel klicken dumpf auf dem verschrammten Boden. (Linoleum! Das gibt Ihnen eine Vorstellung davon, wie alt der Laden ist.) Im Wartezimmer steht eine abgewetzte Vinylcouch, aber ich bin nicht in Stimmung, mich von den Sprungfedern zerstechen zu lassen. Einmal auf die Couch setzen, und schon ist man ein Fall für den Doc und muß wieder zusammengeflickt werden und dafür dann auch noch hundert Nuyen zahlen. Mein Blick fällt immer wieder auf die uralte Zwölf-Stunden-Digitaluhr an der Wand. Sie zeigt sechs null-drei an, was 1803 in Echtzeit bedeutet, nur ein oder zwei Minuten später als bei meinem letzten Blick. Ja, ja, die Zeit vergeht wie im Flug, wenn es einem schlecht geht.

Okay, wahrscheinlich geht es mir nicht so schlecht wie Paco. Der Schattendoc behandelt den armen Kerl im Operationsraum oder in der Klinik oder was, seitdem ich ihn vor drei Stunden hergebracht habe. Die Tatsache, daß der Doc noch nicht herausgekommen ist, bedeutet wahrscheinlich, daß Paco noch nicht abgekratzt ist, aber das ist auch schon alles, was sich daraus schließen läßt. Keinen Schimmer, wie ernst die Lage ist und wie Diagnose und Prognose aussehen. Der Doc hat mir gesagt – eher befohlen –, die OP-Tür nicht mal anzurühren, und das ist ein Befehl, den zu mißachten ich keine rechte Lust habe.

Als ich mich in der heruntergekommenen Schattenklinik umsehe, habe ich so etwas wie ein schlechtes Gewissen, weil ich Paco hergebracht habe. Klar, der Bursche gehört zu den Cutters, und laut Lone Star-Kanon macht ihn das zu Abschaum. Aber auf einer persönlichen Ebene habe ich ihn schon immer irgendwie gemocht. Er war immer fair und offen zu mir. Drek, er hat mich gewarnt, als meine Tarnung geplatzt ist. Er hat die persönliche Loyalität mir gegenüber – einem Chummer, einem Kameraden – über die Loyalität zur Gang gestellt. Das muß einiges aufwiegen. Es überrascht mich, aber Paco kommt mir wie ein Freund vor, und davon habe ich nicht allzu viele. Genauer gesagt, keinen einzigen mehr, wenn er ins Gras beißt, und das ist ein verdammt trauriger Gedanke.

Alles in allem wäre mir wohler gewesen, wenn ich ihn ins Harborview Hospital gebracht hätte. Was natürlich vollkommen ausgeschlossen war. Paco hat es zwar nie erwähnt, aber ich nehme an, er ist SINlos. Harborview würde niemanden ohne Systemidentifikationsnummer aufnehmen. Hinzu kommt, daß der Star in der Gegend um Pill Hill immer stark vertreten ist. Paco in die Eingangshalle des Krankenhauses zu schleifen, hätte wahrscheinlich nur dazu geführt, daß er ins Gras gebissen hätte und ich geschnappt oder gegeekt worden wäre. Damit blieb natürlich nur noch ein Straßendoc, ein Schattenschnibbler, als einzige Möglichkeit übrig.

Diejenige, die ich ausgesucht habe – eine Dr. Mary Dacia, auf der Straße als Doc Dicer bekannt –, hat einen guten Ruf bei den Cutters und ist nach meiner Versetzung von Milwaukee nach Seattle bei Lone Star als ›letzte Zuflucht‹ erwähnt worden. Doc Dicer hat offenbar einen richtigen Doktor in Medizin, sich auf Traumafälle spezialisiert und sogar ein paar akademische Artikel veröffentlicht. (Warum, zum Teufel, arbeitet sie dann als Schattenschnibbler und nicht als richtiger Doc? Keinen Schimmer.) Ihre ›Klinik‹ befindet sich in einem ehemaligen Restaurant in der Blanchard Street in Sichtweite der Space Needle. Sie ist eine kleine, gut gebaute Frau mit kurzen roten Haaren, zäh und kompetent und hat eine echt frostige Art. Und doch spüre ich ein mitfühlendes menschliches Wesen unter dieser Straßenfassade. Das Beste, was ich für Paco tun konnte, und vielleicht gut genug.

Die Tür zur Gasse – Dicers ›Vordertür‹ – schwingt auf, und ich ziehe meine H&K. Ich stecke sie wieder weg, als ich sehe, daß es Argent ist. »Das hat aber lange gedauert«, knurre ich.

Der Runner zuckt die Achseln. »Jean hat dir gesagt, daß ich beschäftigt bin, als du angerufen hast«, sagt er ganz vernünftig. »Ich habe die Nachricht erst vor« – er wirft einen Blick auf seine Uhr – »zwanzig Minuten erhalten.« Er geht zur Couch und läßt sich müde daraufsinken. Der Kontakt mit den Sprungfedern läßt ihn nicht gleich wieder aufspringen. Entweder ist er zu müde, um noch auf viele kleine Stichwunden zu reagieren, oder sein Arsch ist gepanzert. »Du hast gesagt, es ist wichtig«, bemerkt er.

»Vielleicht.« Und ich erzähle ihm von meinem Besuch im Unterschlupf der Cutters.

Seiner Miene kann ich entnehmen, daß er von meiner

Entscheidung, nach Ravenna zu fahren, nicht begeistert ist, aber er hört zu und nickt dann, als ich ihm den Grund erkläre. »Riskant«, sagt er. »Aber ich hätte wahrscheinlich dasselbe getan. Erzähl weiter.«

Das tue ich, und ich schildere ihm, wie ich den Westwind vor den Hintereingang gefahren und den in Vorhänge eingewickelten Paco aus dem Haus geschleift habe und dann in die Innenstadt zu Doc Dicers Laden gerast bin, woraufhin ich ihn angerufen habe. Als ich fertig bin, nickt er zögernd. »Interessant«, sinniert der Runner leise. »Ich habe von dieser Super-Seuche gehört. Du kannst dir die wüsten Gerüchte auf der Straße sicher vorstellen. Aber es war immer nur vom ›Freund eines Freundes von einem Bekannten‹ die Rede. Niemand, den ich kenne, hat sich angesteckt oder kennt persönlich jemanden, der die Seuche hat. Ich hielt das alles für die diesjährige Ausgabe einer Grippeepidemie und eine Menge Hysterie.« Er wirft einen Blick auf die Tür. »Vielleicht ist es an der Zeit, diese Einschätzung zu revidieren.«

»Was du nicht sagst«, knurre ich. Jetzt, wo Argent hier ist, weiß ich nicht mehr, warum ich ihn überhaupt angerufen habe. Es schien mir eine gute Idee zu sein, aber jetzt? Will ich hier mit dem Shadowrunner eingesperrt sein, wenn er mir lediglich beim Warten helfen kann?

Wie als himmlische Antwort auf meine Zweifel öffnet sich die Tür zum OP oder was auch immer, und Doc Dicer tritt heraus. Sie ist völlig erledigt – das sehe ich ihrem Gesicht und ihrer Körperhaltung an –, aber sie ist auch besorgt. Kein gutes Zeichen.

»Wie geht es ihm?« frage ich.

Sie antwortet nicht sofort, sondern wendet sich an Argent, der bereits aufgestanden ist. Ein breites Lächeln überzieht ihr Gesicht, und plötzlich sieht sie zehn Jahre jünger aus. Sie umarmen sich, wobei die zierliche Frau in der Umarmung des stämmigen Runners geradezu zwergenhaft wirkt. Seine mattschwarzen Cyberarme halten sie sanft, beinahe zärtlich. Nach einem Augenblick trennen sie sich wieder.

»Ist lange her«, sagt Doc Dicer.

Argent schüttelt langsam den Kopf, während er sich umsieht. »Eine ziemliche Veränderung.«

Sie zuckt die Achseln. »Hier kann ich etwas bewegen«, sagt sie, »und diese Veränderung lohnt sich.« Sie hebt eine Augenbraue, als sie anzüglich auf seine Arme blickt. »Du hast dich auch verändert.«

»Könnten wir die Wiedersehensfeier vielleicht noch etwas verschieben?« werfe ich trocken ein. Beide starren mich plötzlich kalt an, aber ich halte ihrem Blick stand. »Wie geht es Ihrem Patienten, Doc?«

»Er stirbt vielleicht«, antwortet sie. »Jedesmal, wenn ich denke, ich hätte ihn stabilisiert, macht dieses Retrovirus eine grelle Antigen-Verwandlung durch, und dann geht es wieder abwärts mit ihm.« Sie hält inne, und ihre harte Miene wird ein wenig weicher. »Ein Freund?«

»Ja«, sage ich, und das ist die Wahrheit. »Ja, ein Freund.« Mir kommt ein anderer Gedanke. »Wäre er in einem richtigen Krankenhaus besser aufgehoben?«

»Vielleicht, aber das ist keineswegs sicher«, erwidert sie. »Es könnte auch nur ein besser eingerichteter Platz zum Sterben für ihn sein.«

Ich nicke. »Kann ich mit ihm reden?«

Sie will nein sagen, das kann ich in ihren Augen erkennen. Doch nach ein oder zwei Sekunden nickt sie. »Zwei Minuten«, sagt sie schneidend, indem sie Argent einen Blick zuwirft, als wolle sie den Runner auffordern, dafür zu sorgen, daß ich nicht aus der Reihe tanze.

»Zwei Minuten«, sage ich, und Doc Dicer öffnet die Tür.

Paco sieht klein in dem Bett aus, das von HiTech-Monitoren und anderem Drek umgeben ist. An Kopf und

Handgelenken sind Drähte und Sensoren und ein Haufen anderer Müll befestigt, der auch unter der Decke verschwindet, wo er offenbar mit seiner Brust verbunden ist. Er sieht wie ein kleiner Junge aus. Die Ringe unter seinen Augen sind dunkler und noch betonter, und seine Lippen sehen immer noch schlimm aus, aber zumindest rinnt ihm nichts mehr von diesem gelben Drek aus der Nase, und sein Atem klingt fast frei. Die Augen sind jedoch tief eingesunken und die Wangen eingefallen, und es kommt mir so vor, als sei er in den letzten drei Stunden dünner geworden. Mir ist plötzlich kalt.

»Ist er ansteckend?« frage ich.

Doc Dicer lächelt humorlos. »Wird auch Zeit, daß Sie diese Frage stellen«, sagt sie. »Er ist von einer Laminar-Luftstrom-Isolation umgeben, die alle Erreger dort hält, wo sie gerade sind. Ohne das?« Sie zuckt die Achseln. »Ich weiß es nicht, aber in« – sie sieht auf die Uhr – »genau zwei Minuten bin ich schlauer.«

Ich trete näher ans Bett – nicht zu nahe, ich weiß nicht, wie weit sich dieser Laminar-Drek nach außen erstreckt. »Paco.« Dann noch einmal lauter. »Paco.«

Seine Augenlider flattern, dann öffnen sie sich. Die Augen richten sich diesmal sofort auf mein Gesicht, und ich hätte gesagt, das deute auf eine Verbesserung seines Zustands hin, wären da nicht der glasige, unnatürliche Glanz im weißen Licht des OPs und die Tatsache, daß die eine Pupille doppelt so weit geöffnet ist wie die andere. »Larson«, sagt er mit einer Stimme, die so klingt, als hätte er Kies im Hals stecken. »Du bist nicht abgehauen, 'mano.«

»Nur so lange, um dich zu einem Doc zu schaffen, Chummer«, würge ich an dem Klumpen in meinem Hals vorbei.

»Ja ...« Seine Stimme verliert sich.

»Paco«, sage ich scharf, »bleib bei mir, Chummer. Laß dich nicht hängen, okay?« Er nickt, und ich werfe einen

Blick auf Doc Dicer. Sie wirft ostentativ einen Blick auf ihre Uhr.

Keine Zeit für eine freundliche, subtile Annäherung. Klein ist sie, aber ich habe das Gefühl, Doc Dicer könnte sogar Argent aus ihrer Klinik jagen, wenn er die Regeln bräche. »Was, zum Teufel, ist passiert, Chummer?« frage ich ihn. »Das Haus war leer. Warum?«

»Krank«, murmelt er. Seine Augen flackern, dann schließen sie sich. Ich verliere ihn.

»Ja«, sage ich eiligst. »Ich weiß, daß du krank geworden bist. Aber was ist mit dem Rest der Gang? Was ist passiert?«

Er schüttelt den Kopf. »Nicht. Nicht ich.« Er holt tief Luft, und das Blubbern ist wieder da. »Ja, ich meine, ja, ich bin krank geworden. Aber nicht nur ich. Auch andere.«

Was? »Wie viele andere, Paco?«

»Sieben, acht. Vielleicht zehn. Dachten zuerst, es wär' 'ne Lebensmittelvergiftung. Das haben sie zuerst gedacht, daß wir irgendso'n schlechten Drek gegessen hätten. Aber das war's nicht. Die Leute, die krank wurden, hatten nicht dasselbe gegessen. Krank. Die Leute kriegten Angst. Es wurde echt schlimm.«

»Ja, das kann ich mir vorstellen.« Drek, es gibt so viel, das ich wissen muß. Viel mehr, als ich in zwei Minuten erfahren kann, aber Doc Dicer hat mit Sicherheit nicht vor, mir eine Verlängerung zu bewilligen. Ich muß mich auf das Wesentliche konzentrieren und die Einzelheiten später ergänzen oder ganz außen vorlassen. »Wann ist das passiert, Paco? Wann hat es angefangen?«

Er antwortet nicht sofort. Seine Augen sind geschlossen, sein Atem klingt wieder nach Haferschleim im Schnorchel, und ich glaube schon, daß er weg ist. Doch dann zuckt er und sagt: »Paar Tage. Paar Tage her. Tag nach dem Treffen.«

»Welchem Treffen?« Dicers Augen verraten mir, daß

meine Zeit abläuft. »Nach welchem Treffen, Chummer?«

Wieder gibt es eine längere Verzögerung, und ich will Doc Dicer unter allen Umständen sagen, daß sie mir die tote Zeit nicht berechnen darf. Dann sagte er: »Die Elfen, 'mano. Die Elfen beim letztenmal.«

»Die Elfen aus Tir?«

»Ja. Danach.« Seine Stimme ist so leise, daß ich mich vorbeuge, um ihn besser zu verstehen. Aus dem Augenwinkel sehe ich Docs warnenden Blick, und ich erstarre. Ach ja, der Laminar-Drek.

»Okay, Paco. Ich hab's begriffen – die Elfen. Was dann?«

Eine lange Pause, und ich glaube, er ist weggedämmert. Aber dann bewegen sich seine rissigen Lippen wieder. »Panik«, flüstert er, »alle wollen weg ... die Leute hauen ab ... lassen mich allein. Ich bin krank, 'mano ...« Dann stößt er einen tiefen Seufzer aus und ist tatsächlich weg. Zwischen Ausatmen und Einatmen ist wieder dieses Klicken, und ich fühle mich plötzlich elend.

Dicer packt meinen Arm mit festem Griff. »Schön«, schnappt sie. »Raus.«

Wie zuvor will ich mich ihrer Anordnung nicht widersetzen.

Argent und ich reden nicht miteinander, während wir im Wartezimmer herumhängen. Mir geht zuviel durch den Kopf, um mich zu unterhalten, und die Augen des Runners verraten mir, daß es ihm ähnlich geht.

Elfen. Elfen aus Tir. Dann diese Krankheit – Drek, zehn Leute in zwei Tagen gestorben, es klingt tatsächlich nach VITAS. Gibt es eine Verbindung zu den Elfen – einen echten Kausalzusammenhang? Oder ist das nur ein Zufall? Aus der schwärzesten Tiefe der Vergangenheit fällt mir etwas aus einem Philosophiekurs ein. Einer der häufigsten logischen Fehler – *post hoc, ergo propter hoc*: danach und daher auch deswegen – ist die Annahme, weil Ereignis B zeitlich auf Ereignis A folgt, muß Ereignis A Ereignis B irgendwie verursacht haben.

Drek, ich weiß, daß ich emotional ausgebrannt bin, wenn ich anfange, mich an das verdammte Latein zu erinnern...

Die OP-Tür öffnet sich, und Doc Dicer kommt heraus. »Nein, er ist noch nicht tot«, beantwortet sie meine Frage, bevor ich sie stellen kann. »Er schläft – wahrscheinlich für ihn im Moment das beste –, und ich glaube, sein Zustand ist einigermaßen stabil... aber das habe ich gerade auch schon geglaubt.« Sie lehnt sich an die Wand und reibt sich die Augen. Was empfindet sie im Moment? Vielleicht Angst? Mir ist nicht klar, wie dieser Laminar-Drek sie schützen soll, während sie tatsächlich an Paco arbeitet. Es gibt auf Magie beruhende Isolationsvorrichtungen, die angeblich jeden dem Menschen bekannten (und unbekannten) Erreger fernhalten, aber ich habe keinen der Fetische und Talismane an ihr gesehen, die dafür unerläßlich sind. Irgendwo im Hinterkopf muß Doc Dicer befürchten, VITAS 4, oder was Paco sich geholt haben mag, ausgesetzt zu sein, aber sie hat sich bereit erklärt, ihn zu behandeln, und sie arbeitet immer noch an ihm. Für mich war es etwas anderes, das Risiko einzugehen, ihn aus dem Unterschlupf zu tragen und durch die Stadt zu kutschieren. Er ist mein Chummer. Ich weiß nicht, ob ich mein Leben für einen Fremden aufs Spiel setzen würde.

»Irgendwas Erfreuliches?« fragt Argent.

Dicer nickt zögernd. »Sogar etwas sehr Erfreuliches. Was Ihr Freund auch hat«, sagt sie an mich gewandt, »es ist nicht ansteckend.«

»Häh?« sage ich oder etwas ähnlich Zwingendes.

Sie zuckt die Achseln. »Ich verstehe es selbst nicht«, räumt sie ein, »aber es ist nicht ansteckend, nicht im Moment. Es könnte irgendwann ansteckend gewesen sein, zum Beispiel zu dem Zeitpunkt, als Ihr Freund es sich zugezogen hat, aber ich bin nicht völlig davon überzeugt.« Sie seufzt. »Es hat diesen Trick einer wirklich profunden Antigen-Verwandlung drauf. Besser kann ich es nicht beschreiben, obwohl es nicht ganz stimmt.«

»Im Klartext«, schlage ich vor.

Sie wirft mir einen boshaften Blick zu, dann scheint sie ihn zu bereuen und nickt entschuldigend. »Antigen-Verwandlung«, sagt sie. »Das ist wie ...« Sie schließt die Augen auf der Suche nach einer Analogie, die für Idioten wie mich geeignet ist. »Die Reaktion des Immunsystems auf einen Krankheitserreger besteht zum Teil darin, Antikörper zu erzeugen. Cops, wenn Sie so wollen, okay?« Ich nehme Argents schwaches Grinsen zur Kenntnis, ignoriere ihn aber.

»Die Cops bekommen also den Auftrag, einen roten Jackrabbit mit Kennzeichen soundso zu stoppen«, fährt Doc Dicer fort, »und der Wagen ist das Virus. Okay?« Ich nicke. Bis hierher ein Kinderspiel. »Bei einer Antigen-Verwandlung ist es so, als ändere der Jackrabbit ständig Farbe und Kennzeichen«, fährt sie fort. »Die Cops bekommen immer die neusten Meldungen – jetzt ist es ein schwarzer Jackrabbit mit Kennzeichen von außerhalb, so in der Art –, aber sie hinken immer einen Schritt hinterher. Das ist eine Antigen-Verwandlung, und genau das tut dieses Virus.« Sie runzelt die Stirn. »So ungefähr.«

»Warum ›so ungefähr‹?« will Argent wissen.

Dicer schüttelt den Kopf, und ihre Augen blitzen vor Zorn. Nicht auf uns, wird mir plötzlich klar, aber vielleicht auf sich selbst. »Es ist eine Antigen-Verwandlung, aber es ist auch mehr als das. Gehen wir noch mal zu der Analogie mit dem Wagen zurück. Es ist so, als würde sich der Jackrabbit plötzlich in einen Westwind verwandeln, anstatt nur Farbe und Kennzeichen zu ändern, wenn ihm die Cops auf den Pelz rücken. Und dann vielleicht in einen Bus. Und dann in ein Merlin V/STOL. Und dann in ein Suborbitalflugzeug. Und dann in ein verdammtes Kreuzfahrtschiff.« Sie schnaubt. »Deshalb sagte ich, das Virus könne vielleicht ansteckend gewesen sein, als sich Ihr Freund infiziert hat, aber jetzt ist es das nicht mehr. All das kann sich gründlich ändern. Etwas wie dieses Virus ist mir noch nie begegnet. Und es gibt noch viel erschreckendere Merkmale ...«

Argent hebt eine mattschwarze Hand. »Langsam«, sagt er. »Du sagtest, etwas wie dieses Virus sei dir noch nie begegnet. Ist dir vielleicht schon mal etwas begegnet, das eine entfernte Ähnlichkeit mit diesem Virus hatte?«

Doc Dicers Lächeln ist ein wenig schief. »Der Gedanke ist mir gekommen, das kannst du mir glauben.« Sie hält inne, als wolle sie ihre Schlußfolgerung nicht hören. »Es ähnelt in mancherlei Hinsicht VITAS 3. In *mancherlei* Hinsicht«, betont sie noch einmal.

»VITAS 4?« Die Frage rutscht mir heraus, bevor ich es verhindern kann.

Sie schneidet eine Grimasse. »Eine sinnlose Bezeichnung«, schnappt sie.

»Aber treffend, oder nicht?« kontere ich.

»Für den Laien«, pariert Dicer, und die Schlacht hat begonnen ...

Oder würde beginnen, wenn Argent nicht wiederum die Hand höbe. Sowohl Dicer als auch ich halten sofort die Klappe. »Wir sind beide Laien, wenn es um solche Dinge geht, Mary«, sagt er sanft. »Wie wäre es, wenn du es uns mit einfachen Worten erklärst?«

Ihre harte Miene wird weicher, und sie nickt. »Es ist ein Retrovirus«, sagt sie nach ein paar Augenblicken. Sie fixiert mich. »Wie VITAS 3, zugegeben. Aber es gibt auch noch andere Retroviren. Manche sind ziemlich übel – MMVV verursacht zum Beispiel Vampirismus –, ein anderes verursacht eine Art Meningitis, aber es gibt auch ein Retrovirus, das bei Trollen periodisch auftretende Kopfschuppen verursacht, und ein anderes, das eine ernste Allergie gegen Erdnüsse hervorzurufen scheint. Den Populärmedien zum Trotz bedeutet Retrovirus nicht notwendigerweise ›globales Pandämonium‹, okay?«

»Okay«, stimme ich zu. »Aber ist dieses spezielle Retrovirus wie das ganz spezielle Retrovirus, das VITAS 3 hervorruft?«

»Manchmal«, sagt sie widerwillig. »Ich habe einige Modi gesehen, in denen er so ähnlich wie VITAS 3 aussieht. Und ich habe andere Modi gesehen, in denen er absolut keine Ähnlichkeit damit hat. Es liegt an dieser verdammten Antigen-Verwandlung.«

»Ja, das habe ich begriffen.« Ich überlege einen Augenblick. »Sie sagten, daß das Virus *in diesem Modus*« – ich spreche die Worte überdeutlich aus, was Doc Dicer dazu veranlaßt, mir einen finsteren Blick zuzuwerfen, aber was soll's – »nicht ansteckend ist. Aber es könnte ansteckend gewesen sein und es auch wieder werden. Selbst wenn es also kein – wie haben Sie es genannt? – globales Pandämonium ist, kann es trotzdem verdammt unangenehm werden, oder nicht?«

Dicer tut es nicht gerne, nickt aber dennoch. »Theoretisch«, und das Wort spricht sie jetzt selbst ziemlich deutlich aus. »Aber theoretisch könnte sich das Virus auch in etwas völlig Harmloses verwandeln ...«

»Oder in etwas, das bei Trollen periodisch auftretende Kopfschuppen verursacht ... Ja, klar.«

Dicer mustert mich neugierig. »Warum wollen Sie unbedingt, daß das VITAS 4 ist?« fragt sie leise.

Das läßt mich für einen Augenblick verstummen. Sie hat recht, genauso höre ich mich an, wird mir klar, als ich mir noch einmal meine letzten Bemerkungen vor Augen halte. Dann kommt mir ein neuer Gedanke. »Hey, Augenblick mal«, sage ich plötzlich. »Das Virus muß doch irgendwann ansteckend gewesen sein, richtig? Paco hat sich angesteckt, neun oder zehn andere

Leute haben sich angesteckt. Das heißt doch ansteckend, oder nicht?«

Sowohl Argent als auch Doc Dicer schütteln den Kopf, aber es ist Dicer, die mir antwortet. »Nicht notwendigerweise. Ganz im Gegenteil. ›Ansteckend‹ bedeutet, man kann eine Krankheit von jemandem bekommen, der bereits mit ihr infiziert ist. Aber es gibt viele andere Vektoren – das ist der ›Übertragungsmechanismus‹«, führt sie aus. »Ich könnte aus dem Stegreif ein Dutzend Krankheiten nennen, die hundsgemein, aber im eigentlichen Wortsinn nicht ansteckend sind.«

»Das verstehe ich nicht«, muß ich zugeben.

»2037 gab es eine häßliche Seuche, die die Bluterbevölkerung in Frankreich dezimiert hat«, erklärt Doc Dicer, wobei ihre Stimme einen trockenen, dozierenden Tonfall annimmt. »Auslöser war ein Virus mit sehr langer Latenzphase – die in manchen Fällen Jahrzehnte dauerte. Man konnte sich nicht bei einem Infizierten anstecken, jedenfalls nicht auf dem üblichen Weg. Man konnte einen Infizierten küssen, mit ihm schlafen, sein Eßbesteck benutzen, was man wollte. Aber wenn man eine Bluttransfusion von ihm bekam, bingo, dann war man auch infiziert.« Sie hält inne. »Gut, im strikten Wortsinn ist diese Krankheit immer noch ansteckend gewesen, weil man sie von jemandem bekommen konnte, der infiziert war, wenngleich nur durch ganz besondere Umstände.«

»Das Tsimshianische Zweitagesfieber«, wirft Argent ein, und Dicer nickt.

»Gutes Beispiel«, stimmt sie zu. »Das ist ein Erreger, den man in einigen Flüssen im Gebiet der Queen Charlotte-Inseln in Tsimshian findet – oder wie sie diese Inseln jetzt nennen. Die Experten sind der Ansicht, es könnte sich um ein Retrovirus handeln, aber kein Mensch ist sich dessen sicher, weil die Tsimshian-Regierung aus irgendwelchen hirnverbrannten Gründen jedwede Forschung verboten hat.

Jedenfalls steckt man sich an, wenn man das Wasser trinkt. In diesem Fall kriegt man das Fieber und ist nach achtundvierzig Stunden wahrscheinlich tot. Aber auch in der Phase, in der man sich die Gedärme aus dem Leib kotzt«, fährt sie fort, »kann man keine andere Person anstecken. Eine Person kann mit allem möglichen von einem Infizierten in Berührung kommen, Atem, Rotz, Kotze, Drek, Blut, Sperma... nichts. Der einzige Vektor für diese Krankheit, der je gefunden wurde, ist das Wasser dieser speziellen Flüsse. Wenn man das Wasser nicht trinkt, kann man die Krankheit auch nicht bekommen. Begriffen?«

Ich nicke. Nach dieser Erklärung ist es wirklich leicht zu verstehen. »Und wie sieht der... der Vektor für das aus, was Paco hat?« will ich wissen.

»Ja, das ist die Vierundsechzigtausend-Nuyen-Frage, nicht?« Ihrer Miene entnehme ich, daß Doc Dicer eine Antwort hat, aber ich habe auch den Eindruck, daß sie ihr absolut nicht gefällt.

»Weiter, Mary«, fordert Argent sie mit ruhiger Stimme auf, und ich weiß, daß er den gleichen Eindruck hat wie ich.

Die Frau nickt und zieht ein grimmiges Gesicht. »Das ist alles nur Spekulation«, beginnt sie, »ohne weitere Untersuchungen...«

»Verstanden und registriert«, unterbricht Argent sie sanft. »Wir werden dich auf nichts festnageln.«

Ihr Lächeln vereint Dankbarkeit und Verlegenheit, als sie fortfährt. »Okay, ich nehme an, daß die Krankheit nicht ansteckend ist und es auch nicht wahr, als sich der Patient...«

»Paco«, korrigiere ich.

Ihr Blick begegnet meinem, dann wendet sie ihn ab. »Tut mir leid. Sie war nicht ansteckend, als Paco sich infiziert hat. Zugegeben, sie hätte es sein können, aber die Chancen dafür sind ziemlich gering.

Das heißt also, daß ein anderer Vektor vorliegt«, fährt

sie fort. »Ich würde sagen, daß das Virus entweder mit der Luft oder dem Essen aufgenommen wird.«

»Haufenweise Schleim«, stellt Argent fest.

Dicer nickt. »Sein Verdauungstrakt ist ebenfalls ein Alptraum«, sagt sie, »obwohl ich nicht weiß, was primär und was sekundär ist.«

»Paco sagte, sie hätten zuerst an eine Lebensmittelvergiftung gedacht«, werfe ich ein.

»Er hat auch gesagt, sie hätten alle etwas anderes gegessen«, erwidert sie rasch. Dann entspannt sie sich ein wenig. »Okay, es wäre möglich... Vielleicht etwas im Wasser. Aber ich würde trotzdem mein Geld auf die Luft setzen. Ich glaube, Paco hat das Virus eingeatmet, das dann über die Lungen in den Blutkreislauf gelangt ist.«

»Die Frage lautet also, woher ist das Virus gekommen? Richtig?« dränge ich. »Wie ist es in die Luft oder ins Wasser oder ins Essen oder was auch immer gekommen.« Ich werfe einen Blick auf Argent, sehe sein Stirnrunzeln. Irgendwie habe ich das Gefühl, daß er sich insgeheim dieselbe Frage stellt: Gibt es hier einen Zusammenhang mit den Elfen?

Dicer nickt, doch zögernd, als sei sie nicht völlig überzeugt. »Was ist?« frage ich.

Sie antwortet nicht sofort, und mir wird plötzlich kalt. Eigentlich will ich gar nicht mehr hören, was sie zu sagen hat. Unwissenheit hat auch ihre Vorteile. »Ja«, sagt sie schließlich, »das ist wichtig. Aber es gibt noch eine andere Frage. Wodurch ist das Virus aktiv geworden?«

»Häh?« machen Argent und ich gleichzeitig.

»Manche Viren und Bakterien sind ständig aktiv«, erklärt Doc Dicer langsam, als sei dies etwas, über das sie eigentlich nicht nachdenken wolle. »Sie gelangen in den Körper und machen einen krank. Punkt.

Aber es gibt welche, die sich anders verhalten.« Der trockene Vorlesungstonfall ist wieder da, und plötzlich habe ich das unbestimmte Gefühl, daß sie ihn benutzt, um ihre eigenen Empfindungen zu verdrängen. Und das macht alles noch viel beängstigender. »Manche Erreger – Viren und Bakterien – gelangen in den Körper«, fährt sie fort, »und bleiben dort Monate oder Jahre oder Jahrzehnte ... manchmal ein Leben lang. Sie sind absolut latent – sie sind da, aber vollkommen untätig. Bis irgend etwas geschieht, das sie aktiviert. Dann fangen sie an, sich zu vermehren und den Körper krank zu machen. AIDS war so, bevor die T5-Leukozyten-Behandlung entwickelt wurde. MMVV ist so. Harmlos, bis das Virus aktiviert wird und loslegt.

Ein latentes Virus kann durch alles mögliche aktiviert werden. Manche Auslöser sind körpereigener Art – die immunologische Reaktion auf eine andere Infektion kann eine latente Form der virusinduzierten Meningitis hervorrufen, ziemlich häßlich. Manche kommen von außen – wie zum Beispiel eine bestimmte Chemikalie oder Kombination von Chemikalien in der Nahrung.« Dicers Stimme verliert sich.

»Und dieses Virus hat einen Auslöser?« fragt Argent nach einigen Sekunden.

Dicer nickt. »Magie. Einen Zauber.«

»Unmöglich«, kontert Argent.

»Warum?« will ich wissen, und beide sehen mich an. »Es gibt doch auch Erwachte Tiere«, erkläre ich eiligst, »und Insekten und sogar Pflanzen, die auf Magie sensibel reagieren, gegen sie resistent sind oder sie benutzen können – oder alles zusammen. Wie werden sie noch gleich genannt?«

»Paranatürlich.« Es ist Argent, der antwortet.

»Warum dann nicht auch Viren?« beende ich meinen kleinen Vortrag.

Dicer sieht mich an, und ihre Miene scheint anzudeuten, daß sie mich jetzt wohl doch nicht mehr für einen Idioten von Geburt an hält. Sie nickt. »Warum nicht?« wiederholt sie. »Okay, zugegeben, das hier ist nicht das MIT&M oder Berkeley, und ich bin auch nicht Dr. Derek Maclean.« (Wer? will ich fragen, aber ich halte die Klappe.) »Aber es sieht jedenfalls so aus, daß mehrere Abschnitte in der RNS des Virus deutliche Analogien zu den magieempfindlichen Einschüben in der DNS Erwachter Spezies aufweisen.«

»Was bedeutet?« fragt Argent.

»Was impliziert«, erwidert sie, »daß dieses ganz spezielle Retrovirus latent – nein, mehr als das, völlig untätig – ist, bis es durch Magie aktiviert wird.«

Der Shadowrunner ballt seine Metallfäuste. Offenbar gibt ihm das viel mehr zu denken als mir, und ich verstehe nicht, warum. Drek, im Moment bin ich noch zu sehr mit der Erleichterung beschäftigt, daß ich wahrscheinlich nicht an VITAS 4 sterbe. «Wie sicher sind Sie sich dessen?»

»Nicht sicher«, antwortet sie. »Absolut nicht sicher. Das kann ich nach einem untersuchten Krankheitsfall und mit den mir hier zur Verfügung stehenden beschränkten Hilfsmitteln auch gar nicht sein. Aber«, betont sie, »ich würde schon sagen, daß einiges darauf hinweist. Stark darauf hinweist.«

Argent nickt mürrisch, und ich denke daran, daß er mehr über ihre Vergangenheit weiß als ich. Ihre Ausführungen scheinen ihn ziemlich mitzunehmen.

Im Gegensatz dazu komme ich mir so vor, als hätte ich das Entscheidende übersehen. »Ich komm da nicht mit«, platzt es aus mir heraus. »Was ist daran so verdammt wichtig? Es ist ein Erwachtes Virus, und der auslösende Faktor ist magische Aktivität in der Nähe, richtig?«

»Falsch.« Doc Dicer betrachtet mich mit kaltem, stetem Blick. »Der Auslöser ist nicht einfach nur magische Aktivität im Hintergrund oder die Anwendung von Magie in der Nähe.«

Da geht mir ein Licht auf. Ich werfe Argent einen Blick zu, und er nickt wieder. Er hat es ebenfalls begriffen. »Sie meinten, der Auslöser sei magisch«, sage ich zögernd, »ein Zauber. Ein Zauber. Ein ganz bestimmter Zauber!«

»Ein Zauber, der speziell auf diesen ganz bestimmten Abschnitt der RNS dieses ganz bestimmten Retrovirus zugeschnitten ist«, bestätigt Dacia. »Solange sich das Virus außerhalb des Wirkungsbereichs dieses ganz speziellen Zaubers befindet, ist es vollkommen untätig.«

»Aber das ist unmöglich«, sage ich, und meine Worte klingen selbst in meinen Ohren lahm.

»Vom evolutionären Standpunkt aus betrachtet, gebe ich Ihnen recht«, sagt sie. »Dieses Retrovirus kann sich nicht natürlich entwickelt haben. Was bedeutet ...«

»Er ist auf künstlichem Weg entstanden.« Es dauert einen Augenblick, bis mir klar wird, daß die Stimme mir gehört.

22

Doc Dicer mustert mich mit stetem Blick. Einen Moment lang sagt sie nichts und reagiert auch nicht, als versuche sie, mich niederzustarren.

Sie ist diejenige, die zuerst blinzelt und dann ein wenig verlegen wegsieht. »Vielleicht«, sagt sie. »Es gibt eine ganze Menge ›Wenns‹. Wenn ich recht habe, daß der Auslöser magisch ist. Wenn ich recht habe, daß es sich dabei um einen bestimmten Zauber und nicht magische Aktivität im allgemeinen handelt. Wenn, wenn, wenn …« Sie versucht zu lächeln, aber in ihrem Lächeln liegt kein Humor, und es endet damit, daß sie eine Grimasse zieht. »Wenn ich ein richtiges Labor mit ausgebildetem Personal und das ganze Brimborium hätte …« Ihre Lippen verziehen sich, und sie flucht: »Zum Teufel damit!«

Argent und ich reagieren beide. Es ist das erstemal, daß Doc Dicer flucht, was den Eindruck, den sie damit macht, beträchtlich verstärkt.

»Aber du sagtest, daß einiges stark darauf hinweist«, stellt der Shadowrunner fest, indem er ihr ihre eigenen Worte vorhält.

Sie funkelt ihn einen Augenblick lang an, dann entspannt sich ihre harte Miene. »Das habe ich tatsächlich gesagt, nicht wahr?« Sie holt tief Luft, und ich bin vorübergehend ein wenig durch die neue Form abgelenkt, die ihr weißer Overall dadurch annimmt. »Ich stehe dazu. Ich könnte mich irren. Aber ich glaube es nicht.«

Argent setzt sich wieder auf die Couch, und wieder scheint er immun gegen die schlimmen körperlichen Schäden zu sein, die sie anzurichten in der Lage ist. »Okay«, sagt er zögernd, und seine Stimme klingt noch müder als zu dem Zeitpunkt, als er in der Schattenklinik eingetroffen ist. »Laß uns mal annehmen, daß du recht hast, Mary. Das Virus ist auf gentechnischem Weg künstlich hergestellt worden – ob ganz neu oder als Abwandlung eines existierenden Virus spielt im Moment keine Rolle –, und nur ein ganz bestimmter Zauber aktiviert es, ein Zauber, der vermutlich parallel zu dem Virus entwickelt worden ist.« Er wirft Dicer einen Blick zu, und sie nickt bestätigend. »Wohin führt uns das?«

Niemand antwortet sofort, und das Schweigen wird drückend und geradezu greifbar. Schließlich muß ich etwas sagen, nur um es zu durchbrechen. »Es ist die perfekte Mordwaffe, oder nicht?« frage ich. »Lautlos, nicht zurückzuverfolgen, fast elegant. Das Opfer weiß nicht mal, daß es tot ist, erst später.«

»Das sehe ich anders«, sagt Argent nachdenklich. »Der Mordvorgang besteht in diesem Fall aus zwei Schritten. Man muß das Virus in den Körper des Opfers bekommen und letzteres dann noch mit dem Zauber belegen. Das ist viel zu kompliziert, weil viel zuviel schiefgehen kann.« Immerhin handelt es sich dabei um die Meinung eines Mannes, der in diesem Metier vermutlich aus erster Hand Erfahrung gesammelt hat.

Aber ich glaube trotzdem, daß ich recht habe. »Der erste Schritt ist leicht, weil man sich keine Sorgen über das Infizieren zufällig anwesender anderer Personen zu machen braucht«, beharre ich. »Man kann so viele Leute infizieren, wie man will …«

»Die gesamte Cutters-Gang?« wirft er ein.

»… die ganze verdammte Stadt, falls nötig. Es spielt keine Rolle, weil niemand krank wird. Dann, soviel später wie man will, kann man das Opfer mit dem Zauber belegen. Er kriegt die Seuche und ist hinüber.«

Der Shadowrunner schüttelt entschlossen den Kopf. »Nein, Wolf. Zunächst muß man einen Magier oder Schamanen in Reichweite des Opfers bringen. Und wenn man das schafft, warum ihn dann nicht einfach rösten oder in einen Baum verwandeln oder irgendwas?«

»Weil es eine gute Methode ist, das Überleben des Attentäters zu garantieren«, sage ich starrsinnig. »Keine Menschenjagd, weil es keinen Mörder gibt ... jedenfalls keinen offensichtlichen.«

»Okay, zugegeben«, räumt Argent ein. »Aber es kommt mir trotzdem nicht richtig vor. Um das Virus zu aktivieren, muß man einen Zauber wirken, richtig?« Dicer nickt. »Was bedeutet, der Zauber muß die magischen Schutzmaßnahmen durchschlagen, die das Ziel möglicherweise ergriffen hat. Ein wichtiges Ziel verfügt über derartige Schutzmaßnahmen – denn falls nicht, könnte man dieselbe Wirkung erzielen, indem man eine astrale Verbindung schafft und ihm von der anderen Seite der Welt einen häßlichen rituellen Gruß schickt. Und wenn das Ziel zu unbedeutend ist, um über bedeutendere astrale Sicherheit zu verfügen, wäre diese Methode einfach viel zuviel technologischer Overkill. Das gleiche ließe sich mit einem Energieblitz erreichen. Oder, noch besser, mit einem Messer in einem Fahrstuhl, wenn man wirklich jemanden loswerden will.«

Was mich mit den Zähnen knirschen läßt. Der Wichser hat recht, und das nervt mich total. »Wie siehst du es dann?« schnappe ich.

Zu meiner Überraschung ist es Doc Dicer, die antwortet. »Mir kommt es so vor, als sei das Virus die perfekte Terroristenwaffe«, sagt sie leise.

Wir drehen uns beide zu ihr um. »Warum?« fragen wir beide wie aus einem Munde.

Einen Moment lang sieht es so aus, als wolle sie angesichts unserer forschenden Blicke einen Rückzieher machen, doch dann nimmt sie ihren Mut zusammen und fährt fort. »Aus mehreren Gründen.« Sie zählt sie an ihren schlanken Fingern ab. »Erstens. Maximale Wirkung, maximale Durchschlagskraft. Terroristen haben es auch früher schon mit Biowaffen versucht, aber nie die volle Wirkung damit erzielt. Hauptsächlich deshalb, weil immer irgendwelche Leute an der Krankheit sterben, bevor alle infiziert sind, was den Behörden verrät, was los ist, und zu Vorsichtsmaßnahmen führt, die eine weitere Ausbreitung der Krankheit verhindern. Aber damit? Man infiziert einfach die Trinkwasservorräte und wartet ein paar Tage – Wochen oder Monate, wenn man Lust hat –, bis ein Großteil der Zielbevölkerung erfaßt ist.«

Sie schüttelt den Kopf. »Drek, man könnte sogar Jahre warten. Dann, wenn man meint, daß der richtige Zeitpunkt gekommen ist, belegt man die Zielgruppe mit dem Zauber – wahrscheinlich einem mit starker Streuwirkung –, und das war's. Sicher, wichtige Leute – die Leute, die mit astralen Sicherheitsvorkehrungen herumlaufen – werden nicht krank, weil der Zauber die Viren nicht erreicht. Aber wie groß ist der Prozentsatz dieser Leute? Ziemlich klein, würde ich sagen.

Zweitens.« Der nächste Finger. »Es dauert lange, bis der Tod eintritt, was aus der Sicht der Terroristen alle möglichen Vorteile hat. Zunächst die Hysterie. Panik, Fremdenfeindlichkeit, gegenseitige Schuldzuweisungen verschiedener Gruppen – all das, was es bei jeder Plage in der Geschichte gegeben hat. Wahrscheinlich führt es dazu, daß es auch unter denjenigen Leuten eine Menge Tote gibt, die dem Virus oder dem Zauber nie ausgesetzt waren, und zu viel größeren Anforderungen an die Infrastruktur der Stadt oder des Landes.

Und schließlich ist da noch die medizinische Belastung. Wenn Terroristen jemanden umbringen, ist er tot. Die Leiche wird auf Eis gelegt, bis der Rummel vorbei ist, und dann eingeäschert. Aber mit diesem Virus läuft es nicht annähernd so problemlos. Das Virus bringt keine Leute um, es macht sie sehr krank. Also gehen sie in ein Krankenhaus oder eine Klinik, wo sie so lange, bis sie wieder gesund oder tot sind, ein Bett, die Zeit und Energie der Ärzte und des Krankenhauspersonals, Medikamente und medizinische Apparaturen in Beschlag nehmen.« Sie sieht jetzt richtig griesgrämig aus, und ich kann es ihr nicht verdenken. »Wenn der Prozentsatz der Todesopfer bei einer Epidemie sehr hoch ist, wäre es logisch, die Betroffenen nicht mehr zu behandeln, weil sie sowieso sterben. Aber das könnte keine Gesellschaft durchsetzen. Und wenn eine Gesellschaft es durchsetzen könnte, hätten die Terroristen sie damit im wesentlichen bereits zerstört.«

Sie seufzt, tief und aus ganzem Herzen. »Und es gibt noch andere Vorteile«, fährt sie fort – jetzt mit monotoner Stimme, fast mechanisch, als unterdrücke sie ihre Emotionen. »Theoretisch könnte man das Virus verbreiten, lange bevor man mit der Terrorkampagne beginnt. Die Gesellschaft oder Regierung weiß nicht, was auf sie zukommt, also sind ihre Sicherheitsvorkehrungen gering. Wenn die Kampagne beginnt, werden die Sicherheitsvorkehrungen verschärft, aber das spielt keine Rolle mehr, weil die Opfer längst infiziert sind. Dann, wenn die Zeit reif ist, aktiviert man das Virus. Drek, man brauchte die Epidemie gar nicht ausbrechen zu lassen, wenn man mit anderen Mitteln bekäme, was man wollte, und niemand würde je etwas erfahren.« Sie erschauert. »Damit könnte man eine Regierung stürzen.«

Ich wechsle einen Blick mit Argent. Keiner von uns sagt etwas – es braucht auch nichts gesagt zu werden. Doc Dicer hat recht, ihre Analyse ist absolut logisch, und ich kann kein Loch entdecken. Ich spüre, wie es mir selbst kalt über den Rücken läuft. Die perfekte Terroristenwaffe stimmt. Nur …

»Warum hat es dann Paco erwischt?« frage ich. »Und warum die anderen Cutters? Schließlich holt man sich den Drek nicht von einem verdammten Toilettensitz, oder? Man muß mit dem Virus infiziert werden – indem man ihn durch Nahrung oder die Luft aufnimmt – und dann noch mit dem Zauber belegt werden. Warum sollte das jemand den Cutters antun?«

»Eine rivalisierende Gang?« fragt Dicer zögernd, verzieht jedoch sofort das Gesicht und schüttelt den Kopf. »Nein, geschenkt. Viel zu kompliziert. Viel zuviel Hi-Tech für einen Bandenkrieg, stimmt's?«

Der Shadowrunner und ich nicken. Dann wechseln wir wieder einen Blick, und ich habe den Eindruck, daß er die Sache genauso sieht wie ich. Und ihm gefällt es auch nicht.

Ich bin der erste, der es ausspricht. »Ein Feldtest?«

»Ja«, grollt Argent. »Das paßt.«

Doc Dicer sieht von einem zum anderen. Offensichtlich paßt es für sie nicht.

»Man wird so etwas wie das hier ausprobieren wollen, bevor man eine ganze Terroristenkampagne auf dieser Basis führt«, erkläre ich. »Man sucht sich eine eng begrenzte soziale Gruppe, die der Gesellschaft, die man sich eigentlich vornehmen will, so ähnlich wie möglich ist, und zieht die Sache dann durch. Dadurch erkennt man frühzeitig die Fehler.« Ich zucke die Achseln. »Und warum keine Gang? Eine Gang ist eine fest umrissene, aber sozial heterogene Gruppe – zumindest gilt das für die Cutters –, und, was das Beste daran ist, die ›normale‹ Gesellschaft wird den Vorgängen nicht allzuviel Aufmerksamkeit widmen.«

»Wenn es überhaupt bekannt wird«, schließt Dicer leise. Offenbar hat sie die Versuche der Nachrichtenmedien, die ›Gang-Pest‹ herunterzuspielen, ebenfalls mitbekommen. »Also ein Feldtest?«

»Militärische und paramilitärische Organisationen testen ihren Drek immer, bevor sie ihn einsetzen«, sage ich, und Argent nickt zustimmend. Ein neuer Ausdruck breitet sich auf Doc Dicers Gesicht aus. »Das gilt auch für Anbieter«, sagt sie so leise, daß ich sie kaum verstehen kann.

Ich weiß nicht, wie Argent zur Klinik gekommen ist, aber er fährt nur allzu gerne mit mir in dem Westwind nach Renton zurück. Eine derartig große Nähe zu dem Runner macht mich immer noch rappelig, aber ich muß zugeben, daß ich die Möglichkeit begrüße, jemanden mit meinen Gedanken zu konfrontieren, jemanden, der mehr über den Hintergrund weiß, als meiner Ansicht nach ratsam gewesen wäre, Doc Dicer zu erzählen.

Vielleicht liest Argent meine Gedanken. »Wie siehst du die Sache?« fragt er, während wir über die Auffahrt zum Highway 5 in Richtung Süden donnern.

Ich zucke die Achseln. »Doc Dicer hat wahrscheinlich recht«, sage ich zögernd. »Ein Virus wie dieses ist die perfekte Terroristenwaffe, aber Biowaffen werden in der Regel nicht von Terroristen entwickelt. Schließlich stellen sie ja auch ihren C9-Plastiksprengstoff nicht selbst her. Sie kaufen ihn von Ares Arms oder sonstwem.«

»Oder stehlen ihn«, wirft der Runner ein.

»Egal. Das ist das gleiche. Was sie bekommen, ist ein vollständig entwickeltes, vollständig getestetes Produkt.«

»Beängstigend.«

»Ohne Drek!« fauche ich fast zurück.

Ein paar Minuten lang fahren wir schweigend weiter. Wir rauschen gerade am schwarzgrau gescheckten Kingdome vorbei, als Argent sagt: »Wer also?«

Ich werfe ihm einen Blick zu. Seine Miene ist zu einem grimmigen Ausdruck erstarrt und zeigt die gleiche straffe Kontrolle, wie man sie in den Kriegsberichterstattungen auf den Gesichtern der Wüstenkriegsveteranen sehen kann – und wiederum weiß ich, daß er dasselbe denkt wie ich. Zum Teufel damit, irgendwer muß es ja sagen. »Die verdammten Elfen, wer sonst? Die Delegation aus Tir Tairngire einschließlich Chummer Nemo. Alles andere wäre ein zu großer Zufall.« Ich zucke wieder die Achseln. »Jedenfalls hatten sie die beste Gelegenheit, die Sache durchzuziehen. Zwei Treffen mit Blake und den anderen – mindestens zwei – in einem Unterschlupf der Cutters. Das erste, um das Virus freizusetzen, in die Luft, ins Essen, wie auch immer. Das zweite, um den Zauber zu wirken.« Ein neuer Gedanke trifft mich mit der Wucht einer Neun-Millimeter-Kugel, und plötzlich ist mir sehr, sehr kalt. »Bei dem ersten Treffen war ich auch dabei ...«

Argent grinst dünn, aber es ist kein Ausdruck seines Humors. »Ich habe mich schon gefragt, wann du darauf kommen würdest.«

»Ich könnte diesen Drek auch in mir haben.«

»Du könntest«, betont er. »Aber beim zweiten Treffen warst du nicht im Wirkungsbereich des Zaubers – wenn es tatsächlich so gelaufen sein sollte.«

Richtig, aber nicht so beruhigend, wie es klingt. Wenn meine Gedankenkette stimmt, trage ich eine biologische Zeitbombe in der Lunge oder in den Eingeweiden herum, und derjenige, der sie dort gelegt hat, kann sie mit einem einzigen Zauber zur Explosion bringen. Nur mit allergrößter Anstrengung gelingt es mir, diese Ängste tief in den mentalen Sumpf meines Hinterkopfes zu verdrängen. Sie werden wieder hochkommen, klar – und wahrscheinlich zum denkbar ungünstigsten Zeitpunkt –, aber zumindest bin ich sie einstweilen los. Was soll's, sage ich mir, schön, vielleicht habe ich das Virus im Körper. Aber um es zu aktivieren, müssen die bösen Jungs – wer sie auch sein mögen – mich mit dem Aktivierungszauber aufs Korn nehmen. Was wiederum erfordert, daß sie wissen, wo ich mich befinde und daß ich mit dem Virus infiziert bin. Die Chancen dafür? Ziemlich gering, oder zumindest ziehe ich es vor, das so zu sehen. Wer weiß? Vielleicht ist es auch gar nicht erst zu einer Infektion gekommen.

Der verchromte Runner beobachtet mich immer noch, also bemühe ich mich um eine gelassene, coole

Miene. »Ja, nun, das macht keinen so großen Unterschied, oder?« sage ich. Seine Lippen verziehen sich ein wenig, und ich weiß, daß er mich durchschaut, aber er läßt es dabei bewenden. Zumindest hat er den Anstand, einen Mann seiner eigenen verdammten Paranoia zu überlassen.

Wir fahren noch ein paar Minuten länger durch die rasch hereinbrechende Dunkelheit, dann ist es erneut Argent, der das lastende Schweigen bricht. »Wer?« fragt er.

Er braucht die Frage nicht näher zu erklären. »Timothy Telestrian und seine Fraktion«, sage ich kategorisch.

»Das weißt du nicht«, stellt er fest.

»Der Telestrian-Aspekt ist da. Lynne Telestrian und Lightbringer sprechen eine deutliche Sprache. Und wenn es nicht Timothy ist, haben wir nichts mehr, woran wir uns halten können. Ich sage, wir bleiben dabei, bis wir auf etwas stoßen, das konkret dagegenspricht.«

Argent nickt zögernd. Er argumentiert nicht, weil er weiß, daß ich recht habe. Wenn man nur eine Spur hat, folgt man ihr auch dann, wenn es kein hundertprozentiger Treffer zu sein scheint, in der Hoffnung, dadurch auf etwas anderes zu stoßen. Die einzige Alternative besteht darin, herumzusitzen und darauf zu warten, daß einem irgendwas in den Schoß fällt, und das ist eine ganz verdammte Zeitverschwendung.

»Timothy ist Präsident von BioLogic, nicht wahr?« sinniere ich. Argent nickt bestätigend. »BioLogic klingt so, als könnte der Laden mit Gen-Drek zu tun haben.«

»Eine Gentechnologie-Firma? Könnte sein. Ich setze Peg darauf an.«

»Sie soll jeder gentechnologischen Aktivität unter der TIC-Schirmherrschaft nachgehen«, sage ich. »So offensichtlich ist die Verbindung vielleicht nicht.«

Er nickt wieder. »Ich sage es ihr.« Er schweigt einen Augenblick, dann sagt er: »Es könnte einige Zeit dauern. Vielleicht ist es am besten, wenn du dich in der Zwischenzeit bedeckt hältst.«

Ich überrasche mich dabei, wie ich über die Ringe unter Pacos Augen und das Geräusch seines Atems nachdenke, und meine Haut fängt an zu kribbeln. »Ich glaube, genau das brauche ich jetzt auch«, sage ich leise.

23

Paco starb in jener Nacht so etwa gegen 0230. Doc Dicer rief mich an, um es mir mitzuteilen, und zwar über ein blindes Relais ganz ähnlich dem, über das ich ursprünglich mit Argent Kontakt aufgenommen hatte. (Der Runner hatte Doc Dicer die Nummer trotz ihrer offensichtlichen Freundschaft nicht geben wollen, aber ich hatte darauf bestanden und er schließlich nachgegeben.) Sie sagte nicht: »Er ist ganz friedlich gestorben«, oder irgendwas von diesem ach so tröstlichen Drek, den Ärzte den Angehörigen gewöhnlich auftischen. Sie brauchte mir gar nichts zu sagen, ich wußte, wie er abgetreten war – einatmen, ausatmen, klick… und dann nichts mehr.

Die Nachricht nahm mich dermaßen mit, daß ich erst wieder einschlief, als sich die Gewitterwolken im Osten zu lichten begannen. Wieder ein Freund tot. Und natürlich half mir auch nicht das Wissen, daß dasselbe verdammte Virus möglicherweise auch in meinem Körper lauerte. Als ich schließlich wieder einschlief, waren die Träume alles andere als angenehm. Ich befand mich wieder auf dem Parkplatz, der die Hölle war, aber diesmal atmete jeder in meiner Umgebung wie Paco, und ich konnte spüren, wie in meinen eigenen Lungen der erste Schleim vor sich hin blubberte. Einfach Sahne.

Als ich schließlich gegen 1030 aufstand, um mich dem Tag zu stellen, beschloß ich, mir Argents Rat zu Herzen zu nehmen und den Kopf unten zu lassen. Konkret, so weit unten wie nur möglich, und ich verließ das Zimmer nur, um aufs Klo zu gehen. Offenbar hatte Argent Jean Trudel eingeweiht, so daß Mahlzeiten – fettiger Kneipenfraß, wie nicht anders zu erwarten – zu mir nach oben geliefert wurden. Frühstück – und Mittag- und Abendessen – im Bett, wenn mir der Sinn danach stand. Alle drei Mahlzeiten bestanden aus Soywürstchen nach bayrischer Art auf Brötchen mit der Konsistenz von Styropor. Lecker, lecker.

In der Zeit, in der ich kein Fett in mich hineinstopfte, ergriff ich die Gelegenheit, die Möglichkeiten des Telekoms in dem Zimmer auszutesten. Sie waren, mit einem Wort, vielfältig – vielfältiger als meine Fähigkeit, sie voll auszunutzen. Ein paar Stunden lang schlug ich mich mit einem schlimmen Fall von TGB – Tech gescheiter als Benutzer – herum, bis ich über die interaktive Online-Hilfe stolperte und ich elektronisch an die Hand genommen wurde, während ich untersuchte, was das Gerät für mich leisten konnte.

Nicht, daß mir das viel genützt hätte. Klar, ein hochklassiges Telekom ist schön und gut, aber man muß trotzdem wissen, wie man Datenbanken durchsucht und sich Zugang zu dem Drek verschafft, den man braucht. Man kann den heißesten Wagen auf der Straße haben, aber wenn man nicht weiß, wie man das Goldstück fährt, gewinnt man mit ihm auch keine Rennen. Also verbrachte ich einen Großteil des Tages damit, mich von der Sicherheit in Systemen wie den Personalakten der normalen Angestellten Lone Stars herumschubsen zu lassen – Sicherheit, die jeder Decker, der diesen Namen zu Recht trug, mühelos überwunden hätte. Drek, ich kam nicht mal in das System des hiesigen Börsenbeobachtungsdienstes – ein nominell offenes System, das mir nicht mal die Uhrzeit verraten wollte, weil ich keinen Mitgliedsbeitrag entrichtet hatte –, um festzustellen, ob der Kurs für TIC-Aktien stieg oder fiel. (Von dieser Art Geschäft habe ich eigentlich keine Ahnung, aber ich habe schon oft gehört, daß das, was mit den Aktienkursen eines Konzerns passiert, sehr aufschlußreich sein soll.)

Schließlich blieb mir nichts anderes übrig, als mir die Nachrichtendateien anzusehen – zumindest diejenigen, auf die ich zugreifen konnte, ohne irgendeine Benutzergebühr zu entrichten. Ich startete ein Dutzend Suchen mit verschiedensten Parametern, Schlüsselworten und Booleschen Zeichen – jede vernünftige Kombination von ›Seuche‹, ›Epidemie‹, ›Infektion‹, ›Retrovirus‹ und ›Gang‹, die mir einfiel.

Und fand einen großen Haufen heißer Luft. Nichts, überhaupt nichts, nicht einmal ein Dementi des Berichts, den ich auf dem Weg nach Ravenna bei NewsNet gehört hatte. Kein Widerruf, keine Entschuldigung, keine Erklärung für die Behauptung, es sei zum Ausbruch einer neuen VITAS-Epidemie gekommen. Keine Kommentare von Dr. Blatherman. Nichts. Es war, als hätte es die ursprünglichen Berichte nie gegeben. Ein totaler Medien-Blackout. Verdammt unheimlich, Chummer.

So verbrachte ich den Tag nach Pacos Tod. Und auch den Morgen des nächsten Tages und noch einen Teil des Nachmittags. Als schließlich Argent zur Tür hereinspazierte, war ich einem Rappel nahe.

»Was, zum Teufel, hat dich so lange aufgehalten, Argent?« will ich von ihm wissen. Der verchromte Runner antwortet nicht auf meine höfliche Begrüßung, sondern geht nur zum Sessel und läßt sich darauffallen. Er ist schon wieder müde, keine Ahnung, warum. Schließlich ist nicht er derjenige, welcher nach den Daten sucht. Das erledigt Peg Soundso, die Deckerin aus San Francisco. Da muß ich mich doch fragen, ob er nebenbei noch andere Arbeiten erledigt, die ihn so fertigmachen. Ja, das wäre wieder mal typisch, nicht wahr? Er braucht einfach Umsätze, sonst zieht die Internationale Vereinigung der Shadowrunner seine Mitgliedskarte als akkreditiertes Söldnerschwein ein.

Oder vielleicht hat er einfach nur keinen oder wenig Schlaf bekommen, weil er sich über diesen Terror-Virus-Drek Gedanken gemacht hat. Verdammt, ich sehe wahrscheinlich nicht viel besser aus. »Hast du irgendwas?« frage ich.

Er wirft mir ein Chipetui zu. »Leg das mal ein.«

Ich öffne das Etui und lege den Chip ins Telekom ein. Argent nennt mir den Zugangscode, den ich eintippe. Der Schirm füllt sich augenblicklich mit Text und organisatorischen Tabellen, die wie kreisförmige Flußdiagramme oder vielleicht Netze aussehen, die von Spinnen auf einer Überdosis Electric Lady gewoben wurden. »Was, zum Teufel, ist das?«

»Das«, sagt er, »ist der TIC-Schirm – oder vielleicht ist ›Imperium‹ ein besseres Wort. Zwei Dutzend bedeutende Unterabteilungen. Doppelt so viele Tochtergesellschaften, die sich hundertprozentig in TIC-Besitz befinden. Bedeutende Anteile an vielleicht hundert anderen Konzernen sowie strategische Partnerschaften und Gemeinschaftsunternehmungen mit mindestens ebenso vielen.«

Ich spitze die Lippen zu einem lautlosen Pfiff. »Beeindruckend. Ich hätte nicht gedacht, daß es in Tir richtige Megakonzerne gibt.«

Argent kichert trocken. »TIC ist ein mittelgroßes Konglomerat«, sagt er, »aber nicht einmal in der Nähe eines Megakonzerns. Noch nicht. MCT oder Yamatetsu oder jeder andere Mega aus der ersten Reihe könnte das gesamte TIC-Netz mit den Notreserven kaufen.«

Darüber will ich im Moment lieber nicht nachdenken. Statt dessen deute ich auf den komplexen Drek auf dem Bildschirm. »Hilf mir dabei, ja?«

»Wo willst du anfangen?«

»Bei dem gentechnischen Aspekt, okay?«

Er lächelt grimmig. »Wie ich schon sagte, wo willst du anfangen?«

Oha. »Viel gentechnische Aktivität?« rate ich.

»Könnte man sagen.« Seine Stimme ist trocken, ironisch. »Peg schätzt, daß siebenundvierzig Prozent aller Umsätze des Imperiums direkt oder indirekt mit Gentechnik zu tun haben. Dabei ist weniger als ein Viertel aller Geschäftseinheiten unter dem TIC-Schirm mit

Gentechnik beschäftigt, aber offenbar sind das die profitableren.«

Ich nicke langsam, während ich diese Information verarbeite. »Wie wäre es dann mit den... den ›Geschäftseinheiten‹ in Timothy Telestrians Einflußsphäre?«

»Die hat Peg bereits aussortiert«, sagt der Runner. »Rufe Marker Eins auf.«

Ich gebe den entsprechenden Befehl ein, und der Bildschirm ändert sich. Das Diagramm ist immer noch ein verdrehtes Spinnennetz, aber wenigstens war die Spinne nicht mehr ganz so ehrgeizig. Ich schüttle frustriert den Kopf. »Warum diese Konzentration auf Gentech?« will ich wissen.

Argent kichert wieder. »Das ist eben Tir, Chummer. Vergiß das nicht. Biotech ist ihr Ding. Wenn sie die Dinge ändern können, ohne dabei so... unelegante... Techniken wie Implantate benutzen zu müssen« – er klickt seine Metallfinger zusammen –, »tun sie das auch. In Tir manipulieren sie alles gentechnisch. Saatgut, Algen, Bakterien, Tiere, Pflanzen, sogar sich selbst.«

Darüber denke ich ein paar Sekunden nach. »Okay, wie wäre es dann, wenn wir uns auf solche Unternehmen beschränken, die Viren manipulieren?«

Er schüttelt den Kopf. »Du weißt nicht viel über Gentechnologie, was?« fragt er rhetorisch. »Eine der zuverlässigsten Techniken benutzt maßgeschneiderte Viren, um den genetischen Code der Zielzellen zu verändern.«

»Sprich Klartext«, knurre ich.

»Alle benutzen Viren, Chummer. Vergiß es.«

Ich knirsche mit den Zähnen. »Na schön«, sage ich, »wie wäre es dann mit Biowaffen?«

»Marker Zwei«, weist er mich an, und ich tippe den Befehl ein.

Der Schirm verändert sich, und jetzt sind wir bei

etwas angelangt, das ich fast verstehe. Etwa ein Dutzend Gesellschaften – alle miteinander verflochten, aber das Netz ist viel einfacher und direkter. »Wie steht es mit ihrer ...« – ich suche nach dem richtigen Wort – »ihrer Ergebenheit?« frage ich.

Der Shadowrunner grinst, und ich weiß, daß wir langsam vorankommen. »Die meisten sind Lynne Telestrian gegenüber loyal und stehen dadurch auf James' Seite«, sagt er. »Aber es gibt eine bestimmte Gesellschaft, die mit beiden Beinen in Timothys Lager steht, und dieser Laden ist mir echt nicht geheuer. Ruf Marker Drei auf.«

Das tue ich und lese die Bildschirmüberschrift. »Nova Vita Biotechnologies.« Zum zweitenmal in ebensovielen Tagen quäle ich mich durch das Latein, das ich vor vielen Jahren gelernt habe. »Nova Vita – ›neues Leben‹. Guter Name für eine Gentech-Firma.« Ich halte inne. »Und Nova Vita beschäftigt sich mit Biowaffen?«

»So heißt es im Shadowland-BTX-System«, bestätigt Argent. »Die Firma unterhält eine Anlage an einem Ort namens Christmas Valley – vielleicht achtzig Kilometer südöstlich von Bend –, die Biowaffenforschung für das Tir-Militär betreibt.«

Diesmal pfeife ich laut. »Das ist doch was.« Aber dann fällt mir auf, daß das keinen Sinn ergibt.

Der Runner sieht mein Stirnrunzeln und wirft ein: »Da ist noch mehr. Nova Vita Biotechnology hat eine Tochter, Nova Vita Cybernetics, die wiederum eine Forschungsanlage am Columbia besitzt – interessanterweise auf der Salish-Shidhe-Seite des Flusses –, und zwar an einem Ort namens Pillar Rock. Übrigens eine isolierte Anlage, die nicht mit der Matrix verbunden ist.« Er kichert. »Was Peg ziemlich genervt hat.«

Was Peg nervt, interessiert mich einen feuchten Drek: Etwas anderes hat meine Aufmerksamkeit erregt. »Ach? Warum unternimmt eine Tir-Firma ihre Forschungen auf S-S-Gebiet?« Dann schüttle ich den Kopf.

»Aber was soll's? Die Firma im Christmas Valley ist die wichtige. Wir sind hinter der Gentechnik- und Biowaffen-Connection her und nicht hinter Cyberware, oder?« Argent sagt nichts, sondern sitzt nur grinsend da. »Na schön, Drekhead«, schnappe ich, »sag mir, was ich übersehen habe.«

Er zuckt die Achseln. »Peg fand nur interessant, daß im letzten Jahr einige Leute von Nova Vita Biotech zu Nova Vita Cybernetics versetzt worden sind.«

Aha. »Vielleicht zufällig Gentechniker?«

»Ganz zufällig«, bestätigt Argent kopfnickend. »Genspleißer und ein paar Heißsporne im Maßschneidern von Viren. Nicht gerade die Spezialisten, die normalerweise von einer Cyberware-Firma eingestellt werden, neh? Da fragt man sich doch, ob NVC nicht seinen Horizont etwas erweitert hat.«

»Das fragt man sich. Und ich nehme nicht an, daß NVC irgendwelche Militärverträge von NV Biotech übernommen hat?«

»Peg hat daran gedacht und es überprüft, aber das ist tatsächlich nicht der Fall.« Argent hat jetzt ein echtes Pokerface aufgesetzt, und ich weiß, wir nähern uns der Pointe. »Vielleicht willst du dir die Liste aller Firmen ansehen, mit denen NVC in den letzten zwei Jahren Verträge abgeschlossen hat. Marker Vier.«

Ich springe zur nächsten Seite im Text und überfliege rasch die Liste, die dort auftaucht. Eine lange Liste, in der auch einige der größeren Megakonzerne wie Mitsuhama, Yamatetsu, Fuchi und sogar Aztechnology auftauchen. NVC ist entweder ein bedeutender Hersteller auf dem Cyberware-Sektor, oder diese Konzerne suchen nach gentechnischer Expertise. Ich will mich gerade an Argent wenden und ihn fragen, ob er oder Peg das herausgefunden haben, als mir ein Name am unteren Ende der Liste ins Auge springt.

Lone Star Security Services (Seattle) Incorporated.

»Interessant, nicht?« fragt Argent leise.

Ich nicke zögernd, sage jedoch nichts. Das Pokerface des Runners hat sich in eine grimmige Maske verwandelt. Diese Sache scheint ihn ziemlich mitzunehmen. Aber warum? Okay, sicher, es macht mich irgendwie fertig zu sehen, daß der Star Verbindungen zu einem Konzern hat, der Terroristenwaffen entwickeln könnte, aber NVC muß auch an einer ganzen Reihe harmloser Projekte arbeiten. »Raus damit«, sage ich kategorisch. »Du weißt noch mehr. Also raus damit.«

»Ist schon komisch, wie sich die Teile manchmal zusammenfügen«, sagt Argent mit gelassener, beinahe emotionsloser Stimme. »Wie du verlangt hast, habe ich Peg möglichst viele Personalakten im Telestrian-Imperium überprüfen lassen, um deinen Mr. Nemo zu finden. Übrigens ohne Erfolg. Offenbar haben die Firmen, die zum Telestrian-Imperium gehören, eherne Grundsätze, was die Einstellung von Nicht-Metamenschen anbelangt. Weniger als fünf Prozent aller Angestellten sind Menschen, und keiner von diesen entsprach ihren Suchkriterien.

Jedenfalls«, fährt der Runner fort, »ist Peg dann auf NVC gestoßen und wurde davon abgelenkt. Es endete damit, daß sie eine umfassende Suche in den Nachrichtenbanken gestartet hat, um Medienberichte über NVC und Informationen darüber zu finden, was diese Firma vorhaben könnte. Diese Suche hat sich auch auf die Bildbanken der Medien erstreckt.«

Mir kommt langsam eine Ahnung, worauf Argent hinaus will, aber ich halte den Mund.

»Als sie die Bildbanken durchstöberte«, fährt er fort, »stellte sich heraus, daß sie die Suchkriterien für Nemo nicht gelöscht hatte.« Er zeigt mit einem mattschwarzen Finger auf den Schirm. »Ruf Marker Fünf auf.«

Ich bin echt gespannt, als ich seiner Anweisung folge. Der Schirm füllt sich mit einem Farbbild, der Momentaufnahme irgendeiner Konzernfeierlichkeit –

die feierliche Einweihung eines Neubaus oder ein ähnlicher Drek. Im Vordergrund stehen zwei Kerle in vornehmen vierteiligen Anzügen, die ein breites Grinsen aufgesetzt haben, während sie mit einer überdimensionalen Schere ein Band durchschneiden. Beides sind Elfen, und einer der beiden ist Freund Timothy Telestrian. »Wer ist der andere Bursche?« frage ich.

»David Margeson«, antwortet Argent sofort. »Präsident und Geschäftsführer von Nova Vita Cybernetics. Eine von Timothys kleinen Marionetten, meint Peg.«

»So?« sage ich, aber ich denke, na und? Wir wissen bereits, daß NVC auf Timothys Seite steht. Argent würde nicht so viel Wert auf die Bestätigung einer Tatsache legen, die eigentlich unwichtig ist. Was mir verrät, daß da noch etwas anderes sein muß. Ich betrachte den Hintergrund des Bildes. Ein kleiner Haufen nicht zu unterscheidender Würdenträger hinter Telestrian und Margeson, ein paar Reihen, aber nur die vorderste Linie ist klar zu sehen. Wahrscheinlich VIPs und andere Pinkel von NVC. Ich sehe sie mir nur oberflächlich an und versuche mich auf das wenige zu konzentrieren, was hinter ihnen von dem Gebäude zu sehen ist. Wenn es sich um die Anlage in Pillar Rock handelt, läßt sich vielleicht etwas Aufschlußreiches erkennen …

»Du hast es übersehen«, flüstert Argent beinahe. »Rufe eine Bildvergrößerung mit Koordinatenzentrum X-fünf-zwölf und Y-fünfzehn-fünfzig auf. Versuch es für den Anfang mit vierfacher Vergrößerung.«

Bei einem 2 mal 2 K großen Gitter – dem gegenwärtigen Standard – befindet sich diese Koordinate im linken oberen Quadranten des Bildes. Stirnrunzelnd gebe ich den Befehl ein und sehe zu, wie das Bild heranzoomt. Es handelt sich um ein Pressefoto, das geht aus der Körnigkeit des vergrößerten Bildes ganz klar hervor.

Doch Körnigkeit hin oder her, ich sehe sofort, was Argent meint. Ein Gesicht in der zweiten Reihe der Pinkel und Execs. Das Gesicht ist nicht einmal teilweise verdeckt, liegt jedoch halb im Schatten. Der einzige Mensch unter lauter Elfen. Ich erkenne ihn sofort.

»Nemo?« fragt Argent.

»Nemo«, bestätige ich. Ich beuge mich weiter vor, um das körnige Bild genauer zu betrachten. Unglaublich – einfach unglaublich –, daß Pegs Suchsoftware über so etwas stolpert. Drek, einen Moment lang bin ich total genervt, daß Tech zu so etwas imstande ist.

Aber natürlich spielt es keine Rolle, wie wir Nemo gefunden haben. Wichtig ist nur die Tatsache an sich – und daß wir eine Verbindung zwischen ihm und NVC und damit auch zu Timothy Telestrian hergestellt haben. »Wer, zum Teufel, ist das?« will ich wissen.

»Peg hat eine Weile gebraucht«, sagt der Shadowrunner ganz ruhig. »Er gehört nicht zu NVC und, wie ich schon sagte, auch nicht zu einer anderen Firma des Telestrian-Imperiums.«

»Wer ist er dann?« Meine Geduld mit dieser verdammten sokratischen Methode geht langsam zur Neige.

»Nachdem Peg dort in einer Sackgasse steckte, hat sie das Bild mit dem Rest der Bildbanken verglichen, in die sie decken konnte. Sie fand ein Holo – ein echt gutes, ein professionelles Porträt. Aufgenommen offenbar vor einem Jahr, als er nach Seattle versetzt wurde.«

Mein Kopf ruckt herum, und ich starre Nemos Bild an. Das Gefühl der Vertrautheit, des Wiedererkennens ist noch stärker als bei unserer ersten Begegnung im Unterschlupf der Cutters. Ich *kenne* ihn… Gedanken fügen sich mit einem fast hörbaren Klicken zusammen. »Er stammt aus Milwaukee, nicht?« Meine Stimme ist kaum mehr als ein Flüstern.

»Er heißt Gerard Schrage, aber den kennst du wahrscheinlich nicht. Er war ein VIP in Konzerndiensten, und zwar bei Lone Star Security Services, Milwaukee.«

»Und seine Versetzung?«

Argents nächste Worte hauen mich um. »Gerard Schrage ist der Geschäftsführer von Lone Stars Unterabteilung für Militärverbindung in Seattle.«

24

Ich sinke auf den Schreibtischstuhl. Das letzte hat mich getroffen wie ein Tritt in die Eier. Ich komme mir vor, als sei ich im falschen Film gelandet.

Argent beobachtet mich abschätzend und fragt sich wahrscheinlich, wie lange die Lone Star-Ratte braucht, um wieder auf die Beine zu kommen. Ich verschränke die Hände vor dem Gesicht und presse die Handflächen zusammen, um das Zittern zu unterdrücken. Unmodifizierte Augen würden es nicht sehen, aber meine geistige Verfassung ist für die modifizierten Augen des Runners wahrscheinlich ein offenes Buch. Ich hole tief Luft und atme dann geräuschvoll aus, um mir die Spannung aus der Brust und den Nebel aus dem Hirn zu blasen. »Vielleicht bin ich nur nicht auf dem laufenden«, sage ich so ruhig wie möglich, »aber ich wußte gar nicht, daß der Star eine Unterabteilung für Militärverbindung hat.«

Argent kichert daraufhin und entspannt sich ein wenig. »Ich habe das Gefühl, irgendeinen Test bestanden zu haben, vielleicht deshalb, weil ich nicht ›wir‹ gesagt habe, als ich vom Star redete. »Sie ist neu, zumindest in Seattle«, sagt er. »Ich wußte es übrigens auch nicht. Offenbar ist Schrage der erste Geschäftsführer, und seine Aufgabe besteht darin, die Abteilung auszubauen.«

»Zu was auszubauen?«

»Ich nehme an, er soll sie auf den Stand der anderen Abteilungen für Militärverbindung in Nordamerika bringen«, sagt er. »Und ja«, fügt er hinzu und beantwortet damit die Frage, die ich gerade stellen will, »es gibt noch andere. Nicht in Milwaukee – das wird wohl der Grund sein, warum du von dieser Abteilung noch nichts gehört hast –, aber in Washington und Atlanta.«

»Und wofür, zum Henker, soll die Abteilung gut sein?« will ich wissen.

Das Lächeln des Shadowrunners verblaßt ein wenig. »Das ist die große Frage, nicht wahr? Offiziell« – und er betont das Wort sehr stark – »soll sie genau das leisten, was der Name impliziert: die Verbindung zwischen Lone Stars Polizeidienstpflicht und dem örtlichen Militär herstellen. Ihre Aufgabe besteht unter anderem in der Koordination der Krisenplanung – Naturkatastrophen, Zivilschutz und so weiter. Sollte je das Kriegsrecht ausgerufen werden, soll die Abteilung dafür sorgen, daß die Lone Star-Beamten mit der Nationalgarde oder der Armee zusammenarbeiten, um Überschneidungen zu vermeiden.«

»Das ist die offizielle Darstellung«, sage ich.

»Was die offizielle Darstellung nicht erklärt«, fährt Argent fort, »ist die Tatsache, warum die Abteilung für Militärverbindung so verdammt groß und gut finanziert ist. Wenn man die offizielle Darstellung zur Grundlage nimmt, könnte die Abteilung in Atlanta mit ein paar Managern, einer Handvoll kleinerer Datenbeschaffer und ein paar erstklassigen Computersystemen auskommen. Doch was sie dort tatsächlich haben, sind Kommunikationsspezialisten, Logistikfachleute, Waffen und Einsatzteams und nur knapp unter hundert Beamte... die alle von Anti-Terror-Einheiten und Taktischen Einsatzkommandos überstellt worden sind.«

»Klingt ganz nach einer verdammten Privatarmee...« Der Anflug von Zorn in meiner Stimme entlockt Argent ein amüsiertes Grinsen. Da wird mir klar, daß die Tatsache, daß Lone Star irgendeine Art von Privatarmee unterhält, gar keine so große Überraschung für mich sein dürfte. Jeder Megakonzern hat seine ›zusätzlichen Sicherheitskräfte‹ – oder wie der gängige Euphemismus im Augenblick gerade lautet –, ob sie sie offen in Wüstenkriegen einsetzen oder nicht.

Warum sollte Lone Star Security Services Corporation anders sein? Der Laden ist auch nur ein Megakonzern.

Was mich nervt, ist meine Überzeugung, daß der Star anders sein *sollte*. Ich kann verstehen, warum MCT und Ares und Shiawase und der Rest Privatarmeen einsetzen, um ihre Geschäftsinteressen auf der ganzen Welt zu schützen und zu fördern – entweder indem sie andere Privatarmeen fertigmachen oder indem sie nationale Regierungen stürzen, die die Dreistigkeit besitzen, ihnen in die Quere zu kommen. So ist nun mal die Welt, in der wir heute leben, Priyatel. Warum also nicht auch Lone Star?

Weil es eben Lone Star ist, antwortet mein Gefühl. Vielleicht ist es nur eine Illusion, die ich mir bewahren will, eine schwachsinnige Überzeugung, daß ich nicht für einen gierigen, grabschigen Megakonzern arbeite – ich arbeite für *Lone Star*, Chummer, für das Wohl meiner Mitmenschen. Doch unterscheidet sich Lone Star tatsächlich von den anderen Megakonzernen? Ist das Gesetzeshüten bei genauerer Betrachtung nicht auch nur eine von vielen Dienstleistungen? Der Star sorgt nicht deshalb für die Einhaltung der Gesetze, weil das an und für sich eine gute Sache ist. Er tut es, weil ihm eine Reihe von Regierungen gute Nuyen dafür zahlen, daß er für die Einhaltung der Gesetze sorgt. Der Star ist einer von vielen Konzernen, die Profit damit machen, daß sie eine Nachfrage auf dem Markt erfüllen.

Warum sollte sich also der Megakonzern namens Lone Star nicht nach anderen Mitteln und Wegen des Geldverdienens und der Förderung seiner Geschäfte umsehen? Und wenn diese anderen Mittel und Wege eine Privatarmee erfordern, würde der Konzern davor zurückscheuen, weil das Aufstellen einer Privatarmee gegen irgendein ethisches oder moralisches Gebot verstößt? Nicht sehr wahrscheinlich.

Ein rascher Blick auf Argent verrät mir, daß er mich immer noch eingehend, doch mit der Andeutung von etwas Neuem in der Miene beobachtet. Etwas, bei dem es sich um Verständnis oder Mitgefühl handeln könnte. Vielleicht sogar um Mitleid. Und wenn es eines gibt, worauf ich in dieser ganzen verdammten Welt verzichten kann, dann ist es Mitleid – oder von mir aus auch Mitgefühl – von Schattenabschaum wie diesem verdammten Argent. Also vergrabe ich meine Empfindungen, so tief ich kann, und vergewissere mich innerlich, daß meine Miene kühl und beherrscht ist. »Ja«, murmle ich, doch laut genug für Argent. »Ja, das kann hinkommen. Ich war immer der Ansicht, die Straßen und Schatten vom Drek zu säubern, könne nicht genug einbringen, um einen großen Konzern über Wasser zu halten.«

»So, wie ich das sehe«, sagt Argent, der weder so noch so auf meinen Versuch reagiert, mich lässig zu geben, »ist diese Abteilung ein Instrument, das Lone Star an nationale Regierungen, Konzerne und andere Organisationen – Drek, vielleicht sogar an Policlubs – vermietet, und zwar als Truppe unbekannter Herkunft mit der Aufgabe, rivalisierende Länder, Konzerne, Gesellschaften oder was weiß ich zu destabilisieren.«

»So ähnlich wie Shadowrunner, was, Priyatel?«

Wiederum ist mir nicht klar, ob der Schlag gesessen hat oder nicht. Der Mann zuckt nur die Achseln und gestikuliert vage mit seinen Metallhänden. Vielleicht soll die Geste gar nicht bedrohlich wirken, aber sie erinnert mich trotzdem mit Nachdruck daran, was passieren könnte, wenn ich zu weit gehe. »Vielleicht ähneln sich die Konzepte«, sagt er gelassen. »Einsatztruppen, deren Herkunft sich nicht zurückverfolgen läßt und die mit Talenten und Fähigkeiten ausgestattet sind, die offiziell niemand gern in seinem Stab hat. Doch nach allem, was Peg ausgegraben hat, unterscheidet sich diese Truppe doch ganz erheblich von dem bestausgebildeten, bestausgerüsteten Shadowrunnerteam.«

»Worin?« Ich will ihn weiter reizen, aber in diesem Fall ist meine Neugier doch zu stark.

Er grinst, und wieder glaube ich, daß meine Gedanken für den Runner ein offenes Buch sind. »Es liegt an der Militär-Connection, Wolf«, erklärt er. »Hundertprozentig militärischer Hintergrund, und das ist der große Unterschied. Nimm ein gutes Schattenteam – wie meine alte Truppe, die Wrecking Crew. Wir waren wie eine Spezialeinheit. Bestens geeignet für Infiltration, Sabotage und Guerillataktiken. Aber im direkten Kampf gegen eine einzige Gruppe regulärer Infanterie hätten wir auf verlorenem Posten gestanden, mehr gibt es dazu nicht zu sagen.«

»Worin besteht der Unterschied?« wiederhole ich meine Frage. »Mangel an militärischer Disziplin?«

Argent betrachtet mich wiederum sehr nachdenklich, und diesmal verstehe ich die Botschaft in den modifizierten Augen ganz genau. Gibst du dir nur besondere Mühe, mich zu nerven, oder bist du immer so ein Arschloch? fragen diese Augen. »In der Wrecking Crew – und in jedem anderen guten Shadowrunnerteam – gibt es an der Disziplin nichts auszusetzen«, sagt er ruhig. »Glaub nicht, was du im Trideo an Gegenteiligem siehst, besonders dann nicht, wenn die Sendungen von Konzernen gesponsert werden, die jegliche Sympathie in der Öffentlichkeit für Shadowrunner unterbinden wollen, bevor sie überhaupt erst entsteht.« Ich nicke zögernd – das ist ein Aspekt der Darstellung von Shadowrunnern in der Glotze, den ich noch nicht bedacht habe, aber er klingt logisch.

»Nein«, fährt Argent fort, »es liegt an den Hilfsmitteln und an der Logistik. Die Wrecking Crew bestand aus vier Personen... darunter auch Peg, also drei Kämpfer, einer davon ein Schamane. Eine Gruppe leichter Infanterie der UCAS besteht aus zehn Soldaten und einem Sergeant – elf Kanonen, und einer von ihnen ist ein Magier. Im Einsatz waren wir normalerweise auf so viel Munition beschränkt, wie wir auf dem Rücken tragen konnten. Die Gruppe hat wahrscheinlich logistische Unterstützung – ein Haufen Burschen in einem gepanzerten Truppentransporter oder Spähpanzer, deren Aufgabe einzig und allein darin besteht, Ersatzmagazine an Leute zu verteilen, deren Munition knapp wird.

Was die Waffen betrifft, mußten wir uns bei den meisten Runs auf das beschränken, was sich verbergen läßt.« Er grinst trocken. »Deine Mitmenschen neigen dazu, dir mit Mißtrauen zu begegnen, wenn du mit einem GPHMG durch die Straßen des Plex ziehst, das kannst du mir glauben.« Sein Humor verfliegt wieder. »Das bedeutet also in erster Linie MPs, vielleicht Sturmgewehre, wenn die Umstände es zulassen, und einmal alle Jubeljahre ein leichtes Maschinengewehr.

Die Gruppe? Alle haben Sturmgewehre, wahrscheinlich mit allem drum und dran ... einschließlich Granatwerfern. Je nach Auftrag sind ein oder zwei mit Sturmkanonen bewaffnet, und es gibt immer einen Burschen, der sich mit einem schweren MG oder vielleicht sogar einer verdammten Minikanone abschleppt, wenn sie echt militant drauf sind.« Der Runner schüttelt den Kopf. »Wie ich schon sagte, es ist ein großer Unterschied, Wolf. Und das gilt nur für die Wrecking Crew im Vergleich mit einer einzigen Gruppe. Nach allem, was Peg ausgegraben hat, kann die Washingtoner Abteilung einen ganzen Zug ins Feld schicken – das sind vier Gruppen mit einem Kampfmagier zur astralen Unterstützung.«

Argent zuckt wieder die Achseln. »Machen wir uns nichts vor«, sagt er ruhig, »es gibt ein paar Aufträge, die nur ein Shadowrunnerteam ausführen kann. Aber was massive Destabilisierung oder die Inszenierung eines Coups anbelangt, braucht man das entsprechende Waffenarsenal und die militärischen Kommunikationskanäle und Truppenkoordinierung.«

Wiederum ist das, was der Runner mir erzählt, absolut logisch. Und wiederum macht es mir schwer zu schaffen. »Willst du damit sagen, dieser ...« – ich suche nach dem Namen – »... dieser Schrage ... Willst du mir wirklich erzählen, daß er einen Zug Soldaten hat, den er an jeden Interessenten vermietet?«

»Nicht an jeden«, korrigiert mich Argent. »Er wird sehr wählerisch sein, wessen Kreds er nimmt. Wahrscheinlich nicht aus ethischen oder moralischen Gründen, aber ich bin sicher, daß die Zahlungsfähigkeit des Kunden ein ganz entscheidendes Kriterium ist. Und auch die Frage, ob er es tun kann, ohne in Erscheinung zu treten.«

»Ja, ja, klar«, knurre ich ungeduldig, »wie auch immer. Hat er jetzt den Zug oder nicht?«

»Nicht, daß Peg wüßte«, erwidert der Runner. »Der Seattler Abteilung für Militärverbindung sind offiziell etwa sechzig Namen zugeordnet, aber ich glaube nicht, daß sie den gleichen Ausbildungshintergrund haben wie die Burschen in Washington. Ich würde sagen, die meisten von ihnen sind Manager ...« Er hält inne, da ihm offenbar ein anderer Gedanke kommt. »Vielleicht kannst du das bestätigen, Wolf.«

»Wie?«

»Vielleicht, indem du zumindest einige der Namen einordnen kannst. Ich sage Peg, sie soll eine Liste beschaffen.« Und genauso abrupt schaltet er wieder um. »Also lautet die Antwort, nein, er scheint diese Art von Truppe noch nicht beisammen zu haben.« Er zuckt die Achseln. »Vielleicht dauert es über ein Jahr, um eine Privatarmee aufzustellen.«

»Nein«, sage ich leise. Argent sieht mich fragend an. »Nein«, wiederhole ich ein wenig lauter, aber immer noch mehr zu mir selbst als an ihn gewandt. »Ich glaube nicht, daß es das ist.«

»Was dann?«

»Vielleicht geht er einen anderen Weg«, denke ich

laut, da die Ideen für mich ebenso neu sind wie für Wolf. Es ist, als hörte ich einem anderen Teil meiner selbst zu, ganz tief in meinem Unterbewußtsein, der sich den ganzen Drek bereits überlegt hat, und jetzt wiederhole ich für den Shadowrunner nur das, was dieser Teil sagt. Es ist ein verdrehtes, schizophrenes Gefühl, und ich hoffe, mein Unterbewußtsein läßt das nicht zur Gewohnheit werden.

»Was meinst du damit, Wolf?« hakt der Runner nach.

»Ich weiß nicht genau«, gebe ich zu. »Aber wenn ich irgendeine verdammte Armee aufstellen und das vor der Öffentlichkeit geheimhalten wollte, würde ich das auf keinen Fall in Seattle tun. Viel zu klein, Priyatel, das kannst du mir glauben.« Hört sich witzig an, den Sprawl als klein zu bezeichnen, aber für Drek wie diesen ist er das.

Argent schüttelt den Kopf. »Das sehe ich nicht«, verkündet er. »Andere Konzerne haben Privatarmeen in und um den Plex herum, und kein Mensch regt sich darüber auf.«

»Das ist was anderes, Argent. Hier geht es um Lone Star.«

»Einen Konzern, der sich, wie wir alle wissen, ach so sehr von allen anderen Megakonzernen unterscheidet«, höhnt er fast.

»Nein, er unterscheidet sich nicht«, gebe ich schweren Herzens zu. »Aber, um Himmels willen, glaubt Lieschen Müller auf den Straßen Bellevues, daß sich der Star von MCT oder Fuchi unterscheidet? Du kannst deinen Arsch darauf verwetten, sie tut es, Chummer. Der Star sind die Cops. MCT ist ein Megakonzern. Es gibt einen verdammt großen Unterschied in der Art und Weise, wie sie angesehen werden, wie sie von den Nachrichtenmedien behandelt werden ... in allem.« Ich funkle ihn an, und er versteht, was ich nicht in Worte kleiden werde: So habe ich es immer gesehen, Priyatel, und ich hatte viel eher die Möglichkeit, die Wahrheit zu durchschauen, als der Durchschnittsbürger. Aber habe ich die Wahrheit durchschaut? Fehlanzeige.

Ein paar Sekunden lang rührt er sich nicht. Überhaupt nicht. Er blinzelt nicht einmal. Dann nickt er widerwillig. Er begreift die Logik dessen, was ich ihm sage, scheint aber nicht bereit zu sein, sie zu akzeptieren. Ihm gefällt das, was ich bin und wofür ich stehe, nicht mehr, als er mir gefällt. Ich würde lieber mit Giftmüll gurgeln, als irgendwas, das er sagt, widerstandslos akzeptieren, warum sollte es bei ihm anders sein? »Lone Star tut es in Washington und Atlanta«, stellt er fest, aber nicht sehr nachdrücklich.

»Ja, aber eben in Washington und Atlanta«, kontere ich sofort. »Beides sind Hauptstädte mit allem, was das impliziert. Mehr Konzernpräsenz als in Seattle und damit auch mehr Privatarmeen. Wer wird da schon groß auf eine Privatarmee mehr achten?«

Dann kommt mir ein ganz neuer Gedanke. »Außerdem soll die Abteilung doch mit dem nationalen Militär in Verbindung stehen. Wenn es bereits eine größere Militärpräsenz gibt und die Abteilung arbeitet eng mit ihr zusammen, ist der Unterschied schwer zu erkennen, neh? Wer wird in einer Armeebasis schon einen zusätzlichen Zug bemerken? Nur die ganz hohen Tiere wissen, daß der Zebra-Zug – oder wie er heißt – tatsächlich vom Star finanziert wird. Aber welche Tarnung haben sie hier in Seattle? Die verdammte Metroplexgarde. Ja, klar.«

Argent nickt zögernd. Wenn ich ihn mit genügend Argumenten eindecke, muß er es einsehen. Dann kommt mir noch eine Idee. »Und vielleicht brauchen Schrage und seine kleinen Chummer gar keinen voll ausgerüsteten Zug«, stelle ich fest. »Klienten, die den ganz harten Hammer wollen, können ihn in Washington mieten. Vielleicht ist Schrage hinter Klienten her, die etwas weniger Auffälliges wollen. Militärisch zwar, aber keine reguläre Bewaffnung.«

Argent ist hellwach. »Biowaffen?«

»Das wäre eine Möglichkeit«, sage ich, obwohl ich davon überzeugt bin, daß mehr dahintersteckt. »Nehmen wir mal an, Schrage will sein Repertoire um dieses Retrovirus erweitern. Vielleicht haben ein paar Klienten danach gefragt, oder vielleicht will er es in der nächstjährigen Werbekampagne auch als Verkaufsargument benutzen – das spielt keine Rolle. Er tritt an Nova Vita Cybernetics heran, wo man zufällig den Sahneknüller zum Verkauf anbieten kann. In Tir kämpft Timothy Telestrian mittlerweile mit seinem alten Herrn um Einfluß bei TIC, und der Abschluß eines größeren Geschäfts mit dem Star würde ihm reichlich Kohle und reichlich Gesicht einbringen.« Ich zucke die Achseln. »Wer weiß, vielleicht spielt er sogar mit dem Gedanken, später Druck auf den Star auszuüben, damit dieser ihm gegen seinen Daddy hilft ...

Das Problem ist«, fahre ich fort, »das Virus ist noch nicht ausreichend getestet worden ... oder vielleicht glaubt Schrage NVC auch nicht unbesehen, was das Virus leisten soll. Also stellen ein paar Leute von NVC und Schrage persönlich – die ganze Sache muß viel zu groß sein, um sie Handlangern zu überlassen –, unter irgendeinem Vorwand Kontakt mit den Cutters her, und da haben sie ihren Feldtest.« Ich sehe Argent an. »Wie paßt das zusammen?«

»Viel zu gut, Omae, viel zu gut«, sagt er leise.

»Hat Peg zufällig herausgefunden, ob die MV-Abteilung im Augenblick größere Klienten hat?« frage ich, und der Ausdruck in seinen modifizierten Augen beantwortet diese Frage eindeutig positiv. »Tsimshian.« Er spricht das Wort kategorisch aus, kalt. »Peg sagt, AMV-Seattle hätte einen Deal mit irgendeiner Organisation in Kitimat, der Hauptstadt von Tsimshian, abgeschlossen.«

»Wann?«

»Vor zwei Monaten.« Argent lächelt grimmig. »Der

Zeitrahmen stimmt ungefähr. Zwei Wochen Marktforschung, um einen guten Lieferanten für Biowaffen zu finden, zwei Wochen Verhandlungen, dann ungefähr einen Monat für den Feldtest.«

»Wie sieht der Deal aus?«

Der Runner schnaubt. »Peg ist gut, aber so gut nun auch wieder nicht. Glaub mir, Omae, die schmierigen Einzelheiten sind so tief vergraben, daß kein Decker an sie rankommt.« Er zuckt die Achseln. »Wenn ich Schrage wäre, würde ich den ganzen Drek auf ein isoliertes Gerät packen, das nicht an die Matrix angeschlossen ist. Du weißt schon, mit Tempest-Schild, so daß man weder durch Induktion oder Scanner oder sonstwie rankommt.«

»Irgendwelche Vermutungen? Wahrscheinlich weißt du mehr über den Hintergrund als ich. Du bist schon länger in Seattle.«

Er kichert. »Mein Leben lang, Chummer. Der Sprawl ist mein Zuhause. Ich bin hier geboren, und wenn es Zeit zum Sterben ist, ist es hier auch nicht schlechter als anderswo.« Er schweigt für einen Augenblick, und ich kann ihm ansehen, daß er seine Gedanken ordnet. »Tsimshian bedeutet grundsätzlich Ärger«, sagt er schließlich. »Die Nation wird von stammesinternen Querelen zerrissen, wobei sich die Haida- und Kwakiutl-Unterschicht gegen den Machtblock der Tsimshian und Tlingit wendet. Vielleicht ist es die nationale Regierung, die das ›Haida-Problem‹ ein für allemal erledigen will. Oder vielleicht ist es die Nationale Front der Haida, die die Regierung geeken will. Oder vielleicht hat es auch gar nichts mit den Stammesproblemen zu tun.

Tsimshian hat sich vom Souveränen Stammesrat der NAN abgespalten im Jahre ... wann war das? Zweitausendfünfunddreißig ...?«

»Zweitausendsiebenunddreißig«, korrigiere ich.

»Wie auch immer. Seit der Sezession standen Tsimshian und Salish-Shidhe mindestens ein dutzendmal *so dicht* vor einem Grenzkrieg, im wesentlichen wegen eines größeren Erzvorkommens und mehrerer Industrieanlagen, die gerade so nah an der Grenze liegen, um sich auf sogenanntem ›umstrittenem Gebiet‹ zu befinden. Vielleicht denkt Kitimat, daß es höchste Zeit wird, die Dinge mit dem S-S-Council zu regeln.« Er zuckt vielsagend die Achseln. »Wie ich schon sagte, Chummer, Tsimshian bedeutet grundsätzlich Ärger. Man braucht schon eine Tageskarte, um herauszufinden, wer gerade auf ihrer Haßliste steht.«

Einfach toll.

Argent betrachtet mich mit seinem steten, ironischen Blick, als warte er darauf, daß ich irgendwas ausknoble.

Und schließlich kommt mir die Erkenntnis. »Ja«, knurre ich. »Es ist alles Spekulation, weil wir nicht mit Sicherheit wissen, daß NVC das Virus entwickelt hat. Es könnte auch sein, daß Schrage einen ganz harmlosen Deal hinsichtlich irgendwelcher Implantattech mit NVC gemacht hat. Und wir wissen nicht mit Sicherheit, daß Schrage irgendwas mit der Infektion der Cutters zu tun hat. Aber wie sollte es sonst zusammenpassen?«

»Das ist gar nicht der Punkt«, sagt Argent ruhig. »Ich könnte dir sagen, daß ich absolut, hundertprozentig überzeugt bin, na und? Was bringt das?« Er stößt ein humorloses Lachen aus. »Schließlich können wir mit unseren Vermutungen nicht zu Lone Star gehen und die Cops auf die Geschichte ansetzen.«

»Was, zum Teufel, sollen wir also tun?« frage ich.

Argents humorloses Grinsen wird von jenem kalten Pokerface abgelöst, das ich schon so oft gesehen habe, und ich glaube, ich weiß, wie seine Antwort lauten wird. »Warum sollte ich überhaupt irgendwas dagegen unternehmen wollen? Die Konzerne ziehen die Leute ständig ab. Warum sollte ich mich gerade in diesem Fall besonders ins Zeug legen?«

Drek, ich habe es verdammt noch mal gewußt! Er ist

ein verdammter Shadowrunner, und es gibt für ihn nichts dabei zu holen. Die altbekannte Wut auf Shadowrunner hat sich in den vergangenen Tagen ziemlich zurückgehalten, aber jetzt rührt sie sich wieder in meiner Brust. Ich hole tief Atem, um etwas Giftiges loszulassen ...

Was natürlich genau das ist, worauf der vercyberte Wichser gewartet hat. Bevor ich das erste Wort herausbekomme, sagt er: »Aber ich bin neugierig, was NVC vorhat. So neugierig, daß ich zum Columbia und nach Pillar Rock düsen und mal nachsehen könnte.« Ich starre ihn an, und er grinst mich unschuldig-unverschämt an. »Willst du mitkommen?«

25

Zum Teufel mit diesem Argent! Der elende Hurensohn muß gewußt haben, was mir durch den Kopf ging, was ich von ihm dachte. Und er hat es mich denken lassen, hat mich mein moralisches Überlegenheitsgefühl richtig auskosten lassen, bis ich den Boden haßte, auf dem er geht.

Und dann, als ich bereit war, ihm seinen gottverdammten Kopf abzureißen, hat er im wesentlichen gesagt: »Hey, ich will auch das Richtige tun, Chummer«, und mich wissen lassen, daß er nur ein wenig an den Fäden gezogen hat. Erbärmlicher Hurensohn.

In kürzester Zeit hat er den Flug und all den Drek organisiert, und schon sitzen wir im Wagen und fahren zum Flughafen. In der Zwischenzeit rege ich mich immer mehr auf und gebe mir gleichzeitig alle Mühe, mir nichts anmerken zu lassen.

Es ist mir egal, wenn der Runner weiß, daß ich genervt bin, Priyatel. Mich stört es. Argent hat an den Fäden gezogen, um etwas klarzustellen. Er hat etwas getan, das meine Sichtweise der Shadowrunner zu bestätigen schien, eine Sichtweise, die ich mir aus Copgerede und dem, was ich auf der Akademie gehört habe … und, ja, wahrscheinlich auch dem, was ich im Trid aufgeschnappt habe, aneignete. Dieser verdammte Argent hat das gewußt und beschlossen, dafür zu sorgen, daß ich mich an meinen liebgewonnenen Vorstellungen verschlucken soll. Indem er ihnen zuerst perfekt entsprochen und dann eine hundertprozentige Kehrtwendung vollzogen hat. Und was ich daraus lernen soll, ist, daß Shadowrunner nicht die seelenlosen Söldnerschweine sind, für die ich sie immer gehalten habe. Ich hasse es, wenn mir bewiesen wird, daß ich mich irre, besonders von einem Drek-sack wie Argent.

Und darum sitze ich kochend auf dem Beifahrersitz des Westwind, während Argent erst nach Westen und dann nach Süden durch die südliche Innenstadt und zu jenem Teil des Flughafens fährt, wo die Privatflugzeuge stehen. Ich werde zunehmend rappelig, als wir uns dem bewachten Tor nähern, das zum Parkplatz der Flugzeugbesitzer führt, doch Argent läßt nicht das kleinste Anzeichen der Unruhe erkennen.

Die Augen des Wachpostens glitzern unnatürlich im wäßrigen Schein der Nachmittagssonne, und ich sehe das Glasfaserkabel, das von seiner Datenbuchse zum Computer an seinem Gürtel verläuft. Er sieht uns an, und unsere Bilder werden von seinen Cyberaugen direkt zum Computer und von dort aus wahrscheinlich zu irgendeinem Analyse-/Erkennungssystem in einem der umliegenden Gebäude übermittelt. Das bestmögliche Ergebnis ist, daß zwischen uns und der Datenbank der hier zugangsberechtigten Personen keine Übereinstimmung besteht. Im schlechtesten Fall läßt mein Bild alle möglichen Alarmglocken klingeln, und von da an geht es dann steil bergab.

Ich hätte mir die Aufregung genausogut für etwas Wichtiges sparen können – zum Beispiel den bevorstehenden Flug. Der Wachposten mustert uns kurz, richtet den Blick einen Augenblick lang in die Unendlichkeit und nickt dann Argent mit viel mehr Hochachtung zu, als er ihm noch einen Augenblick zuvor zugestanden hat. »Fahren Sie direkt durch, Sir«, sagt er. »Sie wissen ja, wo Sie parken können.«

Argent lächelt zur Erwiderung – das perfekte Ebenbild eines hochrangigen Konzernpinkels, dem von einem Untergebenen der ihm gebührende Respekt gezollt wird – und fährt weiter. Ich frage mich, welche Identität der Computer ausgespuckt hat, nachdem er Argents Bild überprüft hatte, aber ich werde mich nicht demütigen und danach fragen. Ich schätze, für heute bin ich schon genug gedemütigt worden.

Als der Runner mir sagte, er hätte ein Flugzeug organisiert, habe ich mir irgendein heruntergekommenes einmotoriges Propellerflugzeug vorgestellt, das ungefähr so alt ist wie ich, wenn nicht älter. Eine Piper Club vielleicht, oder eine verdammte Comanche von der Jahrhundertwende. (Als Kind habe ich alles über Flugzeuge, alte und neue, gelesen, was ich in die Finger kriegen konnte. Eigentlich nicht als Hobby, sondern in dem Versuch, die irrationale Angst zu überwinden, die ich schon immer vor dem Fliegen hatte. Hat übrigens nicht funktioniert.) Als wir an den Hangars vorbeifahren, sehe ich genug von diesen überholten Flugzeugen, Todesfallen, die aussehen, als würden sie nur noch von Kaugummi, Klingeldraht, Klebestreifen und positivem Denken zusammengehalten.

Doch Argent hält nicht an. Statt dessen fährt er weiter, und wir begegnen jetzt auch Flugzeugen, die auf den sozioökonomischen, chronologischen und Zuverlässigkeits-Skalen weiter oben rangieren. Cessnas und Fiat-Fokkers, die erst zehn oder zwanzig Jahre alt sind, lösen scheintote De Havillands ab, und mir wird langsam etwas wohler hinsichtlich der ganzen Sache.

Und er hält immer noch nicht an. Statt dessen biegt er nach rechts ab, und jetzt sind die Flugzeuge, die wir passieren, ein oder zwei Jahre alt, wenn überhaupt. Lear-Cessna Turboprops der Exec-Klasse und Agusta-Cierva ›Plutocrat‹ Rotormaschinen stehen neben Drek, den ich noch nie gesehen habe, wobei die meisten Vögel mit irgendwelchen Konzernemblemen geschmückt sind. Der Runner wird doch wohl nicht etwa einen ganz bestimmten Deal für diesen Transport abgeschlossen haben?

Doch nein, vor uns kann ich erkennen, womit wir fliegen werden, und plötzlich ist meine alte Angst wieder da und krallt sich in meinen Magen. Nicht, daß es ein altes Schätzchen von einem Flugzeug wäre. Absolut nicht. Es ist ein brandneuer McDonnell-Douglas Merlin, ein kleiner, schlanker Vetter des Federated-Boeing Computer. Es ist eine Kipprotormaschine mit zwei Turboprops, deren Konstruktion offenbar auf einem Design der achtziger Jahre des letzten Jahrhunderts namens Osprey beruht, einem Senkrechtstarter, der von horizontalem auf vertikalen Flug umschaltet, indem er die Flügel dreht und damit die Propeller in helikopterähnliche Rotoren verwandelt.

Drek, jeder Stadtbewohner in Nordamerika kennt den Computer. Und jeder weiß, wie unzuverlässig er ist – natürlich entgegen den Behauptungen des Herstellers – und wie anfällig für Leistungsverlust während des Wechsels vom horizontalen in den vertikalen Flug und umgekehrt. Vor langer Zeit habe ich mir geschworen, nie mit einem Computer zu fliegen, und jetzt soll ich in den kleineren – und noch unzuverlässigeren – Merlin steigen. Einfach Sahne, und dafür will ich dir echt aus tiefstem Herzen danken, Argent.

Natürlich versuche ich auch hier, mir mein Unbehagen nicht anmerken zu lassen. Ich richte den Blick auf die blauweiße Maschine und versuche mich auf die beiden Techs oder Mechaniker im Overall zu konzentrieren, die an der Maschine herumfummeln. Um mich von Statistiken über Abstürze und Todesopfer abzulenken. Ich versuche das rechteckige Logo auf dem Rumpf auszumachen.

»Mach dir keine Sorgen wegen der Konzernzugehörigkeit«, meldet sich Argent, der wieder in seine alte Routine des Gedankenlesens verfällt. »Yamatetsu hat die Maschine vor einer Weile an einen Chummer verkauft, und sie ist noch nicht dazu gekommen, das Logo zu überpinseln.« Aha. Und ich frage mich, ob sie je dazu kommen wird, den Radartransponder zu ändern, so daß sie unter Zivilflugzeug und nicht unter Konzernflugzeug firmiert.

Argent parkt in der Nähe des Merlin, und wir steigen aus. Ich sehe Bewegung in der offenen Luke, dann taucht eine Gestalt auf. Eine Elfe, doch kleiner und breiter als der durchschnittliche Vertreter ihres Metatyps. Zuerst halte ich sie für fett, ändere meine Meinung jedoch, als sie die Leiter heruntersteigt. ›Angenehm gepolstert‹ ist vielleicht eine bessere Beschreibung. Ihr Gesicht ist ebenfalls breiter als das des typischen Elfs, und ihre Augen und stachelig geschnittenen Haare sind dunkel anstatt hell. Aber sie hat die Elfenohren, und ihr Lächeln beim Anblick Argents hat etwas an sich, das ich nicht näher bezeichnen kann, das aber, soweit es mich betrifft, ihren Metatyp vollauf bestätigt. Sie trägt einen formlosen schwarzen Overall mit viel zu vielen Taschen, die anscheinend alle mit irgendwelchem Zeug vollgestopft sind.

»Hoi, Argent«, ruft sie, und ihre Stimme und das breite Grinsen erinnern mich an ein Kind mit einem neuen Spielzeug.

»Hoi, Raven.« Er nimmt die dargebotene Hand, und sie schütteln sich die Hände wie alte Chummer.

Nun, da ich sie aus der Nähe sehe, versuche ich das Alter dieser Raven zu erraten. Ihrer Stimme und ihren Bewegungen nach zu urteilen, hatte ich sie zunächst auf etwa zwanzig geschätzt. Jetzt lege ich jedoch noch zehn, vielleicht sogar fünfzehn Jahre drauf. Ihr Gesicht ist wettergegerbt, und um die Augen zieht sich ein dichtes Faltennetz. Ihre Modifikationen sehe ich jetzt erst, drei Datenbuchsen, je eine in den beiden Schläfen und eine dritte, die wegen der rosa und zart aussehenden Haut darum herum ziemlich neu aussieht, auf der rechten Seite direkt über dem Kiefergelenk. Wahrscheinlich ganz auf Rigger ausgelegt. Man trifft nicht viele Decker, die abgelegte Konzernflugzeuge kaufen und fliegen.

»Ist lange her«, sagt Raven mit strahlendem Lächeln

zu Argent. »Du mußt mich mal besuchen, wenn es nicht geschäftlich ist, okay?«

Argent erwidert das Lächeln, und der Ausdruck in seinen Augen ist entspannter, als ich es je bei ihm gesehen habe. Ganz sicher alte Chummer. »Okay, ich verspreche es.« Er erinnert sich an mich und deutet auf mich. »Raven, das ist Wolf.«

Die Elfe streckt die Hand aus, und ich nehme sie. Der feste Griff, die Kühle und die Konsistenz ihrer Haut verraten mir, daß die Datenbuchsen nicht ihre einzigen Modifikationen sind.

»Ihr habt euch einen schönen Tag ausgesucht«, verkündet sie mit einem Blick zum Himmel. »Kaum Wolken, gute Sicht.« Sie grinst mich an. »Bereit für einen kleinen Rundflug?«

Raven ist eine geschickte Pilotin, das will ich ihr gern zugestehen. Jedes Manöver, das der Merlin fliegt, läuft glatt wie Kunstseide, perfekt kontrolliert, und nie hat man das Gefühl, daß sie gegen die Maschine kämpft oder sie zu irgendwas zwingt. Im Gegenteil, man hat eher das Gefühl, als wäre alles ganz natürlich, weil das eben das ist, was Flugzeuge tun, und wir flögen nur mit. Selbst der Übergang zwischen vertikalem und horizontalem Flug – wenn sich die Tragflächen drehen, um sich von Rotoren in Propeller zu verwandeln – verlief so glatt und stabil, daß ich nichts davon bemerkte und erst ein paar Sekunden später darauf aufmerksam wurde, als sich unsere Flugrichtung geändert hatte. Zum erstenmal, seitdem ich den Merlin gesehen habe, läßt meine Angst ein wenig nach.

Nicht, daß es beruhigend gewesen wäre, Raven bei der Arbeit zuzusehen. Klar, ich bin schon in Flugzeugen geflogen, die von Riggern gesteuert wurden – das gilt für jeden, der schon an Bord eines suborbitalen oder semiballistischen Flugzeugs war –, aber das bedeutet nicht, daß ich im Cockpit war und den Piloten beim Fliegen beobachtet habe. Und jetzt bin ich richtiggehend froh darüber. Ich sage Ihnen, es hat etwas Beunruhigendes, dem Piloten – der Person, in deren Händen Ihr Leben liegt – zuzusehen, wie er sich in das Kontrollbord des Flugzeugs einstöpselt und dann prompt einschläft!

Ohne Scherz, genauso sieht es aus. Raven sieht total schlaff aus, wie sie dort auf ihrer Pilotenliege hängt. Nur der Vierpunkt-Sicherheitsgurt und die spezielle Kopfstütze mit Stirngurt halten sie aufrecht und davon ab, wie eine Leiche in den Hohlraum unter das Kontrollbord zu rutschen. Ihre Augen sind geschlossen, und ihr Mund steht offen. Und sie sabbert. Nur ein wenig, aber es reicht.

Argent sieht zu mir herüber und grinst. Er sitzt rechts neben Raven auf dem Copilotensitz, während ich auf einem Notsitz hinter der Lücke zwischen den beiden Vordersitzen hocke. Auch früher im Bus habe ich nie gerne hinten gesessen, und hier ergeht es mir nicht anders. Immerhin hat man aus dem Merlin eine unglaubliche Sicht. Von meinem Platz hat man den Eindruck, daß mindestens fünfundsiebzig Prozent der Nase aus Transplast bestehen, was bedeutet, daß ich ein Blickfeld in der Horizontalen von über hundertachtzig Grad und in der Vertikalen von über neunzig Grad habe. Man hat beinahe das Gefühl, sich in einer verdammten Luftblase zu befinden, die achtzehnhundert Meter hoch in der Luft schwebt.

Um mich von dem kleineren Anfall von Platzangst, von der ich gar nicht wußte, daß ich sie hatte, abzulenken, konzentriere ich mich auf den Notsitz, auf dem ich festgeschnallt bin, und auf den Techdrek darum herum. Als erstes fällt mir eine kleine Schwingkonsole auf, die eine Reihe von Anzeigen aufweist, welche zu den meisten Sensoren passen, die vom Kontrollbord gesteuert werden. Natürlich sind sie nicht bezeichnet, aber nichtsdestoweniger interessant. Ich glaube, ein paar von ihnen erkannt zu haben – ECM- und ECCM-Anzeiger hier, Gefahrenanzeige dort und eine Auflistung aller an Bord befindlicher Verbrauchsgüter drüben. (Ich stelle mit grimmigem Interesse fest, daß der Merlin eine volle Ladung Störfolien und Leuchtkugeln an Bord hat. Warum, frage ich mich. Weil Raven immer auf alles vorbereitet ist? Oder weil sie damit rechnet, sie in näherer Zukunft auch einsetzen zu müssen?)

»Gefällt dir das Fliegen nicht, Wolf?« fragt der Runner sanft.

Drek. Ich dachte, ich hätte meine Angst besser verheimlicht. Als Antwort zucke ich die Achseln.

»Ich habe es immer gehaßt.« Er kichert. »Natürlich war das die Zeit, als Fliegen in einem Flugzeug normalerweise gleichbedeutend damit war, daß ich irgendwann aus ihm absprang.« Ich speichere diese Auskunft zwecks späterer Verwendung ab – Ausbildung und Erfahrung als Fallschirmspringer. Was hat dieser Argent überhaupt für einen Hintergrund?

»Dann dachte ich mir, warum soll ich mich nicht einfach zurücklehnen und die Aussicht genießen?« fährt er fort. »Warum mir Sorgen machen? Wir müssen alle abtreten, wenn unsere Nummer gezogen wird, und es spielt keine Rolle, wo wir uns dabei befinden – in einem Flugzeug, in einem Feuergefecht oder in einem gemütlichen warmen Bett –, wenn die Zeit gekommen ist.«

»Ja«, brumme ich, indem ich mit dem Daumen auf Raven zeige. »Aber was ist, wenn ihre Nummer gezogen wird?«

Der Merlin ist ein schnelles Flugzeug, ein Segen, weil das bedeutet, daß wir um so schneller wieder auf der Erde sind. Minuten nach dem Start haben wir eine Flughöhe von achtzehnhundert Metern erreicht und düsen nach Süden. Die Demarkationslinie, wo der

Sprawl endet und das Salish-Shidhe-Territorium beginnt, ist offensichtlich, obwohl wir zu hoch sind, um die Mauern, Zäune und Wachposten sehen zu können. Auf der einen Seite der Demarkation befindet sich Stadt, auf der anderen Land. Es ist so, als hätte Gott ein Rasiermesser genommen und einen scharfen Rand um das Stadtgebiet gezogen, das sich ansonsten nach Süden bis Portland ausdehnen würde.

Das Überqueren dieser Linie, der unsichtbaren Grenze zwischen dem Luftraum der UCAS und dem des S-S-Councils, bereitet mir ein wenig Kopfzerbrechen. Obwohl ich es nie selbst versucht habe, ist mir genug darüber zu Ohren gekommen, wie verdammt schwierig es sein soll, ›über die Mauer und aus dem Sprawl herauszukommen‹ – das heißt, über die Grenze in das amerindianische Gebiet zu gelangen, das Seattle umgibt. Ich kann nicht glauben, daß das S-S-Council uns ›dekadente Seattler‹ freundlicher behandelt, wenn wir aus der Luft in ihr unverdorbenes Land eindringen.

Meine Sorgen sind jedoch nicht so groß wie bei Argents Einfahrt in den privaten Teil des Seattler Flughafens. Ich muß davon ausgehen, daß Raven Kontakt zur Bodenkontrolle hat und sich auch an den ganzen anderen Drek hält, aber ihr Körper hat sich keinen Millimeter gerührt, und sie hat sich auch nicht die Mühe gemacht, ihre Gespräche über die Bordlautsprecher zu führen. Oder – wer weiß? – vielleicht mußte sie auch mit niemandem reden. Nach allem, was ich weiß, könnte der Transponder im Merlin immer noch das Erkennungszeichen für einen Transport hochrangiger Yamatetsu-Execs ausstrahlen. Wie auch immer, wir düsen jedenfalls ohne die geringste Störung durch den S-S-Luftraum. Man muß auch für die kleinen Freuden dankbar sein, lautet meine Devise.

Sobald wir den Sprawl hinter uns haben, ändert sich das Motorengeräusch. Für einen Sekundenbruchteil glaube ich, daß wir in Schwierigkeiten stecken, dann wird mir klar, daß Raven nur aufdreht. Während die großen Motoren auf volle Leistung hochgefahren werden, suche ich die Kontrollen vor mir nach einem Geschwindigkeitsmesser ab. Schließlich sehe ich Zahlen, die sich etwa im richtigen Bereich bewegen. Wenn ich recht habe, fliegen wir mit einer Geschwindigkeit von etwa sechshundert Stundenkilometern. Nicht schlecht. Wir könnten in einer halben Stunde in Portland sein. Pillar Rock – der Standort der NVC-Anlage – befindet sich auf der anderen Seite des Columbia, vielleicht sechzig Kilometer im Westen in Richtung Ozean.

Nach kurzer Zeit sehe ich das Glitzern von Wasser voraus. Ich beuge mich vor und klemme den Kopf zwischen die beiden Vordersitze, um einen Blick auf die Navigationskarte zu werfen, die Argent auf dem Hauptschirm des Copiloten aufgerufen hat. Jawoll, das Wasser vor uns ist der Columbia, wie ich vermutet habe. Dem kleinen Lichtpunkt zufolge, der den Merlin darstellt, befinden wir uns zehn Kilometer östlich von Pillar Rock und überfliegen gerade den Ort Skamokawa – eine kleine, makellos aussehende Gemeinde –, und Raven legt das Flugzeug in eine Rechtskurve, also nach Westen. Der Anzeige nach zu urteilen, die ich für einen Höhenmesser halte, sind wir auf fünfhundert Meter heruntergegangen. Die Geschwindigkeit ist ebenfalls geringer geworden und beträgt nur noch dreihundert Stundenkilometer.

»Zwei Minuten.« Die Stimme gehört Raven, aber sie kommt nicht aus ihrem Mund, der weiterhin ihren Overall vollsabbert. Nein, die Stimme kommt aus den kleinen Lautsprechern über der Hauptkonsole.

»Verstanden«, antwortet Argent. Ich sehe, wie er die Karte löscht und eine neue aufruft. Es dauert einen Augenblick, bis ich erkenne, daß es sich um eine vergrößerte Echtzeitaufnahme des vor uns liegenden Geländes handelt, die wahrscheinlich von einer externen Videokamera gemacht wird. Das Bild zoomt heran und wieder weg, wird unscharf und wieder schärfer, als Argent die Empfindlichkeit der Kontrollen testet. Dann fällt mir ein kleines Fadenkreuz in der Mitte des Schirms auf, und ich sage: »Äh, Argent...«

Er dreht sich zu mir um, sieht meine Blickrichtung und kichert in sich hinein. »Kein Grund zur Aufregung, Chummer«, sagt er. »Das war mal eine Geschützvorrichtung, aber Raven hat sie durch eine Videoanlage ersetzt, als sie den Vogel gekauft hat. Ich dachte mir, wir könnten vielleicht etwas Lebendigeres als Erinnerungen gebrauchen.«

Ich nicke, während ich mich innerlich verfluche. Ja, Aufnahmen, da ist was dran... darauf hätte ich selbst kommen müssen. Ich bekomme langsam das Gefühl, daß ich in letzter Zeit immer weniger denke.

Hier, in der Nähe der Mündung, ist der Columbia sehr breit, mindestens einen Kilometer, schätze ich. Der Merlin fliegt parallel zum Nordufer, etwa hundert Meter weit über dem Fluß und in einer Höhe von zweihundertfünfzig Metern. Ich schaue nach links aus dem Cockpit. Dort drüben, einen Kilometer entfernt, liegt Tir Tairngire. Bei dem Gelände, das genauso aussieht wie das auf der Nordseite des Flusses, handelt es sich im wesentlichen um Flachland, das mit Gras und kleinen Bäumen bewachsen ist. Die ganze Gegend sieht naß und sumpfig aus. Irgendwie bin ich enttäuscht – das ach so mysteriöse ›Land der Verheißung‹ sollte anders aussehen, vielleicht mit Feenstaub aus den Kindergeschichten oder irgend so einem Drek bedeckt sein. Aus dieser Entfernung hat es nichts Besonderes an sich.

Ravens Stimme erklingt wieder aus den Lautsprechern und läßt mich zusammenfahren. »Ziel erfaßt«, verkündet sie. »Argent, gib mir die Kamera.«

Der Runner drückt auf ein paar Knöpfe an seiner Konsole – wahrscheinlich überstellt er die Kameraanlage damit an Ravens Riggerkontrollen –, dann lehnt er sich zurück und verschränkt die Arme. Auf dem Copilotenschirm schwankt das Bild schwindelerregend hin und her, als die Kamera nach rechts ausgerichtet wird. Sie zoomt an etwas heran, eine kleine Gebäudeansammlung. Trotz maximaler Vergrößerung sind wir noch zu weit entfernt, um irgendwelche Einzelheiten erkennen zu können.

»Wie hast du die Anlage so schnell gefunden?« fragt Argent neugierig.

Raven kichert. Im Gegensatz zu ihrer Stimme, die ganz natürlich klingt, hört sich ihr Lachen schrecklich und unmenschlich an, durch die Elektronik völlig entstellt. »Ich konnte sie kaum verfehlen, Chummer«, verkündet sie. »Sie hat ein fettes Navigationssignalfeuer, sie hat permanente, durch Radarstrahlen begrenzte Gleitpfade, und selbst das Hintergrundrauschen des Oberflächenradars zeichnet noch auf meinen Sensoren.«

»Oberflächenradar«, grübelt der Runner. »Landeinwärts oder über dem Fluß?«

»Beides.«

»Drek«, murmelt Argent. »Permanente Gleitpfade bedeuten kontrollierten Luftraum, richtig? Irgendwelche Vermutungen, wie weit sie sich erstrecken?«

»Schwer zu sagen«, räumt Raven ein. »Im Plex darf der Durchmesser bei Privatanlagen einen halben Kilometer nicht überschreiten. Aber das hier ist Stammesland, und ich kenne die entsprechenden Bestimmungen ... Hal-lo«, unterbricht sie sich selbst. »Sie fragen unseren Transponder ab.«

»Was, zum Teufel, hat das zu bedeuten?« will ich wissen.

»Eine elektronische Version von ›Wer ist da, Freund oder Feind?‹« erklärt Argent, dann richtet er seine Aufmerksamkeit wieder auf Raven. »Und was sind wir?«

»Wir sind eine Luftambulanz von Yamatetsu«, erwidert sie.

»Sag mir, wenn sie dich per Funk anrufen«, regt Argent an.

Ich kann die Anlage immer noch nicht mit bloßem Auge erkennen, aber das Bild auf Argents Schirm wird immer größer und deutlicher. Das Ganze sieht für mich eher wie ein Gefängnis als eine Forschungsanlage aus. Vier große Gebäude und ein paar kleine Anbauten, alle von einer Mauer umgeben. Aus dieser Entfernung und diesem Blickwinkel läßt sich unmöglich schätzen, wie hoch sie ist. Wahrscheinlich läßt sich das später an Hand des Schatteneinfalls und so weiter berechnen, doch mein erster Eindruck ist der, daß die Mauer hoch und massiv ist. Und diese Dinger an den Ecken – architektonische Elemente oder Wachtürme? Was, zum Teufel, ist das überhaupt für eine Anlage?

Ich werfe einen Blick auf die Konsole vor mir. Lämpchen und Anzeigen flackern in dem Bereich, den ich versuchsweise ECM und Sensoren zugeordnet habe. Wahrscheinlich die ersten Ausläufer des Oberflächenradars und der vorgezeichneten Flugschneisen, die Raven erwähnt hat. »Wie weit noch?« frage ich.

»Fünf Kilometer«, erwidert sie. »Ich entferne mich etwas vom Ufer, um sie nicht zu nervös zu machen.« Noch bevor sie ausgeredet hat, spüre ich, wie sich der Merlin in eine leichte Linkskurve legt.

Piep! Ein schriller Warnton heult durch das Cockpit, und eine Handvoll roter Lämpchen leuchtet auf meiner Konsole auf. »Was ist das?« frage ich.

»Impulsmoduliertes Radar, kurzwellig«, tönt Raven. Die Auskunft übermittelt genau null Information, aber ihr Tonfall, den der Lautsprecher ganz genau wiedergibt, ist angespannt. Eine Tatsache, die viel zuviel Information übermittelt. Wir sitzen im Drek.

»Transponder abschalten«, schnappt Argent.

»Erledigt«, antwortet Raven. »Bringt aber nichts,

wir sind nah genug, und ihr Radar hat soviel Saft, daß sie längst eine Rißzeichnung von uns haben.« Die Kurve wird plötzlich enger, und die Motoren heulen auf, als Raven beschleunigt. Sie geht jetzt auch tiefer, wahrscheinlich um schneller zu beschleunigen oder unter dem Radar wegzutauchen (falls das in der heutigen Zeit noch möglich ist). Die Kamera verliert die Anlage, und Argents Schirm wird dunkel, aber im Moment interessiert mich das einen feuchten Drek.

Weitere Anzeigen leuchten auf meiner Konsole auf, darunter auch zwei kleine Signale mit den Beschriftungen Lck und Lnch. Ein rauhes Summen ertönt schmerzhaft laut, bis Argent auf einen Knopf drückt und es abstellt.

»Was?« rufe ich.

Argent antwortet. »Radarmeldung«, bellt er. »Rakete im Anflug.«

Die Motoren heulen lauter, und ich nehme an, Raven mobilisiert die Notfallreserven. Ich werde in den Gurt geworfen, als sie wieder in den Geradeausflug geht. Die Nase des Merlin bleibt jedoch nach unten gerichtet, und alles, was ich voraus sehen kann, ist das graubraune Wasser des Columbia, das mit jeder Sekunde näherkommt. Ich reiße mich von dem hypnotischen Anblick los und werfe einen Blick auf den Höhenmesser. Dreißig Meter und fallend. Dann stoppt das Flugzeug seinen Sturzflug, wobei so viele Gs entstehen, daß ich ein Gefühl habe, als sitze mir Argent auf der Brust. Das Wasser ist zum Greifen nah und jagt mit siebenhundert Stundenkilometern unter dem Cockpit vorbei. Ich nehme an, daß Raven versucht, die Rakete mit Hilfe des Oberflächeneffekts abzuschütteln. Theoretisch eine gute Idee, aber nach allem, was ich darüber weiß, ist flaches Wasser – wie zum Beispiel ein Fluß – nicht die geeignetste Umgebung dafür. Über zerklüftetem Gelände stehen die Chancen viel besser. Nicht, daß wir die Wahl hätten.

Ich werde wieder in die Gurte gedrückt, als Raven das Flugzeug in eine weitere enge Kurve reißt. Ich sehe nach draußen, und aus dem Cockpit sieht es so aus, als schwebe die linke Flügelspitze nur Zentimeter über dem Wasser. Wenn Raven sich verschätzt und die Flügelspitze aufsetzt, heißt es game over. Meine Phantasie ist lebhaft genug, um mir vorzustellen, wie der Merlin hochgeschleudert und auseinandergerissen wird, bevor er in einem schwarzroten Feuerball verschwindet.

»Gib mir die Leistungsmerkmale der Rakete«, befielt Ravens Stimme. »Ich bin im Moment etwas zu beschäftigt.« Das will ich gern glauben. Selbst mit Fahrzeugkontrollrigs gibt es nur eine gewisse »Bandbreite«, die das menschliche Hirn bewältigen kann, und ein Geschoß wie diesen Merlin so schnell und so niedrig zu fliegen, muß eine ganze Menge ›Rechenkapazität‹ beanspruchen.

Argent lockert seinen Gurt und beugt sich vor, um einen genaueren Blick auf seine Konsole zu werfen. »Gen sechs, Pulsweite Klasse B, Pulsfrequenz Klasse 4C«, liest er die Werte vor. »Hat Kontakt. Der Werfer zeichnet uns auch noch. Willst du noch mehr wissen?«

»Im Moment nicht«, erwidert Raven. Wir legen uns in eine steile Kurve in die entgegengesetzte Richtung. »Bei dem Radarprofil haben wir es mit einer Ares Type Four zu tun.«

»Ist das gut?« frage ich.

»Könnte besser sein«, bemerkt Argent.

Ich halte mich an den Griffen zu beiden Seiten meines Sitzes fest, als Raven den Merlin durch eine Reihe enger Flugmanöver jagt. Zweimal kurz hintereinander gibt es einen dumpfen Knall im Heck des Merlin, und das Flugzeug erbebt. Ich muß annehmen, daß Raven Störfolien absetzt – bei denen es sich zumindest bei einigen wahrscheinlich um aktive Störfolien handelt, in deren Mylarfolie radarabweisende Mikrochips eingearbeitet sind.

»Hat uns immer noch im Sucher«, verkündet Argent. »Entfernung tausend Meter.«

»Dann haltet euch fest, Jungs. Jetzt geht's um die Wurst.«

Es knallt noch zweimal, dann zieht der Merlin mit heulenden Motoren und ächzenden Verstrebungen steil nach oben. Ich stoße ein dumpfes Uff! aus, als der Druck auf meiner Brust rapide zunimmt. Durch das Cockpit kann ich lediglich die graue Bewölkung ein paar tausend Meter über uns sehen. Wenn das das letzte ist, was ich in meinem Leben zu sehen bekomme, hätte ich etwas Interessanteres vorgezogen.

Die Anzeigen auf der Konsole vor mir verändern sich. Gute oder schlechte Neuigkeiten?

»Rakete hat Kontakt mit uns verloren«, verkündet Argent trotz der Tatsache, daß er im Moment doppelt so viel wiegt wie sonst, mit absolut ruhiger Stimme. Wie um diese Bemerkung zu unterstreichen, gibt es hinter uns eine unglaubliche Erschütterung. Das Flugzeug erbebt, und ich höre mich vor Angst aufkreischen.

Ich spüre, wie der Merlin rollt, und ich glaube, wir sind getroffen und stürzen ab. Doch eine Sekunde später wird mir klar, daß Raven ein geplantes Manöver geflogen ist. Innerhalb von Sekunden befinden sich die Tragflächen wieder in der Horizontalen, und wir düsen mit Höchstgeschwindigkeit nach Osten. Ich wische mir über die Stirn, und als ich meine Hand betrachte, ist sie sehr naß.

Argent dreht sich zu mir um und bemerkt im Konversationston: »Die Rakete hat sich an die Störfolie gehängt und ist direkt hineingeflogen. Ziemlich beeindruckende Explosion, was?«

Ja, genau. Ich werfe einen Blick auf Raven. Sie hängt

immer noch so da wie zu Anfang und sabbert vor sich hin. Toller Umgang, den ich in letzter Zeit pflege. Der Runner prüft wieder seine Anzeigen und verkündet: »Werfer zeichnet uns nicht mehr.«

Das ist, verdammt noch mal, auch gut so. »Zeit, nach Hause zu fliegen?« schlage ich hoffnungsvoll vor.

Argent nickt. »Wir müssen uns ein Heimvideo ansehen.«

26

Als wir wieder in Renton sind, ist es spät am Abend, und ich fühle mich, als sei es ein verdammt langer Tag gewesen. Ich bin rappelig wie nur was. Auf der Heimfahrt mußte auf der Autobahn ein Wagen neben Argents Westwind auf die Bremse steigen, und das daraus resultierende Quietschen klang viel zu sehr wie der Radarkontaktalarm des Merlin. Ich glaube, ich konnte meine Reaktion unterdrücken – jedenfalls so weit, daß ich nicht durch das verdammte Dach geschossen bin –, aber der Vorfall hat noch einmal unterstrichen, wie weit ich mich im roten Bereich bewege. Aufklärungsflüge und Raketenangriffe? Gebt mir doch bitte einen netten, freundlichen Messerkampf oder eine Gang-Schießerei.

Wir gehen ins Loch in der Wand und nach oben in meine Bude. (Warum immer in meine Bude? Offensichtlich, weil Argent nicht will, daß ich weiß, wo er wohnt, und das kann ich ihm nicht einmal verübeln.) Der Runner legt den Chip mit den Daten von der Videokamera des Merlin in das Telekom, und wir frieren das beste Bild auf dem Schirm ein, das wir von der NVC-Anlage in Pillar Rock haben.

Nun, da ich mehr Einzelheiten erkennen kann, sehe ich, daß ich mit meiner ersten Vermutung nicht sehr danebengelegen habe – die Anlage sieht tatsächlich wie ein verdammtes Gefängnis aus. Auf der Grundlage der Schattenwinkel schätzt die (überraschend anspruchsvolle) Bildanalyse-Software des Telekoms die Höhe der Mauern auf acht Meter. Auch mit maximaler Vergrößerung läßt sich nicht erkennen, ob diese Mauern zusätzlich noch mit etwas oben darauf gesichert sind, aber dem Gesamteindruck nach zu urteilen, würde ich auf ein paar Lagen Stacheldraht (bestenfalls) oder Monodraht (schlimmstenfalls) tippen, die vermutlich noch durch irgendwelche Sensoren unterstützt werden. Was ich für Wachtürme gehalten habe, sind tatsächlich Wachtürme oder zumindest irgend etwas, das ihnen bemerkenswert ähnlich sieht. Es gibt ein einziges Tor zur Landseite und ein paar Bootsdocks – natürlich außerhalb der Mauern – am Fluß.

Nach einer oder zwei Minuten eingehender Betrachtung fasse ich meine Analyse zusammen. »Das ist eine verdammte Festung.«

Argent nickt nachdenklich. »Interessante Konstruktion für ein Labor, würde ich sagen«, stimmt er mir zu. »Ich habe früher schon Konzernanlagen mit massiver Sicherheit gesehen, aber noch nie eine, bei der sie derart auffällig und offensichtlich war.«

Etwas, das mir schon eine ganze Weile im Hinterkopf herumgeht, sucht sich diesen Augenblick aus, um sich in den Vordergrund zu drängen. »Wenn NVC ein Tir-Konzern ist, warum dann dieser Standort am Nordufer des Flusses? Das ist doch S-S-Territorium.«

Der Shadowrunner zuckt die Achseln. »Ich würde sagen, weil in Tir die Konzerne ziemlich stark überwacht werden. Und vergiß nicht, daß James Telestrian Verbindungen zur Regierung und zu den konservativeren Geschäftskreisen hat. Wenn Timothy T. dieses Labor für irgendwelche finsteren Machenschaften benutzt, wird er nicht wollen, daß es sich in der Einflußsphäre seines Vaters befindet, oder?«

»Ich dachte, das S-S-Council stiege den Konzernen ziemlich aufs Dach«, werfe ich ein.

»Manchen Konzernen, ja«, bestätigt Argent. »Aber ich weiß von zwei oder dreien, die es geschafft haben, sich bei der Regierung lieb Kind zu machen.« Er schnaubt. »Wahrscheinlich durch üppige Bestechungsgelder, aber das ist nur eine Vermutung. Ich würde sagen, das hier beweist, daß man Nova Vita

Cybernetics guten Gewissens zu diesen Konzernen zählen kann.«

Ich deute auf den Telekomschirm. »Wir wissen immer noch nichts, nicht wahr?«

Argent zuckt wieder die Achseln. »Ich schätze, die Tatsache, daß jemand mit einer Rakete auf uns geschossen hat, ist ziemlich vielsagend.«

»Vielsagend in der Hinsicht, daß NVC irgendwas am Laufen hat, das sie nicht an die große Glocke hängen wollen«, korrigiere ich. »Aber das könnte alles mögliche sein, oder?«

Der Runner ist nicht überzeugt. »Ich würde sagen, die Rakete im Zusammenhang mit der Schrage-Connection plus die Tatsache, daß Nova Vita Gentechniker nach Pillar Rock versetzt hat, verrät uns einiges.«

Ich schüttle den Kopf. »Um dein Wort zu benutzen, es ist vielsagend, aber es ist ganz sicher nicht eindeutig. Es sind Indizien, aber keine Beweise. Es gibt nichts, was wir den Behörden präsentieren könnten, und welchen Behörden könnten wir bei dieser Sache überhaupt vertrauen?«

Argent fängt an zu argumentieren, aber aus dem Nichts kommt mir plötzlich ein Gedanke, der mich mit der Wucht eines Schnellzugs trifft. »Warte mal«, schnappe ich. Der Shadowrunner hält die Klappe und beobachtet mich neugierig.

Ich schweige eine gute Minute lang oder auch zwei, dann spüre ich, wie sich mein Gesicht zu einem Grinsen verzieht. Ja, das paßt.

»Was ist?« fragt Argent, als er mein Lächeln sieht.

»Die Einzelheiten nenne ich dir später«, sage ich zu ihm. »In der Zwischenzeit gibt es ein paar Sachen, die ich von dir und Peg brauche. Vielleicht solltest du dir Notizen machen...«

Argent war nicht sofort einverstanden, aber das hatte ich auch nicht erwartet. Ich muß jedoch zugeben, daß er meinem Plan nicht annähernd so ablehnend gegenüberstand, wie ich geglaubt hatte. (Oder vielleicht auch nicht annähernd so ablehnend gegenüberstand, wie ich einem Plan von ihm gegenübergestanden hätte. Darüber muß ich mal nachdenken...) Als er sah, worauf ich hinauswollte, zog er mit. Gut, er wies auf ein paar Löcher hin, die mir nicht aufgefallen waren, aber er machte auch Vorschläge, wie man sie stopfen konnte, und im Endeffekt war der Plan hinterher hieb- und stichfester als vorher.

Jetzt sitze ich also vor dem Telekom, versuche mich zu entspannen und meinen Pulsschlag auf einen annähernd normalen Wert zu senken. Ich muß ganz cool sein, sage ich mir immer wieder. Wenn das hier eine Kampfsituation wäre, könnte ich mich zumindest halbwegs darauf verlassen, daß mir meine Ausbildung weiterhilft. Aber das hier ist ganz etwas anderes. Wenn ich das jetzt verpfusche, werde ich so lange vor den Cutters, dem Star und allen anderen Mitspielern auf der Flucht sein, bis schließlich jemand ins Schwarze trifft und mir den Schädel wegpustet.

Ich werfe einen Blick auf Argent. Er räkelt sich in dem Sessel in der Nähe, befindet sich aber nicht im Erfassungsbereich der Videokamera. Er beobachtet mich gelassen, fast losgelöst. Kein Wunder. Schließlich ist es nicht sein Kopf, auf den die Zielscheibe gemalt ist. Trotzdem verfluche ich ihn im stillen. Ich konzentriere mich wieder auf das Telekom und gebe die Nummer ein, die Peg beschafft hat.

Das Zustandekommen der Verbindung scheint eine Ewigkeit zu dauern. Der Schirm bleibt zunächst tot, doch im Lautsprecher summt und klickt es, da die Utility, die ich benutze, ihren Kampf mit dem LT-Gitter austrägt. Schließlich überzieht sich der Schirm mit den vertrauten Farbmustern, und in der Statuszeile am unteren Rand des Bildschirms steht ›Verbindung wird hergestellt‹. Die Statuszeile wechselt, und aus dem Lautsprecher tönt das vertraute ›Klingeln‹, das jedoch mit einem merkwürdigen Echo unterlegt ist. Was weiter keine Überraschung ist: Dieser Anruf läuft im Gegensatz zu dem Zwei-Knoten-Relais, das ich benutzt habe, um Argent zu erreichen, über ein Sieben-Knoten-Relais – der komplexesten Verbindung, die Peg noch mit einiger Zuverlässigkeit handhaben kann. Wenn unser Adressat diesen Anruf durch sieben dazwischenliegende Knoten zurückverfolgen kann, will ich es gar nicht wissen.

Das Telefon klingelt immer weiter. Keine Antwort. Ich mache mir Sorgen, daß ich vielleicht die falsche Nummer habe oder ein spezieller Code erforderlich ist, um tatsächlich durchzukommen. Argent hat mir verraten, daß Peg schwer daran zu knacken hatte, diese Nummer zu besorgen, und die Chance, daß die Nummer stimmt, daß sie noch angeschlossen ist und dieser ganze Drek, liegt nicht viel höher als fünfzig Prozent. Während weiter die Farbmuster über den Schirm huschen und es im Lautsprecher klingelt und klingelt, bekomme ich das unangenehme Gefühl, daß diese Chance einfach zu gering war. Drek! Es hätte klappen können. Ich strecke die Hand aus, um den Anruf zu beenden...

In diesem Augenblick blinkt in der Statuszeile ›Verbindung hergestellt‹ auf, und der Schirm erhellt sich, um ein Gesicht zu zeigen. »Telestrian«, sagt das Gesicht kurz angebunden. Die Augen der Elfe verengen sich, und ich weiß, daß sie auf einen leeren Schirm schaut. »Wer ist da?«

Ich schalte die Videokamera des Telekoms ein und sehe, wie sich Lynne Telestrians harte grüne Augen kaum merklich vor Überraschung verengen. Dann hat sie dieselbe stahlharte Kontrolle wiederhergestellt, die sie bereits in dem verlassenen Fi nes Que t an den Tag gelegt hat. »Mr. Larson«, sagt sie zögernd. »Ich muß sagen, das kommt ein wenig ... unverhofft.«

Verdammt richtig, es kommt tatsächlich unverhofft, denke ich zwar, sage es aber nicht. Die Durchwahl zu Lynne Telestrians Privatbüro war laut Peg fast so schwer herauszubekommen wie der Code für den Start von Atomraketen. Ich lächle nur und sage: »Ich war der Ansicht, unser Gespräch sei noch nicht ganz beendet, Ms. Telestrian. Bei unserer letzten Unterhaltung habe ich nicht die richtigen Fragen gestellt. Ich dachte mir, es sei an der Zeit, das zu korrigieren.«

Sie hebt eine Augenbraue in einer Mischung aus Widerwillen und Neugier. »Ach? Und was macht Sie glauben, ich hätte die Absicht, Ihre Fragen zu beantworten?«

Ich zucke die Achseln. Aus dem Augenwinkel sehe ich Argent mit seinen Metallfingern gestikulieren. Er achtet auf die Zeit, und ich habe bereits zwanzig Sekunden der zwei Minuten vergeudet, die wir als unbedenklich eingestuft haben. »Vielleicht würden Sie die Fragen zu einer Änderung Ihrer Ansicht bewegen«, stelle ich fest. »Zum Beispiel: ›Wie würden Aktienmarkt und Geschäftswelt auf die Enthüllung reagieren, daß eine zum Telestrian-Imperium gehörende Firma in der Seattler Innenstadt Biowaffen testet?‹« Ich grinse. »Sicher, es gibt ein paar mildernde Umstände, aber ich glaube nicht, daß sich der durchschnittliche, eifrige Schattenschnüffler dafür interessieren wird. Und auch nicht die Nachrichtenmedien.«

»Was? Das ist doch Unsinn«, schnappt sie. »Niemand würde so etwas glauben.«

»Da wäre ich an Ihrer Stelle gar nicht so sicher. Der Aktienmarkt ist berüchtigt für seine Empfindlichkeit, nicht wahr? Auch wenn Sie später beweisen könnten, daß Ihre Fraktion nichts damit zu tun hat, ließe sich der Schaden kurzfristig nicht mehr reparieren. Die Frage ist, welche Fraktion kurzfristig mehr Schaden erleiden würde, Ihre oder Timothys? Bedenkenswert, oder nicht?«

Sie antwortet nicht sofort. Ihr Blick ist kalt und stet, grün und starr, eher der einer Schlange als der einer Frau. Wiederum gestikuliert Argent – eine Minute vorbei. Die Sekunden verstreichen, und ich beginne mich zu fragen, wie groß der Sicherheitsspielraum ist, den Peg in ihre Schätzung einkalkuliert hat, daß ich zwei Minuten lang reden könnte, ohne das Risiko einzugehen, daß der Anruf zurückverfolgt wird.

»Sie waren nicht untätig, das sehe ich jetzt«, sagt Lynne Telestrian schließlich. »Wenn es Ihr Ziel war, meine Aufmerksamkeit zu erregen, betrachten Sie es als erreicht.« Sie lehnt sich zurück, und das Telekom verändert automatisch die Fokussierung, so daß ihre Züge scharf bleiben. »Nun, da sie Ihnen gehört, was beabsichtigen Sie damit anzufangen?«

»Bei unserem letzten Gespräch haben Sie mir einen Rat gegeben, den ich mir zu Herzen genommen habe«, sage ich, wobei ich mich jetzt etwas wohler fühle. Zumindest diesen Teil des Gesprächs habe ich mir vorher überlegen können. »Ich habe ein wenig in Timothy Telestrians Unternehmungen in Seattle herumgeschnüffelt, und was ich dabei herausgefunden habe, will mir nicht gefallen. Ich weiß nicht, wieviel Sie bereits wissen und was Sie dagegen zu tun beabsichtigen. Aber lassen Sie mich eines klarstellen, Ms. Telestrian: Falls wir zu keiner Einigung kommen, geht alles, was ich weiß, an jeden Schattenschnüffler, Reporter, Drekwühler und Nachrichtenkorrespondenten, den ich auftreiben kann… mit besonderem Augenmerk auf die Piraten. Haben Sie mich verstanden, Lynne?«

Sie antwortet nicht verbal, aber ihre grünen Augen sind ausdrucksvoll genug. Nicht zum erstenmal bin ich echt froh, daß ich mich auf der anderen Seite einer Telekomverbindung befinde.

»Machen Sie alles zum Empfang einer Datei bereit«, sage ich zu ihr. »Es handelt sich um eine Zusammenfassung von allem, was ich herausgefunden und mir zusammengereimt habe. Was Sie damit anstellen, ist Ihre Sache, aber ich schlage vor, *daß* Sie etwas damit tun. Wenn Sie kneifen, wandert derselbe Bericht, wie ich schon sagte, direkt zu den Schattenschnüfflern.

Außerdem will ich, daß Sie mich in genau einer Stunde zurückrufen«, fahre ich rasch fort, bevor sie etwas erwidern kann. »Die Nummer befindet sich am Ende der Datei. Aus offensichtlichen Gründen handelt es sich um ein Multi-Knoten-Relais, aber versuchen Sie nicht, der Nummer nachzuspüren. Das Relais wird nur zwei Minuten aktiv sein, und zwar genau sechzig Minuten, nachdem ich das Startzeichen gebe, also würden Sie in einer Sackgasse landen. Wenn Sie mich nicht innerhalb dieser Zeitspanne zurückrufen, geht die Datei an die Schnüffler. Verstanden?« Wiederum warte ich nicht auf eine Antwort. »Öffnen Sie Ihre Auffangdatei, ich schicke Ihnen jetzt die Daten. Ach ja, sechzig Minuten, ab ... jetzt.«

Damit schalte ich die Kamera aus und starte die vorprogrammierte Utility, die meinen Bericht über alles, was ich über die Telestrian-NVC-Star-Connection weiß und mir denken kann, durch die Leitung jagt. Das Übertragen der komprimierten Datei dauert fünf Sekunden. Kaum summt das Telekom, daß die Übertragung beendet ist, unterbreche ich die Verbindung. Der Schirm wird leer, aber der Lautsprecher summt und klickt noch eine Weile vor sich hin, da Peg das Sieben-Knoten-Relais zerlegt.

Ich lehne mich zurück und sehe Argent fragend an.

»Hunderteinundzwanzig Sekunden Verbindungszeit insgesamt«, verkündet er. Er verzieht die Lippen zu einem raubtierhaften Grinsen. »Ich schätze, eine Sekunde über die Zeit ist ganz akzeptabel.« Er schweigt einen Augenblick, aber ich weiß, daß er noch etwas zu sagen hat. Ich warte.

»Guter Zug«, sagt er schließlich. »Du bist findig, Wolf. Ich würde sagen, zu gut für Lone Star.« Und dann, als sei er verlegen, weil sein Lob zu überschwenglich ausgefallen ist, zieht er sein eigenes Mobiltelefon, um den nächsten Schritt mit Peg zu koordinieren, und läßt mich im wesentlichen allein an dem knacken, was ich gehört habe.

27

Warten war schon immer unerträglich für mich, und diesmal ist keine Ausnahme. Vor dem Anruf haben Argent und ich uns überlegt, wieviel Zeit wir Lynne für den Rückruf geben sollen, und wir einigten uns auf eine Stunde. Lange genug, um meinen Bericht zu lesen und zu verdauen, und lange genug, um sich zumindest in Ansätzen für all das Bestätigungen zu holen, was sie noch nicht weiß. Nicht lange genug – jedenfalls hoffen wir das –, um irgendeine Gegenoperation zu inszenieren. (Die Tatsache, daß uns keine überzeugenden Ideen kamen, was für eine Gegenoperation sie inszenieren könnte, ließ uns in dieser Hinsicht keineswegs aufatmen.) Also einigten wir uns wegen all der netten, vernünftigen, logischen Gründe auf eine Stunde.

Dabei haben wir jedoch nicht in Betracht gezogen, wie es für uns sein würde, diese Stunde zu warten. In den ersten fünfzehn Minuten marschierte ich auf und ab und war so rappelig, daß ich jedem den Kopf schon wegen eines lauten Wortes abgebissen hätte. Argent lag nur gedankenverloren auf dem Bett. Zuerst glaubte ich, das Warten würde ihm nichts ausmachen, und haßte ihn dafür. Doch dann, nach etwa fünfzig Minuten, walzte Jean Trudel mit einem Teller Sandwiches und ein paar kalten Bieren zur Tür herein – und der verchromte Runner war schon halb vom Bett gesprungen, bevor er sich bremsen konnte. Ein wenig schreckhaft, Argent? wollte ich sagen, hielt jedoch meine Zunge im Zaum.

Bei T minus zwei Minuten hocke ich mich vor das Telekom, während Argent an derselben Stelle wie zuvor außerhalb des Aufnahmebereichs der Kamera sitzt. Ich lasse zweimal die Selbstdiagnose des Telekoms laufen – und knurre Argent ein freundliches »Scher dich zum Teufel« zu, als er kichert –, dann habe ich in dieser letzten, endlos langen Minute nichts mehr zu tun. Die Wecker an unseren Uhren fangen beide innerhalb von einer Sekunde an zu summen, und ich kann mir vorstellen, wie irgendwo in San Francisco Peg die Deckerin emsig ein weiteres Sieben-Knoten-Relais zusammenschustert, diesmal für einen Anruf, der eingeht. Auf dem Telekomschirm nimmt ein Kalibrierungsgitter Gestalt an, das Signal, daß wir bereit sind und auf Lynne Telestrians Anruf warten... vorausgesetzt, *daß* sie ihn tätigt.

In einem Trideofilm müßten wir jetzt die angegebene Zeit bis zum Ende ausschwitzen, bevor der Anruf käme, nur um künstlich die Spannung zu steigern. Ich schätze, ganz tief in mir gehe ich davon aus, daß die Realität genauso funktioniert, so daß ich fast an die Decke gehe, als das Telekom weniger als fünf Sekunden, nachdem es auf Sendung gegangen ist, durchdringend summt. Ich hole tief Luft und drücke auf die Sprechtaste.

Lynne Telestrians eisiges Gesicht erfüllt den Schirm. »Ich muß Ihren Eifer loben, Mr. Larson«, beginnt sie mit cooler, distanzierter Stimme. »Als ich Ihnen nahelegte, sich mit Timothys Aktivitäten zu beschäftigen, habe ich nicht so ein Ergebnis erwartet.«

Ich muß die Frage einfach stellen. »Was haben Sie denn erwartet?«

Sie zuckt die Achseln. »Ganz ehrlich? Ich habe erwartet, daß Sie sich für Timothy als geringfügiges Ärgernis, als geringfügige Ablenkung erweisen würden – als etwas, das ihn kurze Zeit ablenken würde, bevor er Sie umbringt.«

Ich nicke. Genau das habe ich mir im wesentlichen auch gedacht – sie wirft den Schwachkopf vom Star in die Schlacht und erfährt dann etwas aus den Umständen und der Art und Weise seines Todes. »Tut mir leid, wenn ich Sie enttäuscht habe, *Leäl*«, knirsche ich, indem ich ein sehr unanständiges elfisches Wort benutze, das auf eine extrem enge Bekanntschaft hinweist. (Nein, ich spreche nicht Sperethiel, aber vor langer Zeit habe ich entdeckt, wie nützlich es ist, wenn man Leute in ihrer Muttersprache beleidigen kann.)

Ich habe gehofft, Lynne Telestrian dadurch etwas aus der Reserve locken zu können, aber meine Hoffnung wird enttäuscht... obwohl ich verdammt sicher bin, daß Sie sich meine Grobheit in irgendeiner eiskalten Ecke ihres Verstandes merkt. Sie betrachtet mich nur ein paar Augenblicke lang ungerührt, und dann sagt sie: »Botschaft überbracht, Mr. Larson. Wenn das alles ist...« Ein Arm taucht auf dem Schirm auf, und ich weiß, daß sie das Gespräch beenden will.

»Hey, warten Sie!« Die Sache läuft nicht so, wie ich gewollt oder auch erwartet habe. »Was werden Sie deswegen unternehmen?«

Sie zuckt die Achseln. »Ich sehe nicht, warum Sie das etwas angehen sollte.«

»Es geht mich etwas an, weil ich sage, daß es so ist«, fauche ich. Die Wut windet sich wieder in meinem Bauch, und mir wird langsam klar, wie sehr ich diese verdammte Ms. Lynne Telestrian hasse. Nicht nur dafür, wer und was sie ist, sondern insbesondere dafür, was sie darstellt. »Was, zum Teufel, werden Sie wegen Timothy und seinem verdammten Killervirus unternehmen, Lynne? Was?«

Zum erstenmal erscheint ein Lächeln – dünn und gemein – auf ihrem Gesicht. »Das ist nicht Ihre Sache, Mr. Larson.«

»Dann mache ich es eben zu meiner.« Aus dem Augenwinkel sehe ich, wie Argent mir anzeigt, daß fünfzig Sekunden um sind. Ich zeige ihm einen Vogel und richte meine Aufmerksamkeit wieder auf das Telestrian-Miststück.

»Ach? Und wie?« Ihre Stimme hat einen amüsierten Unterton, was meine Wut zusätzlich anstachelt.

»Die Datei, Sie verdammte Schnepfe! Die Datei, die ich Ihnen geschickt habe. Sie sagen mir, was Sie deswegen unternehmen wollen – und zwar sofort –, oder ich verteile in der Sekunde, in der Sie aufgelegt haben, dieses kleine Juwel an alle Nachrichtenmedien und warte in Ruhe ab, was dabei herauskommt. Vielleicht lenke ich Sie von Ihrem kleinen internen Machtkampf ab, wenn Sie sehen, wie Ihre Aktienkurse purzeln. Und wer weiß, vielleicht haben Sie ja noch mehr Spaß, wenn Sie dem Arm des Gesetzes ausweichen müssen. Ich bin sicher, die Stadtverwaltung wird begeistert sein, wenn sie erfährt, daß der Telestrian-Clan Ravenna als Biowaffenlabor benutzt. Vielleicht interessiert sich sogar die Bundesregierung dafür. Und was ist mit dem Salish-Shidhe-Council? Schließlich treiben die Winde von Ravenna direkt ins Stammesland. Und weiß die Regierung in Tir, was los ist? Biowaffen gegen das Gebiet einer anderen Nation einzusetzen, könnte als kriegerischer Akt betrachtet werden ...«

Ich halte inne, um Luft zu holen, und sie ergreift die Gelegenheit, um sich einzumischen. »Na schön, Sie haben Ihren Standpunkt dargelegt ...«

»Ich bin noch nicht fertig«, brülle ich. »Wenn Sie mir sagen, was Sie deswegen unternehmen, sind wir einstweilen miteinander im reinen. Aber wenn sich herausstellen sollte, daß Sie Ihre Ankündigung nicht in die Tat umsetzen – weil Sie zum Beispiel den Schwanz einziehen –, können Sie Ihren hübschen kleinen Arsch darauf verwetten, daß NewsNet, ABS, NABS und die anderen Vereine ein kleines Päckchen erhalten, das ihre Neugier erregen dürfte ... Wenn Sie verstehen, was ich meine.«

Sie antwortet nicht sofort, noch ändert sich ihr Gesichtsausdruck im geringsten. Aber ich kann ihre Wut und ihren Haß spüren wie Wellen, die von ihrem Bild auf dem Telekomschirm ausgehen. Danke gleichfalls. Schließlich fragt sie ruhig: »Liegt dieses starke Interesse nur im Tod dieses Bandenmitglieds, Paco, begründet?«

»Zum Teil«, fauche ich, »aber nur zum Teil.«

»Und der Rest darin, daß Timothys Handlungen irgendeinen Moralkodex verletzen, an dem Ihnen besonders viel liegt?«

»Timothys Handlungen und Lone Stars Handlungen, und das ist immer noch nicht alles, und das ist verdammt noch mal nicht Ihre Sache!«

Von Angesicht zu Angesicht hätte ihr mein Ausbruch die Haare nach hinten geweht. Auf dem Schirm besteht ihre einzige Reaktion in einem weiteren ironischen Lächeln. »Um Sie zu zitieren«, sagt sie gelassen, »vielleicht mache ich es zu meiner Sache.«

»Warum?«

Sie zuckt die Achseln. »Weil das eine Möglichkeit ist, den Grad Ihrer Wut richtig einzuschätzen. Den Grad Ihres Engagements.«

Argent signalisiert wieder – ich winke wieder ab. »Engagement wofür?«

»Dafür ...« – sie hält nachdenklich inne – »... ›daß der Gerechtigkeit genüge getan wird‹, drückt es vielleicht am besten aus.«

Ich bekomme langsam ein komisches Gefühl, was diese Unterhaltung anbelangt. »Wovon reden Sie überhaupt?« frage ich mißtrauisch.

Sie lächelt wieder, und jetzt vermischt sich die Wut in meinem Bauch mit Angst. »Ich dachte nur, wir könnten einander helfen«, sagt sie. »Wir wollen beide, daß etwas gegen Timothys Biowaffen unternommen wird. Das können Sie mir ruhig glauben. Und unsere Gründe unterscheiden sich auch nicht so sehr voneinander. Sie wollen eine Bestätigung dafür, daß etwas unternommen wird. Und Sie haben auch noch andere Bedürfnisse, aber wahrscheinlich haben

Sie die noch gar nicht mit dieser Sache in Verbindung gebracht.«

»Zum Beispiel?«

»Zum Beispiel, Ihren Namen bei Lone Star reinzuwaschen«, sagt das Elfen-Miststück gelassen. »Übrigens hat der Exekutionsbefehl für Sie immer noch Bestand. Ich habe das nachgeprüft. Offiziell erteilt von einem gewissen« – sie blickt zur Seite – »Marcus Drummond, tatsächlich aber initiiert von Gerard Schrage von der AMV.« Sie wirft mir ein Henkerslächeln zu. »Offenbar existieren zwischen Mr. Schrage und gewissen anderen Execs innerhalb Lone Star Seattle enge Verbindungen. Verbindungen, von denen der Rest der Führungsspitze Lone Stars nichts weiß.«

Was du nicht sagst, Sherlock. Zum Beispiel Sarah Layton und Vince McMartin. Alles eine nette, glückliche verdammte Familie. »Dafür haben Sie Beweise, nehme ich an«, höhne ich.

»Selbstverständlich«, antwortet sie schlicht.

Ich warte einfach, daß sie die Hose ganz herunterläßt, und natürlich tut sie es auch.

»Ich kann Ihnen den Beweis zukommen lassen, Mr. Larson. Oder Sie können die Sache auch ganz uns überlassen, wenn wir zu einer Übereinkunft gelangen.«

Meine Haut kribbelt. »Was für eine Übereinkunft?«

Ihr Lächeln wird breiter. »Ja, das ist die Frage, nicht wahr? Wir haben beide Probleme, Mr. Larson, und jeder von uns hat eine Antwort auf zumindest einige der Probleme des anderen. Sie wollen zum Beispiel, daß etwas gegen die Biowaffen unternommen wird, und Sie wollen auch, daß Ihr Name reingewaschen wird… vorzugsweise auf Kosten von Schrage, Drummond, Layton und McMartin. Habe ich recht?« Ich würdige sie keiner Antwort. »Andererseits brauche ich einen Anführer für den Schlag, den ich gegen die NVC-Anlage in Pillar Rock plane.«

Ich starre sie nur an, und dabei ist mir egal, daß ich aussehen muß wie ein Fisch auf dem Trockenen. Argents Augenbrauen sind ihm bis zum Haaransatz hochgerutscht, wohl die ungezügeltste Gefühlsregung, die ich je bei ihm erlebt habe. »Sie reagieren schnell, Lady«, sage ich mit aufrichtigem Respekt.

Sie akzeptiert das Kompliment mit einem leichten Neigen des Kopfes. »Die Angriffsplanung läuft«, fährt sie fort. »Meine Leute rekrutieren derzeit Truppen. Aber der Posten des Anführers ist noch frei, und ich möchte, daß Sie ihn übernehmen.«

Die Dreistigkeit dieser Frau ist unglaublich. »Auf keinen Fall«, sage ich mit einem grimmigen Lachen. »Finden Sie einen anderen nützlichen Idiot, *Leäl*.«

Ihre Miene verhärtet sich, und ich weiß, ich habe sie endlich gekränkt, aber ihre Stimme behält die glatte Selbstkontrolle. »Denken Sie darüber nach, Mr. Larson«, sagt sie gelassen. »Wir können beide profitieren, wenn Sie akzeptieren.«

»Ach ja? Und wie?«

»Was unsere Seite betrifft, so dürfte das ziemlich offensichtlich sein. Die Leute, die den Angriff ausführen, brauchen den Sinn des Unternehmens nicht zu kennen. Sie brauchen nur über ihre speziellen Aufgaben und über die Tatsache Bescheid zu wissen, daß sie nach Erledigung des Auftrags bezahlt werden. Sie brauchen auch das eigentliche Ziel des Angriffs nicht zu kennen – und aus offensichtlichen Gründen ist das auch genau das, was wir wollen.« Ich nicke. Ja, das ist offensichtlich – Lynne-Miststück will gewiß nicht an die große Glocke hängen, daß Timothy mit Biowaffen herumspielt.

»Mit dem Anführer des Angriffs verhält es sich natürlich anders«, fährt sie fort. »Er muß über den eigentlichen Sinn und Zweck des Unternehmens und den ganzen Hintergrund Bescheid wissen.«

»Also?«

»Also«, fährt sie glatt fort, »wäre es ideal, wenn der Anführer jemand wäre, der bereits in alles eingeweiht ist.« Sie lächelt kalt. »Wir wären sehr zufrieden, wenn wir die Anzahl der Leute, die eingeweiht sind, so klein wie möglich halten könnten.

Dann wäre da noch die Frage Ihres Wissens, Mr. Larson. Sie wissen eine Menge, mit dem Sie meinem Konzern schaden können. Ich würde die Gefahr, die von Ihnen ausgeht, sehr gerne – sagen wir – bannen.«

»Indem Sie mich in die vorderste Front stellen und mich geeken lassen? Nein, danke, Lady. Das Spielchen kenne ich schon.«

Sie schüttelt den Kopf. »Sie mißverstehen mich. Sie sind ein Profi, Mr. Larson. Das ist mir klar. Und ein Profi ergreift immer Vorsichtsmaßnahmen. Eine Informationszeitbombe, zum Beispiel. Diese Datei, mit der Sie mir drohen, könnte mit Sendeutility und Verteilerliste in einem sicheren System gespeichert sein. Wenn Sie dem System nicht jeden Tag ein Paßwort senden, schickt die Utility die Datei an all die Nachrichtenmedien, die Sie erwähnt haben. Wird das nicht immer so gemacht?«

Ich nicke. Ich habe nichts Derartiges arrangiert – noch nicht –, aber Sie können darauf wetten, daß ich es tun würde, wenn ich das Gefühl hätte, daß sich etwas zusammenbraut.

»Die beste Methode, diese Gefahr zu bannen«, fährt die Elfe fort, »besteht darin, alles so zu arrangieren, daß es nicht mehr in Ihrem Interesse liegen kann, die Informationen zu benutzen, solange Sie noch leben. Wenn wir Sie töten, werden die Informationen natürlich verbreitet. Aber wenn wir Sie auf eine höchst negative Weise mit den Ereignissen ... in Verbindung bringen, können Sie die Informationen niemals zu erpresserischen Zwecken benutzen. Verstehen Sie?«

Ich glaube, langsam dämmert es mir tatsächlich, und es ist auf jeden Fall eine elegante Idee. Okay, ich habe also Beweise, daß eine Fraktion innerhalb des Telestrian-Imperiums mit Biowaffen hantiert. Aber wenn Lynne-Miststück den Beweis hat, daß ich mich freiwillig auf etwas höchst Illegales – zum Beispiel einen paramilitärischen Angriff auf eine private Konzerneinrichtung – eingelassen habe, kann ich meinen Drek nicht verbreiten, ohne mich selbst anzuschwärzen. Als Lebensversicherung behalten meine Informationen ihren Wert – wenn ich tot bin, ist es mir egal, ob ich mich selbst einer kriminellen Handlung bezichtige oder nicht –, aber ich kann sie nicht mehr zu Erpressungszwecken benutzen. »Geschickter Schachzug, Lady«, sage ich zu ihr, und wiederum ist meine Bewunderung aufrichtig gemeint.

Sie akzeptiert sie als das, was ihr zusteht. »Manchmal besteht die beste Verhandlungsmethode darin, alle Karten offen auf den Tisch zu legen«, bemerkt sie. Dann hält sie inne und schaltet geistig in einen höheren Gang. »Das sind die Gründe, warum wir von Ihrer Teilnahme profitieren würden. Aber Sie fragen sich vielleicht, was für Sie dabei herausspringt.« Ich kann mir denken, worauf sie hinauswill, aber ich halte die Klappe und lasse sie erzählen. »Erstens, das Offensichtliche. Da Sie das Kommando haben, wissen Sie auch, daß der Job richtig ausgeführt wird. Sie werden wissen, daß eine angemessene Reaktion erfolgt ist. Zweitens, als Gegenleistung für Ihre Hilfe werden meine Partner« – womit zweifellos James Telestrian III gemeint ist – »und ich unseren Einfluß geltend machen, um Schrage, Drummond, Layton und McMartin als Gefahr für Sie zu eliminieren und den Exekutionsbefehl gegen Sie aufzuheben.«

Ja, ich habe mit meiner Vermutung richtig gelegen. Ich lasse ein leicht zynisches Lächeln aufblitzen. »War es das, *Leäl?*« frage ich höhnisch.

Ihre Augen funkeln, aber ihre Miene ändert sich nicht. »Ich hatte gehofft, sie ausschließlich mit der Beschreibung des Zuckerbrotes überzeugen zu können«, sagt sie kühl. »Die Peitsche herauszuholen, ist so unelegant. Aber wenn Sie darauf bestehen…« Und jetzt ist ihr Gesicht durch und durch raubtierhaft. »Wenn Sie sich weigern, auf meinen Vorschlag einzugehen, wird es mir ein Vergnügen sein, meinen eigenen Exekutionsbefehl gegen Sie zu erteilen, Mr. Larson. Glauben Sie mir, die Leute, die ich dafür auswähle, werden besser in ihrem Job sein als jeder andere, dem Sie bisher begegnet sind – als jeder, der Ihnen bisher nur in Ihren Alpträumen begegnet ist. Wenn Sie sehr gut sind, dann gelingt es Ihnen vielleicht, sich vor den Vollstreckern Lone Stars zu verstecken. Aber meinen werden Sie nicht entkommen. Darauf können Sie sich verlassen.«

Das tue ich. Wenn es überhaupt etwas an dem Vorschlag des Miststücks gibt, das ich glaube – und zwar von ganzem Herzen –, ist es die Ernsthaftigkeit dieser Drohung. Ich zwinge mich, den Knoten der Angst in meinen Eingeweiden zu ignorieren, und bemühe mich, eine ausdruckslose Miene zu bewahren. »Sie haben einen interessanten Verhandlungsstil«, sage ich so glatt wie möglich.

»Heißt das, Sie akzeptieren?«

Ich seufze. »Ja.« Ich bemühe mich eifrig, nicht in Argents Richtung zu sehen.

Zumindest für ein paar Sekunden. Lynne Telestrians nächste Worte machen meine Bemühungen zunichte. »Ich nehme an, Argent ist bei Ihnen. Habe ich recht?«

Die Augenbrauen des Runners rucken wieder in die Höhe, und seine Metallhände klicken, als sie sich zu Fäusten ballen. Einen Augenblick lang glaube ich, daß er sie ignorieren wird. Doch dann erhebt er sich langsam und tritt in den Erfassungsbereich der Kamera des Telekoms. »Ich bin hier«, sagt er mit einer Stimme wie geöltes Metall.

»Meine … *Einladung* … gilt auch für Sie«, sagt sie mit

einem schwachen Lächeln. »Ihre Fähigkeiten wären bei diesem Angriff von großem Wert.«

Argent lächelt. »Ich denke, mein Gefährte hat es ziemlich prägnant ausgedrückt. Auf keinen Fall. Finden Sie einen anderen nützlichen Idioten, *Leäl.*«

Sie sieht ein wenig überrascht aus. »Sie wollen sich ein Geschäftsangebot nicht einmal anhören?«

Der Runner reagiert eine oder zwei Sekunden lang nicht, dann zuckt er die Achseln. »Ich höre es mir an.«

Ich knirsche mit den Zähnen. Natürlich hört er es sich an. Er ist ja schließlich ein verdammter Shadowrunner, oder? Und jetzt spricht die Elfe seine Sprache – Kohle und Geschäft. Man braucht ihm nur genügend Nuyen-Zeichen zu zeigen, dann springt Mr. Drek Argent und tut alles, was man ihm sagt. Das bedeutet es schließlich, Shadowrunner zu sein.

»Ich bin bereit, Ihnen die Summe von dreißigtausend Nuyen in Inhaberaktienzertifikaten anzubieten«, sagt die Elfe schneidend, um dann schwach zu lächeln. »Natürlich von Telestrian Industries Corporation. Um Ihnen einen zusätzlichen Anreiz zu geben, gewisse Dinge für sich zu behalten. Wüstenkriegsveteran und Shadowrunner hin oder her, ich denke, Sie werden mir zustimmen, daß das eine faire Bezahlung für die Arbeit eines Tages ist.«

Ich werfe Argent einen raschen Blick zu, sage aber nichts. Wüstenkriegsveteran? Kein Wunder, daß er so ein zäher Schweinehund ist.

Das Lächeln des Runners wird breiter. »Dreißigtausend? Auf keinen Fall, Lady.« Er hält inne, und sein Lächeln verblaßt. »Und bemühen Sie sich erst gar nicht, mir ein zweites Angebot zu machen.«

Lynne-Miststück runzelt die Stirn. »Sie sagten, Sie wollten sich mein Angebot anhören.«

»Nur damit ich Ihnen ins Gesicht lachen kann, Sie Abschaum«, sagt er leichthin. Die Miene der Elfe verfinstert sich, und sie holt tief Luft, um etwas zu sagen, das garantiert sehr giftig sein wird. Doch Argent kommt ihr zuvor. »Nennen Sie mir einen Grund, Chummer. Nennen Sie mir einen verdammten Grund, warum ich mitkommen sollte.«

Das bringt sie aus der Fassung. Ich kann es an ihren Augen erkennen. Sie antwortet zunächst nicht, und ich kann beinahe hören, wie sich ihre Gedanken überschlagen. Dann nickt sie zögernd. »Ich glaube, ich verstehe«, sinniert sie. »Wie wäre es dann mit folgendem: Wissen Sie, warum gegenwärtig magisch zu aktivierende Viren kommerziell weder genutzt noch überhaupt entwickelt werden?« fragt sie mit trügerisch ruhiger Stimme. »Auf den ersten Blick scheint es sich dabei doch um eine unglaublich vielfältige und nützliche Technologie zu handeln. Für Tumorbehandlungen vielleicht. Oder um andere Krankheiten in den Griff zu bekommen. Das Virus wird in den Körper eingeschleust, aber erst im geeigneten Augenblick aktiviert – vielleicht wenn sich ein Symptom manifestiert oder sich das Virus im befallenen Gewebe konzentriert hat.« Sie zuckt die Achseln. »Das sind nur ein paar Möglichkeiten, nämlich diejenigen, die mir in der letzten Stunde eingefallen sind. Ich bin sicher, jeder Virusgenetiker oder Mediziner könnte noch tausend andere aufzählen. Warum findet diese Technologie also keine weitverbreitete Anwendung? Wegen der damit verbundenen Risiken. Alle Versuche, Mana-sensitive Einschübe in genetisches Material einzuschleusen, haben zu einer drastischen Schwächung der DNS- oder RNS-Kette geführt. Wenn diese Einschübe bereits vorhanden sind – wie das in Erwachten Spezies der Fall ist –, findet offenbar keine Schwächung statt … oder nur eine ganz geringfügige. Doch bei allen Versuchen, die Einschübe … äh, nachträglich hinzuzufügen, sind die Ergebnisse völlig unvorhersehbar.«

»Schwächung.« Das Wort rutscht mir heraus, bevor

ich weiß, daß ich etwas sage. »Was für eine Art Schwächung?«

»Sie manifestiert sich in Gestalt einer stark erhöhten Empfänglichkeit für Mikro- und Makro-Mutation«, sagt sie kategorisch. »Der genetische Code wird extrem instabil und kann sich von Generation zu Generation drastisch ändern.«

»Antigenische Verwandlung«, murmle ich, da mir Doc Dicers Beschreibung des Virus wieder einfällt, der Paco umgebracht hat.

Ich glaubte nicht, so laut gesprochen zu haben, daß mich jemand verstehen konnte, aber Telestrian greift meine Bemerkung sofort auf. »Ja, antigenische Verwandlung ist eine Konsequenz, aber es sind auch drastischere Veränderungen möglich. Der Grund, warum magisch zu aktivierende Viren nicht benutzt werden, liegt ganz einfach darin, daß niemand weiß, in was sie sich verwandeln.« Ihre Stimme ist kalt – oder vielleicht ist das auch nur meine Reaktion auf das, was sie sagt. »Das Antitumorvirus, das geschaffen wurde, um ausschließlich Krebszellen anzugreifen, verändert sich und greift plötzlich nur diejenigen Zellen an, die *nicht* befallen sind.

Denken Sie an die potentiellen Konsequenzen«, fährt sie fort. »Wie Sie in Ihrem Bericht angemerkt haben, Mr. Larson, ist das Virus, mit dem die Cutters infiziert wurden, eng mit dem Retrovirus VITAS 3 verwandt. Er ist nicht VITAS 4 – noch nicht. Ich bin kein Virusgenetiker, aber ich habe den Eindruck, als wäre der Unterschied zwischen ansteckend und nichtansteckend – zwischen gezielter Biowaffe und tödlichem Pandämonium – kein besonders großer.

Der Angriff wird stattfinden, mit oder ohne Sie, Argent. Aber ich würde sagen, daß die Erfolgsaussichten dafür, das Labor in die Luft zu jagen und sämtliche Vorräte des Virus zu vernichten, mit Ihnen wesentlich größer sind.

Und das«, kommt sie zum Schluß, »scheint mir ein Grund zu sein, der gut genug ist.«

Schweigen. Niemand rührt sich, niemand redet. Das Schweigen dauert immer länger – wahrscheinlich sind es nur Sekunden, aber mir kommt es vor wie eine halbe Stunde. Schließlich nickt Argent einmal. »Ich bin dabei«, sagt er kurz und bündig, beinahe schroff.

»Schön«, gurrt Lynne Telestrian. »Die Einzelheiten folgen.«

28

Keine Ahnung, was ich davon halten soll. Langsam habe ich das unangenehme Gefühl, daß sich die ganze Welt verschworen hat, meine liebsten Ansichten und Einstellungen zu nehmen und das Klo herunterzuspülen. Zum Beispiel: »Der Star ist anders als die anderen Megakonzerne«. Falsch! Und zum Beispiel: »Shadowrunner interessieren sich für nichts außer Kohle«. Falsch! Beides ist für mich schwer zu akzeptieren, aber ich glaube, das zweite noch schwerer als das erste.

Obwohl das eigentlich gar nicht stimmt, weil das zweite mit dem ersten zusammenhängt. Für mich stellt es sich folgendermaßen dar: Als Undercover-Agent des Star arbeite ich im Schatten, um den Interessen des Konzerns zu dienen, der mein Gehalt bezahlt. So ähnlich wie ein Shadowrunner, neh? Das einzige, wodurch ich mich abhebe, ist die Tatsache, daß ich das, was ich tue, aus anderen Gründen tue als den, mein Vermögen zu vergrößern, und Runner das nicht tun... Nur, daß Argent, der Inbegriff eines Shadowrunners, sich auf etwas einläßt, weil es ihm wichtig ist und obwohl es ihm keinen müden Nuyen einbringt. Wo ziehen Sie also die Trennlinie zwischen Argent und mir, können Sie mir das sagen? Das ist eine verdammt schwierige Frage, und sie zerrt an meinen Eingeweiden.

Okay, gut, das ist nicht das einzige, was an meinen Eingeweiden zerrt. Da ist auch noch eine gesunde Portion Anspannung vor dem Einsatz im Spiel. Und warum auch nicht? Ich sitze auf einer der hinteren Bänke einer GMC Riverine, eingequetscht zwischen Argent zu meiner Linken und dem Dollbord des Bootes zu meiner Rechten, in einen Kampfanzug mit mittelschwerer Panzerung gezwängt, der sich eine halbe Nummer zu klein anfühlt, und halte ein Smartgun-modifiziertes Sturmgewehr in den Händen. Ironischerweise ist es eine VZ 88V. Ich frage mich, ob Lynne Telestrian sie von den verdammten Cutters gekauft hat. Und als Krönung versuche ich meine Gedanken um einen unvertrauten Datenchip in meiner Talentbuchse herumzudrücken. Neben Argent und auf dem rückwärtigen Deck befinden sich die anderen Elemente des Angriffsteams Able – acht abgebrühte Söldnertypen, die die gleiche Rüstung wie ich und eine furchterregende Sammlung von Waffen tragen.

Es ist ganz so wie in jenen paar Minuten mit Paco, Bart und Marla – die jetzt alle tot sind – im Bulldog, als wir zum Lagerhaus der Eighty-Eights bei den Docks fuhren. Es herrscht derselbe Grad von Anspannung, aber alles ist viel mehr auf das Hier und Jetzt konzentriert. Es gibt weniger Gequatsche und weniger gezwungenes Macho-Gehabe. All die Burschen, die um mich herum sitzen – die meisten mit geschlossenem Helmvisier, was ihnen ein unmenschliches Aussehen verleiht –, haben etwas Ähnliches schon oft zuvor getan und wahrscheinlich unter wesentlich schwierigeren Bedingungen. Klar, es werden Waffen überprüft und Messer gewetzt, aber nicht um der Schau willen wie bei den Cutters. Diese Burschen – Männer und Frauen, Menschen und Metatypen – haben so viel Drek erlebt, daß sie niemandem, sich selbst eingeschlossen, mehr etwas beweisen müssen. Das ist zumindest meine Interpretation.

Ich werfe einen Blick auf Argent. Wie ich hat er sein Visier noch nicht heruntergeklappt. Es wird noch reichlich Gelegenheit geben, durch die Transplastplatte zu glotzen, meine eigene verbrauchte Luft wieder einzuatmen und zu hoffen, daß das Head-Up-Display nicht beschlägt, das nur darauf wartet, sich mit der Elektronik in meinem Schädel und den Schaltkreisen in meinem Gewehr kurzzuschließen. Der Wind – schneidend und kalt, durch das Wasser des Columbia noch kälter – hilft

mir, mich ganz auf die Gegenwart zu konzentrieren, und hält mich davon ab, mir Katastrophen auszumalen.

Argents Blick ist starr nach vorn gerichtet, und er hat die cybermodifizierten Augen vor Wind und Gischt geschlossen. Doch er scheint meinen Blick auf sich ruhen zu spüren. Die Augen öffnen sich, und er dreht den Kopf zur Seite. Er hat eine Panther Sturmkanone, die er senkrecht zwischen den Knien hält, und seine mattschwarzen Hände sind leicht um die Kühlschlitze in dem mächtigen Lauf geschlossen. Seine Miene ist völlig gelassen, fast losgelöst, als sei er auf einer Tageskreuzfahrt zu einem verdammten Picknick anstatt unterwegs zu einem blutigen Feuergefecht. Aber natürlich hat er diesen Drek schon öfter mitgemacht. Er ist ein Soldat – ein Konzernsoldat, denn die Wüstenkriege waren Konzernkriege, aber nichtsdestoweniger ein Soldat –, also ist das nichts Neues für ihn, eine Rückkehr zu seinen verdammten Wurzeln. Plötzlich fühle ich mich sehr allein. Ich bin kein Söldner, ich bin kein Soldat, und kein neuer Chip in meiner Talentbuchse wird daran etwas ändern.

»Wie bist du zur Undercover-Arbeit gekommen, Wolf?«

Argents leise gestellte Frage überrascht mich völlig. Ich mustere ihn mit stahlhartem Blick, aber seine Augen sind klar, und sein Gesichtsausdruck ist milde.

Ich bin so überrascht, daß ich ihm antworte – indem ich ihm die Standardantwort auftische, die ich nach Hunderten von Wiederholungen im Schlaf herunterleiern kann. »Damals schien mir das die beste Möglichkeit zu sein, etwas zu bewegen«, sage ich zu ihm.

Die Lippen des Runners verziehen sich, und er lächelt mich an. Nicht spöttisch, aber eindeutig mit einem Anflug von Ironie.

»Warum nicht?« schnappe ich.

Er antwortet mir nicht, sondern lächelt nur weiter.

Ich könnte ihn einfach ignorieren. Seine Meinung ist mir egal, rede ich mir standhaft ein. Sobald dieser Drek geregelt ist, sehe ich ihn erst wieder, wenn ich ihn zufällig verhaften sollte. Die Antwort, die ich ihm gegeben habe, hat bisher jeden zufriedengestellt – Kollegen, Bekannte, sogar meine Vorgesetzten beim Star. Für wen, zum Teufel, hält er sich, daß er noch tiefer gräbt?

Folglich ist es ein absoluter Schock, als ich mich meine zweite Begründung vorbringen höre, diejenige, welche ich noch niemandem genannt habe. »Okay«, knurre ich, »wegen des Kicks. Wegen der verdammten Aufregung. Okay?«

Sein Lächeln verändert sich nicht im geringsten, und die Wut zerrt wieder an meinen Eingeweiden. Oder ist es wirklich Wut? Im Moment könnte es auch ebensogut Angst sein.

»Tatsächlich?« fragt Argent milde.

»Du bist so verdammt gut im Fragenstellen, warum beantwortest du nicht mal eine?« knurre ich. Ein paar Söldner um uns wenden sich uns zu, ihre verspiegelten Visiere reflektieren verzerrte Bilder von mir und dem Runner. Aber das ist mir egal. »Was ist mit deinen verdammten Armen passiert, Argent?«

Die Worte sind heraus, bevor ich auch nur ansatzweise über ihre mögliche Wirkung auf den Runner nachdenke. Ich vermute, ein Teil von mir ist auf Streit aus, aber was für eine Art von Streit suche ich eigentlich? Ein Sturmgewehr ist keinen feuchten Drek im Nahkampf wert, und obwohl der Escrima-Chip geladen ist, könnten mir die Cyberarme, wegen der ich ihm zusetze, die Kehle herausreißen, bevor ich reagieren könnte.

Doch seine Miene bleibt immer noch unverändert. »Freiwilliger Austausch«, sagt er gelassen.

Sie können Ihren Arsch darauf verwetten, daß mich das aus der Fassung bringt, Priyatel, und zwar gewaltig. Freiwilliger Austausch? Ich hatte immer gedacht, seine Arme seien ihm zerschossen oder abgehackt oder weggesprengt worden. Als Lynne Telestrian Argents Wüstenkriegshintergrund erwähnte, war ich davon überzeugt, er sei irgendwann einer explodierenden Granate zu nah gekommen oder irgendwas in der Art.

Aber freiwilliger Austausch? Chummer, das heißt, in eine Cyberklinik zu schlendern und dem Doc zu sagen: »Nimm mir mal eben die Arme ab und ersetze sie durch Maschinen.« Wie, zum Teufel, kann das jemand auch nur in Erwägung ziehen? (Ja, ja, okay, ich habe selbst ein paar Cybermodifikationen in Gestalt von Talentbuchsen und der dazugehörigen Elektronik. Aber das sind Verstärkungen, Priyatel, Ergänzungen des Fleisches, als pflanze man einen Turbolader auf den Motor seines Motorrads. Ein großer Unterschied zu dem, was Argent getan hat.)

Wenn er mich zum Schweigen bringen wollte, hätte er sich keine bessere Methode ausdenken können. Er sagt auch nichts mehr, und ich glaube nicht, daß ich jetzt reden könnte, selbst wenn ich es versuchte. Dann fährt er gelassen und ein wenig nachdenklich fort: »Ich kannte mal jemanden, der ein Undercover-Infiltrationsagent war. Niemand kannte seinen richtigen Namen – manchmal frage ich mich, ob *er* ihn kannte –, aber wir nannten ihn damals Steel. Er war gut, Chummer, er war echt gut. Aber ...«

Er hält kurz inne. »Aber es dauerte gar nicht lange, bis mir klar wurde, *warum* er gut war«, fährt er mit ein wenig leiserer Stimme fort. »Aus demselben Grund, warum er sich überhaupt darauf eingelassen hat, vermute ich. Steel war der absolute Einzelgänger. Hatte nie Freunde, weil er nie welche wollte, weil er niemanden an sich ranlassen konnte. Er war immer auf der Hut, so daß ihm nie jemand richtig nah kam.« Der Runner kichert trocken. »Er hatte einen Haufen Bekannte. Versteh mich nicht falsch, er war kein Einsiedler oder so. Novaheiß bei den Frauen. Dutzende von Leuten betrachteten Steel als Freund und glaubten, er empfinde dasselbe. Aber das tat er nicht. Sie waren einfach nur da, sie bedeuteten ihm nichts, obwohl er sich immer richtig verhielt, um sie in dem Glauben zu belassen, er mache sich was aus ihnen.«

Argent zuckt die Achseln. »Ich weiß nicht, warum er so war. Ja, klar, ich könnte raten – das ganze oberflächliche Psychogeschwätz über Familienhintergrund und den ganzen Drek –, aber es spielt im Grunde keine Rolle. Er war ein ... ein soziales Chamäleon, besser kann ich es nicht formulieren. Laß ihn auf eine Gruppe los – *irgendeine* Gruppe –, und binnen einer Stunde hat er die am besten aussehende Frau im Sack und alle anderen glauben, er sei ihr bester Chummer überhaupt, würde sie achten und schätzen. Und das alles, ohne daß ihm auch nur an einem einzigen das geringste liegt. Und ich war immer der Ansicht, das sei der Grund, warum er Undercover-Agent geworden ist«, schließt der Runner. »So war er eben, und der Job als Undercover-Agent war der einzige auf der ganzen Welt, der ihn für diese Art von Verhalten tatsächlich belohnte.« Er richtet seinen leicht silbrigen Blick auf mich. »Neh?«

Meine Eingeweide verkrampfen sich – es muß die Wut sein, was sonst? »Willst du damit sagen, ich bin genauso?« will ich wissen.

Er zuckt kaum merklich die Achseln. »Wie vielen Leuten vertraust du, Wolf?« fragt er. »Bei wie vielen *kannst du dich überwinden,* ihnen zu vertrauen?«

»Keinem«, kontere ich. »Genau wie ein Shadowrunner.«

»Falsch.« Argents Stimme ist fest, aber es liegt nicht mal eine Spur von Verärgerung darin. »Ich kann meinen Chummers trauen. Wie Peg und Jean und Sly und Dirk.« Ich kenne nur die erste Hälfte der Namen, aber das spielt keine Rolle. »Und dann gibt es noch diejenigen, denen ich vertraut habe, bevor ich sie verlor – Hawk und Toshi und Agarwal. Es sind nicht viele,

Wolf, aber doch ein paar. Shadowrunner haben nicht viele Freunde, das ist wahr. Aber wir halten an denen fest, die wir haben.«

»Zum Teufel mit dir«, fauche ich. Es ist die einzige Antwort, die ich ihm geben kann. »Scher dich einfach zum Teufel, okay?« schnauze ich das Visier meines Helms an, während ich mich auf die Symbolik meines HUD konzentriere.

Eine Stimme ertönt im Ohrhörer meines gepanzerten Helms, durchdringend und blechern. »Punkt Eins.«

Und wiederum habe ich das Gefühl, als sei die Zeit nur ein großes Rad, das sich immer nur dreht und dreht und dreht. Einen Augenblick lang glaube ich, ich kann die Augen schließen und sie dann wieder öffnen, und dann bin ich wieder mit Paco und den anderen im Bulldog und gerade dabei, das Tor des Lagerhauses der Eighty-Eights zu durchbrechen. Ich verdränge Argents Worte – und die seltsame Wirkung, die sie in meinen Eingeweiden hervorgerufen haben – tief in den Sumpf, um mich später mit ihnen zu beschäftigen. Merkwürdiger Zeitpunkt, um den Psychoquatsch zu spielen, denke ich... aber dann geht mir auf, daß mich diese paar Minuten Gespräch zu stark beschäftigt haben, um Angst vor dem bevorstehenden Einsatz zu bekommen. Hat er es deswegen getan?

Wer, zum Teufel, weiß, und wen, zum Teufel, kümmert es? Im Moment gibt es Wichtigeres. Ich halte mich am Dollbord fest und stehe auf.

Die Riverine braust mit ihrer Reisegeschwindigkeit von fünfunddreißig Stundenkilometern von unserem Aufmarschgebiet auf halbem Weg zwischen Skamokawa und Cathlamet flußabwärts nach Westen. Nach allem, was Argent mir erzählt hat, können die Wasserjet-Kreisel das Boot bei Höchstleistung auf das Dreifache dieser Geschwindigkeit beschleunigen, aber im Augenblick würde alles andere als Reisegeschwindigkeit eine Menge Aufmerksamkeit auf uns lenken, die wir schlicht und einfach nicht wollen. Nun, da ich stehe, kann ich über die Treppe, die zum Oberdeck führt, das auf die Kabine gepfropft ist, hinweg und an dem Geschütz vorbei sehen. Das Geschütz – eine Vanquisher Minikanone, ein fieses Teil – ist gegenwärtig unbemannt und gesichert, und ihre Mehrfachläufe sind in den Himmel gerichtet, aber ich weiß, daß ein Besatzungsmitglied den Auftrag hat, sie im geeigneten Augenblick einzusetzen.

Der Anstrich der Riverine ist grellgrün mit goldenen Rändern – diese Farben werden von den meisten Firmen des Telestrian-Imperiums einschließlich Nova Vita Cybernetics benutzt. Der Transponder ist ebenfalls so eingestellt, daß er sich jedem Radarstrahl gegenüber als Telestrian-Fahrzeug ausgibt. (Anstrich und Transponder sind kein Schwindel, zumindest nicht auf dieser Ebene. Die Riverine – und jedes andere an dem Einsatz beteiligte Gefährt – ist tatsächlich ein Telestrian-Fahrzeug, das irgendeiner Gesellschaft des Telestrian-Imperiums gehört. Die Frage lautet nur, welchem Teil...) Rechts – steuerbord? – und ein wenig hinter uns kann ich eine weitere Riverine erkennen, die genauso aussieht wie unsere. Angriffsteam Baker. Vor unserem Bug erstreckt sich das graue Wasser des Columbia und vielleicht eineinhalb Kilometer voraus die Küste und der düstere, klobige Umriß der NVC-Anlage. Dort wird es gleich hoch hergehen.

Ich fahre mit den Fingern über die winzige Tastatur an meiner linken Hüfte. Die Tasten kontrollieren die komplizierteren Merkmale des ›Commander‹-HUD und der Kommanlage in meiner Rüstung. (Außerdem habe ich eine mit der Zunge zu aktivierende Version am Kinnschutz für den Fall, daß ich mal keine Hand frei haben sollte, aber damit fühle ich mich einfach nicht wohl.) Die Symbole auf dem HUD ändern sich und geben mir eine schematische Darstellung der unter meinem Kommando stehenden Truppen.

Mein Kommando, ein echter Witz. Ja, klar, Lynne Telestrian hat darauf bestanden, daß ich nominell die Leitung des Angriffs übernehme, und zwar aus all den Gründen, die sie während des Telekomgesprächs dargelegt hat. Aber das hat genau null Bezug zur Realität. Argent und ein paar von den anderen Söldnern haben auf der Grundlage der von Lynne für das Unternehmen bereitgestellten Mittel Angriffsplan, Logistik und Ausweichmöglichkeiten ausgearbeitet. Was auch gut so ist, wenn man mich fragt. Ich bin kein Militär, ich bin kein Söldner, und ich bin nicht kompetent, was diesen Drek anbelangt. Wenn man mir die Sache überlassen hätte, würde ich sie wahrscheinlich gründlich verpfuscht haben mit dem Resultat, daß wir alle dabei draufgegangen wären und der Laborkomplex keinen Kratzer abbekommen hätte. Nein, Priyatel, das ist etwas für die Profis. Ich spiele gerne Galionsfigur, wenn es das ist, was das Elfen-Miststück will, aber nicht mehr.

Natürlich hat es Vorteile, Galionsfigur zu sein. Das war nämlich der Grund, warum mir Argent und seine ›Berater‹ den grundsätzlichen Plan erklärt haben, anstatt mich wie die anderen Söldner der verschiedenen Angriffsteams im unklaren zu lassen. (Vielleicht hätte er ihn mir sowieso erklärt, Galionsfigur hin oder her, aber auf diese Weise gerate ich deswegen wenigstens nicht ins Schwitzen.) Der Plan ist eine Kombination aus purer Unverschämtheit und Täuschung, wobei einige technische Spielzeuge zum Einsatz gelangen, die wir von Lynne bekommen haben und die mir völlig unbekannt sind.

Im wesentlichen reduziert sich alles auf ein modifiziertes Trojanisches Pferd ... oder etwas in der Art. Zwei Riverines mit Transpondern, die sie als Nachschubtransporter von Nova Vita ausweisen und zu dem Zeitpunkt in der NVC-Anlage eintreffen, wo man Nachschub erwartet. Eine kleine, aber gut bewaffnete

Sturmtruppe. Und Kavallerie, die nur darauf wartet, über den Hügel geritten zu kommen – eine Abteilung Gelbjacken, die sich gegenwärtig noch mit abgeschalteten Systemen in unserem Aufmarschgebiet befindet, so daß sie für das Radar und die anderen Sensoren unseres Zielgebiets unsichtbar ist. Zwei ›Condor‹-Stealth-Dronen von Aerodesign Systems schweben fünfhundert Meter hoch über uns und übermitteln unseren Einheiten ihre Überwachungsdaten. Und drei Wandjina RPV Kampfdronen, die gegenwärtig ein paar Kilometer hinter uns weniger als einen Meter über der Wasseroberfläche schweben, warten nur darauf, im geeigneten Moment an die Front beordert zu werden, um einige häßliche Überraschungen auszupacken, mit denen ganz bestimmte Verteidigungsanlagen ausgeschaltet werden sollen, auf die wir durch frühere Erkundung aufmerksam geworden sind. Das größte verdammte Unternehmen, an dem ich je beteiligt war… und auch je beteiligt sein will. Alle anderen scheinen spielend damit klarzukommen.

Wir sind noch einen Kilometer entfernt, und ich spüre, wie die Riverine schneller wird, als der Steuermann mehr Gas gibt. Die Baker-Riverine hält mit. Ja, wir ziehen die Aufmerksamkeit auf uns, aber die Zeit des Anschleichens ist sowieso fast vorbei. Jeden Augenblick wird irgendein Funker in der NVC-Anlage ein Paßwort oder Erkennungssignal verlangen, das wir nicht geben können, und dann ist der Drek am dampfen. Je näher wir in diesem Augenblick dem Ufer sind – und je schneller wir fahren –, desto besser. So sieht zumindest der Plan aus.

Und der Augenblick ist da. Eine blinkende Textbotschaft auf meinem HUD fordert mich auf, eine bestimmte Kurzstrecken-Komfrequenz abzuhören. Ungeschickt tippe ich die Frequenz mit der linken Hand ein.

Und lande mitten in einem Gespräch: »… Begleitfahrzeuge unterwegs. Bitte identifizieren Sie sich.« Ich kenne die Stimme nicht, aber die Vermutung liegt nahe, daß sie dem Funker in der NVC-Anlage gehört.

Begleitfahrzeuge, ja? Ich halte angestrengt Ausschau nach ihnen.

Es dauert eine Sekunde, weil sie kleiner sind, als ich erwartet habe. Als ich sie erkenne, spüre ich, wie sich meine Wangen zu einem Grinsen straffen. Vier der kleinen Dinger düsen uns über den Fluß entgegen, wahrscheinlich mit der Absicht, uns zu flankieren. Es sind Suzuki Watersports oder zumindest Wasserfahrzeuge, die ihnen sehr ähnlich sind. Leistungsstärkere Verwandte des Bombardier WaveRunner, auf dem ich als Kind den See unsicher gemacht habe. Ja, warum nicht – auf einem Fluß sind sie wahrscheinlich die schnellsten und manövrierfähigsten Fahrzeuge. Mit etwas Panzerung und der richtigen Ausrüstung lassen sie sich wahrscheinlich zu anständigen Trägerplattformen für Waffen umbauen.

»NVC 1, wir bringen Nachschub, Überstellungsbefugnis Zulu-Kilo-Tango Eins-Fünf.« Das ist der ›Funker‹ der Able-Riverine, der den Genehmigungscode nennt, den Lynne Telestrian von weiß der Teufel woher aufgetrieben hat. Er reicht nicht mal annähernd, um uns unbehelligt durchkommen zu lassen – das wissen wir alle –, aber wir müßten damit weitere kostbare Sekunden gewinnen. »Ich dachte, ihr Jungs könntet in ein paar Tagen vielleicht Hunger kriegen«, fährt unser Mann fort.

Offenbar hat der Bursche am anderen Ende seinen Sinn für Humor zu Hause gelassen. »Erbitte Erkennungscode, Eins-Fünf«, sagt er ungerührt.

Ich drücke eine andere Taste und schicke den Steuermännern der beiden Riverines damit eine vorbereitete Botschaft. Ich verliere beinahe den Halt, als das Able-Boot aufdreht. Neben uns hebt sich der Bug der anderen Riverine höher aus dem Wasser, als sie ebenfalls das Tempo erhöht.

»Erkennungscode… Augenblick…«, murmelt unser Mann. »Gerade hatte ich ihn doch noch…« Lahme Versuche, ein wenig Zeit zu schinden, um noch ein paar Meter näher ans Ufer zu kommen.

Es klappt nicht. Mein HUD füllt sich mit Warnsymbolen, viel zu viele Informationen für einen Grünschnabel wie mich, um schlau daraus zu werden. Aber wenn man die Daten für Impulsmodulation und Amplituden wegläßt, bleibt die Nachricht, daß der Gegner soeben sein Feuerleitradar aktiviert hat. Noch zeichnet es keines der Boote, aber das wird sich rasch ändern. Ich drücke eine weitere Taste, um ein weiteres vorbereitetes Makro abzuschicken, und ein schriller Warnton blökt aus den Lautsprechern beider Boote. Alle Mann auf Gefechtsstation und der ganze Drek. Der Kanonier springt zur Minikanone, schaltet die Elektronik ein und schnallt sich in das Geschirr, während sich die Läufe der Kanone immer schneller drehen.

Plötzlich habe ich ein markerschütterndes piep-piep-piep im Ohr, und ich weiß, das Feindradar zeichnet uns. Augenblicklich greift ein strahlend gelborangefarbener Lichtstrahl von irgendwo am Flußufer nach unserem Boot. Ich weiß, worum es sich handelt, und ich habe damit gerechnet, aber trotzdem habe ich plötzlich große Mühe, meinen Schließmuskel zu kontrollieren. So, wie der Lichtstrahl nach uns tastet und dabei das Wasser dort, wo er mit ihm in Berührung kommt, kochen und aufsprühen läßt, sieht er aus wie ein ›Todesstrahl‹ aus irgendeinem schlechten Science Fiction-Trideo.

Es ist kein ›Todesstrahl‹, aber etwas ebenso Tödliches. Es ist der Geschoßhagel einer Requiter Minikanone, eine erschreckende Zurschaustellung von Feuergeschwindigkeit. Wir wissen, daß sie da sind – zwei Stück in gepanzerten Auto-Türmen, welche die Docks der Anlage flankieren –, und wir haben sie bei unserer Planung berücksichtigt. (Korrektur: *Argent* hat sie in *seiner* Planung berücksichtigt.) Nach allem, was ich von einer Requiter weiß, ist sie mit ihrer Feuergeschwindigkeit von zweitausend Schuß pro Minute sogar noch tödlicher als die Vanquisher der Riverine. Normalerweise ist nur jede sechste Kugel ein Leuchtspurgeschoß, aber das reicht, um den Kugelhagel wie einen leicht flexiblen Balken aus glühendem Opti-Plastik aussehen zu lassen. Grauenerregend.

Noch grauenerregender, wenn dieser Strom – und der andere, der jetzt nach der zweiten Riverine tastet – sein Ziel erfaßt. Das einzig Gute ist die Tatsache, daß es auch mit Feuerleitradar ein heikles Unterfangen ist, mit solch einer Minikanone zu treffen. Wir haben nur ein paar Sekunden – wenn wir Glück haben –, aber wir sind bereit, diese Gnadenfrist auszunutzen.

»Los jetzt!« schnappe ich in mein Kehlkopfmikro.

›Meine‹ Truppen brauchen diese Worte nicht erst zu hören. Ich habe den Befehl noch gar nicht richtig gegeben, als auch schon der erste der beiden Infanteriemörser auf dem Bugdeck des Able-Boots hustet, dicht gefolgt von den beiden Rohren auf dem Baker-Boot. Das Heulen des Antriebs der Riverine ist zu laut, um den Flug der Granaten zu hören, aber ich höre sie jedenfalls explodieren. Perfekt getimt, etwa zwanzig Meter über dem Wasser, vielleicht fünfzig Meter vor dem Ufer zwischen uns und den Kanonen. Natürlich viel zu kurz, um gepanzerte Auto-Türme zu beschädigen, selbst wenn es sich um hochexplosive Granaten gehandelt hätte, was nicht der Fall ist. Statt dessen haben sie bei der Explosion eine Wolke von Drek freigesetzt, die im trüben Nachmittagslicht glitzert und funkelt.

Einiges davon ist Metall oder, genauer gesagt, metallbeschichtetes Mylar, in Streifen geschnittene Störfolien, deren genaue Maße so konzipiert sind, daß sie eine maximale Störwirkung auf das typische Feuerleitradar haben. Bei einem Teil davon handelt es sich um die gleichen aktiven Störfolien, die Raven benutzt hat, um uns bei unserem Flug mit dem Merlin die Rakete vom Hals zu schaffen. Und nicht genug damit, der Drek enthält zusätzlich noch eine spezielle ›Rauch‹-Mischung, die lebende, mikroskopisch kleine blaugrüne Algenzellen in einer Wasserlösung enthält. Diese Wolke aus Wassertröpfchen macht es verdammt schwierig, klar zu sehen, und durch die Tatsache, daß sich lebende Organismen in den Tröpfchen befinden, erstreckt sich die Wirkung auch auf magische Sicht. (Alles auf Argents Mist gewachsen, wie ich gerne zugebe. Er konnte sich aus alten Wüstenkriegszeiten noch an Granaten wie diese erinnern und fragte Lynne, ob sie welche besorgen könne. Eine vergebliche Anfrage, hatten wir beide gedacht – dieses Zeug findet man kaum im Laden um die Ecke. Aber Lynne zuckte nicht mit der Wimper, als sie zustimmte, und das Zeug erwartete uns bereits, als wir in unserem Aufmarschgebiet eintrafen. Faszinierend und zugleich erschreckend. Vielleicht hätten wir ein paar Panzer oder vielleicht Sturmtanks anfordern sollen ...) Und während ich all das noch einmal in Gedanken durchgehe, laden die Mörser mehr von diesem ach so tollen Drek ab.

Und es funktioniert. Wiederum ändern sich die Zeichen auf meinem HUD und verraten mir – wie ich glaube und hoffe –, daß uns das Feuerleitradar verloren hat. Radar hin oder her, die Lichtstrahlen bestreichen jetzt ziellos den Fluß und entfernen sich von den beiden geschickt manövrierenden Riverines.

Die vier Watersports, die zu uns unterwegs sind, um uns in die Mitte zu nehmen, befinden sich zwischen uns und der Störwolke. Die Fahrer wissen, daß etwas ernstlich faul ist, und reißen ihre Maschinen herum. Selbst aus dieser Entfernung kann ich die Wasservorhänge sehen, die die Schlitten bei ihrem Manöver aufwirbeln. Die Vanquisher auf dem Baker-Boot eröffnet das Feuer – ein Geräusch wie ein elektrisch verstärkter Furz –, und die Salve verwandelt einen der Watersports in einen Feuerball. Dann verschwinden die drei Überlebenden in der Störwolke, die sie ebenso wirksam schützt wie uns.

Zeit für den Zweiten Akt. »Holt die Wandjinas«, befehle ich, während ich gleichzeitig den HUD-Modus so umschalte, daß ich den Blick aus den Condor-Stealth-Dronen über uns in einem kleinen Fenster sehe. Das körnige Bild zeigt mir die drei Wandjina-Kampfdronen – die wie Miniaturkampfflugzeuge mit einer Spannweite von zwei Metern aussehen –, die mit Höchstgeschwindigkeit aufsteigen und auf die NVC-Anlage zufliegen. Zwischen dem Ziel und den ferngesteuerten Dronen befinden sich aktive Störfolien und anderer Drek, so daß ich weiß, daß die Rigger, die die Dronen aus der Ferne steuern, von den Bordsensoren der Wandjinas keine verwertbaren Daten empfangen. Doch das spielt im Moment keine Rolle. Das Bild, das die Condor-Dronen liefern, reicht völlig aus, um die Kampfdronen ins Ziel zu steuern.

Die Kampfdronen fegen durch die Störwolke. Ich weiß, daß sie jetzt auf dem Feuerleitradar der NVC-Anlage aufgetaucht sind, weil beide Minikanonen plötzlich die Schußrichtung ändern, um diese neuen Echos aufs Korn zu nehmen – vernünftig, da sie das einzige sind, was vom Radar eindeutig erfaßt wird. Doch die extrem schnellen, extrem wendigen Dronen sind viel schwerer zu treffen als Riverines. (Worüber wir natürlich alle hellauf begeistert sind, ganz klar.) Eine der Wandjinas wird getroffen und explodiert, doch die anderen beiden rasen ihren Zielen entgegen, den Auto-Türmen. Sie schießen ihre Waffen ab und ziehen hoch. Ich erhöhe den Vergrößerungsfaktor des HUD und sehe, daß beide Dronen ihr Ziel getroffen haben.

Frage: Wie zerstört man einen Auto-Turm, der so gut gepanzert ist, daß er eine Salve aus dem Hauptgeschütz eines Panzers übersteht? Man schaltet die Intelligenz aus, die den Turm kontrolliert – zumindest ist das die Art und Weise, wie Argent das Problem angegangen ist. Unsere Aufklärung und Lynnes Informationen bestätigten beide, daß die Auto-Türme an sich zu klein waren, um noch etwas anderem als den Requiter Minikanonen Platz zu bieten, was bedeutet, daß die Kanoniere anderswo sitzen müssen. Und wo befinden sich diese Kanoniere? Rigger, Priyatel, Burschen wie Raven, die sich ins Feuerleitradar und in die Steuerservos der Kanonen eingestöpselt haben. Natürlich sitzen sie hinter Schutzmauern, die man wahrscheinlich nur mit einem taktischen Atomsprengkopf knacken kann, aber sie haben diese netten Glasfaserkabel, die direkt in ihren Schädeln enden.

Und so setzt man die Auto-Türme außer Gefecht. Die Wandjinas haben keine Bomben oder Raketen oder Napalm verschossen, sondern größere Ausgaben von Taserstrahlen, schlicht und einfach, mächtige Kondensatoren, die einen Stromschlag austeilen, der jedem Rigger das Hirn röstet. So ähnlich wie die ›Zapper‹, die die militanteren Gangs im Sprawl benutzen, um die Drohnen des Star außer Gefecht zu setzen. Die Theorie lautet, eine möglichst hohe Spannung durch das Hardware-Ende eines Rigger-Schaltkreises zu jagen, womit man eine Rückkopplung und damit eine Überlastung im Wetware-Ende schafft – mit anderen Worten, im Hirn des Riggers. Die Lightshow ist beeindruckend, als die Taserstrahlen treffen, sich entladen und damit unzählige hellblaue Lichtbögen zwischen Boden und Geschütztürmen schaffen. Eine Minikanone verstummt sofort, die andere zuckt in den Himmel und spuckt noch einmal Feuer, bevor sie ebenfalls verstummt.

Die Kameras der Condor über uns zeigen mir, wie die Wandjinas hochziehen und dabei mehr Beharrungskräfte über sich ergehen lassen, als ein menschlicher Pilot ertragen könnte, bevor sie zu einem koordinierten Überflug über die NVC-Anlage ansetzen, um diese mit ihren MGs zu bestreichen. Das sollte den Eifer und die

Konzentration aller in der Anlage Anwesenden ein wenig bremsen, besonders dann, wenn die Burschen dort herausfinden, daß die Überflüge so koordiniert sind, daß sie etwa alle zehn Sekunden konzentriertem MG-Feuer ausgesetzt sind.

Und so kommt Akt Drei. »Holt die Gelbjacken«, befehle ich.

Wiederum bezweifle ich, daß meine Truppen tatsächlich auf den Befehl ihres furchtlosen Anführers gewartet haben. Als ich den HUD-Modus erneut ändere, zeigt das Radar acht Echos, die sich von Osten her nähern, indem sie der Uferlinie folgen. Die Kavallerie ist im Antraben.

Und wie sich herausstellt, gerade noch rechtzeitig. Unsere eigenen Störfolien legen unser Radar hinsichtlich der NVC-Anlage lahm, und der Rauch-Nebel-Drek versperrt auch die normale Sicht darauf. Doch das gilt nur für Bodenhöhe. Wenn etwas hoch genug ist, können wir es auch sehen. Und so entdecke ich ein halbes Dutzend Gelbjacken, die aus der Anlage gestartet sind und jetzt an Höhe gewinnen. Die leichten Angriffshubschrauber auf beiden Seiten legen einen Zahn zu und fallen übereinander her wie... nun, wie Gelbjacken. (Ich bin nur froh, daß ich nicht da oben bin, Priyatel. Alle vierzehn Gelbjacken tragen die gleichen grün-goldenen Telestrian-Farben, weil alle Vögel Telestrian gehören, und ihre Transponder werden alle mehr oder weniger das gleiche quäken. Dadurch reduziert sich der Wert all dieser ach so ausgefeilten Freund-Feind-Identifikationstech, mit der ohne Zweifel alle bis zum Dach vollgestopft sind, auf Null. Jeder Vogel da oben wird als ›freundlich‹ identifiziert, egal wer ihn fliegt. Häßlich und chaotisch, kurzum, überlassen wir die Sache lieber den Piloten.)

Das Baker-Boot verschwindet in der Störwolke – die sich jetzt langsam auflöst –, und zehn Sekunden später sind wir ebenfalls hindurch. Am Ufer wird sporadisch mit kleinkalibrigen Waffen geschossen, und ich höre sogar ein paar Kugeln gegen den gepanzerten Rumpf unserer Riverine schlagen. Doch dieser unbedeutende Widerstand hält sich nicht lange, da die Vanquisher auf den beiden Booten das Ufer systematisch säubern.

Ich inspiziere die Docks, während die Kanoniere die letzten Widerstandsnester erledigen. An einem der Kais ist ein Samuvani-Criscraft Otter festgemacht, eine kleine Fünf-Meter-Konstruktion mit einem drehbar gelagerten mittelschweren Maschinengewehr. Daneben liegt ein Aztech Nightrunner. Am zweiten Kai sind ein paar Watersports vertäut. Dabei fällt mir ein: Wo sind eigentlich unsere ›Begleitfahrzeuge‹ abgeblieben? Wenn sie schlau sind, in Kalifornien, aber darauf können wir uns nicht verlassen. Und *dabei* fällt mir ein...

Ich drehe mich um und schalte das elektronische Fernglas in meinem Helm ein. Weniger als zwei Kilometer von uns entfernt beginnt das Tir-Territorium, das darf ich nicht vergessen. Das in den Helm integrierte Fernglas bringt das gegenüberliegende Ufer näher heran. Dort drüben sind Flugzeuge und Hubschrauber. Einen Augenblick lang packt mich die nackte Angst. Ich glaube, daß wir es mit der NVC-Anlage aufnehmen können. Aber wir können es mit Sicherheit nicht mit der NVC-Anlage plus Luftunterstützung aus Tir aufnehmen.

Doch dann werde ich schlauer aus dem, was ich sehe. Dort drüben ist ein Haufen Luftwaffe versammelt, aber alle Maschinen bleiben auf der Tir-Seite des Flusses. Keine einzige fliegt über den Columbia auf uns zu. Was natürlich nicht übermäßig beruhigend ist. Ein paar Kilometer bedeuten ›nächste Nähe‹ für jede halbwegs vernünftige Militärrakete.

Aber es ist anschaulich. Das Tir-Militär mag vielleicht die Zähne zeigen, aber bis jetzt ist es mehr eine Warnung, daß man uns in den Arsch treten wird, wenn wir nicht auf dieser Seite des Flusses bleiben. Ich salutiere ironisch. Verstanden, Priyatel. Konzernsöldner reichen völlig, um mich zu Tode zu ängstigen, auch ohne daß sich das Militär einmischt.

Als ich mich wieder dem Hauptereignis zuwende, entfernt sich das Baker-Boot bereits wieder vom Ufer, da seine Truppen gelandet sind und auf das gepanzerte Tor zustürmen, das ich vor uns sehen kann. Ich schaue nach oben. Wie ich erwartet habe, ein absolutes Chaos da oben. Die Reihen der Gelbjacken haben sich auf weniger als ein Dutzend gelichtet, und alle Hubschrauber hocken dicht aufeinander. Keiner setzt Raketen ein, alle sind in das Luftäquivalent einer Messerstecherei verwickelt und hocken sich so dicht auf der Pelle, daß sie vermutlich die Gesichter der Piloten ausmachen können, bevor sie mit ihren Bordgeschützen loshämmern. Es sieht nicht so aus, als würde dort oben bald eine Entscheidung fallen, aber ich bezweifle, daß irgend jemand einen freien Moment hat, um sich in die Vorgänge am Boden einzumischen. Und genauso haben wir es auch geplant.

Auf der anderen Seite der Anlage sehe ich einen mächtigen Feuerball in den Himmel steigen. Das verrät mir, daß unsere Bodentruppen die Landseite der Anlage mit allem angreifen, was sie haben. (Was nicht viel ist, um ehrlich zu sein, aber hoffentlich reicht, um noch mehr Aufmerksamkeit von den Angriffsteams Able und Baker abzulenken.)

Jetzt sind wir an der Reihe. Das Able-Boot nimmt den Platz des anderen ein und schlägt hart gegen den Landungskai. Die Wasserjets rasen und halten uns mit ihrer Schubkraft an Ort und Stelle.

Es wird Zeit. Ich packe mein Sturmgewehr, wobei ich der Elektronik in meinem Schädel einen Sekundenbruchteil Zeit lasse, sich mit den Schaltkreisen der Waffe zu synchronisieren. Entsichert, Gasdruck-Schockpolster bei nominal hundert Prozent Leistung, fünfunddreißig Schuß im Magazin, einer im Lauf. Alles einsatzbereit. Die meisten Mitglieder des Able-Teams sind bereits über Bord gesprungen und rennen auf die Anlage zu, als ich mich in Bewegung setze. Ich spüre jemanden neben mir und muß nicht erst hinsehen, um Argent zu identifizieren.

»Startklar?« fragt der verchromte Runner, die Sturmkanone mit seinen Metallhänden umklammernd.

Ich blecke die Zähne zu einem raubtierhaften Grinsen. »Worauf du einen lassen kannst«, erwidere ich.

Er schlägt mir auf die gepanzerte Schulter, und wir springen gemeinsam über das Dollbord.

29

Es ist nichts mehr übrig, was sich unserem Vorstoß entgegenstellen könnte. Von hinten geben uns die beiden Riverines mit ihren Vanquishers Feuerschutz, während sie sich langsam auf eine sichere Entfernung zurückziehen. (Schließlich wollen wir nicht, daß unsere beste Fluchtmöglichkeit versenkt wird...) Über uns sind die Gelbjacken immer noch in ihre Luftkämpfe verwickelt, während die beiden überlebenden Wandjina-Dronen ihre koordinierten Überflüge fortsetzen. Es wird Zeit, das zu ändern.

»Erledigt das Tor«, knurre ich in mein Kehlkopfmikro.

Irgendwo hört ein Rigger meinen Befehl und reißt eine der Dronen in eine Kurve, die einen Piloten aus Fleisch und Blut zerquetscht hätte. Sie rast mit heulendem Antrieb über den Fluß und fliegt einen Haarnadel-Immelmann, um dann im Sturzflug auf das Tor herunterzuschießen.

»Deckung!« bellt Argent neben mir, und beide Angriffsteams werfen sich zu Boden.

Nicht einen Augenblick zu früh. Die Nase der Wandjina zeigt direkt auf das Tor, und ihr MG jagt Kugeln gegen das gepanzerte Material, ohne damit eine offensichtliche Wirkung zu erzielen. Egal. Die Drone kracht gegen das Tor, und die anstelle einiger Sensoren installierte Sprengladung explodiert.

Ich sehe davon natürlich nichts, weil ich mein Gesicht auf den Boden gepreßt habe und den Kopf zusätzlich mit den Armen schütze. Trotz meiner Panzerung spüre ich die Hitze der Detonation. Und dann preßt mir die Druckwelle die Luft aus den Lungen und hebt mich eine Handspanne vom Boden. Ich lande hart, mein Schädel prallt gegen den Helm, und ich höre die

Glocken läuten. Ich versuche das Läuten mit einem Kopfschütteln abzustellen.

Dann packt eine Hand meinen Arm – harte Konsistenz, überraschend weicher Griff – und hilft mir auf. »Alles in Ordnung?« fragt Argent.

Ich erwäge, seine Hand abzuschütteln, doch nachdem sich alles um mich dreht, entscheide ich mich dagegen. »Alles klar«, sage ich zu ihm, und wir wissen beide, daß es sich um eine dieser kleinen Notlügen handelt. Während ich noch darauf warte, daß sich mein Hirn und das Gesetz der Schwerkraft darüber einig werden, wo unten ist, sehe ich mir das Tor an.

Nur um festzustellen, daß kein Tor mehr da ist. Team Baker und der größte Teil von Team Able sind bereits hindurch, und über das Klingeln in meinen Ohren höre ich das Knattern automatischen Feuers aus der Anlage. Eine typische Situation – die Sturmtruppen haben sich längst ins Getümmel gestürzt, während ihr angeblicher ›Anführer‹ sich noch außerhalb des Schlachtfelds bemüht, alles, sich selbst eingeschlossen, auf die Reihe zu kriegen. Ich hebe mein Sturmgewehr auf – das ich fallengelassen habe – und halte es eher nachlässig vor dem Bauch. »Dann mal los«, sage ich zu Argent. Und gemeinsam traben wir vorwärts.

Auf der anderen Seite des nicht mehr vorhandenen Tores liegen ein paar Leichen – oder vielmehr das, was nach der Explosion des Dronen-Sprengkopfs noch von ihnen übrig ist. Zumindest unterscheidet sich unsere Panzerung von der des Feindes, und so weiß ich immerhin, daß es sich bei den Gefallenen um NVC-Leute handelt.

Innerhalb der an ein Gefängnis erinnernden Mauern entspricht die Anlage ungefähr dem, was ich nach Ansicht des Videos, das wir aus Ravens Vogel aufgenommen haben, erwartet habe. Vier größere Gebäude, die einen quadratischen Platz mit einer Handvoll kleinerer Gebäude einschließen. Als wir das Gelände der eigentlichen Anlage betreten, sind in unserer Umgebung ein halbes Dutzend Feuergefechte im Gange. Die noch verbliebene Wandjina-Drone hat ihre Überflüge eingestellt, weil der Rigger keine Möglichkeit hat, Freund und Feind zu unterscheiden. Sie ist jedoch noch am Kampf beteiligt und beharkt die Wachtürme (oder worum es sich sonst dabei handelt) an den vier Ecken mit Autofeuer, um der Möglichkeit vorzubeugen, daß die in den Türmen installierten Waffen so ausgerichtet werden können, daß sie das Innere der Anlage bestreichen. Kommt mir nicht sehr wahrscheinlich vor, aber mir fällt im Moment auch keine effektivere Möglichkeit ein, die Munition der Drone zu verpulvern.

Angriffsteam Baker ist ausgeschwärmt und beschränkt sich im wesentlichen darauf, alles niederzumähen, was sich bewegt. Meine Kameraden vom Team Able tun praktisch das gleiche, wenn man von den vier leichter bewaffneten Deckern absieht, deren Aufgabe darin besteht, den Computer des Laborkomplexes zu finden, in ihn einzubrechen und alles zu kopieren, was ihnen unter die elektronischen Finger kommt. (Es ist schon blöde, daß Lynne Telestrian keine genauen Informationen darüber besaß, in welchem Gebäude der Computer untergebracht ist, aber solche Schnitzer passieren eben.) Als Anführer besteht meine Aufgabe im wesentlichen darin, den Überblick über die Vorgänge zu behalten und mich dabei nicht geeken zu lassen. Offenbar hat Argent es sich zur Aufgabe gemacht, den Leibwächter für mich zu spielen, was mir nur recht sein kann. Im Moment bin ich irgendwie ratlos. Ich laufe herum wie ein unnützer Idiot und versuche mir irgendwie darüber klar zu werden, welche Richtung ich einschlagen soll.

Ich beschließe, nach links zu gehen, auf das anscheinend größte Gebäude zu, in dem und um das herum auch am meisten geschossen wird. Ich ändere meine

Laufrichtung, und Argent hat alle Mühe, mir auszuweichen und nicht über mich zu stolpern.

Aus dem Augenwinkel nehme ich Bewegung wahr. Einen schrecklichen Moment lang bin ich wieder in dem Tsarina und fahre durch Montlake. Bewegung links über mir auf dem Dach eines der kleineren Gebäude. Dann bin ich wieder in der Gegenwart. Ohne nachzudenken, lasse ich mich auf ein Knie sinken und lege das Sturmgewehr an. Die Verbindung zwischen der Elektronik in meinem Kopf, der Smartgun in meiner Hand und den Schaltkreisen der Rüstung zaubert die Perspektive des Zielgeräts meines Sturmgewehrs auf den HUD. Eine einzelne Gestalt in einer leichten Rüstung, die sich von der Ausrüstung meiner Leute unterscheidet. Sie schwingt herum, als hätte sie mich auch gerade gesehen, und legt mit irgendeiner Waffe an. Das tschechische Sturmgewehr und der neue Chip in meinem Kopf – den Lynne Telestrian zur Verfügung gestellt hat – synchronisieren sich, und ich drücke ab.

Die Tech lenkt das Feuer, aber die Kugeln schlagen einen guten Meter neben dem anvisierten Zielpunkt ein. Drek! Das ist der Unterschied zwischen Daten, die man auf einem Chip bekommt, und dem Wissen, das aus der Übung mit der Tech entsteht, sie zu integrieren und sich zu eigen zu machen. Das habe ich mit den Escrima- und H&K-Chips getan, aber nicht mit diesem neuen. Auch mit Gasdruck-Schockpolster bewirkt ein längerer Feuerstoß, daß der Lauf hochgerissen wird. Ich mühe mich, das Gewehr wieder auf das Ziel anzulegen, doch zu spät. Ich versuche mich zur Seite zu werfen…

Feuer blitzt aus dem Lauf meines Ziels, und ein halbes Dutzend Einschläge in meine Rüstung pressen mir die Luft aus den Lungen. Die schiere Wucht der Einschläge ist beängstigend und jagen Schmerzensstiche durch meine Brust. Gebrochene Rippen? Durchaus möglich, aber jetzt ist nicht der passende Moment, sich darüber Gedanken zu machen. Ich bringe das Gewehr mit Mühe wieder in Anschlag und drücke ab.

Einen Augenblick zu spät. Neben mir ertönt ein dumpfer Knall, und mein Ziel wird von der Granate einer Sturmkanone auseinandergerissen. Ich lasse den Abzug los, doch erst, nachdem ich noch ein paar Kugeln durch die menschlichen Überreste auf dem Dach gejagt habe.

Argent betrachtet mich von oben bis unten. »Bist du okay?«

Ich schaue an mir herab und sehe die Einschlagpunkte der Kugeln auf meiner Brust. Die Rüstung ist an diesen Stellen deformiert und gesprungen, da sie ihre Aufgabe erfüllt hat, die kinetische Energie der Projektile durch Verformung zu absorbieren. Ich hole tief Luft, und es fühlt sich an, als hätte mich jemand mit einem Baseballschläger bearbeitet. Aber das ist wesentlich besser, als es sich ohne Rüstung anfühlen würde …

Ächzend rapple ich mich auf. »Ich bin okay«, antworte ich, und das ist eine weitere Notlüge.

Er verzieht das Gesicht. »Deine Rüstung ist beschädigt.«

Ich nicke und betrachte noch einmal das verbeulte Makroplast. Ohne Scherz, Sherlock. Was bedeutet, wenn ich mich noch einmal zur Zielscheibe machen lasse, wird mich die Rüstung nicht mehr adäquat schützen. Eine Tatsache, die man unbedingt berücksichtigen sollte.

Andererseits kann ich mich aber nicht einfach hinhocken und abwarten, bis alles vorbei ist. (Warum nicht? will ein Teil von mir wissen. Schlichter, dämlicher Macho-Stolz?) Ich verdränge meine Zweifel, packe mein Gewehr fester und versuche cool auszusehen. Ich meine, Argent die Achseln zucken zu sehen, als ich mich wieder in Bewegung setze, aber mit all der Rüstung läßt sich das nicht so genau sagen. Vor mir ist eine Tür, ich trete sie ein und ducke mich danach in die Deckung des Türrahmens.

Kein Kugelhagel schlägt mir entgegen, also wirble ich geduckt durch die Tür und versuche das, was sich dahinter verbirgt, mit einem Blick und mit dem Gewehrlauf aufzunehmen. Es ist stockdunkel in dem Gebäude, und das Licht von draußen reicht gerade mal aus, um das erste halbe Dutzend Meter des Flurs vor mir zu erhellen. Was, zum Teufel, ist mit dem Licht passiert? Haben unsere Leute die Stromversorgung lahmgelegt, oder sind unsere Gegner zu der Überzeugung gelangt, daß Dunkelheit eher ein Nachteil für uns als für sie ist? Vorsichtig bewege ich mich vorwärts.

Und zum zweitenmal in den letzten zwei Minuten habe ich das Gefühl, in der Vergangenheit zu leben. Es dauert nur einen Sekundenbruchteil, aber diesmal sind es die stockfinsteren Gänge im Fi nes Que t in Renton, wo Lynne Telestrians Leute mich wie eine Marionette herumgeschubst haben. Diesmal ist es anders, ganz anders. Erstens, weil die Helmelektronik automatisch Lichtverstärker und Infrarotsensoren zugeschaltet hat und den Gesamteindruck auf den HUD meines Visiers projiziert. Und zweitens, weil ich die beruhigende Anwesenheit Argents und seiner Sturmkanone rechts hinter mir spüren kann.

Irgendwo tiefer in dem Gebäude höre ich das charakteristische Knattern einer Uzi auf Vollautomatik, das langsam lauter wird. Ich glaube nicht, daß einer unserer Männer mit einer Uzi ausgerüstet ist, also ducke ich mich und halte meine Waffe bereit.

Vor mir am Ende des Flurs fliegt eine Tür auf, und eine Gestalt taucht hindurch. In Infrarot ist das Mündungsfeuer ihrer Uzi, als sie eine Salve durch die Tür schickt, eine meterlange leuchtende Lanze. Das Gesamtbild ist körnig, und die falschen Farben entsprechen weder der tatsächlichen Rüstungsfarbe unserer noch der der anderen Seite. Also dauert es eine Sekunde, um zu bestätigen, daß dies ein Gegner ist.

In diesem Augenblick bemerkt er mich aus dem Augenwinkel. Unmenschlich schnell wirbelt er herum und schießt. Den Göttern sei Dank, seine Zielsicherheit ist nicht annähernd so aufgepeppt wie seine Reflexe. Sein Feuerstoß liegt zu hoch, reißt Betonbrocken aus der Decke und läßt hinter uns Querschläger durch den Flur jaulen. Einen Augenblick später drücke ich ebenfalls ab – und diesmal halte ich tiefer, als es mir der Chip in meinem Kopf sagt, und lasse den Kugelhagel langsam aufwärts und in seinen Körper wandern.

Oder versuche es zumindest. Seine aufgepeppten Reflexe setzen wieder ein, und er ist so schnell zurück durch die Tür, daß im Vergleich dazu mein Versuch, meinen Feuerstoß aufwärts wandern zu lassen, wie ein bedächtiges Schlendern wirkt. Neben und hinter mir jagt Argent mit der Panther eine Granate durch die offene Tür. Der Explosionsblitz blendet sogar den Blitzkompensator des HUD, und die in dem engen Flur übermäßig starke Druckwelle peinigt meine Trommelfelle. Über das Explosionsgeräusch hinweg höre ich einen Schmerzensschrei. Argent hat jemanden erwischt. Den Burschen mit der Uzi? Unmöglich festzustellen, ebenso unmöglich, wie mit Sicherheit zu wissen, daß er außer Gefecht ist. Unmöglich, außer man geht hin und sieht nach. Ich setze mich wieder in Bewegung.

In der unteren rechten Ecke des HUD blinkt eine Nachricht auf. Ich bedeute Argent zu warten und schalte die Funkfrequenz ein, die mich mit einem unserer ›Beobachter‹ verbindet, einem Rigger, der sich den Spaß durch die Kameras unserer Condor-Stealth-Dronen ansieht.

»Angriffsführer«, melde ich mich.

»Auge Eins. Wir haben einen Ausbruch, Angriffsführer.« Die Stimme der Frau klingt entweder gelangweilt oder betrunken, aber ich weiß, daß sie keins von beidem ist. Ihre schleppende Sprechweise muß auf die Tatsache zurückzuführen sein, daß sie ihre Aufmerksamkeit so vielen verschiedenen Aufgaben gleichzeitig widmen muß, daß eine korrekte Redeweise auf ihrer Prioritätsliste augenblicklich ganz unten steht. »Vier Personen zu Fuß. Ich weiß nicht, woher sie gekommen sind, sie sind ganz plötzlich aufgetaucht. Vielleicht Magie.«

»Wo?«

»Unten an den Docks«, antwortet sie.

Die Boote. Ja, das klingt logisch. Da der Weg landeinwärts durch unsere Bodentruppen versperrt und der Himmel im Moment die Hölle ist, bleibt nur noch der Fluß als potentieller Fluchtweg.

»Bewaffnet?«

»Keine schweren Waffen zu sehen«, sagt die Frau. »Einer trägt eine Rüstung, alle anderen normale Kleidung. Möglicherweise sind es Konzernpinkel.«

»Verstanden«, bestätige ich und schalte ab. Konzernpinkel, ja? Ich will sie haben. Ich wende mich Argent zu, um es ihm zu sagen, doch er ist bereits unterwegs zurück nach draußen. Er muß das Gespräch mitgehört haben. Um so besser.

Für einen großen Mann bewegt sich Argent wie ein verdammter Sprinter, wenn er will, und es fällt mir verdammt schwer, mit ihm mitzuhalten. Während wir durch die Anlage rennen, hat es den Anschein, als ließen die Kämpfe langsam nach. Dann wird mir das Gegenteil bewiesen, als auf der anderen Seite der Anlage ein magischer Feuerball inmitten einer Gruppe meiner Leute explodiert. Sie gehen zu Boden wie Kegel – betäubt und verwundet, aber nicht geröstet, wie es der feindliche Magier offenbar angestrebt hat. Die wenigen Kampfmagier in unserer Truppe verdienen sich ihren Sold offenbar, indem sie uns andere mit einem wirksamen magischen Verteidigungsschild umgeben. Ich kann nicht bleiben und abwarten, wie die

Sache ausgeht. Argent rennt bereits durch das klaffende Tor, wobei er die verdrehten Leichen davor einfach überspringt.

Eines der Boote an den Docks fehlt – der Samuvani-Criscraft Otter. Ein rascher Rundumblick verrät mir, daß das Boot sich bereits hundert Meter vom Ufer entfernt hat und gerade auf die Tube drückt, da das Heck tief im Wasser liegt und ein beachtliches Kielwasser erzeugt. Ich sehe, wie Argent die Sturmkanone anlegt, aber ich bringe noch rasch ein »Nein!« heraus, bevor er schießen kann. Er wirft mir einen zweifelnden Blick zu, und ich sage zu ihm: »Ich will sie lebend. Hör mal nach, ob du Luftunterstützung bekommen kannst.«

Er denkt einen Augenblick darüber nach, dann nickt er brüsk und macht sich an seiner Funkanlage zu schaffen. Währenddessen will ich mich daran machen, die Leinen von dem Aztech Nightrunner loszumachen.

Als ich mir das Boot genauer ansehe, halte ich jedoch augenblicklich inne. Das Innere des Nightrunner ist ein Durcheinander aus zerschmettertem Verbundplastik, das an manchen Stellen noch raucht und schwelt. Jemand – offenbar die Burschen in dem Otter – hat eine Granate in das Boot geworfen. Die Sprengwirkung hat in der teilweise geschlossenen Kabine ausgereicht, den Rumpf aufzureißen, und das schlanke Boot sinkt bereits.

Plötzlich steht Argent neben mir. »Und?« frage ich.

Er schüttelt den Kopf, und durch das Helmvisier kann ich ein humorloses Lachen erkennen. »Es heißt, daß unsere Luftwaffe ›unabkömmlich‹ ist«, sagt er.

Ich schaue nach oben. Die Luftschlacht tobt immer noch, aber jetzt sind nur noch ein halbes Dutzend Gelbjacken in der Luft. Ich verstehe, was er meint.

Was ist mit der Wandjina? Ich suche den Himmel nach der Drone ab, finde sie aber nicht. Entweder ist sie irgendeiner Luftabwehr zum Opfer gefallen oder ihr

Treibstoff ist verbraucht und man hat sie hereingeholt. Also auch in dieser Hinsicht Fehlanzeige.

Drek! Der Otter ist zweihundert Meter weit entfernt und fährt nach Westen. Unsere beiden Riverines sind östlich von hier, außer Gefahr, aber auch außer Reichweite. Ohne Luftunterstützung und ohne funktionstüchtiges Boot werden die Wichser im Otter entkommen. Es sei denn…

Mein Blick fällt auf die beiden Suzuki Watersports, die am nächsten Dock festgemacht sind. Warum nicht, zum Teufel? »Komm mit!« rufe ich Argent zu, und wir laufen hin.

30

Das niedrige, schlanke Wasserfahrzeug sieht in etwa wie ein wassertüchtiges Kampfmotorrad aus und hat die gleiche Verkleidung und Hardpoint-Anordnung wie eine Harley Electraglide 1000 in der Ausführung als gepanzertes Streifenmotorrad. Das grundlegende Design mag sich nicht sehr von meinem alten Bombardier WaveRunner unterscheiden, aber ebensogut könnte man sagen, Ravens Merlin unterscheidet sich nicht sehr von einem Eagle Kampfflugzeug, weil beide Flügel haben. Dieser Watersport – der in einem gemein aussehenden Schwarz gestrichen ist – hat eine ganz andere Geometrie. Tatsächlich ist alles viel schlanker und stromlinienförmiger als bei meinem alten Spielzeug. Sogar am Dock vertäut sieht er verdammt schnell aus.

Schnell genug, um den Otter zu erwischen? Wir werden sehen.

Ich werfe mir mein Sturmgewehr über die Schulter und schwinge mich auf den Watersport. »Spring auf«, sage ich zu Argent, während ich nach dem Anlasser suche.

»Auf dieses Ding?«

Bei jeder anderen Gelegenheit hätte ich mich über seinen Gesichtsausdruck halb totgelacht. Jetzt nicht. »Sag jetzt nicht, du hast Angst, auf den verdammten Schlitten zu steigen«, knurre ich.

Der Runner hat sich immer noch nicht von der Stelle gerührt. »Weißt du, wie man so ein Ding fährt?«

»Natürlich weiß ich das«, schnappe ich. »Und jetzt spring endlich auf, verdammt!«

Ich höre ihn seufzen, und er schultert seine Kanone. Das Heck des Watersport sinkt beunruhigend tief ins Wasser, als er sich sachte auf den hinteren Teil der Sitzbank niederläßt. »Neben dem Sitz müßten Handgriffe sein«, sage ich, ohne mich umzudrehen. Während er nach ihnen sucht, begutachte ich das Armaturenbrett. Ganz anders als bei meinem alten WaveRunner, das kann ich Ihnen sagen. Dieses Ding hat Instrumente, um Himmels willen – Tachometer, Öldruckmesser, Temperatur- und Treibstoffanzeige. Bei meinem alten Spielzeug bestand die einzige Möglichkeit, die Geschwindigkeit zu messen, darin abzuschätzen, wie stark man durchgeschüttelt wurde, wenn man eine Welle traf, und daß der Treibstoff zur Neige ging, ließ sich auch nur feststellen, wenn der Motor anfing zu stottern. Zumindest stimmen Lenkung und Gaszug überein. Ich muß nur daran denken, die Finger von den Feuerknöpfen für die beiden mittelschweren Maschinengewehre zu lassen, bis ich mich wieder eingewöhnt habe.

Ich drücke auf den Anlasser, und der Motor kommt sofort, ein glattes, turbinenartiges Heulen unter meinem Hintern. Ich werfe einen Blick auf die Instrumente – alles im grünen Bereich – Tank fast voll – und überzeuge mich noch einmal, daß ich alle Halteleinen losgemacht habe.

»Halt dich fest«, sage ich zu Argent, und ich drehe am Gasgriff.

Zu stark. Der Watersport schießt so abrupt vorwärts, daß mir fast der Kopf vom Hals gerissen wird. Ich halte mich krampfhaft an den Griffen fest, um nicht heruntergeschleudert zu werden, und ein Finger drückt auf einen Abzug. Das rechte MG hämmert eine kurze Salve hinaus und besorgt es dem anderen Watersport, der ein paar Meter vor uns vertäut ist, während ich gleichzeitig spüre, wie sich zwei Metallhände in meine Schultern krallen. Ich nehme das Gas zurück, und der Schub läßt nach. »Tut mir leid«, murmle ich.

Argents Griff um meine Schultern lockert sich nur zögernd. »Du hast doch gesagt, du wüßtest, wie man dieses Ding fährt!« faucht er mich an.

»Ich bin etwas eingerostet, okay? Und benutz die verdammten Handgriffe!«

Diesmal gebe ich vorsichtiger Gas. Der kleine Schlitten schießt vorwärts und nimmt praktisch sofort Geschwindigkeit auf. Kleine Wellen schlagen gegen den Rumpf, und ich erhebe mich etwas vom Sitz, um die Erschütterungen in den Oberschenkeln und nicht im Hintern abzufedern. Ich werfe einen Blick auf den Tacho. Wir sind bereits bei vierzig Stundenkilometern angelangt – dicht unterhalb der Höchstgeschwindigkeit meines alten WaveRunner –, und ich fahre längst nicht mit Vollgas. Entweder hat die Tech seit meiner Kindheit drastische Fortschritte gemacht, oder ich fahre einen besonders frisierten Schlitten – oder vielleicht auch beides. Wie auch immer, es spielt eigentlich keine Rolle. Ich drehe das Gas weiter auf. Der Wind peitscht mein Gesicht, und die Gischt besprüht mein Visier. Plötzlich wird mir klar, daß ich wild grinse wie ein Bandit. »Jaaaa!« heule ich in den Fahrtwind.

Der Watersport geht ab wie eine Rakete – laut Tacho fast siebzig – und fühlt sich unter mir an, als sei er lebendig. Ich fahre ein paar schnelle Kurven, um die Manövrierfähigkeit auszutesten. Dieses Baby ist viel behender als alles, was ich je zuvor gefahren bin, aber das ist keine Überraschung. Geringste Gewichtsverlagerungen und minimale Lenkbewegungen reichen, um enge Kurven zu fahren und einen Wasservorhang auf der Außenseite der Kurve aufzuwirbeln. Mir fällt alles wieder ein, all die Techniken, um ein Maximum an Leistung aus dem Gerät herauszuholen. Meine Muskeln scheinen sich daran zu erinnern, als sei es gestern gewesen. Eine leichte Vorwärtsverlagerung des Gewichts, um den Bug ein wenig tiefer ins Wasser zu drücken und den Seitenhalt in Kurven zu maximieren. Eine leichte Rückwärtsverlagerung, um den Bug etwas höher zu nehmen, so daß der Schlitten besser über die Wellen fliegt. Argents Gewicht hinter mir ist wie ein

Sack Kartoffeln, ein Hemmnis, obwohl er langsam ein Gefühl dafür bekommt und sich mit mir in die Kurven legt, anstatt zu versuchen, sie auszugleichen. Wahrscheinlich spielt es sowieso keine große Rolle. Der Schlitten läuft wie geschmiert, hüpft geradezu über das Wasser, fliegt bei der kleinsten Welle meterweit durch die Luft.

Voraus kann ich den Otter erkennen. Wir holen auf und sind vielleicht noch hundert Meter hinter ihm. Doch gerade, als mir das klar wird, sehe ich, wie das Heck des Otters tiefer ins Wasser sinkt, als der Fahrer mehr Dampf macht. Ich glaube, wir holen immer noch auf, aber der Vorgang hat sich drastisch verlangsamt. Drek!

Doch wahrscheinlich ist es ziemlich egal. Rechts von mir sehe ich, wie sich eine Gelbjacke aus dem Luftkampf löst und im Tiefflug über den Fluß auf uns zuschrammt: Ich drehe den Kopf ein wenig und rufe Argent zu: »Ist das unsere Luftunterstützung?«

Ich spüre, wie er die Achseln zuckt, und höre ihn dann in sein Kehlkopfmikro murmeln. Wenn er sich mit dem Hubschrauber kurzschließen kann, ist der Fall erledigt. Der Otter hat zwar ein Maschinengewehr, aber die Art Lafette, auf der es montiert ist, eignet sich nicht dazu, die Waffe steil genug in den Himmel zu richten, um sie zu einem Flakgeschütz umzufunktionieren. Die Gelbjacke kann dem Otter eine Salve vor den Bug knallen und ihm befehlen zu stoppen. Wir holen das Boot ein, während der Hubschrauber alles überwacht, und dann heißt es game over.

Das heißt, falls die Gelbjacke eine von unseren ist...

Der Gedanke schießt mir mit jäher Plötzlichkeit durch den Kopf, und meine Eingeweide verknoten sich. Argent murmelt immer noch in sein Mikro, scheint aber nicht die Antwort zu bekommen, die er hören will. Der kleine Hubschrauber kommt näher, und er fliegt direkt hinter uns und nicht hinter dem Otter.

Ich werfe mich nach rechts und reiße den Watersport in eine enge Kurve. Schieres Glück bewahrt uns davor, von einer Welle erwischt zu werden und abzufliegen. Das gleiche schiere Glück bewahrt Argent davor, mir die Arme abzureißen, als er sich wieder an meine Schultern klammert.

Gerade noch rechtzeitig. Die Schnellfeuerkanone der Gelbjacke sprüht Funken, und der Feuerstrom wühlt das Wasser an der Stelle auf, wo wir uns noch vor einer Sekunde befunden haben. Der Pilot versucht zu korrigieren und geht mit der Kanone nach, aber der Hubschrauber ist zu schnell und schießt an uns vorbei.

Ich lege den Schlitten in eine weitere enge Kurve, während die Gelbjacke zu einem neuen Anflug ansetzt. Der Pilot scheint seine Lektion gelernt zu haben. Er hat die Geschwindigkeit stark verringert und kommt langsam näher, anstatt mit Höchstgeschwindigkeit heranzudonnern. Der Hubschrauber liegt tödlich ruhig in der Luft, eine perfekte, solide Waffenplattform. Ich kurve weiter, und der erste langgezogene Feuerstoß der Schnellfeuerkanone verfehlt uns um zehn Meter.

Ich höre und spüre, wie Argent hinter mir mit seiner Sturmkanone ringt, da er versucht, die Waffe anzulegen. Keine leichte Aufgabe. Er hat einfach nicht genug Platz, um sich viel zu bewegen, ohne gleich baden zu gehen, und meine brutalen Manöver sind auch nicht gerade hilfreich. Wieder eine Salve aus der Schnellfeuerkanone, diesmal nur ein paar Meter hinter uns.

»Halt still, verdammt!« bellt Argent.

»Den Teufel tue ich!« rufe ich zurück. Die Gelbjacke schwebt jetzt auf der Stelle, und der Pilot folgt uns nur noch mit dem Lauf der Schnellfeuerkanone. Eine weitere längere Salve liegt fast im Ziel, und es ist reines Glück, daß wir noch nicht tot sind.

»Wir sind tot, wenn du es nicht tust«, faucht der Runner hinter mir.

»Wir sind tot, wenn ich es tue.«

Aber er hat natürlich recht, die Schnellfeuerkanone wird uns irgendwann erwischen. Also beiße ich die Zähne zusammen, gebe Vollgas und fahre im rechten Winkel zur Schußlinie des Hubschraubers, um dem Pilot das Zielen so schwer wie möglich zu machen, ohne wilde Manöver zu fahren. Die Schnellfeuerkanone schießt wieder, aber die Kugeln schlagen weit hinter uns ins Wasser. Der Pilot hält inne. Ich sehe, wie sich das Geschütz dreht, und weiß, was als nächstes kommt.

Und richtig, vor uns schäumt das Wasser auf, als er den Kugelhagel einfach vor dem Watersport ins Wasser setzt. In einer oder zwei Sekunden kreuzen wir die Schußbahn, und das war's dann. »Mach schon, Argent!«

Die Panther-Kanone brüllt auf, und der Rückschlag reicht fast aus, um den Schlitten kentern zu lassen. Perfekter Schuß – das Hochexplosivgeschoß trifft die Kanzel der Gelbjacke, die wild schwankt, und dann von einer zweiten Explosion in Stücke gerissen wird.

Die Erleichterung ist so groß, daß ich vor Freude laut aufheulen möchte, aber ich muß noch eine Weile cool bleiben. Während wir mit der Gelbjacke beschäftigt waren, hat der Otter, der mit Höchstgeschwindigkeit durch das Wasser pflügt, seinen Vorsprung beträchtlich vergrößert. Wir müssen ihn einholen, aber ich befürchte fast, daß wir es nicht schaffen werden.

»Fährt dieses Ding ohne mich schneller?« fragt Argent.

Ich nicke.

»Dann steige ich hier aus«, sagt er. »Bis später, Wolf.«

Und dann ist er verschwunden, einfach über Bord gegangen. Ich zucke innerlich zusammen bei dem Gedanken an den Aufprall auf das Wasser, das bei diesem Tempo so weich wie Beton ist. Viel Glück, Priyatel, wünsche ich ihm im stillen. Ich hoffe, du brichst dir nicht die Knochen.

Und ich hoffe, du kannst schwimmen.

Von dem zusätzlichen Gewicht befreit, beschleunigt der Watersport, als hätte ein Turbolader eingesetzt. Die Geschwindigkeit steigt auf knapp unter achtzig, und die Erschütterungen, wenn der Schlitten kleine Wellen überspringt, lassen meine Zähne klappern. Die Hochstimmung ist wieder da, doch mit echter Angst gekoppelt. Ein Watersport verhält sich in mancherlei Hinsicht wie ein Motorrad, aber Wasser läßt sich nicht mit einem ebenen Highway vergleichen. Wellen und das Kielwasser anderer Boote sind echte Gefahren, und wenn man sie auf die richtige – oder eher falsche – Weise kreuzt, können sie einen ausheben und über das Wasser schleudern.

Diese Befürchtungen nehmen noch zu, als ich mich dem Otter nähere. Das offene Boot erzeugt ein beachtliches Kielwasser und Wellen, die hoch genug sind, um den Watersport in die Luft zu schleudern. Ich muß verdammt vorsichtig sein, wie ich mein Gewicht verlagere, wenn ich wieder auf dem Wasser aufsetze.

Nun, da ich den Abstand auf weniger als fünfzig Meter verringert habe, ist es an der Zeit herauszufinden, was die beiden Maschinengewehre leisten ... und, was noch wichtiger ist, wie sie das Handling des Schlittens beeinflussen. Ich schieße mit beiden MGs, wobei ich eine leichte Kurve fahre, um den Kugelhagel über das Heck des Otter zu lenken. Ich spüre, wie der Rückschlag den Watersport beben und flattern läßt – beunruhigend, aber nicht kritisch. Nur mit einem MG zu schießen, wäre wahrscheinlich riskanter, aber solange ich den Rückschlag ausbalancieren kann, dürfte es eigentlich keine Probleme geben.

Aber ich bin nicht der einzige, der Waffen hat. Ich sehe die Mündungsblitze, als das mittelschwere MG das Feuer eröffnet. Es ist keine Schnellfeuerkanone mit grotesk anmutender Feuergeschwindigkeit, so daß ich den Kugelhagel nicht sehen kann, was alles noch viel beängstigender macht. Wenn mich der Schütze im

Otter im Visier hat, merke ich das erst, wenn ich getroffen werde. Ich kurve nach links, wobei ich hoch durch die Luft fliege, als ich das Kielwasser kreuze, und ich verlagere verzweifelt mein Gewicht, um der Tendenz des Watersport zu begegnen, die einmal eingeschlagene Kurve auch in der Luft fortzusetzen. Praktisch sofort schwenke ich wieder nach rechts und überspringe das Kielwasser ein zweitesmal. Dann wieder nach links.

Ich bin wie ein Wasserskifahrer, der hinter dem Boot Slalom fährt und mit jedem Schwenk näher kommt. Diese Vorgehensweise hat etwas Selbstmörderisches, aber mir will nichts anderes einfallen. Der Schütze an Bord des Otter kann seine Waffe schwenken, um mich im Visier zu behalten – bisher, den Göttern sei Dank, mit bescheidenem Erfolg. Bei mir sieht die Sache anders aus. Meine Waffen sind starr eingebaut, wenn ich also etwas treffen will, muß ich vorher die Nase des Watersport darauf ausrichten. Was wiederum bedeutet, daß ich mein Ziel überhaupt nur an zwei Punkten meiner Zickzacklinie aufs Korn nehmen kann, und das sind auch noch die beiden Punkte mit dem ungünstigsten Einschlagswinkel, was die Durchschlagskraft meiner MG-Munition anbelangt.

Was darauf hinausläuft, daß meine Chancen, einigermaßen ernsthafte Treffer zu erzielen, gleich Null sind, während die Chancen des Schützen auf dem Otter, mich in ein Sieb zu verwandeln, um so besser werden, je näher ich komme. Etwa zum hunderttausendstenmal in der letzten Minute erwäge ich ernsthaft, die ganze Sache sausen zu lassen. Aber dann denke ich daran, was Auge Eins, unser Beobachter, gesagt hat: drei Konzernexecs. Würden Execs verduften, ohne so viel belastendes Material wie eben möglich mitzunehmen? Nicht sehr wahrscheinlich, Priyatel. Selbst wenn die Decker das Computersystem knacken, ist vielleicht nichts mehr zu holen, weil sich sämtlicher Drek auf ein paar Chips an Bord des Otters befindet.

Bevor ich es mir anders überlegen kann, lege ich mich in eine enge Rechtskurve und fahre dann einfach geradeaus weiter, bis ich achtzig oder neunzig Meter weit rechts vom Otter bin. Dann eine leichte Linkskurve, bis ich parallel zum Otter fahre. Und wieder nach links, bis der Bug des Watersport genau auf den Otter zeigt, Vollgas und mit beiden Waffen Dauerfeuer. Ich kann sehen, wo mein Beschuß landet, etwa ein Dutzend Meter vor dem Otter im Wasser, also verlagere ich mein Gewicht nach hinten, bis meine Arme gerade ausgestreckt sind. Der Bug hebt sich aus dem Wasser – nicht viel, aber es reicht –, und die Wasserspritzer der einschlagenden Kugeln nähern sich der Bootswand. In der Zwischenzeit fliegen mir die Kugeln des anderen Schützen um die Ohren, aber bei meinem Tempo und bei der Art, wie der Watersport über die Wellen hüpft, bin ich ein verdammt schweres Ziel. So, wie sich der Schlitten bewegt, wird mein MG-Feuer in alle möglichen Richtungen gelenkt und deckt den gesamten Raum ab, den der Otter einnimmt. Zumindest hoffe ich das. Das Boot vor mir wird immer größer – noch dreißig Meter Entfernung, zwanzig. Etwas prallt jaulend vom Rumpf des Schlittens ab, und eine andere Kugel durchschlägt glatt die rechte Verkleidung. Ich muß abdrehen…

Doch dann sehe ich, wie der Schütze nach hinten geworfen wird. Das MG versprüht noch eine Salve in den Himmel und verstummt dann. Nun, da ich mir keine Sorgen mehr um das MG machen muß, drossele ich das Gas, überspringe wieder das Kielwasser und schwenke direkt hinter den Otter ein. Aus fünfzehn Meter Abstand lasse ich wieder die beiden MGs sprechen und sehe mir an, wie sie das Heck des Otter zu Kleinholz verarbeiten. Es gibt eine Stichflamme, der eine ölige schwarze Rauchwolke folgt, als ich ein Dutzend Kugeln in den Motor jage, und dann wird der Otter schlagartig langsamer, so daß ich fast sein Heck ramme.

Ich drossle den Watersport ebenfalls und jage noch zwei kurze Feuerstöße direkt in das offene Steuerhaus.

Es dauert vielleicht zehn Sekunden, um längsseits zu gehen. Ich fahre den Watersport nur mit der rechten Hand und halte das Sturmgewehr in der linken. Ich bin zwar Rechtshänder, aber mit einer automatischen Waffe spielt das auf diese Entfernung keine Rolle. Ich schwinge meinen Hintern auf das Dollbord des Otter, ziehe die Beine nach und bin an Bord.

Und ganz plötzlich inmitten eines Schlachthauses. Von den vier Personen an Bord sind drei offensichtlich tot, von den MG-Kugeln zu Hundefutter verarbeitet. Die vierte Person lebt noch, aber auch nur noch so eben und nicht mehr lange. Ihr rechter Arm ist praktisch abgetrennt, und aus einer Schlagader spritzt hellrotes Blut auf das Bootsdeck. Der Mann ist bei Bewußtsein, seine Augen sind glasig und vor Schmerz und Schock trübe. Sein Gesicht ist blutüberströmt, aber ich erkenne ihn sofort.

»Hallo, Mr. Nemo«, sage ich leise. »Oder ist Ihnen Gerard Schrage lieber?«

Der Lone Star-Pinkel sieht mich verständnislos an. Bei unserer letzten Begegnung hat er mich erkannt, aber ich nehme an, daß er im Moment andere Sorgen hat.

Ich bin innerlich hin und her gerissen. Schrage ist ein Wichser – er ist derjenige, der mein Todesurteil unterschrieben hat, er hat Drummond und die anderen dazu veranlaßt, den Anschlag vorzubereiten, bei dem Cat Ashburton ums Leben gekommen ist. Er hat den Deal mit Timothy Telestrian abgeschlossen, um sich in den Besitz des Virus als Waffe für sein MV-Projekt zu bringen. Er ist für den Tod von Paco und den anderen Cutters im Rahmen eines verdammten Feldtests verantwortlich. Aber wie sehr ich ihn auch hasse, es nervt mich trotzdem, ihn hier liegen und verbluten zu sehen.

Drek, wie oft habe ich mir in den letzten Tagen vorgestellt, ihm eine Kugel durch den lausigen Schädel zu jagen? Aber jedesmal ging es nur darum: Leg ihn um, und das war's. Sauber und ohne bleibende Nachwirkungen.

Jetzt, wo ich mit den Konsequenzen meiner Rache konfrontiert werde, ist alles anders. Ich mag nicht gewußt haben, daß er an Bord ist, aber es waren meine Kugeln, die ihn erledigt haben. Sein Blut breitet sich auf dem Bootsdeck aus, und ich stehe darin. Das ist die Realität. Ich sollte bei Schrages Tod ein Gefühl der Befriedigung empfinden, ein Gefühl der Vollendung und des Abschlusses. Doch ich empfinde nur Übelkeit.

Ich wende mich ab. Ich kann nichts zu seiner Rettung tun, selbst dann nicht, wenn ich mich dazu überwinden könnte, etwas zu tun, aber das bedeutet nicht, daß ich ihm beim Sterben zusehen kann. Ich sollte wohl das Boot nach Datenchips und anderem Material durchsuchen, das Schrage und seine Chummer aus der Anlage mitgenommen haben, aber ich bringe es einfach nicht über mich. Zum Teufel damit, wenn Schrages Tod diesem ganzen Drek kein Ende setzt, will ich es gar nicht wissen.

Das Feuer im Motor des Otter ist erloschen, aber die Maschine ist völlig tot. Während ich dastehe und sie anstarre, fällt mein Blick auf einen Hilfsmotor, einen kleinen Elektromotor mit niedriger Leistung. Ich stehe noch einen Moment in dem Blut, dann spüre ich, wie sich ein Grinsen auf meinem Gesicht ausbreitet. Ja, genau, das ist es.

Ich gehe zum Dollbord, wo mein Watersport treibt, und nehme mir die Zeit, um den kleinen Schlitten sorgfältig festzumachen. Dann gehe ich wieder zurück und starte den lautlosen Hilfsmotor. Ich lege den Vorwärtsgang ein und stelle den Fahrthebel auf Schrittempo. Der Otter setzt sich langsam in Bewegung. Als ich einigermaßen sicher bin, daß das Boot in Bewegung bleiben wird – daß ich es nicht leckgeschossen habe –, schwinge ich mich über Bord und auf den Watersport. Ich mache die Leine los und starte die Wasserjets des Suzuki. Mit dem Schlitten bringe ich den Otter auf den von mir gewünschten Kurs. Nach Süden auf das Tir-Ufer des Columbia zu. Wer weiß, wie sich die Grenzpatrouillen in Tir das Boot mit den Leichen, zu denen auch ein ranghoher Pinkel von Lone Star gehört, erklären werden. Aber wenn James Telestrians Verbindungen zum Tir-Militär so gut sind wie seine Verbindungen zur Geschäftswelt, sollten sich die Beweise an Bord des Bootes zu einer Keule verarbeiten lassen, mit der James seinen Sohn Timothy windelweich prügeln kann.

Als ich einigermaßen sicher bin, daß das Ruder mittschiffs ausgerichtet ist und das Boot nicht abtreiben wird, gebe ich Gas und fahre nach Norden, wo Flammen und schwarzer Rauch von der NVC-Anlage aufsteigen.

EPILOG

Ich komme ein paar Minuten zu früh zu meiner spätnachmittäglichen Verabredung, und das Wetter könnte für den Sprawl nicht besser sein, also beschließe ich, die letzten paar Blocks zu Fuß zu gehen. Ich drücke den Halteknopf auf der Kontrolltastatur des Automatentaxis, und das Spatzenhirn von Autopilot fährt den Wagen an den Randstein, wobei er beinahe eine junge Frau überfährt, die einen Kinderwagen schiebt.

Als ich aussteige und meinen Kredstab aus dem Zahlschlitz ziehe, werfe ich einen Blick auf das Straßenschild an der Ecke. Erste und Union. Das Charles Royer Building – auch als Metroplex Hall bekannt – befindet sich an der Ecke Fourth und Seneca, fünf oder sechs Blocks entfernt, den Seneca Hill hinauf. Wie ich schon sagte, ist es ein guter Tag für einen Spaziergang, also marschiere ich los.

Es ist irre, wie alles wieder zur Normalität zurückgekehrt ist – zumindest an der Oberfläche. Ich weiß nicht, wie sie es getan hat, an welchen Fäden sie gezogen hat oder welche Leichen sie auszugraben gedroht hat, aber Lynne Telestrian hat ihr Versprechen gehalten, dafür zu sorgen, daß der Exekutionsbefehl von Lone Star gegen mich zurückgenommen wird. Ich kann wieder über die Straße gehen, ohne das Gefühl zu haben, jeden Augenblick gegeekt zu werden. Die Cutters wollen vielleicht immer noch meinen Kopf, aber nach allem, was mir zu Ohren gekommen ist, gehört die Gang der Vergangenheit an, zumindest als organisierte Kraft, mit der zu rechnen ist. Vielleicht wird sich das ändern, aber die Tode und die Panik und Hysterie, die das Killervirus verursacht hat, scheinen das soziale Gefüge der Gang auseinandergerissen zu haben. Eine Organisation wie eine größere Gang fußt auf einem äußerst prekären Gleichgewicht verschiedener sozialer Triebkräfte, und die Virus-Episode scheint dieses Gleichgewicht restlos zerstört zu haben.

Ich weiß nicht, welche Auswirkungen die Zerstörung der NVC-Anlage auf die Timothy-Lynne-Auseinandersetzung gehabt hat – ob sie noch im Gange ist oder James Gelegenheit hatte, Timothy als Machtfaktor völlig auszuschalten. Das Telestrian-Imperium existiert jedenfalls noch, aber es wird keine schmutzige Wäsche in der Öffentlichkeit gewaschen, und mir liegt einfach nicht genug daran, um zu versuchen, es in Erfahrung zu bringen. Wenn sie sich gegenseitig das Wasser abgraben, können sie das von mir aus ruhig tun, aber ich will nichts damit zu schaffen haben.

Ich weiß auch nicht, welche Wirkung die Ankunft von Schrage und den anderen Toten am Tir-Ufer gehabt hat. Wiederum könnte ich es wahrscheinlich herausfinden, wenn mir etwas daran läge, aber im Moment ist es mir ziemlich egal.

Offenbar sind ein paar Leute besorgt, was die Verwicklung Lone Stars in diese Affäre anbelangt, hochgestellte Leute. Als Peg ein paar Tage nach dem Angriff auf die NVC-Anlage ihre elektronischen Fühler ausgestreckt hat, um meinen Status in der Welt der Ehrbarkeit zu ermitteln, fand sie heraus, daß Gouverneurin Marilyn Schultz sehr an einem Treffen mit mir interessiert war – natürlich dann, wenn es mir paßt –, um ›meinen Rat bei der Einschätzung des gegenwärtig bestehenden Vertrags zwischen dem Metroplex und Lone Star Security Services einzuholen‹ oder etwas in dieser Art. Argent und ich verstehen das beide so, daß einige drastische Veränderungen im Schwange sind und Marilyn meine Sicht der Dinge hören will.

Und deshalb schlendere ich an diesem warmen Nachmittag den Seneca Hill hinauf. Ich treffe auf die Dritte und werfe einen Blick auf die Uhr – immer noch zehn Minuten Zeit –, also beschließe ich, noch einmal um den Block zu gehen und das zu genießen, was in Seattle als Sonne durchgeht. Ich biege links auf die Dritte ein und sehe, daß die Straße etwa auf der Hälfte des Blocks mit Lone Star-Barrikaden abgesperrt ist. Vor den Barrikaden hat sich eine Zuschauermenge versammelt. Neugierig gehe ich darauf zu.

Es ist die verdammte Lone Star-Motorradbrigade, die einer empfänglichen Menge ihre Fahrkünste demonstriert. Ja, das läßt sich nachvollziehen, die Messesaison steht bevor, und die Brigade tritt überall im Sprawl und sogar im Salish-Shidhe-Councel auf. Und heute ist sie hier auf der Dritten zwischen Seneca und University und präsentiert sich stolz in den blaugoldenen Galauniformen. Die Harley Electragildes sind so blank poliert, daß sich die Umgebung darin spiegelt, und die Mitglieder der Brigade demonstrieren präzise Manöver, wobei sie die schweren Maschinen so weit auf die Seite legen, daß die verchromten Auspuffrohre über den Asphalt schrammen.

In Milwaukee – und übrigens auch in jeder größeren Stadt – hatte der Star eine ähnliche Truppe, und während meiner Zeit auf der Akademie und auch noch danach war es cool, sich über ihre Mitglieder lustig zu machen. Sie sind alle Freiwillige, also muß man eine Primadonna sein, um dort mitzumachen, aber dann muß man von all den anderen Primadonnen akzeptiert werden, die bereits in der Truppe sind. Alles, nur um ja keine echte Polizeiarbeit zu leisten. Oder so ähnlich ging der Witz, der damals kursierte.

Wie sehr ich mich in der Öffentlichkeit auch über sie lustig gemacht haben mag, irgendwie habe ich immer so etwas wie Stolz empfunden, wenn ich sah, wie sie ihre Nummer abzogen. Dämlich und sentimental vielleicht, aber es stimmt. Stolz, der auf dem Gefühl beruhte, daß hinter dem ganzen Lone Star-Unternehmen so etwas wie eine große Tradition stand. Das ist lange her. Mittlerweile weiß ich, worum es sich bei dieser Art von Show wirklich handelt – um eine Marketingveranstaltung für einen Megakonzern, der seine Waren und Dienstleistungen verkauft. Mit einem Gefühl der Leere kehre ich dem Spektakel den Rücken und gehe weiter den Seneca Hill hinauf.

Die Metroplex Hall ist ein eindrucksvolles Bauwerk – dreißig mit dunkelgrünem Glas verkleidete Etagen –, aber im Augenblick bin ich nicht in der Stimmung, um es zu bewundern. Ich gehe die Treppe hinauf, an der Statue von Häuptling Seattle vorbei und zur Eingangshalle. Am Empfangstisch bestätigt mir das Empfangspersonal, daß ich befugt bin, hier zu sein, und händigt mir einen Paß aus, der auf meinen Bestimmungsort ausgestellt ist – einschließlich einer Vorrichtung, die warnend summt, wenn ich vom Kurs abkomme. Eine Minute später bin ich unterwegs zum neunundzwanzigsten Stock. Mit mir sind auch noch andere Leute im Aufzug, aber aus irgendeinem Grund scheinen sie sich von mir so fern zu halten, wie das eben möglich ist, und ich komme mir vor, als sei ich von einer unsichtbaren Mauer umgeben. Keine Ahnung warum, aber es entspricht dem, wie ich mich fühle – losgelöst, leer, nicht dazugehörig, rein mechanisch handelnd. Der Aufzug liefert mich auf der richtigen Etage ab, und ich schlendere in ein feudales Wartezimmer.

Zehn Minuten lang sitze ich auf einem Ledersessel und starre durch einen Videoschirm an der gegenüberliegenden Wand. Als mich eine auf geschäftsmäßig getrimmte Sekretärin abholt, kann ich mich nicht mehr erinnern, was ich mir die ganze Zeit angesehen habe. Die Sekretärin führt mich durch einen Flur zu einer eichengemaserten Makroplasttür, klopft, wirft mir das nichtssagende Lächeln eines Models zu, dreht sich um und verschwindet. Die Tür öffnet sich vor mir, und ich trete ein.

In ein Büro, das größer ist als meine ehemalige Bude

in Ravenna. Eine Wand ist ein einziges Fenster, das einen spektakulären Ausblick nach Südwesten auf die gewaltige HiTech-Zikkurat der Renraku-Arcologie bietet. Ich widme dem Ausblick vielleicht eine Sekunde meiner Aufmerksamkeit und konzentriere mich dann auf die beiden Gestalten, die auf mich warten. Keine der beiden ist Schultz.

Der Bursche hinter dem Schreibtisch – ein auf Hochglanz polierter Exec-Typ mit einem Gesicht, das nach ›Öffentlichkeitsarbeit‹ schreit – erhebt sich und streckt die Hand aus. »Guten Tag«, sagt er. »Ich bin Alphonse Baker.«

Ich starre die Hand nur an, bis er sie sinken läßt. »Man hat mir zu verstehen gegeben, ich hätte eine Besprechung mit Gouverneurin Schultz«, sage ich zu ihm.

Seine Augenbrauen heben sich – ich habe einen größeren Etiketteverstoß begangen, aber das ist mir ehrlich gesagt völlig schnuppe. Es dauert jedoch nur einen Sekundenbruchteil, bis er sich wieder gefangen hat und sich ein warmes Lächeln – genauso unaufrichtig wie das der Sekretärin – auf seinem Gesicht ausbreitet. »Das stimmt, Lieutenant Larson«, sagt er glatt, indem er mich mit meinem offiziellen Rang anredet, mit dem ich seit meiner Tätigkeit als Undercover-Agent nicht mehr konfrontiert worden bin. »Aber Sie werden natürlich verstehen, daß Gouverneurin Schultz eine unglaublich beschäftigte Frau ist und sich von Zeit zu Zeit verschiedene ... äh, dringliche Angelegenheiten ... ergeben, die ihrer umgehenden Aufmerksamkeit bedürfen. Ich dachte, es könnte uns möglicherweise gelingen, das Ziel dieser Besprechung auch ohne ihre Anwesenheit zu erreichen, unter uns dreien, nämlich Ihnen, mir und Mr. Loudon.«

Langsam richte ich meinen Blick auf die zweite Gestalt im Zimmer, die links neben Bakers Schreibtisch steht. Ich bin ihm nie persönlich begegnet, aber ich erkenne sein scharf geschnittenes Gesicht. William

Loudon, Leiter der Seattler Abteilung Lone Stars. Mein oberster Boss.

Tja, damit ist das erledigt, oder? Vielleicht war es Schultz ernst damit, sich über die Schrage-Telestrian-Connection zu informieren, als sie versucht hat, mit mir in Verbindung zu treten. Hat Lynne mir nicht erzählt, Schrage unterhielte inoffizielle Verbindungen zur unheiligen Dreieinigkeit Drummond, Layton und McMartin, und damit impliziert, die vier würden irgendein Spiel hinter Loudons Rücken spielen? Alles andere, was mir die Elfe erzählte, hat sich als wahr herausgestellt. Anfänglich hat Schultz vielleicht wirklich hören wollen, was ich zu sagen habe.

Das ist jetzt offenbar nicht mehr der Fall. Loudon muß sich eingeschaltet und irgendeinen Deal mit Schultz und der Metroplex-Verwaltung gemacht haben. Vielleicht hat Lone Star angeboten, zu geringeren Tarifen zu arbeiten, wenn Schultz im Gegenzug den Drek ruhen läßt, der abgegangen ist. Oder vielleicht hat Schultz ganz einfach erkannt, daß sich die Drohung, den Vertrag des Star mit dem Plex zu annulieren, nicht als wirksame Keule gegen Loudon einsetzen läßt. Wer sollte nach einer Vertragsauflösung die Polizeifunktion übernehmen? Es gibt keinen anderen Konzern dort draußen, der fähig und in der Lage wäre, für Lone Star einzuspringen, jedenfalls nicht sofort, und die Metroplexgarde alleine könnte mit der Situation auf keinen Fall fertig werden.

Wie auch immer, der Deal ist offenbar unter Dach und Fach. Loudon und Schultz sind zu einer Einigung gelangt, mit der sie beide leben können, und alles, was ich jetzt vielleicht noch zu sagen habe, würde beide Seiten nur in Verlegenheit stürzen. Ich bin sicher, daß Schultz' Fernbleiben nicht auf eine ›dringliche Angelegenheit‹ zurückzuführen, sondern eine reine Vorsichtsmaßnahme ist. Sollte ich tatsächlich beschließen, mit dem, was ich weiß, an die Öffentlichkeit zu gehen, kann Schultz behaupten, von allem, was der ›geistesgestörte Undercover-Agent‹ von sich gibt, nichts gewußt zu haben. Ja, das paßt alles sehr gut zusammen.

Die Erkenntnis müßte mich aufregen, müßte die Wut in meinen Eingeweiden entfachen. Aber in meinen Eingeweiden ist nichts mehr – nichts. Ich bin leer. Ich fühle mich hohl, als wehe ein kalter Wind in mir. Zuviel ist in zu kurzer Zeit geschehen. Vielleicht habe ich mich distanziert. Vielleicht kommt irgendwann in der Zukunft auch alles wieder, eine gigantische Emotionswoge, die mich in einen tobenden Schwachkopf verwandelt, ich weiß es nicht. Aber im Moment empfinde ich nichts.

Und das Fehlen jeglicher Emotion verleiht meinen Gedanken eine Schärfe und Klarheit, wie ich sie, glaube ich, nie zuvor erlebt habe. Was der Grund dafür ist, warum ich mich an Loudon wende und gelassen sage: »Was ist also vorgesehen?«

Er ist nicht annähernd so glatt wie Baker. Er blinzelt, und es dauert eine oder zwei Sekunden, bis er seine Stimme wiedergefunden hat. »Was meinen Sie damit, Lieutenant Larson?«

»Was ist vorgesehen?« wiederhole ich einfach. »Eine ehrenvolle Erwähnung für weit über das übliche Maß hinausgehende Leistungen? Ein Lob? Vielleicht sogar eine Beförderung? Und all das unter der Voraussetzung, daß ich über das, was ich weiß, den Mund halte?«

Man schafft es nicht bis an die Spitze von Lone Star Seattle, wenn man dumm ist. Als ich fertig bin, hat Loudon sich wieder unter Kontrolle. »Eine ehrenvolle Erwähnung ist erwogen worden, ja«, sagt er ganz ruhig. »Was den Rest betrifft ... Was wissen Sie eigentlich wirklich? Mr. Schrage ist tot, und seine Motive sind mit ihm gestorben.«

Ja, es entwickelt sich alles ganz nach Drehbuch. »Und was ist mit Drummond?« frage ich. »Und Layton? Und McMartin? Bei einem Fluchtversuch erschossen?«

Die Tatsache, daß ich Loudon soeben des Mordes beschuldigt habe, läßt ihn völlig kalt, was mir verrät, wie tief dieser ganze Drek tatsächlich begraben ist. »Ein tragischer Autounfall, Lieutenant Larson«, korrigiert er mich milde. »So etwas soll vorkommen, wissen Sie?«

Ja, ich weiß. Alles hat einen moralischen Anstrich für die Nachrichtenmedien verpaßt bekommen, sollte es überhaupt jemals nötig werden, den Fall zu diskutieren. Dann zum Beispiel, wenn ich beschließen sollte, den Mund aufzumachen. Das Ganze hat die typische formelhafte Struktur des typischen, konzerngesponserten Trideokrimis. Mehrere Execs kommen vom rechten Weg ab und lassen sich auf zwielichtige Geschäfte mit ›unerfreulichen Elementen‹ der Gesellschaft ein – in diesem Fall einem ›bösartigen Konzern‹ aus Tir und der Cutters-Gang –, was sie noch weiter vom Pfad der Rechtschaffenheit abbringt. Irgendwann stellt der Konzern Ermittlungen hinsichtlich gewisser, ans Licht gekommener Unregelmäßigkeiten an, und der weise Ober-Exec – besetzen wir die Rolle des Loudon ruhig mit Nicky Sato, warum, zum Teufel, nicht? – spürt, daß ein paar angesehene Schäfchen seiner Herde abgefallen sind. Durch die Untersuchung geraten die Übeltäter unter Druck, die, wie jedermann weiß, grundsätzlich geistig labil, irrational und gefährlich sind, wie es sich für ihre Versuche, mit dem Status quo zu brechen, auch ziemt. Durch den zunehmenden Druck kommt es zu Fehlern, gegenseitigen Verleumdungen und Auseinandersetzungen. Eine Fraktion innerhalb der Gruppe der Übeltäter greift die andere an und tötet eine der Hauptpersonen. Die anderen geraten in Panik, springen in ihr wartendes Fluchtauto und machen, daß sie wegkommen. Auf ihrer Flucht vor den Kräften des Lichts und der Rechtschaffenheit verlieren sie die Kontrolle über ihren Wagen und setzen ihn mit Tempo zweihundert gegen einen Laternenpfahl, und das war's – langsam ausblenden und Nachspann. Wie ich schon sagte, perfektes Drehbuchformat. Ich wäre nicht überrascht, wenn NBS in den nächsten Wochen irgendwas in dieser Art sendete.

Loudon sieht mich immer noch an. Sein Gesichtsausdruck ist nachgiebig, doch sein Blick ist stahlhart. »Ja«, murmle ich. »So etwas soll tatsächlich vorkommen.«

Loudon entspannt sich sichtlich. »Die Vergangenheit ist erledigt«, sagt er, »und wir müssen uns um die Zukunft kümmern. Was Ihre Karriere betrifft, Larson – Sie haben ganz recht, eine ehrenvolle Erwähnung für ihre Bemühungen bei der Zerschlagung der Cutters-Gang geht in Ordnung.« Er macht eine erwartungsvolle Pause. So wird es also in meiner Akte stehen, und er will die Bestätigung, daß ich mitspielen werde. »Und selbstverständlich werden Sie auch befördert«, fährt er großmütig fort. »Bei gleichzeitiger Anhebung Ihrer Bezüge. Und Sie können sich Ihren nächsten Auftrag aussuchen. Ich halte das im Hinblick auf die hervorragende Polizeiarbeit, die Sie geleistet haben, für absolut gerechtfertigt.« Er wirft einen Blick auf Baker, der bestätigend nickt – eine seltsame Abwandlung des Schemas Guter-Cop-Böser-Cop zu Guter-Cop-Guter-Cop. »Was sagen Sie dazu, Larson?« fragt er.

Was sage ich dazu? Was *kann* ich dazu sagen? So ist das Leben im Konzernsektor, das weiß ich jetzt. Recht und Unrecht stehen nicht zur Debatte – wichtig sind nur Ableugbarkeit und Schuldfähigkeit. Lynne Telestrian war der Ansicht, Schrage handele ohne Wissen und Zustimmung seiner Vorgesetzten, aber jetzt wird mir klar, daß sich die Dinge mit ihrem Wissen auch nicht viel anders entwickelt hätten. In dem Augenblick, als der Schwindel aufflog, brauchten die Star-Execs – allen voran Loudon – nur auf die Übeltäter zu zeigen, die jetzt bequemerweise alle tot sind, und vor schockierter Empörung aufzuschreien. Jeder Schattenschnüffler, der sich so sehr dafür interessiert, daß er nach dokumentarischen Beweisen gräbt, wird reichlich finden – alle getürkt, alle wasserdicht und alle auf die ›Tatsache‹ hindeutend, daß Schrage und der Rest auf eigene Rechnung gegen das Wohl des Konzerns und der Bevölkerung allgemein gearbeitet haben. Ende und aus. Gerechtigkeit? Null, Priyatel. Zweckmäßigkeit ist alles.

Ich kann nur eines sagen und dabei den Überzeugungen treu bleiben, die mich überhaupt erst zu Lone Star geführt haben. Den Überzeugungen, die einen dazu veranlassen, bestimmte Dinge nur deshalb zu tun, weil sie getan werden sollten. Den Überzeugungen, denen ich in letzter Zeit nur noch bei dem Shadowrunner Argent begegnet bin. »Schert euch zum Teufel«, sage ich leise. »Schert euch beide zum Teufel.«

Ich warte nicht auf ihre Reaktion, sondern drehe mich einfach um, verlasse das Büro, gehe durch das Wartezimmer und betrete den Fahrstuhl. Halb und halb rechne ich damit, daß mir jemand folgt, um mich am Verlassen des Gebäudes zu hindern. Doch sie lassen mich in Ruhe und errichten damit wiederum die unsichtbare Mauer um mich. Der Fahrstuhl bringt mich in die Empfangshalle, und ich gehe hinaus auf die Straße und fühle mich so leer, daß meine letzten, an Loudon gerichteten Worte in meinen Eingeweiden nachhallen.

Was mache ich jetzt? Welche Richtung werde ich einschlagen? Darüber denke ich später nach.

Die Barrikaden, die Electragildes und die Zuschauer sind verschwunden. Eine kalte Brise streicht mir über den Nacken und läßt mich frösteln; draußen über der Elliot Bay regnet es. Am Himmel schiebt sich der erste Ausläufer einer schwarzen Gewitterwolke vor die Sonne, als ich in den Schatten des frühen Abends untertauche.

Glossar

Arcologie – Abkürzung für ›**Arc**hitectural Ec**ology**‹. In Seattle ist sie der Turm des Renraku-Konzerns, ein Bauwerk von gigantischen Ausmaßen. Mit ihren Privatwohnungen, Geschäften, Büros, Parks, Promenaden und einem eigenen Vergnügungsviertel gleicht sie im Prinzip einer selbständigen, kompletten Stadt.

Aztechnology-Pyramide – Niederlassung des multinationalen Konzerns Aztechnology, die den Pyramiden der Azteken des alten Mexiko nachempfunden ist. Obwohl sie sich in ihren Ausmaßen nicht mit der Renraku-Arcologie messen kann, bietet die Pyramide mit ihrer grellen Neonbeleuchtung einen atemberaubenden Anblick.

BTL-Chips – Abkürzung für ›**B**etter **T**han **L**ife‹ – besser als die Wirklichkeit. Spezielle Form der SimSinn-Chips, die dem User (Benutzer) einen extrem hohen Grad an Erlebnisdichte und Realität direkt ins Gehirn vermitteln. BTL-Chips sind hochgradig suchterzeugend und haben chemische Drogen weitgehend verdrängt.

Chiphead, Chippie, Chipper – Umgangssprachliche Bezeichnung für einen BTL-Chip-Süchtigen.

chippen – umgangssprachlich für: einen (BTL-)Chip reinschieben, auf BTL-Trip sein usw.

Chummer – Umgangssprachlich für Kumpel, Partner, Alter usw.

Cyberdeck – Tragbares Computerterminal, das wenig größer ist als eine Tastatur, aber in Rechengeschwindigkeit und Datenverarbeitung jeder Ansammlung von Großrechnern des 20. Jahrhunderts überlegen ist. Ein Cyberdeck hat darüber hinaus ein SimSinn-Interface, das dem User das Erlebnis der Matrix in voller sinnlicher Pracht ermöglicht. Das derzeitige Spitzenmodell, das *Fairlight Excalibur*, kostet 990 000 Nuyen, während das Billigmodell *Radio Shack PCD-100* schon für 6200 Nuyen zu haben ist. Die Leistungsunterschiede entsprechen durchaus dem Preisunterschied.

Cyberware – Im Jahr 2050 kann man einen Menschen im Prinzip komplett neu bauen, und da die cybernetischen Ersatzteile die ›Leistung‹ eines Menschen zum Teil beträchtlich erhöhen, machen sehr viele Menschen, insbesondere die Straßensamurai, Gebrauch davon. Andererseits hat die Cyberware ihren Preis, und das nicht nur in Nuyen: Der künstliche Bio-Ersatz zehrt an der Essenz des Menschlichen. Zuviel Cyberware kann zu Verzweiflung, Melancholie, Depression und Tod führen.

Grundsätzlich gibt es zwei verschiedene Arten von Cyberware, die **Headware** und die **Bodyware.**

Beispiele für Headware sind **Chipbuchsen,** die eine unerläßliche Voraussetzung für die Nutzung von **Talentsofts** (und auch BTL-Chips) sind. **Talentsofts** sind Chips, die dem User die Nutzung der auf den Chips enthaltenen Programme ermöglicht, als wären die Fähigkeiten seine eigenen. Ein Beispiel für ein gebräuchliches Talentsoft ist ein Sprachchip, der dem User die Fähigkeit verleiht, eine Fremdsprache so zu benutzen, als sei sie seine Muttersprache.

Eine **Datenbuchse** ist eine universellere Form der Chipbuchse und ermöglicht nicht nur Input, sondern auch Output. Ohne implantierte Datenbuchse ist der Zugang zur Matrix unmöglich.

Zur gebräuchlichsten Headware zählen die **Cyberaugen.** Die äußere Erscheinung der Implantate kann so ausgelegt werden, daß sie rein optisch nicht von biologischen Augen zu unterscheiden sind. Möglich sind aber auch absonderliche Effekte durch Gold- oder Neon-Iris. Cyberaugen können mit allen möglichen Extras wie Kamera, Lichtverstärker und Infrarotsicht ausgestattet werden.

Bodyware ist der Sammelbegriff für alle körperlichen Verbesserungen. Ein Beispiel für Bodyware ist die **Dermalpanzerung,** Panzerplatten aus Hartplastik und Metallfasern, die chemisch mit der Haut verbunden werden. Die **Smartgunverbindung** ist eine Feedback-Schaltschleife, die nötig ist, um vollen Nutzen aus einer Smartgun zu ziehen. Die zur Zielerfassung gehörenden Informationen werden auf die Netzhaut des Trägers oder in ein Cyberauge eingeblendet.

Im Blickfeldzentrum erscheint ein blitzendes Fadenkreuz, das stabil wird, sobald das System die Hand des Trägers so ausgerichtet hat, daß die Waffe auf diesen Punkt zielt. Ein typisches System dieser Art verwendet ein subdermales **Induktionspolster** in der Handfläche des Trägers, um die Verbindung mit der Smartgun herzustellen.

Jeder Straßensamurai, der etwas auf sich hält, ist mit **Nagelmessern** und/oder **Spornen** ausgerüstet, Klingen, die im Hand- oder Fingerknochen verankert werden und in der Regel einziehbar sind.

Die sogenannten Reflexbooster sind Nervenverstärker und Adrenalin-Stimulatoren, die die Reaktion ihres Trägers beträchtlich beschleunigen.

decken – Das Eindringen in die Matrix vermittels eines Cyberdecks.

Decker – Im Grunde jeder User eines Cyberdecks.

DocWagon – Das DocWagon-Unternehmen ist eine private Lebensrettungsgesellschaft, eine Art Kombination von Krankenversicherung und ärztlichem Notfalldienst, die nach Anruf in kürzester Zeit ein Rettungsteam am Tat- oder Unfallort hat und den Anrufer behandelt. Will man die Dienste des Unternehmens in Anspruch nehmen, benötigt man eine Mitgliedskarte, die es in drei Ausführungen gibt: Normal, Gold und Platin. Je besser die Karte, desto umfangreicher die Leistungen (von ärztlicher Notversorgung bis zu vollständigem Organersatz). Das DocWagon-Unternehmen hat sich den Slogan eines im 20. Jahrhundert relativ bekannten Kreditkartenunternehmens zu eigen gemacht, an dem, wie jeder Shadowrunner weiß, tatsächlich etwas dran ist: Never leave horne without it.

Drek, Drekhead – Gebräuchlicher Fluch; abfällige Bezeichnung, jemand der nur Dreck im Kopf hat.

ECM – Abkürzung für ›Electronic Countermeasures‹; elektronische Abwehrsysteme in Flugzeugen, Panzern usw.

einstöpseln – Bezeichnet ähnlich wie **einklinken** den Vorgang, wenn über Datenbuchse ein Interface hergestellt wird, eine direkte Verbindung zwischen menschlichem Gehirn und elektronischem System. Das Einstöpseln ist die notwendige Voraussetzung für das Decken.

Exec – Hochrangiger Konzernmanager mit weitreichenden Kompetenzen.

Fee – Abwertende, beleidigende Bezeichnung für einen Elf. (Die Beleidigung besteht darin, daß amer. mit ›Fee‹ auch Homosexuelle, insbesondere Transvestiten bezeichnet werden.)

geeken – Umgangssprachlich für ›töten‹, ›umbringen‹.

Goblinisierung – Gebräuchlicher Ausdruck für die sogenannte Ungeklärte Genetische Expression (UGE). UGE ist eine Bezeichnung für das zu Beginn des 21. Jahrhunderts erstmals aufgetretene Phänomen der Verwandlung ›normaler‹ Menschen in **Metamenschen.**

Hauer – Abwertende Bezeichnung für Trolle und Orks, die auf ihre vergrößerten Eckzähne anspielt.

ICE – Abkürzung für ›Intrusion Countermeasure Equipment‹, im Deckerslang auch Ice (Eis) genannt. Grundsätzlich sind ICE Schutzmaßnahmen gegen unbefugtes Decken. Man unterscheidet drei Klassen von Eis: **Weißes Eis** leistet lediglich passiven Widerstand mit dem Ziel, einem Decker das Eindringen so schwer wie möglich zu machen. **Graues Eis** greift Eindringlinge aktiv an oder spürt ihren Eintrittspunkt in die Matrix auf. **Schwarzes Eis** (auch Killer-Eis genannt) versucht, den eingedrungenen Decker zu töten, indem es ihm das Gehirn ausbrennt.

Jackhead – Umgangssprachliche Bezeichnung für alle Personen mit Buchsenimplantaten. Darunter fallen zum Beispiel Decker und Rigger.

Knoten – Konstruktionselemente der Matrix, die aus Milliarden von Knoten besteht, die untereinander durch Datenleitungen verbunden sind. Sämtliche Vorgänge in der Matrix finden in den Knoten statt. Knoten sind zum Beispiel: I/O-Ports, Datenspeicher, Subprozessoren und **Sklavenknoten,** die irgendeinen physikalischen Vorgang oder ein entsprechendes Gerät kontrollieren.

Lone Star Security Services – Die Polizeieinheit Seattles. Im Jahre 2050 sind sämtliche Datenleistungsunternehmen, auch die sogenannten ›öffentlichen‹ privatisiert. Die Stadt schließt Verträge mit unabhängigen Gesellschaften, die dann die wesentlichen öffentlichen Aufgaben wahrnehmen. Renraku

Computer Systems ist zum Beispiel für die öffentliche Datenbank zuständig.

Matrix – Die Matrix – auch Gitter genannt – ist ein Netz aus Computersystemen, die durch das globale Telekommunikationsnetz miteinander verbunden sind. Sobald ein Computer mit irgendeinem Teil des Gitters verbunden ist, kann man von jedem anderen Teil des Gitters aus dorthin gelangen.
In der Welt des Jahres 2050 ist der direkte physische Zugang zur Matrix möglich, und zwar vermittels eines ›Matrix-Metaphorischen Cybernetischen Interface‹, kurz Cyberdeck genannt. Die sogenannte **Matrix-Metaphorik** ist das optische Erscheinungsbild der Matrix, wie sie sich dem Betrachter (User) von innen darbietet. Diese Matrix-Metaphorik ist erstaunlicherweise für alle Matrixbesucher gleich, ein Phänomen, das mit dem Begriff **Konsensuelle Halluzination** bezeichnet wird.
Die Matrix ist, kurz gesagt, eine informations-elektronische Analogwelt.

Messerklaue – Umgangssprachliche Bezeichnung für einen Straßensamurai.

Metamenschen – Sammelbezeichnung für alle ›Opfer‹ der UGE. Die Gruppe der Metamenschen zerfällt in vier Untergruppen:
a) **Elfen:** Bei einer Durchschnittsgröße von 190 cm und einem durchschnittlichen Gewicht von 68 kg wirken Elfen extrem schlank. Die Hautfarbe ist blaßrosa bis weiß oder ebenholzfarben. Die Augen sind mandelförmig, und die Ohren enden in einer deutlichen Spitze. Elfen sind Nachtwesen, die nicht nur im Dunkeln wesentlich besser sehen können als normale Menschen. Ihre Lebenserwartung ist unbekannt.
b) **Orks:** Orks sind im Mittel 190 cm groß, 73 kg schwer und äußerst robust gebaut. Die Hautfarbe variiert zwischen rosa und schwarz. Die Körperbehaarung ist in der Regel stark entwickelt. Die Ohren weisen deutliche Spitzen auf, die unteren Eckzähne sind stark vergrößert. Das Sehvermögen der Orks ist auch bei schwachem Licht sehr gut. Die durchschnittliche Lebenserwartung liegt zwischen 35 und 40 Jahren.

c) **Trolle:** Typische Trolle sind 280 cm groß und wiegen 120 kg. Die Hautfarbe variiert zwischen rötlichweiß und mahagonibraun. Die Arme sind proportional länger als beim normalen Menschen. Trolle haben einen massigen Körperbau und zeigen gelegentlich eine dermale Knochenbildung, die sich in Stacheln und rauher Oberflächenbeschaffenheit äußert. Die Ohren weisen deutliche Spitzen auf. Der schräg gebaute Schädel hat 34 Zähne mit vergrößerten unteren Eckzähnen. Trollaugen sind für den Infrarotbereich empfindlich und können daher nachts unbeschränkt aktiv sein. Ihre durchschnittliche Lebenserwartung beträgt etwa 50 Jahre.

d) **Zwerge:** Der durchschnittliche Zwerg ist 120 cm groß und wiegt 72 kg. Seine Hautfarbe ist normalerweise rötlich weiß oder hellbraun, seltener dunkelbraun. Zwerge haben unproportional kurze Beine. Der Rumpf ist gedrungen und breitschultrig. Die Behaarung ist ausgeprägt, bei männlichen Zwergen ist auch die Gesichtsbehaarung üppig. Die Augen sind für infrarotes Licht empfindlich. Zwerge zeigen eine erhöhte Resistenz gegenüber Krankheitserregern. Ihre Lebensspanne ist nicht bekannt, aber Vorhersagen belaufen sich auf über 100 Jahre.

Darüber hinaus sind auch Verwandlungen von Menschen oder Metamenschen in Paraspezies wie **Sasquatchs** bekannt.

Metroplex – Ein Großstadtkomplex.

Mr. Johnson – Die übliche Bezeichnung für einen beliebigen anonymen Auftraggeber oder Konzernagenten.

Norm – Umgangssprachliche, insbesondere bei Metamenschen gebräuchliche Bezeichnung für ›normale‹ Menschen.

Nuyen – Weltstandardwährung (New Yen, Neue Yen).

Paraspezies – Paraspezies sind ›erwachte‹ Wesen mit angeborenen magischen Fähigkeiten, und es gibt eine Vielzahl verschiedener Varianten, darunter auch folgende:

a) **Barghest:** Die hundeähnliche Kreatur hat eine Schulterhöhe von knapp einem Meter bei einem Gewicht von etwa 80 kg. Ihr Heulen ruft beim Menschen und bei vielen anderen Tieren eine Angstreaktion hervor, die das Opfer lähmt.

b) **Sasquatch:** Der Sasquatch erreicht eine Größe von knapp drei Metern und wiegt etwa 110 kg. Er geht aufrecht und kann praktisch alle Laute imitieren. Man vermutet, daß Sasquatche aktive Magier sind. Der Sasquatch wurde 2041 trotz des Fehlens einer materiellen Kultur und der Unfähigkeit der Wissenschaftler, seine Sprache zu entschlüsseln, von den Vereinten Nationen als intelligentes Lebewesen anerkannt.

c) **Schreckhahn:** Er ist eine vogelähnliche Kreatur von vorwiegend gelber Farbe. Kopf und Rumpf des Schreckhahns messen zusammen 2 Meter. Der Schwanz ist 120 cm lang. Der Kopf hat einen hellroten Kamm und einen scharfen Schnabel. Der ausgewachsene Schreckhahn verfügt über die Fähigkeit, Opfer mit einer Schwanzberührung zu lähmen.

d) **Dracoformen:** Im wesentlichen wird zwischen drei Spezies unterschieden, die alle magisch aktiv sind: Gefiederte Schlange, Östlicher Drache und Westlicher Drache. Zusätzlich gibt es noch die Großen Drachen, die einfach extrem große Vertreter ihres Typs (oft bis zu 50 % größer) sind.

Die Gefiederten Schlangen sind von Kopf bis Schwanz in der Regel 20 m lang, haben eine Flügelspannweite von 15 m und wiegen etwa 6 Tonnen. Das Gebiß weist 60 Zähne auf.

Kopf und Rumpf des Östlichen Drachen messen 15 m, wozu weitere 15 m Schwanz kommen. Die Schulterhöhe beträgt 2 m, das Gewicht 7,5 Tonnen. Der Östliche Drache hat keine Flügel. Sein Gebiß weist 40 Zähne auf.

Kopf und Rumpf des Westlichen Drachen sind 20 m lang, wozu 17 m Schwanz kommen. Die Schulterhöhe beträgt 3 m, die Flügelspannweite 30 m und das Gewicht etwa 20 Tonnen. Sein Gebiß weist 40 Zähne auf.

Zu den bekannten Großen Drachen zählt auch der Westliche Drache *Lofwyr,* der mit Gold aus seinem Hort einen maßgeblichen Anteil an Saeder-Krupp Heavy Industries erwarb. Das war aber nur der Auftakt einer ganzen Reihe von Anteilskäufen, so daß seine diversen Aktienpakete inzwischen eine beträchtliche Wirtschaftsmacht verkörpern. Der volle Umfang seines Finanzimperiums ist jedoch unbekannt!

Persona-Icon – Das Persona-Icon ist die Matrix-Metaphorik für das Persona-Programm, ohne das der Zugang zur Matrix nicht möglich ist.

Pinkel – Umgangssprachliche Bezeichnung für einen Normalbürger.

Rigger – Person, die Riggerkontrollen bedienen kann. Riggerkontrollen ermöglichen ein Interface von Mensch und Maschine, wobei es sich bei den Maschinen um Fahr- oder Flugzeuge handelt. Der Rigger steuert das Gefährt nicht mehr manuell, sondern gedanklich durch eine direkte Verbindung seines Gehirns mit dem Bordcomputer.

Sararimann – Japanische Verballhornung des englischen ›Salaryman‹ (Lohnsklave). Ein Konzernangestellter.

SimSinn – Abkürzung für **Sim**ulierte **Sinn**esempfindungen, d. h. über Chipbuchsen direkt ins Gehirn gespielte Sendungen. Elektronische Halluzinogene. Eine Sonderform des SimSinns sind die BTL-Chips. **SIN** – Abkürzung für **S**ystem**i**dentifikations**n**ummer, die jedem Angehörigen der Gesellschaft zugewiesen wird.

So ka – Japanisch für: Ich verstehe, aha, interessant, alles klar.

Soykaf – Kaffeesurrogat aus Sojabohnen.

STOL – Senkrecht startendes und landendes Flugzeug.

Straßensamurai – So bezeichnen sich die Muskelhelden der Straßen selbst gerne.

Trid(eo) – Dreidimensionaler Video-Nachfolger.

Trog, Troggy – Beleidigende Bezeichnung für einen Ork oder Troll.

Verchippt, verdrahtet – Mit Cyberware ausgestattet, durch Cyberware verstärkt, hochgerüstet.

UCAS – Abkürzung für ›**U**nited **C**anadian & **A**merican **S**tates‹; die Reste der ehemaligen USA und Kanada.

Wetwork – Mord auf Bestellung.

Yakuza – Japanische Mafia.

HEYNE BÜCHER

DAVID WINGROVE

Die Chronik des Chung Kuo
Nach dem Untergang der westlichen Zivilisation der Aufstieg Chinas zur Weltherrschaft

Im 22. Jahrhundert ist die Welt der Hung Mao, der »Westmenschen«, vergangen. Das große Reich der Han, der Chinesen, ist wiedererstanden. Chung Kuo, das Reich der Mitte, umspannt die ganze Erde. Sieben gewaltige Städte, Hunderte von Ebenen hoch, überwölben die Kontinente, um die riesigen Bevölkerungsmassen zu beherbergen. Sieben T'ang, Kaiser von gottgleicher Macht, herrschen über sie.

Das Reich der Mitte
06/5251

Die Domäne
06/5252

Die Kunst des Krieges
06/5253

Schutt und Asche
06/5254

Wilhelm Heyne Verlag
München